Tödlicher Champagner

Zu gleichen Teilen hat Onkel Jolley der schönen Pandora McVie und Michael Donahue seinen Besitz vermacht – unter einer Bedingung: Sie müssen sechs Monate zusammen in seinem Haus in den Catskills wohnen. Mit Michael zu leben, fällt Pandora nicht schwer – er ist ein Traummann – wohl aber, dem tödlichen Hass der anderen Verwandten zu entkommen ...

Spiel um Sieg und Liebe

Nach Jahren der Trennung sieht Amy den attraktiven Tad wieder. Und sofort erkennt sie, dass es ein Fehler war, ihn zu verlassen. Doch haben sie jetzt eine gemeinsame Zukunft? Bei jedem Tennisturnier – Amy will ihre Karriere als Profispielerin fortsetzen – spüren sie dieselbe Leidenschaft wie früher. Wenn sie Tad nur gestehen könnte, woran damals ihre Beziehung gescheitert ist ...

Bei Tag und bei Nacht

Für die Dorfbewohner ist Grant Campbell, der zurückgezogen in einem Leuchtturm wohnt, ein Sonderling. Doch die junge Malerin Gennie fühlt sich von ihm magisch angezogen. Wild wie die tosende See sind die Liebesnächte, die sie miteinander verbringen. Es ist, als wolle Grant durch Gennies Küsse vergessen, was ihn dazu gebracht hat, die Einsamkeit zu suchen ...

MIRA®

Der Preis dieses Bandes versteht sich einschließlich
der gesetzlichen Mehrwertsteuer.

Umwelthinweis:
Dieses Buch wurde auf chlor- und säurefreiem Papier gedruckt.

Nora Roberts

Love Affairs II

MIRA®

MIRA® TASCHENBUCH
Band 25028
1. Auflage: November 2002
2. Auflage: Dezember 2002
3. Auflage: August 2003
4. Auflage: August 2004

MIRA® TASCHENBÜCHER
erscheinen in der Cora Verlag GmbH & Co. KG,
Axel-Springer-Platz 1, 20350 Hamburg
Deutsche Taschenbucherstausgabe

Titel der nordamerikanischen Originalausgaben:
A Will And A Way
Opposites Attract
One Man's Art

erschienen bei: Silhouette Books, Toronto
Published by arrangement with
Harlequin Enterprises II B.V., Amsterdam

Konzeption/Reihengestaltung: fredeboldpartner.network, Köln
Umschlaggestaltung: pecher und soiron, Köln
Titelabbildung: The Image Bank, München
Autorenfoto: © by Harlequin Enterprise S. A., Schweiz
Satz: Berger Grafikpartner, Köln
Druck und Bindearbeiten: GGP Media GmbH, Pößneck
Printed in Germany
ISBN 3-89941-036-X

www.mira-taschenbuch.de

Nora Roberts

Tödlicher Champagner

Roman

Aus dem Amerikanischen von
Christiane Schmidt

MIRA®

1. KAPITEL

Niemand hustete so einfach auf hundertfünfzig Millionen Dollar. Keiner der Anwesenden in der weitläufigen Bibliothek des Herrenhauses Jolley's Folley hätte das gewagt, ausgenommen Pandora. Mit viel Inbrunst und wenig Zurückhaltung hustete und nieste sie in ein zerdrücktes Papiertaschentuch, putzte sich die Nase, lehnte sich zurück und wünschte sich, das Schnupfenmittel würde endlich die versprochene schnelle Erleichterung bringen. Vor allem wünschte sie sich natürlich, gar nicht erst diese grässliche Erkältung eingefangen zu haben. Und noch mehr wünschte sie sich an irgendeinen anderen Ort auf dieser Welt.

Sie war umgeben von Dutzenden von Büchern, die sie gelesen, und Hunderten, die sie nicht einmal angesehen hatte, obwohl sie viele, viele Stunden in der Bibliothek verbracht hatte. Der Geruch der ledergebundenen Werke mischte sich mit dem Staub, und beides war Pandora lieber als der erstickende Duft der Lilien, die drei bauchige Vasen füllten.

In einer Ecke des Raumes war ein Schachspiel aus Marmor und Elfenbein aufgebaut, an dem Pandora zahlreiche hitzig umstrittene Partien verloren hatte, Onkel Jolley – Gott segne sein rundliches, unschuldiges Gesicht und seine kurzen, dicken Finger – war beim Spielen ein leidenschaftlicher und geschickter Betrüger gewesen. Pandora wiederum hatte keine Niederlage so einfach eingesteckt. Vielleicht hatte er sie deshalb so gern geschlagen, mit ehrlichen oder unehrlichen Mitteln.

Durch die drei Bogenfenster fiel das Licht matt und düster herein. Es passte zu Pandoras Stimmung und, wie sie fand, auch zu den Vorgängen. Onkel Jolley hätte die Szenerie gefallen.

Wenn Pandora liebte – und sie brachte dieses Gefühl nur einigen Auserwählten in ihrem Leben entgegen -, legte sie alles von sich in diese Liebe. Von Geburt an besaß sie grenzenlose Energien, und sie hatte mit der Zeit eiserne Beharrlichkeit entwickelt. Auf ihre uneingeschränkte, alles umfassende Weise hatte sie Onkel Jolley geliebt und alle seine Schrullen zuerst anerkannt und dann akzeptiert. Er war dreiundneunzig geworden, aber er war nie stumpf oder zerstreut gewesen.

Einen Monat vor seinem Tod waren sie beide angeln gegangen – verbotenerweise, um es genau zu nehmen -, und zwar in dem See des Nachbarn. Nachdem sie mehr gefangen hatten, als sie essen konnten, hatten sie dem Eigentümer ein halbes Dutzend Forellen, ausgenommen und tiefgekühlt, zurückgeschickt.

Pandora würde Onkel Jolley vermissen, mit seinem rundlichen Cherubinsgesicht, seiner hohen, melodiösen Stimme und seinen kleinen Bosheiten. Von seinem drei Meter hohen Porträt in einem extravaganten Rahmen lächelte er auf sie mit demselben leichten Grinsen herunter, mit dem er Millionengeschäfte abgeschlossen oder einem ahnungslosen Vizepräsidenten einen Drink in einem angebohrten Glas in die Hand gedrückt hatte.

Sie vermisste ihn jetzt schon. Niemand in ihrer weit verzweigten, sehr unterschiedlichen Familie verstand und akzeptierte sie mit der gleichen Leichtigkeit. Das war ein Grund mehr gewesen, aus dem sie ihn verehrt hatte.

Von Gram niedergedrückt und von der Erkältung geplagt, lauschte Pandora den monotonen Ausführungen Edmund Fitzhughs über die einleitenden Bestimmungen zu Onkel Jolleys Testament. Maximilian Jolley McVie war nie einer der Schnellsten gewesen. Er hatte stets gesagt, man solle etwas so lange tun, bis der Dampf heraus war. Sein letzter Wille trug seinen Stil.

Pandora machte sich nicht die Mühe, ihr Desinteresse an den Formalitäten zu verbergen und betrachtete eingehend die anderen Anwesenden in der Bibliothek.

Sie Trauernde zu nennen, wäre einer jener bösen Scherze gewesen, die Onkel Jolley geschätzt hätte.

Da waren Jolleys einziger noch lebender Sohn, Onkel Carlson, und seine Frau. Wie hieß sie doch? Lona ... Mona? Spielte das eine Rolle? Steif aufrecht und hellwach hockten sie in Schwarz nebeneinander und erinnerten Pandora an Krähen auf einem Telefondraht, die darauf warteten, dass ihnen etwas vor die Füße fiel.

Cousine Ginger – süß, hübsch und harmlos, aber auch ziemlich unbedarft. In diesem Monat war ihr Haar Jean-Harlow-blond. Der gute Cousin Biff war da in seinem schwarzen, sündhaft teuren Anzug von Brooks Brothers. Er saß zurückgelehnt, ein Bein über das andere geschlagen, als würde er ein Polomatch betrachten. Pandora war sicher, dass er sich kein Wort entgehen ließ. Seine Frau – war das Laurie? – machte ein steifes, respektvolles Gesicht. Aus Erfahrung wusste Pandora, dass Laurie kein Wort von sich gab, es sei denn als Echo von Biff. Onkel Jolley hatte sie eine dumme, langweilige Närrin genannt. Obwohl sie Zynismus hasste, musste Pandora ihm zustimmen.

Onkel Monroe wirkte plump und erfolgreich und rauchte eine dicke Zigarre, obwohl seine Schwester Patience mit einem kleinen weißen Taschentuch vor ihrer Nase fächelte. Oder vielleicht gerade deswegen, verbesserte sich Pandora. Onkel Monroe liebte nichts mehr, als seine erfolglose Schwester zu stören.

Cousin Hank sah wie ein muskulöser Macho aus, übertraf darin jedoch kaum seine harte, athletische Frau Meg. Während ihrer Flitterwochen waren sie durch die Appalachen getrampt, und Onkel Jolley hatte sich stets gefragt, ob die beiden Turn- und Lockerungsübungen machten, bevor sie sich liebten.

Bei der Vorstellung musste Pandora lachen, was sie halbherzig mit dem Papiertaschentuch erstickte, ehe sie ihren Blick zu Cousin Michael wandern ließ. Oder war er Cousin zweiten Grades? Sie war mit diesen formellen Dingen nie klargekommen. Seine Mutter war Onkel Jolleys Nichte durch die zweite Heirat von Jolleys Sohn gewesen. Es war eine komplizierte Verwandtschaft, aber schließlich war Michael Donahue auch ein komplizierter Mann.

Sie beide waren nie gut miteinander ausgekommen, obwohl

Pandora wusste, dass Onkel Jolley ihn bevorzugt hatte. In Pandoras Augen war jeder ein materialistischer Parasit, der seinen Lebensunterhalt dadurch verdiente, dass er eine dümmliche Fernsehserie schrieb, mit der er die Leute vor dem Flimmerkasten festhielt und sie daran hinderte, etwas Sinnvolles zu tun. Für einen Moment genoss sie die Erinnerung daran, wie sie ihm genau das ins Gesicht gesagt hatte.

Und dann gab es da natürlich noch die Frauen. Wenn ein Mann mit ‚Mädchen des Monats' und Showgirls ausging, bewies er, dass er keinen intellektuellen Anreiz besaß. Pandora lächelte, weil sie ihren Standpunkt bei Michaels letztem Besuch auf Jolley's Folley sehr klar formuliert hatte. Onkel Jolley war vor Lachen beinahe vom Stuhl gefallen.

Ihr Lächeln schwand. Onkel Jolley war nicht mehr. Und wenn sie, wie meistens, ehrlich war, musste sie zugeben, dass von allen Leuten im Raum Michael Donahue den alten Herrn am meisten geschätzt hatte.

Das würde man nicht merken, wenn man ihn so ansieht, dachte sie. Er wirkte desinteressiert und leicht arrogant. Sie bemerkte die festen, grimmigen Linien an seinen Lippen. Pandora hatte stets gefunden, dass an Donahue sein Mund am besten aussah, obwohl er ihr selten zulächelte, es sei denn wütend.

Onkel Jolley hatte Michaels Aussehen gefallen, und er hatte das Pandora auch ganz zu Beginn seiner Kuppelversuche gesagt. Eheanbahnung war eines seiner Hobbys gewesen, das sie ihm jedoch schnell abgewöhnt hatte. Nun, so ganz hatte er nie aufgegeben, aber sie hatte ihn in dieser Hinsicht ignoriert.

Vielleicht weil er selbst klein und rundlich gewesen war, hatte Jolley Michaels hohe, schlanke Gestalt und das schmale, ausdrucksvolle Gesicht gemocht. Pandora hätte er auch gefallen können, wären seine Augen nicht oft abwesend und teilnahmslos gewesen.

Im Moment wirkte Michael wie einer seiner Helden in seiner Actionserie, wie er da lässig an der Wand lehnte und in seinem förmlichen Anzug und mit der Krawatte ein wenig fehl am Platz aussah. Seine dunklen Haare waren nicht besonders ordentlich, als hätte er vergessen, sie nach einem wilden Ritt zu kämmen. Er wirkte gelangweilt und bereit für Action. Jede Art von Action.

Es ist schade, dachte Pandora, dass sie nicht besser miteinander auskamen. Sie hätte gern mit jemandem in Erinnerungen an Onkel Jolley geschwelgt, mit jemandem, der seine Grillen genauso geschätzt hatte wie sie.

Doch solche Gedanken waren sinnlos. Hätten sie sich nebeneinander gesetzt, würden sie einander jetzt schon beißen. Onkel Jolley, der von seinem Porträt auf sie heruntergrinste, wusste das nur zu genau.

Mit einem kleinen Seufzer putzte Pandora sich wieder die Nase und versuchte, Fitzhugh zuzuhören. Es ging gerade um ein Vermächtnis an Wale oder vielleicht auch Walfänger.

Noch eine Stunde in der Art, dachte Michael, und ich gehe die Wände hoch. Wenn er noch einmal das Wort ‚dessenthalben' hören musste ... Michael beruhigte sich mit einem tiefen Atemzug. Er blieb hier, so lange es dauern würde, weil er den verrückten alten Mann geliebt hatte. Wenn der letzte Liebesdienst für Jolley war, dass er in einem Raum zusammen mit einer Gruppe menschlicher Geier langatmigen juristischen Ausführungen lauschte, dann tat er es eben. Sobald das hier vorbei war, wollte er sich einen anständigen Schuss Brandy einschenken und ganz für sich auf den alten Mann trinken. Jolley hatte Brandy gemocht.

Als Michael jung und voll Fantasie gewesen war und seine Eltern nichts verstanden hatten, da hatte Onkel Jolley ihm zugehört und ihn in seinen Träumen ermutigt. Bei jedem Besuch auf Jolley's Folley hatte sein Onkel von ihm eine Geschichte verlangt und sich begierig mit leuchtenden Augen zurückgelehnt, während Michael seiner Einfallskraft freien Lauf ließ. Michael hatte nichts davon vergessen.

Nachdem er seinen ersten Emmy Award – den begehrtesten

Fernsehpreis der Welt, für ‚Logan's Run' – erhalten hatte, war Michael von Los Angeles in die Catskills geflogen und hatte seinem Onkel die Statue überreicht. Der Emmy war noch in dem Schlafzimmer des alten Mannes, obwohl der alte Mann nicht mehr da war.

Michael lauschte der trockenen, unpersönlichen Stimme des Anwalts und sehnte sich nach einer Zigarette. Erst vor zwei Tagen hatte er das Rauchen aufgegeben. Vor zwei Tagen, vier Stunden und fünfunddreißig Minuten. Ja, er wäre wirklich gern die Wände hochgegangen.

Er bekam keine Luft mit allen diesen Leuten im selben Raum. Jeder Einzelne von ihnen hatte den alten Jolley als verrückt und recht lästig angesehen. Etwas anderes war das mit dem Hundertfünfzig-Millionen-Dollar-Vermögen. Aktien und Beteiligungen waren alles andere als verrückt. Michael hatte mehrere begierige Blicke auf die Einrichtung der Bibliothek aufgefangen. Die schweren, reich verzierten georgianischen Möbel passten sicher nicht zu dem stromlinienförmigen Lebensstil mancher Anwesender, würden aber einen ordentlichen Batzen Bargeld auf die Hand einbringen. Michael wusste, dass der alte Mann jeden protzigen Stuhl und jeden überdimensionalen Tisch in diesem Haus geliebt hatte.

Er bezweifelte, dass einer der Versammelten in den letzten zehn Jahren in dem großen, widerhallenden Haus gewesen war. Pandora ausgenommen, wie er grollend einräumte. Sie mochte lästig sein, aber sie hatte Jolley verehrt.

Im Moment sah sie miserabel aus. Michael hatte sie noch nie zuvor unglücklich gesehen. Wütend, verächtlich, herausfordernd, aber nie unglücklich. Hätte er es nicht besser gewusst, hätte er sich neben sie gesetzt, ihr Trost angeboten und ihre Hand gehalten. Sie hätte ihm dafür möglicherweise seine Hand genau am Gelenk durchgebissen.

Immerhin, ihre unglaublich blauen Augen waren rot und verquollen, fast so rot wie ihr Haar, dachte er, während sein Blick über die wilde lockige Mähne glitt, die ungeordnet und ungezügelt auf ihre Schultern fiel. Sie war so blass, dass die Sommersprossen über ihrer Nase sich deutlich abzeichneten. Normalerweise war ihre elfenbeinfarbene Haut leicht rosig getönt, ob vor Gesundheit oder von ihrem hitzigen Temperament wusste er nicht genau.

Zwischen ihren feierlichen schwarz gekleideten Angehörigen stach sie wie ein Papagei zwischen Krähen heraus. Sie trug ein leuchtend blaues Kleid. Michael fand das gut, obwohl er das nie zu Pandora sagen würde. Sie brauchte kein Schwarz und keine Kreppschleifen und Lilien, um zu trauern. Das begriff er, obwohl er Pandora nicht begriff.

In regelmäßigen Abständen ärgerte sie ihn mit ihren Ansichten über seinen Lebensstil und seine Karriere. Wenn sie zusammenkrachten, dauerte es nicht lange, bis er ihr ebenfalls Kritik an den Kopf warf. Immerhin war sie eine kluge, talentierte Frau, die lieber herumspielte und abscheulichen Schmuck für Boutiquen machte, anstatt sich ihres Hochschulabschlusses in Erziehung zu bedienen.

Sie nannte ihn jedes Mal materialistisch, er nannte sie idealistisch. Sie stufte ihn als Chauvinisten, er stufte sie als Pseudointellektuelle ein. Jolley hatte jeden Streit mit gefalteten Händen kichernd verfolgt. Jetzt, da er nicht mehr war, gab es keine Gelegenheiten für derartige Kämpfe. Seltsamerweise erschien ihm auch das ein Grund mehr, um seinen Onkel zu vermissen.

In Wahrheit hatte Michael nie zu irgendjemandem eine starke familiäre Bindung gefühlt, Jolley ausgenommen. Michael dachte nicht oft an seine Eltern. Sein Vater war mit seiner vierten Frau irgendwo in Europa, und seine Mutter hatte sich mit Ehemann Nummer drei friedvoll in die Gesellschaft von Palm Springs eingefügt. Sie hatten ihren Sohn nie verstanden, der sich dafür entschieden hatte, für etwas so Spießbürgerliches wie das Fernsehen zu arbeiten.

Aber Jolley hatte ihn verstanden und ihm zugestimmt. Und, was noch viel, viel wichtiger für Michael war, er hatte Michaels Arbeit genossen.

Ein Lächeln breitete sich auf Michaels Gesicht aus, als er Fitzhugh das Vermächtnis für die Wale herunterleiern hörte. Das war so typisch Jolley. Etliche ungeduldige Verwandte zischten durch die zusammengebissenen Zähne. Hundertfünfzigtausend Dollar waren ihnen soeben durch die Lappen gegangen. Michael blickte zu dem überlebensgroßen Porträt seines Onkels auf. Du hast immer gesagt, du würdest das letzte Wort behalten, du alter Querkopf. Nur schade, dass du nicht mehr hier bist und darüber lachen kannst.

„Meinem Sohn Carlson ..." Murmeln und Flüstern erstarben, als Fitzhugh sich räusperte. Ohne Anteilnahme beobachtete Pandora, wie ihre Verwandten sich anspannten. Wohltätige Institutionen und Dienerschaft waren bedacht worden. Jetzt kamen die großen Brocken an die Reihe. Fitzhugh blickte kurz auf, ehe er fortfuhr. „Meinem Sohn Carlson, dessen ... äh ... Mittelmäßigkeit mir immer ein Rätsel war, hinterlasse ich meine gesamte Sammlung von Zaubertricks, in der Hoffnung, dass er einen Sinn für Lächerlichkeit entwickelt."

Pandora unterdrückte mit ihrem Papiertaschentuch einen erstickten Laut und beobachtete, wie ihr Onkel puterrot wurde. Erster Punkt an Onkel Jolley, dachte sie und stellte sich auf weiteres Vergnügen ein. Vielleicht hatte er alles der Heilsarmee vermacht.

„Meinem Enkel Bradley und meiner angeheirateten Enkelin Lorraine hinterlasse ich meine allerbesten Wünsche. Mehr brauchen sie nicht."

Pandora schluckte und blinzelte gegen die Tränen an, die ihr bei der Erwähnung ihrer Eltern in die Augen stiegen. Sie würde ihre Eltern abends in Sansibar anrufen, damit sie sich über die Wünsche genauso freuen konnten wie sie selbst.

„Meinem Neffen Monroe, der seinen ersten selbst verdienten Dollar aufgehoben hat, hinterlasse ich meinen letzten selbst verdienten Dollar samt Rahmen. Meiner Nichte Patience hinterlasse ich mein Cottage in Key West, allerdings ohne große Hoffnung, dass sie genug Mut und Schwung besitzt, um es zu benützen."

Monroe kaute auf seiner Zigarre herum, während Patience entsetzt dreinblickte.

„Meinem Großneffen Biff hinterlasse ich meine Streichholzsammlung, in der Hoffnung, dass er endlich die Welt in Brand steckt. Meiner Großnichte Ginger, die hübsche Dinge liebt, hinterlasse ich den Silberspiegel, der angeblich Marie Antoinette gehört hat. Meinem Großneffen Hank hinterlasse ich die Summe von 3.528 Dollar, genug, wie ich meine, damit er sich sein Leben lang mit Weizenkeimen versorgen kann."

Das Murmeln, das bei dem ersten Vermächtnis eingesetzt hatte, hielt an und wuchs. Ärger ging allmählich in Wut über. Nichts hätte Jolley besser gefallen. Pandora machte den Fehler, zu Michael zu sehen. Jetzt wirkte er nicht abwesend, sondern voll Bewunderung. Als sich ihre Blicke trafen, konnte Pandora ihr Lachen nicht mehr zurückhalten und fing sich wütende Blicke ein.

Carlson erhob sich empört. „Mr. Fitzhugh, das Testament meines Vaters ist nichts als eine böse Verspottung. Offenbar war er bei der Abfassung nicht bei Sinnen, und ich bezweifle nicht, dass ein Gericht das Testament verwerfen wird."

„Mr. McVie." Wieder räusperte sich Fitzhugh. „Ich verstehe vollkommen Ihre Empfindungen bezüglich dieser Angelegenheit. Dennoch war mein Klient im Vollbesitz seiner geistigen und körperlichen Kräfte, als sein Testament abgefasst wurde. Er mag es zwar entgegen meinem Rat formuliert haben, aber es ist legal und bindend. Es steht Ihnen selbstverständlich frei, einen eigenen Anwalt zu konsultieren. Und nun habe ich noch mehr zu verlesen."

„Gewäsch." Monroe paffte an seiner Zigarre und starrte alle wütend an. „Gewäsch", wiederholte er, während Patience seinen Arm tätschelte und hingebungsvoll zwitscherte.

„Onkel Jolley liebte Gewäsch", sagte Pandora und ballte ihr Taschentuch zusammen. Sie war bereit, es mit allen aufzunehmen, und sie hoffte fast, dass es nötig war. Es hätte sie von ihrer Trauer abgelenkt. „Hätte er sein Geld der Gesellschaft gegen Dummheit hinterlassen wollen, wäre das sein Recht gewesen."

„Immer langsam, meine Liebe." Biff polierte seine Fingernägel am Aufschlag seines Jacketts. Sein goldenes Uhrenarmband schimmerte. „Vielleicht hat dir der alte Narr eine Spule Garn hinterlassen, damit du noch mehr Glaskugeln auffädeln kannst."

„Du hast die Streichhölzer noch nicht, alter Junge." Alle Augen richteten sich auf Michael, als er sich träge aus seiner Ecke heraus zu Wort meldete. „Pass gut auf, was du anzündest."

„Warum lasst ihr ihn denn nicht weiterlesen?" flötete Ginger. Sie war mit ihrem Anteil zufrieden. Marie Antoinette, dachte sie. Man stelle sich vor.

„Die beiden letzten Vermächtnisse sind miteinander verbunden", begann Fitzhugh, bevor es eine neuerliche Störung gab. „Und sie sind etwas unorthodox."

„Das ganze Testament ist unorthodox", stieß Carlson verächtlich hervor, und mehrere Köpfe nickten zustimmend.

Pandora erinnerte sich daran, warum sie Familientreffen stets gemieden hatte. Sie langweilten sie zu Tode. Ganz offen hielt sie ihre Hand an den Mund und gähnte. „Könnten wir den Rest hören, Mr. Fitzhugh, bevor sich meine Angehörigen noch mehr bloßstellen?"

Sie glaubte, in den Augen des angestaubt wirkenden Anwalts ein zustimmendes Aufblitzen zu sehen, war jedoch nicht sicher.

„Mr. McVie schrieb diesen Abschnitt in seinen eigenen Worten." Er unterbrach sich kurz. „Pandora McVie und Michael Donahue", verlas Fitzhugh. „Den beiden Familienmitgliedern, die mir mit ihren Ansichten des Lebens die meiste Freude bereitet haben, mit ihrem Spaß an einem alten Mann und an alten Scherzen, vermache ich den Rest meines Besitzes, in seiner Gesamtheit, mit allen Guthaben, allen Geschäftsinteressen, allen Aktien, Pfandbriefen und Vermögensbeteiligungen, allem beweglichen und unbeweglichen Besitz, mit all meiner Zuneigung. Zu gleichen Teilen."

Pandora hörte nicht die Einwände von allen Seiten, als sie wie benommen aufsprang. „Ich kann dieses Geld nicht annehmen!“ Sie eilte zu Fitzhugh. „Ich könnte gar nichts damit anfangen. Das würde nur mein Leben in Unordnung bringen.“ Sie wedelte mit der Hand über die Papiere auf dem Schreibtisch. „Er hätte mich zuerst fragen sollen.“

„Miss McVie ...“

Bevor der Anwalt noch mehr sagen konnte, wirbelte sie zu Michael herum. „Du kannst alles haben. Du könntest damit immerhin was anfangen.“

In eisiger Ruhe schob Michael seine Hände in die Taschen. „Vielen Dank für dein Angebot, Cousine, aber bevor du die Bombe zündest, könntest du Mr. Fitzhugh zu Ende lesen lassen.“

Sie starrte ihn einen Moment an, fast Nase an Nase mit ihm. Dann holte sie, wie sie das schon vor langer Zeit gelernt hatte, tief Luft und wartete, bis sie sich beruhigte. „Ich will das Geld nicht.“

„Du hast deinen Standpunkt klargemacht.“ Er hob eine Augenbraue in jener zynischen, halb amüsierten Art, mit der er sie stets zur Weißglut brachte. „Du faszinierst die Verwandtschaft mit der kleinen Show, die du hier abziehst.“

Durch nichts hätte sie ihre Selbstkontrolle schneller finden können. Sie hob ihm stolz ihr Kinn entgegen, zischte einmal und gab nach. „Also gut.“ Sie drehte sich um und hielt die Stellung. „Ich entschuldige mich für die Unterbrechung. Bitte lesen Sie zu Ende, Mr. Fitzhugh.“

„Ich hinterlasse alles“, fuhr er fort, „zusammen mit meinem Heim und den Dingen und Erinnerungen darin, die mir sehr wichtig sind, Pandora und Michael, weil sie Verständnis und Fürsorge gezeigt haben. Ich hinterlasse es ihnen, obwohl es sie vielleicht ärgert, weil es sonst niemanden in meiner Familie gibt, dem ich etwas für mich Wichtiges hinterlassen kann. Was mir gehörte, gehört jetzt Pandora und Michael, weil ich weiß, dass sie mich in ihrer Erinnerung lebendig erhalten werden. Ich erbitte von jedem der beiden nur eine Kleinigkeit als Gegenleistung.“

Michael entspannte sich und lächelte andeutungsweise. „Jetzt kommt der Hammer", murmelte er.

„Nicht später als eine Woche nach Verlesung dieses Dokuments werden Pandora und Michael in mein Haus in Catskills ziehen, nach Jolley's Folley. Sie werden dort für einen Zeitraum von sechs Monaten leben, wobei keiner von beiden mehr als zwei aufeinander folgende Nächte unter einem anderen Dach zubringen darf. Nach Ablauf dieses Zeitraums von sechs Monaten fällt ihnen der Besitz zu, in Gänze und ohne Auflagen, zu gleichen Teilen."

Der Anwalt räusperte sich, während es ansonsten im Raum totenstill war.

„Wenn einer der beiden mit dieser Verfügung nicht einverstanden ist oder die Bedingungen dieser Verfügung innerhalb des Zeitraums von sechs Monaten bricht, fällt der gesamte Besitz zu gleichen Teilen allen meinen übrigen Erben und dem Institut zum Studium Fleisch fressender Pflanzen zu. Ich segne euch, meine Kinder. Lasst einen alten, toten Mann nicht im Stich."

Eine volle Minute herrschte tiefe Stille.

Dann murmelte Michael: „Der alte Bastard." Pandora hätte daran Anstoß genommen, hätte sie ihm nicht völlig zugestimmt. Weil Michael voraussah, dass die Temperatur in dem Raum anstieg, zog er Pandora mit sich hinaus, den Korridor entlang und in einen jener seltsamen kleinen Salons, die man überall im Haus fand. Unmittelbar bevor er die Tür schloss, ging in der Bibliothek die erste Explosion hoch.

Pandora holte ein frisches Taschentuch hervor, schnäuzte sich und ließ sich auf die Armlehne eines Sessels plumpsen. Sie war zu entgeistert und erschöpft, um sich zu amüsieren. „Na, und jetzt?"

Michael tastete nach einer Zigarette, ehe er sich daran erinnerte, dass er aufgehört hatte. „Jetzt müssen wir einige Entscheidungen treffen."

Pandora schenkte ihm einen jener langen, starren Blicke, die nach ihrer Erfahrung die meisten Männer ins Stottern brachten. Michael saß ihr jedoch bloß gegenüber und starrte zurück. „Ich habe gemeint, was ich gesagt habe. Ich will dieses Geld nicht. Nach Aufteilung und Abzug der Steuern sind das ungefähr fünfzig Millionen pro Kopf. Fünfzig Millionen“, wiederholte sie und rollte die Augen. „Lächerlich.“

„Das war immer Jolleys Meinung“, sagte Michael und bemerkte die Trauer in ihren Augen.

„Er hat das Geld nur zum Spielen benutzt. Das Problem war, dass er jedes Mal nur noch Geld dazugewonnen hat.“ Pandora konnte nicht still sitzen und ging ans Fenster. „Michael, mit so viel Geld würde ich ersticken.“

„Bargeld ist nicht so schwer, wie du denkst.“

Mit einem abfälligen Lächeln drehte sie sich um und setzte sich auf das Fensterbrett. „Du hättest nichts gegen fünfzig Millionen nach Abzug der Steuern einzuwenden.“

Er hätte liebend gern diesen Ausdruck aus ihrem Gesicht weggewischt. „Ich besitze nicht deine feine Missachtung für Geld, Pandora, vielleicht weil ich ohne Geld aufgewachsen bin.“

Sie zuckte die Schultern. „Dann nimm alles.“

Michael griff nach einem kleinen blauen Glasei und warf es von einer Hand in die andere. Es war kühl und glatt und ein paar tausend Dollar wert. „Das wollte Jolley nicht.“

Schniefend riss sie ihm das Ei aus der Hand. „Er wollte, dass wir heiraten und glücklich zusammenleben bis ans Ende unserer Tage. Ich würde ihm gern den Gefallen tun.“ Sie warf ihm das Ei wieder zu. „Aber ich bin keine derartige Märtyrerin. Und bist du nicht ohnedies mit irgendeiner kleinen blonden Tänzerin verlobt?“

Er legte sorgsam das Ei weg, bevor er dem Drang folgte, es nach Pandora zu werfen. „Für jemanden, der die verwöhnte Nase über das Fernsehen rümpft, zeigst du wenig intellektuelle Geringschätzung für Klatsch und Tratsch.“

„Ich liebe Klatsch und Tratsch“, sagte Pandora so gigantisch übertrieben, dass Michael lachte.

„Also gut, Pandora, stecken wir für einen Moment die Schwerter weg. Ich bin mit niemandem verlobt, aber Heirat ist gar keine Bedingung des Testaments. Wir müssen nur sechs Monate unter demselben Dach leben.“

Während sie ihn betrachtete, fühlte sie Enttäuschung in sich aufkommen. „Du willst also wirklich das Geld?“

Er machte zwei wütende Schritte auf sie zu, bevor er sich zurückhielt. Pandora zuckte nicht einmal mit der Wimper. „Denk, was du willst“, sagte er leise, als wäre es unwichtig. Seltsamerweise ließ es sie schaudern. „Du willst das Geld nicht, gut. Abgesehen davon, willst du denn zusehen, wie dieses Haus an die Verwandtschaft da draußen geht oder an einen Haufen lächerlicher Wissenschaftler, die die Venusfalle untersuchen? Jolley hat dieses Haus und alles darin geliebt, und ich dachte immer, du auch.“

„Tue ich auch.“ Die anderen würden es verkaufen, und das Haus wäre für sie verloren. Alle diese unsinnigen, prunkvollen Räume und die lächerlichen Bogengänge. Jolley mochte nicht mehr unter ihnen sein, aber er hatte das Haus wie eine baumelnde Karotte zurückgelassen, und er hielt nach wie vor den Stock, an dem der Köder hing.

„Er versucht noch immer, unser Leben zu bestimmen.“

Michael hob eine Augenbraue. „Überrascht?“

Leise lachend sah Pandora zu ihm. „Nein.“

Langsam schritt sie durch den Raum, während die Sonnenstrahlen durch die geschliffenen Glasscheiben fielen und in ihr rotes Haar Hochglanz zauberten. Michael beobachtete sie mit objektiver Bewunderung. Sie müsste großartig auf einer Leinwand aussehen. Das hatte er schon immer gefunden. Ihre Haltung, ihr Hochmut. Die paar Pfunde, die sie optisch durch die Kamera mehr bekommen würde, konnten ihrem zu eckigen, gertenschlanken Körper nicht schaden. Und das brandrote Haar wäre auf der Leinwand zu einem Signalfeuer geworden, wogegen es in der Realität einfach zu stark leuchtete. Er hatte sich oft gefragt, warum sie es nicht etwas unauffälliger färbte.

Im Moment interessierte er sich jedoch nur für ihre Gedanken. Das Geld war ihm verdammt gleichgültig, aber er wollte nicht zusehen, wie alles unter die Geier fiel. Und wenn er Pandora dafür rau anfassen musste, tat er es eben. Und vielleicht würde es ihm sogar Spaß machen.

Millionen! Pandora zuckte zusammen. Über oder unter einem bestimmten Einkommen gab es nichts als Sorgen. Aber auf einem netten, angenehmen Niveau ließ es sich leben, und sie hatte es fast schon gefunden. Wie sie die Sache sah, musste sie wie bei einem Schachspiel ihre Züge überlegen.

Sie hatte nie mit einem Mann zusammengelebt. Ganz bewusst nicht, Pandora wollte sich nur nach sich selbst richten müssen. Es war weniger, dass sie Dinge nicht teilen wollte. Sie wollte Lebensraum nicht teilen. Wenn sie jetzt zustimmte, war das schon die erste Konzession.

Dazu kam die Tatsache, dass Michael attraktiv war, attraktiv genug, um beunruhigend zu wirken, wäre er nicht gleichzeitig so ärgerlich gewesen. Ärgerlich und selbst leicht verärgert, erinnerte sie sich amüsiert. Sie wusste, welche Knöpfe sie drücken musste, um ihn zu irritieren. Hatte sie sich nicht stets damit gebrüstet, dass sie mit ihm umgehen könne? Es war nicht immer einfach gewesen. Dafür war er zu klug, aber das hatte ihre Wortwechsel interessant gemacht. Allerdings waren sie nie länger als eine Woche zusammen gewesen.

Es gab eine klare, unbestreitbare Tatsache: Sie hatte ihren Onkel geliebt. Wie konnte sie mit sich leben, wenn sie ihm einen letzten Wunsch verwehrte? Oder einen letzten Scherz?

Pandora blieb stehen und betrachtete Michael. „Sag mal, Cousin, wie können wir sechs Monate unter einem Dach leben, ohne uns zu schlagen?“

„Gar nicht."

Michael hatte so schnell geantwortet, dass sie lachte. „Ich glaube, ich würde mich langweilen, falls wir uns nicht schlagen sollten. Ich könnte innerhalb von drei, höchstens vier Tagen einziehen."

„Sehr gut." Als sich seine Schultern entspannten, erkannte er, wie sehr er gefürchtet hatte, sie werde ablehnen. Im Moment wollte er nicht untersuchen, warum ihm das so wichtig war. Er streckte ihr die Hand entgegen. „Abgemacht."

Pandora neigte den Kopf und schlug ein. „Abgemacht." Sie war überrascht, dass sich seine Hand hart und ein wenig schwielig anfühlte, nicht wie erwartet weich und schlaff. Immerhin tippte er bloß auf der Maschine. Vielleicht hielten die nächsten sechs Monate einige Überraschungen bereit.

„Sollen wir es den anderen mitteilen?" fragte er.

„Sie werden uns umbringen wollen."

Michael fand ihr Lächeln gleichzeitig reizend und boshaft. „Ich weiß", bestätigte er. „Versuche, nicht zu sehr zu strahlen."

Als sie den Salon verließen, hatten sich die Verwandten auf dem Korridor versammelt und taten, was sie gemeinsam am besten konnten: Sie stritten.

„Du würdest deinen Anteil für Möhrensaft verplempern", sagte Biff verächtlich zu Hank. „Ich wüsste wenigstens etwas mit dem Geld anzufangen."

„Es auf Pferde zu verwetten", sagte Monroe und stieß eine alles erstickende Wolke Zigarrenrauch aus. „Investieren. Abzüglich Steuern."

„Du könntest für dein Geld einen Kurs besuchen, wie man in ganzen Sätzen spricht." Carlson zog sich aus dem Rauch zurück und richtete seinen Krawattenknoten. „Ich bin der einzige Sohn des alten Herrn. Es ist meine Aufgabe, seine Unzurechnungsfähigkeit zu beweisen."

„Onkel Jolley besaß mehr Zurechnungsfähigkeit als ihr alle zusammen." Frustriert und angewidert trat Pandora vor. „Er hat jedem von euch genau das hinterlassen, was er euch zukommen lassen wollte."

Biff zog ein flaches goldenes Zigarettenetui hervor und warf seiner Cousine einen Blick zu. „Sieht so aus, als hätte unsere Pandora ihre Meinung geändert. Nun, du hast dafür gearbeitet, nicht wahr, Darling?"

Michael legte seine Hand auf Pandoras Schulter, bevor sie auf Biff losgehen konnte. „Du möchtest doch dein Profil behalten, Cousin?"

„Das Fernsehen hat dich wohl auf den Geschmack für Gewalt gebracht." Biff steckte sich lächelnd seine Zigarette an.

„Also, mir erscheint die ganze Sache fair." Hanks Frau schüttelte Pandora und Michael herzhaft die Hand. „Richtet euch hier im Haus einen Fitness-Raum ein. Trainiert ein bisschen. Komm jetzt, Hank."

Schweigend folgte Hank ihr nach draußen, wobei sich sein Jackett über seinen Schultern spannte.

„Nur Muskeln und kein Hirn", murmelte Carlson. „Komm, Mona." Er warf noch einen wütenden Blick auf Pandora und Michael. „In der Angelegenheit hört ihr noch von mir."

Pandora schenkte ihm ein reizendes Lächeln. „Gute Heimfahrt, Onkel Carlson."

„Anfechtung", brummte Monroe und watschte hinter ihnen her.

Patience winkte mit beiden Händen. „Key West, du gütiger Himmel! Ich war nie südlicher als Palm Beach. O lieber Himmel!"

„Ach, Michael." Ginger legte ihm die Hand auf den Arm. „Wann, meinst du, kann ich meinen Spiegel haben?"

Michael dankte dem Himmel, dass Jolley nicht verlangt hatte, er solle sechs Monate mit Cousine Ginger verbringen. „Mr. Fitzhugh schickt ihn dir bestimmt so bald wie möglich zu."

„Komm, Ginger, wir nehmen dich zum Flughafen mit." Biff warf Pandora noch einen abschätzenden Blick zu. „Würde ich dich nicht besser kennen, müsste ich mir Sorgen machen. Aber du hältst es mit Michael keine sechs Tage aus, geschweige denn sechs Monate."

„Gib noch nicht das Geld des alten Herrn aus", warnte Michael. „Wir schaffen die sechs Monate, und wenn es nur darum geht, euch eins auszuwischen."

„Abwarten." Biff ging kerzengerade hinaus. Seine Frau folgte ihm. Sie hatte die ganze Zeit kein Wort gesagt.

„Biff", fragte Ginger im Hinausgehen. „Was wirst du mit allen diesen Streichhölzern machen?"

„Hinter sich die Brücken verbrennen, hoffe ich", murmelte Pandora. „Sie sind weg. Und wir haben jetzt sechs Monate vor uns. Ich weiß noch nicht, warum du es machst, aber ich nehme es für Onkel Jolley auf mich. Ich kann meine Ausrüstung recht leicht hier unterbringen."

„Und ich kann hier recht leicht schreiben."

Pandora holte eine Rose aus einer Schale. „Sofern man bei diesen unglaubwürdigen Skripts von Schreiben sprechen kann."

„In dem gleichen Maß, in dem man deine aufgefädelten Klimperreifen Kunst nennen kann."

Ihre Wangen bekamen wieder Farbe. „Du könntest Kunst nicht einmal erkennen, würde sie vor dir stehen und dich in die Nase beißen. Mein Schmuck drückt Emotionen aus."

„Und wie viel kostet Lust im Moment?"

„Ich dachte, du wärst mit dem Preis gut vertraut." Pandora fischte ein Taschentuch hervor, nieste hinein und schloss ihre Tasche. „Die meisten Frauen, mit denen du dich triffst, tragen Preisschilder."

Es amüsierte Michael sichtlich. „Ich dachte, wir sprechen über Arbeit."

„In meinem Beruf wird die Zeit bezahlt, während deiner ... deiner wird für Werbeeinschaltungen unterbrochen. Und dann ..."

„Ich bitte um Entschuldigung."

Fitzhugh stand in der Tür der Bibliothek und wollte vor dem McVie-Clan beschützt werden und sich bei einem Drink beruhigen. „Darf ich annehmen, dass Sie beide mit den Bedingungen des Testaments einverstanden sind?"

Sechs Monate, dachte Pandora. Es wird ein sehr, sehr langer Winter werden.

Sechs Monate, dachte Michael. Die erste Narzisse, die ich im April finde, werde ich vergolden lassen.

„Sie können die Frist ab Ende der Woche laufen lassen", sagte Michael zu Fitzhugh. „Einverstanden, Cousine?"

Pandora hob ihr Kinn an. „Einverstanden."

2. KAPITEL

Es war eine schöne Fahrt von Manhattan, am Hudson River entlang und in die Catskills hinein. Pandora hatte sie immer genossen, aber jetzt musste sie Manhattan gleich für sechs Monate verlassen. Sicher, sie konnte gelegentlich für ein paar Stunden in die Stadt kommen, aber das war kaum dasselbe wie ein Leben im Mittelpunkt des Geschehens.

Sie war damit aufgewachsen, alles zu genießen und stets das Beste aus ihrer Umgebung zu machen. Ihre Eltern waren Zigeuner im Herzen. Der Wohlstand hatte nur bewirkt, dass sie erster Klasse anstatt in Planwagen reisten. Und an Lagerfeuern hatten sie stets einen Diener, der Feuerholz sammelte, aber der Sinn war derselbe.

Vor ihrem fünfzehnten Lebensjahr hatte Pandora in mehr als dreißig Ländern gelebt. Sie hatte Sushi in Tokio gegessen, die Moore von Cornwall durchstreift und auf türkischen Märkten eingekauft. Privatlehrer hatten sie auf ihren Reisen begleitet. Die unruhige Kindheit hatte ihren Sinn für Stil geprägt und den Wunsch nach einem richtigen Heim erzeugt.

Während es ihren Eltern gefiel, durch die Länder zu ziehen und alles in Wort und Bild festzuhalten, hatte Pandora etwas Wichtiges versäumt. Wo war ihr Zuhause? Dieses Jahr in Mexiko, das nächste in Athen. Ihre Eltern hatten sich mit ihren Büchern und Artikeln über alles Ungewöhnliche einen Namen gemacht, aber Pandora wünschte sich Wurzeln, die sie sich jedoch selbst suchen musste.

Sie hatte sich für New York und in gewisser Weise für Onkel Jolley entschieden.

Jolley McVies allerletzter Scherz, dachte sie, als sie in die lange Zufahrt einbog. Hätte sie doch bloß mehr über Michael gewusst. War es bei ihm das Geld oder Zuneigung zu dem alten Mann, was ihn in die Catskills zog? Seine Serie ‚Logan's Run' war im sehr erfolgreichen vierten Jahr, und er hatte andere lukrative Unternehmungen im Fernsehen laufen. Doch Geld stellte eine Verführung dar, Onkel Carlson hatte mehr davon, als er je ausgeben konnte, und focht dennoch bereits das Testament an.

Das bereitete ihr keine Sorgen. Onkel Jolley hatte stets nur die besten Leute angestellt. Wenn Fitzhugh das Testament erstellt hatte, war es wasserdicht. Sorgen bereitete ihr dagegen Michael Donahue.

Als sie ankam, war sie von der Fahrt und der Erkältung erschöpft. Ihre Ausrüstung war schon am Tag davor hergebracht worden, aber sie hatte immer noch drei Koffer im Wagen. Pandora wollte einen nach dem anderen nehmen, öffnete den Kofferraum und sah zu dem Herrenhaus hinüber.

Onkel Jolley hatte es gebaut, als er vierzig war. Also war das Haus älter als ein halbes Jahrhundert. Es erstreckte sich nach allen Richtungen gleichzeitig. Ohne die Seitenflügel wäre es ein ziemlich nüchternes Herrenhaus im Stil des späten neunzehnten Jahrhunderts gewesen. So aber war es eine verwirrende Vielfalt von Mauern und Ecken, hohen und breiten Gebäudeteilen. Einige Fenster waren lang gestreckt, andere breit, einige vergittert, andere frei.

Die Steine stammten aus seinen Steinbrüchen, das Holz aus seinen Sägewerken, und für den Hausbau hatte er eine Baufirma ins Leben gerufen. ‚McVie Construction Incorporated' war eine der fünf größten Gesellschaften des Landes. Und nun gehörte ihr davon die Hälfte, auch von Baby-Öl, Stahlwerken, Düsentriebwerken und Kuchenmischungen. Pandora biss die Zähne zusammen und hob einen Koffer aus dem Wagen. Worauf hatte sie sich bloß eingelassen!

Michael beobachtete Pandora von einem Fenster im ersten Stock aus. Sie trug eine lange weite Jacke in drei lebhaften Farben. Blau, Gelb und Rosa. Der Wind fing sich in ihrer gelben Hose und ließ sie flattern. Sie wirkte nicht verweint, sondern grimmig entschlossen. Umso besser. Bei dem Begräbnis ihres Onkels hatte er sie trösten wollen, doch zu viel Mitgefühl für eine Frau wie Pandora war tödlich, und das Wissen darum hatte ihn abgehalten.

Er kannte sie von Kindheit an und hatte sie immer für ein verwöhntes Biest gehalten, musste ihr aber zugestehen, dass sie aufrichtiger und ehrlicher als der Rest der Verwandtschaft war.

Eine kurze Zeit hatte er für sie ein gewisses Verlangen verspürt, nur das seichte Verlangen eines Teenagers. Sie hatte schon immer ein faszinierendes Gesicht besessen, aber er zog sanftere Frauen vor, Frauen mit mehr Glanz und Weiblichkeit – und kürzeren Klauen.

Michael verschob das Einrichten seines Arbeitszimmers und ging nach unten.

„Charles, sind meine Sachen gekommen?“ Pandora ließ ihre Autofahrerhandschuhe auf einen kleinen runden Tisch in der Halle fallen. Wegen Charles, dem alten Butler, der ihren Onkel schon vor ihrer Geburt versorgt hatte, freute sie sich über ihr Kommen.

„Alles ist heute Morgen eingetroffen, Miss.“ Der alte Mann wollte ihren Koffer nehmen, doch sie winkte ab.

„Nein, bemühen Sie sich nicht. Wohin haben Sie die Sachen gebracht?“

„In das Gartenhaus im östlichen Hof, wie Sie es wünschten.“

Sie lächelte ihm zu und gab ihm einen Schmatz auf die Wange, und sein eckiges Bulldoggengesicht rötete sich leicht. „Ich wusste, dass ich mich auf Sie verlassen kann. Ich habe Ihnen noch gar nicht gesagt, wie glücklich ich darüber bin, dass Sie und Sweeney bleiben. Das Haus wäre nicht mehr dasselbe, würden Sie nicht Tee servieren und Sweeney Kuchen backen."

Charles drückte seinen Rücken noch gerader durch. „Wir denken gar nicht daran wegzugehen, Miss. Der Herr hätte gewollt, dass wir bleiben."

Er hatte es ihnen aber ermöglicht, indem er jedem von ihnen dreitausend Dollar pro Dienstjahr hinterlassen hatte. Charles war seit dem Bau des Hauses hier, und Sweeney war ungefähr zehn Jahre später gekommen. Das Erbe hätte ausgereicht, dass sie sich zur Ruhe setzten. Pandora lächelte. Manche waren nicht für den Ruhestand geschaffen.

„Charles, ich hätte gern Tee." Sie wusste, dass sie ihn ablenken musste, sonst hätte er darauf bestanden, ihr Gepäck die lange Treppe hinaufzutragen.

„Im großen Salon, Miss?"

„Ausgezeichnet, und wenn Sweeney vielleicht diese kleinen Kuchen ..."

„Sie backt schon den ganzen Vormittag." Seine Schuhe knarrten kaum hörbar, als er in die Küche ging.

Pandora malte sich dicken Zuckerguss aus. „Wie viel kann man in sechs Monaten zunehmen?" murmelte sie.

„Eine gleichmäßige Diät mit Sweeneys Kuchen könnte dir nicht schaden", sagte Michael von seinem erhöhten Standpunkt aus. „Männer werden für gewöhnlich mehr vom Körper als von Knochen angezogen."

Pandora wirbelte herum und musste den Kopf in den Nacken legen, um zu Michael aufzublicken. „Ich richte mein Leben nicht danach aus, wie ich Männer anziehe."

„Ich wäre der Letzte, der das behauptet."

Er wirkte sehr zufrieden, fand sie und fühlte den ersten Anflug von Ärger. Und er sah auf lässige und arrogante Art attraktiv aus. Mehrere Meter über ihrem Kopf lehnte er sich an einen Pfosten und blickte auf sie herunter, als wäre er der Herr. Dem wollte sie schnell ein Ende bereiten. Onkel Jolleys letzter Wille war sehr klar gewesen: zu gleichen Teilen.

„Da du schon einmal hier bist und dich breit gemacht hast, kannst du mir mit meinem restlichen Gepäck helfen."

Er rührte sich nicht von der Stelle. „Ich dachte immer, wir wären uns wenigstens in puncto Feminismus völlig einig."

Pandora blieb an der Tür stehen und warf einen Blick zurück. „Lass gesellschaftspolitische Ansichten beiseite. Wenn du mir nicht hilfst, wird Charles darauf bestehen, sobald er zurückkommt, aber er ist zu alt dafür und zu stolz, als dass man ihm das sagen könnte." Sie ging hinaus und war nicht überrascht, hinter sich Michaels Schritte auf dem Kies zu hören.

Sie sog tief die frische Luft ein. Alles in allem war es ein schöner Tag. „Bist du schon zeitig hier heraufgefahren?"

„Genau genommen bin ich schon gestern Abend spät gekommen." Pandora drehte sich an dem offenen Kofferraum um. „So wild darauf, das Spiel zu beginnen, Michael?"

Hätte er sich nicht zu einem friedlichen Start entschlossen, hätte er an ihrem Tonfall und ihrem Blick Anstoß genommen. So aber ließ er beides durchgehen. „Ich wollte heute mein Arbeitszimmer einrichten. Ich war fast fertig, als du kamst."

„Arbeit, Arbeit, Arbeit", sagte sie mit einem langen Seufzer. „Du schuftest viele Stunden wie ein Sklave, um pro Woche eine Stunde Verfolgungsjagden und heiße Luft zu produzieren."

Friede war ihm plötzlich doch nicht so wichtig. Als Pandora die Hand nach einem Koffer ausstreckte, packte er sie am Gelenk. „Mein Arbeitsaufwand und meine Ergebnisse gehen dich absolut nichts an."

Sie fand es merkwürdig, wie sehr es ihr gefiel, ihn am Rand der Selbstbeherrschung zu erleben. Alle ihre anderen Verwandten waren so glatt und zivilisiert. Michael hatte sich immer abgehoben und war dadurch interessanter gewesen. Lächelnd hielt sie ihre Hand locker.

„Habe ich angedeutet, dass es mich etwas angeht? Nichts – das versichere ich dir – entspricht weniger den Tatsachen. Bringen wir die Sachen hinein, damit wir Tee trinken können? Es ist ein wenig kühl hier draußen."

Michael hatte stets grollend bewundert, wie leicht sie in die Rolle der Dame des Hauses schlüpfen konnte. Als Autor schätzte er ein Naturtalent.

Er wusste auch, wie eine Szene am besten anzulegen war. „Tee ist eine großartige Idee." Er hob einen Koffer heraus und überließ ihr den zweiten. „Wir führen einige Regeln ein."

„Tatsächlich?" Pandora nahm den Koffer und ging ins Haus.

Pandoras Zimmer lag im ersten Stock des Ostflügels. Jolley hatte ihr das Einrichten überlassen, und sie hatte sich für Weiß in Weiß mit einigen anregenden Farbakzenten entschieden. Pandora stellte ihren Koffer neben das Bett, bemerkte zufrieden das Feuer in dem kleinen Marmorkamin und warf ihre Jacke über einen Stuhl. Darunter trug sie einen lebhaften blauen Pullover mit einer aufgestickten weißen Taube auf der linken Seite.

„Ich habe immer das Gefühl, als würde ich in das Musterzimmer einer Wohnzeitschrift kommen", bemerkte Michael, als er ihre Koffer absetzte, und für einen Moment verspürte er wieder jenes Verlangen wie damals.

„Du fühlst dich vermutlich in deinem eigenen Zimmer wohler", entgegnete Pandora. „Das ist mehr Wald-und-Wiesen-Stil. Der Tee ist wahrscheinlich schon fertig."

Obwohl sie nebeneinander die Treppe hinuntergingen, sprachen sie nicht miteinander. In dem großen Salon deckte Charles soeben – inmitten nahöstlicher reichhaltiger Ausstattung nach Jolleys Wahl – den Teetisch.

„Sie haben das Feuer angemacht, wie schön." Pandora ging an den Kamin und wärmte ihre Hände. Sie musste sich einen Moment sammeln, denn in ihrem Zimmer hatte sie eine Sekunde lang gedacht, in Michaels Augen etwas zu erkennen, was sie verwirrte. Und sie meinte, das Gleiche empfunden zu haben. „Ich schenke schon ein, Charles. Michael und ich werden vor dem Dinner nichts mehr brauchen."

Sie sah sich beiläufig in dem Zimmer mit den fließenden Drapierungen, den geschwungenen Brokatsofas, den schwellenden Kissen und den Messingurnen um.

„Weißt du, das war immer eines meiner Lieblingszimmer." Sie ging an den Teetisch und füllte die Tassen. „Ich war erst zwölf, als wir die Türkei besuchten, aber dieses Zimmer erinnert mich lebhaft daran, sogar an die Gerüche auf den Märkten. Zucker?"

„Nein." Michael nahm ihr die Tasse ab, legte eine dicke Scheibe Kuchen auf einen Teller und suchte sich eine Sitzgelegenheit. Er bevorzugte den kleinen Salon nebenan mit seinem übersichtlichen englischen Landhausstil.

Das ist also der Anfang, dachte er, mit dem alten Butler und der dicken Köchin als Zeugen. In sechs Monaten mussten alle ein Dokument unterzeichnen und eidesstattlich erklären, dass die Bedingungen des Testaments erfüllt waren, und das war es dann. Nur die Zeit dazwischen bereitete ihm Sorgen.

„Regel Nummer eins", begann Michael ohne Einleitung. „Wir wohnen beide im Ostflügel, weil das für Charles und Sweeney einfacher ist, aber jeder von uns wird jederzeit den Bereich des anderen respektieren."

„Unter allen Umständen." Pandora schlug die Beine übereinander und nippte an ihrem Tee.

„Wiederum wegen des Personals erscheint es geboten, dass wir zur selben Zeit essen. Und darum werden wir im Interesse des nackten Überlebens berufliche Belange aus unserer Unterhaltung ausklammern."

Pandora lächelte ihm zu und knabberte an ihrem Kuchen. „Da, bitte, bleiben wir streng persönlich."

„Du bist ein ekliges kleines Biest ..."

„Siehst du, wir fangen großartig an. Regel Nummer zwei. Keiner von uns, ganz gleich, wie gelangweilt oder unruhig er oder sie ist, wird den anderen während seiner oder ihrer festgesetzten Arbeitszeiten stören. Ich arbeite für gewöhnlich von zehn bis eins und dann wieder von drei bis sechs."

„Regel Nummer drei. Hat einer von uns Besuch, macht sich der andere rar."

Pandoras Augen zogen sich nur für einen Moment zusammen. „Ach, und ich wollte unbedingt deine Tänzerin kennen lernen. Regel Nummer vier. Das Erdgeschoss ist neutraler Boden und von beiden gleichermaßen zu nutzen, es sei denn, besondere Vereinbarungen wären vorher getroffen worden." Sie tippte mit dem Finger gegen die Armlehne ihres Sessels. „Wenn wir beide fair spielen, sollten wir es schaffen."

„Ich habe keine Schwierigkeiten mit Fair Play. Soweit ich mich erinnere, bist du diejenige, die mogelt."

Ihre Stimme wurde sehr kühl. „Ich weiß nicht, wovon du sprichst."

„Canasta, Poker, Gin."

„Dafür hast du überhaupt keinen Beweis." Sie stand auf und schenkte sich noch eine Tasse Tee ein. „Außerdem sind Kartenspiele etwas ganz anderes. Ärgerst du dich noch wegen der fünfhundert Dollar, die ich von dir gewonnen habe?"

„Ich würde mich nicht ärgern, hättest du sie ehrlich gewonnen."

„Ich habe sie gewonnen", entgegnete Pandora. „Das zählt. Wenn ich betrogen habe und du mich nicht erwischt hast, bedeutet das, ich habe so gut betrogen, dass es wieder legal war."

„Du hattest schon immer eine sehr verdrehte Logik." Michael stand ebenfalls auf und kam auf sie zu. Sie musste seinen Gang bewundern, diesen federnden, leicht wiegenden Gang. „Ganz gleich, was immer wir von jetzt an spielen, du wirst mich nicht mehr betrügen."

Sie lächelte zuversichtlich. „Michael, wir kennen einander zu lang, als dass du mich einschüchtern könntest." Sie hob die Hand, um seine Wange zu tätscheln, und zum zweiten Mal hielt er ihre Hand fest. Zum zweiten Mal fühlte sie auch dieses gefährliche Etwas, das sie vorhin erlebt hatte.

Onkel Jolley war nicht mehr als Puffer zwischen ihnen da. Was immer zwischen ihnen bestand, es hatte einen ganzen langen kalten Winter Zeit, um an die Oberfläche zu kommen.

„Vielleicht lernen wir einander erst jetzt kennen“, murmelte Michael.

Pandora glaubte das auch, und es gefiel ihr nicht. Michael wirkte nicht wie jemand, der einen Schlag abwehrte, sondern wie jemand, der ihn zurückgab.

Sie standen einander abschätzend einen Moment gegenüber. Waren sie klug, so würde jeder von ihnen einen Treffer anerkennen und zurückweichen.

Pandora hob stolz ihr Kinn. „Michael, wir steigen ein anderes Mal in den Ring. Im Moment bin ich von der Fahrt ein wenig müde. Wenn du mich entschuldigst?“

„Regel Nummer fünf“, sagte er, ohne sie loszulassen. „Wenn einer von uns auf den anderen schießt, wird er verdammt dafür bezahlen müssen.“ Er ließ ihren Arm los und griff nach seiner Tasse. „Dann bis nachher zum Dinner, liebe Cousine.“

Pandora erwachte kurz nach Sonnenaufgang, war sofort voll wach und ausgeruht und platzte vor Energie. Mochte es nun an der Luft in den Bergen oder an den sechs Stunden tiefen Schlafs liegen, sie war jedenfalls bereit und begierig auf Arbeit.

Das Frühstück konnte warten, entschied sie, während sie duschte und zu einer schwarzen Hose eine weit geschnittene sandfarbene Jacke mit aufgesetzten breiten Taschen und einem breiten Gürtel anzog. Sie wollte im Gartenhaus ihre Ausrüstung vorbereiten und sich in die Arbeit stürzen.

Im Haus war es noch still und dunkel. Die Luft im Freien ließ Pandoras Haut prickeln. Sie schlug ihren Jackenkragen hoch und überquerte den Rasen, der unter ihren Füßen durch den Morgenreif knirschte. Sie liebt diese absolute Einsamkeit, diese leichte Luft und den unbeschreiblichen Duft der Berge und des Flusses. Die beste Jahreszeit in den Bergen war ihrer Meinung nach der Winter.

Winter in den Bergen war eine Zeit für die grundlegenden Dinge. Wärme, Essen, Arbeit. Manchmal wünschte Pandora sich nur die grundlegenden Dinge. In New York liebte sie gelegentlich stundenlange Diskussionen, die Herausforderung und das Training für ihren Verstand. Aber ...

Es gab Zeiten, in denen sie sich nichts mehr wünschte als einen stillen Sonnenaufgang über der reifüberzogenen Erde und die Aussicht auf ein heißes Getränk an einem lodernden Feuer. Und es gab Zeiten, obwohl sie sich das selten selbst eingestand, in denen sie ihren Kopf an eine Schulter lehnen und eine Hand festhalten wollte.

Sie war so erzogen worden, Unabhängigkeit als Pflicht und nicht als selbst gewählt zu betrachten. Ihre Eltern führten eine absolut ausgeglichene Beziehung – sie waren gleichwertige Partner. Pandora hielt diese Art von Beziehung für eine Seltenheit in einer Welt, in der sich die Waage zu oft nach der einen oder anderen Seite neigte.

Mit achtzehn hatte Pandora beschlossen, sich nie mit weniger als einer vollen Partnerschaft zufrieden zu geben. Mit zwanzig hatte sie entschieden, dass Heirat für sie nichts war. Stattdessen hatte sie all ihre Leidenschaft, ihre Energie und ihren Einfallsreichtum in ihre Arbeit gelegt.

Es hatte sich ausgezahlt. Sie war erfolgreich und hatte mehr erreicht als die meisten anderen Menschen in ihrem ganzen Leben.

Nun öffnete sie die Tür des als Abstellraum dienenden Gartenhauses. Das viereckige Gebäude besaß die Größe eines durchschnittlichen Schuppens und hatte einen Holzboden und getäfelte Wände. Onkel Jolley hatte nichts von einfacher Ausstattung gehalten. Sie drückte den Schalter und ließ das Licht aufflammen.

Nach ihren Anweisungen waren die Kisten und Kartons, die sie vorausgeschickt hatte, an einer Wand aufgereiht worden. Die Wandborde, auf denen Onkel Jolley während seiner kurzen, heftigen Gärtnerphase das Gartenwerkzeug aufgehoben hatte, waren leergeräumt worden. Es gab eine große Doppelspüle aus Edelstahl und ein kleines, mehr als ausreichendes Bad mit Dusche im Hintergrund. Pandora zählte fünf Werkbänke. Licht und Lüftung waren hervorragend.

Es würde nicht lange dauern, das Gartenhaus in eine produktive Arbeitsstätte zu verwandeln. Sie brauchte drei Stunden.

Auf einem Bord standen Behälter mit Kugeln und Tropfen verschiedener Größe – Pechkohle, Amethyst, Gold, poliertes Holz, Koralle, Elfenbein. Sie hatte Tabletts mit Edelsteinen und Halbedelsteinen, mit Smaragdschliff, Brillantschliff, Tropfenform und Scheiben. In New York lagen sie in einem Safe. Hier kam Pandora gar nicht auf die Idee, die Kleinode wegzuschließen. Sie hatte Gold, Silber, Bronze und Kupfer. Es gab massive und hohle Bohrer, Hämmer, Flachzangen, Drahtzangen, Kneifzangen, Feilen und Klemmschrauben. Man hätte meinen können, sie betreibe Tischlerei. Außerdem hatte sie noch Kopier- und Zeichenbretter, Flaschen mit Chemikalien und kilometerweise Garne und Kunststofffasern.

Das in diesen Materialien steckende Geld hatte sie jeden Penny ihrer Erbschaft von ihrer Großmutter gekostet und einen Großteil ihrer Ersparnisse aus ihren Lehrjahren verschlungen, aber das war es wert. Pandora nahm eine Feile und klopfte damit auf ihre Handfläche. Das war es mehr als wert.

Sie stellte nie zwei identische Stücke her. Manchmal waren ihre Arbeiten elegant in ihrer Einfachheit, klassisch im Design. Diese Stücke verkauften sich gut und verschafften ihr etwas künstlerische Freiheit. Dann wieder waren ihre Arbeiten laut und bunt und überzeichnet. Stimmungen leiteten Pandora, nicht Trends. Sehr selten nur nahm sie einen Auftrag mit bestimmten Richtlinien an. Es sei denn, die Richtlinien oder der Klient interessierten sie.

Sie hatte einen Präsidenten abgewiesen, weil ihr seine Ideen zu prosaisch erschienen waren, hatte aber einen Ring auf die Bitte eines frisch gebackenen Vaters hin gemacht, weil sein Einfall einzigartig war. Pandora hatte erfahren, dass die frisch gebackene Mutter nie die drei miteinander verflochtenen Goldglieder abnahm. Drei Glieder, eines für jeden der neugeborenen Drillinge.

Im Moment hatte Pandora gerade den Entwurf für eine dreireihige Halskette beendet, die von dem Ehemann einer populären Sängerin mit dem ungewöhnlichen Namen Emerald – Smaragd – in Auftrag gegeben wurde, und das war gleichzeitig Pandoras einzige Richtlinie: Der Mann wollte viele Smaragde, und er würde auch für das Dutzend bezahlen, das sie noch in New York vor ihrer Abreise ausgesucht hatte. Es waren rechteckige Steine, drei Karat pro Stück, von jenem tiefen leuchtenden Grün, das bei Smaragden so geschätzt wurde.

Das war beruflich und, noch wichtiger, künstlerisch ihre große Chance. Wurde die Halskette ein Erfolg, konnte sie sich nicht nur ein paar gute Kritiken in ihre Sammelmappe einkleben, sondern fand vor allem Anerkennung. Dann wäre sie frei gewesen, um noch mehr ohne Kompromisse und nach ihren Vorstellungen zu arbeiten.

Sie musste die Kette so arbeiten, dass sie wie Stahl hielt und wie ein Spinnennetz aussah. Die Steine sollten so an jeder Reihe hängen, als wären sie dorthin getropft.

Die Luft in der Werkstatt wurde von der Heizung und der Arbeitsflamme stickig. Schweiß trat auf Pandoras Haut, aber es störte sie nicht. Sie bemerkte nicht einmal so richtig, wann das Gold zu schmelzen begann. Immer wieder zog sie den feinen Golddraht, glättete ihn langsam und veränderte behutsam die Form, bis er dünn wie Engelshaar war und sie ihn mit den Fingern verdrehen und flechten konnte, um den Entwurf zu verwirklichen, der in ihrem Kopf und auf dem Papier existierte.

Die Zeit verstrich. Endlich war die erste dünne Goldkette unter Pandoras Fingern entstanden.

Sie streckte sich soeben, als sich die Tür öffnete und kühle Luft hereinstrich. Mit vor Hitze und Konzentration glühendem Gesicht starrte sie Michael wütend an.

„Was zum Teufel machst du hier?"

„Ich führe Befehle aus." Er hatte die Hände in die Jackentaschen geschoben. „Hier riecht es wie in einem Schmelzofen."

„Ich arbeite." Sie wischte sich mit dem Saum ihrer großen Schürze über die Stirn. „Erinnerst du dich an Regel Nummer drei?"

„Das musst du Sweeney sagen." Er ließ die Tür einen Spalt offen und kam ganz herein. „Sie sagt, es sei schlimm genug, dass du das Frühstück hast ausfallen lassen, aber ohne Mittagessen kommst du nicht davon." Neugierig fuhr er mit dem Finger auf einem Tablett mit glitzernden bunten Steinen herum. „Ich habe Befehl, dich zurückzubringen."

„Ich bin noch nicht fertig."

Er hielt einen winzigen Saphir gegen das Licht. „Ich musste sie zurückhalten, sonst wäre sie höchstpersönlich hierher gestampft. Wenn ich ohne dich zurückkomme, wird sie dich holen, aber ihre Arthritis plagt sie wieder."

Pandora murmelte eine Verwünschung. „Leg das weg", befahl sie und band ihre Schürze ab.

„Einiges von diesem Zeug sieht echt aus", bemerkte er, legte den Saphir zurück und nahm einen Diamanten hoch.

„Einiges von diesem Zeug ist echt." Pandora bückte sich und drehte eine der beiden Heizungen kleiner.

Michael blickte stirnrunzelnd auf sie hinunter. „Wieso hast du die Sachen herumliegen? Sie sollten weggeschlossen sein."

Pandora regelte die zweite Heizung. „Warum?"

„Stell dich nicht dümmer als nötig. Jemand könnte einbrechen."

„Jemand?" Pandora richtete sich auf und lächelte ihm zu. „In der Gegend gibt es nicht viele jemands. Charles und Sweeney machen bestimmt keinen Ärger, aber vielleicht sollte ich mir deinetwegen Sorgen machen."

Er murmelte etwas und ließ den Diamanten auf das Tablett zurückfallen. „Hätte ich ein paar tausend Dollar herumliegen, wäre ich vorsichtiger."

Normalerweise hätte Pandora zugestimmt, aber sie waren meilenweit von allem und jedem entfernt. „Das ist nur einer der Unterschiede zwischen uns, Michael. Ich glaube nicht, dass du viel Vertrauen in deine Umwelt hast. Das kommt bestimmt daher, dass du so viel über hässliche und unangenehme Dinge schreibst."

„Ich schreibe auch über die menschliche Natur." Er griff nach ihrer Skizze der Smaragdhalskette. Durch ihre Ausgewogenheit hätte sie einen Architekten und durch ihre fließenden Formen einen Künstler begeistert. „Wenn du so gern dieses Klimperzeug machst, warum trägst du selbst nichts?"

„Schmuck stört mich bei der Arbeit. Wenn du über menschliche Natur schreibst, wieso wird dann jede Woche der Bösewicht gefangen?"

„Weil ich für Menschen schreibe, und Menschen brauchen Helden."

Pandora öffnete schon den Mund, um ihm zu widersprechen, fand aber, dass sie seiner Meinung war, schaltete das Licht aus und ging vor ihm hinaus.

„Sperr wenigstens ab", sagte Michael.

„Ich habe keinen Schlüssel."

„Dann werden wir einen besorgen."

„Wir brauchen keinen."

Er knallte die Tür zu. „Du brauchst einen."

Pandora ging achselzuckend weiter. „Michael, habe ich schon erwähnt, dass du irritierter als sonst bist?"

Er holte ein Bonbon aus seiner Tasche und schob es sich in den Mund. „Habe zu rauchen aufgehört."

Zitronengeschmack. Sie fing den leichten Duft auf. „Ist mir aufgefallen. Wie lange schon?"

„Etwa zwei Wochen. Ich werde langsam verrückt."

Sie lachte mitfühlend, ehe sie sich bei ihm einhakte. „Du wirst es überleben, Darling. Der erste Monat ist der schlimmste."

Er betrachtete sie finster. „Woher willst du das wissen? Du hast nie geraucht."

„Der erste Monat ist bei allem der schlimmste. Du musst nur deine Gedanken ablenken. Mach Gymnastik. Wir joggen nach dem Mittagessen."

„Wir?"

„Und wir können nach dem Abendessen Canasta spielen."

Er schnaufte verächtlich, strich aber die Haare von ihrer Wange zurück. „Du wirst wieder betrügen."

„Siehst du, deine Gedanken sind schon abgelenkt." Lachend blickte sie zu ihm auf. Er wirkte etwas verdrossen, aber an ihm war das attraktiv. Friedliches, gutmütiges und gutes Aussehen hatte sie stets gelangweilt. „Es kann nicht schaden, wenn du eines deiner Laster aufgibst, Michael. Du hast so viele."

„Ich liebe meine Laster", brummte er. So freundlich und entspannt lächelte Pandora ihn selten an. Dann vergaß er jedes Mal, wie viel Ärger sie ihm machte. Und er vergaß, dass er sich eigentlich nicht zu betont bohemienhaften Frauen mit wilden roten Haaren und spitzen Knochen hingezogen fühlte. „Eine Frau mit deinem Aussehen sollte auch ein paar eigene Laster haben."

Ihr Mund war ernst, aber ihre Augen funkelten mutwillig. „Dafür bin ich zu beschäftigt. Laster verschlingen eine Menge Zeit."

„Aus der geöffneten Büchse der Pandora strömten die Laster."

Sie blieb auf den Stufen des hinteren Eingangs stehen. „Nebst anderem Unheil. Wahrscheinlich bin ich deshalb sehr vorsichtig, bevor ich etwas öffne."

Michael strich mit dem Finger über ihre Wange. „Früher oder später musst du den Deckel lüften."

Sie wich nicht zurück, obwohl sie die leichte Spannung spürte. Pandora hielt nichts von Zurückweichen, sondern glaubte nur an Vorpreschen. „Manche Dinge sollten besser unter Verschluss bleiben."

Michael nickte. Er wollte genauso wenig von seiner Privatsphäre preisgeben wie sie von ihrer. „Manche Schlösser sind nicht so stark, wie sie sein sollten."

Sie standen dicht beisammen, und der Wind strich leicht zwischen ihnen. Pandora fühlte die Sonne im Rücken und die Kälte auf ihrem Gesicht. Ein Schritt näher, und sie würde auf Wärme treffen – auf Hitze. Daran hatte sie nie gezweifelt und hatte es deshalb immer vermieden. Michael machte sich stets alles zunutze, was sich ihm darbot. Und im Moment wäre das zufällig sie gewesen.

Sie atmete langsam und ruhig aus, ehe sie nach dem Türknopf griff.

„Es ist besser, wir gehen jetzt, wir sollten Sweeney nicht warten lassen."

3. KAPITEL

Die Straßen sind fast verlassen. Ein Wagen fährt um die Ecke, verschwindet. Es nieselt. Neonlichter spiegeln sich in Pfützen. Dieser Teil der Stadt ist grau, mies. Hinterhöfe, billige Nachtclubs, verbeulte Autos. Die kleine, nett gekleidete Blondine geht schnell. Sie ist nervös, nicht in ihrem Element, aber auch nicht verloren. Großaufnahme, Briefumschlag in ihrer Hand. Feucht vom Regen. Ihre Finger öffnen und schließen sich. Die Reifen eines Autos außerhalb des Bildes quietschen. Sie zuckt zusammen, steht unschlüssig vor dem Club. Das blaue Licht der Reklame blinkt ihr Gesicht an. Sie zögert. Schiebt den Umschlag von einer Hand in die andere. Sie geht hinein. Kamera fährt langsam auf die Straße. Drei Schüsse, das Bild erstarrt.

Es klopfte drei Mal an der Tür von Michaels Arbeitszimmer. Bevor er antworten konnte, wirbelte Pandora herein. „Herzlichen Glückwunsch zum Jubiläum, Darling!"

Michael blickte von seiner Schreibmaschine auf. Fast die ganze

Nacht hatte er an seiner Geschichte gearbeitet, die sich jetzt in seinen Gedanken wieder auflöste.

„Zum Teufel, wovon sprichst du?“ Er tastete nach der Schale mit Erdnüssen, hatte aber schon alle bis auf zwei gegessen.

„Zwei volle Wochen ohne gebrochene Knochen.“ Pandora kam auf ihn zu, schnalzte missbilligend mit der Zunge angesichts der Unordnung und entschied sich für die Armlehne eines Sessels, buchstäblich dem einzigen freien Platz. „Und alle haben gesagt, wir würden nicht durchhalten.“

Pandora sah frisch aus. Die rote Mähne hatte sie nach hinten gekämmt, die schwarze Trikothose mit dem schwarzen Oberteil, auf dessen neutralem Untergrund bizarre Zackenlinien in allen Farben leuchteten, saß bequem.

Michael dagegen fühlte sich, als wäre er soeben aus einer Höhle gekrochen. Sein T-Shirt war schon vor zwei Jahren an der Schulter eingerissen, aber er zog es immer noch am liebsten an. Vor ein paar Wochen hatte er einer Freundin beim Anstreichen geholfen, und die Farbflecke auf seiner Jeans verrieten ihre Vorliebe für Babyrosa. Seine Augen fühlten sich an, als hätte er mit dem Gesicht nach unten im Sand geschlafen.

Pandora strahlte ihn wie eine begeisterte Kindergarten-Tante an.

„Wir haben eine Regel, dass der Arbeitsbereich des anderen zu respektieren ist“, erinnerte er sie.

„Ach, sei doch nicht so grantig. Außerdem hast du mir nie deinen Zeitplan genannt. Soviel ich in der letzten Zeit herausgefunden habe, ist es jetzt für dich noch sehr zeitig am Tag.“

„Ich beginne gerade mit der Grundhandlung für eine neue Episode.“

„Wirklich?“ Pandora ging zu ihm und lehnte sich über seine Schulter. „Hmm“, machte sie, obwohl sie sich fragte, wer wen erschossen hatte. „Nun, die Szene dauert wohl nicht gerade lang.“

„Warum gehst du nicht mit deinen Murmeln spielen?“

„Das ist nicht nett von dir. Und dabei wollte ich dich einladen, mit mir in die Stadt zu fahren." Sie setzte sich auf die Schreibtischkante und fragte sich, warum sie unbedingt freundlich sein wollte. Vielleicht, weil die Smaragdhalskette fast fertig war und sogar ihren Standard übertraf. Vielleicht, weil sie in den beiden letzten Wochen Michaels Gesellschaft in gewisser Weise genossen hatte. Ein wenig genossen, mahnte sie sich selbst. Kein Grund zum Jubeln.

Misstrauisch zog Michael die Augen zusammen. „Wozu mitfahren?"

„Ich kaufe für Sweeney ein und dachte, du möchtest auch einmal hier heraus."

Er wollte schon. Seit zwei Wochen sah er nur das Haus und die Umgebung. „Für wie lange?"

„Ach, zwei oder drei Stunden." Sie zuckte die Schultern.

Er geriet in Versuchung. Freizeit und Szenenwechsel. Aber das Blatt in seiner Schreibmaschine war noch immer halb leer. „Geht nicht. Ich muss das noch ausarbeiten."

„Na gut." Pandora stand auf und war überrascht, wie enttäuscht sie war. „Überanstrenge deine Finger nicht."

Michael wollte gerade eine entsprechende Antwort von sich geben, aber er überlegte es sich wegen der leeren Schale mit Nüssen. „Pandora, könntest du mir ein paar Pfund Pistazien mitbringen?"

Sie blickte auf die leere Schale und hätte beinahe gelächelt. Wenn er weiter so viel knabberte, verlor er bald sein schlankes und rankes Aussehen. „Könnte ich."

„Und eine New York Times."

Sie runzelte die Stirn. „Möchtest du mir vielleicht eine Liste machen?"

„Sei so nett, ja? Wenn Sweeney das nächste Mal etwas braucht, fahre ich."

Sie dachte einen Moment darüber nach. „Na gut, Nüsse und Neuigkeiten."

„Und ein paar Kugelschreiber!" rief er ihr nach.

Sie knallte die Tür hinter sich zu.

Erst nach zwei Stunden wollte Michael sich eine Tasse Kaffee gönnen. Die Geschichte voll Windungen und Drehungen ging gut voran. Er schrieb gern für das Fernsehen. Es gefiel ihm, dass seine Geschichten jede Woche Millionen von Menschen erreichten, die sich eine Stunde mit den Personen verbunden fühlten, die er geschaffen hatte.

Die Wahrheit war, dass Michael diesen Logan mochte – Logans vorsichtigen Heldenmut, seinen Humor und seine Fehler. Michael hatte Logan menschlich und fehlbar zögernd angelegt, weil er davon überzeugt war, dass die besten Helden genauso waren.

Einschaltquoten und Fanpost bewiesen, dass er ins Schwarze getroffen hatte. Seine Arbeit für Logan hatte ihm Anerkennung bei den Kritikern und Preise eingetragen, genau wie der Einakter, den er für die Bühne geschrieben hatte. Aber das Bühnenstück hatte höchstens ein paar tausend Menschen erreicht, die meisten von ihnen New Yorker. ‚Logan's Run' erreichte dagegen die vierköpfige Familie in Des Moines, die Stahlarbeiter in Chicago und die College-Studenten in Boston. Woche für Woche.

Er schaltete die Schreibmaschine aus, und das Summen erstarb. Er hatte gewusst, dass er in Jolley's Folley arbeiten konnte, aber er hatte nie erwartet, dass es ihm so leicht fallen würde. Genau genommen hatte er nicht erwartet, dass er mit Pandora so gut auskommen würde.

Sicher, sie kämpften miteinander, aber sie zerrissen sich nicht gegenseitig. Ihm gefielen die Abende, an denen er mit Pandora Karten spielte, selbst wenn es ihm nur darum ging, sie beim Mogeln zu erwischen. Bisher hatte er sie noch nicht erwischt.

Und dann war da noch diese seltsame Anziehungskraft, die nicht im Skript gestanden hatte. Manchmal wollte er ihren allzu scharfzüngigen Mund auf angenehmere Weise als sonst verschließen. Nur interessehalber, um herauszufinden, wie das war, sagte er sich. Er wollte herausfinden, wie Pandora reagierte, wenn er sie an sich zog und küsste, bis sie in seinen Armen ganz schwach wurde.

Auflachend trat er an das Fenster. Schwach werden? Pandora? Frauen wie sie wurden nie schwach. Vielleicht konnte er seine Neugierde befriedigen, würde sich dafür aber einen Faustschlag einhandeln. Aber vielleicht war es das sogar wert.

Sie blieb nicht ganz unbeteiligt. Das hatte er deutlich gefühlt. Und sie umkreisten beide diesen Punkt seit zwei Wochen. Oder vielleicht seit zwanzig Jahren.

Noch nie hatte er bei einer anderen Frau exakt die Gefühle gehabt, die er bei Pandora McVie verspürte: Unbehagen, Herausforderung, Ärger. Im Gegenteil, in Gesellschaft von Frauen fühlte er sich fast immer wohl. Er mochte sie – ihre Weiblichkeit, ihre besonderen Stärken und Schwächen, ihren Stil. Vielleicht war er deshalb in Beziehungen stets so erfolgreich, obwohl er sie bewusst nur auf kurze Zeit anlegte.

Wenn er eine Frau umwarb, war er nicht nur am Endergebnis interessiert. Sicher, er interessierte sich für Pandora, aber er wäre nie auf die Idee gekommen, sie zu umwerben. Überraschenderweise hatte er ein oder zwei Mal an eine Verführung gedacht.

Verführen war natürlich etwas ganz anderes als umwerben. Allerdings wusste er nicht, ob der Versuch bei Pandora das Risiko lohnte.

Wenn er ihr ein Dinner bei Kerzenlicht oder einen Spaziergang im Mondschein bot – oder eine Nacht voll wilder Leidenschaft -, würde sie dies mit einer ihrer sarkastischen Bemerkungen versehen. Das wiederum würde ihm eine Bissigkeit entlocken, und das Karussell hätte sich erneut zu drehen begonnen.

Michaels Gedanken stockten, als er von seinem Fenster aus bemerkte, wie sich die Tür des Gartenhauses, in dem Pandora arbeitete, öffnete. Merkwürdig, er hatte nicht gedacht, dass sie schon zurück sein könnte.

Er wollte sich schon mit einem Schulterzucken abwenden, als er eine Gestalt herauskommen sah, vermummt mit Mantel und Hut.

Aber er wusste sofort, dass das nicht Pandora war. Pandora bewegte sich anmutig und selbstvergessen. Diese Person dort ging rasch und ängstlich. Ohne lange zu überlegen, jagte Michael aus dem Zimmer und die Treppe hinunter.

Am Fuß der Treppe prallte er fast mit Charles zusammen. „Ist Pandora schon zurück?“ fragte er.

„Nein, Sir. Sie meinte ...“

Doch Michael durchquerte die Halle. Im Freien traf ihn der kalte Wind voll und erinnerte ihn daran, dass er sich keinen Mantel angezogen hatte.

Während er auf das Gartenhaus zulief, wurde sein Gesicht von dem scharfen Wind kalt, nur seine Muskeln erwärmten sich. Niemand war auf dem Grundstück zu sehen. Nicht überraschend, denn die Wälder rückten dicht an die Grenze heran, und es gab etliche bequeme Wege.

Irgendein Jugendlicher, der sich hier herumtrieb? Pandora hatte Glück, wenn er nicht die Hälfte ihrer hübschen Steine mitgenommen hatte. Es würde ihr recht geschehen.

Michael änderte seine Meinung, sobald er ihre Werkstatt betrat und einen ersten Blick auf das sich ihm bietende Chaos geworfen hatte.

Behälter waren umgekippt, so dass Gemmen und Steine und Perlen überall verstreut herumlagen. Garne und Fäden waren entrollt und von Wand zu Wand gespannt und miteinander verknotet. Einige musste Michael zerreißen, um eintreten zu können. Gold- und Silberdraht war zerknüllt und zerschnitten. Werkzeuge lagen überall auf dem Boden.

Michael bückte sich und hob einen Smaragd auf. Falls das ein Dieb gewesen war, hatte er sich reichlich seltsam angestellt.

„O nein!“ Pandora stand in der Tür, ließ ihre Tasche fallen und konnte nur noch starren.

Michael drehte sich zu ihr um und sah ihr leichenblasses Gesicht. Er murmelte eine Verwünschung und wünschte sich, wenigstens einen Moment Zeit gehabt zu haben, um sie vorbereiten zu können. „Schon gut", sagte er und streckte die Hand aus, um ihren Arm zu ergreifen.

Pandora stieß ihn beiseite und drängte sich in die Werkstatt. Perlen rollten und sprangen vor ihren Füßen her. Einen Augenblick überwogen Unglaube und Schock. Dann ergriff sie eine unbändige Wut. „Wie konntest du nur?" Als sie sich zu Michael drehte, war sie nicht mehr blass, sondern Zornesröte war ihr in die Wangen gestiegen, und ihre Augen funkelten wie der Smaragd in seiner Hand.

Weil Michael nicht damit rechnete, hatte er beinahe die ganze Wucht des ersten Schlages abbekommen. Er spürte den Luftzug, als ihre Faust an seinem Gesicht vorbeitraf. Er fing ihren Arm ab, bevor sie es noch einmal versuchen konnte. „Einen Moment", setzte er an, aber Pandora warf sich buchstäblich auf ihn, dass sie beide gegen die Wand fielen. Was immer noch auf den Borden geblieben war, stürzte zu Boden. Es kostete ein paar Sekunden und etliche Beulen auf beiden Seiten, ehe Michael ihre Arme nach hinten biegen und sie festhalten konnte.

„Hör auf!" Er drückte sie gegen die Wand, bis sie außer sich vor Erbitterung zu ihm aufstarrte. „Du hast Grund, so aus der Fassung zu geraten, aber du erreichst nichts, wenn du mich umbringst."

„Ich wusste, dass du gemein sein kannst", stieß sie zwischen zusammengebissenen Zähnen hervor. „Aber ich hätte nie gedacht, dass du so dreckig sein kannst."

„Zum Teufel, glaub, was du willst", fuhr er sie an, aber er fühlte, wie sie unter der Anstrengung, sich zu beherrschen, zitterte. „Pandora", fügte er sanfter hinzu. „Das war ich nicht. Sieh mich an! Warum sollte ich?"

Weil sie weinen wollte, waren ihre Stimme und ihre Augen hart. „Sag du es mir doch!"

Geduld war keine seiner Stärken, aber er versuchte es noch einmal. „Pandora, hör doch! Ich bin kurz vor dir hier hereingekommen. Ich habe jemanden von meinem Fenster aus aus deiner Werkstatt herauskommen sehen."

Sie würde sich erniedrigen. Sie war den Tränen nahe und hasste das Gefühl. Es war besser, Michael zu hassen. „Lass mich los!"

Vielleicht wurde er mit ihrer Wut besser fertig als mit ihrer Verzweiflung. Vorsichtig ließ Michael ihre Arme los und trat zurück. „Ich habe diese Person vor höchstens zehn Minuten gesehen. Wahrscheinlich ist der Betreffende durch die Wälder auf und davon."

Pandora versuchte zu denken. „Du kannst gehen", sagte sie mit tödlicher Ruhe. „Ich muss aufräumen und eine Bestandsaufnahme machen."

Bitterkeit stieg in Michael hoch, als sie ihn so beiläufig wegschickte, aber dann erinnerte er sich an seine Reaktion beim Betreten der Werkstatt, und er schluckte die Bitterkeit hinunter. „Wenn du willst, rufe ich die Polizei, aber ich weiß nicht, ob etwas gestohlen wurde." Er öffnete seine Faust und zeigte Pandora den Smaragd. „Ich kann mir nicht vorstellen, dass ein Dieb so etwas Kostbares zurücklässt."

Pandora nahm ihm rasch den Stein aus der Hand und ging mit klopfendem Herzen an ihren Werktisch. Da lagen die Überreste der Halskette, an der sie zwei Wochen lang gearbeitet hatte. Die zarten Girlanden waren zerrissen, die Smaragde überall verstreut. Pandora sammelte die Teile ein und unterdrückte den Wunsch zu schreien.

„Du warst damit fast fertig, nicht wahr?" fragte Michael. Er stellte sich vor, wie er sich fühlen würde, falls jemand mit einer Schere sein Skript zerschnitten hätte.

Pandora ließ die Teile auf den Tisch zurückfallen. „Lass mich allein." Sie kauerte sich auf den Boden und begann, Steine und Perlen einzusammeln.

„Pandora." Als sie ihn ignorierte, packte Michael sie an den Schultern und schüttelte sie. „Verdammt, Pandora, ich will dir helfen."

Sie warf ihm einen langen, kalten Blick zu. „Du hast genug getan, Michael. Lass mich jetzt allein."

„Na gut, fein." Er ließ sie los und stürmte hinaus. Auf halbem

Weg zum Haus blieb er stehen, fluchte und wünschte sich sehnlichst eine Zigarette.

Pandora hatte kein Recht, ihn zu beschuldigen. Schlimmer noch: Sie hatte kein Recht, ihn so zu behandeln, dass er sich verantwortlich fühlte.

Er wäre beinahe weiter auf das Haus zugegangen, als ihm einfiel, wie geschockt und elend sie in der Tür der Werkstatt ausgesehen hatte. Er nannte sich einen Narren und kehrte um.

Als Michael die Tür wieder öffnete, herrschte unverändert das Chaos. Pandora saß mitten auf dem Fußboden neben ihrer Arbeitsbank und weinte leise.

Er geriet in die typisch männliche Panik bei der Sicht von Frauentränen, zur gleichen Zeit fand er es höchst verwunderlich, dass Pandora sie vergoss. Wortlos ging er zu ihr und legte seine Arme um sie.

Sie verkrampfte sich, aber damit hatte er gerechnet. „Ich habe dir gesagt, du sollst weggehen."

„Ja. Aber warum sollte ich auf dich hören?" Er strich ihr über das Haar.

Pandora wollte sich an ihn lehnen und stundenlang weinen. „Ich will dich nicht hier haben."

„Ich weiß. Tu einfach so, als wäre ich ein anderer." Er zog sie an seine Brust.

„Ich weine nur aus Wut." Schniefend presste sie ihr Gesicht an sein Hemd.

„Sicher." Er drückte einen Kuss auf ihren Kopf. „Nur zu, ärgere dich noch eine Weile. Ich bin daran gewöhnt."

Sie sagte sich, dass das nur vom Kummer kam, warum sie sich so geschwächt fühlte, aber sie entspannte sich in seinen Armen. Die Tränen strömten ihr über die Wangen. Wenn sie weinte, dann weinte sie aus ganzem Herzen. Als es vorüber war, war sie erledigt.

Nachdem ihre Tränen getrocknet waren, kuschelte sie sich an

Michael. Er gab ihr Sicherheit, über die sie jetzt nicht nachdenken wollte. Sie fühlte sich beschämt. Sie war gemein zu ihm gewesen. Er war zurückgekommen und hatte sie in die Arme genommen. Wer hätte gedacht, dass er so geduldig sein könnte und so liebevoll? Pandora seufzte tief und hielt die Augen geschlossen.

„Es tut mir Leid, Michael."

Sie war so weich. Er ließ seine Wange über ihr Haar streichen. „Ist schon okay."

„Nein, ich meine es ernst." Als sie den Kopf drehte, glitten ihre Lippen über seine Wange. Es überraschte sie beide. Solche Berührungen waren Freunden vorbehalten ... oder Liebenden. „Ich konnte vorhin nicht mehr denken. Ich ..." Sie unterbrach sich, war von seinen Augen fasziniert. War das nicht seltsam, wie klein die Welt werden konnte, wenn man jemandem in die Augen sah? „Ich muss das alles erst verarbeiten."

„Ja, das müssen wir beide." Er ließ seinen Finger über ihre Wange gleiten. Sie war weich und sanft, mehr als er je angenommen hätte.

Es war so leicht für sie, sich an seine Schulter zu lehnen. „Ich kann nicht denken."

„Nein?" Ihre Lippen waren nur noch Zentimeter von den seinen entfernt – zu nahe, um sie zu ignorieren, zu weit, um sie zu kosten. „Dann denken wir eben beide einen Moment lang nicht nach."

Als seine Lippen ihren Mund berührten, zog Pandora sich nicht zurück, sondern akzeptierte es mit der gleichen Neugierde, die ihn bewegte. Es war keine Explosion, auch kein Schock, sondern für sie beide ein Test, einer, von dem sie beide gewusst hatten, dass es früher oder später dazu kommen musste.

Pandora fühlte sich warm an, und bei aller Süße hatte sie Würze. Michael kannte sie nun schon so lange, dass er das eigentlich hätte wissen müssen. Weich. Ja, sie war weich, aber nicht nachgiebig. Vielleicht hätte er Nachgiebigkeit zu einfach gefunden. Als er seine Zunge in ihren Mund schob, kam ihm ihre Zunge aufreizend und spielerisch entgegen. Sie brachte ihn dazu, mehr zu wollen, viel mehr. Er vergrub die Finger in ihr Haar. Michael war so geheimnisvoll und verwegen, wie sie das immer erwartet hatte. Seine Hände waren fest, und sein Mund verstand zu geben. Manchmal hatte sie sich vorgestellt, wie das wäre, ihm so zu begegnen, aber sie hatte diese Gedanken stets verdrängt. Michael Donahue war gefährlich, ganz einfach weil er Michael Donahue war. Seit sie Kinder waren, hatte er sie abwechselnd angezogen und abgestoßen. Es war mehr, als es irgendeinem anderen Mann länger als eine Woche gelungen wäre.

Während sie jetzt seinen Mund erforschte, verstand sie den Grund. Michael war für sie anders. Sie fühlte sich in seinen Armen nicht ganz sicher und auch nicht ganz beherrscht. Bisher hatte Pandora bei der Begegnung mit einem Mann stets darauf geachtet, dass sie beides war. Das Kratzen seiner unrasierten Wange störte sie nicht. Es wirkte erregend. Der harte Fußboden störte genauso wenig wie die kalte Luft, die durch die noch immer offene Tür hereinströmte.

Pandora fühlte sich ruhig und wohlig. Der leichte Druck seiner Zähne an ihrer Lippe gab ihr das Gefühl, als ob sie gerade Neuland betreten hätte. Sie war in immer neuen unbekannten Gebieten aufgewachsen, und dennoch hatte sie nie etwas erlebt, das so einmalig, exotisch oder so beruhigend war.

Sie wollte weitermachen und wusste, dass sie aufhören musste.

Zur gleichen Zeit zogen sie sich zurück.

„Nun ja.“ Pandora rang um Fassung, während sie die Hände im Schoss faltete. Sei lässig, befahl sie sich, sei locker. Sie durfte nichts sagen, weswegen er sie auslachen konnte. „Das war wohl bereits seit einer Weile fällig.“

Michael fühlte sich, als ob er soeben ohne Wagen über eine Achterbahn gerast wäre. „Vermutlich.“ Er betrachtete sie einen Moment neugierig und ein bisschen entnervt. Als er sah, dass sie die Finger ineinander verschlang, fühlte er eine kleine Befriedigung. „Es war nicht ganz so, wie ich erwartet habe."

„Die Dinge sind meistens nie so." Zu viele Überraschungen für einen Tag, fand Pandora und stand ein wenig schwankend auf. Sie beging den Fehler, um sich zu sehen und wäre beinahe wieder zu Boden gesunken.

„Pandora ..."

„Nein, keine Sorge." Sie schüttelte den Kopf, als er aufstand. „Ich breche nicht wieder zusammen. Du hast wohl wegen des Schlüssels Recht gehabt. Ich sollte dir dankbar sein, dass du nicht gesagt hast: Ich habe es dir ja gleich gesagt."

„Vielleicht hättest du es zu hören bekommen, wenn es gepasst hätte." Michael las die verstreuten Smaragde auf. „Ich bin kein Experte, Cousine, aber ich würde behaupten, die sind ein paar tausend Dollar wert."

„Ja, und?" Sie runzelte die Stirn, als sie allmählich begriff. „Kein Dieb hätte sie liegen gelassen."

„Schätze, du wirst feststellen, dass nichts fehlt. Wer immer das gemacht hat, wollte nur verwüsten."

Pandora stieß die Luft verächtlich aus und setzte sich auf den Tisch. „Du glaubst, dass es jemand von der Familie war."

„Sie dachten, dass wir es nicht schaffen. Nun haben wir die ersten beiden Wochen geschafft, und das könnte einen von ihnen nervös gemacht haben. Was war deine erste Reaktion, als du das alles hier gesehen hast?"

Sie fuhr sich mit den Fingern durch die Haare. „Dass du es getan hast. Genau so, wie unsere liebe Verwandtschaft es von mir erwartete. Verdammt, ich hasse es, dass ich so leicht auszumachen bin."

„Du hast sie überlistet, sobald du wieder klar denken konntest."

„Biff", entschied Pandora nachdrücklich. „So ein gemeiner Trick wäre genau sein Stil."

„Ich würde nur auf Biff tippen, wenn dir ein paar Steine fehlten.

Er könnte niemals der Versuchung widerstehen, ein paar Glitzersteine einzustecken, die er zu Geld machen könnte."

„Das stimmt." Onkel Carlson ... Nein, das wäre nicht sein Stil gewesen. Viel zu ungehobelt. Ginger wäre von dem Glitzern so fasziniert gewesen, dass sie die Steine nur gestreichelt hätte. „Nun, es ist wahrscheinlich unwichtig, wer es war. Sie haben mich bei meiner Arbeit um zwei Wochen zurückgeworfen." Wieder hob sie Teile der Goldkette auf. „Sie wird nie so werden wie vorher. Nichts gelingt beim zweiten Mal genauso."

„Manchmal wird es besser."

Kopfschüttelnd ging Pandora zu der Heizung. Wenn Michael ihr jetzt noch mehr Mitgefühl schenkte, würde sie sich selbst nicht mehr trauen. „Wie auch immer, ich muss sofort anfangen. Sag Sweeney, dass ich es nicht zum Lunch schaffe."

„Ich helfe dir beim Aufräumen."

„Nein." Sie wandte sich ihm wieder zu, als er die Stirn runzelte. „Nein, wirklich, Michael, vielen Dank, aber ich muss mich beschäftigen. Allein."

Es gefiel ihm nicht, aber er verstand es. „Also gut. Wir sehen uns zum Dinner."

„Michael." Er blieb in der Tür stehen. „Vielleicht hatte Onkel Jolley Recht."

„Inwiefern?"

„Du könntest zum Ausgleich ein oder zwei Vorzüge haben."

Er lächelte ihr strahlend zu. „Onkel Jolley hatte immer Recht, Cousine. Deshalb hält er ja auch jetzt noch die Fäden in der Hand."

Pandora wartete, bis sich die Tür schloss. Onkel Jolley hielt tatsächlich noch immer die Fäden in der Hand. „Aber du wirst mich nicht verkuppeln", murmelte sie. „Ich bleibe frei und ungebunden. Hoffentlich geht das in deinen Dickschädel hinein."

Sie war nicht abergläubisch, doch Pandora meinte fast, das hohe, abgehackte Lachen ihres Onkels zu hören.

4. KAPITEL

Da Pandora nach einer genauen Überprüfung feststellte, dass nichts fehlte, verzichtete sie darauf, die Polizei zu verständigen. Dass der Einbruch während ihrer Fahrt in die Stadt verübt worden war, brachte sie auf eine Idee. „Ich möchte gern wissen, ob die Saundersons im Winter in ihrem Haus sind."

„Die Nachbarn mit dem See." Michael hatte ebenfalls schon daran gedacht, dass man von ihrem Grundstück aus Jolley's Folley mit einem guten Fernglas beobachten konnte. „Sie sind oft in Europa, nicht wahr?"

„Ja." Pandora stocherte in ihrem Hühnerfrikassee herum. „Er hat mit Hotels zu tun, und sie wohnen mal hier und mal da für ein paar Wochen."

„Vermieten sie in der Zeit ihr Haus?"

„Nicht dass ich wüsste. Ich glaube, sie halten immer ein oder zwei Angestellte im Haus, selbst wenn sie verreist sind. Jetzt fällt mir ein, dass sie vor ein paar Monaten daheim waren." Pandora lächelte bei der Erinnerung. „Onkel Jolley und ich gingen angeln, und Saunderson hätte uns beinahe geschnappt. Wären wir nicht auf allen Vieren zu der Hütte zurück ..." Sie brach ab, als sich der Gedanke formte.

„Hütte." Michael nahm das Stichwort auf. „Ich hatte sie ganz vergessen. Jolley benutzte sie in seiner Ernähre-dich-von-dem-Land-Phase."

Pandora zuckte die Schultern. „Letztlich hat er mehr Bohnen aus der Dose als Wild gegessen. Soviel zu der Ernährung von den Reichtümern des Landes. Jedenfalls haben wir eine Menge Forellen gefangen. Die, die wir nicht verbraucht hatten, schickten wir an Saunderson. Er hat uns nie ein Dankschreiben zurückgeschickt."

„Schlechte Manieren."

„Nun, ich habe gehört, dass seine Großmutter ein Bar-Mädchen aus Chelsea war. Noch Wein?"

„Nein, danke." Michael wollte einen klaren Kopf für den Plan behalten, der allmählich Formen annahm. „Aber nimm dir ruhig."

Pandora stellte die Flasche weg und lächelte ihm süß zu. „Nein, ich bin ein wenig müde."

„Dazu hast du allen Grund." Es passte ihm großartig, wenn er sie zeitig zu Bett schicken konnte. „Du musst dich richtig ausschlafen."

„Du hast bestimmt Recht." Beide waren zu sehr mit ihren eigenen Schachzügen beschäftigt, um zu bemerken, wie unglaublich höflich die Unterhaltung geworden war. „Ich nehme heute Abend keinen Kaffee und bade stattdessen ausgiebig." Pandora zwang sich zu einem kleinen Gähnen. „Wie steht es mit dir? Willst du noch so spät arbeiten?"

„Nein. Nein, ich fange lieber morgen früh zeitig an."

„Nun dann." Lächelnd stand Pandora auf. Sie wollte eine Stunde warten, bevor sie loszog. „Ich gehe nach oben. Gute Nacht, Michael."

„Gute Nacht." Er beschloss zu verschwinden, sobald sie das Licht in ihrem Zimmer löschte.

Pandora blieb in ihrem verdunkelten Zimmer genau fünfzehn Minuten sitzen und lauschte. Sie musste nur unbemerkt ins Freie gelangen. Alles andere war dann einfach. Sie öffnete ihre Tür einen Spalt und lauschte mit angehaltenem Atem. Kein Laut. Jetzt oder nie, dachte sie und schlüpfte in ihren Mantel. In die tiefen Taschen schob sie eine Taschenlampe, zwei Streichholzbriefchen und eine kleine Dose Haarspray als Ersatz für einen Schlagstock, falls sie auf Schwierigkeiten treffen sollte. Sie schob sich auf den Korridor hinaus und schlich die Treppe hinunter.

Ein Abenteuer, dachte sie und fühlte angespannte Erregung. Seit Onkel Jolleys Tod hatte sie keines mehr erlebt. Sie schlüpfte durch einen der Nebeneingänge ins Freie und warf einen Blick zu Michaels Fenster, ehe sie zu den Wäldern eilte.

Unter den Bäumen reichte das Licht der Sterne nicht aus. Sie holte die Taschenlampe hervor und leuchtete den Pfad aus. Sie ließ sich Zeit, damit das Abenteuer länger dauerte, lauschte und ließ ihre Fantasie spielen.

Die Nacht war voll von Geräuschen. Von Zeit zu Zeit raschelte es in den Wäldern. Ein Fuchs? Ein Waschbär? Oder ein Bär, der sich noch nicht zum Winterschlaf zurückgezogen hatte? Pandora liebte es, nicht ganz sicher zu sein.

Der Weg gabelte sich, und Pandora wandte sich nach links. Es war nicht mehr weit bis zu der Hütte. Einmal blieb sie stehen, als sie vor sich etwas hörte, das für einen Fuchs entschieden zu laut war. Einen Moment kamen ihr unangenehme Gedanken an Bären und Wildkatzen. Fantasien waren eine Sache, die Wirklichkeit eine andere. Doch dann war da gar nichts. Kopfschüttelnd ging Pandora weiter.

Was sollte sie machen, wenn sie entdeckte, dass die Hütte nicht bloß staubig und verlassen war? Wenn sie tatsächlich einen ihrer lieben, ergebenen Verwandten vorfand, der dort seine Zelte aufgeschlagen hatte? Onkel Carlson, der das Wall Street Journal am Kamin las? Tante Patience, die mit einem Staubtuch über den naturbelassenen Holztisch fächelte? Der Gedanke war beinahe lachhaft. Nur beinahe, bis Pandora ihre Werkstatt wieder einfiel.

Wer immer auch da war, er würde ihr Rede und Antwort stehen müssen.

Und dann war Pandora auch schon an der Hütte, die so aussah, wie sie aussehen sollte – verlassen, einsam und unheimlich. Sie hielt den Strahl ihrer Taschenlampe tief, während sie ganz langsam die Veranda betrat, und sie hätte um ein Haar aufgeschrien, als unter ihrem Gewicht die schmale Holztreppe knarrte. Sie presste eine Hand gegen ihr Herz, bis es nicht mehr so gegen ihre Rippen hämmerte. Dann griff sie langsam und ruhig nach dem Türknopf und drehte ihn.

Ächzend schwang die Tür auf. Pandora zuckte bei dem Laut zusammen, zählte im Geist zehn Sekunden und tat den nächsten Schritt. Sie ließ den Lichtstrahl in schneller Folge hin und her wandern und trat gleichzeitig ein ...

Als sich der Arm um ihren Hals schlang, ließ sie die Taschenlampe laut klappernd fallen. Noch während sie Luft zum Schreien holte, fasste sie in die Tasche nach dem Haarspray, wirbelte herum – und stand von Angesicht zu Angesicht vor Michael. Seine Faust fuhr dicht an ihrem und ihre Spraydose sprühte dicht an seinem Gesicht vorbei.

„Verdammt!" Michael ließ seinen Arm sinken. „Was machst du hier?"

„Was machst du hier?" entgegnete sie heftig. „Und wie kommst du dazu, mich so zu packen? Du hättest meine Taschenlampe zerbrechen können."

„Ich habe fast deine Nase gebrochen."

Pandora warf mit einer Kopfbewegung ihr Haar zurück und hob ihre Lampe vom Boden. Sie wollte nicht, dass er sah, wie sehr ihre Hände zitterten. „Also, ich meine, du solltest dich erst davon überzeugen, wen du in den Würgegriff nimmst."

„Du bist mir gefolgt."

Sie maß ihn mit einem kühlen und zugleich auch amüsierten Blick. Das tat ihr richtig gut, denn immerhin hatte sich ihr Magen noch nicht beruhigt. „Bilde dir bloß nichts ein. Ich wollte nur wissen, ob sich hier draußen etwas abspielt, und ich wollte nicht, dass du dich einmischst."

„Einmischen?" Er richtete den Strahl seiner eigenen Taschenlampe direkt auf ihr Gesicht, so dass sie abwehrend die Hand hob. „Und was hättest du getan, wenn sich hier etwas abgespielt hätte?"

Pandora dachte daran, wie leicht Michael sie überrumpelt hatte. Doch sie hob ihr Kinn nur noch eine Spur höher. „Ich kann auf mich selbst aufpassen."

„Aber sicher.“ Er sah auf die Dose in ihrer Hand. „Was hast du denn da?“

Pandora wurde sich erst jetzt bewusst, was sie umfasst hielt, und musste ein Lachen unterdrücken. Oh, welchen Spaß Onkel Jolley an der absurden Situation gehabt hätte! „Haarspray“, erklärte sie. „Genau zwischen die Augen.“

Er fluchte, dann lachte er. Eine so unlogische Szene hätte er nicht einmal schreiben können. „Ich muss wohl noch froh sein, dass du nicht auf mich abgedrückt hast.“

„Ich gucke, bevor ich zuschlage.“ Pandora schob die Dose zurück in ihre Manteltasche. „Nun, wenn wir schon einmal hier sind, können wir uns auch umsehen.“

„Genau das habe ich getan, als ich dein katzenhaftes Anschleichen hörte.“ Er ignorierte ihr Naserümpfen. „Sieht so aus, als hätte sich hier jemand häuslich niedergelassen.“ Um seine Behauptung zu beweisen, richtete Michael das Licht auf den Kamin. Halb verbrannte Scheite glosten noch.

„Sieh mal an.“ Pandora durchstreifte mit ihrer eigenen Taschenlampe die Hütte. „Vielleicht ein Vagabund.“

Michael nickte. „Vielleicht.“

„Aber nicht wahrscheinlich. Glaubst du, dass der Betreffende wiederkommen wird?“

„Schwer zu sagen. Vielleicht meint er, schon genug Schaden angerichtet zu haben.“

Pandora ließ sich auf die Pritsche fallen und stützte das Kinn in die Hände. „Ich habe gehofft, jemanden zu fangen.“

„Und dann? Wolltest du ihn mit umweltfreundlichem Haarspray einnebeln?“

Sie starrte ihn böse an. „Ich nehme an, du hast einen besseren Plan gehabt.“

„Ich hätte es den Leuten vermutlich ein wenig ungemütlicher machen können.“

„Blaue Augen und gebrochene Nasen.“ Sie gab einen ungeduldigen Laut von sich. „Wirklich, Michael, du solltest nicht nur an deine Fäuste denken."

„Vermutlich wolltest du mit dem betreffenden Mitglied unserer reizenden Familie über das nette Spielchen ‚Finden und Vernichten' in deiner Werkstatt vernünftig diskutieren."

Sie wollte ihn gerade anfahren, aber dann hielt sie sich doch zurück und lächelte nur. Es war jenes träge, boshafte Lächeln, das Michael immer wieder bewundern musste. „Nein", räumte sie ein. „Vernunft stand nicht auf meiner Liste. Sieht allerdings so aus, als hätten wir beide unsere Chance zu brutaler Gewalt verpasst. Nun, du schreibst die Kriminalgeschichten. Sollten wir nicht, wie es so üblich ist, nach Spuren suchen?"

Er lächelte dünn. „Ich habe nicht daran gedacht, mein Vergrößerungsglas mitzubringen."

„Du kannst beinahe amüsant sein, wenn du dich anstrengst." Pandora stand auf und leuchtete mit ihrer Taschenlampe herum. „Vielleicht hat der Betreffende etwas fallen lassen."

„Ein Namensschild?"

„Irgendetwas", murmelte Pandora, ließ sich auf die Knie nieder und blickte unter die Pritsche. „Aha!"

„Was ist es?" Michael war bei ihr, bevor sie sich wieder aufrichtete.

„Ein Schuh." Sie kam sich ein wenig albern und sentimental vor. „Es ist nichts. Er gehörte Onkel Jolley."

Weil sie ein wenig verloren aussah und verletzbarer wirkte, als er erwartet hatte, bot Michael ihr den einzigen Trost an, den er zu bieten hatte. „Ich vermisse ihn auch."

Sie kauerte einen Moment mit dem Schuh in ihrem Schoß auf dem Boden. „Weißt du, manchmal kann ich ihn fast fühlen, als wäre er nur im nächsten Raum, um plötzlich aufzutauchen und über den unglaublichen Streich zu lachen, den er uns gespielt hat."

Mit einem kurzen Auflachen rieb Michael mit der Hand über ihren Rücken. „Ich weiß, was du meinst."

Pandora betrachtete ihn abschätzend. „Vielleicht tust du es", murmelte sie. Sie setzte den Schuh auf der Liege ab. „Ich schaue mal in den Schrank."

„Lass es mich wissen, wenn du Kekse findest." Er begegnete ihrem Blick mit einem Schulterzucken. „Im Anfangsstadium des Nichtrauchens benötigt man eine Menge oraler Befriedigung."

„Du solltest es mit Kaugummi versuchen." Pandora öffnete einen Schrank und leuchtete über Dosen und Gläser hinweg. Sie fand Erdnussbutter und russischen Kaviar, zwei von Jolleys Lieblingshappen. Sie erblickte die Taco-Sauce und den Frucht-Cocktail und erinnerte sich daran, dass ihr dreiundneunzigjähriger Onkel den Appetit eines Teenagers besessen hatte. Endlich fasste sie in den Schrank und holte eine Dose hervor.

„Aha!"

„Schon wieder?"

„Tunfisch", verkündete Pandora und wedelte mit der Dose vor seiner Nase.

„Stimmt. Ist auch Mayonnaise da?"

„Sei nicht begriffsstutzig, Michael. Onkel Jolley hasste Tunfisch."

Michael wollte eine spöttische Bemerkung machen, stockte aber. „Tatsächlich", sagte er langsam. „Und er hat nie etwas aufbewahrt, das er nicht mochte."

„Genau."

„Gratuliere, Sherlock. Also, welcher der Verdächtigen besitzt eine Vorliebe für Fisch in Dosen?"

„Du bist doch bloß eifersüchtig, weil ich einen Hinweis gefunden habe und du nicht."

„Es ist nur ein Hinweis." Michael ärgerte sich tatsächlich ein wenig, weil er von einem Amateur ausgestochen worden war. „Vielleicht kannst du etwas damit anfangen."

Er verweigert mir jede Anerkennung, dachte sie. Aber auch jede, für meine Geschicklichkeit, meine Intelligenz und ganz und gar für meine Weiblichkeit. Ihre Stimme klang scharf, als sie ihm vorwarf: „Wenn du so pessimistisch bist, warum bist du überhaupt hierher gekommen?"

„Ich habe gehofft, jemanden zu finden." Michael leuchtete ständig von einer Wand zur anderen. „Wir haben nur bewiesen, dass jemand hier gewesen ist."

Pandora ließ voll Widerwillen die Dose Tunfisch fallen. „Verlorene Zeit."

„Du hättest mir nicht folgen sollen."

„Ich bin dir nicht gefolgt." Sie richtete ihre Lampe zurück auf ihn. In der Dunkelheit wirkte er zu männlich, zu gefährlich. Sie wünschte sich – wenn auch flüchtig -, dass sie so blendend gewachsen und so überwältigend gekleidet wäre, dass es ihn auf die Knie zwingen würde. „So wie ich das einschätze, bist du mir gefolgt."

„Aha, verstehe. Darum war ich ja auch vor dir hier."

„Das gehört nicht zur Sache. Warum hast du mir nicht gesagt, dass du dich auf den Weg hierher machen wolltest?"

„Aus demselben Grund, aus dem du mir nichts gesagt hast. Ich vertraue dir nicht, Cousine. Und du vertraust mir nicht."

„Wenigstens stimmen wir in einem Punkt überein." Pandora wollte an ihm vorbei, aber er hielt sie am Arm fest. Eisig blickte sie zuerst auf seine Hand, dann in sein Gesicht. „Du solltest dir diese Unsitte abgewöhnen, Michael."

„Es ist einfacher, dich zu berühren, als ich gedacht habe, Pandora."

„Sei nicht zu sicher, Michael." Sie wich einen Schritt zurück. Es ist kein Rückzug, sagte sie sich. Es geschieht aus rein taktischen Gründen. Doch er bewegte sich mit ihr.

„Manche Frauen haben Schwierigkeiten mit körperlicher Anziehung."

Der in ihren Augen aufflammende Zorn gefiel ihm genauso wie die Leidenschaft, die er an diesem Nachmittag kurz hatte aufflackern sehen. „Dein Ego zeigt sich wieder, Michael. Dieses dominierende Gehabe mag vielleicht ganz gut bei deinen ‚Mädchen des Monats' wirken, aber ..."

„Mein Sexualleben hat dich schon immer seltsam fasziniert." Michael lächelte zufrieden über ihren frustrierten Gesichtsausdruck.

„Es ist die gleiche Faszination, die das Sexualleben gewisser niedriger Säugetiere auf einen ausübt." Er machte sie wütend, dass ihr Herz raste. Und nicht vor Zorn. Sie war zu ehrlich mit sich selbst, um so zu tun, als wäre es Zorn. Sie war hierher gekommen, um ein Abenteuer zu suchen, und sie hatte eines gefunden. „Es wird spät", sagte sie im Tonfall einer Lehrerin zu einem ungezogenen Schüler. „Wenn du mich jetzt entschuldigst."

„Ich habe nie nach deinem Sexualleben gefragt." Als Pandora noch einen Schritt zurückwich, drängte er sie in eine Ecke. Sie ließ die Hand in ihre Tasche mit der Dose Haarspray gleiten. „Lass mich raten. Du ziehst Männer vor, die über Sex mehr philosophieren als ihn zu praktizieren."

„Du aufgeblasener, arroganter ..."

Michael verschloss ihren Mund, wie er sich das schon ausgemalt hatte, nämlich mit seinem Mund.

Diesmal war der Kuss kein Vorfühlen, sondern er war wild, heiß und geradezu verzweifelt. Was immer sie auch fühlte, wollte sie erst später überdenken. Jetzt akzeptierte sie einfach die Erfahrung. Sein Mund war warm und fest, und er küsste sie mit dem gleichen anmaßenden männlichen Selbstvertrauen, das sie bei jeder anderen Gelegenheit wütend gemacht hätte. Jetzt kam sie ihm auf gleiche Weise entgegen.

Michael war stark und hartnäckig. Zum ersten Mal fand Pandora sich Körper an Körper mit einem Mann, der sie nicht sanft behandelte. Er forderte, erwartete und gab uneingeschränkte physische Empfindungen. Pandora brauchte über den Kuss nicht nachzudenken. Sie brauchte überhaupt nicht zu denken.

Er hatte erwartet, dass sie zurückwich und nach ihm schlagen würde. Ihre sofortige und volle Reaktion ließ ihn schwindeln. Seit Jahren hatte ihn schon kein Kuss mehr schwindelig gemacht.

Wenn sie wüsste, wie rasch sie ihn geschafft hatte, würde sie sich darüber hämisch freuen. Er dachte nicht weiter darüber nach. Er dachte an gar nichts. Ohne einen Moment zu überlegen, gab er sich ganz seinen Sinnen hin.

In der Hütte war es kalt und dunkel, und der Wind heulte, aber keiner von beiden bemerkte es, nicht einmal, als sie sich endlich voneinander lösten.

Michael war sich seiner nicht sicher. Aber wenigstens hatte er die Befriedigung, dass Pandora sich offenbar auch ihrer nicht sicher war. Sie sah so aus, wie er sich fühlte – benommen, aus dem Gleichgewicht gebracht und unfähig, ihm den nächsten Schlag zu versetzen. Er brauchte sein Gleichgewicht und grinste sie an.

„Wolltest du nicht etwas sagen?“

Sie wollte ihn schlagen. Und sie wollte ihn wieder küssen, bis ihm das Grinsen verging. Er hatte erwartet, sie werde ihm möglicherweise wie jede andere Frau zu Füßen sinken. Er hatte erwartet, sie werde seufzen und lächeln und sich ihm überlassen, damit er wieder einen Sieg verbuchen konnte. Stattdessen fauchte sie ihn an: „Idiot!“

„Ich liebe es, wenn du dich kurz und bündig ausdrückst.“

„Regel Nummer sechs“, erklärte Pandora und warf ihm einen mörderischen Blick zu. „Keine körperlichen Kontakte.“

„Keine körperlichen Kontakte“, stimmte Michael zu, als sie zur Tür stürmte. „Es sei denn, beide Parteien haben ihren Spaß daran.“

Sie knallte die Tür zu und ließ ihn grinsend zurück.

In der nächsten Zeit trafen Pandora und Michael kurz zu den Mahlzeiten zusammen und ließen einander ansonsten in Ruhe. Das hatte nichts mit Höflichkeit oder Absicht zu tun. Es kam einfach daher, dass jeder zu beschäftigt war, um dem anderen in die Quere zu kommen.

Unabhängig voneinander fühlte jedoch jeder eine tiefe Befriedigung, als der erste Monat vorbei war. Einer geschafft, fünf noch zu schaffen.

Als sie in ihren zweiten Monat gingen, musste Michael für einen Tag nach New York fahren, um sich persönlich um ein Problem mit einem Skript zu kümmern. Er machte sich fuchsteufelswild und über Dummköpfe fluchend auf den Weg. Pandora freute sich maßlos darauf, in seiner Abwesenheit nicht ständig auf der Hut sein und Folley mit niemandem teilen zu müssen. Sie konnte machen, was sie wollte, ohne dass ihr jemand über die Schulter sah oder eine bissige Bemerkung machte. Es war wunderbar.

Es endete damit, dass sie in ihrem Abendessen herumstocherte und durch die schweren Vorhänge nach Michaels Wagen Ausschau hielt. Es hat nichts damit zu tun, dass ich ihn vermisste, versicherte sie sich. Es liegt bloß daran, dass ich mich daran gewöhnt habe, mit jemandem das Haus zu teilen.

War das nicht einer der Gründe, aus denen sie nie zuvor mit jemandem zusammengelebt hatte? Sie wollte jede Art von Abhängigkeit vermeiden. Und Abhängigkeit stellte sich auf ganz natürliche Weise ein, wenn man im selben Haus lebte, sogar wenn es sich um eine zweibeinige Schlange handelte.

Und so wartete sie und hielt Ausschau. Lange nachdem Charles und Sweeney zu Bett gegangen waren, wartete sie noch immer und hielt Ausschau. Sie war nicht besorgt und schon gar nicht einsam. Nur ruhelos. Sie sagte sich selbst, dass sie nicht zu Bett gehe, weil sie nicht müde sei. Sie schlenderte im Erdgeschoss umher und betrat Onkel Jolleys Aufenthaltsraum. Spielzimmer wäre eine passendere Bezeichnung gewesen. Die Einrichtung war eine Kreuzung zwischen Video-Studio und Disco-Bar mit den entsprechenden Geräten allerhöchster Qualität und den niedrigen Sofas.

Sie schaltete den Fernseher mit dem riesigen 150-Zentimeter-Bildschirm ein und spielte daran herum, bis eine Show lief. Sie hatte nicht die Absicht, sich etwas anzusehen. Sie brauchte nur die Gesellschaft.

An den beiden Flipper-Tischen versuchte sie eine Stunde lang, die hohen Punktzahlen zu schlagen, die Jolley vorgegeben hatte. Auch eines seiner Vermächtnisse. Dann gab es ein nahezu raumfüllendes Video-Spiel, das einen Angriff auf den Planeten Zarbo simulierte. Angesichts ihrer ungeschickten Verteidigungsstrategie flog der Planet drei Mal in die Luft, bevor sie sich der nächsten Attraktion zuwandte. Es gab ein Computerschachspiel, aber ihre Gedanken waren zu träge. Zuletzt streckte sie sich vor dem Fernseher aus. Nur, um sich auszuruhen, nicht, um zuzusehen.

Sekunden später verfolgte sie die Ausstrahlung einer Krimiserie. Reifen kreischten und Kugeln zischten. Den Kopf auf die Arme gestützt, ein Bein über die Rückenlehne gehängt, entspannte sie sich und ließ sich von dem Kriminalfilm unterhalten.

Als Michael in die Tür trat, bemerkte Pandora ihn nicht. Er hatte einen hässlichen Tag hinter sich und war auf der Rückfahrt in dichten Verkehr geraten. Er hatte mit dem Gedanken gespielt, über Nacht in der Stadt zu bleiben, das einzig Sinnvolle. Und ein Dutzend schwacher Entschuldigungen gefunden, warum er zurückfahren musste, anstatt die Einladung der Produktionsassistentin anzunehmen – einer hübsch gebauten Brünetten mit großen braunen Augen.

Er hatte geplant, sich in den ersten Stock zu schleppen, in sein Bett zu fallen und bis Mittag zu schlafen, aber er hatte die Lichter gesehen und den Spektakel gehört. Und da war sie nun, Pandora, die selbst ernannte Kritikerin des Bildschirms, auf das Sofa hingegossen und um ein Uhr nachts von einer Serienwiederholung hingerissen. Sie sah verdächtigerweise ganz so aus, als würde sie Vergnügen daran finden.

Keine schlechte Show, fand Michael, als er die Serie erkannte. In seiner Anfangszeit hatte er sogar ein paar Skripts dafür geschrieben. Die Hauptperson besaß hintersinnige Schlauheit und eine zerstreute Art, die den Schuldigen dazu verleitete, genügend Informationen preiszugeben, damit es am Ende der Show zu einer Verhaftung reichte.

Michael beobachtete, wie Pandora behaglich ihre Haltung auf der Couch veränderte. Er wartete bis zu der nächsten Unterbrechung für die Werbung. „Nein, wie tief die Mächtigen doch gefallen sind."

Sie wäre tatsächlich beinahe gefallen, als sie sich herumrollte, um zur Tür zu sehen. Finster dreinblickend setzte sie sich auf und suchte hastig nach einer plausiblen Entschuldigung. „Ich konnte nicht schlafen", sagte sie, was absolut stimmte. Natürlich unterließ sie es hinzuzufügen, dass es daher kam, weil er nicht zu Hause gewesen war. „Vermutlich ist Fernsehen für die an Schlaflosigkeit Leidenden gemacht. Valium für den Verstand."

Michael war müde, todmüde, aber er war wirklich froh, dass sie sich treu geblieben war. Er ging zu ihr hinüber, ließ sich neben ihr auf das Sofa fallen und legte seine Füße auf einen aus einem Holzblock geschnittenen Tisch. „Wer ist der Täter?" fragte er und seufzte. Es war schön, zu Hause zu sein.

„Der gierige Geschäftspartner." Pandora war zu froh, Michael wieder bei sich zu haben, um verlegen zu werden. „Die Lösung zu finden, ist wirklich nicht schwer."

„Diese Serie legt nicht das Hauptgewicht darauf, wer der Täter ist, sondern darauf, wie der Held den Täter dazu bringt, sich selbst zu verraten."

Sie tat so, als würde es sie nicht interessieren, setzte sich aber so, dass sie den Bildschirm bequem sehen konnte. „So, wie ist es denn in New York gelaufen?"

„Es ging." Michael schüttelte die Schuhe von den Füßen. „Nach stundenlangem Hickhack steht das Skript."

Er sah erschöpft aus. Wirklich erschöpft, fand sie. „Ich verstehe nicht, wieso sich so viele Leute für eine alberne Stunde die Woche verausgaben."

Er öffnete ein Auge, um sie anzustarren. „Das ist die amerikanische Lebensart."

„Worüber regt man sich denn so auf? Es gibt ein Verbrechen. Die Guten jagen die Bösen und fangen sie vor dem Nachspann. Ist doch wirklich einfach."

„Ich kann dir gar nicht genug dafür danken, dass du diesen Punkt geklärt hast. Bei der nächsten Produktionskonferenz werde ich ihn zur Sprache bringen."

„Wirklich, Michael, ich meine, alles sollte ziemlich glatt laufen, vor allem, da du schon jahrelang mit dieser Geschichte auf Sendung gehst."

„Schon mal was von Egoismus und Paranoia gehört?"

Sie lächelte schwach. „Gelegentlich."

„Gut, dann multipliziere das mit künstlerischer Sprunghaftigkeit, den Einschaltquoten und einem eskalierenden Budget. Vergiss nicht einen guten Schuss leitender Angestellter der Fernsehanstalt dazuzufügen. Nichts läuft seit vier Jahren glatt. Wenn ‚Logan' noch einmal vier Jahre durchhält, wird noch immer nichts glatt laufen. Das ist Show-Business."

Pandora zuckte die Schultern. „Eine ziemlich idiotische Art, sich seinen Lebensunterhalt zu verdienen."

„Und ob", stimmte Michael zu und war im nächsten Moment tief und fest eingeschlafen.

Pandora ließ ihn zwanzig Minuten schlafen, während sie zusah, wie der listige, ungeschickte Polizist dem gierigen Geschäftspartner die Schlinge um den Hals legte. Zufrieden, dass die Gerechtigkeit gesiegt hatte, schaltete Pandora den Apparat aus und ließ die Lichter schwach erleuchtet.

Sie konnte den schlafenden Michael hier lassen. Im Moment wirkte er äußerst zufrieden. Sie dachte darüber nach, während sie zu ihm ging und ihm die Haare aus der Stirn strich. Aber er würde möglicherweise mit steifem Genick aufwachen. Besser wäre es, sie schaffte ihn ins Bett, entschied sie und rüttelte ihn an der Schulter.

„Michael."

„Mmm?"

„Lass uns zu Bett gehen."

„Dachte schon, du würdest nie darum bitten", murmelte er und tastete nach ihr.

Amüsiert starrte sie ihn eine Weile an, bevor sie ihn um so kräftiger rüttelte. „Nimm dir nicht zu viel vor, Cousin. Komm! Ich helfe dir die Treppe hinauf."

„Der Regisseur ist ein absoluter Idiot", murmelte er, als sie ihn auf die Beine zog.

„Aber sicher ist er das. Und jetzt setz einen Fuß vor den anderen. Ja, so geht es. Ab mit uns!" Einen Arm um seine Taille geschlungen, führte sie ihn aus dem Raum.

„Er hat ständig an meinem Skript herumgemeckert."

„Nein, so was! Jetzt kommen die Stufen."

„Er wollte unbedingt mehr durchschlagende Gefühle im zweiten Akt. Der Teufel soll ihn holen", murmelte Michael, während er sich die Treppe hinaufschleppte. „Was der schon von durchschlagenden Gefühlen versteht."

„Ganz offenbar ein geistiger Zwerg." Atemlos steuerte sie ihn zu seinem Zimmer. Er war schwerer, als er wirkte. „Und da sind wir nun, endlich daheim." Sie schob ihn erleichtert auf das Bett. „Siehst du, ist das nicht gemütlich?" Sie ließ ihn vollständig bekleidet und breitete eine Decke über ihn.

„Ziehst du mir nicht die Hose aus?"

Sie tätschelte seinen Kopf. „Bilde dir bloß keine Schwachheiten ein."

„Spaßverderberin."

„Wenn ich dir so spät nachts beim Ausziehen helfe, bekomme ich möglicherweise Alpträume."

„Du weißt, dass du verrückt nach mir bist." Das Bett fühlte sich himmlisch an. Er hätte sich für eine ganze Woche darin vergraben können.

„Du bist schon im Delirium, Michael. Ich lasse dir von Charles am Morgen warmen Tee und Honig bringen."

„Nicht, wenn du am Leben bleiben willst." Er raffte sich dazu auf, die Augen zu öffnen und sie anzulächeln. „Warum kriechst du nicht neben mir unter die Decke? Mit ein wenig Ermunterung könnte ich dir das Erlebnis deines Daseins verschaffen."

Pandora beugte sich über ihn, tiefer und tiefer, bis ihr Mund dicht über dem seinen schwebte. Ihrer beider Atem mischte sich vertraulich. Ihr Haar fiel nach vorn und strich über seine Wangen. „Von wegen!" flüsterte sie.

Michael zuckte die Schultern, gähnte und rollte sich auf die Seite. „Dann eben nicht."

In der Dunkelheit blieb Pandora noch einen Moment stehen mit den Händen in die Hüften gestützt. Er hätte wenigstens so tun können, als wäre er beleidigt.

Das Kinn hochgereckt, ging sie hinaus und sorgte dafür, dass die Tür hinter ihr krachend zufiel.

5. KAPITEL

Stück für Stück vollendete Pandora unter größten Anstrengungen die Smaragd-Halskette. Als sie fertig war, fand sie ihre Arbeit auch nach eingehender Betrachtung perfekt. Diese Beurteilung freute sie umso mehr, als sie selbst ihre schärfste Kritikerin war. Pandora fühlte sich nicht mit jedem ihrer Stücke verbunden oder auch nur vom kreativen Standpunkt her befriedigt. Dafür war sie sich selbst gegenüber bei weitem zu anspruchsvoll. Bei der Halskette traf jedoch beides zu.

Sie untersuchte die Kette mit dem Vergrößerungsglas bei gnadenlos scharfem Licht, überprüfte die Filigranarbeit Millimeter für Millimeter und fand keine Fehler. Sie hatte die Kette aus ihrer Fantasie heraus geboren und mit ihren Fähigkeiten erschaffen. Mit einem gewissen Bedauern legte sie die Kette in eine mit Samt ausgeschlagene Schatulle. Sie gehörte ihr nicht mehr.

Nachdem nun die Kette abgeschlossen war, sah Pandora sich ohne Inspiration in ihrer Werkstatt um. Sie hatte so viel in dieses kleine Stück hineingelegt, ihre ganze Konzentration, ihre Emotionen und ihre Tüchtigkeit, dass sie keinen einzigen Plan für ein nächstes Projekt entworfen hatte. Von dem Wunsch zu arbeiten getrieben, griff sie nach ihrem Skizzenblock und begann zu zeichnen.

Vielleicht Ohrringe, überlegte sie. Etwas Auffälliges und Klotziges und reich Verziertes. Sie wollte eine Abwechslung nach der feinen, eleganten Arbeit, der sie so viel Zeit gewidmet hatte. Kreise und Dreiecke, überlegte sie. Geometrisch und supermodern, nicht romantisch wie die Halskette.

Keine Romantik, dachte sie und warf kräftige, klare Linien auf das Papier. Sie hatte an einem romantischen Stück gearbeitet. Vielleicht hatte sie sich deshalb beinahe zum Narren bei Michael gemacht. Ihre Gefühle waren mit ihrer Arbeit verbunden, und ihre Arbeit war leicht und feminin und romantisch gewesen. Das ergibt Sinn, stellte sie befriedigt fest. Jetzt, da sie an etwas Starkem, Energischem und Arrogantem arbeitete, sollte sich das Problem von selbst lösen.

Eigentlich sollte es gar kein Problem geben. Mit zusammengebissenen Zähnen schlug sie das Blatt um und begann von vorne. Ihre Gefühle für Michael waren stets klar gewesen. Abneigung. Wenn man gegen jemanden Abneigung verspürte und von ihm angezogen wurde, ging einem das gegen den Strich.

Es handelte sich gar nicht um wirkliche Anziehung. Es war mehr eine Art von verdrehter ... Neugierde. Ja, Neugierde. Das Wort stellte Pandora völlig zufrieden. Es war nur natürlich, dass sie neugierig auf die Sexualität eines Mannes gewesen war, den sie von Kindheit an kannte. Ebenfalls natürlich war es, neugierig darauf zu sein, was Michael Donahue an sich hatte, um diese ‚Spielgefährtinnen des Monats', wie eine bestimmte Männerillustrierte sie nannte, anzuziehen. Sie hatte es herausgefunden:

Michael besaß die Fähigkeit, einer Frau das Gefühl zu geben, ganz Frau zu sein – ganz engagiert und nur allzu willig. Das war ihr zuvor noch nie passiert, und sie suchte so etwas auch nicht. So wie Pandora es sah, war das eine Kunstfertigkeit, die Michael wie jeder geschickte Handwerker einsetzte. Sie konnte ihm daraus zwar kaum einen Vorwurf machen, dachte aber gar nicht daran, sich der Herde anzuschließen. Hätte er gewusst oder auch nur geahnt, dass sie genauso reagieren würde wie vermutlich Dutzende anderer Frauen, wäre er einen Monat lang vor Zufriedenheit strahlend herumgelaufen. Hätte er erraten, dass sie manchmal – aber nur für einen Augenblick – wünschte, er möge ihr die gleiche Aufmerksamkeit entgegenbringen wie jenen Dutzend Frauen, hätte er doppelt so lang gestrahlt. Dieses Vergnügen wollte sie ihm nicht verschaffen.

Individualität war ein Teil von ihr. Selbst wenn es möglich gewesen wäre, hätte sie nicht wie eine seiner Frauen sein wollen. Nachdem nun ihre Neugierde befriedigt war, wollten sie die nächsten fünf Monate überstehen können ohne weitere ... Komplikationen.

Dass sie Michael als menschliches Wesen einigermaßen akzeptabel und als Gefährten fast erträglich fand, sollte sich dabei nicht störend auswirken. Falls es überhaupt eine Rolle spielte, würde der Winter dadurch nur etwas schneller vorübergehen.

Entgeistert ertappte sie sich dabei, dass sie soeben die letzten Striche an einer Skizze von Michaels Gesicht machte. Wenn auch etwas flüchtig, hatte sie doch die Arroganz um seine Augen und die Sinnlichkeit um seinen Mund gut eingefangen. Merkwürdig fand sie, dass er – so wie sie ihn gezeichnet hatte – recht intelligent wirkte. Sie riss das Blatt aus dem Skizzenblock, zerknüllte es und warf es in den Papierkorb. Ihr waren die Gedanken davongelaufen, das war alles. Pandora griff wieder nach ihrem Bleistift, legte ihn weg und holte die Skizze aus dem Korb. Trotz allem blieb ein Kunstwerk stets ein Kunstwerk, sagte sie sich, während sie Michaels Gesicht glättete.

Michael hatte mit seiner Arbeit nicht viel Glück. Er saß an seinem Schreibtisch und tippte fünf Minuten lang wie irre. Dann starrte er fünfzehn Minuten lang ins Leere. Das sah ihm gar nicht ähnlich. Wenn er arbeitete, arbeitete er gleichmäßig, routiniert und durchgehend, bis eine Szene stand.

Er lehnte sich auf seinem Stuhl zurück, griff nach einem Kugelschreiber und ließ seine Finger von einem Ende zum anderen gleiten. Was Krankheitsstatistiken auch zu beweisen trachteten, er hätte das Rauchen niemals aufgeben sollen. Deshalb war er so gereizt. Rastlos stieß er sich vom Schreibtisch ab, ging hinüber ans Fenster und starrte auf Pandoras Werkstatt hinunter. Das Gebäude wirkte heiter unter einer leichten Schneeschicht.

Das war es, was ihn so gereizt machte.

Pandora war nicht so, wie er es erwartet hatte. Sie war weicher, süßer. Wärmer. Es machte Spaß, mit ihr zu sprechen, ganz gleich ob sie stritt und schnippisch war und ihn an den Rand eines Wutausbruchs trieb oder ob sie entspannt und kameradschaftlich war. Mit Pandora gab es nur selten eine seichte Unterhaltung. Sie hielt Michaels Verstand beschäftigt, und wenn es nur darum ging, ihre nächste Bissigkeit abzuwehren.

Es fiel ihm nicht leicht, zuzugeben, dass er ihre Gesellschaft genoss, aber ihre gemeinsamen Wochen auf Folley waren wirklich schnell vergangen. Nein, es fiel ihm nicht leicht, das zuzugeben, aber er hatte die interessante Einladung seiner Produktionsassistentin ausgeschlagen, weil ... Michael gestand sich mit einem tiefen Seufzer ein, dass er die Einladung ausgeschlagen hatte, weil er nicht die Nacht mit einer Frau verbringen wollte, wenn seine Gedanken bei einer anderen Frau waren.

Aber wie sollte er mit dieser ungewollten und unerwarteten Zuneigung für eine Frau fertig werden, die lieber Boxhandschuhe angezogen hätte, um mit ihm ein paar Runden zu kämpfen, als mit ihm im Mondschein spazieren zu gehen?

Romantische Frauen hatten ihn stets gereizt, weil er, ohne sich dessen zu schämen, selbst ein Romantiker war. Er liebte Kerzenschein, leise Musik und lange, einsame Spaziergänge. Michael machte Frauen ganz altmodisch den Hof, weil ihm das Altmodische zusagte. Das war kein Widerspruch zu der Tatsache, dass er schon seit seiner College-Zeit ein unerschütterlicher Feminist war. Romantik und sozialpolitische Ansichten lagen Welten auseinander. Es bereitete ihm keine Schwierigkeiten, einerseits für gleiche Bezahlung bei gleicher Arbeit einzutreten und andererseits einer Frau eine Droschkenfahrt durch den Park anzubieten.

Aber er wusste auch, dass Pandora, falls er ihr ein Dutzend weißer Rosen schickte, sich über die Dornen beschweren würde.

Er wollte sie. Michael war zu sehr ein Sinnenmensch, um sich in dieser Hinsicht etwas vorzumachen. Wenn er etwas wollte, arbeitete er auf zwei Arten darauf hin. Zuerst wählte er die beste Annäherungsmethode und tat dann in vorsichtigen Manövern einen Schritt nach dem anderen. Wenn das nicht klappte, ließ er die Vorsicht beiseite und packte mit beiden Händen zu. Auf die eine wie auf die andere Art hatte er bisher stets den gleichen Erfolg gehabt.

Wie er die Lage einschätzte, reagierte Pandora nicht auf Kosen unter Rosen, aber auch nicht, wenn er sie sich im Sturmangriff über die Schulter werfen würde. Bei Pandora musste er vielleicht von seinen beiden üblichen Annäherungsmethoden absehen und sich etwas Neues einfallen lassen.

Eine interessante Herausforderung, fand Michael und lächelte träge. Nichts liebte er mehr, als Handlungsfäden auszulegen und neu zu verknüpfen und überraschende Wendungen einzubauen. Hatte er nicht schon immer gemeint, Pandora gebe eine faszinierende Gestalt in einem Drehbuch ab? Also wollte er wie an ein Drehbuch herangehen.

Held und Heldin unter einem Dach, begann er. Zueinander hingezogen, aber noch zögernd. Held ist intelligent und charmant. Besitzt ungeheure Willenskraft. Hat er nicht das Rauchen aufgegeben – vor genau fünf Wochen, drei Tagen und vierzehn Stunden? Heldin ist dickköpfig und eigenwillig, verwechselt oft Arroganz mit Unabhängigkeit. Held durchbricht schrittweise ihre spröde Schale zu beider Zufriedenheit.

Michael lehnte sich grinsend auf seinem Stuhl zurück. Er konnte genauso gut ein Bühnenstück daraus machen. Einen großen Teil der Handlung musste er zwar erfinden, aber das Grundthema hatte er schon. Höchst zufrieden und begierig auf die Anfangsszene stürzte Michael sich wieder auf die Arbeit.

Zwei Stunden flotter Arbeit waren wie im Flug vergangen, als es an die Tür klopfte. Er antwortete mit einem unwilligen Knurren.

„Ich bitte um Pardon, Mr. Donahue." Charles stand in der Tür, ein wenig außer Atem vom Treppensteigen.

Michael knurrte noch einmal und tippte den Absatz zu Ende. „Ja, Charles?"

„Ein Telegramm für Sie, Sir."

„Telegramm?" Stirnrunzelnd schwang er auf seinem Stuhl herum. Wenn es in New York, so wie letzte Woche, ein Problem gab, wäre das Telefon der schnellste Weg gewesen, um es zu lösen. „Danke." Er nahm das Telegramm, klopfte damit aber nur gegen seine Handfläche. „Ist Pandora noch in ihrer Werkstatt?"

„Ja, Sir." Charles war dankbar für die Verschnaufpause. „Sweeney macht sich ein wenig Sorgen, weil Miss McVie das Mittagessen hat ausfallen lassen. Sweeney möchte das Abendessen in einer Stunde servieren. Ich hoffe, das ist Ihnen recht."

Michael hütete sich, Sweeney in die Quere zu kommen. „Ich werde unten sein."

„Danke, Sir, und wenn ich das sagen darf, ich genieße Ihre Fernsehserie ganz ungemein. Die letzte Folge war besonders aufregend."

„Das hör ich gern, Charles."

„Mr. McVie hatte es sich zur Gewohnheit gemacht, sich jede Woche Ihre Serie in meiner Gegenwart anzusehen. Er hat nie eine Folge ausgelassen."

„Ohne Onkel Jolley hätte es wahrscheinlich nie ‚Logan's Run' gegeben", überlegte Michael laut. „Er fehlt mir."

„Uns allen. Das Haus ist so ruhig. Aber ich ..." Charles errötete ein wenig bei der Vorstellung, er könne seine Grenzen überschreiten.

„Sprich es aus, Charles."

„Ich möchte gern, dass Sie wissen, dass wir beide, Sweeney und ich, sehr glücklich sind, bei Ihnen im Dienst zu bleiben, bei Ihnen und Miss McVie. Wir waren froh, dass Mr. McVie das Haus Ihnen hinterlassen hat. Die anderen ..." Er straffte sich und fuhr fort: „Sie wären nicht würdig gewesen, Sir. Sweeney und ich, wir hatten davon gesprochen, unseren Dienst aufzukündigen, falls Mr. McVie bestimmt hätte, dass Folley einem seiner anderen Erben zufallen sollte." Charles faltete seine knochigen Hände. „Haben Sie vor dem Dinner noch einen Wunsch, Sir?"

„Nein, Charles, danke."

Michael lehnte sich zurück und öffnete das Telegramm.

Mutter schwer erkrankt. Ärzte ohne Hoffnung. Komm sofort nach Palm Springs. L.J. Keyser.

Michael starrte eine volle Minute auf das Telegramm. Das war unmöglich! Seine Mutter war nie krank. Krankheit hielt sie für eine Art sozialen Fehlverhaltens. Er fühlte zuerst Unglauben, dann Schock und griff hastig nach dem Telefon.

Als Pandora fünfzehn Minuten später an seinem Zimmer vorbeiging, sah sie, wie er Kleidung in eine Tasche warf. Sie hob eine Augenbraue, lehnte sich gegen den Türrahmen und räusperte sich. „Du verreist?"

„Palm Springs." Er warf sein Rasierzeug zu den anderen Sachen.

„Wirklich?" Jetzt verschränkte sie die Arme. „Suchst du ein sonnigeres Klima?"

„Es geht um meine Mutter. Ihr Mann hat mir ein Telegramm geschickt."

Sofort gab Pandora ihre kühle, spöttische Pose auf und kam in das Zimmer. „Ist sie krank?"

„Das Telegramm hört sich nicht gut an."

„Oh, Michael, das tut mir Leid. Kann ich etwas tun? Den Flughafen anrufen?"

„Das habe ich schon getan. Meine Maschine geht in zwei Stunden. Ich muss zwar ein halbes Dutzend Mal umsteigen, aber eine bessere Verbindung habe ich nicht gefunden."

Sie fühlte sich hilflos und sah ihm zu, wie er den Reißverschluss zuzog. „Ich fahre dich zum Flughafen, wenn du willst."

„Nein. Ich dank dir aber." Als er sich zu ihr umdrehte, erkannte er an ihrem Gesicht, dass sie sich sorgte. „Pandora, ich werde die halbe Nacht unterwegs sein, um überhaupt hinzukommen. Und dann weiß ich nicht ..." Er brach ab, weil er sich nicht vorstellen konnte, dass seine Mutter ernsthaft krank sein könnte. „Ich schaffe es vielleicht nicht rechtzeitig wieder zurück – nicht innerhalb von achtundvierzig Stunden."

Sie schüttelte den Kopf. „Ich möchte nicht, dass du dir darüber den Kopf zerbrichst. Ich rufe Fitzhugh an und erkläre es ihm. Vielleicht kann er etwas unternehmen. Immerhin handelt es sich um einen Notfall. Und wenn nicht, dann eben nicht."

Womöglich entzog er ihr mit seinem Wegbleiben Millionen von Dollar und das Heim, das sie liebte. Michael ging zu ihr und legte ihr die Hände auf die Schultern. Sie war so schlank. Er hatte es vergessen, wie stark eine schwache Frau sein konnte. „Es tut mir Leid, Pandora. Gäbe es eine andere Möglichkeit ..."

„Michael, ich habe dir doch gesagt, dass ich das Geld nicht wollte. Und ich habe es so gemeint. Und jetzt geh, sonst versäumst du dein Flugzeug." Sie wartete, bis er seine Tasche aufgenommen hatte und begleitete ihn auf den Korridor. „Ruf mich an, wenn du Gelegenheit hast und lass mich wissen, wie es deiner Mutter geht."

Er nickte, stellte seine Tasche an der Treppe ab und zog Pandora heftig an sich. Sein Kuss war fest und lang und voll von kaum eingedämmtem Feuer. Dann schob er sie genauso abrupt von sich. „Bis später."

„Ja." Pandora schluckte. „Bis später."

Sie rührte sich nicht von der Stelle, bis die Haustür ins Schloss fiel.

Pandora hatte viel Zeit, um über den Kuss nachzudenken, während des einsamen Dinners, während der Stunden, in denen sie an dem munteren Feuer im Salon zu lesen versuchte. In diesem einen Kuss hatte sie mehr Leidenschaft gefunden als in allen ihren sorgfältig aufgebauten Beziehungen.

Sie fühlte sich einsam. Nach wenig mehr als einem Monat hatte sie sich so an Michaels Gesellschaft gewöhnt, dass sie darauf angewiesen war. Wann würde sie ihn wohl wieder sehen?

Falls die Bedingungen des Testaments gebrochen wurden, gab es für sie beide keinen Grund mehr, zusammenzubleiben. Dann besaßen sie nicht einmal das Recht, auf Folley zu bleiben. Sie würden nach New York zurückkehren müssen, wo sie einander wegen der unterschiedlichen Lebensweise nie zu sehen bekämen. Erst jetzt erkannte Pandora, wie wenig sie das wollte.

Sie wollte Folley nicht verlieren, und sie wollte Michael nicht verlieren ... Seine Gesellschaft, korrigierte Pandora sich hastig.

Seufzend schloss Pandora das Buch und entschied, lieber zeitig schlafen zu gehen, als vergeblich zu spekulieren. Gerade als sie die Lampe ausschalten wollte, erlosch das Licht. Nur noch das Kaminfeuer leuchtete.

Sie tippte auf eine ausgebrannte Glühlampe, aber auch die Halle lag im Dunkeln. Vergeblich betätigte Pandora den Schalter.

Stromausfall, dachte sie, zögerte jedoch, weiter in die Dunkelheit zu treten. Es gab kein Unwetter. Auf Folley fiel der Strom regelmäßig bei Schneefall und Gewittern aus, aber die zusätzliche Lichtmaschine nahm dann innerhalb von Sekunden die Arbeit auf. Pandora wartete, doch das Haus blieb im Dunkeln.

Während sie dastand und darauf wartete, dass das Licht wieder anging, wurde ihr bewusst, wie dunkel Dunkelheit sein konnte. Sie wollte schon in den Salon zurückkehren, um eine Kerze zu holen, als ihr einfiel, dass auch die Heizung des Hauses vom Strom abhängig war. Wenn sie nichts unternahm, würde das Haus bald nicht nur sehr dunkel, sondern auch sehr kalt werden. Bei zwei Leuten über siebzig konnte sie das nicht zulassen.

Verärgert zündete Pandora drei Kerzen in einem silbernen Halter an. Es hatte keinen Sinn, Charles im Schlaf zu stören und ihn in den Keller zu zerren. Möglicherweise handelte es sich nur um eine kaputte Hauptsicherung. Die Kerzen vor sich haltend, schlug Pandora durch die verschlungenen Korridore den Weg zum Keller ein.

Es machte ihr gar nichts aus, in der Dunkelheit in den Keller hinunterzugehen. Das redete sie sich jedenfalls ein, als sie die Hand an die Klinke der Tür legte. Schließlich war er nur ein weiterer Raum im Haus, in dem die Überreste einiger von Onkel Jolleys abgelegten Hobbys lagerten. Der Sicherungskasten befand sich da unten. Sie hatte ihn gesehen, als sie ihrem Onkel geholfen hatte, mehrere Kartons mit Fotoausrüstung hinunterzuschaffen, nachdem er die Idee aufgegeben hatte, Porträtfotograf zu werden.

Sie wollte die schadhafte Sicherung suchen und austauschen. Sobald es wieder Strom und Wärme gab, wollte sie ein heißes Bad nehmen und danach ins Bett gehen.

Pandora holte tief Luft, ehe sie die Tür öffnete.

Die Stufen knarrten, was zu erwarten war. Und sie waren so hoch und so schmal wie die Stufen in jedem Keller, der etwas auf sich hielt. Das Licht ihrer Kerzen ließ die Schatten über Kisten und Kartons, die ihr Onkel da unten verstaut hatte, tanzen. Sie musste Michael dazu bringen, alles durchzuforsten. An irgendeinem hellen Nachmittag. Sie summte nervös vor sich hin, als sie die unterste Stufe erreichte.

Pandora hielt die Kerzen hoch und inspizierte den Fußboden, soweit das Licht reichte. Mäuse hatten eine Vorliebe für dunkle, feuchte Keller, aber Pandora hatte keine Vorliebe für Mäuse. Als nichts über den Boden huschte, umrundete sie zwei große Kisten und ging auf den Sicherungskasten zu.

Da stand das Trainingsfahrrad mit Motorantrieb, das nach Onkel Jolleys Ansicht allen Spaß am Gesundbleiben nahm. Auf einem deckenhohen Regal waren alte Flaschen aufgereiht. Onkel Jolley war einmal von einem Glasbläser fasziniert gewesen, der Zehn-Dollar-Flaschen hergestellt hatte. Und endlich entdeckte sie mit einem erleichterten Seufzer den Sicherungskasten. Sie stellte den Kerzenhalter auf eine Kiste, öffnete die Metalltür und starrte in den Kasten. Da drinnen gab es nicht eine einzige Sicherung.

„Was soll das denn, zum Teufel?" murmelte Pandora. Als sie näher trat, stieß sie mit dem Fuß gegen etwas, das scheppernd über den Betonboden rollte. Sie zuckte zusammen und unterdrückte einen Schrei und den Wunsch davonzurennen. Mit angehaltenem Atem griff sie nach dem Kerzenhalter und kauerte sich hin. Zu ihren Füßen verstreut lagen ein Dutzend Sicherungen. Sie nahm eine in die Hand. Dieser Keller mochte über einen gewissen Bestand an Mäusen verfügen, aber keine von ihnen war geschickt genug, um die Sicherungen herauszudrehen.

Sie fühlte einen leichten Schauder, den sie jedoch ignorierte, während sie die Sicherungen einsammelte. Tricks, sagte sie sich. Nur alberne Tricks. Ärgerlich, aber nicht so vernichtend wie jener Trick in ihrer Werkstatt. Es war nicht einmal ein besonders kluger Trick, weil das Einschrauben von Sicherungen genauso einfach war wie das Herausdrehen.

Pandora arbeitete schnell und versuchte, nicht über ihre Schulter zu sehen. Wer immer in den Keller eingedrungen war, um seine Spielchen zu spielen, hatte nur ihre Zeit verschwendet, sonst nichts.

Als sie fertig war, ging sie zu der Treppe und rannte hinauf, obwohl sie sich dafür hasste. Aber ihr erleichterter Seufzer war verfrüht.

Die Tür war fest verschlossen.

Sekundenlang weigerte Pandora sich, es zu glauben. Sie drehte an dem Knopf und drückte, schob und drehte wieder. Danach spürte sie nur noch die Angst, die Angst, alleine in der Dunkelheit eingeschlossen zu sein. Pandora hämmerte gegen die Tür, schrie, flehte und brach schluchzend auf der obersten Stufe zusammen. Niemand konnte sie hören. Charles und Sweeney schliefen am anderen Ende des Hauses.

Fünf Minuten überließ sie sich Angst und Selbstmitleid. Sie war allein, ganz allein, eingeschlossen in einem dunklen Keller, in dem sie vor dem Morgen niemand hören würde. Es war schon kühl und wurde immer kälter. Bald würden ihre Kerzen ausgehen. Dann hatte sie überhaupt kein Licht. Das war das Schlimmste, das Allerschlimmste, kein Licht zu haben.

Licht, dachte sie und schimpfte sich selbst eine Närrin, während sie die Tränen wegwischte. Hatte sie nicht soeben die Sicherungen in Ordnung gebracht? Pandora raffte sich auf und schlug mit der Hand auf den Schalter. Nichts passierte. Sie drängte einen Aufschrei zurück und hob die Kerzen hoch. Die Fassung über der Treppe war leer.

Der Eindringling hatte daran gedacht, die Glühlampe herauszudrehen. Also war es doch ein schlauer Trick. Sie schluckte die neu aufgekommene Panik hinunter und versuchte nachzudenken. Die wollten, dass sie die Beherrschung verlor, und diesen Gefallen würde sie ihnen nicht tun. Wehe, wenn sie herausfand, wer von ihren lieben Familienangehörigen mit ihr diese hässlichen Spiele spielte ...

Das kommt später, sagte sich Pandora. Jetzt musste sie einen Ausweg finden. Sie zwang sich, die Stufen wieder hinunterzusteigen.

Der Keller war doppelt so groß wie ihr Apartment in New York, ohne Zwischenwände und jene Verzierungen, die Onkel Jolley so gemocht hatte. Er war bloß dunkel und etwas feucht, mit Betonboden und widerhallenden Steinwänden. Pandora wollte jetzt nicht an Spinnen denken oder an alles, was in den Ecken sonst noch herumhuschen mochte.

Es gab keine Türen. Immerhin befand sie sich unter der Erde. Wie in einem Grab. Diese Vorstellung besänftigte nicht gerade ihre Nerven, so dass sie sich auf andere Dinge konzentrierte. Sie musste nachdenken – und so tun, als wären ihre Handflächen nicht feucht.

Sie ging an einem Stapel Kisten vorbei und schrie auf, als sie sich in dichten Spinnweben verfing. Mehr angewidert als ängstlich fegte sie sie beiseite. Sie machte sich nicht gern lächerlich, auch dann nicht, wenn es niemand sah. Dafür musste jemand bezahlen! nahm sie sich wieder vor.

Dann sah sie das Fenster, eineinhalb Meter über ihrem Kopf und winzig. Obwohl es kaum mehr als ein Oberlicht war, brach Pandora vor Erleichterung beinahe zusammen. Sie stellte die Kerzen auf ein Wandbrett und begann, Kisten übereinander zu stapeln. Ihre Muskeln verkrampften sich, und ihr Rücken protestierte, aber sie stemmte die Kisten hoch und baute sie an der Wand auf. Bei dem ersten Splitter im Finger fluchte sie. Nach dem dritten hörte sie zu zählen auf.

Atemlos und schweißgebadet lehnte sie sich gegen ihre provisorische Leiter. Jetzt brauchte sie nur noch hinaufzuklettern. In einer Hand die Kerzen, zog sie sich mit der anderen Hand hoch. Die Lichter schwankten. Die Kisten knackten und wippten ein wenig. Wenn sie stürzte, würde sie mit gebrochenen Knochen bis zum Morgen liegen bleiben müssen. Sie zog sich höher hinauf und weigerte sich, überhaupt noch an etwas zu denken.

Sie erreichte das Fenster, aber der kleine Riegel war verrostet und saß fest. Fluchend und betend stellte sie die Kerzen auf die unter ihr schwankende Kiste und versuchte es mit beiden Händen. Der Riegel gab ein wenig nach und saß erneut fest. Hätte sie doch bloß daran gedacht, ein Werkzeug mit herauf zu nehmen! Sie überlegte, ob sie hinunterklettern sollte, machte aber den Fehler, hinter sich zu blicken. Von hier oben wirkte der Kistenstapel noch wackeliger.

Pandora wandte sich wieder dem Fenster zu und zog mit aller Kraft am Riegel. Metall kreischte auf Metall, als der Riegel nachgab, und die Kisten schwankten unter der Bewegung. Pandora sah, wie der Kerzenleuchter zu kippen begann, und versuchte, ihn zu packen. Außer Reichweite, kippte der Leuchter und krachte auf den Betonboden, wo die winzigen Flammen erloschen. Pandora kippte beinahe hinterher, konnte dann aber doch das Gleichgewicht irgendwie halten. Sie fand sich in drei Metern Höhe über dem Fußboden in völliger Dunkelheit wieder.

Ich werde nicht abstürzen, versprach sie sich, als sie das kleine Fensterbrett mit beiden Händen packte. Sie tastete um sich, zog das Fenster auf und begann, sich hindurchzuschieben. Beim ersten kalten Luftstoß geriet sie fast in Verzückung.

Nachdem sie die Schultern durch die Öffnung gezwängt hatte, gönnte sie sich eine Atempause und erlaubte ihren Augen, sich dem Sternenlicht anzupassen. Irgendwo in den Wäldern schrie ein Nachtvogel zwei Mal. Pandora hatte noch nie etwas so Schönes gehört.

Sie packte den Strunk eines Rhododendron und zog sich bis zu den Hüften heraus. Als sie hinter sich das Krachen der Kisten hörte, presste sie ihre Wange gegen das kalte Gras. Zoll für Zoll wand sie sich ins Freie. Endlich lag sie flach auf dem Rücken und blickte zu den Sternen empor. Durchgefroren, zerschlagen und erschöpft lag sie da und beschränkte sich auf bloßes Atmen. Als sie wieder dazu imstande war, zog Pandora sich hoch und machte sich auf den Weg zu den östlichen Terrassentüren.

Sie wollte Rache, aber zuerst wollte sie ein Bad.

Nach drei Zwischenlandungen und zweimaligem Umsteigen traf Michael in Palm Springs ein. Soweit er das erkennen konnte, hatte sich an diesem Ort nichts verändert. Er hatte die exklusive kleine Gemeinde stets nur zögernd betreten. Nun, da seine Mutter krank war, wurde er von Schuldgefühlen geplagt.

Er sah sie selten. Sicher, sie war genauso wenig daran interessiert gewesen, ihn zu sehen, wie umgekehrt er Wert darauf gelegt hatte, sie zu besuchen. Dennoch war sie immer noch seine Mutter. Seit dem Tag seiner Geburt hatten sie auf verschiedener Wellenlänge gelegen, aber sie hatte für ihn gesorgt. Das heißt, sie hatte zumindest Leute angestellt, die für ihn gesorgt hatten.

Mit seiner Reisetasche brauchte er nicht am Gepäckband zu warten, nahm ein Taxi und nannte die Adresse seiner Mutter. Hätte er vernünftig überlegt, hätte er vorher angerufen und festgestellt, in welchem Krankenhaus sie lag.

Falls der Mann seiner Mutter nicht da war, konnte ihm jemand vom Personal Auskunft geben. Vielleicht war es gar nicht so schlimm, wie es durch das Telegramm wirkte. Seine Mutter war noch jung. Dann fiel ihm ein, dass er nicht die geringste Ahnung hatte, wie alt seine Mutter war. Er bezweifelte, dass sein Vater das wusste und ganz sicher nicht ihr gegenwärtiger Ehemann. Bei anderer Gelegenheit hätte Michael das vielleicht komisch gefunden.

Ungeduldig sah er aus dem Seitenfenster des Taxis, das an den Toren und Säuleneingängen der Elite vorbeiglitt. Sein Beruf hatte ihn lange in Kalifornien festgehalten, aber er zog Los Angeles Palm Springs vor. Dort gab es wenigstens etwas Action, etwas Bewegung, etwas Schärfe. Dennoch mochte er New York am liebsten. Das Tempo dieser Stadt passte am besten zu ihm.

Das Taxi schwang sich die halbkreisförmige Einfahrt unter schwankenden Palmen zu dem hohen weißen Haus hinauf, das Michaels Mutter für sich ausgesucht hatte. Michael erinnerte sich an einen Lilienteich im Park mit Goldfischen von der Größe von Tümmlern. Seine Mutter hatte sich geweigert, sie Karpfen zu nennen.

„Warten Sie“, sagte er zu dem Fahrer und lief zwei Treppen zu der Haustür hinauf. Ein neuer Butler öffnete. Seine Mutter pflegte das Personal zu wechseln, bevor es, wie sie sich ausdrückte, zu familiär wurde. „Ich bin Michael Donahue, Mrs. Keysers Sohn.“

Der Butler sah zu dem wartenden Taxi, dann wieder auf Michaels Pullover und sein unrasiertes Gesicht. „Guten Abend, Sir. Werden Sie erwartet?“

„Wo ist meine Mutter? Ich möchte direkt zum Krankenhaus fahren."

„Ihre Mutter ist heute Abend nicht hier, Mr. Donahue. Wenn Sie warten wollen, sehe ich nach, ob Mr. Keyser zu sprechen ist."

Geziertes Benehmen hatte Michael noch nie leiden können. Er trat einfach ein. „Ich weiß, dass Mutter nicht hier ist, aber ich möchte sie noch heute besuchen. Wie heißt das Krankenhaus?"

Der Butler neigte höflich den Kopf. „Welches Krankenhaus, Mr. Donahue?"

„Jackson, woher kommt dieses Taxi?" Lawrence Keyser kam in einem altrosa Smoking-Jakett die Treppe herunter. In der einen Hand hielt er eine dicke Zigarre, in der anderen einen Cognac-Schwenker.

„Also wirklich, Lawrence", setzte Michael mit aufsteigendem Zorn an. „Du siehst ja recht gemütlich aus. Wo ist meine Mutter?"

„Nun, nun, das ist ja ... Matthew."

„Ich heiße Michael."

„Michael, natürlich. Jackson, bezahlen Sie Mr. ... ah, Mr. Donavans Taxi."

„Nein, danke, Jackson." Bei anderer Gelegenheit hätte Michael sich über die Namensprobleme seines Stiefvaters amüsiert. „Ich fahre damit gleich zum Krankenhaus. Ich möchte euch ja nicht ausnutzen."

„Aber, aber, ist doch selbstverständlich." Groß, rundlich und teilweise kahl schenkte Keyser ihm ein freundliches breites Lächeln. „Veronica wird sich freuen, dich zu sehen, obwohl wir nicht wussten, dass du kommst. Wie lange bleibst du in der Stadt?"

„So lange ich gebraucht werde. Ich bin sofort losgefahren, als ich das Telegramm erhielt. Du hast den Namen des Krankenhauses nicht erwähnt." Etwas schärfer fügte Michael hinzu: „Da du daheim bist und es dir gut gehen lässt, nehme ich an, dass sich der Zustand meiner Mutter gebessert hat."

„Zustand?" Keyser lachte jovial. „Also, ich weiß nicht, was sie zu diesem Ausdruck sagen würde, aber du kannst sie selbst fragen."

„Das möchte ich auch. Wo ist sie?"

„Sie spielt bei den Bradleys Bridge. In ungefähr einer Stunde kommt sie nach Hause. Wie wäre es mit einem Brandy?"

„Sie spielt Bridge?" Michael trat näher und packte seinen überraschten Stiefvater an den Aufschlägen. „Was zum Teufel soll das heißen?"

„Ich kann das Spiel auch nicht ausstehen", meinte Keyser verwirrt. „Aber Veronica mag es."

Michael ging plötzlich ein Licht auf. „Du hast mir gar kein Telegramm wegen meiner Mutter geschickt?"

„Ein Telegramm?" Keyser tätschelte Michaels Arm und hoffte, dass Jackson in der Nähe blieb. „Ich brauche dir doch wegen einer Bridge-Partie kein Telegramm zu schicken, Junge."

„Mutter ist nicht krank?"

„Gesund wie ein Pferd, obwohl ich das in ihrer Gegenwart nicht so ausdrücken darf."

Michael wirbelte fluchend herum. „Dafür wird jemand bezahlen", stieß er hervor.

„Wohin willst du?"

„Zurück nach New York!" rief Michael über die Schulter zurück, als er die Stufen hinunterlief.

Erleichtert verzichtete Keyser darauf, gegen den raschen Aufbruch zu protestieren. „Soll ich deiner Mutter etwas ausrichten?"

„Ja." Michael blieb neben dem Taxi stehen. „Sag ihr, dass ich mich freue, dass es ihr gut geht. Und dass ich hoffe, sie gewinnt."

6. KAPITEL

Pandora schlief tief und fest, als sie morgens um sieben Uhr geweckt wurde, weil Michael sich auf das Bett fallen ließ. Die Matratze federte regelrecht. Er kuschelte seinen Kopf neben ihr in das Kissen, schloss die Augen.

„Dreckskerl", murmelte sie grollend.

Pandora setzte sich auf, erinnerte sich daran, dass sie nackt war und griff nach der Bettdecke. „Michael! Du solltest in Kalifornien sein. Was machst du in meinem Bett?"

„Ich nehme zum ersten Mal seit vierundzwanzig Stunden die horizontale Lage ein."

„Gut, aber mach das in deinem eigenen Bett", ordnete sie an, ehe sie die Linien von Anspannung und Müdigkeit in seinem Gesicht sah. „Deine Mutter!" Pandora ergriff seine Hand. „Oh, Michael, ist deine Mutter ..."

„Sie spielt Bridge." Er rieb sich mit der anderen Hand über das Gesicht. Es fühlte sich rau an. „Ich bin quer über den Kontinent gehüpft, einmal in einer Konservenbüchse mit Propellern, nur um herauszufinden, dass Mutter Sherry schlürft und die Karten ihrer Partner sticht."

„Dann geht es ihr also besser?"

„Es ist ihr immer besser gegangen. Das Telegramm war ein Schwindel." Er gähnte und streckte sich. „Himmel, was für eine Nacht!"

„Du meinst ..." Pandora zerrte mit finsterem Blick an der Bettdecke. „Also diese Ratten!"

„O ja! Ich habe mir ein paar Methoden für Rache ausgedacht, als ich in Cleveland auf Anschluss warten musste. Unser Freund, der durch deine Werkstatt getobt ist, hat wohl gemeint, jetzt sei ich an der Reihe. Jetzt ist ihm jeder von uns etwas schuldig."

„Ich schulde ihm doppelt." Pandora lehnte sich gegen das Kopfteil, die Decke unter die Arme geschoben. Ihr Haar fiel über ihre nackten Schultern. „Als du letzte Nacht deiner Ente hinterhergejagt bist, wurde ich in den Keller gesperrt."

Michaels Aufmerksamkeit wurde von der dünnen Decke, die sie kaum verhüllte, abgelenkt. „Eingesperrt? Wie?"

Pandora schlug die Füße an den Fesseln übereinander und schilderte, was geschehen war.

„Über Kisten geklettert? Zu dem winzigen Fenster? Das liegt fast drei Meter hoch."

„Ja, das habe ich bemerkt."

Michael betrachtete sie finster. Sein Zorn über die schlaflose Nacht verdoppelte sich. „Du hättest dir den Hals brechen können."

„Ich habe ihn mir nicht gebrochen. Ich habe mir nur eine meiner Lieblingshosen zerrissen, beide Knie aufgekratzt und meine Schulter geprellt."

Michael unterdrückte seine Wut. Er wollte sie erst freisetzen, wenn die Zeit gekommen war. „Es hätte schlimmer sein können", sagte er leichthin und stellte sich vor, was er mit demjenigen machen würde, der Pandora eingesperrt hatte.

„Es war schlimmer", fuhr Pandora ihn an. Sie fühlte sich beleidigt. „Während du in zehntausend Metern Höhe Scotch geschlürft hast, war ich in einem kalten, feuchten Keller mit Mäusen und Spinnen eingesperrt."

„Wir sollten uns überlegen, ob wir nicht die Polizei rufen."

„Und dann? Wir können nichts beweisen. Wir wissen doch nicht einmal, wem wir nichts beweisen können."

„Neue Regel", verkündete Michael. „Von jetzt an bleiben wir zusammen. Keiner von uns verlässt über Nacht das Haus ohne den anderen, zumindest so lange, bis wir herausfinden, wer von unseren lieben Verwandten das Spiel spielt."

Pandora wollte protestieren, erinnerte sich jedoch daran, wie verängstigt sie gewesen war, und was noch schlimmer war, wie einsam sie sich gefühlt hatte. „Einverstanden. Also, diesmal tippe ich auf Onkel Carlson. Er kennt das Haus jedenfalls besser als irgendjemand von den anderen. Er hat hier gewohnt."

„Er kann es genauso gut gewesen sein wie jeder andere." Michael starrte zur Zimmerdecke hinauf. „Ich muss es wissen. Biff war einmal im Sommer sechs Wochen hier, als wir noch Kinder waren."

„Das stimmt." Pandora blickte ebenfalls finster zur Zimmerdecke. „Das hatte ich vergessen. Er hat das Haus gehasst."

„Er hat nie einen Funken Humor besessen."

„Wie wahr! Vor allem konnte er dich nicht ausstehen, Michael."

„Wahrscheinlich weil ich ihm ein blaues Auge geschlagen habe."

Pandora hob die Augenbrauen. „Das sieht dir ähnlich." Doch die Vorstellung von Biff mit einem Veilchen hatte etwas Anziehendes an sich. Deshalb fügte sie lächelnd hinzu: „Warum hast du es getan? Du hast mir nie davon erzählt."

„Erinnerst du dich an die Frösche in deinem Schrank?"

Pandora schniefte. „Aber sicher! Es war ziemlich unreif von dir."

„Nicht von mir, sondern von Biff."

„Biff?" Erstaunt wandte sie sich zu ihm. „Soll das heißen, dass dieses kleine Scheusal die Frösche in meine Unterwäsche gesteckt hat?" Der nächste Gedanke kam, ein überraschend erfreulicher. „Und dafür hast du ihm einen Faustschlag verpasst?"

„Keinen harten."

„Warum hast du dich nicht gewehrt, als ich dich beschuldigt habe?"

„Es war befriedigender, Biff eine zu verpassen. Jedenfalls kennt er das Haus gut genug. Und ich könnte mir denken, dass die meisten aus unserem glücklichen Clan wenigstens einmal für ein paar Tage hier gewohnt haben. Es ist nicht so schwer, einen Sicherungskasten im Keller zu finden. Denk es doch zu Ende, Pandora! Sie sind zu sechst, zu siebent, wenn man die wohltätige Stiftung mitzählt. Teile hundertfünfzig Millionen durch sieben, und das ergibt jede Menge Motive. Jeder von ihnen hat einen Grund, sich zu wünschen, dass wir die Bedingungen des Testaments brechen. Und meiner Meinung nach ist sich keiner von ihnen zu fein dafür, etwas Druck auf uns auszuüben."

„Noch ein Grund, warum mir das Geld nicht zugesagt hat", meinte sie. „Michael, sie haben nur verwüstet und Ärger bereitet, aber, verdammt noch mal, ich möchte es ihnen zurückzahlen."

„Die Rückzahlung erfolgt in weniger als fünf Monaten." Ohne

nachzudenken, legte Michael den Arm um ihre Schultern. Ohne nachzudenken, drückte Pandora sich an ihn. Ein feiner Duft strömte von ihrer Haut aus. „Kannst du dir Carlsons Gesicht vorstellen, wenn das Testament in Kraft tritt und er nichts als einen Zauberstab und einen Zylinder bekommt?“

Michaels Schulter fühlte sich fester an, als Pandora erwartet hatte.

„Und Biff mit drei Kisten voller Streichholzschachteln.“ Sie lachte leise und zufrieden. „Onkel Jolley lacht tatsächlich immer noch zuletzt.“

„Und in ein paar Monaten wir mit ihm.“

„Das steht fest. Und du liegst mit den Schuhen auf meiner Decke.“

„Tut mir Leid.“ Mit zwei knappen Bewegungen streifte er sie ab.

„Das habe ich eigentlich nicht gemeint. Willst du dich jetzt nicht in dein eigenes Zimmer verziehen?“

„Eigentlich nicht. Dein Bett ist hübscher. Schläfst du immer nackt?“

„Nein.“

„Dann lacht mir ja endlich das Glück.“ Er drückte seine Lippen auf eine Abschürfung an ihrer Schulter. „Tut es weh?“

„Ein wenig.“

„Arme kleine Pandora. Und ich dachte immer, du wärst dickhäutig.“

„Bin ich ...“

„Weich“, unterbrach er sie und ließ seine Finger über ihren Arm streichen. „Sehr weich. Hast du noch mehr Verletzungen?“ Er ließ seine Lippen über ihren Hals gleiten und fühlte ihr kurzes Schaudern.

„Keine, die man sieht.“

„Ich bin ein sehr aufmerksamer Beobachter.“ Michael rollte sich herum und presste seinen Körper enger an den ihren, während er auf sie hinunterblickte. Er war müde. Ja, er war müde und mehr als nur ein wenig erschlagen von der Reise, aber er hatte nicht vergessen, dass er Pandora wollte. Und selbst wenn er es vergessen hätte, so hätten ihr nachgiebiger Körper und ihr vom Schlaf rosiges und weiches Gesicht seine Erinnerung beflügelt. „Warum sehe ich nicht selbst nach deinen Verletzungen?“ Seine Finger glitten an den Rand der Decke auf ihre Brüsten.

Pandora holte tief Luft, sie war von der kleinsten Berührung unglaublich erregt. Sie durfte es sich nicht anmerken lassen ... Oder? Sie konnte nicht die Hände nach etwas ausstrecken, das nur eine Illusion war. Michael war nicht beständig. Er war nicht wirklich. Er war jetzt mit ihr zusammen, weil sie hier war und keine sonst. Warum wurde es so schwer, sich das ins Gedächtnis zurückzurufen?

Sein Gesicht war so nahe, dass es ihr Blickfeld ausfüllte. Sie sah die kleinen Dinge, die sie all die Jahre nicht hatte bemerken wollen, den dünnen grauen Ring, der seine Iris einfasste, die gerade, fast aristokratische Linie seiner Nase, die sanfte, ausdrucksvolle Form seines Mundes.

„Michael ...“

Dass sie zögerte, ehe sie nach seiner Hand griff, gefiel ihm und entnervte ihn. Sie war nicht so kühl und beherrscht, wie sie immer geschienen hatte. Und weil das so war, könnte er die spröde Schale durchdringen und ihr unter die Haut gehen. Doch womöglich wäre es dann nicht so leicht zurückzuweichen.

Sei praktisch, sagte sie sich. Sei realistisch. „Michael, wir müssen noch fast fünf Monate überstehen.“

„Guter Standpunkt.“ Er brauchte ihre Wärme. Er brauchte sie als Frau. Vielleicht war es an der Zeit, die Folgen zu riskieren. Er senkte den Kopf und knabberte an ihrem Mund. „Warum Zeit verschwenden?“

Sie erlaubte es sich, ihn zu genießen. Nur für einen Moment, versprach sie sich. Bloß für einen kurzen Moment. Er fühlte sich warm an, und seine Hände waren angenehm. Die Nacht war lang und kalt und angsteinflößend gewesen. So sehr sie es auch hasste, das zuzugeben, aber sie brauchte ihn. Jetzt, da das Sonnenlicht durch die winzigen Quadrate der Fensterscheiben hell und grell auf ihr Bett fiel, war Michael ihr nahe, sicher und tröstend.

Ihre Lippen öffneten sich unter seinen Lippen.

Michael war ohne Plan in Pandoras Zimmer gekommen. Es hatte ihn einfach zu ihr gezogen. Er hatte neben ihr liegen und mit ihr sprechen wollen. Nicht Leidenschaft hatte ihn geleitet. Nicht Verlangen ihn getrieben. Es hatte nur den ursprünglichen Wunsch gegeben, daheim zu sein, daheim mit ihr. Und jetzt wollte er nichts mehr, als zu bleiben, wo er war, Pandora zu umarmen und sich langsam zu erhitzen.

Sie empfand keine entfesselte Leidenschaft. Es war eine Leidenschaft, die sich angenehm erhitzt – wie ein Gebräu, das schon den ganzen Tag siedete, während Gewürze zugefügt wurden. Kosten, noch einmal kosten, und der Geschmack veränderte sich, wurde reichhaltiger und intensiver.

Sie wollte dem Verlangen nachgeben, doch dann würde sich alles ändern, und es war eine Veränderung, die sie nicht voraussehen oder klar erkennen, sondern nur herbeisehnen konnte. Und darum widerstand sie ihm und sich selbst und dem, was sich zwischen ihnen abspielen konnte.

„Michael ..." Dennoch hielt sie ihre Finger in sein Haar vergraben – nur noch eine winzige Weile. „Das ist nicht besonders klug."

Er küsste ihre sich schließenden Augen. Das hatte bisher noch niemand getan. „Das ist das Klügste, was jeder von uns seit Jahren getan hat."

Pandora wollte zustimmen, aber nur fast. „Michael, die Dinge sind schon kompliziert genug. Wenn wir uns lieben und es unerfreulich ausläuft, wie könnten wir es hier dann noch zusammen aushalten? Wir sind Onkel Jolley gegenüber eine Verpflichtung eingegangen."

„Das Testament hat verdammt wenig mit uns beiden hier in diesem Bett zu tun."

Wie hatte sie vergessen können, wie intensiv sein Blick wurde, wenn er etwas wollte? Wieso hatte sie nie bemerkt, wie attraktiv ihn das machte? Sie musste jetzt ihren Standpunkt behaupten, sonst ging sie unter. „Das Testament hat sehr viel zu tun mit dir und mir in diesem Haus. Wenn wir miteinander ins Bett gehen und sich unsere Beziehung verändert, müssen wir mit allen Problemen und Komplikationen fertig werden, die damit verbunden sind."

„Zähl einige auf."

„Versuche nicht, amüsant zu sein, Michael."

„Ich wollte dich nicht zum Lachen bringen." Es gefiel ihm, wie sie gegen das Kissen gelehnt saß – ihr Haar ausgebreitet wie ein Wildfeuer, die etwas erhitzten Wangen, ihr Mund zu einem leichten Schmollen zusammengezogen. Seltsam, dass er sie nie zuvor so gesehen hatte. Ohne Zweifel würde er sie von jetzt an oft so vor sich sehen. „Ich will dich, Pandora. Daran ist nichts amüsant."

Nein, darüber konnte sie nicht mit einem Lachen oder einem Schulterzucken hinweggehen, nicht während sein Atem über ihre Haut strich und sie kraftlos machte. Er meinte es nicht so. Er konnte es gar nicht so meinen. Aber sie wollte es glauben. Wenn sie es nicht mit einem Lachen abtun konnte, musste sie eine Abwehr dagegen aufbauen. „Bevor man sich auf eine Liebesaffäre einlässt, muss man genau darüber nachdenken. Falls wir darüber diskutieren ..."

„Ich will nicht darüber diskutieren." Er presste seine Lippen auf ihren Mund, bis ihr Körper nachgiebig wurde. „Wir machen keine Fusion zweier Kapitalgesellschaften, Pandora, wir machen Liebe."

„Genau das ist der Punkt." Sie drängte eine Lawine von Verlangen zurück. Sei praktisch! Das war ihre Hauptregel. „Wir sind Geschäftspartner. Schlimmer noch, wir sind miteinander verwandte Geschäftspartner, zumindest noch während der nächsten Monate. Wenn wir das jetzt verändern, könnte ..."

„Wenn", unterbrach er sie. „Könnte! Brauchst du immer für alles Garantien?"

Sie zog die Augenbrauen zusammen, als Ärger ihr Verlangen zu verdrängen drohte. „Es ist eine Frage des gesunden Menschenverstandes, eine Angelegenheit von allen Seiten zu betrachten."

„Vermutlich lässt du einen möglichen Liebhaber zuerst ein Antragsformular für einen Eignungstest ausfüllen."

Ihre Stimme wurde eisig. In einer gewissen verdrehten Weise hatte er die Wahrheit getroffen. „Werde nicht grob, Michael."

Bis an die äußerste Grenze getrieben, starrte er gereizt auf sie hinunter. „Ich bin lieber plump, als deine Art von gesundem Menschenverstand zu haben."

„Ich finde, du hattest noch nie irgendeine Art von gesundem Menschenverstand", gab sie zurück. „Wie sonst wäre es möglich, dass jede vollbusige kleine Blondine, der du zugeblinzelt hast, sofort in den Mittelpunkt öffentlichen Interesses gerückt ist? Du besitzt nicht einmal genug Anstand zur Diskretion."

„Das reicht!" Michael zog sie in sitzende Position hoch. Jetzt gab es keine Spur von sanfter Nachgiebigkeit. Sie begegnete seinem Blick mit Feuer in den Augen. „Vergiss nicht die Brünetten und die Rothaarigen."

Pandora hatte sie nicht vergessen. Sie versprach sich selbst, sie nie zu vergessen. „Ich möchte nicht darüber diskutieren."

„Du hast das Thema angeschnitten, und wir bringen es jetzt zu Ende. Ich bin mit Frauen ins Bett gegangen. Leg mich dafür meinetwegen in Ketten. Und es hat mir sogar Spaß gemacht."

Sie warf mit einer heftigen Kopfbewegung ihr Haar über die Schultern zurück. „Dessen bin ich sicher."

„Und ich habe niemals mit einer Frau vorher darüber Erörterungen anstellen müssen. Es gibt nämlich Frauen, die Romantik und gegenseitigen Genuss dem vorziehen."

„Romantik?" Sie zog ihre Brauen hoch. „Ich hatte dafür stets ein anderes Wort."

„Du würdest Romantik nicht einmal erkennen, wenn sie dir auf den Kopf fallen würde. Hältst du es für diskret, wenn man eine Geliebte hat und so tut, als hätte man keine? Wenn man unsterbliche Treue für eine Person vortäuscht, während man nach einer anderen Ausschau hält? Was du Diskretion nennst, nenne ich Heuchelei. Ich schäme mich nicht für eine einzige Frau, die ich gekannt habe, im Bett oder außerhalb."

„Es interessiert mich nicht, wofür du dich schämst oder nicht schämst. Ich werde nicht dein nächster Genuss sein. Heb dir deine Leidenschaft für deine Tänzerinnen und Starlets und Ballett-Mädchen auf."

„Du bist ein ebenso großer Snob wie der Rest der Familie."

Das saß. Ihre Schultern strafften sich. „Das ist nicht wahr. Ich habe lediglich keine Lust, mich in eine lange Schlange einzureihen."

„Du schmeichelst mir, Cousine."

„Dafür gibt es auch eine andere Bezeichnung."

„Überlege dir das gut." Michael schüttelte sie härter, als er wollte. „Ich bin nie mit einer Frau ins Bett gegangen, die ich nicht gemocht und respektiert habe." Bevor er ausrastete und mehr tat, als Pandora zu schütteln, stand er auf und ging zur Tür, während sie mitten im Bett saß, die Decke an sich gepresst hielt und ihn wütend anblitzte.

„Es sieht aus, als würdest du leicht respektieren."

Er drehte sich um, um sie zu betrachten. „Nein", sagte er langsam. „Aber ich verlange nicht, dass die Leute dafür durch Reifen springen."

Kalter Krieg mochte nicht so anstrengend sein wie eine heiße Schlacht, aber mit den richtigen Teilnehmern konnte er genauso zerstörerisch wirken. Tagelang umkreisten Pandora und Michael einander. Machte einer eine sarkastische Bemerkung, griff der andere in sein Arsenal und antwortete mit gleichem Sarkasmus. Keiner von beiden gab das Zeichen zum Frontalangriff. Stattdessen stichelten und hackten sie aufeinander herum, während die Diener die Augen verdrehten und auf das erste Blutvergießen warteten.

„Dummheit", stellte Sweeney fest, während sie den Teig für zwei Apfel-Pies ausrollte. „Glatte Dummheit." Sie war eine untersetzte Frau mit einem roten Gesicht, so rundlich wie Charles dünn war. In ihrer pragmatischen, schnurgeraden Art hatte sie zwei Ehemänner geheiratet und begraben und sich danach durch das Leben geschlagen, indem sie für andere kochte. Ihre Küche war immer hübsch und ordentlich und duftete nach dem sündig reichhaltigen Essen, das sie vorbereitete. „Verwöhnte Kinder", sagte sie zu Charles. „Genau das sind sie. Verwöhnte Kinder, denen man eine um die Ohren geben müsste."

„Sie müssen noch mehr als vier Monate durchhalten." Charles saß am Küchentisch. „Sie werden es nie schaffen."

„Ha!" Sweeney knallte das Nudelholz auf einen frischen Teigballen. „Sie werden es schaffen. Sie sind zu dickköpfig, um es nicht zu schaffen. Aber das genügt nicht."

„Der Herr wollte, dass sie das Haus bekommen. Und solange sie es haben, werden wir es nicht verlieren."

„Was werden wir zwei denn in diesem riesigen leeren Haus machen, wenn die beiden zurück in die Stadt ziehen? Jetzt, da der Herr tot ist, wie oft wird denn einer von ihnen zu Besuch herkommen?" Sweeney legte den ausgerollten Boden in eine Form und drückte geschickt den Rand fest. „Der Herr wollte, dass sie das Haus bekommen, wohl wahr. Und er wollte, dass sie einander bekommen. Das Haus verlangt nach einer Familie. Und wir müssen dafür sorgen, dass es eine Familie bekommt."

„Du hast die beiden nicht beim Frühstück gehört." Charles schlürfte seinen Tee und sah zu, wie Sweeney die feuchte Apfelmischung in die Teigschale füllte.

„Darauf kommt es gar nicht an. Ich habe gesehen, wie sie einander betrachten, wenn sie denken, dass der andere es nicht bemerkt. Sie brauchen bloß einen Anstoß." Mit raschen, sparsamen Bewegungen füllte sie die zweite Form. „Und wir werden ihnen diesen Anstoß geben."

Charles streckte seine Beine aus. „Wir sind schon zu alt, um jungen Leuten Anstoß zu geben."

Sweeney schnaubte, als sie sich umdrehte. Sie stemmte ihre dicken Hände in die Hüften. „Dass wir alt sind, reicht doch schon. Du hast dich in der letzten Zeit elend gefühlt."

„Nein. Um die Wahrheit zu sagen, ich habe mich diese Woche viel besser gefühlt."

„Du hast dich elend gefühlt", wiederholte Sweeney mit einem finsteren Blick. „Sieh mal an, da kommt unsere Pandora zum Mittagessen. Du befolgst jetzt meine Anweisungen. Mach ein gequältes Gesicht."

Der Schnee war über Nacht in großen, dicken Flocken gekommen. Im Gehen wirbelte Pandora ihn auf. Sie war mit sich selbst sehr zufrieden. Ihre Arbeit hätte nicht besser laufen können. Die Ohrringe, die sie endlich fertig gestellt hatte, waren einmalig, so einmalig, dass sie eine Halskette als Ergänzung entworfen hatte, auffällig und groß, in geometrischen Formen, aus Kupfer und Gold. Nicht jede Frau konnte so etwas tragen, aber wenn es eine konnte, würde sie Aufsehen erregen.

Als sie die Küchentür öffnete, war sie hungrig wie ein Wolf und in allerbester Stimmung.

„... wenn du dich in ein oder zwei Tagen besser fühlst", sagte Sweeney gerade energisch und drehte sich überrascht zu Pandora um. „Oh, ich habe gar nicht bemerkt, wie die Zeit vergeht. Schon Zeit zum Mittagessen und ich mache erst die Pies fertig."

„Apfel-Pies?" Strahlend trat Pandora näher, aber Sweeney stellte befriedigt fest, dass Pandora bereits Charles besorgt musterte. „Ist noch etwas von der Füllung übrig?" fragte sie und steckte ihre Finger in die Schüssel. Sweeney klopfte ihr kräftig auf die Hand.

„Sie haben mit diesen Fingern gearbeitet. Waschen Sie sich an der Spüle, und dann bekommen Sie Ihr Mittagessen, sobald ich es schaffe."

Gehorsam drehte Pandora das Wasser auf und fragte leise: „Fühlt Charles sich nicht wohl?"

„Die Bronchitis macht ihm zu schaffen. Das kalte Wetter ist schlimm. Dabei ist es schon schlimm genug, alt zu sein." Sweeney presste die Hand in ihr Kreuz, als hätte sie Schmerzen. „Wir werden beide schon ein wenig langsam. Hier ziept es, und da tut es weh." Sweeney seufzte und schielte zu Pandora. „Das gehört halt zum Altwerden."

„Unsinn." Nachdenklich schrubbte Pandora ihre Hände. Sie hätte Charles genauer beobachten sollen. „Sie wollen ganz einfach zu viel tun."

„Wo doch die Weihnachtsfeiertage vor der Tür stehen ..." Sweeneys Stimme erstarb, während sie sich mit der Oberflächenverzierung einer Pie beschäftigte. „Nun ja, das Haus zu schmücken macht ja eine Menge Arbeit, aber es ist schon eine Belohnung an sich. Heute Nachmittag werden Charles und ich die Kartons mit dem Schmuck vom Dachboden holen."

„Reden Sie keinen Unsinn." Pandora stellte das Wasser ab und griff nach dem Handtuch. „Ich hole den Schmuck herunter."

„Nein, nein, lieber Himmel, Miss! Es sind zu viele Kartons, und die meisten sind viel zu schwer für eine kleine Lady wie Sie. Es ist unsere Aufgabe, uns darum zu kümmern. Stimmt es nicht, Charles?"

Bei der Vorstellung, die Treppen zum Dachboden ein halbes Dutzend Mal hinaufzuklettern, seufzte Charles. Ein Blick von Sweeney ließ ihn stocken. „Machen Sie sich keine Gedanken, Miss McVie. Sweeney und ich, wir werden uns darum kümmern."

„Das werden Sie ganz bestimmt nicht." Pandora hängte das Handtuch zurück auf den Haken. „Michael und ich werden heute Nachmittag alles herunterholen, basta. Und jetzt sage ich ihm, dass er zum Essen kommen soll."

Sweeney wartete, bis sich die Tür hinter Pandora geschlossen hatte, ehe sie grinste.

Oben im ersten Stock klopfte Pandora zweimal an die Tür von Michaels Arbeitszimmer, bevor sie eintrat. Er tippte weiter. Pandora unterdrückte ihren Stolz, ging zu seinem Schreibtisch und verschränkte die Arme. „Ich muss mit dir sprechen."

„Komm später wieder. Ich bin beschäftigt."

Zorn stieg in ihr hoch. Sie erinnerte sich jedoch an Sweeneys müde Stimme und schluckte ihn hinunter. „Es ist wichtig." Sie biss zwar die Zähne zusammen, sprach das Wort dann aber doch aus. „Bitte."

Überrascht brach Michael mitten im Wort ab. „Was? Hat einer von der Familie wieder ein Spiel gespielt?"

„Nein, das ist es nicht. Michael, wir beide müssen diesmal das Haus für Weihnachten ausschmücken."

Er starrte sie einen Moment an, murmelte eine Verwünschung und wandte sich wieder seiner Schreibmaschine zu. „Bei mir ist gerade ein zwölfjähriger Junge gekidnappt worden und soll für ein Lösegeld von einer Million freigelassen werden. Das ist wichtig."

„Michael, würdest du für einen Moment das Reich deiner Fantasie verlassen und dich um die Wirklichkeit kümmern?" Ehe sie sich zurückhalten konnte, hatte sie ihm schon das Blatt aus der Schreibmaschine gerissen. Er fuhr halb aus seinem Stuhl hoch. „Es geht um Sweeney und Charles."

Das hielt ihn davor zurück, rabiater zu werden, als ihr nur das Blatt wieder aus der Hand zu reißen. „Was ist mit ihnen?"

„Charles hat mit seiner Bronchitis zu tun, und Sweeney geht es auch nicht gut."

„Sollen wir einen Arzt holen?"

„Nein, das würde die beiden nur peinlich berühren. Aber wir sollten dafür sorgen, dass sie sich nicht überarbeiten. Und wenn wir nicht wollen, dass sie sich auf den Dachboden schleppen und nachher das Haus schmücken, müssen wir es machen."

„Bis Weihnachten sind es noch drei Wochen", wandte Michael ein.

„Ich weiß zufällig, wann Weihnachten ist, aber die beiden sind alt und haben das Haus immer einen Tag nach Thanksgiving geschmückt. Das ist Tradition."

„Schon gut, schon gut." Michael saß in der Falle und stand auf. „Dann fangen wir damit an."

„Gleich nach dem Mittagessen." Zufrieden, ihren Kopf durchgesetzt zu haben, verließ Pandora das Zimmer.

Eine dreiviertel Stunde später stießen sie und Michael die Tür zum Dachboden auf. Wie alles auf Folley, war der Speicher riesig. „Ich hatte ganz vergessen, wie herrlich es hier oben ist!" Pandora vergaß sich, packte Michael an der Hand und zog ihn hinein. „Sieh dir diesen Tisch an. Ist er nicht grässlich?"

Das war er. Alt und mit Girlanden und Cupido-Figuren verziert.

„Und da ist der Vogelkäfig aus Zahnstochern. Onkel Jolley hat sechs Monate daran gearbeitet, aber dann hatte er nicht das Herz, einen Vogel einzusperren."

„Glück für den Vogel", murmelte Michael. „Gamaschen", sagte er und zog ein Paar aus einem Karton. „Kannst du ihn dir darin vorstellen?"

„Und dieser Hut." Pandora fand einen riesigen kreisrunden Strohhut mit getrockneten Blumen auf der Krempe. „Er gehörte Tante Katie. Ich hätte sie gern kennen gelernt. Mein Vater sagte, sie sei genauso wunderbar wie Onkel Jolley gewesen."

Michael sah Pandora zu, wie sie die Krempe über die Augen herunterdrückte. „Wenn das ihr Hut war, glaube ich es gern." Er fand eine schwarze Melone und setzte sie sich schief auf den Kopf.

„Perfekt." Pandora lachte zum ersten Mal seit Tagen völlig unverkrampft. „Jetzt brauchst du nur noch einen Vatermörder und einen Spazierstock. Sieh mal!“ Sie zog ihn vor einen halb blinden Spiegel, in dem sie sich zusammen betrachteten.

„Ein elegantes Paar“, fand Michael, obwohl sich sein Pullover an den Hüften ausbeulte und Pandora Staub auf der Nase hatte. „Der Hut steht dir gut, vor allem bei deinem langen Haar. Ich habe es immer lang an dir gemocht, obwohl du ganz zauberhaft verloren mit deinen viel zu großen Augen ausgesehen hast, als sie es dir ganz kurz abgeschnitten hatten.“

„Ich war damals fünfzehn.“

„Und du warst gerade von den Kanarischen Inseln mit den längsten und braunsten Beinen zurückgekommen, die ich je in meinem Leben gesehen habe. Ich hätte beinahe in meine Teetasse gebissen, als du in den Salon kamst.“

„Du hast damals am College studiert, und du hattest ein Cheerleader-Mädchen an deinem Arm hängen.“

Michael grinste. „Du hattest die schöneren Beine.“

Pandora tat, als würde sie das wenig interessieren. „Überrascht mich, dass du es bemerkt hast und dich erinnern kannst.“

„Ich habe dir schon gesagt, dass ich ein guter Beobachter bin.“

Sie nickte bloß. Manchmal war es besser, behutsam über gefährliches Terrain hinwegzugehen. „Ach, du lieber Himmel!“ rief sie aus, als sie die Kartons mit dem Schmuck entdeckte, zwanzig, vielleicht fünfundzwanzig.

Michael schob die Hände in die Hosentaschen. „Vielleicht sollten wir eine Umzugsfirma anrufen.“

Pandora stieß den Atem aus. „Roll die Ärmel hoch.“

Mal trug jeder zwei oder drei Kartons, dann wieder mussten sie zusammen einen einzigen schleppen. Und irgendwann hörten sie zu streiten auf, weil es zu viel Mühe machte.

Schmutzig und verschwitzt setzten sie endlich die letzte Schachtel im Wohnzimmer ab. Ohne auf ihre staubige Hose zu achten, ließ Pandora sich in den nächsten Sessel fallen. „Wird das nicht ein Riesenspaß, wenn wir nach Neujahr alles wieder hinaufschleppen?“

„Hätten wir uns nicht mit einem Weihnachtsmann aus Plastik begnügen können?"

„Es wird sich lohnen." Sie sammelte ihre restliche Energie und kniete sich auf den Fußboden, um den ersten Karton zu öffnen. „Fangen wir an."

Sie stürzten sich mit Feuereifer auf die Arbeit, öffneten Schachteln, breiteten Girlanden aus und testeten Glühlampen. Sie zankten sich freundschaftlich, was wo am besten aussah und wie die Lichter an den Fenstern am besten angebracht wurden. Als sie mit dem Wohnzimmer, der Eingangshalle und dem Treppenhaus fertig waren, sah Pandora sich lange um.

Die weißen und silbernen Girlanden schlangen sich am Geländer herunter, geschmückt mit roten Glocken, üppigen grünen Bändern und winzigen Lichtern, die nur noch auf den Abend warteten.

„Sieht gut aus", fand sie. „Wirklich gut. Natürlich werden Sweeney und Charles den Dienstbotentrakt selbst schmücken wollen, und der ganze Karton hier ist für das Speisezimmer, aber das ist schon einmal ein wunderbarer Anfang."

„Ein Anfang?" Michael setzte sich auf die Treppe. „Cousine, wir nehmen an keinem Wettbewerb teil."

„Wenn schon, denn schon. Jetzt könnten wir uns nach einem Baum umsehen."

„Willst du jetzt in die Stadt fahren?"

„Natürlich nicht." Pandora holte bereits die Mäntel aus dem Dielenschrank. „Wir gehen hinaus in den Wald und graben einen Baum aus."

„Wir?"

„Sicher. Ich hasse es, wenn die Leute Bäume abschneiden und sie nach Neujahr wegwerfen. In den Wäldern hier gibt es eine Menge hübscher kleiner Tannen. Wir graben eine aus und pflanzen sie nach den Feiertagen wieder ein."

Pandora und Michael holten zwei Schaufeln aus dem Werkzeugschuppen und stapften nebeneinander durch den knöcheltiefen Schnee.

„Es ist herrlich“, sagte Pandora. „So abgeschieden. Weißt du, manchmal möchte ich lieber hier draußen leben und Besuche in der Stadt machen als umgekehrt.“

Er hatte schon den gleichen Gedanken gehabt, war aber überrascht, ihn von ihr zu hören. „Ich dachte, du liebst die gleißenden Lichter und den Trubel.“

„Tue ich, aber das hier gefällt mir auch. Wie wäre der Baum? Nein, zu schief.“ Sie ging weiter. „Wäre es nicht schön, hierher nach Hause kommen zu können? Hier ist einer.“

„Zu groß. Du musst aber doch nicht den ganzen langen Weg in die Catskills fahren, um ‚Heim und Herd’ zu spielen.“

Pandora hob bloß eine Augenbraue. „Nein, allerdings nicht. Dieser hier sieht gut aus.“ Sie blieb stehen und betrachtete lange einen anderthalb Meter hohen Baum, während hinter ihr Michael sich bemühte, den Mund zu halten. „Der hat genau die richtige Größe für das Wohnzimmer.“

„Fein.“ Michael rammte seine Schaufel in den Erdboden. „Dann pack mit an.“

Als er sich vorbeugte, um zu graben, schleuderte Pandora ihm eine Schaufel Schnee ins Gesicht. „Oh, tut mir Leid.“ Sie lächelte und tat ganz unschuldig. „Ich kann wohl nicht mehr richtig zielen.“

Michael ließ es durchgehen, vielleicht weil er den Schachzug anerkannte und sich wünschte, selbst auf die Idee gekommen zu sein.

Fünfzehn Minuten später hatten sie ein Loch von ausreichender Größe ausgehoben.

„Jetzt müssen wir den Baum nur noch zum Haus zurücktragen und ...“ Michael unterbrach sich. „Verdammt, wir brauchen etwas, in das wir die erdigen Wurzeln einwickeln. Im Schuppen habe ich Jutesäcke gesehen.“

Sie starrten einander an, ohne mit der Wimper zu zucken.

„Also gut", gab er schließlich nach. „Ich gehe noch einmal zurück, und dafür wischst du dann Nadeln und Erde auf, die wir auf dem Fußboden verstreuen."

„Abgemacht."

Zufrieden wandte Pandora sich ab, als ein Schneeball sie am Hinterkopf traf. „Oh, tut mir Leid." Michael lächelte nett. „Ich kann wohl nicht mehr richtig zielen." Pfeifend schlenderte er zurück zu dem Schuppen.

Pandora wartete, bis er außer Sichtweite war, dann legte sie sich zufrieden lächelnd einen Vorrat an Schneebällen an. Bei seiner Rückkehr sollte Michael keine Chance haben.

Sie hatte bereits genug Schneebälle, als sie hinter sich ein Geräusch hörte. Mit einem Schneeball wirbelte sie herum. Doch da war niemand. Sie wartete. Hatte sie nicht zwischen den Bäumen eine Bewegung gesehen? Es hätte Michael ähnlich gesehen, sie zu umgehen und sich anzuschleichen. Dann hörte sie Schnee von den Zweigen zu Boden fallen.

„Michael, sei nicht feige!" Sie nahm einen zweiten Ball in ihre linke Hand.

„Deckst du deine Flanke?" fragte Michael, und plötzlich saß sie im Schnee, und er lachte auf sie hinunter und ließ den Jutesack in ihren Schoß fallen.

„Aber, warst du nicht ...?" Sie verstummte und sah hinter sich. „Hast du einen Bogen gemacht?"

„Nein, aber wenn ich mir diese Schneebälle ansehe, hätte ich es lieber tun sollen. Willst du Krieg spielen?"

„Das ist bloß ein Verteidigungssystem", behauptete sie und sah wieder über ihre Schulter. „Ich dachte, ich hätte jemanden da drüben gehört."

„Da drüben war ich sicher nicht. Ich bin direkt zu dem Schuppen und wieder zurück gegangen." Er streckte die Hand aus und zog Pandora auf die Beine.

„Vielleicht bin ich nur ein wenig nervös", meinte sie, als sie

Hand in Hand tiefer in den Wald eindrangen. „Es kann ein Kaninchen gewesen sein."

„Ein Kaninchen mit großen Füßen", murmelte er und deutete auf die Spuren im Schnee. „Kaninchen tragen keine Stiefel."

„Dann haben wir also noch immer Gesellschaft, und ich glaubte, sie hätten endlich aufgegeben." Sie schlug einen beiläufigen Ton an, fühlte sich jedoch nicht wohl in ihrer Haut.

Michaels Antwort wurde durch einen anspringenden Motor unterbrochen. Sie rannten los, aber als sie die Stelle erreichten, an welcher der Wagen geparkt hatte, fanden sie nur noch Reifenspuren.

„Ich lasse mich nicht gern ausspionieren." Frustriert starrte er auf den Pfad, der zu der Hauptstraße führte. „Ich spiele nicht die nächsten Monate Katz und Maus."

„Was sollen wir machen?"

Michael lächelte, während er die Spuren betrachtete. „Wir lassen durch Fitzhugh verbreiten, dass wir Ärger hatten und deshalb Jolleys Gewehre hervorgeholt haben."

„Michael! Diese Leute mögen uns stören, aber sie sind noch immer unsere Familie." Pandora musterte ihn unsicher. „Du würdest doch nicht ernsthaft auf jemanden schießen?"

„Ich würde eher auf Familienmitglieder als auf Fremde schießen", entgegnete er und zuckte die Schultern. „Sie lieben vor allem ihre eigene Haut. Bestimmt zögert jeder von ihnen, bevor er weiter herumspielt, wenn er weiß, dass er sich dafür eine Ladung Schrot an sehr gewissen Körperteilen einfängt."

„Ich mag das nicht. Waffen bedeuten Ärger, sogar die bloße Drohung mit ihnen."

„Hast du eine bessere Idee?"

„Kaufen wir doch einen Hund, Michael, einen wirklich großen, gefährlichen Hund."

„Großartig. Wir könnten ihn frei laufen lassen, damit er seine Zähne in einen unserer Lieblingsverwandten schlägt. Das wird ihnen viel besser gefallen als Schrot."

„Er muss ja nicht so gefährlich sein.“

„Schließen wir einen Kompromiss und machen wir beides.“

„Michael ...“

„Wir rufen Fitzhugh an.“

„Und befolgen seinen Rat“, ergänzte Pandora.

„Sicher, wenn er mir gefällt.“

Pandora wollte widersprechen, musste aber lachen. Das Ganze war genauso albern wie die Handlung seiner Fernsehserie. „Hört sich sehr vernünftig an“, fand sie und hakte sich bei ihm unter. „Aber bringen wir zuerst den Baum ins Haus.“

7. KAPITEL

„Ich weiß, dass es Weihnachtsabend ist, Darla.“ Michael griff nach seiner Kaffeetasse, fand sie leer und nahm die Kanne von der Warmhalteplatte. Bodensatz. Er unterdrückte einen Seufzer. Das Problem auf Folley war, dass man jedes Mal, wenn die Kanne leer war, eine halbe Meile weit in die Küche traben musste. „Ich weiß, dass es eine großartige Party wird, aber ich kann nicht weg.“

Das stimmte nicht ganz, räumte Michael für sich ein, während er Darlas weitschweifigen Ausführungen über eine Feier in Manhattan lauschte. Er hätte sich einen Tag freinehmen können, aber er wollte nicht weg.

„Du musst allen an meiner Stelle frohe Weihnachten wünschen. Nein, ich lebe gern auf dem Land, Darla. Merkwürdig? Ja, vielleicht.“ Er musste lachen. Darla, eine Tänzerin der Spitzenklasse, konnte sich nicht vorstellen, dass es außerhalb der Insel Manhattan Leben gab. „Vielleicht zu Neujahr, wenn ich es schaffe. Okay, Baby, ja, ciao!“

Erleichtert legte Michael auf. Darla war amüsant, aber er war nicht daran gewöhnt, dass sich eine Frau an ihn klammerte, besonders nicht, wenn er sich mit ihr nur gelegentlich getroffen hatte. Darla wurde von seinem Einfluss auf bestimmte Besetzungsagenten genauso angezogen wie von ihm persönlich. Er hielt ihr das nicht vor. Nach den Feiertagen wollte er sogar ein paar Anrufe machen und sehen, was er für sie tun konnte.

Von der Tür her beobachtete Pandora, wie Michael sich den Nacken rieb. Darla, wiederholte sie in Gedanken. Frauen, die seinem Geschmack entsprachen, hießen wohl Darla oder Robin und Candy. Schick, elegant, gewandt und am besten auch noch hohlköpfig.

„Popularität kann ja so anstrengend sein, nicht wahr, Darling?"

Michael drehte sich um und warf ihr einen langen Blick zu. „Lauschen ist ja so ungezogen, nicht wahr, Darling?"

Sie zuckte die Schultern. „Du hättest die Tür zumachen können, wenn du ungestört sein wolltest."

„Um hier ungestört zu sein, müsste man die Türen zunageln."

Pandora betrachtete ihn hoheitsvoll wie eine Königin. „Deine Telefongespräche sind für mich absolut uninteressant. Ich bin nur heraufgekommen, um Charles einen Gefallen zu tun. Für dich ist ein Paket gekommen."

„Danke." Er amüsierte sich über ihren Ton. Wie er Pandora kannte, hatte sie sich kein Wort vorhin entgehen lassen. „Ich dachte, jetzt wären deine geheiligten Arbeitsstunden."

„Man kann sich seine Arbeit so gut einteilen, dass man während der Feiertage frei hat. Nein, lass uns nicht aufeinander losgehen", bat sie rasch, ehe er antworten konnte. „Immerhin ist es fast schon Weihnachten, und wir hatten drei Wochen vor den Spaßvögeln unserer Familie Ruhe. Waffenstillstand", bot sie mit einem Lächeln an, von dem Michael nicht wusste, ob er ihm vertrauen durfte. „Oder einen Aufschub, wenn du willst."

„Warum?"

„Sagen wir mal, ich werde zu Weihnachten sentimental. Außerdem bin ich erleichtert, dass wir weder einen großen bösen Hund noch Schrot kaufen mussten."

„Im Moment wenigstens." Michael war nicht ganz zufrieden. „Fitzhughs Absicht, die Polizei zu informieren, zeigt vielleicht die erhoffte Wirkung. Möglich ist auch, dass unsere lieben Verwandten ihrerseits Ferien machen. Wie auch immer, entspannen kann ich mich jedenfalls nicht."

„Du möchtest lieber jemandem die Nase brechen, als eine friedliche Lösung zu finden", begann Pandora und winkte ab. „Schon gut, ich werde jedenfalls die Feiertage genießen und keinen Gedanken an unsere liebe Familie verschwenden." Sie unterbrach sich einen Moment und spielte mit ihrer Halskette aus Gold und Amethyst. „Ich nehme an, Darla war enttäuscht."

„Sie wird es überstehen."

Pandora drehte nervös an der Kette. „Michael, du weißt, dass du nicht hier bleiben musst. Ich werde mir schon zu helfen wissen, wenn du nach New York einen Abstecher machen möchtest."

„Regel Nummer sechs", erinnerte er sie. „Wir bleiben zusammen. Außerdem hast du selbst ein halbes Dutzend Einladungen ausgeschlagen."

„Das war meine Entscheidung. Du sollst dich nicht verpflichtet fühlen ..."

„Das ist meine Entscheidung", unterbrach Michael sie. „Oder bist du plötzlich der Ansicht, ich sei selbstlos und ritterlich?"

„Sicher nicht", entgegnete sie, aber sie lächelte dabei. „Ich nehme eher an, dass du zu faul zum Fahren bist."

Er schüttelte den Kopf. „Sieht dir ähnlich."

Pandora blieb zögernd im Türrahmen stehen, bis er fragend die Augenbrauen hochzog. „Michael, wirst du vollends unausstehlich, wenn ich dir sage, dass ich froh bin, dass du bleibst?"

Er betrachtete sie in ihrem kniekurzen, dunkelgrünen Kleid mit den kleinen weißen Punkten, das zu dem roten Haar einen tollen Kontrast bildete. „Könnte sein, dass ich unausstehlich werde."

„Dann sage ich es dir nicht." Ohne ein weiteres Wort verschwand sie auf dem Korridor.

Was für eine widersprüchliche Frau, dachte Michael. Er wurde allmählich verrückt nach ihr. Und ‚verrückt' war das richtige Wort. Er konnte sich kaum zwei Menschen vorstellen, die weniger zu friedlicher Koexistenz und Harmonie bereit waren, und doch ... Anstatt sich wieder seiner Arbeit zu widmen, stand er auf und folgte Pandora nach unten.

Er fand sie im Wohnzimmer, wo sie die Geschenke unter dem Baum ordnete. „Wie viele hast du geschüttelt, um herauszufinden, was darin ist?"

„Alle", sagte sie leichthin, drehte sich aber nicht um, damit er nicht sah, wie sehr sie sich darüber freute, dass er ihr gefolgt war. „Übrigens habe ich noch kein Geschenk von dir für mich entdeckt."

Michael strahlte sie an. „Wer sagt, dass du etwas von mir bekommst?"

„Das wäre aber schrecklich roh und gefühllos von dir."

„Allerdings!" Er kniete sich nieder, um die Geschenke zu betrachten. „Wer ist Boris?" Er zog eine kleine Schachtel in Silberpapier mit weißen Bändern hervor.

„Ein russischer Cellist. Er bewundert meine ... Goldglieder."

„Kann ich mir vorstellen. Und Roger?"

„Roger Madison."

Für einen Moment blieb ihm der Mund offen stehen. „Der Roger Madison von den Yankees?"

„Stimmt. Vielleicht hast du die silberne Kette an seinem rechten Handgelenk bemerkt? Ich habe sie für ihn gemacht. Seither ist er der beste Baseballspieler." Sie hob eine Schachtel in Blau und Gold hoch und schüttelte sie leicht. „Er ist äußerst großzügig."

„Verstehe." Michael betrachtete die Kartons sehr nachdenklich. „Für dich scheinen nur wenige Geschenke von Frauen zu stammen."

„Wirklich?" Pandora sah sich ihrerseits um. „Dafür scheinst du das auszugleichen. Chi-Chi?" fragte sie und griff nach einer Schachtel mit einer rosa Schleife.

„Eine Meeresbiologin", antwortete Michael vergnügt.

„Faszinierend. Und Madge ist vermutlich Bibliothekarin."

„Wirtschaftsanwältin", korrigierte er sanft.

„Hmm. Also, wer immer das geschickt hat, ist vermutlich sehr schüchtern." Sie griff nach einer Magnumflasche Champagner mit einem glitzernden roten Band. Auf der Karte stand: ‚Schöne Feiertage, Michael', sonst nichts.

Michael betrachtete anerkennend das Etikett. „Manche Leute möchten nicht mit ihrer Großzügigkeit protzen."

„Wie ist das mit dir?" Sie legte den Kopf schief. „Immerhin ist es eine Flasche Magnum. Teilst du sie?"

„Mit wem?"

„Ich dachte mir schon, dass du gierig bist." Sie griff nach einem Päckchen mit ihrem Namen. „Als Rache esse ich diese Schachtel mit importierten Pralinen ganz allein auf."

Michael betrachtete das Päckchen. „Woher weißt du, dass es Pralinen sind?"

Sie lächelte. „Henri schenkt mir immer Pralinen."

„Importierte?"

„Schweizer."

Michael streckte die Hand aus. „Zu gleichen Teilen."

Pandora war einverstanden. „Ich kühle den Champagner ein."

Stunden später funkelten die Sterne über der verschneiten Landschaft, im Kamin prasselte ein Feuer, und Pandora entzündete die Kerzen. Genau wie Michael vermisste sie keine der hektischen, lauten Partys, die in New York stattfanden. Sie war, wo sie sein wollte. Innerhalb weniger Wochen hatte Pandora erkannt, dass sie gar nicht so sehr an dem Tempo der Stadt hing, wie sie immer angenommen hatte. Folley war ihr Zuhause. War das nicht immer schon so gewesen? Nein, sie dachte nicht mehr daran, im Frühling nach Manhattan zurückzukehren. Aber wie würde es sein, auf Folley allein zu leben?

Michael würde kaum bleiben. Sie ärgerte sich darüber, dass es ihr tatsächlich Leid tat, trat an den Kamin und stocherte gedankenverloren in der Glut herum.

Als hinter ihr ein Tumult losbrach, drehte sie sich ungläubig um. Ein kleiner weißer Hund mit übergroßen Pfoten tappte in den Raum, rutschte und schlitterte über den kostbaren Aubusson-Teppich und knallte unsanft gegen den Tisch. Wie verrückt bellend, überkugelte er sich zweimal, kam auf die Beine, dann stürzte er sich auf Pandora, sprang an ihr mit heraushängender Zunge hoch. Begeistert ging Pandora in die Hocke. Der Welpe sprang auf ihren Schoß und leckte ihr Gesicht.

„Wo kommst du denn her?“ Lachend wehrte sich Pandora, so gut sie konnte, und fand eine Karte an der roten Schleife um den Hals des Welpen.

Mein Name ist Bruno. Ich bin ein gemeingefährlicher, hässlicher Hund und suche ein Frauchen, das ich verteidigen kann.

„Bruno?“ Noch immer lachend kraulte Pandora seine unbeschreiblich langen Ohren. „Wie gemeingefährlich bist du denn?“ fragte sie, als er ihr Kinn leckte.

„Er greift mit Vorliebe unzufriedene Verwandte an“, verkündete Michael, während er einen Servierwagen mit einem Sektkübel hereinrollte. „Und er ist auf alle dressiert, die Anzüge von Brooks Brothers tragen.“

„Und echt italienische Luxusschuhe.“

„Das kommt als Nächstes an die Reihe.“

Tief bewegt wandte sie sich wieder dem Welpen zu. „Er ist eigentlich gar nicht hässlich“, murmelte sie.

„Sie haben mir versprochen, dass er es noch wird.“

„Sie?“ Pandora drückte ihr Gesicht in das Fell des Hundes. „Wo hast du ihn her?“

„Tierheim.“ Michael entfernte die Goldfolie von der Champagnerflasche. „Als wir letzte Woche in die Stadt zum Einkaufen fuhren und ich dich im Supermarkt allein gelassen habe.“

„Und ich dachte, du hättest dir irgendwo Pornomagazine gekauft."

„Mein Ruf eilt mir voraus", sagte er halb zu sich selbst. „Jedenfalls bin ich ins Tierheim gefahren und zwischen den Zwingern durchgegangen. Bruno hat einen anderen Hund in den ... also, in eine empfindliche Körpergegend gebissen, um als Erster ans Gitter zu kommen. Dann hat er mich absolut ohne jede Würde angegrinst. Da wusste ich, dass er derjenige ist, welcher."

Der Korken schoss mit einem Knall aus der Flasche, und Champagner tropfte auf den Fußboden. Bruno krabbelte aus Pandoras Schoß und leckte gierig die Tropfen auf. „Seine Manieren lassen vielleicht etwas zu wünschen übrig", stellte Pandora fest. „Aber sein Geschmack ist erstklassig." Sie stand auf und wartete, bis Michael zwei Gläser gefüllt hatte. „Das war wirklich eine hübsche Idee."

Lächelnd reichte Michael ihr ein Glas. „Gern geschehen."

„Es ist für mich leichter, wenn du grob und unerträglich bist."

„Ich tue mein Bestes." Er stieß mit ihr an.

„Wenn du reizend bist, fällt es mir schwerer, mich vor Dummheiten zurückzuhalten."

Er wollte schon trinken, stockte aber. „Welche Dummheiten?"

„Solche Dummheiten." Pandora stellte ihr Glas ab, nahm Michael sein Glas aus der Hand und stellte es ebenfalls auf den Tisch. Während sie ihn ansah, und nur ihn, schlang sie die Arme um seinen Nacken und presste ganz langsam ihren Mund auf seine Lippen.

Seine Lippen waren wie erwartet warm. Er legte seine Hände auf ihre Schultern und ließ sie dort ohne Druck liegen. Vielleicht hatten sie beide begriffen, dass Pandora sich durch Druck nicht festhalten ließ. Wenn sie sich hingab, dann aus eigenem Antrieb und nicht durch Verführung oder auf Verlangen. Es war also Pandora, die näher kam, Pandora, die ihren Körper an den seinen drückte und Intimität ohne Unterwerfung anbot.

Michael wollte und suchte keine Unterwerfung, obwohl er sie oft fand. Er suchte keine ebenbürtige Stärke, aber doch eine gewisse

Kraft. Bei Pandora fand er sie, obwohl er nie daran gedacht hatte, diese Kraft bei ihr zu suchen.

Ihr Duft umwehte ihn und verstärkte die Emotionen, die der Geschmack ihres Kusses auslöste. Unter seinen Händen fühlte ihr Körper sich weich an. Es war jene Weichheit, die Frauen für sich auszunutzen verstehen, die aber auch ausgenutzt werden kann. Bei Pandora erwartete er keines von beidem, sondern nur, dass sie da war. Einfach dadurch, dass sie da war, nahm sie ihn gefangen.

Sie wehrte sich nicht gegen seine Berührung, als seine Hände zu ihren Hüften hinunterglitten und wieder höher wanderten. Er hatte das schon vorher getan, wenn auch nur in Träumen, gegen die sie sich gewehrt hatte. Wenn jetzt der Zeitpunkt gekommen war, um auf Abwehr zu verzichten, wollte sie verzichten. Wenn jetzt der Zeitpunkt für Genießen gekommen war, wollte sie genießen. Fragen wollte sie später stellen. Vielleicht war dies die Nacht ohne Fragen.

Sie zog sich ein Stück zurück, aber nur, um ihn anzulächeln. „Weißt du, wenn ich dich küsse, sehe ich in dir nicht den Cousin."

„Wirklich?" Er knabberte an ihren Lippen. Sie hatte einen unglaublich verlockenden Mund, voll und sanft geschwungen. „Was siehst du denn in mir?"

Sie zog eine Augenbraue hoch. „Das habe ich noch nicht herausgefunden."

„Dann sollten wir daran arbeiten." Er wollte sie wieder an sich ziehen, aber sie widerstand ihm.

„Nachdem du die Tradition gebrochen und mir mein Weihnachtsgeschenk ein paar Stunden zu früh gegeben hast, mache ich dasselbe." Pandora ging zu dem Baum, bückte sich und fand die flache, rechteckige Schachtel. „Fröhliche Weihnachten, Michael."

Er setzte sich auf die Armlehne eines Sessels, um das Geschenk zu öffnen. Pandora griff unterdessen nach ihrem Champagnerglas, nippte und wartete ein wenig nervös auf seine Reaktion. Es ist doch nur eine kleine Aufmerksamkeit, sagte sie sich, während sie mit dem Stiel ihres Glases spielte. Als er das Papier aufriss und dann nichts sagte, zuckte sie die Schultern. „Es ist nicht so einfallsreich wie ein Wachhund."

Michael starrte auf die Bleistiftzeichnung, die ihren Onkel darstellte, und hatte keine Ahnung, was er sagen sollte. Den Rahmen hatte Pandora selbst gemacht, das erkannte er. Er war aus Silber und so reich verziert, wie Onkel Jolley das geliebt hatte. Doch es war die Skizze, die ihm die Sprache verschlug.

Sie hatte Jolley so gezeichnet, wie Michael sich am besten an ihn erinnern konnte, im Stehen, leicht vorgeneigt. Sein spärlich dünnes Haar war zerzaust. Seine Wangen waren zu einem weiten, offenen Lächeln in die Breite gezogen. Das Bild war mit Liebe, Talent und Humor gezeichnet, drei Qualitäten, die Jolley besessen und bewundert hatte. Als Michael aufblickte, drehte Pandora noch immer den Stiel des Glases in ihren Händen.

Sie ist doch tatsächlich nervös, erkannte er. Nie hätte er erwartet, dass sie, was ihre Arbeit anging, anders als geradezu arrogant zuversichtlich und von sich selbst überzeugt war. Die Geheimnisse, die er aufdeckte, waren für ihn genauso beunruhigend wie für Pandora. Ein Mann wurde für gewöhnlich von einer Frau angezogen, bei der er unerwartete schwache Stellen fand. Wenn er aber von Pandora angezogen wurde, wie sollte er sich wieder zurückziehen?

„Pandora, niemand hat mir jemals etwas geschenkt, das mir mehr bedeutet hätte."

Die Falte über seiner Nasenwurzel verschwand, als ihr Lächeln aufblühte. Die alberne Freude, die sie empfand, war schwer zu verbergen. „Wirklich?"

Er streckte ihr die Hand entgegen. „Wirklich." Michael blickte wieder auf die Zeichnung und lächelte. „Das ist ganz er."

„So habe ich ihn in Erinnerung." Sie verschlang ihre Finger mit seinen. Pandora konnte sich einreden, dass Jolley und nur er sie beide verband. Und sie konnte es beinahe glauben. „Ich dachte, du könntest dich vielleicht auch, so wie ich ihn eingefangen habe, an ihn erinnern. Der Rahmen ist ein wenig protzig."

„Und passend." Michael betrachtete ihn etwas genauer, den matten Glanz und die tief eingeritzten Girlanden und Linien. Man hätte den Rahmen in ein Antiquitätengeschäft stellen und als Erbstück ausgeben können. „Ich wusste gar nicht, dass du so etwas machst."

„Ab und zu. Die Boutique, für die ich arbeite, hat ein paar Rahmen ausgestellt."

„Passt gar nicht in die Kategorie Armringe und Halsketten", sagte er nachdenklich.

„Ach nein?" Sie hob das Kinn. „Ich hatte überlegt, ob ich dir ein breites goldenes Halsband mit Strasssteinen machen soll, nur um dich zu ärgern."

„Ich hätte mich geärgert."

„Dann vielleicht im nächsten Jahr. Ich werde eine ganze Kollektion für dich entwerfen. Oder vielleicht mache ich ein Halsband für Bruno." Sie sah sich um. „Wo steckt er denn?"

„Wahrscheinlich hinter dem Baum und kaut an den Geschenken. Während seines kurzen Aufenthalts in der Garage hat er ein Paar Golfschuhe aufgefressen."

„Dem werden wir einen Riegel vorschieben", erklärte Pandora und machte sich auf die Suche.

„Weißt du, Pandora, ich hatte keine Ahnung, dass du so zeichnen kannst." Michael betrachtete noch einmal das Bild. „Warum malst du nicht?"

„Warum schreibst du nicht den großen amerikanischen Roman?"

„Weil mir das, was ich tue, Freude macht."

„Genau." Da sie hinter dem Baum keine Spur des Welpen fand, suchte Pandora unter den Möbeln. „Obwohl zahlreiche Maler ... Michael!"

Er stellte sein unberührtes Champagnerglas wieder weg und lief zu dem Diwan, neben dem sie kniete. „Was ist?" fragte er. Dann sah er es selbst. Mit geschlossenen Augen und flach und schwer atmend, lag der Welpe halb unter dem Diwan. Als Pandora ihn berührte, winselte Bruno und versuchte aufzustehen.

„Michael, er ist krank! Wir müssen ihn zu einem Tierarzt bringen."

„Wir wären nicht vor Mitternacht in der Stadt. Am Weihnachtsabend finden wir um Mitternacht keinen Tierarzt." Michael legte sachte seine Hand an Brunos Bauch und hörte ihn stöhnen. „Vielleicht bekomme ich jemanden ans Telefon."

„Meinst du, er hat etwas gefressen?"

„Sweeney hat sein Futter wie eine Mutter überwacht." Aufs Stichwort zuckte Bruno zusammen, krümmte und streckte sich und übergab sich. Von der Anstrengung erschöpft, legte er sich auf die Seite und döste auf der Stelle unruhig ein. „Etwas, das er getrunken hat", murmelte Michael.

Pandora streichelte den Hund zärtlich und beruhigend. „Von diesen paar Tropfen Champagner kann ihm nicht schlecht geworden sein." Weil der Hund schon schlief und wieder normal atmete, entspannte sie sich ein wenig. „Charles wird sich nicht freuen, dass Bruno auf den Teppich gebrochen hat. Vielleicht sollte ich ..." Sie stockte, als Michael sie am Arm packte.

„Wie viel Champagner hast du getrunken?"

„Ich habe nur genippt. Warum bist ..." Sie stockte wieder und starrte ihn groß an. „Der Champagner! Meinst du, dass damit etwas nicht stimmt?"

„Ich bin ein Idiot, dass ich bei einem anonymen Geschenk nicht misstrauisch wurde!" Er hielt ihr Kinn fest. „Nur genippt? Bist du sicher? Wie fühlst du dich?"

Pandora bekam eine Gänsehaut, blieb aber ganz ruhig. „Es geht mir gut. Sieh mal, mein Glas ist noch ganz voll. Glaubst du, der Champagner ist vergiftet?"

„Wir werden es herausfinden."

Sie schüttelte den Kopf. „Aber, Michael, die Flasche war verschlossen. Wie hätte man etwas hineinmischen sollen?"

„In der ersten Saison von ‚Logan' habe ich einen solchen Trick ausgearbeitet." Er erinnerte sich daran, wie er seine Theorie getestet hatte, indem er Lebensmittelfarbe in eine Flasche Dom Perignon injizierte. „Der Killer vergiftete Champagner, indem er Zyankali mit einer Injektionsspritze durch den Korken schoss."

„Fantasie", behauptete Pandora und unterdrückte einen Schauder. „Bloße Fantasie."

„Bis zum Beweis des Gegenteils gehen wir davon aus, dass es so ist. Ich bringe den Rest der Flasche nach New York in die Sanfield Laboratories."

Zitternd holte Pandora Luft. „Nun gut, wir werden uns wahrscheinlich besser fühlen, wenn wir Bescheid wissen. Kennst du jemanden, der dort arbeitet?"

„Sanfield gehört uns." Er blickte auf den schlafenden Hund hinunter. „Das heißt, das Labor wird uns in ein paar Monaten gehören."

„Michael." Pandora konnte kaum an die Möglichkeit glauben, die er andeutete. „Wenn der Champagner vergiftet war, ist das kein Spiel mehr."

Er stellte sich die Folgen vor, wenn sie nicht vom Trinken abgelenkt worden wären. „Nein, das wäre kein Spiel mehr."

Pandora stand auf. „Das ergibt keinen Sinn. Etwas Derartiges traue ich keinem Familienmitglied zu. Wir reagieren übertrieben darauf. Bruno hat sich vielleicht zu doll aufgeregt oder sich etwas im Tierheim geholt."

„Ich habe ihn für die Impfungen zum Tierarzt bringen lassen, bevor er gestern hergebracht wurde." Michaels Stimme klang ruhig, aber in seinen Augen flackerte Zorn. „Es ging ihm gut, Pandora, bis er etwas von dem verschütteten Champagner aufgeleckt hat."

Pandora hob Bruno hoch, der sich winselnd gegen ihre Brust drückte. „Ich gebe ihm etwas Warmes zu trinken, und dann nehme ich ihn mit nach oben. Heute Nacht behalte ich ihn im Auge."

„In Ordnung." Michael stand neben dem Kamin und kämpfte gegen eine Mischung aus Enttäuschung und Wut an.

Lange nach Mitternacht sah Michael nach Pandora. Sie hatte in einer Ecke eine schwache Lampe brennen lassen. Draußen fiel der Schnee in großen Flocken. Pandora lag in dem breiten Bett, die Decke bis unter das Kinn gezogen. Das Feuer war fast erloschen. Auf dem Kaminvorleger schnarchte der Welpe. Pandora hatte ihn zugedeckt und in einer flachen Schale Tee neben ihn gestellt.

Michael kauerte sich neben dem Hund nieder. „Armer Kerl", murmelte er. Als er ihn streichelte, bewegte sich Bruno, winselte und entspannte sich wieder.

„Ich glaube, es geht ihm besser."

Michael drehte sich um und sah, wie sich das Licht in Pandoras Augen spiegelte. Ihr Haar war zerzaust, ihre Haut schimmerte blass. Sie sah schön und begehrenswert aus. „Er muss sich gesundschlafen. Das Feuer braucht ein Holzscheit." Und Michael brauchte Beschäftigung, um sich abzulenken. Er machte sich am Kamin zu schaffen.

„Danke. Kannst du nicht schlafen?"

„Nein."

„Ich auch nicht." Pandora saß eine Weile schweigend in ihrem Bett, Michael auf dem Vorleger. Das Feuer knisterte und knackte, fraß sich gierig über das frische Scheit und ließ Schatten tanzen. Endlich zog Pandora die Knie an die Brust. „Michael, ich habe Angst."

Er wusste, wie schwer ihr das Geständnis fiel. „Wir können weggehen", sagte er leichthin. „Wir können morgen nach New York fahren, alles hier vergessen und die Feiertage genießen."

„Willst du das?" fragte sie.

Er dachte an Jolley, dann an Pandora. Jeder Muskel in seinem Körper spannte sich an. „Sicher."

„Für jemanden, der vom Geschichtenerfinden lebt, bist du ein erbärmlicher Lügner." Sie wartete, bis er sich zu ihr drehte. „Du willst nicht weggehen, sondern alle unsere Verwandten zusammentreiben und verhauen."

„Kannst du dir vorstellen, wie ich Tante Patience verhaue?"

„Na ja, es gibt ein paar Ausnahmen", schränkte Pandora ein. „Aber du willst auf keinen Fall aufgeben."

Er stand auf. „Na gut, so viel zu mir. Aber du wolltest von Anfang an nicht mitmachen. Ich habe dich dazu überredet und fühle mich verantwortlich."

Zum ersten Mal seit Stunden fühlte sie ihren Humor zurückkehren. „Ich verletze nur ungern dein Selbstbewusstsein, Michael, aber du hast mich zu gar nichts überredet. Ich bin für mich ganz allein verantwortlich, und ich will nicht aufgeben. Komm, setz dich!" befahl sie ungeduldig.

Er kam zu ihr und setzte sich auf das Bett. „Besser so?"

Sie betrachtete ihn lange. „Ja, ich habe Angst, und ich möchte mich wehren, aber ich weiß nicht wie."

„Der beste Weg ist hierbleiben." Er griff nach ihrer Hand. Sie war kühl und weich. „Und vielleicht sollten wir etwas psychologische Kriegsführung anwenden."

„Was zum Beispiel?"

„Wie wäre es, wenn ich jedem unserer Verwandten eine hübsche Flasche Champagner schickte?"

Sie begann träge zu lächeln. „Eine Magnum."

„Natürlich. Ich würde gerne sehen, wie sie reagieren."

„Das wäre ganz schön hässlich von uns, wie?"

„Mmh."

„Vielleicht habe ich bisher deinen Einfallsreichtum nicht richtig eingeschätzt." Sie stockte, als er ihre Haare um seine Finger wickelte. „Wir sollten jetzt ein wenig schlafen."

„Sollten wir." Seine Finger strichen über ihre Schultern.

„Ich bin nicht sehr müde."

„Wir könnten Canasta spielen", schlug er vor.

„Könnten wir." Sie hielt ihn nicht auf, als er die dünnen Träger ihres Nachthemdes von ihren Schultern schob. „Wir könnten auch die Partie zu Ende führen, die wir unten begonnen haben."

Er drückte seine Lippen auf ihre Hand. „Man sollte immer beenden, was man begonnen hat. Soweit ich mich erinnere, waren wir ... hier." Er senkte seinen Mund auf ihre Lippen.

Seufzend schlang sie die Arme um seinen Nacken. „Das könnte stimmen."

Gemeinsam sanken sie eng umschlungen auf das Bett. Vielleicht, weil sie einander so gut kannten, vielleicht, weil sie schon ein ganzes Leben darauf warteten, bewegten sie sich langsam. Das Verlangen war im Moment angenehm und leicht durch eine Berührung zu stillen.

Leidenschaft stieg in Michael hoch und befreite sich in einem Seufzer. Er musste Pandora Zentimeter für Zentimeter mit seinen Fingerspitzen und Lippen erkunden. Er hatte zu lange gewartet und sich zu lange gesehnt, um irgendetwas zu versäumen, das sie einander geben konnten.

Sie war großzügiger, als er gedacht hatte, weniger befangen und viel offener. Sie wollte nicht gedrängt werden, und sie tat auch nicht so, als hätte sie Überredung nötig. Pandora ließ ihre Hände mit gleicher Neugierde über ihn streichen. Sanft legte sie ihren Mund auf seinen. Als er seine Lippen von den ihren zurückzog, waren ihre Augen auf ihn gerichtet, von Verlangen verschleiert und dunkel vor Belustigung. Sie waren endlich zusammen. Michael barg sein Gesicht in ihrem Haar. Wir werden uns lieben, dachte er, und dieser Gedanke stimmte ihn genauso freudig.

Pandoras Hände waren ruhig, als sie Michael das Sweatshirt über den Kopf zog, auch ruhig, als sie seine Brust streichelte. Ihr Puls dagegen war nicht ruhig. Sie war dem hier aus dem Wege gegangen, hatte es vermieden. Jetzt akzeptierte sie es, obwohl sie wusste, dass sie die Folgen noch nicht überblicken konnte.

Das Feuer knisterte, das weiche Licht leuchtete.

Ihre Haut glitt bei jeder Bewegung über seine Haut. Jede Bewegung verlockte zu mehr. Michaels Herz begann zu hämmern, als er mit den Lippen sich tiefer wagte. Mit weit geöffnetem Mund küsste und erforschte er ihren Körper auf eine Weise, die er sich bisher nur hatte vorstellen können. Ihr wunderbar erregender Duft war überall, schwach in dem Bogen ihrer Taille, stärker an der weichen Unterseite ihrer Brüste. Michael sog ihn ein, bis sich alles in seinem Kopf drehte.

Er fühlte den Moment, in dem ihr träges Genießen machtvoller wurde. Als ihr Atem stockte und in ein Stöhnen überging, glitt er mit den Lippen noch tiefer. Sie erreichten einen Punkt, an dem Michael nicht mehr klar wusste, was sie miteinander machten, nur dass sich ihr Verlangen zur verzweifelten Sehnsucht steigerte.

Seine Haut war feucht. Pandora kostete die Feuchtigkeit und verlangte nach mehr. Das war also Leidenschaft. Das war der bebende, verzehrende Hunger, nach dem sich Männer und Frauen sehnten. Pandora hatte ihn nie gewollt. Das sagte sie sich selbst, während ihr Körper erschauderte. Genuss und Schmerz mischten sich, Begehren und Ängste gingen ineinander über. Ihre Gedanken wurden wie ihr Körper von Empfindungen überflutet, von Hitze und Helligkeit, Ekstase und Entsetzen. Die Verletzbarkeit überwältigte sie, obwohl sich ihr Körper hart anspannte und ihre Hände sich festklammerten. Niemand hatte jemals so mühelos ihre Abwehr beiseite gefegt und sie genommen. Genommen und wieder genommen.

Atemlos und verzweifelt presste Pandora ihren Mund wieder auf seinen Mund. Michael hatte diese Raserei für sich und für sie gewollt. Jetzt fühlte er die wilde Kraft, die von Pandora ausging. Es gab keine Gedanken mehr, keine Logik. Mit seinem ganzen Gewicht legte er sich auf sie und genoss ihr stoßweises Atmen.

Sie umschlang ihn mit Beinen und Armen. Als er in sie drang, betrachteten sie beide das Erstaunen in dem Gesicht des anderen.

Nicht so ... so war es noch nie gewesen. Sie hatten beide heimgefunden. Aber ‚heim', das entdeckten sie, war nicht immer ein Ort des Friedens.

Es herrschte Stille, betäubte, seltsame Stille. Pandora und Michael lagen eng umschlungen auf den Decken, als das Holzscheit auseinander brach und ein Funkenregen sich gegen den Kaminschirm ergoss. Sie kannten einander gut, zu gut, um jetzt darüber zu sprechen, was geschehen war. Also lagen sie stumm da, während ihre Haut abkühlte und ihr Puls sich beruhigte. Michael drehte sich ein wenig, um die Decke über sie beide zu ziehen.

„Fröhliche Weihnachten", murmelte er.

Mit einem Laut, der gleichzeitig ein Seufzer und ein Lachen war, streckte Pandora sich neben ihm aus.

8. KAPITEL

Pandora und Michael verließen Folley im frühen Morgenlicht nach dem Weihnachtsfeiertag. Die Sonne ließ den Schnee etwas schmelzen, und der beißende Wind formte Eiszapfen an Zweigen und Dachrinnen. Es war eine Postkartenidylle.

Bruno ging es auch schon wieder gut.

Nach einem kurzen Gefecht hatten sie entschieden, dass Pandora die Strecke in die Stadt hin- und Michael zurückfahren sollte. Er schob seinen Sitz ganz nach hinten und streckte die Beine aus, und sie steuerte den Wagen behutsam die vereiste Bergstraße hinunter. Beide schwiegen, bis sie den Highway erreichten.

„Michael, was haben wir eigentlich von einer Analyse?" fragte Pandora ihn leise. „Wir wissen dann noch immer nicht, wer von ihnen es getan hat."

„Das ist dann der nächste Schritt." Er warf ihr einen Blick zu.

„Wir können sie alle zu Neujahr auf Folley einladen und sie abwechselnd auf der Folter befragen."

„Du machst dich über mich lustig."

„Ehrlich, ich habe schon an etwas in dieser Art gedacht, wenn auch nicht ganz so hart. Die Zeit ist nur noch nicht reif." Er beobachtete, wie sie die Finger am Lenkrad abwechselnd streckte und verkrampfte. „Pandora, warum sagst du mir nicht, was dich wirklich bedrückt?"

„Es ist nichts." Alles bedrückte sie. Seit vierundzwanzig Stunden konnte sie nicht mehr klar denken.

„Nichts?"

„Nur die Vorstellung, dass mich jemand umbringen will. Ist das nicht genug?"

Er hörte die Schärfe unter dem Spott „Hast du dich deshalb gestern den ganzen Tag in deinem Zimmer versteckt?"

„Ich habe mich nicht versteckt." Sie brachte genug Stolz auf, um spröde und abweisend zu klingen. „Ich habe mich um Bruno gekümmert. Und ich war müde."

„Du hast kaum etwas von dieser riesigen Gans gegessen, mit der Sweeney sich so viel Mühe gemacht hat."

„Ich mag Gans nicht besonders."

„Ich habe dich schon einmal bei einem Weihnachtsessen erlebt", verbesserte er sie. „Du hast wie ein Scheunendrescher reingehauen."

„Wie galant von dir, das herauszuheben. Sagen wir, ich war nicht in Stimmung."

„Wie ist es dir eigentlich gelungen, dir selbst so schnell einzureden, dass dir das Erlebnis zwischen uns nicht gefallen hat?" Michael fühlte sich verletzt, aber das hieß nicht, dass er es zeigen musste. Seine Stimme klang, genau wie ihre, kühl und hart.

„Das habe ich nicht getan. Das ist absurd." Nicht gefallen? Sie hatte an nichts anderes denken können, nichts anderes fühlen können. Und es erschreckte sie zu Tode. „Wir haben bloß miteinander geschlafen.“ Sie tat es mit einem Achselzucken ab. „Damit haben wir wohl beide früher oder später gerechnet.“

Genau das hatte er sich so oft vorgesagt, dass er es nicht mehr zählen konnte. Er hatte allerdings aufgehört, daran zu glauben. „Und das war es?“

„Was sonst?“ Sie durfte nicht länger zulassen, dass ihr gesunder Menschenverstand von einer Anziehung ausgeschaltet wurde, die nirgendwo hinführen konnte. „Michael, es ist sinnlos, das Geschehene überzubewerten.“

„Wie sollen wir es denn bewerten?“

Im Wagen war es stickig. Pandora schaltete die Heizung aus und konzentrierte sich auf die Straße. „Wir sind zwei erwachsene Menschen ...“, begann sie, musste aber zweimal schlucken.

„Und?“

„Verdammt, Michael, ich muss es dir doch nicht erklären!“

„Doch, das musst du.“

„Wir sind zwei erwachsene Menschen“, wiederholte sie. „Wir haben das Verlangen von normalen Erwachsenen. Wir haben miteinander geschlafen und dieses Verlangen befriedigt.“

„Wie praktisch.“

„Ich bin praktisch.“ Ganz plötzlich wollte Pandora weinen. „Viel zu praktisch, als mir wegen eines Mannes Illusionen zu machen, der seine Frauen am liebsten in Sechserpacks hat. Zu praktisch, um mich gefühlsmäßig mit einem Mann einzulassen, mit dem ich eine Nacht verbracht habe. Und zu praktisch, um den Austausch von Lust romantisch zu betrachten.“

„Halt an!“

„Nein!“

„Fahr an den Straßenrand, Pandora, oder ich mache es.“

Zähneknirschend zog sie den Wagen an die Seite. Michael drehte den Zündschlüssel, packte Pandora an den Aufschlägen ihres Mantels und zog sie halb auf seinen Sitz. Ehe sie sich losreißen konnte, verschloss er ihren Mund mit seinen Lippen.

Hitze, Ärger, Leidenschaft schienen zu einer einzigen Emotion zu verschmelzen. Michael hielt sie gepackt, während Autos vorbeizischten und die Fenster erzittern ließen. Pandora machte ihn wütend, sie erregte ihn, sie verletzte ihn. In Michaels Augen war das für einen Mann zu viel, was er von dieser Frau einstecken musste. So abrupt, wie er sie gepackt hatte, ließ er sie auch wieder los.

Atemlos rutschte Pandora wieder auf ihren Sitz zurück, drehte wütend den Schlüssel herum und ließ den Motor aufheulen. „Idiot!"

„Ja." Er lehnte sich zurück, als Pandora auf den Highway hinausschwenkte. „Endlich stimmen wir in einem Punkt überein."

Pandora und Michael sprachen erst wieder miteinander, als sie die Halle eines Bürohauses in Manhattan betraten.

„Woher kennst du das Labor?" fragte Pandora knapp.

„Ich habe in Jolleys Unterlagen nachgesehen. Dieses Gebäude hat ihm gehört. Alle zweiundsiebzig Stockwerke."

Wieder wurde Pandora vor Augen geführt, wie kompliziert der Besitz war. „Was soll ich mit zweiundsiebzig Stockwerken mitten in Manhattan machen?"

Michael nannte ihre Namen dem Wächter an den Aufzügen, und sie konnten ohne Verzögerung in den vierzigsten Stock hinauffahren.

„Es gibt Leute, die sich um alles kümmern, und Anwälte und Manager kümmern sich wieder um diese Leute. Wenn du dir Sorgen machst, Pandora, denk an Jolley. Er hat seine Geschäfte als Hobby betrachtet und seinen Spaß gehabt."

Pandora beobachtete die Zahlen über der Tür. „Ein Hobby?"

„Jeder sollte ein Hobby haben."

„Tennis ist ein Hobby", murmelte sie.

„Der Trick dabei ist, dass der Ball in Bewegung bleibt. Jolley hat ihn in unseren Hof geworfen, Pandora."

Sie verschränkte die Arme. „Ich bin noch nicht bereit, dafür dankbar zu sein."

„Betrachte es auf folgende Weise." Michael legte seine Hand auf ihre Schulter und drückte sie leicht. „Du musst nicht wissen, wie ein Auto gebaut wird, um eines zu besitzen. Du musst nur gleichmäßig fahren und den Schildern folgen. Hätte Jolley nicht gedacht, dass wir den Schildern folgen können, hätte er uns nicht den Zündschlüssel gegeben."

Es half tatsächlich, die Dinge so zu betrachten, doch Pandora wurde ohnedies gleich darauf abgelenkt, als sie mit dem Leiter des Labors sprachen, einem gewissen Mr. Lockworth.

„Selbstverständlich führe ich die Analyse durch, und zwar persönlich", erklärte er bereitwillig. „Es gibt hier einen Coffeeshop für die Angestellten. Sie können dort auf mich warten."

Wenig später gaben sie ihre Bestellung auf und nippten am Kaffee, während sie auf das Essen warteten.

Anderthalb Stunden später kam Lockworth mit einem Computerausdruck an den Tisch. „Ich dachte, Sie wollten eine Kopie." Er setzte sich und bestellte per Handzeichen einen Kaffee.

Pandora betrachtete die endlosen chemischen Bezeichnungen auf dem Papier mit gerunzelter Stirn. Sie konnte damit nichts anfangen, aber sie bezweifelte, dass Trichlorethanol oder eines der anderen mehrsilbigen Wörter etwas mit französischem Champagner zu tun hatte. „Was bedeutet das?"

„Das habe ich mich auch gefragt." Lockworth holte ein Päckchen Zigaretten aus seiner Tasche. Michael betrachtete es einen Moment voll Verlangen. „Ich habe mich gefragt, warum jemand Schädlingsbekämpfungsmittel dem Jahrgangschampagner beifügt."

„Dann war er also vergiftet", stellte Michael fest.

„Ja, obwohl nicht genug Gift in dem Champagner war, um mehr als ein oder zwei Tage schwerste Übelkeit zu verursachen."

Sie bedankten und verabschiedeten sich.

„Nun“, begann Pandora, als sie wieder allein waren. „Was kommt jetzt?“

„Ein kleiner Besuch in einer Weinhandlung. Wir müssen ein paar Geschenke kaufen.“

Sie ließen gleich von dem Geschäft eine Flasche von exakt derselben Marke an jeden der möglichen Erben schicken. Michael schrieb auf die beiliegenden Karten lediglich: Eine nette Geste sollte mit einer ebenso netten belohnt werden.

„Eine teure Geste“, stellte Pandora fest, als sie in die Kälte hinaustraten.

„Betrachte es als Investition“, riet Michael.

Es ging ihr weniger um das Geld, als um das plötzliche Gefühl totaler Sinnlosigkeit. „Was wird es überhaupt nützen?“

„Einige Flaschen werden erstaunt betrachtet und dann genossen werden – bis auf eine“, erklärte Michael genussvoll. „Eine wird sich in eine Botschaft, sogar in eine Drohung verwandeln.“

„Eine leere Drohung“, erwiderte Pandora. „Wir werden die Reaktion nicht mitbekommen können.“

„Du denkst wie ein Amateur.“

Michael hatte die Straße schon halb überquert, als Pandora ihn am Arm packte. „Was soll das denn heißen?“

„Wenn ein Amateur einen Scherz macht, will er unbedingt bei den Auswirkungen dabei sein.“

Pandora ignorierte die Leute, die an ihnen vorbeifluteten, und rührte sich nicht von der Stelle. „Seit wann ist das Vergiften mit Schädlingsbekämpfungsmitteln ein Scherz?“

„Die Rache richtet sich nach den gleichen Prinzipien.“

„Oh, verstehe! Und du bist darin Experte.“

Die Ampel wechselte. Autos fuhren auf die beiden los, Hupen gellten. Mit zusammengebissenen Zähnen packte Michael Pandora am Arm und zog sie auf den Bürgersteig. „Mir genügt es zu wissen, dass jemand die Flasche sehr nervös in Empfang nehmen wird. Jemand wird sie bekommen und wissen, dass wir mit gleicher Münze heimzahlen. Dein Problem ist, dass du deinen Gefühlen nicht lange genug freien Lauf lässt, um Rache zu genießen."

„Lass meine Gefühle in Ruhe."

„Genau das habe ich vor", sagte er gleichmütig und ging weiter.

Mit drei langen Schritten holte Pandora ihn ein. Ihr Gesicht war von dem Wind zart gerötet. „Du ärgerst dich nicht über den vergifteten Champagner oder über unterschiedliche Ansichten über Rache. Du ärgerst dich, weil ich unsere Beziehung mit praktischen Ausdrücken umrissen habe."

Michael starrte sie an, während er überlegte, ob er ihre Worte lustig finden sollte oder ob er ihr böse sein sollte. „Okay", sagte er schließlich nur. Seine Geduld wurde wahrhaftig auf eine harte Probe gestellt. Als ihn Pandora wieder am Arm packte, drehte er sich erneut um. „Willst du das jetzt hier ausfechten?"

„Ich lass es nicht zu, dass du mir das Gefühl gibst, der Situation nicht gewachsen zu sein, und nur, weil ich eher Schluss gemacht habe, ehe du die Gelegenheit dazu hattest."

„Ehe ich Gelegenheit dazu hatte?" Er packte sie am Mantel. Wegen der hohen Stiefelabsätze konnte sie ihm direkt in die Augen sehen. Zu einem anderen Zeitpunkt und an einem anderen Ort hätte er sie wunderbar gefunden. „Ich hatte kaum die Gelegenheit, mich von der Abfuhr zu erholen, die ich von dir erhalten habe. Ich wollte dich. Verdammt, ich will dich noch immer. Nur der Himmel allein weiß, warum."

„Nun, ich will dich auch, und mir gefällt das auch nicht."

„Somit sitzen wir beide in derselben Klemme."

„Und was werden wir dagegen unternehmen?"

Michael sah sie an und entdeckte den Ärger in ihrem Gesicht, aber auch Verwirrung. Einer von ihnen musste den ersten Schritt machen. Er fand, dass die Reihe an ihm war. Er ergriff Pandora an der Hand und zog sie über die Straße.

„Wohin gehen wir?"

„Ins Plaza."

„Das Plaza Hotel? Warum?"

„Wir nehmen uns ein Zimmer, legen die Kette vor die Tür und lieben uns vierundzwanzig Stunden lang. Danach werden wir entscheiden, wie wir weitermachen."

Es gab Gelegenheiten, entschied Pandora, wo man sich am besten mitreißen ließ. „Wir haben kein Gepäck."

„Tja, mein Ruf geht dabei zum Teufel."

Mit einem leisen Lachen betrat Pandora an Michaels Seite die elegante Hotelhalle.

Ihre Haut prickelte warm, und ihre Nerven waren gespannt. Es ist nur ein Impuls, sagte sie sich. Sie wusste sehr gut, dass man keine wichtigen Entscheidungen impulsiv treffen durfte. Michael konnte alles verändern. Das hatte sie nie zugeben wollen, hatte es aber seit Jahren gewusst. Als sie sich zurückziehen wollte, hielt er ihren Arm im festen Griff.

„Feigling", murmelte er.

Michael hätte nichts sagen können, das besser dazu geeignet gewesen wäre, Pandora voranzutreiben.

„Guten Tag." Michael lächelte der Angestellten an der Rezeption zu. Pandora fragte sich vorübergehend, ob sein Lächeln auch so charmant ausgefallen wäre, hätte es sich um einen männlichen Angestellten gehandelt. „Unsere Zimmer."

„Haben Sie eine Reservierung?"

„Donahue. Michael Donahue."

Die Angestellte tippte etwas und betrachtete ihren Computerbildschirm. „Tut mir Leid, aber hier ist für den sechsundzwanzigsten nichts unter Donahue eingetragen."

„Das war Katie", sagte Michael mit einem ungeduldigen Seufzer und warf Pandora einen langen leidenden Blick zu. „Ich hätte sie nie mit der Reservierung betrauen dürfen."

Pandora nahm seinen Gedankensprung auf und tätschelte seine Hand. „Du wirst sie entlassen müssen, Michael. Ich weiß, sie arbeitet seit vierzig Jahren für deine Familie, aber wenn jemand die siebzig überschreitet ..." Sie unterbrach sich und spielte Michael den Ball zu.

„Das werden wir entscheiden, wenn wir heimkommen." Er wandte sich wieder an die Angestellte. „Offenbar hat es zwischen meiner Sekretärin und dem Hotel Missverständnisse gegeben. Wir sind nur über Nacht in der Stadt. Ist etwas frei?"

Die Angestellte wandte sich wieder ihrem Computer zu. Wie sie wusste, brausten die meisten Leute auf, wenn es Missverständnisse bei der Reservierung gegeben hatte. Michaels ruhige Frage machte ihn ihr sympathisch. „Sie müssen verstehen, dass wir Probleme wegen der Festtage haben." Sie drückte noch mehr Knöpfe und Tasten, sie wollte wirklich helfen. „Wir haben tatsächlich eine Suite frei."

„Fein." Michael füllte das Anmeldeformular aus. Mit dem Schlüssel in der Hand lächelte er der Angestellten zu. „Ich weiß Ihre Mühe zu schätzen." Dem wartenden Pagen drückte er einen Geldschein in die Hand. „Wir kümmern uns selbst um alles, danke."

Der Angestellte blickte auf den Zwanziger in seiner Hand und bemerkte das Fehlen von Gepäck. „Ja, Sir!"

„Er denkt, dass wir eine unerlaubte Affäre miteinander haben", murmelte Pandora, als sie den Aufzug bestiegen.

„Haben wir auch." Noch bevor sich die Türen ganz geschlossen hatten, zog Michael Pandora in einem Kuss an sich, der zwölf Stockwerke über dauerte. „Wir kennen uns nicht", erklärte er, als sie auf den Korridor traten. „Wir haben uns eben erst kennen gelernt. Wir besitzen keine gemeinsamen Kindheitserinnerungen oder gehören derselben Familie an." Er schob den Schlüssel in das Schloss. „Wir scheren uns den Teufel, womit der andere sein Geld verdient, und wir haben keine vorgefassten Meinungen voneinander."

„Soll das die Situation vereinfachen?"

Michael zog sie in den Raum. „Das werden wir herausfinden."

Er ließ Pandora keine Chance zum Nachdenken oder Diskutieren. Kaum war die Tür hinter ihnen geschlossen, da hatte er Pandora auch schon in die Arme geschlossen. Er löschte alle Fragen aus.

Er ließ ihr keine Wahl. Ausnahmsweise ließ sie das zu. In wilder, verlangender Leidenschaft fanden sie zueinander. Jeder kämpfte darum, noch mehr von dem anderen zu bekommen, schneller zu berühren und eiliger zu besitzen. Sie vergaßen, was sie wussten, was sie dachten und schwelgten nur noch in Gefühlen.

Die Mäntel, noch kalt von dem Wind, wurden abgestreift und fielen auf den Boden, Pullover und Hemden folgten. Unmittelbar hinter der Tür glitten Pandora und Michael auf den Teppich.

„Verdammter Winter", murmelte Michael, während er mit ihren Stiefeln kämpfte.

Lachend kämpfte Pandora mit den seinen und stöhnte auf, als er seine Lippen auf ihre Brüste drückte.

Es war ein Wettrennen, halb Kampf, halb Liebe. Keiner gönnte dem anderen eine Atempause. Sobald sie aus ihrer Kleidung geschlüpft waren, trieben sie einander voran, ließen ihre Hände tasten und ihre Lippen erregen. Nichts war von der verträumten Vertrautheit da wie beim ersten Mal. Dies hier war neu. Die Finger, die über Pandoras Haut glitten, hatte sie noch nie zuvor gefühlt. Die Lippen, diese heißen Lippen, hatte sie nie zuvor geschmeckt.

Pandoras Herz hatte nie so schnell geschlagen. Sie war sich dessen sicher. In ihrem Körper hatte nie ein solch schmerzliches Verlangen pulsiert. Bisher hatte sie es nie gewollt. Jetzt wollte sie noch mehr, wollte sie alles. Sie wollte Michael. Sie rollte sich herum, um schnelle, hungrige Küsse auf seinem Gesicht, seinem Hals und seiner Brust verteilen zu können ... Überall.

Michaels Sinne waren ganz auf Pandora gerichtet, auf jeden Teil von ihr, den er berühren, schmecken oder riechen konnte. Sie war so wild, wie er sich das nie hatte vorstellen können. Sie war so fordernd, wie ein Mann sich das nur wünschen konnte. Sein Körper schien sie zu faszinieren, sie widmete sich ihm, bis er halb von Sinnen war. Dann packte Michael sie.

Pandora hatte nicht gewusst, dass ein Mann so viel geben konnte. Von Empfindungen erschüttert, wand sie sich unter ihm. Heiß und bereit bot sie sich ihm an. Aber er war noch lange nicht fertig. Mit den Lippen zog er auf ihren Schenkeln eine Spur bis zu der Hitze, bis sie sich ihm entgegenbog. Er hielt Pandora hilflos in Leidenschaft gefangen. Hilflos.

Sie schauderte. Sie hatte nie gewusst, was es bedeutete, für einen anderen wirklich verwundbar zu sein. Er hätte alles von ihr nehmen, alles verlangen können, und sie hätte nicht ablehnen können. Aber er verlangte nicht, er gab.

Sie wurde von einer Welle nach der anderen hochgetrieben, wurde zwischen Höhen und Tiefen herumgewirbelt und genoss den rasenden Wechsel. Während das Licht des Nachmittags durch die Fenster hereinströmte, war Pandora in Dunkelheit gefangen, ohne sich zu wünschen, sehen zu können. Lass mich fühlen. Mehr. Noch einmal. Unaufhörlich.

Und dann war er in ihr, mit ihr vereinigt, verschmolzen. Sie fand, dass da noch mehr war. Unglaublich viel mehr.

Pandora und Michael blieben auf ihren verstreuten Kleidern liegen. Ganz langsam kehrten ihre Gedanken vage in die Wirklichkeit zurück. Sie konnte die pastellfarbenen Wände sehen und das Sonnenlicht. Sie konnte die Hitze ihrer Körper spüren, Michaels Haar, das über ihre Wange strich, seinen noch jagenden Herzschlag an ihrer Brust.

Es geschieht so schnell, dachte sie. Oder hatte es Stunden gedauert? Sie war nur sicher, dass sie nie etwas Derartiges erlebt hatte. Sie hatte es sich nie zugestanden. Seltsame Dinge konnten mit einer Frau geschehen, die ihre Leidenschaften freisetzte. Andere Dinge konnten sich einschleichen, ehe sie sich wieder verschloss. Zuneigung. Verständnis. Sogar Liebe.

Sie ertappte sich dabei, dass sie Michaels Haar streichelte, und ließ ihre Hand auf den Teppich fallen. Sie durfte Liebe nicht in ihr Leben einlassen, nicht einmal für eine kurze Zeit. Liebe nahm und gab, und sie nahm und gab nicht immer im gleichen Maße. Michael war kein Mann, den eine Frau lieben konnte, die praktisch dachte, schon gar keine, die weise dachte. Soviel erkannte sie. Michael würde sich niemals an die Spielregeln halten.

Sie würde seine Geliebte sein, ihn aber nicht lieben. Es hatte keinen Sinn, so zu tun, als könnten sie die nächsten drei Monate miteinander platonisch leben, aber Pandora wollte nicht ihr Herz riskieren. Einen Moment lang glaubte Pandora zu fühlen, wie es brach, nur ein klein wenig. Unsinn, sagte sie sich. Ihr Herz war stark und ungebrochen. Was sie und Michael gemeinsam hatten, war ein sehr grundlegendes, sehr unkompliziertes Arrangement.

‚Arrangement', fand sie, klang viel praktischer als ‚Romanze'.

Dennoch seufzte sie leise und etwas wehmütig.

„Alles ausgeknobelt?" Michael veränderte ein wenig seine Haltung, gerade genug, um seine Lippen über ihren Hals streichen zu lassen.

„Wie meinst du das?"

„Hast du die Richtlinien für unsere Beziehung ausgeknobelt?" Er hob den Kopf und blickte auf sie hinunter. Obwohl er nicht lächelte, hatte Pandora das Gefühl, er amüsiere sich.

„Ich weiß nicht, wovon du sprichst."

„Ich höre doch fast, wie es hinter deiner Stirn arbeitet, Pandora. Ich kann beinahe sehen, was in deinem Kopf abläuft."

Es ärgerte sie, dass er es vielleicht tatsächlich konnte. „Ich denke, wir haben uns gerade erst kennen gelernt?"

„Ich besitze übersinnliche Gaben. Du denkst ..." Er verstummte, um an ihren Lippen zu knabbern. „Du denkst, dass es einen Weg geben müsste, um unsere ... Beziehung auf einem praktischen Niveau zu halten. Du überlegst, wie du gefühlsmäßig Distanz halten kannst, wenn wir miteinander schlafen. Du hast beschlossen, dass ein Arrangement zwischen uns nicht von Romantik geprägt sein darf."

„Na gut!" Er sorgte dafür, dass sie sich albern vorkam. Dann streichelte er über ihre Hüfte und sorgte dafür, dass sie erbebte.

„Wenn du schon so schlau bist, musst du einsehen, dass ich nur gesunden Menschenverstand angewandt habe."

„Ich mag es lieber, wenn deine Haut heiß wird und du überhaupt keinen Verstand mehr hast. Aber ...", er küsste sie, ehe sie antworten konnte, „... wir können nicht all die Zeit im Bett bleiben. Ich glaube nicht an praktische Affären, Pandora. Und ich glaube nicht an gefühlsmäßige Distanz zwischen Liebenden."

„Auf diesem Gebiet hast du eine Menge Erfahrung gesammelt."

„Das stimmt." Michael setzte sich auf und zog sie mit sich. „Und ich sage dir soviel: Du kannst deine Gefühle einmauern. Du kannst das, was zwischen uns besteht, mit jeder praktischen Bezeichnung benennen. Du kannst die Nase rümpfen über Dinner bei Kerzenlicht und leise Musik. Das wird überhaupt nichts ändern." Er packte sie am Haar und zog ihren Kopf zurück. „Ich werde an dich herankommen, Cousine. Ich werde so sehr an dich herankommen, dass du an nichts und niemand anderen mehr denken kannst als an mich. Wenn du mitten in der Nacht aufwachst, und ich bin nicht da, wirst du dir wünschen, ich wäre da. Und jedes Mal, wenn ich dich berühre, wirst du mich begehren."

Ein Schauder überfiel Pandora. Klarer als je zuvor wusste sie, dass Michael Recht hatte. Und sie wusste, oder vielleicht wussten es auch sie beide, dass sie bis zuletzt dagegen ankämpfen musste. „Du bist arrogant, egozentrisch und einfältig."

„Wie wahr, wie wahr. Und du bist dickköpfig, eigensinnig und launisch. Im Moment können wir nur in einer Hinsicht sicher sein, nämlich dass einer von uns beiden gewinnen wird."

Sie saßen auf ihren verstreuten Kleidern und betrachteten einander. „Noch ein Spiel?" murmelte Pandora.

„Vielleicht. Vielleicht ist es nur ein Spiel." Er stand auf und hob sie auf seine Arme.

„Michael, ich muss nicht getragen werden."

„Doch, du musst."

Er ging durch die Suite zu dem Schlafzimmer. Pandora setzte zur Gegenwehr an, gab jedoch nach. Wenigstens dieses eine Mal, entschied sie und entspannte sich in seinen Armen.

9. KAPITEL

Januar war der Monat der eisigen Winde, des wirbelnden Schnees und des grauen Himmels. Die Tage waren kurz und produktiv, die Nächte lang und entspannend. Seit dem Zwischenfall mit dem Champagner war es ein ruhiger, ereignisloser Winter.

Ereignislos, dachte Pandora, ist nicht der richtige Ausdruck. Mit raschen, sorgfältigen Bewegungen feilte sie die Kanten eines dicken Kupferarmbandes. Es war ganz sicher nicht so, als wäre nichts geschehen. Es hatte keine Schwierigkeiten von außerhalb gegeben, aber Schwierigkeiten gehörten, wie sie immer schon gewusst hatte, ganz entschieden zu Michael Donahues größten Talenten.

Was wollte er bloß damit erreichen, wenn er einen Veilchenstrauß auf ihr Kopfkissen legte? Man brauchte bestimmt einen Zauberstab, um im Januar diese kleinen blauen Blumen hervorzuzaubern. Als sie ihn fragte, lächelte er bloß und meinte, Veilchen hätten keine Dornen. Was für eine Antwort war das denn bloß?

Pandora untersuchte mit dem Vergrößerungsglas den Verschluss des Armbandes. Sie war zufrieden, wie gut er sich in das Muster einfügte.

Oder dann war sie einmal aus dem Bad gekommen und hatte ihr Schlafzimmer von einem Dutzend Kerzen erleuchtet vorgefunden. Auf ihre Frage nach einem Stromausfall hatte Michael bloß gelacht und sie ins Bett gezogen.

Er brachte es fertig und griff während des Dinners nach ihrer Hand oder flüsterte ihr kurz vor Morgengrauen zärtliche Worte ins Ohr. Einmal war er unaufgefordert zu ihr unter die Dusche gekommen und hatte ihren Protest dadurch erstickt, dass er jeden Zentimeter ihres Körpers eingeseift und gewaschen hatte.

Sie hatte Recht gehabt. Michael Donahue hielt sich nicht an Spielregeln. Und er hatte Recht gehabt. Er kam an sie heran.

Pandora löste das Armband aus dem Schraubstock und begann, es geistesabwesend zu polieren. In den beiden letzten Wochen hatte sie ein halbes Dutzend anderer Armbänder gemacht, breite Armbänder mit derben Gliedern, einige mit auffälligen Steinen, andere mit Gravur. Sie passten zu ihrer Stimmung – wagemutig, eigenwillig und ein wenig leichtfertig. Sie hatte gelernt, ihren Instinkten zu vertrauen, und ihre Instinkte sagten ihr, dass sich diese Armbänder schneller verkaufen ließen, als sie herzustellen waren, und genauso schnell kopiert werden konnten.

Die Imitationen störten sie nicht. Von jedem Typ gab es nur ein Stück, das echt Pandora McVie war. Kopien konnten leicht als solche erkannt werden, weil ihnen das Besondere fehlte, diese Individualität des Genies.

Zufrieden drehte sie das Armband in ihrer Hand. Niemand würde eine ihrer Arbeiten für eine Imitation halten. Ihre Kunst veränderte sich vielleicht von Stück zu Stück, aber sie log nie.

Pandora blickte auf das Armband hinunter und seufzte. Nein, ihre Kunst log nie, aber wie war das mit ihr? Waren ihre Empfindungen so echt wie ihre Schmuckstücke?

Ein Gefühl konnte imitiert werden. Eine Empfindung konnte trügerisch sein. Wie oft hatte sie in den letzten Wochen etwas vorgetäuscht? Nicht vorgetäuscht, etwas zu fühlen, sondern vorgetäuscht, nichts zu fühlen? Pandora war eine Frau, die sich stets etwas auf ihre Ehrlichkeit eingebildet hatte. Wahrheit und Unabhängigkeit gingen nach Pandoras Wertvorstellungen Hand in Hand. Aber sie hatte immer und immer wieder sich selbst belogen – die schlimmste Form von Betrug.

Der Zeitpunkt, damit aufzuhören, war gekommen. Der Zeitpunkt, sich ihren wahren Gefühlen zu stellen, wenn auch nur in der Abgeschiedenheit ihres eigenen Herzens und ihres Verstandes.

Wie lange liebte sie Michael schon? Während sich die Frage in ihren Gedanken formte, musste sie aufstehen und in ihrer Werkstatt herumgehen. Wochen? Monate? Jahre? Sie konnte es nicht beantworten, weil sie sich nicht sicher war. Aber sie war sicher, dass sie ihn liebte. Wenn sie liebte, dann grenzenlos. Vielleicht war das ihr größtes Problem. Kam es nicht einer Art von Selbstmord gleich, Michael grenzenlos zu lieben?

Besser, sie sah den Tatsachen ins Gesicht. Kein Problem wurde gelöst, wenn man nicht vorher die Tatsachen erkannte und sie danach untersuchte. Ganz gleich, wie sehr sie sich dadurch zum Narren machte, sie liebte Michael. Sie liebte ihn mehr als ihr recht war. Pandora wischte die beschlagene Fensterscheibe blank und blickte nachdenklich auf den Schnee hinaus. Seltsam, sie hatte wirklich geglaubt, sie würde sich besser fühlen, sobald sie die Tatsachen akzeptierte. Sie fühlte sich aber nicht besser.

Welche Möglichkeiten hatte sie? Sie konnte es Michael sagen. Und er wird selbstzufrieden strahlen, dachte Pandora mit einem finsteren Stirnrunzeln, ehe er sich an seine nächste Eroberung macht. Sie war ganz bestimmt nicht so dumm, zu glauben, er sei an einer lang dauernden Beziehung interessiert. Ich bin natürlich auch nicht daran interessiert, dachte sie und begann, ihr Werkzeug geräuschvoll aufzuräumen.

Eine andere Möglichkeit war, davonzulaufen. Was ihre Verwandten mit ihrer ganzen Bösartigkeit nicht erreicht hatten, konnte ihrem Herzen gelingen. Doch dann wäre sie nicht nur ein Feigling, sondern auch ein Verräter gewesen. Nein, sie konnte und wollte Onkel Jolley nicht im Stich lassen. Sie konnte nicht fliehen. Und somit blieb ihr nur eine Möglichkeit:

Sie musste so weitermachen wie bisher. Sie musste bei Michael bleiben, mit Michael schlafen, alles mit Michael teilen – alles, ausgenommen ihr Herz. Sie musste die zwei Monate, die ihnen noch verblieben, hinnehmen und sich darauf vorbereiten, ohne Bedauern wegzugehen.

Michael war an sie herangekommen, das musste Pandora zugeben. Er war an Tiefen in ihr herangekommen, die kein Mann vor ihm berührt hatte. Sie liebte ihn dafür. Sie hasste ihn dafür.

Ihre Stimmung war so aufgewühlt wie ihre Gedanken, als sie die Werkstatt verschloss und quer über den Rasen stapfte.

„Da kommt sie." Mit einem neuen, fertig ausgearbeiteten Plan im Kopf wandte Sweeney sich von dem Küchenfenster ab und gab Charles ein Zeichen.

„Das kann niemals funktionieren."

„Natürlich wird es funktionieren. Wir werden diese beiden Kinder zu ihrem eigenen Vorteil zusammenbringen. Zwei Menschen, die sich so viel zanken wie die beiden, müssen heiraten."

„Wir mischen uns in Dinge ein, die uns nichts angehen."

„Was für ein Unsinn!" Sweeney nahm ihren Platz am Küchentisch ein. „Wer sollte sich denn sonst einmischen, wenn nicht wir? Wer wird sich denn mit diesem riesigen leeren Haus herumschlagen, sobald die beiden in die Stadt zurückkehren, wenn nicht wir? Nimm jetzt das Tuch und fächle mir Luft zu! Beug dich etwas über mich und mach ein aufgeregtes Gesicht."

„Ich bin zu aufgeregt", murmelte Charles und griff nach dem Tuch.

Als Pandora die Küche betrat, sah sie Sweeney nach hinten gekippt auf einem Stuhl hängen, die Augen geschlossen. Charles stand über sie gebeugt und fächelte ihr mit einem Trockentuch Luft zu.

„Um Himmels willen, was ist los? Charles, ist sie ohnmächtig geworden?" Bevor er antworten konnte, stürmte Pandora schon durch den Raum. „Rufen Sie Michael", befahl sie. „Rasch, rufen Sie Michael!" Sie schob Charles weg und kauerte sich nieder. „Sweeney, ich bin es, Pandora. Haben Sie Schmerzen?"

Sweeney konnte kaum einen zufriedenen Seufzer unterdrücken, als sie die Lider flatternd hob. Sie hoffte nur, blass auszusehen. „Ach, kleine Miss, machen Sie sich keine Sorgen. Nur einer von meinen Anfällen, sonst nichts. Manchmal fängt mein Herz zu hämmern an, dass ich es hier oben im Hals spüre."

„Ich rufe einen Arzt."

„Nicht nötig." Sweeneys Stimme klang dünn und matt. „Ich war vor ein paar Monaten beim Doktor, und er hat gesagt, dass ich gelegentlich mit so was rechnen muss."

„Das glaube ich nicht", sagte Pandora heftig. „Sie arbeiten einfach zu viel, und das hört auf."

Sweeney verspürte ein klein wenig Schuldgefühle, als sie die Sorge in Pandoras Gesicht bemerkte. „Na, na, nicht übertreiben."

„Was ist los?" Michael stürmte in die Küche. „Sweeney?" Er kniete neben ihr nieder und ergriff ihre andere Hand.

„Nun seht euch mal diese ganze Aufregung an." Im Geist machte Sweeney einen Luftsprung. „Es ist doch nur einer meiner kleinen Anfälle. Nur ein wenig ärgerlich, sonst nichts." Sie warf Charles einen scharfen Blick zu, als er hereinkam. Hoffentlich war ihr Blick scharf genug, damit er sich an sein Stichwort erinnerte.

„Und du weißt, was der Doktor gesagt hat", warf Charles ein.

„Also wirklich, Charles ...!"

„Du sollst zwei oder drei Tage im Bett bleiben."

Sweeney freute sich, dass er seinen Text behalten hatte, und schnaufte verächtlich. „Alles Quatsch! In ein paar Minuten bin ich wieder wie neu. Ich muss das Dinner kochen."

„Sie werden überhaupt nichts kochen." Sweeney fand es einfach meisterlich, wie Michael sie auf seine Arme hob. „Und nun ab ins Bett mit Ihnen."

„Und wer wird sich um alles kümmern?" fragte Sweeney. „Ich lasse nicht zu, dass Charles seine Bakterien in meiner Küche verbreitet."

Michael war mit Sweeney fast schon aus dem Raum, als Charles sich an den nächsten Schritt erinnerte. Er hustete, sah sich um Verzeihung bittend um und hustete erneut.

„Nun höre man sich das mal an!" Befriedigt lehnte Sweeney ihren Kopf an Michaels Schulter. „Ich gehe nicht ins Bett, während er meine Küche verseucht."

„Wie lange haben Sie diesen Husten schon?" fragte Pandora. Als Charles etwas Unverständliches murmelte, stand sie auf. „Das reicht! Sie beide legen sich ins Bett! Michael und ich werden uns um alles kümmern." Sie nahm Charles am Arm und führte ihn in den Dienstbotentrakt. „Ab ins Bett und keine Widerrede! Ich mache für Sie beide Tee. Michael, du hilfst Charles. Ich kümmere mich um Sweeney."

Innerhalb einer halben Stunde hatte Sweeney die beiden, wo sie sie haben wollte. Zusammen.

„Also, die zwei sind versorgt, und Fieber haben sie auch keines." Pandora goss sich zufrieden eine Tasse Tee ein. „Wahrscheinlich brauchen sie nur ein paar Tage Ruhe und etwas Fürsorge. Tee?"

Michael verzog das Gesicht und schaltete die Kaffeemaschine ein. „Da die Ärzte keine Hausbesuche mehr machen, sind die zwei hier im Bett besser aufgehoben, als wenn wir sie in die Stadt zum Arzt bringen. Wir können abwechselnd nach ihnen schauen."

„Mmh." Pandora öffnete den Kühlschrank und betrachtete den Inhalt. „Wie steht es mit den Mahlzeiten? Kannst du kochen?"

„Sicher." Michael klapperte mit Tassen im Schrank. „Schlecht, aber ich kann kochen. Hackbraten ist meine Spezialität." Als das auf keine Begeisterung stieß, wandte er den Kopf. „Und du?"

„Kochen?" Pandora lüftete hoffnungsvoll den Deckel eines Plastikbehälters. „Ich kann ein Steak grillen und Rühreier machen. Alles andere ist riskant."

„Was wäre das Leben ohne Risiko." Michael half ihr dabei, den Kühlschrank zu durchforsten. „Hier ist Apfelmus."

„Das ist kaum eine Mahlzeit."

„Für mich schon." Er nahm es heraus und holte einen Löffel. Pandora beobachtete ihn, als er sich an den Tisch setzte und zu essen begann. „Willst du etwas?"

Sie wollte aus Prinzip ablehnen, entschied aber, sich selbst nicht zu schaden. Sie ging an den Schrank und fand eine Schale. „Was ist mit unseren Bettlägerigen?" fragte sie, während sie sich etwas Mus einfüllte.

„Suppe", sagte Michael zwischen zwei Löffeln. „Nichts ist besser als heiße Suppe, obwohl ich sie zuerst eine Weile ruhen lassen würde."

Mit einem zustimmenden Nicken setzte Pandora sich ihm gegenüber. „Michael ..." Sie überlegte schon seit Tagen, wie sie dieses Thema anschneiden konnte. „Ich habe nachgedacht. In zwei Monaten tritt das Testament endgültig in Kraft. Fitzhugh hat uns letzte Woche geschrieben, dass die Anwälte Onkel Carlson geraten haben, die Anfechtung fallen zu lassen."

„Ja, und?"

„Das Haus und alles andere wird zur Hälfte dir, zur Hälfte mir gehören."

„Das stimmt."

Sie nahm einen Löffel von dem Mus und stellte die Schale weg. „Worüber lächelst du?"

„Du bist hübsch anzusehen. Ich finde es nett, hier in der Küche ruhig mit dir zu sitzen und dich anzusehen."

Genau das, ganz genau das war es, was ihr das Gefühl verlieh, unbeschwert und sorglos zu sein. Sie starrte Michael einen Moment an und senkte ihren Blick auf ihre Schale. „Ich wünschte, du würdest so etwas nicht sagen."

„Nein, das wünschst du dir nicht. Du hast also nachgedacht", gab er ihr das Stichwort.

„Ja." Sie gewann Zeit, indem sie noch einen Löffel Mus nahm. „Das Haus wird uns beiden gehören, aber wir werden dann nicht mehr hier zusammen wohnen. Sweeney und Charles werden hier allein sein. Darüber mache ich mir schon seit einer Weile Gedanken. Und jetzt nach diesem Zwischenfall sorge ich mich noch mehr. Sie können hier nicht allein bleiben."

„Ich glaube, du hast Recht. Vorschläge?"

„Ich habe schon früher überlegt, ob ich zeitweise hier wohnen sollte." Sie hatte keinen Appetit mehr und widmete sich wieder ihrem Tee. „Ich glaube, ich werde ganz hierher ziehen."

Er hörte eine Spur von Nervosität in ihrer Stimme. „Wegen Charles und Sweeney?"

„Nur teilweise." Sie nahm einen Schluck Tee, stellte die Tasse ab und spielte wieder mit ihrem Mus herum. Sie war nicht daran gewöhnt, ihre Entscheidungen mit jemandem zu diskutieren. Obwohl es ihr schwer gefallen war, hatte Pandora sich schon zu der Einsicht durchgerungen, dass sie dazu verpflichtet war. Mehr noch, sie hatte erkannt, dass sie mit Michael sprechen musste, um wenigstens auf diesem Gebiet so ehrlich zu sein, wie sie auf anderen Gebieten nicht sein konnte. „Ich habe Folley immer als mein Heim empfunden, aber es war mir nicht klar, wie sehr es mein Heim ist. Ich brauche es für mich selbst. Weißt du, ich hatte nie ein Zuhause." Sie hob ihren Blick und traf auf seinen Blick. „Nur hier."

Zu sagen, ihre Worte überraschten ihn, wäre eine glatte Untertreibung gewesen. Sein ganzes Leben lang hatte er sie als verwöhntes Schoßkind gesehen, als goldenes Mädchen mit allen Vorteilen. „Aber deine Eltern ..."

„Sind wunderbar", sagte Pandora hastig. „Ich liebe sie, und ich würde nichts an ihnen ändern wollen, aber ... Wir hatten nie eine Küche wie diese, ein Heim, in das man Tag für Tag zurückkommen konnte und das sich nicht veränderte. Es hört sich albern an." Sie rutschte rastlos hin und her. „Du verstehst das nicht."

„Vielleicht doch." Er hielt ihre Hand fest, bevor sie aufstehen konnte. „Vielleicht will ich verstehen."

„Ich möchte ein Heim", sagte sie schlicht. „Folley ist für mich ein Heim. Ich möchte hier bleiben, nachdem die Frist abgelaufen ist."

Er hielt ihre Hand fest. „Warum sagst du mir das, Pandora?"

Gründe. Zu viele Gründe. Sie wählte den einzigen aus, den sie nennen konnte, ohne sich zu gefährden. „In zwei Monaten wird dir das Haus genauso gehören wie mir. Den Bedingungen des Testaments entsprechend ..."

Er fluchte und ließ ihre Hand los, stand auf, schob seine Hände in die Gesäßtaschen seiner Jeans und ging an das Fenster. Einen Moment, nur einen Moment lang hatte er gedacht, sie sei bereit, ihm mehr zu geben. Himmel, er hatte lange genug gewartet. Es war etwas in ihrer Stimme gewesen, etwas Sanftes und Gebendes. Aber vielleicht hatte er es sich nur eingebildet, weil er es hören wollte. Bedingungen des Testaments! Es sah ihr ähnlich, an nichts anderes zu denken.

„Was willst du?" fragte er. „Meine Erlaubnis?"

Verstört blieb Pandora am Tisch sitzen. „Ich möchte, dass du verstehst und zustimmst."

„Fein."

„Sei nicht so kurz angebunden. Du beabsichtigst schließlich nicht, das Haus ständig zu nutzen."

„Ich habe noch keine Pläne gemacht", murmelte er. „Vielleicht wird es allmählich Zeit, es zu tun."

„Ich wollte dich nicht verärgern."

Michael drehte sich langsam um und lächelte. „Nein, bestimmt nicht. Wenn du mich bewusst ärgerst, gibt es nie einen Zweifel."

Sie stand auf und strich gedankenlos über ihren rostroten, in mehreren Lagen fallenden Rock und die schimmernde Seidenjacke in derselben Farbe mit den kleinen weißen Punkten. Michael musste seine Bewunderung unterdrücken.

Irgendetwas stimmte hier nicht, das fühlte sie, aber sie kam nicht dahinter. Also tastete sie sich voran. „Würde es dir denn so viel ausmachen, wenn ich hier lebte?"

Es überraschte ihn, als sie zu ihm kam und ihm die Hand reichte. Solche Gesten machte Pandora nicht oft und schon gar nicht beiläufig. „Nein, warum auch?"

„Das Haus wird dir zur Hälfte gehören."

„Wir können eine Linie in der Mitte ziehen."

„Das wäre unhandlich", wehrte sie ab. „Ich könnte dich auszahlen."

„Nein."

Er sagte es so heftig, dass sie die Augenbrauen verwundert hochzog. „Es war nur ein Angebot."

„Vergiss es!" Er wandte sich ab, um etwas für eine Suppe zu suchen.

Pandora beobachtete einen Moment seinen Rücken, die Anspannung seiner Muskeln. „Michael." Seufzend schlang sie ihre Arme um seine Taille. Sie fühlte, wie er sich verkrampfte, begriff aber nicht, dass er es aus Überraschung tat. „Ich scheine immer das Falsche zu sagen. Vielleicht ist es für mich leichter, wenn wir uns anfahren, als wenn ich versuche, rücksichtsvoll zu sein."

„Vielleicht ergeht es uns beiden so." Er drehte sich um und nahm ihr Gesicht in beide Hände. Einen Moment lang wirkten sie wie Freunde, wie Liebende. „Pandora ..." Konnte er ihr sagen, wie unmöglich es ihm erschien, sie zu verlassen oder sich vorzustellen, sie könne ihn verlassen? Würde sie es verstehen, dass er mit ihr leben wollte, mit ihr zusammen sein wollte? Wie sollte sie es aufnehmen, dass er sie schon seit Jahren liebte, wenn er selbst erst jetzt diese Tatsache akzeptieren konnte? Er gab ihr bloß einen Kuss auf die Stirn. „Machen wir die Suppe."

Pandora und Michael konnten nicht ohne Reibereien zusammenarbeiten, aber innerhalb der nächsten Tage fanden sie heraus, dass sie zusammenarbeiten konnten. Sie kochten, spülten und wischten Staub, während die Angestellten im Bett blieben oder eingemummelt auf Sofas saßen und Tee tranken.

Sicher, es gab Momente, in denen es Sweeney in den Fingern juckte, wieder an ihre Arbeit zu gehen, oder in denen Charles unter Gewissensbissen litt, aber die beiden waren überzeugt, ihre Pflicht zu tun. Und sie fühlten sich bestätigt, wenn Lachen durch das Haus hallte.

Michael war noch nie in seinem Leben so zufrieden gewesen. Er spielte tatsächlich Familie, etwas wofür er bisher weder Zeit noch Interesse aufgebracht hatte. Er schrieb oft stundenlang, in seinem Arbeitszimmer eingeschlossen und in Handlungsabläufe und Charaktere und Fantasien verstrickt. Doch dann konnte er ausbrechen, und die Wirklichkeit stellte sich als Geruchsmischung aus Essenszubereitung und Möbelpolitur dar. Er hatte ein Heim und eine Frau, und er war entschlossen, beides zu behalten.

Am späten Nachmittag machte er stets Feuer im Kamin im großen Salon. Nach dem Dinner tranken sie dort noch Kaffee, manchmal ganz ruhig, manchmal während einer heiß umkämpften Partie Rommee. Das war ein sehr durchschnittlicher Tagesablauf, wie Michael sich eingestand – sofern man Pandora außer Acht ließ.

Er zündete gerade das Feuerholz an, als Bruno in den Raum jagte und einen Tisch umstieß. Nippes flog.

„Wir müssen dich in eine Benimmschule schicken", erklärte Michael, während er aufstand und sich um das Chaos kümmerte. Obwohl er erst seit einem Monat hier war, hatte sich Brunos Größe verdoppelt. Zweifellos wuchs er allmählich in seine Pfoten hinein. Nachdem Michael den Tisch wieder aufgerichtet hatte, sah er den Hund wedelnd unter das Sofa kriechen. „Was hast du da?"

Zusätzlich zu seiner Größe hatte Bruno sich bereits den Ruf eines geschickten Diebes erworben. Erst am Vortag hatten sie eine ganze Reihe Schweinekoteletts eingebüßt. „Na gut, du Teufel, wenn das jetzt das Huhn für heute Abend ist, kommst du in die Garage in Einzelhaft."

Michael ließ sich auf alle Viere nieder und sah unter die Couch. Es war kein Huhn, an dem der Hund nagte, sondern Michaels Schuh.

„Verdammt!" Michael packte zu, doch der Hund wich außer Reichweite zurück und kaute munter drauflos. „Dieser Schuh ist fünf Mal so viel wert wie du, du zu groß geratenes Scheusal! Gib her!“ Michael presste sich flach auf den Boden und kroch halb unter das Sofa. Bruno zog den Schuh lediglich ein Stück zurück und freute sich über das Spiel.

„Nein, wie reizend.“ Pandora betrat den Salon und betrachtete Michael von den Hüften abwärts. Er besaß in der Tat einige hervorstechende Qualitäten. „Spielst du mit dem Hund, Michael, oder wischst du unter dem Sofa Staub?“

„Ich mache einen Bettvorleger aus ihm!“

„Nein, so was, wir klingen heute Abend aber ein wenig gereizt. Bruno, komm her, Baby!“ Den Schuh wie eine Trophäe in der Schnauze, wand Bruno sich unter der Couch hervor und tappte zu Pandora. „Hast du das hier gesucht?“ Sie hielt den Schuh hoch und kraulte Bruno mit der anderen Hand. „Wie klug von dir, Bruno das Apportieren beizubringen.“

Michael zog sich hoch und riss ihr den nassen und von Bissspuren verunstalteten Schuh aus der Hand. „Das ist schon der zweite Schuh, den er ruiniert hat. Und er hatte nicht einmal die Höflichkeit, beide von demselben Paar zu nehmen.“

Sie betrachtete die Überreste von cremefarbenem italienischem Leder. „Du trägst ohnedies immer nur Tennisschuhe oder Stiefel.“

Michael klopfte mit dem Schuh gegen seine Handfläche. Mit heraushängender Zunge grinste Bruno zu ihm auf. „Hundeschule!“

„Michael, wir können unser Kind doch nicht wegschicken.“ Pandora tätschelte seine Wange. „Das ist nur eine Phase.“

„Diese Phase hat mich zwei Paar Schuhe gekostet und mein Dinner, und wir haben den Pullover nie wieder gefunden, den er weggeschleppt hat.“

„Du solltest deine Kleider nicht einfach auf den Boden fallen lassen“, meinte Pandora leichthin. „Dieser Pullover war ohnedies schon schäbig. Bruno hat ihn sicher für einen Putzlappen gehalten.“

„Er zerreißt nie etwas von dir.“

Pandora lächelte. „Nein, tut er nicht. Reizend, nicht wahr?“

Michael betrachtete sie eingehend. „Worüber bist du eigentlich so glücklich?"

„Ich habe heute Nachmittag einen Anruf bekommen."

Michael sah die Erregung in ihren Augen und entschied, dass die Angelegenheit mit dem Schuh warten konnte. „Und?"

„Von Jacob Morrison."

„Dem Produzenten?"

„Dem Produzenten." Sie hatte sich Selbstbeherrschung auferlegt, aber sie drohte dennoch vor Freude und Stolz zu platzen. „Er macht einen neuen Film mit Jessica Wainwright in der Hauptrolle."

Jessica Wainwright, dachte Michael, Grande Dame von Film und Theater. Exzentrisch und brillant. Ihre Karriere erstreckte sich über zwei Generationen. „Sie hat sich zurückgezogen. Die Wainwright hat seit fünf Jahren keinen Film mehr gemacht."

„Aber diesen macht sie. Billy Mitchell führt Regie."

Michael neigte den Kopf auf die Seite, während er Pandora musterte. Sie erinnerte ihn an die Geschichte von der Katze und dem Kanarienvogel. „Klingt, als würden sie alle großen alten Namen ausgraben."

„Sie spielt eine halb verrückte, zurückgezogen lebende Gräfin, die durch einen Besuch ihrer Enkelin in die Wirklichkeit zurückgeholt wird. Cass Barkley soll die Enkelin spielen."

„Klingt oscarverdächtig. Erzählst du mir jetzt, warum Morrison dich angerufen hat?"

„Die Wainwright bewundert meine Arbeit. Sie möchte, dass ich alle ihre Juwelen für den Film entwerfe. Alle!" Nach einem vergeblichen Versuch, berufsmäßig zu klingen, lachte Pandora auf und wirbelte rasch um ihre eigene Achse. „Morrison sagte, er habe sie nur zum Mitmachen überreden können, indem er ihr das Beste versprach. Sie will mich!"

Michael bekam Pandora zu fassen und zog sie zu sich heran. Bruno jagte bellend durch den Raum und brachte die Tische zum

Schwanken. „Wir feiern", verkündete Michael. „Champagner zum Hühnchen."

Pandora klammerte sich an ihn. „Ich komme mir wie eine Närrin vor."

„Warum?"

„Also, ich habe immer gedacht, ich würde ... also ... über der Anbetung von Stars stehen, ich wäre ein Profi. Während ich mit Morrison gesprochen habe, sagte ich mir, dass es eine großartige Chance für meine Karriere sei und eine wunderbare Möglichkeit, mich auszudrücken. Dann habe ich aufgelegt, und ich konnte nur noch an Jessica Wainwright denken! Eine Morrison-Produktion! Ich habe mich genauso albern gefühlt wie jeder überschäumende Fan."

„Was beweist, dass du nicht halb so ein Snob bist, wie du es selbst von dir annimmst." Michael schnitt ihre Antwort mit einem Kuss ab. „Ich bin stolz auf dich", murmelte er.

Das warf sie aus dem Gleichgewicht. Ihre ganze Freude über den Auftrag schrumpfte im Vergleich zu diesem einen Satz. Niemand außer Jolley war je stolz auf sie gewesen. Ihre Eltern liebten sie, tätschelten ihr den Kopf und sagten, sie solle machen, was sie nur wolle. Stolz war eine wertvolle Ergänzung von Zuneigung. „Wirklich?"

Überrascht zog Michael sie wieder an sich und küsste sie. „Natürlich bin ich das."

„Aber du hast nie viel von meiner Arbeit gehalten."

„Das stimmt nicht. Ich habe nie verstanden, warum Leute sich mit Spangen und Armringen schmücken, oder warum du zufrieden warst, nur auf einem so kleinen Sektor zu arbeiten. Aber was bloß deine Arbeit angeht, bin ich nicht blind, Pandora. Manche dieser Sachen sind schön, andere sind außergewöhnlich, wieder andere unglaublich. Aber alles ist einfallsreich und sehr gekonnt gemacht."

„Also wirklich!" Sie seufzte tief auf. „Diesen Tag streiche ich im

Kalender rot an. Ich war überzeugt, dass du glaubst, ich spiele mit Murmeln, weil ich einer wirklichen Arbeit ausweichen möchte. Das hast du sogar einmal ausgesprochen."

Michael grinste. „Nur um dich wütend zu machen. Du siehst sagenhaft aus, wenn du wütend bist."

Pandora dachte einen Moment darüber nach, ehe sie aufseufzte. „Ich glaube, jetzt ist der beste Zeitpunkt, um es dir zu sagen."

Er spannte sich an, zwang sich jedoch zu einem ruhigen Ton. „Um mir was zu sagen?"

„Ich sehe mir die Verleihung der Emmy Awards jedes Mal an, wenn du nominiert bist."

Seine Spannung löste sich in einem Lachen. In jedem ihrer Worte schwangen Schuldgefühle mit. „Wie bitte?"

„Jedes Mal", wiederholte Pandora und wunderte sich, wie heiß sich ihre Wangen anfühlten. „Es hat mir gut getan, wenn du gewonnen hast. Und ..." Sie musste sich räuspern. „Ich habe mir auch ein paar Folgen von ‚Logan's Run' angesehen."

Michael fragte sich, ob sie wusste, dass sie wie bei der Beichte eines schrecklichen Vergehens klang. „Warum?"

„Onkel Jolley hat immer davon geschwärmt, und ich habe sogar auf Partys davon gehört. Also wollte ich es mir selbst ansehen. Das war natürlich nur intellektuelles Interesse."

„Natürlich. Und?"

Sie zuckte die Schultern. „In seiner Art ..."

Michael unterbrach sie, indem er an ihrem Ohr zog. „Manche Leute sagen nur unter der Folter die Wahrheit."

„Ja, schon gut!" Lachend versuchte sie, sich zu befreien. „Es ist gut!" rief Pandora, als er sie festhielt. „Es hat mir gefallen."

„Warum?"

„Michael, das tut weh!"

„Wir haben Methoden, um Sie zum Sprechen zu bringen, Lady."

„Es hat mir gefallen, weil die Charaktere echt sind, und die

Handlung ist intelligent. Und ..." Jetzt musste sie hart schlucken: „Es hat Stil."

Als er ihr Ohr losließ, um sie herzhaft zu küssen, schob sie ihn hartherzig von sich.

„Michael, wenn du das jemandem erzählst, streite ich es ab."

„Es wird unser kleines Geheimnis bleiben." Er küsste sie noch einmal, diesmal nicht so spielerisch.

Pandora gewöhnte sich allmählich daran, gegen Michael zu sinken und mit ihm zu verschmelzen. Als sein Herz schneller zu schlagen begann, fühlte sie ihren eigenen Puls darauf reagieren. Sie fühlte Michaels unterdrücktes Stöhnen auf ihrer Zunge. Und sie sah das Verlangen in seinen Augen.

Sie presste ihren Mund auf seine Lippen und überließ sich ihrem eigenen Hunger. Es würde Folgen haben, aber hatte Pandora sie nicht schon akzeptiert? Es würde zu Schmerz führen, aber hatte sie sich nicht schon dagegen gewappnet? Sie konnte nicht aufhalten, was vielleicht in den vor ihr liegenden Wochen geschah, aber sie konnte lenken und steuern, was in dieser Nacht und vielleicht auch morgen geschah. Das musste genügen. Alles, was sie fühlte, wollte, fürchtete, floss in diesen Kuss ein.

Um Michael herum drehte sich alles. Pandora war oft leidenschaftlich, auch wild. Sie war oft fordernd, auch unglaublich erotisch. Aber er hatte nie solch pure Emotionen von ihr gefühlt. Sanftheit lag unter der Stärke, eine Bitte unter dem Drängen. Er zog sie sanfter als gewöhnlich an sich und ließ sie nehmen, was sie wollte.

Sie neigte den Kopf einladend und lockend nach hinten. Sein Griff verstärkte sich. Seine Finger schoben sich in ihr Haar und verloren sich in dessen reicher Fülle. Das Verlangen schoss durch seinen Körper, und er spannte sich an, als Pandora so unerwartet nachgiebig war. Sie hatte sich nie unterworfen, und bis zu diesem Moment hatte Michael nicht gewusst, wie erregend es sein konnte, wenn sie es tat. Ohne über den Zeitpunkt oder den Ort nachzudenken, sanken sie auf das Sofa.

Weil sie nachgiebig war, war er zart. Weil er zart war, war sie geduldig. Auf eine bisher nie erfahrene Art liebten sie einander ohne Eile, ohne Feuersturm, ohne Wirbelwind. Sie schenkten sich gegenseitig vollkommen. Eine Berührung, ein Geschmack, ein gemurmelter Wunsch, eine geflüsterte Antwort. Das Kaminfeuer prasselte sanft, während sich vor den Fenstern die Nacht hinabsenkte. Finger und Lippen lernten die Macht langsamer Erregung kennen. Obwohl sie schon seit Wochen ein Paar waren, brachten sie zum ersten Mal Liebe zur Leidenschaft.

Der Raum war still, das Licht schwach. Auch wenn Pandora nie Romantik gesucht hatte, fand sie diese Romantik nun in Michaels Armen. Sie kamen einander näher, und es war angenehm. Sie tauchten tiefer ineinander ein, und es geschah gelassen. Als sie miteinander verschmolzen, fühlte Pandora, wie ihre scharf gezogene Trennlinie der Unabhängigkeit brach, um Michael einzulassen. Aber die erwartete Schwäche folgte nicht, sondern nur Zufriedenheit.

Sie lagen noch immer eng umschlungen und halb dösend, als das Telefon klingelte. Ärgerlich murmelnd griff Michael nach dem Telefon auf dem Tisch hinter ihm und hob ab.

„Hallo."

„Michael Donahue, bitte."

„Ja, hier ist Michael."

„Michael, hier spricht Penny."

Er rieb sich die Augen und versuchte, ein Gesicht mit dem Namen zu verbinden. Penny, die kleine Blondine aus dem Apartment neben dem seinen. Wollte Model werden. Er erinnerte sich dunkel daran, dass er ihr die Nummer auf Folley gegeben hatte, falls eine wichtige Sendung in sein Apartment geliefert wurde. „Hi!" Er beobachtete, wie sich Pandoras Lider flatternd hoben.

„Michael, ich störe Sie nur ungern, aber ich muss anrufen. Ich habe schon die Polizei verständigt. Sie ist unterwegs."

„Polizei?“ Er stemmte sich halb in sitzende Stellung hoch. „Was ist los?“

„Bei Ihnen ist eingebrochen worden.“

„Was?“ Er setzte sich kerzengerade auf und stieß Pandora um ein Haar auf den Fußboden. „Wann?“

„Ich weiß es nicht. Ich bin vor ein paar Minuten nach Hause gekommen und habe bemerkt, dass Ihre Tür nicht ganz geschlossen war. Ich dachte, Sie wären vielleicht zurückgekommen. Also habe ich geklopft. Wie auch immer, ich habe die Tür dabei ein Stück aufgedrückt. Die Wohnung ist durchwühlt worden. Ich bin sofort in mein Apartment gelaufen und habe die Polizei angerufen. Sie haben mich gebeten, Kontakt mit Ihnen aufzunehmen. Und ich sollte nicht mehr in Ihr Apartment gehen.“

„Danke.“ Dutzende Fragen schossen ihm durch den Kopf, die niemand beantworten konnte. „Ich werde versuchen, ob ich es noch heute Abend bis New York schaffe.“

„Okay. Hey, Michael, es tut mir wirklich Leid.“

„Ja, bis später.“

„Michael?“ Pandora packte seine Hand, sobald er aufgelegt hatte.

„In meine Wohnung ist eingebrochen worden.“

„Oh nein!“ Sie hatte gewusst, dass der Friede nicht von Dauer sein konnte. „Glaubst du, es war ...“

„Ich weiß es nicht.“ Er fuhr sich durch die Haare. „Vielleicht. Oder vielleicht war es jemand, der bemerkt hat, dass seit einer Weile niemand mehr da ist.“

Sie fühlte seinen Ärger, konnte ihn aber nicht besänftigen. „Du musst hinfahren.“

Er nickte und ergriff ihre Hand. „Komm mit mir.“

„Michael, einer von uns muss hier bei Sweeney und Charles bleiben.“

„Ich lasse dich nicht allein.“

„Du musst hinfahren“, wiederholte sie. „Wenn es jemand von

der Familie war, findest du vielleicht einen Beweis. Auf jeden Fall musst du dich darum kümmern. Ich komme schon zurecht."

„Genau wie letztes Mal, als ich nicht hier war."

Pandora zog eine Augenbraue hoch. „Ich bin nicht unfähig, Michael."

„Aber du wirst allein sein."

„Ich habe Bruno. Sieh mich nicht so an", verlangte sie. „Er ist vielleicht nicht gerade wild, aber er kann sehr gut bellen. Ich werde alle Fenster und Türen verschließen."

Er schüttelte den Kopf. „Reicht nicht."

„Also gut, wir rufen die örtliche Polizei an. Sie hat von Fitzhugh einen Bericht über die Zwischenfälle erhalten. Wir erklären, dass ich über Nacht allein sein werde, und bitten darum, dass sie ein Auge auf das Haus werfen."

„Schon besser." Dennoch stand Michael auf und ging unruhig auf und ab. „Wenn das eine Falle ist ..."

„Dann sind wir diesmal darauf vorbereitet."

Er zögerte, dachte es noch einmal durch, nickte. „Ich rufe die Polizei an."

10. KAPITEL

Pandora legte hinter Michael den schweren Riegel vor die Vordertür. Gemeinsam hatten sie alle Türen und Fenster überprüft. Pandora war sicher in dem Haus eingeschlossen.

Um sich zu beschäftigen, ging sie in die Küche. Das Huhn hatten sie gemeinsam zubereiten wollen. Nun musste sie es allein versuchen und holte dafür eines von Sweeneys Kochbüchern hervor, während Barbara Streisand im Radio einen Broadway-Song brachte.

Pandora hatte schon zwei Arbeitsflächen vollgeräumt, und ihre Hände waren dick bemehlt, als das Telefon klingelte. Sie benutzte ein Abtrockentuch, um den Hörer von dem Apparat in der Küche zu nehmen.

„Hallo."

„Pandora McVie?"

„Ja."

„Hören Sie gut zu."

„Können Sie lauter sprechen?" rief sie. „Ich kann Sie nicht sehr gut hören."

„Ich muss Sie warnen, und es ist nur wenig Zeit. Sie sind in Gefahr. Sie sind nicht sicher in diesem Haus, nicht allein."

Das Kochbuch entglitt ihren Händen und fiel auf den Fußboden. „Was? Wer spricht da?"

„Hören Sie nur zu! Sie sind allein, weil das so arrangiert wurde. Heute Nacht wird jemand versuchen, bei Ihnen einzubrechen."

„Wer?" Sie entdeckte in der Stimme keine Bösartigkeit, nur Nervosität. Sie war fast sicher, dass ein Mann am Telefon war, was aber bei dem heiseren Flüstern schwer herauszuhören war. „Wenn Sie versuchen, mir Angst einzujagen ..."

„Ich will Sie warnen. Als ich herausfand ..." Die Stimme zögerte. „Ihr hättet den Champagner nicht schicken sollen. Ich mag es nicht, was vor sich geht, aber ich werde es nicht aufhalten. Niemandem sollte etwas passieren, verstehen Sie? Aber ich habe Angst davor, was als Nächstes passieren könnte."

Pandora fühlte Furcht in sich aufsteigen. Außerhalb der Küchenfenster war es pechschwarz. Sie war allein in dem Haus mit zwei alten, kranken Angestellten. „Sagen Sie mir, wer Sie sind! Helfen Sie mir, dieser Sache ein Ende zu machen!"

„Ich riskiere schon alles mit dieser Warnung. Sie verstehen mich nicht. Verschwinden Sie bloß aus diesem Haus!"

Das ist ein Trick, sagte Pandora sich, ein Trick, damit ich das Haus verlasse. Sie straffte ihre Schultern, aber ihr Blick glitt von einem Fenster zum anderen. „Ich verlasse das Haus nicht. Wenn Sie helfen wollen, sagen Sie mir, vor wem ich mich fürchten sollte."

„Verschwinden Sie bloß“, wiederholte die Stimme, bevor die Leitung tot war.

Pandora hielt den stummen Hörer noch eine Weile in der Hand. Das Öl in der Pfanne hatte zu brutzeln begonnen, das Radio gab Broadway-Musik von sich. Pandora beobachtete die Fenster, lauschte und legte auf. Es ist ein Trick, sagte sie sich. Sie wollte sich nicht von einer bebenden Stimme verscheuchen lassen.

Außerdem hatte Michael schon die Polizei gerufen. Beim ersten Anzeichen von Ärger brauchte sie nur zum Telefon zu greifen.

Ihre Hände waren nicht ganz ruhig, als sie sich wieder mit Feuereifer auf das Kochen stürzte. Sie fand, dass ein kleines Glas Wein zur Arbeit eine ausgezeichnete Idee war. Sie schenkte sich gerade ein, als Bruno in die Küche raste und um ihre Beine tänzelte.

„Bruno.“ Pandora kauerte sich hin und drückte den Hund an sich. Er fühlte sich warm und fest an. „Bin ich froh, dass du hier bist“, murmelte sie. Und einen Moment lang erlaubte sie sich, Michael verzweifelt herbeizusehnen.

Bruno leckte ihr Gesicht, machte ein paar tapsige Sprünge zu dem Küchenschrank und jagte dann zur Tür, sprang dagegen und bellte.

„Jetzt?“ fragte Pandora. „Vermutlich kannst du nicht bis zum Morgen warten.“

Bruno jagte zu Pandora zurück, umkreiste sie und jagte wieder zur Tür. Nach dem dritten Mal gab sie nach. Der Anruf war nur ein Trick, noch dazu ein plumper. Außerdem könnte es nicht schaden, sich draußen umzusehen.

Sobald sie die Tür öffnete, stürzte Bruno hinaus und purzelte in den Schnee. Er schnüffelte eifrig herum, während Pandora frierend in der offenen Tür stand und ihre Augen anstrengte, um in der Dunkelheit etwas zu erkennen. Musik und Kochgerüche drangen ins Freie.

Da war nichts. Sie schlang die Arme gegen die Kälte um sich und fand, dass sie auch gar nichts erwartet hatte. Es schneite nicht mehr. Die Sterne schienen hell. In den Wäldern war es still. Es war eine ganz normale Nacht auf dem Land. Pandora sog tief die Winterluft ein und wollte den Hund zurückrufen, als sie beide gleichzeitig die Bewegung am Waldrand sahen.

Nur schattenhaft löste sich eine menschliche Gestalt von den Bäumen. Ehe Pandora reagieren konnte, begann Bruno zu bellen und durch den Schnee zu jagen.

„Nein, Bruno! Komm zurück!" Ohne nachzudenken, griff Pandora nach einem alten Mantel, der neben der Tür hing, und warf ihn sich über. Dann packte sie aber doch eine schwere gusseiserne Stielpfanne, bevor sie ihrem Hund nachlief. „Bruno!"

Er verfolgte bereits am Waldrand die Spur. Pandora hastete hinter ihm her. Wer immer das Haus beobachtet hatte, war bei dem Anblick des tapsigen, überdimensionalen Welpen davongelaufen. Vor einem Feigling hatte Pandora keine Angst. Mit genauso viel Begeisterung wie Bruno sprintete Pandora in den Wald. Sie war außer Atem, als sie stehen blieb, um sich umzusehen und zu lauschen. Einen Moment geschah gar nichts, dann hörte sie zu ihrer Rechten wildes Bellen und das Geräusch von Schlägen.

„Bruno, fass!" schrie sie und rannte in die Richtung, aus der das Chaos kam. Schnee fiel von den Zweigen und glitt kalt und nass über ihren Nacken. Das Bellen wurde wilder, und in ihrer Eile stürzte Pandora über einen gefällten Baum. Sie spuckte Schnee und richtete sich fluchend auf die Knie auf. Bruno jagte aus dem Wald, rannte sie um und blieb über ihr stehen.

„Doch nicht mich!" Auf dem Rücken liegend, stemmte sich Pandora gegen den Hund. „Verdammt, Bruno, wenn du nicht ..." Sie brach ab, als der Hund sich knurrend duckte. Pandora blickte auf und sah den Schatten zwischen den Bäumen auftauchen. Sie vergaß, dass sie zu stolz war, um sich vor einem Feigling zu fürchten.

Trotz ihrer von der Kälte tauben Hände packte sie die Pfanne am Stiel, richtete sich auf und schob sich an den nächsten Baum heran. Sie bemühte sich, lautlos zu atmen, und bereitete sich auf den Angriff vor. Verwandter oder Fremder, sie würde sich verteidigen, auch wenn ihre Knie zitterten. Bruno spannte sich und schnellte vorwärts. Im selben Moment hob Pandora die Pfanne hoch.

„Was, zum Teufel, ist hier los?"

„Michael!" Die Pfanne landete mit einem Platsch im Schnee, als Pandora Brunos Beispiel folgte und vorwärts schnellte. Vor Erleichterung außer sich, bedeckte sie Michaels Gesicht mit Küssen. „Oh, Michael, ich bin ja so froh, dass du das bist!"

„Ja, und wie froh du ausgesehen hast, als du mit dieser Pfanne zum Schlag ausgeholt hast. Ist dir das Haarspray ausgegangen?"

„Ich hatte gerade die Pfanne zur Hand." Abrupt zog sie sich zurück und blitzte ihn an. „Verdammt, Michael, du hast mich zu Tode erschreckt. Du solltest schon auf halbem Weg nach New York sein und nicht hier durch die Wälder schleichen."

„Und du solltest im Haus eingeschlossen sein."

„Das wäre ich auch, hättest du dich nicht durch die Wälder geschlichen. Warum?"

Lässig wischte er ihr den Schnee vom Gesicht. „Ich war schon zehn Meilen gefahren, aber ich wurde dieses schlechte Gefühl nicht los. Es war mir alles irgendwie zu glatt. Also habe ich an einer Tankstelle angehalten und meine Nachbarin angerufen."

„Und was ist mit deinem Apartment?"

„Ich habe mit der Polizei gesprochen und eine Liste der wertvollen Sachen durchgegeben. In ein oder zwei Tagen fahren wir beide nach New York." Er durfte nicht daran denken, was hätte passieren können, sonst hätte er Pandora geschüttelt. „Ich konnte dich nicht allein lassen."

„Allmählich beginne ich, an deine Ritterlichkeit zu glauben." Sie küsste ihn. „Das erklärt, warum du nicht in New York bist. Aber was hast du im Wald gemacht?"

„Nur so eine Ahnung." Er bückte sich, hob die Pfanne auf. Ein

Schlag damit, und er wäre bis neun zu Boden gegangen und ausgezählt worden.

„Wenn du das nächste Mal eine Ahnung hast, steh nicht am Waldrand herum und starre zum Haus."

„Das habe ich nicht getan." Michael ergriff ihren Arm und ging zum Haus zurück. Er wollte Pandora hinter verschlossenen Türen haben.

„Ich habe dich gesehen."

„Ich weiß nicht, wen du gesehen hast." Ärgerlich blickte Michael auf den Hund hinunter. „Aber wenn du den Hund nicht ins Freie gelassen hättest, wüssten wir es jetzt beide. Ich wollte mich erst einmal draußen umsehen, ehe ich ins Haus kam, und ich fand Fußspuren. Ich bin ihnen gefolgt." Noch immer angespannt warf er einen Blick über die Schulter zurück. „Ich habe mich an die Person, wer immer es auch war, herangeschlichen, als Bruno seinen Angriff startete. Ich fing an, hinterherzujagen." Er fluchte und klopfte mit der Hand gegen die Bratpfanne. „Ich habe ihn fast eingeholt, als mir dieser Köter zwischen die Beine lief und ich mit dem Gesicht voran im Schnee landete. Im gleichen Augenblick hast du dem Hund etwas zugerufen. Nun, der Unbekannte hatte genug Zeit zu verschwinden."

Pandora murmelte eine Verwünschung und versetzte dem Schnee einen Tritt. „Hättest du mich verständigt, hätten wir zusammenarbeiten können."

„Ich wusste ja nicht, was hier vor sich ging, bevor es passiert war. Jedenfalls solltest du hinter verschlossenen Türen im Haus sein."

„Der Hund musste ins Freie", murmelte Pandora. „Und dann war da noch dieser Anruf. Jemand warnte mich."

„Wer?"

„Ich weiß es nicht. Könnte die Stimme eines Mannes gewesen sein –, aber ich bin nicht sicher."

Michaels Griff an ihrem Arm verstärkte sich. „Hat dieser Mann dich bedroht?"

„Nein, nein, es war nicht wie eine Drohung. Wer immer das war, er wusste über alles Bescheid und war darüber nicht gerade glücklich. Soviel war klar. Er ... oder sie sagte, jemand werde versuchen, auf Folley einzubrechen, und ich solle verschwinden."

„Und daraufhin bist du mit einer Bratpfanne in den Wald gelaufen. Pandora!" Diesmal schüttelte er sie. „Warum hast du nicht die Polizei angerufen?"

„Weil ich es wieder für einen Trick gehalten habe, und das machte mich wütend." Sie sah Michael trotzig an. „Ja, zuerst hatte ich Angst, aber dann hat es mich einfach geärgert. Ich mag Einschüchterung nicht. Als ich jemanden am Waldrand sah, wollte ich einfach zurückschlagen."

„Bewundernswert", sagte er und hielt sie an den Schultern fest. „Unbeschreiblich dumm."

„Du hast das Gleiche getan."

„Das war nicht das Gleiche. Du hast Verstand, du hast Stil, und ich gestehe dir sogar Mut zu. Aber, Cousine, du bist kein Schwergewicht. Wenn du nun mit dieser Person im Wald zusammengestoßen wärst und der Betreffende grob geworden wäre?"

„Ich kann auch grob werden", murmelte Pandora.

„Sehr schön." Mit einer schnellen Bewegung hakte er einen Fuß hinter ihre Füße und schickte sie, Po voran, in den Schnee. Sie hatte nicht einmal die Chance, sich zu beschweren, als er schon über ihr stand und die Bratpfanne schwang. Bruno hielt es für ein wunderbares Spiel und sprang auf Pandora. „Ich wäre vielleicht morgen zurückgekommen und hätte dich halb im Schnee vergraben gefunden", rief Michael. Ehe sie etwas sagen konnte, zog er sie wieder auf die Füße. „Das riskiere ich nicht."

„Du hast mich lediglich überrascht", erklärte sie.

„Halt den Mund!" Er packte sie wieder an den Schultern, und diesmal war sein Griff nicht sanft. „Du bist für mich zu wichtig, Pandora. Ich gehe kein Risiko mehr ein. Wir rufen jetzt die Polizei. Und wir werden ihnen alles erzählen."

„Und was können sie schon machen?"

„Das werden wir erfahren."

Sie seufzte tief auf und lehnte sich gegen Michael. Die Jagd mochte aufregend gewesen sein, aber ihre Knie mussten doch irgendwann zu zittern aufhören. „Okay, vielleicht hast du Recht. Wir sind über den Anfang noch nicht herausgekommen."

„Wenn wir die Polizei rufen, geben wir ja nicht auf. Wir ändern nur die Taktik. Wäre ich heute Nacht nicht zurückgekommen, Pandora, und hätte der Hund niemanden verscheucht, wärst du allein gewesen." Er ergriff ihre Hände, drückte sie an seine Lippen und wärmte sie. „Ich lasse nicht zu, dass dir etwas zustößt."

Von der Freude, die seine Worte in ihr auslösten, verwirrt, versuchte sie, ihm ihre Hände zu entziehen. „Ich kann auf mich selbst aufpassen, Michael."

Er lächelte, ließ sie jedoch nicht los. „Vielleicht, aber du wirst keine Gelegenheit mehr haben, das zu beweisen. Gehen wir zurück. Ich bin hungrig."

„Typisch", meinte sie, um die Stimmung zu entkrampfen. „Du denkst nur an deinen Magen und ... Oh, Himmel! Das Huhn!" Pandora riss sich los und jagte in weiten Sätzen auf das Haus zu.

„So hungrig bin ich auch wieder nicht!" rief er, holte sie ein, hielt sie fest und hob sie auf seine Arme. „Es gibt sogar wichtigere und dringendere Bedürfnisse als Essen."

„Michael!" Sie wehrte sich lachend. „Wenn du mich nicht herunterlässt, gibt es bald keine Küche mehr, in der wir essen können."

„Dann essen wir woanders."

„Ich habe die Pfanne auf der Herdplatte vergessen. Vielleicht ist von dem Huhn nichts mehr übrig als verkohlte Knochen."

„Es gibt immer noch Suppe." Damit stieß er die Küchentür auf.

Anstelle verkohlter Überreste fanden Pandora und Michael einen Teller voll mit knusprig gebräunten Hühnchenteilen vor. Sweeney hatte schon alles aufgeräumt und die schmutzigen Pfannen in der Spüle eingeweicht.

„Sweeney." Von Michaels Armen aus überblickte Pandora die Küche. „Wieso sind Sie nicht im Bett? Was machen Sie hier?"

„Meine Arbeit", antwortete Sweeney knapp, warf ihnen aber einen langen Blick aus den Augenwinkeln zu. Soweit es sie anging, funktionierte ihr Plan ausgezeichnet. Sie glaubte, dass Pandora und Michael frische Luft hatten schnappen wollen, während das Essen auf dem Herd stand, und dass sie – typisch junge Leute – die Zeit vergessen hatten.

„Sie sollten im Bett sein", erinnerte Pandora sie.

„Quatsch! Ich war lange genug im Bett." Die Tage der Untätigkeit waren grässlich gewesen, sie hatte es im Bett kaum noch ausgehalten. Ihre Strategie hatte sich allerdings gelohnt, wenn sie Pandora in Michaels Armen sah. „Ich fühle mich frisch wie ein Fisch im Wasser. Waschen Sie sich die Hände für das Abendessen!"

Michael und Pandora betrachteten sie kritisch. Sweeneys Wangen waren rosig und rundlich, ihre Augen hell. Sie eilte genau wie früher geschäftig in der Küche umher.

„Wir wollen aber, dass Sie es noch ruhig angehen", erklärte Michael. „Keine schweren Arbeiten."

„Das stimmt. Michael und ich werden spülen." Pandora sah, wie er ein wenig die Stirn runzelte, und tätschelte ihm die Schulter. „Wir machen das gern."

Michael und Pandora bestanden darauf, dass sie alle vier in der Küche aßen. Charles, der neben Sweeney saß, war nicht sicher, wie heftig und wie oft er husten sollte. Er entschied sich für einen Mittelweg und räusperte sich von Zeit zu Zeit.

Ohne sich abzusprechen, behielten Pandora und Michael die Geschichte von den Anschlägen für sich. Beide fanden, dass es für die alten Leute zu aufregend wäre und ihrer Erholung schaden könnte.

Es war schon fast neun Uhr, als Pandora die beiden endlich wieder zu Bett gebracht und aufgeräumt hatte und zu Michael in den Wohnraum kam.

„Erledigt?"

Sie nickte und schenkte sich einen Brandy ein. „Es war ein wenig wie Kinder ins Bett schicken, aber ich habe einen Film mit Cary Grant im Fernsehen gefunden, der sie interessiert. Am liebsten würde ich ihn mir selbst ansehen."

„Ein anderes Mal." Michael nahm einen Schluck aus ihrem Schwenker. „Ich habe die Polizei angerufen. Sie werden bald hier sein."

„Es stört mich noch immer, dass wir Außenstehende hineinziehen. Dein Logan erledigt auch immer alles selbst", setzte sie lächelnd hinzu.

„Irgendjemand hat mir doch irgendwann einmal gesagt, dass das alles nur Fantasien sind." Er schenkte sich ebenfalls einen Brandy ein und trank ihr zu. „Ich bin dahintergekommen, dass ich dich nicht gern mitten in einer Drehbuchhandlung wieder finden würde. Der Ausgang könnte nämlich ziemlich gefährlich sein."

Pandora ging über seine Erklärung mit einem Achselzucken hinweg. „Du scheinst Beschützerinstinkte für weibliche Wesen zu entwickeln, Michael. Das sieht dir nicht ähnlich."

„Vielleicht nicht, aber es ist etwas anderes, wenn dieses weibliche Wesen mir gehört."

Pandora drehte sich mit hochgezogenen Augenbrauen zu ihm um. Es war lächerlich, bei einer so dummen und besitzergreifenden Bezeichnung Freude zu empfinden.

„Dir gehört?"

„Mir." Er legte die Hand in ihren Nacken. „Bereitet dir das Schwierigkeiten?"

Das Herz hämmerte ihr bis zum Hals herauf, bis sie endlich schlucken konnte. Vielleicht meinte er es ehrlich ... jetzt. In ein paar Monaten kehrte er in seine eigene Welt zu seinen eigenen Leuten zurück, und dann würde sie nur noch seine etwas ärgerliche Cousine sein. Aber jetzt – nur jetzt – meinte er es vielleicht so. „Ich bin mir nicht sicher."

„Denk darüber nach", riet er ihr, bevor er seine Lippen auf ihren Mund senkte. „Wir kommen noch darauf zurück."

Er ließ sie verwirrt zurück und ging an die Tür, als es klingelte.

Als Michael mit einem kleinen, rundlichen, kahlköpfigen Mann wiederkam, saß sie gelassen in einem Lehnstuhl neben dem Kamin. „Lieutenant Randall, Pandora McVie."

Sie bot dem Lieutenant Kaffee an, was er dankend annahm.

„Mr. Donahue hat mich informiert", erklärte der Lieutenant, als sie zurückkam. „Sie hatten wohl ein paar Belästigungen."

Pandora lächelte über den Ausdruck. „Einige."

„Ich möchte Sie nicht belehren." Er sah sie beide ernst an. „Aber Sie hätten die Polizei nach dem ersten Vorfall verständigen sollen."

„Wir hofften, durch Ignorieren eine Wiederholung zu verhindern." Pandora griff nach ihrer Kaffeetasse. „Wir haben uns getäuscht."

„Ich muss den Champagner mitnehmen." Wieder sah der Lieutenant sie beide missbilligend an. „Obwohl Sie ihn schon haben analysieren lassen, wollen wir ihn doch in unserem eigenen Labor untersuchen."

„Ich hole die Flasche." Michael stand auf und ließ sie beide allein.

„Miss McVie, stimmen Sie Mr. Donahue zu, dass diese Vorfälle zusammenhängen und dass einer Ihrer Verwandten dafür verantwortlich ist?"

„Absolut."

„Haben Sie Grund für einen bestimmten Verdacht?"

Pandora dachte noch einmal darüber nach. „Nein. Sehen Sie, wir halten als Familie nicht eng zusammen. Die Wahrheit ist, dass ich niemanden von der Familie genauer kenne."

„Ausgenommen Mr. Donahue."

„Das stimmt. Michael und ich haben oft unseren Onkel besucht und uns bei der Gelegenheit hier auf Folley getroffen. Keiner der anderen kam oft hierher."

„Der Champagner, Lieutenant." Michael brachte die Flasche herein. „Und der Bericht der Sanfield Laboratories."

Randall überflog den Auszug und schob das Blatt in den Karton, in dem die Flasche steckte. „Fitzhugh, der Anwalt Ihres Onkels, hat schon vor Wochen Zwischenfälle gemeldet. Danach haben wir die Gegend durch einen Streifenwagen überwachen lassen. Jetzt haben Sie bestimmt nichts dagegen, dass einer unserer Männer einmal am Tag das Gelände inspiziert."

„Das wäre mir sogar sehr recht", stimmte Michael zu.

Randall sah sich um. „Haben Sie nie an eine Alarmanlage gedacht?"

„Nein."

„Überlegen Sie sich das noch einmal", riet der Lieutenant, stand auf und verabschiedete sich.

„Wir sind soeben gescholten worden", murmelte Pandora.

Michael überlegte, ob er in ‚Logan's Run' noch einen grantigen Polizisten unterbringen könnte. „Sieht so aus."

„Weißt du, Michael, ich habe über die Einschaltung der Polizei in unsere Angelegenheit zwei Theorien."

„Welche?"

„Entweder wir beschwichtigen die Dinge damit, oder wir wühlen sie auf."

„Darauf kannst du Wetten abschließen."

„Du rechnest mit dem Aufwühlen."

„Ich war heute Abend der Auflösung schon so nahe." Er ließ den Kaffee stehen und goss sich einen weiteren Brandy ein. „Ich hatte sie fast schon zwischen den Fingern." Er blickte plötzlich rücksichtslos drein. „Ich kämpfe lieber auf offenem Gelände von Angesicht zu Angesicht."

„Wir sollten die Sache wie ein Schachspiel und nicht wie ein Boxmatch betrachten."

Sie kam zu ihm, um ihm die Arme um die Schultern zu legen und ihre Wange an seinen Nacken zu pressen. Es war eine Geste, die ihn immer wieder von neuem überraschte. Als er seinen Kopf gegen ihr Haar lehnte, fragte er sich, wann er aufgehört hatte, daran zu denken, dass Pandora nicht seinem schon lange bestehenden Bild der idealen Frau entsprach. Ihr Haar war zu rot, ihr Körper zu schlank, ihre Zunge zu scharf. Michael schmiegte sich an Pandora und fand, dass sie beide sehr gut zusammenpassten.

„Ich hatte nie genug Geduld für Schach."

„Dann überlassen wir die Sache einfach der Polizei." Sie hielt ihn fester. Der Wunsch, zu beschützen, wuchs genauso schnell wie der Wunsch, beschützt zu werden. „Ich habe darüber nachgedacht, was heute Abend da draußen hätte passieren können. Ich will nicht, dass dir etwas zustößt, Michael."

Er legte zwei Finger unter ihr Kinn und hob ihren Kopf an. „Warum nicht?"

„Weil ..." Sie blickte in seine Augen und fühlte ihr Herz schmelzen. Aber sie war kein Narr. Sie würde ihren Stolz nicht aufs Spiel setzen. „Weil ich dann das Geschirr allein spülen müsste."

Er lächelte. Nein, er hatte nicht besonders viel Geduld, aber er konnte welche aufbringen, wenn es die Umstände erforderten. Er hauchte einen Kuss auf ihre Lippen. Früher oder später würde er mehr aus ihr herausbekommen. Und dann musste er entscheiden, was er damit machen wollte. „Gibt es noch einen Grund?"

Pandora suchte nach einer weiteren harmlosen Antwort. „Wenn du verletzt wirst, kannst du nicht arbeiten, und ich muss mich mit deiner schlechten Laune herumschlagen."

„Ich dachte, das tust du schon."

„Ich habe bereits Schlimmeres erlebt."

Er küsste ihre Augenlider in seiner trägen, sinnlichen Art, bis sie sich schlossen. „Versuch es noch einmal."

„Gern.“ Sie öffnete die Augen und betrachtete ihn mit einem angespannten und abwehrenden Blick. „Schafft dir das Probleme?“

„Nein.“ Sein Kuss war diesmal nicht sanft und geduldig. Innerhalb weniger Momente hatte er Pandora so weit, dass sie nachgiebig wurde. „Das einzige Problem war, dir dieses Geständnis zu entlocken.“

„Immerhin sind wir miteinander verwandt und ...“

Lachend knabberte er an ihrem Ohrläppchen. „Versuche nicht auszuweichen.“

Entrüstet stemmte sie sich gegen ihn. „Ich weiche nie aus.“

„Es sei denn, du kannst es mit Vernunft erklären. Denk immer daran.“ Michael brachte sie erneut dazu, sich an ihn zu schmiegen. „Die verwandtschaftliche Verbindung ist sehr entfernt.“ Ihre Lippen trafen sich in einem heftigen, drängenden Kuss, lösten sich dann wieder voneinander. „Diese Verbindung ist es nicht.“

„Ich weiß nicht, was du von mir willst“, wisperte sie.

„Du bist doch sonst so schnell.“

„Mach keine Scherze, Michael.“

„Das ist kein Scherz.“ Er schob sie von sich und hielt sie an den Schultern fest. „Nein, Pandora, ich werde es dir nicht auseinander klauben. Ich werde es dir nicht leicht machen. Du musst bereit sein zuzugeben, dass wir beide dasselbe wollen. Und du wirst bereit sein.“

„Wie arrogant“, warnte sie.

„Zuversichtlich“, verbesserte er sie. Das musste er schon sein, sonst würde er bettelnd vor ihr auf den Knien liegen. Irgendwann wird der Zeitpunkt kommen, schwor er sich, an dem sie den letzten Rest von Zurückhaltung aufgibt. „Ich will dich.“

Ein Schauder lief über ihr Rückgrat. „Ich weiß.“

„Ja.“ Er verschränkte seine Finger mit den ihren. „Das weißt du.“

11. KAPITEL

Der Winter tobte sich im Februar aus. Es kam soweit, dass Pandora sich den Weg vom Haus zu ihrer Werkstatt freischaufeln musste. Sie war dankbar für die körperliche Arbeit. Der Winter war eine lange und ruhige Zeit, in der man zu viel nachdenken konnte.

Indem sie diese Zeit ausnutzte, kam Pandora zu einigen unbequemen Einsichten. Ihr Leben, wie sie es bisher gekannt und geführt hatte, würde nie wieder dasselbe sein. Was ihre Kunst betraf, so fühlte sie, dass die Monate voll konzentrierter Anstrengung mit einzelnen aufregenden Momenten ihre Fähigkeiten sogar noch gesteigert hatten. In Wahrheit benutzte sie ihre Arbeit oft, um sich von den Dingen abzulenken, die mit ihr und um sie herum geschahen. Und wenn das nicht klappte, benutzte sie die Dinge, die mit ihr und um sie herum geschahen, in ihrer Arbeit.

Die plötzliche ungeschminkte Erkenntnis, dass ihre Gesundheit und sogar ihr Leben gefährdet gewesen waren, ließ sie einen Schritt von ihrem gewohnten praktischen Standpunkt abrücken. Sie lernte dadurch, Kleinigkeiten zu schätzen, die sie bisher als gegeben hingenommen hatte: das Erwachen in einem warmen Bett, den fallenden Schnee, das knisternde Kaminfeuer. Sie lernte, dass jeder Augenblick im Leben wichtig war.

Sie überlegte schon, ob sie für einen Tag nach New York fahren und einpacken sollte, was für sie wichtig war. Mit dem Packen würde sie gleichzeitig Entscheidungen treffen. Was sie behielt und was nicht, würde in gewisser Weise reflektieren, welche Veränderungen sie für sich selbst akzeptiert hatte.

Die Mietverträge für ihr Apartment und für ihre Werkstatt über der Boutique standen zur Erneuerung an. Pandora wollte beide auslaufen lassen. Sie zog die Gesellschaft der alten Diener ihres Onkels und die Verantwortung für die beiden dem Alleinleben vor. Obwohl sie früher fest entschlossen gewesen war, nur für sich selbst und ihre Kunst verantwortlich zu sein, traf Pandora ihre Wahl ohne Zögern. Obwohl sie in der Stadt gelebt hatte, hatte sie sich inmitten des hektischen Lebens und der Menschenmengen isoliert. Damit sollte Schluss sein.

Mit all dem war Michael verwoben.

In wenigen Wochen würde ihre Gemeinsamkeit enden. Der lange, miteinander verbrachte Winter würde zu einer Erinnerung werden, an die man in späteren Wintern denken konnte. Während sie sich auf ein neues und verändertes Leben vorbereitete, schwor sich Pandora, nichts zu bereuen. Aber sie konnte nicht verhindern, dass sich Wünsche in ihr regten.

Die Polizei war gekommen, und mit ihrer Ankunft waren noch mehr Fragen aufgetaucht. Alles in Pandoras Werkstatt musste nach Einbruch der Dunkelheit gut unter Verschluss gehalten werden. Und es gab keine einsamen Waldspaziergänge mehr. Es war zu einem abendlichen Ritual geworden, durch Folley zu gehen und Türen und Fenster zu kontrollieren, um die sich früher niemand gekümmert hatte. Oft sah Pandora auf ihrem Weg von der Werkstatt zu dem Haus Michael an seinem Fenster stehen und sie beobachten. Es hätte bei ihr sanfte, angenehme Gefühle erzeugen sollen, aber sie wusste, dass er darauf wartete, dass etwas geschah. Sie wusste auch, dass er wollte, dass etwas geschah. Die Untätigkeit bedrückte ihn.

Sie begriffen beide, wie gut es war, dass das Grundstück überwacht wurde, aber sie empfanden es gleichzeitig als Einmischung in ihre Privatsphäre.

Die Ermittlungen der Polizei hatten kein befriedigendes Ergebnis gebracht. Jeder ihrer Verwandten hatte ein Alibi für einen oder mehrere Zwischenfälle. Die Untersuchung hatte zwiespältige Auswirkungen. Seit die Polizei eingeschaltet worden war, hatte sich nichts mehr ereignet. Es hatte keine anonymen Anrufe, Schatten im Wald oder fingierte Telegramme gegeben. Andererseits waren, wie Pandora ebenfalls vorausgesagt hatte, die Dinge aufgerührt worden. Sie hatte einen wütenden Anruf von Carlson erhalten, der behauptete, sie wollten durch die Ermittlungen seine Anfechtungsklage unterminieren.

Gleich darauf war ein ziemlich wirrer Brief von Ginger gekommen, in dem sie sich in die Idee verrannte, auf Folley spuke es. Michael hatte am Telefon ein zweiminütiges Gespräch mit Morgan, der etwas von Familienangelegenheiten, Überreaktion und Gewäsch von sich gab.

Biff hatte in seinem üblichen Stil ein kurzes Telegramm geschickt:

Räuber und Gendarm? Was spielt ihr zwei miteinander?

Von Frank hörten sie nichts.

Das Polizeilabor bestätigte die erste Untersuchung des Champagners. Lieutenant Randall führte die Ermittlung in seiner genauen, ruhigen Art weiter. Und Michael und Pandora waren genau dort, wo sie schon vor Wochen gewesen waren: Sie warteten.

Michael wusste nicht, wie Pandora das alles aushielt. Während er den schmalen Weg, den sie ausgeschaufelt hatte, entlangging, fragte er sich, wie sie so ruhig bleiben konnte, während ihn das Ganze rasend machte. Bereits nach wenigen Tagen untätigen Abwartens hatte er erkannt, dass es schlimmer war, wenn gar nichts geschah. Darauf zu warten, dass ein anderer den nächsten Schritt tat, war die nervenzermürbendste Art der Folter. Bevor er Pandora nicht in Sicherheit wusste, konnte er sich nicht entspannen. Bevor er seine Hände nicht jemandem um den Hals legen konnte, würde er nicht zufrieden sein. Er war in Untätigkeit wie in einer Falle gefangen. Vor Pandoras Werkstatt blieb er stehen und blickte sich um.

Das Haus wirkte groß und märchenhaft mit den tropfenden Eiszapfen, die von Dachrinnen, Abflussrohren und Fensterläden hingen. Es gehörte in ein stimmungsvolles, geheimnisvolles Gruselbuch. Ein Märchen von der grimmigen Art. Vielleicht würde er eines Tages selbst eine Geschichte um dieses Haus spinnen, aber im Moment war es einfach sein Heim.

Die Hände in die Taschen geschoben, beobachtete er den aus den Kaminen aufsteigenden Rauch. Das Haus mochte albern sein, aber er hatte es stets geliebt. Je länger er darin lebte, desto sicherer wurde er, dass es so vorbestimmt war. Er hatte nicht die geringste Ahnung, wie Pandora seine Entscheidung aufnehmen würde, nach Ablauf der Frist hier zu bleiben.

Das letzte Skript für diese Saison war fertig. Nur noch diese Folge sollte gedreht werden, bevor die Show in die Sommerpause ging. Er könnte, wie er das schon öfter getan hatte, Anfang des Frühlings ein paar Wochen an einem heißen, lauten Strand verbringen. Er könnte angeln, sich entspannen und seine Freude daran haben, Frauen in winzigen Bikinis zu beobachten. Michael wusste, dass er in diesem Jahr nicht wegfahren würde.

In den letzten Tagen hatte er mit dem Gedanken gespielt, das Drehbuch für einen Spielfilm zu schreiben. Er hatte schon früher daran gedacht, aber es war immer etwas dazwischengekommen. Er wusste, dass er das Drehbuch hier schreiben könnte. Er könnte es perfekt ausarbeiten, während Pandora in seiner Nähe ihre Kunst ausübte und seine Arbeit kritisierte, so dass es ihn nur bestärken würde, es noch besser zu machen. Aber er wartete noch, wartete darauf, dass etwas geschah, wartete darauf, dass er herausfand, wer sie beide durch Einschüchterung vertreiben wollte. Und am meisten wartete er auf Pandora. Solange sie ihm nicht freiwillig ihr volles Vertrauen und ihr Herz schenkte, musste er warten.

Seine Hände ballten sich zu Fäusten und öffneten sich wieder. Er wollte und musste jetzt endlich handeln.

Michael versuchte, die Tür zu öffnen und war zufrieden, dass Pandora sie vereinbarungsgemäß verschlossen hielt. „Pandora?“ Sie öffnete, einen Bohrer in ihrer Hand. Nach einem Blick in ihr erhitztes Gesicht und auf ihr zerzaustes Haar hob Michael die Arme. „Ich bin unbewaffnet.“

„Und ich bin beschäftigt.“ Aber ihre Lippen lächelten andeutungsweise, und in ihren Augen leuchtete Freude.

„Ich weiß, dass ich in deiner festgesetzten Arbeitszeit störe, aber ich habe eine gute Entschuldigung."

„Du lässt die Kälte herein", beschwerte sie sich. Früher hätte sie ihm, ohne zu zögern, die Tür vor der Nase zugeknallt. Jetzt schloss sie die Tür hinter ihm.

„Hier drinnen ist es auch nicht viel wärmer."

„Das ist angenehm, wenn ich arbeite, und genau das tue ich."

„Gib Sweeney die Schuld. Sie schickt mich zum Einkaufen und besteht darauf, dass ich dich mitnehme." Er imitierte Sweeneys Tonfall: „Das Mädchen vergräbt sich in dieser Werkstatt. Sie braucht mehr Sonne."

„Ich bekomme genug Sonne", entgegnete Pandora, aber eine Fahrt in die nächste Stadt sagte ihr zu. Es konnte nicht schaden, mit dem Juwelier in dem kleinen Einkaufs-Center zu sprechen. Ihre Arbeit sollte über die großen Städte hinaus bekannt werden. „Ich finde, wir sollten ihr den Gefallen tun, aber ich möchte das hier erst zu Ende machen."

„Ich habe es nicht eilig."

„Gut. Also in einer halben Stunde."

Sie tauschte den Bohrer gegen eine Lötlampe. Weil sie hinter sich die Tür nicht schließen hörte, drehte sie sich um und sah, wie Michael ihre Werkzeuge betrachtete.

„Michael", sagte sie mit deutlicher Ungeduld.

„Mach nur und lass dir Zeit."

„Hast du nichts zu tun?"

„Überhaupt nichts", antwortete er fröhlich.

„Keine kleine Szene mit Verfolgungsjagd?"

„Nein. Außerdem habe ich dir noch nie bei der Arbeit zugesehen."

„Zuschauer stören mich."

„Erweitere deinen Horizont, Liebes. Tu so, als wäre ich ein Lehrjunge."

„So sehr kann ich meinen Horizont gar nicht erweitern."

Er deutete unverdrossen auf ihre Werkbank. „Was ist das für ein Ding?"

„Dieses Ding", erwiderte sie angespannt, „ist ein Anhänger mit Wasserfalleffekt, aus Messingdraht und Silberstückchen, die ich von einem Armband übrig hatte."

„Du verschwendest nichts", murmelte er. „Praktisch wie immer. Was kommt als Nächstes?"

Mit einem tiefen Seufzer entschied Pandora, dass es einfacher war, mitzuspielen, als ihn hinauszuwerfen. „Ich habe gerade die gebogenen Drähte aufeinander abgestimmt. Ich habe verschiedene Dicken und Längen benutzt, um einen frei fließenden Effekt zu erzielen. Die Silberstückchen habe ich zu länglichen Tropfen geschnitten und gefeilt. Jetzt löte ich sie an die Enden der Drähte."

Sie regulierte die Flamme und rutschte ein Stück zur Seite, damit Michael zusehen konnte. Nachdem sie neben jeden Draht ein Stückchen Lötmetall gelegt hatte, erhitzte sie es mit der Lampe, bis das Metall schmolz. Geduldig und geschickt wiederholte sie den Vorgang, bis alle zwölf Tropfen befestigt waren.

„Sieht recht einfach aus", meinte er.

„Ein fünfjähriges Kind könnte das."

Er hörte den Spott in ihrer Stimme und lachte, während er ihre Hände ergriff. „Du willst ein Lob hören? Vor ein paar Minuten habe ich hier einen Haufen Metall gesehen. Jetzt sehe ich ein bezauberndes Muster, schön und exotisch."

„Es soll exotisch sein", erwiderte Pandora. „Jessica Wainwright wird es in ihrem Film tragen. Es soll das Geschenk eines ehemaligen Liebhabers sein. Die Gräfin behauptet, er sei ein türkischer Prinz gewesen."

Michael betrachtete erneut das Halsband. „Sehr passend."

„Es wird an miteinander verschlungenen Messing- und Silberdrähten hängen. Der tiefste Tropfen soll fast ihre Taille erreichen." Zufrieden hielt Pandora ihre Skizze hoch. „Jessica Wainwright hat sich sehr klar ausgedrückt. Sie will nichts Durchschnittliches, nicht einmal etwas Klassisches. Alles, was sie trägt, soll das Geheimnisvolle der Rolle unterstreichen."

Pandora legte die Skizze weg und ordnete ihr Werkzeug. Nach der Rückkehr aus der Stadt wollte sie das Halsband beenden und dann, wenn noch Zeit blieb, mit dem nächsten Stück beginnen. Die vergoldete Pfauenbrosche mit dem fein ziselierten, zehn Zentimeter messenden Rad würde gut und gern zwei Wochen verschlingen.

„Dieses Ding eignet sich als Mordwaffe", meinte Michael und griff nach einem Polierstahl, um die geschwungene Stahlspitze zu betrachten. „In einer meiner Geschichten."

„Lass mein Werkzeug aus deinen Geschichten heraus." Pandora nahm ihm den Polierstahl aus der Hand und legte ihn weg. „Lädst du mich in der Stadt zum Lunch ein?" Sie band ihre Schürze ab und griff nach ihrem Mantel.

„Ich wollte dich dasselbe fragen."

„Ich habe zuerst gefragt." Sie verschloss die Werkstatt und genoss die Kälte. „Der Schnee fängt zu schmelzen an."

„In ein paar Wochen werden die fünf Dutzend Blumenzwiebeln anfangen zu blühen, die Jolley gepflanzt hat."

„Narzissen", murmelte Pandora. Es schien nicht möglich, wenn man die Luft fühlte und die Schneehaufen sah, aber der Frühling stand unmittelbar bevor. „Der Winter ist mir nicht so lang erschienen."

„Nein, mir auch nicht." Michael legte seinen Arm um ihre Schultern. „Ich hätte nie gedacht, dass sechs Monate so schnell vergehen würden. Ich habe darauf getippt, dass in der Zeit einer von uns einen Mordversuch unternehmen würde."

Lachend passte sich Pandora seinen Schritten an. „Wir haben noch einen Monat vor uns."

„Jetzt müssen wir uns gut benehmen", erinnerte er sie. „Lieutenant Randall behält uns im Auge."

„Wir haben unsere Chance verpasst." Sie drehte sich und

schlang ihre Arme um seinen Nacken. „Manchmal hätte ich dir gern eins mit einem stumpfen Gegenstand verpasst."

„Danke, gleichfalls." Er beugte den Kopf zu ihr hinunter. Ihre Lippen waren kühl und weich.

„Nun sieh dir das an!" Kichernd winkte Sweeney Charles zu sich heran. „Ich habe dir gesagt, dass es funktioniert. In ein paar Wochen backe ich eine Hochzeitstorte."

Als Charles neben Sweeney an das Fenster trat, bückte sich Pandora gerade und warf Michael eine Hand voll Schnee ins Gesicht. „Du sollst das Fell des Bären nicht verteilen, bevor du ihn nicht erlegt hast", murmelte er.

Um der Rache zu entgehen, rannte Pandora zu der Garage und duckte sich einen Sekundenbruchteil, bevor Schnee gegen das Tor knallte. „Du kannst noch immer nicht richtig zielen, Cousin!" Sie stemmte das Tor hoch, jagte in die Garage und sprang in Michaels Wagen. Zufrieden lehnte sie sich auf dem Sitz zurück. Michael würde ganz sicher nicht das makellose Innere seines Autos mit einem Schneeball ruinieren.

Michael öffnete die Wagentür, glitt auf den Nebensitz und ließ eine Hand voll Schnee auf ihren Kopf fallen. Sie protestierte immer noch lautstark, als er den Motor anließ.

„Im Nahkampf bin ich besser", stellte er fest.

Pandora wischte sich den Schnee aus dem Gesicht. Es fiel ihr schwer, empört über Michaels Aktion zu sein, weil sie ihr eigentlich doch gefiel.

„Man sollte doch wirklich meinen, dass ein Mann, der einen so protzigen Wagen fährt, nicht so leichtfertig damit umgeht."

„Der Wagen ist nur protzig, wenn man ihn als Statussymbol kauft."

„Und das hast du natürlich nicht getan."

„Ich habe ihn gekauft, weil er so irrsinnig wenig Benzin verbraucht." Als sie verächtlich schnaufte, wandte er sich mit einem breiten Lachen zu ihr. „Und weil er toll aussieht, wenn eine Rothaarige drinnen sitzt."

„Oder eine Blondine oder eine Brünette."

„Rothaarige", verbesserte er Pandora und wickelte sich eine rote Haarsträhne um seine Finger. „Ich habe eine Vorliebe entdeckt."

Pandora hätte nicht lächeln sollen, aber sie tat es. Sie lächelte noch immer, als sie die lange, kurvenreiche Straße hinunterfuhren. „Wir können uns nicht über die Räumdienste beklagen", sagte sie leichthin. „Bis auf zwei Wochen im letzten Monat war die Straße meistens frei." Sie betrachtete die Schneehaufen, die von den Pflügen neben der Straße aufgeworfen worden waren.

„Wirklich schade, dass sie nicht auch unsere Zufahrt räumen."

„Du weißt doch, Michael, wie viel Spaß du gehabt hast, mit diesem kleinen Traktor-Schneepflug zu fahren. Onkel Jolley hat immer gesagt, dass er sich dabei wie ein raubeiniger Macho vorkommt."

„Ja, und zwar so sehr, dass er damit wie ein Verrückter im Hof herumgerast ist."

An der ersten Kurve trat Michael auf die Bremse. Pandora beugte sich vor und spielte an der Stereoanlage herum. „Die meisten Leute stellen sich so einen Luxusapparat in ihren Salon."

„Ich habe keinen Salon", erwiderte er.

„Du hast auch keine Stereoanlage mehr, die du hineinstellen kannst", erinnerte sie ihn. „Oder einen Fernseher."

Er zuckte die Schultern, dachte nach, was aus seinem Apartment gestohlen worden war. „Die Versicherung wird dafür aufkommen."

„Die Polizei behandelt es wie einen normalen Einbruch." Sie stellte einen anderen Sender ein. „Könnte es auch gewesen sein."

„Oder es könnte ein Ablenkungsmanöver gewesen sein. Ich wünschte, wir ..." Er stockte, als sie sich der nächsten Kurve näherten. Er hatte wieder auf die Bremse getreten, aber diesmal drückte er das Pedal wirkungslos bis zum Anschlag durch.

„Michael, wenn du mich mit deinen Fahrkünsten beeindrucken willst, so klappt das nicht." Instinktiv packte Pandora den Haltegriff, als der Wagen durch die Kurve jagte.

Während Michael mit einer Hand an dem Lenkrad kurbelte, zog er mit der anderen die Handbremse. Der Wagen raste unvermindert weiter. Er packte das Lenkrad mit beiden Händen und zwang den Wagen durch die nächste Kurve. „Keine Bremsen!" rief er und warf einen Blick auf den Tacho. Die Nadel hing über hundert Stundenkilometern.

Pandoras Knöchel wurden weiß an dem Haltegriff. „Das schaffen wir nie bis ganz nach unten!"

„Nein." Die Reifen kreischten in der nächsten Kurve. Kies spritzte auf. Metall kreischte, als die Stoßstange die Leitplanke streifte.

Pandora starrte auf die gewundene Straße vor ihnen. Das Bild verschwamm vor ihren Augen und klärte sich wieder. Ein Schild vor einer S-Kurve gebot eine Geschwindigkeit von fünfzig Stundenkilometern. Michael nahm die Kurve mit hundertzwanzig.

Pandora schloss die Augen. Als sie sie wieder aufriss und die Schneewehe direkt vor ihnen sah, schrie sie auf. Michael riss den Wagen in letzter Sekunde herum. Schnee spritzte himmelwärts, während der Wagen an der Wehe entlangschlitterte.

Michael starrte angespannt auf die Straße vor ihnen und versuchte, jede Kurve vorauszuahnen. Schweiß lief ihm über die Stirn. Er kannte die Straße, und gerade das jagte ihm Angst ein. Weniger als fünf Kilometer vor ihnen wurde sie noch abschüssiger. Bei hoher Geschwindigkeit musste der Wagen direkt durch die Leitplanke rammen und auf den Felsen unterhalb zerschellen. Das Spiel, das Jolley begonnen hatte, würde ein jähes, gewalttätiges Ende finden.

Michael drängte seine Angst zurück. „Wir haben nur eine Chance. Wir müssen in die Straße einbiegen, die zu dem alten Gasthaus führt. Sie kommt gleich hinter dieser Kurve." Er konnte nicht von der Straße weg zu Pandora sehen. Seine Finger umspannten das Lenkrad. „Halt dich fest!"

Sie würde sterben. Nur dieser Gedanke blieb, sonst fühlte sie sich wie betäubt. Sie hörte die Reifen kreischen, als Michael das Lenkrad herumriss. Der Wagen neigte sich, kippte fast auf die Seite. Bäume flogen vorbei, als der Wagen auf den glitschigen Rand der Autostraße glitt.

Für einen Moment schienen die Reifen auf dem Schotter unter dem Schnee zu greifen. Aber die Kurve war zu scharf, die Geschwindigkeit zu hoch. Außer Kontrolle wirbelte der Wagen auf die Bäume zu.

„Ich liebe dich", flüsterte Pandora und fasste nach Michael, bevor die Welt um sie herum schwarz wurde ...

Michael kam langsam zu sich. Er hatte Schmerzen und wusste eine Weile nicht, weshalb. Da war ein Geräusch. Mühsam wandte er den Kopf. Als er die Augen öffnete, sah Michael einen Jungen mit weitaufgerissenen Augen und schwarzen Haaren durch die Seitenfenster starren.

„Mister, hey, Mister! Alles in Ordnung?"

Benommen stieß Michael die Tür auf. „Hol Hilfe", brachte er hervor und kämpfte gegen eine neuerliche Ohnmacht. Er holte in gierigen Atemzügen tief Luft, um seinen Kopf zu klären, während der Junge durch den Wald davonrannte. „Pandora!" Angst durchbrach den Nebel. Er beugte sich über sie.

Mit zitternden Fingern suchte er ihren Puls an ihrem Hals und fand ihn. Blut floss aus einer Wunde an ihrer Stirn über ihr Gesicht und auf seine Hände. Mit Hilfe des Verbandskastens im Handschuhfach stoppte er die Blutung. Er tastete Pandora ab, ob sie sich etwas gebrochen hatte, als sie stöhnte. Michael musste sich dazu zwingen, sie nicht an sich zu ziehen und sie festzuhalten.

„Ganz ruhig", murmelte er, als sie sich bewegte. „Bleib ruhig." Als sie die Augen öffnete, bemerkte er, dass sie glasig ins Leere starrten. „Alles in Ordnung." Sanft umfasste er ihr Gesicht mit beiden Händen und redete beruhigend auf sie ein. Allmählich belebten sich ihre Augen, und sie tastete nach seiner Hand.

„Die Bremsen ..."

Er lehnte seine Wange kurz an die ihre. „Wir haben es geschafft."

Verwirrt sah sie sich um. Der tiefe Schnee hatte den Wagen abgebremst, ehe er gegen einen Baum geprallt war. Tränen traten ihr in die Augen, als sie die Hand an sein Gesicht legte, wie er es gerade getan hatte. „Geht es dir gut?"

„Einfach großartig." Sein Handgelenk pochte, und sein Kopf schmerzte unglaublich, aber er lebte. Als Pandora sich wieder bewegte, hielt er sie fest. „Nein, bleib still sitzen. Ich weiß nicht, wie schlimm du verletzt bist. Da war vorhin ein Junge. Er holt Hilfe."

„Es ist nur mein Kopf." Sie wollte seine Hand ergreifen und sah das Blut. „Mein Gott, du blutest! Wo?"

„Das ist nicht von mir, sondern von deinem Kopf. Du hast vielleicht eine Gehirnerschütterung."

Sie tastete nach dem Verband. Die Wunde schmerzte, aber wenn sie Schmerzen fühlte, war sie wenigstens am Leben. „Ich dachte, ich wäre tot." Sie schloss die Augen. Tränen lösten sich von ihren Wimpern und liefen die Wangen hinunter. „Ich dachte, wir beide wären tot."

„Wir kommen wieder in Ordnung." Sie hörten die Sirene auf der Bergstraße heulen. Michael schwieg, bis Pandora die Augen wieder öffnete. „Du weißt, was geschehen ist?"

Ihr Kopf schmerzte, aber sie konnte klar denken. „Mordversuch."

Michael nickte und wandte sich nicht um, als der Krankenwagen in die vereiste Nebenstraße einbog. „Ich habe lange genug gewartet, Pandora. Meine Geduld ist am Ende."

Lieutenant Randall fand Michael in der Notaufnahme des Krankenhauses. Er nahm seinen Schal ab, öffnete seinen Mantel und setzte sich auf die harte Holzbank. „Schlimm?" fragte er mit einem Blick auf die Bandage an Michaels Handgelenk.

„Nur eine Verstauchung, ein paar Schnittwunden und Prellungen und verdammte Kopfschmerzen. Und mein Wagen sieht wie ein Akkordeon aus."

„Wir werden ihn untersuchen. Sollen wir auf etwas achten?"

„Bremsen."

„Wann haben Sie den Wagen zuletzt benutzt?" Randall hielt sein Notizbuch in der Hand.

„Vor zehn bis vierzehn Tagen." Michael rieb sich matt die Schläfen.

„Wo haben Sie den Wagen gewöhnlich stehen?"

„In der Garage."

„Verschlossen?"

„Die Garage?" Michaels Blick war auf den Gang gerichtet, auf dem Pandora weggebracht worden war. „Nein. Mein Onkel hat vor Jahren eine Fernbedienung einbauen lassen. Hat nie funktioniert, wenn man nicht gleichzeitig den Fernseher eingeschaltet hat. Er hat sie wieder ausgebaut und das Schloss nicht ersetzt. Pandoras Wagen steht auch da", fiel ihm plötzlich ein. „Wenn ..."

„Wir überprüfen das", erklärte Randall. „Miss McVie war bei Ihnen?"

„Ja, Miss McVie ist jetzt beim Arzt." Das erste Mal seit Wochen sehnte Michael sich nach einer Zigarette. „Lieutenant, glauben Sie mir, ich finde heraus, wer das war, und dann ..."

„Sagen Sie nichts zu mir, das ich später gegen Sie verwenden könnte", warnte Randall. „Lassen Sie mich meinen Job machen, Mr. Donahue."

Michael sah ihm klar und entschlossen ins Gesicht. „Jemand spielt tödliche Spiele mit jemandem, der mir wichtig ist. Würden Sie an meiner Stelle Däumchen drehen und abwarten?"

Randall lächelte knapp. „Wissen Sie, Mr. Donahue, ich versäume nie Ihre Serie. Ganz toll! Manche dieser Ereignisse hier klingen, als wären sie aus Ihrer Serie."

„Als wären sie aus meiner Serie", wiederholte Michael langsam.

„Das Problem ist, dass die Dinge im wirklichen Leben nie so wie im Fernsehen laufen. Aber ich sehe es mir wirklich gern an. Hier kommt Ihre Lady."

Michael sprang auf und eilte ihr entgegen.

„Es geht mir gut", sagte Pandora, bevor er fragen konnte.

„Nicht so ganz." Hinter ihr stand ein junger Arzt in einem weißen Mantel. „Miss McVie hat eine Gehirnerschütterung."

„Er hat meinen Kopf mit ein paar Stichen zusammengeflickt und will mich als Gefangene behalten." Sie schenkte dem Arzt ein reizendes Lächeln und hakte sich bei Michael unter. „Fahren wir nach Hause."

„Einen Moment." Michael wandte sich an den Arzt. „Sie wollen sie im Krankenhaus behalten?"

„Michael ..."

„Sei still!"

„Jeder mit einer Gehirnerschütterung sollte unter ärztlicher Aufsicht bleiben. Miss McVie sollte über Nacht hier bleiben."

„Ich bleibe nicht wegen einer Beule am Kopf im Krankenhaus. Guten Tag, Lieutenant."

„Miss McVie."

Sie hob ihr Kinn hoch und sah den Arzt wieder an. „Also, Doktor ..."

„Barnhouse."

„Doktor Barnhouse. Ich werde Ihren Rat teilweise befolgen. Ruhe, kein Stress. Beim ersten Anzeichen von Übelkeit oder Schwindel stehe ich vor Ihrer Tür. Ich kann Ihnen versichern, dass ich mit Argusaugen überwacht werde, nachdem Sie Michael davon überzeugt haben, dass ich invalide bin."

Alles andere als zufrieden, wandte sich der Arzt direkt an Michael. „Ich kann Miss McVie natürlich nicht zum Bleiben zwingen."

Michael zog die Augenbrauen hoch. „Wenn Sie denken, ich könnte das, müssen Sie noch eine Menge über Frauen lernen."

Resigniert wandte Barnhouse sich wieder an Pandora. „Ich will

Sie in spätestens einer Woche wieder sehen. Sie müssen vierundzwanzig Stunden ruhen, das bedeutet: liegen."

„Ja, Doktor, danke."

„In einer Woche", wiederholte er, ehe er wegging.

„Wüsste ich es nicht besser", meinte Michael, „würde ich sagen, er wollte dich nur dabehalten, um dich anzusehen."

„Natürlich. Ich sehe ja auch fabelhaft aus, wenn Blut über mein Gesicht rinnt und ich ein Loch im Kopf habe."

„Das dachte ich mir." Michael gab ihr einen Kuss auf die Wange, betrachtete dabei aber vor allem die Wunde. Sechs Stiche direkt am Haaransatz festigten seine Entschlossenheit. „Wir fahren nach Hause, damit ich dich verwöhnen kann."

„Ich werde Sie fahren." Randall deutete zur Tür. „Und wenn ich schon da bin, kann ich mich gleich umsehen."

Sweeney gluckte wie eine Mutterhenne über Pandora, die sich fünf Minuten nach ihrer Rückkehr bereits im Bett unter einer Daunendecke wiederfand und mit Suppe und süßem Tee aufgepäppelt wurde.

Um sich die Zeit zu vertreiben, machte Pandora Skizzen jener Leute, die zu ihrer Familie gehörten und aus deren Mitte heraus einer nach ihrem Leben getrachtet hatte.

Als Michael das Zimmer betrat, lagen die Skizzen nebeneinander auf der Bettdecke. „Eine Galerie der Schurken."

Er kam direkt aus der Garage, in der er und Randall die noch feuchte Bremsflüssigkeit gefunden hatten. Nicht die ganze, dachte er. Wer immer sich an den Bremsen zu schaffen gemacht hatte, hatte genug Flüssigkeit zurückgelassen, damit sich der Wagen auf den ersten Kilometern normal verhielt. Unter Pandoras Wagen hatten sie eine ähnliche Pfütze gefunden, und ihre Bremsschläuche waren angesägt. Doch das wollte er vorerst für sich behalten.

„Was siehst du hier?" fragte sie.

„Dass du ein gewaltiges Talent besitzt und malen solltest."

„Ich meine die Gesichter. Ich finde nichts, das mich darauf hinweisen könnte, wer von ihnen zu einem Mord fähig wäre."

„Jedermann ist zu einem Mord fähig", versicherte Michael. „Nur das Motiv und die Umstände müssen zu der Persönlichkeit passen." Er deutete auf die Skizzen. „Einer von ihnen hat es versucht. Tante Patience mit ihrem runden kleinen Gesicht und den kurzsichtigen Augen?"

„Du kannst doch nicht ernsthaft glauben ..."

„Sie ist Morgan ergeben, geradezu auf eine besessene Weise ergeben. Sie hat nie geheiratet. Warum? Weil sie sich immer um ihn gekümmert hat."

Er griff nach der nächsten Skizze.

„Oder hier, Morgan selbst, derb, grob, dickköpfig. Er hat Jolley für verrückt und für einen Nichtsnutz gehalten."

„Das haben sie alle getan", warf Pandora ein.

„Genau. Carlson, nüchtern, humorlos und Jolleys einziger noch lebender Sohn."

„Er hat versucht, das Testament anzufechten."

„Ja", bestätigte Michael. „Aber er wusste besser als alle anderen, wie schlau sein Vater war. Warum sollte er nicht versuchen, auf einfachere Weise an Geld zu kommen? Biff ..." Michael lachte, als er die Zeichnung betrachtete. Pandora hatte Biff genau so getroffen, wie er war. In sich selbst vertieft.

„Ich kann mir nicht vorstellen, dass er sich die Hände schmutzig macht", sagte Pandora.

„Für eine Scheibe von hundertfünfzig Millionen? Ich kann es mir vorstellen. Die hübsche kleine Ginger. Man fragt sich, ob sie wirklich so hübsch und harmlos sein kann, wie sie aussieht. Und Hank." Pandora hatte ihn mit angespannter Armmuskulatur gezeichnet. „Was meinst du Pandora? Ich kenne Hank einfach nicht gut genug, um über ihn in dieser Sache eine Meinung zu haben. Würde er sich mit ein paar Tausendern zufrieden geben, wenn er Millionen haben könnte?"

„Ich weiß es nicht, das ist es ja gerade.“ Pandora schob die Zeichnungen hin und her. „Selbst wenn ich sie alle vor mir aufgereiht sehe, weiß ich es nicht.“

„Alle aufgereiht“, murmelte Michael. „Vielleicht ist das die Lösung. Ich glaube, wir sollten endlich ein nettes Familienfest veranstalten.“

„Du willst sie doch nicht wirklich alle hierher einladen? Sie würden gar nicht kommen.“

„O doch, sie werden kommen.“ Er plante schon voraus. „Nur eine kleine Andeutung, dass es hier mit uns nicht gut läuft, und sie werden sofort darauf anspringen, um uns den letzten Stoß zu geben. Du hast in einer Woche einen Termin beim Arzt. Wenn er dich für gesund erklärt, beginnen wir unser eigenes Spiel.“

„Was für ein Spiel?“

„In einer Woche“, wiederholte er und nahm ihr Gesicht in seine Hände. Es war schmal und wurde von der Haarmähne und den klaren Augen dominiert. Nicht klassisch schön, aber apart. Er hatte lange gebraucht, um sich das einzugestehen. „Du bist ein wenig blass.“

„Ich bin immer blass, wenn ich eine Gehirnerschütterung habe. Wirst du mich verwöhnen?“

„Und ob!“ Er zog sie an sich. „Mein Gott, ich dachte schon, ich hätte dich verloren.“

Die Spur von Verzweiflung in seiner Stimme drängte Pandora dazu, ihn zu beruhigen. „Es wäre mit uns beiden aus gewesen, hättest du den Wagen nicht so gut beherrscht. Ich dachte nicht, dass wir lebend davonkommen würden.“

„Aber wir sind davongekommen.“ Er zog sich ein wenig zurück, um sie genauer anzusehen. „Und jetzt sprechen wir darüber, was du zu mir unmittelbar vor dem Aufprall gesagt hast.“

„Habe ich nicht geschrien?“

„Nein.“

„Falls ich deinen Fahrstil kritisiert habe, möchte ich mich entschuldigen.“

Er verstärkte den Griff an ihrem Kinn. „Du hast gesagt, dass du mich liebst." Er sah, wie sie in ehrlicher Überraschung die Luft anhielt. So mancher Mann wäre beleidigt gewesen. Michael konnte sich glücklich schätzen, dass er genug Humor besaß. „Rein technisch gesehen könnte es ein Geständnis auf dem Totenbett gewesen sein."

Hatte sie wirklich? „Ich war hysterisch", setzte sie an und wollte sich zurückziehen.

„Für mich hat es sich gar nicht hysterisch angehört."

„Michael, du hast Doktor Barnhouse gehört. Ich muss Stress vermeiden. Wenn du mir helfen willst, so bring mir Tee."

„Ich kenne ein besseres Mittel, um Muskeln und Nerven zu besänftigen." Er drückte Pandora in die Kissen und streckte sich neben ihr aus. Sanft ließ er seine Lippen über ihre Wangen gleiten. „Ich möchte es noch einmal von dir hören. Hier und jetzt."

„Michael."

„Nein, bleib liegen." Seine Hände brachten sie sanft und liebevoll zur Ruhe. „Ich muss dich berühren, nur einfach berühren. Zum Ausruhen hast du noch sehr viel Zeit."

Michael war so freundlich, so geduldig, hielt sie in seiner Armbeuge und streichelte sie, bis sie erleichtert seufzte.

„Ich werde mich um dich kümmern", murmelte er. „Und wenn du gesund bist, werden wir uns umeinander kümmern."

„Morgen bin ich wieder gesund." Ihre Stimme klang jedoch träge und schläfrig.

„Sicher." Er wollte sie noch einen Tag und eine Nacht im Bett festhalten, und wenn er sie notfalls anketten musste. „Du hast es noch nicht wieder gesagt. Liebst du mich, Pandora?"

Sie war so erschöpft, dass sie gegen nichts mehr ankämpfen konnte. „Und wenn?" Sie schaffte es, den Kopf zurückzulegen, um ihn noch einmal anzusehen. Seine Finger massierten leicht ihre Schläfen und vertrieben sogar den dumpfen Schmerz. „Leute verlieben und entlieben sich ständig."

„Leute." Er senkte seinen Kopf, bis seine Lippen gerade über ihre Lippen streichen konnten. „Aber nicht Pandora. Das ärgert dich, nicht wahr?"

Sie wollte ihn wütend anstarren, schloss jedoch stattdessen die Augen. „Ja. Ich tue mein Bestes, um die Situation rückgängig zu machen."

Für den Moment war Michael zufrieden und zog sie dichter an sich. Pandora liebte ihn. Er hatte noch genug Zeit, um sie dazu zu bringen, diesen Zustand zu mögen. „Lass mich wissen, wie du vorankommst", sagte er und lullte sie in den Schlaf.

12. KAPITEL

Michael betrachtete grimmig die dunklen Flecken auf dem Garagenboden. Das Ansägen der Bremsschläuche war ein beliebter alter Trick in Filmen, den er selbst schon angewandt hatte, genau wie den anonym zugeschickten Champagner und das falsche Telegramm. Erst in der letzten Saison von ‚Logan's Run' war die Heldin einer der Folgen in einen Keller gesperrt worden. Auch ein klassischer Trick.

Alles konnte aus seinen Skripts stammen. Randall hatte scherzhaft darauf hingewiesen, aber es war längst kein Scherz mehr.

Michael war entschlossen, den nächsten Schritt selbst zu machen, und dafür wollte er auf die klassischen Detektivromane zurückgreifen. Er ging in das Haus, um per Telefon seine Inszenierung vorzubereiten.

Er war soeben mit dem letzten Anruf fertig, als Pandora ihm auf dem Korridor entgegenkam. „Michael, du musst etwas wegen Sweeney unternehmen."

Michael lehnte sich gegen das Geländer und betrachtete sie. Pandora sah wunderbar aus, ausgeruht, gesund und verärgert. „Ist es nicht Zeit für deinen Mittagsschlaf?"

„Genau davon spreche ich.“ Ihr Ärger verstärkte sich und gefiel ihm immer besser. „Ich brauche keinen Mittagsschlaf. Seit dem Unfall ist mehr als eine Woche vergangen.“ Sie löste ein Lederband aus ihren Haaren und fuhr sich mit den Fingern hindurch. „Der Arzt sagte, ich sei in Ordnung.“

„Hat er nicht gesagt, du hättest einen Schädel aus Stein?“

Sie zog die Augen zu schmalen Schlitzen zusammen. „Er war irritiert, weil ich ohne ihn perfekt gesund wurde. Ich bin geheilt, aber wenn Sweeney weiter nörgelt und mich bemuttert, bekomme ich einen Rückfall.“

„Und was soll ich tun?“

„Sie wird auf dich hören. Aus einem unerfindlichen Grund hält sie dich für unfehlbar. Mr. Donahue dies, Mr. Donahue das. In der letzten Woche habe ich ständig gehört, wie charmant, gut aussehend und stark du bist. Ein Wunder, dass ich mich überhaupt erholt habe.“

Er lächelte, aber er erkannte auch, dass Sweeneys Schmeicheleien seine Fortschritte zerstören konnten. „Die Frau hat eine gute Beobachtungsgabe. Trotzdem werde ich etwas unternehmen, weil ich dir erstens nie etwas abschlagen könnte, und zweitens weil Sweeney mich wegen meines Handgelenks verrückt gemacht hat.“

Pandora neigte den Kopf zur Seite. „Und was wirst du unternehmen?“

„Sweeney wird in den nächsten Tagen zu beschäftigt sein, um sich um uns zu kümmern. Die Dinnerparty wird sie ablenken.“

„Welche Dinnerparty?“

„Die Dinnerparty, die wir nächste Woche für alle unsere Verwandten geben werden.“

Pandora blickte auf das Telefon. „Was hast du unternommen?“

„Ich habe nur meine Inszenierung vorbereitet, Cousine. Sweeney soll das beste Porzellan hervorholen, obwohl ich glaube, dass wir keine Zeit haben werden, es zu benutzen.“

„Michael, wir werden nicht einfach Verwandte einladen. Einer von ihnen hat versucht, uns umzubringen.“

„Und er hat versagt." Er legte seine Hand unter ihr Kinn. „Meinst du nicht, Pandora, dass er es immer wieder versuchen wird? Die Polizei kann das Grundstück nicht unbegrenzt überwachen. Und ich bin nicht bereit, die Vergangenheit ruhen zu lassen." Sein Blick richtete sich auf die feine Narbe an ihrer Stirn. Der Arzt hatte versichert, sie werde verschwinden, aber Michaels Erinnerung würde das niemals tun. „Wir bringen es auf meine Weise in Ordnung."

„Mir gefällt das nicht."

„Pandora." Er lächelte sie strahlend an. „Vertrau mir!"

Die Tatsache, dass sie ihm vertraute, machte sie nur noch nervöser. Seufzend ergriff sie seine Hand. „Lass uns Sweeney darauf vorbereiten, dass sie die Raubtiere füttern muss."

Bis zu dem Moment, in dem der erste Wagen eintraf, war Pandora sicher, dass niemand kommen würde. Sie hatte mit Michael seinen Plan besprochen, ihn abgelehnt, ihn bewundert und zuletzt akzeptiert. Bloßes Theater, dachte sie, aber sie hatte genug von Jolley in sich, um sich auf dieses Theater zu freuen, vor allem, da sie eine der Hauptpersonen war.

Für ihre Rolle wählte sie ein schulterfreies, knöchellanges Kleid aus schwarzer Jerseyseide. Dazu trug sie einen breiten Halsreifen aus gehämmertem Silber und Ohrringe, die fast bis zu den Schultern reichten. Wenn Michael sich ein Drama wünschte, wollte sie sich nicht widersetzen.

Als Michael sie oben auf der Treppe entdeckte, war er sprachlos. Hatte er sich tatsächlich all die Jahre selbst eingeredet, sie sei nicht schön? Wie sie in diesem Moment da oben stand, selbstsicher, herausfordernd und amüsiert, ließ sie jede Frau, die er je gekannt hatte, verblassen. Und wenn er ihr das sagte, würde sie es ihm kein bisschen glauben. Also nickte er bloß anerkennend.

„Perfekt", murmelte er, während sie die Treppe herunterkam. In seinem dunklen Anzug sah Michael unbesiegbar und rücksichtslos aus. „Die weltgewandte Heldin." Er ergriff ihre Hand. „Kühl und erotisch. Hitchcock hätte dich zum Star gemacht."

„Lieber nicht. Denk daran, was mit Grace Kelly passiert ist."

Er lachte. „Nervös?"

„Nicht so sehr, wie ich es erwartet habe. Wenn es nicht funktioniert ..."

„Dann sind wir nicht schlechter dran als jetzt. Du weißt, was du tun musst."

„Wir haben es oft genug geprobt, Michael. Ich habe jetzt noch die blauen Flecke."

Er beugte sich vor und küsste ihre bloße Schulter. „Ich habe dich immer für ein Naturtalent gehalten. Wenn das vorüber ist, müssen wir beide eine ganz persönliche Inszenierung zu Ende bringen. Nein, zieh dich nicht zurück", mahnte er, als sie es versuchte. „Es ist zu spät für einen Rückzug." Sie standen so dicht beisammen, dass sich ihre Lippen fast berührten. „Es ist schon lange zu spät dafür."

Ihre bisher unterdrückte Nervosität kehrte zurück, hatte aber nichts mit den geplanten Tricks zu tun. „Du wirst dramatisch."

Er nickte und spielte mit ihren Haaren. „Mein Sinn fürs Drama und deine praktische Ader, eine interessante Kombination."

„Eine unbequeme Kombination."

„Wenn das Leben zu einfach ist, verschläft man es", erwiderte Michael. „Das hört sich so an, als wäre unser erster Gast eingetroffen", murmelte er, als sie einen Wagen hörten. Er küsste sie flüchtig. „Hals- und Beinbruch."

Sie zog die Nase kraus. „Genau das befürchte ich."

Innerhalb der nächsten halben Stunde versammelten sich alle, die vor einigen Monaten bei der Verlesung des Testaments in der Bibliothek anwesend gewesen waren, Fitzhugh ausgenommen. Jolley strahlte von seinem Bild in der Bibliothek auf die Leute herunter. Pandora blickte von Zeit zu Zeit zu ihm hinauf und wartete darauf, dass er ihr zublinzelte.

Um den Leuten das Schauspiel zu bieten, um dessentwegen sie hergekommen waren, zankten sich Michael und Pandora über alles, was ihnen gerade einfiel. Der erste Akt hatte begonnen.

Carlson stand mit seiner Frau neben einem Buchregal, gereizt und ungeduldig, und sah Pandora finster entgegen.

„Onkel Carlson, ich bin so froh, dass du es geschafft hast. Wir sehen uns viel zu selten."

„Versuch nicht, mich mit Worten weich zu machen." Er ließ den Scotch in seinem Glas kreisen, ohne zu trinken. „Wenn du mich von der Anfechtung des absurden Testaments abbringen willst, täuschst du dich."

„Ich denke gar nicht daran. Fitzhugh sagt, dass du keine Chance hast." Sie lächelte strahlend. „Aber das Testament ist absurd, da stimme ich dir zu, besonders nach all diesen Monaten mit Michael im selben Haus. Ich sage dir, Onkel Carlson, ich habe manchmal ernsthaft daran gedacht, das Handtuch zu werfen. Er hat alles getan, um die sechs Monate unerträglich zu machen. Einmal hat er vorgetäuscht, seine Mutter sei krank, und er müsse nach Kalifornien fliegen. Prompt wurde ich im Keller eingesperrt. Kindische Spiele." Sie warf einen Blick voll Abneigung zu Michael. Aus den Augenwinkeln sah sie Carlson hastig und nervös trinken. „Nun, es ist fast überstanden. Ich bin so froh, dass wir jetzt ein wenig feiern können. Michael wird endlich eine Flasche Champagner öffnen, die er seit Weihnachten aufbewahrt."

Carlsons Frau ließ ihr Glas auf den Teppich fallen.

„Ach, du lieber Himmel", sagte Pandora. „Willst du einen neuen Drink?"

„Nein, nicht nötig." Carlson nahm seine Frau am Arm. „Entschuldige."

Während sie sich entfernten, fühlte Pandora einen kurzen Schauder der Erregung. Also, es war Carlson gewesen.

„Ich habe vor sechs Monaten das Rauchen aufgegeben", sagte Michael zu Hank und seiner Frau.

„Du wirst es nie bereuen", stellte Hank gesundheitsbewusst fest. „Jeder ist für seinen eigenen Körper verantwortlich."

„Darüber habe ich in letzter Zeit oft nachgedacht", sagte Michael trocken. „Aber das Zusammenleben mit Pandora hat es mir nicht leicht gemacht. Sie ließ mir ein gefälschtes Telegramm schicken, damit ich denken sollte, meine Mutter sei krank." Er warf Pandora einen finsteren Blick zu.

„Dann hast du also sechs Monate nicht geraucht." Meg lenkte das Gespräch wieder auf Michaels Gesundheit.

„Ein Wunder bei dieser Frau, aber es ist fast vorbei." Er lächelte Hank zu. „Zum Dinner gibt es Champagner statt Karottensaft. Seit Weihnachten bewahre ich diese Flasche für eine passende Gelegenheit auf."

Hanks Finger an seinem Glas Mineralwasser wurden weiß, und aus Megs Gesicht wich die Farbe. „Wir ..." Hank sah hilflos zu Meg. „Wir trinken nicht."

„Champagner hat nichts mit Trinken zu tun", sagte Michael freundschaftlich. „Das hat mit Feiern zu tun. Entschuldigt." Er ging an die Bar und wartete auf Pandora. „Es war Hank."

„Nein." Sie goss sich Wermut nach. „Es war Carlson." Ihrer Rolle entsprechend, sah sie ihn dabei wütend an. „Du bist unerträglich langweilig."

Er hob sein Glas. „Und du bist ein Snob. Ich zähle schon die Tage."

Mit einer wütenden Drehung, dass ihr der Rock um die Beine wehte, verließ sie Michael und ging zu Ginger. „Ich verstehe nicht, wie ich es fertig bringe, mich bei diesem Mann zu beherrschen."

Ginger betrachtete ihr Gesicht in einem hübschen silbernen Taschenspiegel. „Ich habe ihn immer irgendwie niedlich gefunden."

„Du musst nicht mit ihm leben. Er hat meine Werkstatt verwüstet und behauptet, ein Vagabund habe es getan."

Ginger puderte ihre Nase. „Mir hätte er so etwas nicht angetan.

Darum sagte ich auch zu ..." Sie stockte und setzte mit einem dünnen Lächeln hinzu: „Hübsche Ohrringe hast du da."

Michael hörte sich Morgans Meinung über die Börse an. Bei erster Gelegenheit fiel er ihm ins Wort. „Wenn alles vorbei ist, hole ich mir bei dir Rat. Ich möchte mich um Jolleys Chemiewerke kümmern. Man kann viel Geld machen mit Dünger und – Schädlingsbekämpfungsmitteln." Er sah, wie Patience nervös mit ihren Händen spielte und unter Morgans mahnendem Blick damit aufhörte.

„Software", sagte Morgan knapp.

Pandora versuchte ihr Glück bei Biff. „Du siehst gut aus."

„Und du siehst blass aus, Cousine."

„Die sechs Monate mit Michael! Ich weiß nicht, was Onkel Jolley an ihm fand. Michael mag seltsame Scherze. Er hat mich in den Keller gesperrt. Eines Abends hat er mich sogar mit verstellter Stimme angerufen und behauptet, jemand wolle mich töten."

Biff hörte zu grinsen auf und sah sie verwirrt an. „Seltsam."

„Na ja, es ist fast vorbei. Übrigens, hast du dich über den Champagner gefreut, den ich dir geschickt habe? Mir ist die Idee gekommen, weil jemand Michael eine Flasche zu Weihnachten gesandt hat. Er will sie heute Abend endlich aufmachen. Entschuldige, ich muss mich um das Dinner kümmern."

In der Küche fand sie Sweeney bei den letzten Vorbereitungen. „Sweeney, es wird Zeit, den Strom abzuschalten."

„Ich weiß, ich weiß, ich habe nur den Schinken fertig gemacht."

Sweeney hatte den Auftrag, auf Pandoras Zeichen in den Keller zu gehen und den Strom für genau eine Minute abzuschalten. Die Köchin wischte sich die Hände an der Schürze ab und ging zur Kellertür. Pandora holte tief Luft und kehrte in die Bibliothek zurück.

Michael stand neben dem Schreibtisch, als sie eintrat.

„Dinner in zehn Minuten", verkündete sie, überprüfte den Raum und nahm den vorgesehenen Platz ein.

Michael nahm das Stichwort auf. „Ihr alle fragt euch, warum ihr heute Abend hier seid." Er hob sein Glas und blickte jedem einzelnen kurz ins Gesicht. „Einer von euch ist ein Mörder."

Prompt erlosch das Licht, und ein Tumult brach los. Gläser zersprangen, Frauen schrien, ein Tisch kippte um. Als die Lichter wieder angingen, erstarrten alle.

Pandora lag halb unter dem Schreibtisch, mit dem Gesicht nach unten. Neben ihr lag ein blutbefleckter Brieföffner. Sofort kniete Michael neben ihr und nahm sie auf die Arme, bevor jemand reagieren konnte. Schweigend trug er sie aus dem Raum. Minuten später kehrte er allein zurück. Sein Gesichtsausdruck war hart und erbarmungslos.

„Ein Mörder", wiederholte er. „Sie ist tot."

„Was heißt, sie ist tot?" Carlson drängte sich nach vorne. „Was ist das für ein Spiel? Wir wollen sie sehen."

Michael stellte sich ihm in den Weg. „Niemand verlässt den Raum, bis die Polizei hier ist."

„Polizei?" Blass und zitternd blickte Carlson sich um. „Wir wollen keine Polizei. Wir müssen das untereinander abmachen. Sie ist nur in Ohnmacht gefallen."

„Hier ist ihr Blut." Michael deutete auf den blutbefleckten Brieföffner.

„Nein!" Meg schob die anderen beiseite. „Niemand sollte verletzt werden. Nur erschreckt. So sollte es nicht enden! Hank!" Sie vergrub ihr Gesicht an der Brust ihres Mannes.

„Wir wollten nur ein paar Tricks abziehen", murmelte er.

„Mord ist kein Trick", warf Michael ihm vor.

„Wir wollten niemals ..." Er sah Michael schockiert an. „Nicht Mord", stieß er hervor und drückte Meg fest an sich.

„Du wolltest auch keinen Champagner trinken, nicht wahr, Hank?"

„Da wollte ich aufhören." Meg schluchzte. „Ich habe Pandora sogar angerufen und sie gewarnt. Ich habe es von Anfang an für falsch gehalten, aber wir brauchten das Geld. Unser Sportstudio hatte alles verschlungen. Wir wollten euch zwei gegeneinander aufhetzen, aber mehr nicht. Hank und ich warteten in der Hütte im Wald. Dann ging er in Pandoras Werkstatt und hat alles verwüstet. Sie sollte denken, du seist es gewesen ..."

Zwei Tränen liefen ihr über die Wangen. „Es war alles so dumm ... und so aufregend."

Michael sah seine hübsche Cousine an. „Du hast mitgemacht?"

„Ich habe eigentlich nichts gemacht, aber als Tante Patience es mir erklärt hat ..."

„Patience?"

„Morgan hat einen Anteil an dem Vermögen verdient." Die alte Frau rang die Hände. „Wir wollten einen von euch vertreiben."

„Telegramm." Morgan paffte nervös an seiner Zigarre. „Nicht Mord." Er wandte sich an Carlson. „Deine Idee."

„Lächerlich!" Carlson trocknete seine Stirn mit einem weißen Taschentuch. „Die Anwälte konnten nichts machen. Ich habe nur meine Rechte geschützt."

„Mit Mord", warf Michael ein.

„Unsinn! Der Plan war, dich aus dem Haus zu locken. Ich habe sie in den Keller gesperrt. Bei dem Champagner hatte ich Bedenken, aber das war auch nicht tödlich."

„Das war Biffs Idee", sagte Meg.

Biff zuckte die Schultern. „Jeder hier im Raum hatte seine Finger in der Sache."

Michael trat an ihn heran. „Da ist noch die Sache mit meinem Wagen."

Biff zuckte noch einmal die Schultern, aber Michael sah die Schweißperlen oberhalb seiner Lippen. „Jeder war beteiligt. Du wirst jedenfalls nicht meine Fingerabdrücke auf dem Brieföffner finden."

„Wenn jemand einen Mordversuch begangen hat", sagte Michael ruhig, „kann man ihm den zweiten leichter nachweisen."

„Du kannst nichts beweisen. Jeder von uns könnte die Bremsschläuche deines Wagens angesägt haben. Du kannst nicht beweisen, dass ich es war."

„Nicht nötig." Blitzartig setzte Michael ihm die Faust auf die Kinnspitze. Doch bevor der Schwankende zu Boden stürzte, hatte er ihn beim Kragen gepackt. „Ich habe kein Wort von angesägten Bremsschläuchen gesagt."

Biff fühlte, wie die Falle sich schloss und schlug blindlings um sich. Noch ehe Michael einen nächsten Faustschlag landen konnte, stolperte Biff und zog ihn mit sich zu Boden. Eine Tiffanylampe barst in einem Farbenregen. Schockiert wichen die anderen zurück.

„Michael, das reicht." Mit zerzausten Haaren und zerdrücktem Kleid betrat Pandora den Raum. „Wir haben Besuch."

Schwer atmend zog er Biff auf die Beine. Sein Handgelenk schmerzte, aber er sah es als ein Vergnügen an.

Charles wirkte in seinem besten Anzug sehr würdevoll, als er die Türen der Bibliothek öffnete. Hinter ihm stand Lieutenant Randall.

„Dinner ist serviert", verkündete Charles.

Zwei Stunden später feierten Pandora und Michael zu zweit mit Bruno in der Bibliothek. „Ich dachte nie, dass es klappen würde", sagte sie zwischen zwei Bissen Schinken. „Lieutenant Randall war auch nicht erfreut über unsere Komödie."

„Du warst großartig." Michael beugte sich zu ihr und gab ihr einen Kuss. „Ein Star."

„Der Brieföffner mit dem Theaterblut war gut, aber wenn sie alle zusammengehalten hätten ..."

„Wir wussten schon, dass einer weich geworden war. Meg hat also angerufen und dich gewarnt."

„Ich habe eigentlich vor, in ihr Sportstudio zu investieren."

„Wäre nicht schlecht", stimmte Michael zu.

„Was wird jetzt geschehen?"

„Ach, Carlson wird genau wie die anderen gut davonkommen, Biff ausgenommen. Der wird wohl eine Weile keine Anzüge von Brooks Brothers, sondern Gefängniskluft tragen."

„Du hast ihm noch ein blaues Auge geschlagen", meinte Pandora.

„Und zwar mit Begeisterung." Michael trank grinsend einen Schluck Wein.

„Noch zwei Wochen, dann ist es vorüber."

„Nein." Er ergriff ihre Hand. „Dann fängt es an. Wie lang?"

Pandora kämpfte um Selbstbeherrschung. „Wie lang was?"

„Wie lang liebst du mich schon?"

Sie zuckte zusammen. „Ich schmeichle doch nicht deinem Ego!"

„Na gut, dann fange ich an. Ich habe mich in dich verliebt, als du von den Kanarischen Inseln zurückkamst und in den Salon tratst. Du hattest Beine, die bis zur Taille reichten, und hast auf mich herabgesehen. Ich war nie wieder derselbe."

„Ich habe genug von Spielen, Michael", sagte sie steif.

„Ich auch." Er fuhr mit einem Finger über ihre Wange. „Du hast gesagt, dass du mich liebst, Pandora."

„Unter Druck."

„Dann muss ich dich unter Druck halten, weil ich dich nicht aufgeben werde. Warum heiraten wir nicht genau hier?"

Sie erstarrte. „Was?"

„Genau hier in der Bibliothek." Er blickte um sich, ignorierte aber die umgestürzten Tische und das zerbrochene Porzellan. „Wäre doch hübsch."

„Ich weiß nicht, wovon du sprichst. Wenn du erst einmal zu deinen vollbusigen Starlets und blonden Tänzerinnen ..."

„Welche blonden Tänzerinnen? Ich kann blonde Tänzerinnen nicht ausstehen."

„Michael, darüber kann ich keine Scherze machen."

„Du kaufst ein hübsches weißes Kleid, vielleicht einen Schleier.

Ein Schleier wird dir gut stehen. Dann besorgen wir uns einen Standesbeamten und viele Blumen und feiern eine sehr traditionelle Hochzeit. Danach lassen wir uns auf Folley häuslich nieder, und jeder geht seiner Karriere nach. In einem, spätestens zwei Jahren sorgen wir dafür, dass Charles und Sweeney ein Baby bemuttern können. Siehst du?" Er drückte einen Kuss auf ihr Ohr.

„Das Leben ist aber kein Skript", widersprach sie.

„Ich bin verrückt nach dir, Pandora. Sieh mich an! Als Künstlerin müsstest du unter die Oberfläche sehen können, und das müsste dir leicht fallen, weil du immer gesagt hast, ich sei seicht."

„Ich habe mich getäuscht." Sie wollte ihm glauben. Ihr Herz tat es bereits. „Michael, wenn das ein Spiel ist, bringe ich dich eigenhändig um."

„Keine Spiele mehr. Ich liebe dich, so einfach ist das."

„Einfach", murmelte sie und wunderte sich, dass sie überhaupt reden konnte. „Du willst heiraten?"

„Zusammenzuleben wäre zu einfach."

Er zog sie mit sich auf das Sofa, drängte sie zurück in die Kissen, und als sich ihre Lippen berührten, drückten sich alle seine Gedanken und Gefühle in diesem Kuss aus. Pandora wurde sanft und nachgiebig, was sie selten tat und was er selten verlangte. Sie schlang ihre Arme um ihn.

Vielleicht war wirklich alles so einfach.

„Ich liebe dich, Michael."

„Wir werden heiraten."

„Es sieht ganz so aus."

Seine Augen blickten eindringlich, als er sie ansah. „Ich werde dir das Leben schwer machen, Pandora. Und zwar zahle ich dir damit die Tatsache heim, dass du die aufreizendste ... ich meine, die ärgerlichste Frau sein wirst, die man sich überhaupt vorstellen kann. Verstehen wir einander auch in dieser Hinsicht?"

Ihr Lächeln blühte förmlich auf. „Ich glaube, das haben wir immer getan."

Michael drückte einen Kuss auf ihre Stirn, dann auf ihre Nasenspitze und auf ihre Lippen. „Er hat uns beide immer verstanden."

Sie folgte seinem Blick zu Jolleys Porträt. „Der verrückte alte Kerl hat uns doch tatsächlich da, wo er uns haben wollte. Ich glaube, er hat jetzt gut lachen." Sie rieb ihre Wange an Michaels Wange. „Ich wünschte mir nur, er wäre hier und könnte uns sehen, wenn wir heiraten."

Michael zog eine Augenbraue hoch. „Wer sagt, dass er nicht hier sein wird?"

Er stand auf, zog sie auf die Beine und griff nach den beiden Gläsern.

„Auf Maximilian Jolley McVie."

„Auf Onkel Jolley." Pandora ließ ihr Glas gegen Michaels Glas klingen. „Auf uns." Sie nahm einen kräftigen Schluck und seufzte. „Himmel, es stehen uns verdammt turbulente Ehejahre bevor!"

– ENDE –

Nora Roberts

Spiel um Sieg und Liebe

Roman

Aus dem Amerikanischen von
M. R. Heinze

MIRA®

1. KAPITEL

„Vorteil Starbuck."

Es hat sich nichts geändert, dachte Amy. Als der Applaus verklungen war, trat für einen Augenblick Stille ein. Die große Halle war bis auf den letzten Platz gefüllt, und die Zuschauer warteten auf den nächsten Aufschlag.

Amy saß genau auf Höhe des Netzes und beobachtete Tad Starbuck – den Tennis-Champion und früheren Geliebten, mit dem sie eine unvergessene Zeit verbracht hatte. Seit beinahe zwei Stunden sah sie ihm jetzt schon zu, und immer wieder fiel ihr auf, dass Tad sich überhaupt nicht verändert hatte, weder in seiner Spielweise noch in seinem Aussehen. Mehr als drei Jahre waren vergangen, seit Amy ihm zum letzten Mal gegenübergestanden hatte, und doch hatte sie nichts vergessen, nicht die geringste Kleinigkeit.

Während dieser Jahre hatte sie ihn höchstens einmal im Fernsehen während einer Übertragung gesehen, aber selbst das hatte sie meist vermieden. Nicht nur, dass es sie zu sehr schmerzte, sein Gesicht auf dem Bildschirm zu sehen, sie hatte es auch nicht ertragen können, wenn sie die vielen anderen aus dem „Tenniszirkus" erkannte, zu dem sie auch einmal gehört hatte und bald wieder gehören würde.

Die Entscheidung war ihr nicht leicht gefallen. Lange hatte Amy alle Vorteile und Nachteile gegeneinander abgewogen und sich dann schließlich doch entschlossen, zu den amerikanischen Hallenmeisterschaften zu fahren und sich damit zum ersten Mal wieder ein Turnier live anzusehen. Es war unvermeidlich, dass sie Tad wieder begegnen würde, wenn sie ihre Karriere erneut aufnahm, darüber war Amy sich im Klaren. Und je schneller sie dieses erste Wiedersehen nach drei Jahren hinter sich gebracht hatte, umso besser.

Sie würde sich so benehmen, dass die Presse, ihre Tenniskollegen und ihre Fans sofort merken würden, dass zwischen ihr und Tad nichts mehr war. Nur zögernd gestand Amy sich ein, dass sie nicht so zuversichtlich war, dass auch Tad das einsehen würde – und sie selbst.

Tad stand hinter der Grundlinie und machte sich bereit zum Aufschlag. Nur zu gut kannte Amy die Bewegung, den abschätzenden Blick hinüber zu seinem Gegner und dann das kraftvolle Ausholen mit dem Tennisschläger in der linken Hand.

Als er den Ball voll traf, hörte Amy das charakteristische Geräusch, das er dabei machte – halb Stöhnen, halb triumphierender Aufschrei. Jeder weniger talentierte Gegner hätte keine Chance gehabt, an den pfeilschnellen Ball heranzukommen. Der Franzose Grimalier jedoch war Tad zumindest in dieser Phase des Spiels beinahe ebenbürtig. Er retournierte den Ball gekonnt – und damit war der entscheidende Satz eröffnet.

Das Publikum ging lautstark mit, feuerte beide Spieler an und applaudierte begeistert, wenn ihnen ein besonders spektakulärer Ballwechsel gelungen war.

Amy konnte nicht ausmachen, wer von beiden die größere Fangemeinde hinter sich hatte. Was Tad betraf, so war es immer schon so gewesen, dass die Zuschauer sich in zwei Lager spalteten. Die einen verehrten ihn abgöttisch, die anderen konnten ihn nicht ausstehen. Nur eines war unmöglich: dass Tad Starbuck einen Tennisfan völlig kalt ließ.

Beide Spieler waren sehr beweglich, gingen häufig ans Netz und machten das Spiel dadurch abwechslungsreich und spannend. Das wollte das Publikum sehen – keine langweiligen Grundlinienduelle, bei denen so wenig passierte.

Amy hatte sich vorgenommen, kühl und objektiv zuzuschauen, obwohl sie im Grunde geahnt hatte, dass das nicht möglich sein würde. Dazu war sie viel zu sehr mit Leib und Seele Tennis-Profi, und wenn dann auch noch Tad Starbuck auf dem Platz stand, war es ein Ding der Unmöglichkeit.

Wenn man ihm nur oberflächlich zusah, hätte man meinen können, er sei ein eleganter Spieler mit einer guten Technik. Erst wenn man näher hinsah – oder wenn man ihn so gut kannte wie Amy –, fiel auf, wie viel explosive Kraft in Tad steckte. Sein Spiel wirkte leicht und unverkrampft, aber erst seine ungeheure Kraft und sein nie erlahmender Siegeswille machten ihn zu dem Weltklassespieler, der er war.

Auf den ersten Blick wirkte Tad nicht sonderlich athletisch. Er war groß und schlank, mit langen Beinen, einem immer gebräunten Gesicht und dunklen, krausen Haaren. Die auch jetzt wieder zu lang sind, dachte Amy und lächelte. Wenn auch drei Jahre vergangen waren, so konnte sie sich doch noch so genau an seinen Körper erinnern, dass sie ihn förmlich vor sich sah, wenn sie die Augen schloss.

Schnell schob sie den Gedanken daran beiseite. Das war Vergangenheit, und wenn die Erinnerung auch noch so sehr schmerzte, es gab kein Zurück mehr.

Tad hatte Vorteil, aber wie üblich bedeutete das bei ihm nicht, dass er es jetzt etwas ruhiger angehen ließ. Er kämpfte um jeden Punkt, als hinge sein Leben davon ab. Längst war sein Hemd schweißnass, und immer häufiger wischte er sich mit dem Schweißband am Handgelenk über das Gesicht.

Amy war so in das Spiel vertieft, als stünde sie selbst auf dem Platz. Ihre Handflächen waren feucht und ihre Muskeln so angespannt, als erwarte sie selbst den Aufschlag des Gegners.

Tad schlug den Ball diagonal. Der Franzose hechtete ihm entgegen, erreichte ihn aber nicht mehr.

„Aus!“ rief der Linienrichter im selben Moment. Mit angehaltenem Atem beobachtete Amy Tad. Die Zuschauer waren mit diesem Urteil gar nicht einverstanden. Sie murrten laut, einige pfiffen.

Tad stand noch immer mitten auf dem Platz. Er atmete schwer, seinen Blick starr auf den Schiedsrichter gebannt. Das Publikum hatte sich immer noch nicht beruhigt, und Amy erwartete jeden Moment, dass Tad explodieren würde. Stattdessen hob er langsam den

Arm, wischte sich mit dem Schweißband übers Gesicht und ging dann, ohne ein Wort zu sagen, zurück zur Grundlinie.

Unwillkürlich stieß Amy die Luft aus und schüttelte den Kopf. Das war neu an Tad. Früher hätte er sich in solchen Situationen mit dem Schiedsrichter angelegt, und wenn es ganz schlimm kam, hatte er auch schon mal seinen Schläger wütend auf den Platz geworfen. Mehr als einmal hatte er für sein unbeherrschtes Benehmen Strafen einstecken müssen, ohne dass das etwas geändert hätte.

Als es wieder ruhiger in der Halle geworden war, stand Tad noch für einen Moment hinter der Grundlinie. Dann hob er den Schläger, warf den Ball in die Luft und traf ihn mit voller Wucht. Ein Ass! Der Franzose hatte nicht den Hauch einer Chance, an diesen Aufschlag heranzukommen. Ruhig wartete Tad, bis sich der Applaus gelegt und der Schiedsrichter den neuen Spielstand genannt hatte. Dann kam sein nächster Aufschlag.

Grimalier parierte mit der Vorhand, und diesmal hatte Tad Mühe, den Volley zu erlaufen. Er retournierte geschickt, und die nächsten Minuten entwickelten sich zu einem offenen Schlagabtausch. Das Publikum ging begeistert mit, sprang auf und feuerte die Spieler an. Ohne dass sie sich dessen bewusst geworden war, stand auch Amy auf ihren Füßen und schrie aus Leibeskräften.

Mit letzter Anstrengung erreichte der Franzose den „Lob“ und schlug den Ball zurück ins rechte Feld. Tad spurtete, bekam den Ball auf die Rückhand und drosch ihn genau in die andere Ecke, wo Grimalier ihn nicht mehr erwischen konnte. Das Spiel war aus. Tad hatte mit drei zu eins Sätzen gewonnen, und das nach zweieinhalb Stunden Spielzeit!

Tad Starbuck war US-Hallenmeister, und das Volk jubelte.

Amy sah zu, wie er auf das Netz zuging, seinem Gegner die Hand schüttelte und dann ins Publikum winkte. Das Spiel hatte sie mehr mitgenommen, als sie vorher gedacht hatte. Aber sicher lag das nur an Tads wirklich mitreißendem Spiel, nicht an ihm selbst.

Wenn sie an den Augenblick dachte, wo sie ihm zum ersten Mal wieder gegenüberstehen würde, spürte sie ihre Nervosität. Wie würde er reagieren? War er immer noch verletzt? Sein Stolz sicher, damit musste sie wohl rechnen. Aber sie war gewappnet. Sie würde ganz kühl und unnahbar bleiben. Schließlich hatte sie diese Haltung ihr ganzes Leben lang eingeübt, es würde ihr nicht schwer fallen.

Sie hatte über dieses erste Zusammentreffen mit Tad mindestens so lange nachgedacht, wie über die Entscheidung, ob sie wieder Profispielerin werden solle oder nicht. Und sie hatte sich fest vorgenommen, sowohl aus der Begegnung mit ihm als auch aus ihren ersten Spielen als Siegerin hervorzugehen.

Nachdem Tad geduscht und sich den Fragen der Presse gestellt hatte, wollte sie auf ihn zugehen und ihm gratulieren. Es wäre besser, hatte sie sich überlegt, wenn sie den ersten Schritt tat und das Überraschungsmoment auf ihrer Seite hatte. Amy sah, wie er auf den Schiedsrichter zuging, ihm die Hand gab und sich bedankte.

Dann drehte er sich um. Langsam und ohne Hast wandte er den Kopf. Selbst auf diese Entfernung wirkten seine Augen dunkel, und der Blick, zwingend, irrte nicht suchend durch die Reihen der Zuschauer, sondern heftete sich ganz gezielt auf sie. Amy spürte, wie ihr Herz plötzlich schneller schlug. Sie hörte nicht mehr die Zuschauer um sich herum, die immer wieder seinen Namen schrien, sie sah nur noch in seine Augen. Amy war unfähig, diesen Kontakt zu brechen.

Dann war es zu Ende, genauso plötzlich, wie es begonnen hatte. Tad wandte sich ab, ein Lächeln ging über sein Gesicht, er reckte beide Arme in die Luft und ließ sich feiern.

Er hat es gewusst, dachte Amy, während die Menschen um sie herum zum Ausgang drängten. Er hat die ganze Zeit gewusst, dass ich hier war. Sie spürte, wie Zorn in ihr aufstieg. Wie früher, so hatte er auch diesmal wieder gewonnen, hatte ihren so sorgfältig erstellten Plan einfach über den Haufen geworfen.

Amy stand immer noch wie festgewurzelt und sah hinunter auf den leeren Platz. Die Zuschauerränge waren schon fast verwaist, aber sie konnte sich einfach nicht dazu durchringen, ebenfalls zu gehen. Erinnerungen kamen zurück, und es gelang ihr nicht, sie einfach zu ignorieren. Tads Blick hatte einen solchen Aufruhr in ihr verursacht, dass sie all ihre Kraft brauchte, um wieder zur Ruhe zu kommen und ihm begegnen zu können.

Sie war so in Gedanken versunken, dass sie die interessierten Blicke der letzten Zuschauer, die an ihr vorbeigingen, überhaupt nicht bemerkte. Dabei hatten diese Blicke der Männer durchaus ihre Berechtigung. Amy hatte eine schlanke, makellose Figur und eine von den vielen Tennisstunden in der Sonne gebräunte Haut. Ihr Haar war immer noch so kurz geschnitten wie während ihrer aktiven Zeit. Ihr hübsches, ebenmäßiges Gesicht schien eher zu einem Mannequin zu passen als auf einen Tennisplatz, wo Profis verbissen und schweißtreibend um jeden Punkt rangen. Amys große Augen zeigten ein strahlendes Blau. Die dunkle Wimperntusche, die ihre langen Wimpern noch länger erscheinen ließ, war das einzige Make-up, das sie benutzte.

Als sie neunzehn war, hatte einer der Sportreporter, der sie interviewt hatte, für sie den Ausdruck „Das Gesicht" geprägt. Selbst als sie sich dann vom aktiven Sport zurückgezogen hatte, war dieser Name an ihr haften geblieben. Und auch jetzt, immerhin drei Jahre älter geworden, passte dieser Ausdruck noch genauso gut zu ihr.

So schön ihr Gesicht war, so ausdruckslos konnte es auch sein, wenn sie sich ganz unter Kontrolle hatte und nicht wollte, dass jemand in ihrer Umgebung ihre Gefühle davon ablesen sollte. Ihre Gegnerinnen auf dem Platz hatten häufig darüber geklagt, dass man bei Amy nie voraussehen könne, was sie als Nächstes tun werde, da aus ihrer Miene nichts abzulesen sei.

Tennis war so lange ihr Leben gewesen, dass es kaum noch einen Unterschied zwischen der Sportlerin und der privaten Amy gab. Immer wieder hatte ihr Vater ihr eingehämmert, so wenig wie möglich von sich selbst zu offenbaren, den bohrenden Fragen der Presseleute nicht nachzugeben. In ihrem Leben hatte es nur einen gegeben, der sie auch anders kannte – Tad.

Als Amy sich schließlich wieder stark genug fühlte, Tad gegenüberzutreten, machte sie sich auf den Weg in die Kabinen. In den Gängen hinter dem Platz begegneten ihr einige bekannte Gesichter. Eine Spielerin, die damals mit ihr zusammen Profi geworden war, ihre frühere Doppelpartnerin – und dann stand sie plötzlich Chuck Prince, Tads bestem Freund, gegenüber. Er schien sich zu freuen, sie zu sehen.

„Amy!" Er griff ihren Arm und hielt sie fest. „Schön, dich wiederzusehen. Du siehst fantastisch aus."

Amy lachte erfreut. „Das Kompliment kann ich unbedenklich zurückgeben."

„Ich habe ja gar nicht gewusst, dass du kommen würdest." Chuck hielt immer noch ihren Arm fest und führte sie durch die Menschen, die sich in den engen Fluren angesammelt hatten. „Und ich hab dich auch nicht gesehen, bis ..." Er brach ab, aber Amy wusste genau, dass er auf den Blick zwischen Tad und ihr anspielte. „Bis nach dem Spiel", schloss er. „Warum hast du nicht vorher angerufen?"

„Ich war mir bis zuletzt nicht sicher, ob ich wirklich kommen könnte", antwortete Amy. „Und dann habe ich mich erst einmal auf die Tribüne gesetzt und mir das Spiel angesehen."

„Ein besseres hättest du dir gar nicht aussuchen können", meinte Chuck. „Ich habe Tad nie besser gesehen als im letzten Satz. Drei Asse hat er geschlagen."

„Sein Aufschlag war immer seine stärkste Waffe", antwortete sie.

„Hast du ihn schon begrüßt?"

„Nein, noch nicht."

Chuck zögerte. „Amy ..." Aber dann fasste er sich doch ein Herz. „Er hat sehr darunter gelitten, als du ihn verlassen hast."

„Ich bin sicher, er hat sich schnell erholt." Amy spürte, dass ihre Antwort zu kurz angebunden ausgefallen war. Schnell griff sie nach seinem Arm, lächelte und wechselte das Thema. „Chuck, wie ist es dir ergangen? Ich habe vor kurzem eine Anzeige mit dir gesehen, in der du für die neuen Tennisschuhe wirbst."

„Und? Wie fandest du mich?"

Amy musste lachen. „So überzeugend, dass ich drauf und dran war, mir welche zu kaufen."

„Na bitte! Da soll doch noch mal einer sagen, ich wäre nicht für die Werbung geeignet", meinte er stolz. Dann jedoch wurde er wieder ernst und sah Amy an. „Wir alle haben dich sehr vermisst, weißt du das?"

„Oh, Chuck." Sie lehnte für einen Augenblick den Kopf gegen seine Schulter. „Ich euch auch. Erst als ich heute hier in die Halle kam, ist mir klar geworden, wie sehr ich euch alle vermisst habe. Drei Jahre sind eine lange Zeit."

„Aber jetzt bist du ja wieder dabei."

Amy nickte. „Ja, bald. In zwei Wochen geht es wieder los."

„Das Foro Italico."

Amy nickte. „Ja, bisher habe ich noch nie dort gewonnen, aber diesmal werde ich gewinnen."

„Auf Sand warst du noch nie sonderlich gut."

Amy zuckte zusammen, als sie plötzlich Tads Stimme hinter sich hörte. Aber einen Augenblick später hatte sie sich wieder in der Gewalt und drehte sich langsam um. Tad sah sofort, dass sie auch aus der Nähe nichts von ihrer Schönheit eingebüßt hatte, und dass sie es auch noch nicht verlernt hatte, sich unter Kontrolle zu halten.

„Das hast du mir immer einzureden versucht", antwortete sie ruhig. „Du hast sehr gut gespielt, Tad ... nach dem ersten Satz."

Sie standen nur wenige Schritte voneinander entfernt. Beide stellten sie fest, dass die drei Jahre nichts verändert hatten. Und wenn es zwanzig wären, dachte Amy plötzlich, auch dann wäre es noch genauso. Ihr Herz würde immer noch schneller schlagen, der Kloß in ihrem Hals wäre da, und auch das seltsame Gefühl in der Magengegend.

Während sie noch damit beschäftigt war, solche Gedanken aus ihrem Kopf zu verbannen, hatten die Reporter sie in dem engen Gang aufgespürt. Sie drängten so nahe heran, dass Amy noch näher an Tad herangedrückt wurde, und stellten ununterbrochen Fragen.

Ohne ein Wort zu sagen, griff Tad plötzlich nach ihrem Arm und zog sie in ein angrenzendes Zimmer. Bevor die Presseleute noch reagieren konnten, hatte er die Tür von innen verschlossen.

Wie vorhin auf dem Platz, so nahm er sich auch jetzt wieder Zeit, sie ausgiebig zu betrachten.

„Du hast dich nicht verändert, seit wir uns das letzte Mal gesehen haben, Amy", sagte er schließlich.

„Oh, doch." Warum nur schlug ihr Herz so hart gegen ihre Brust, dass sie kaum Luft bekam?

„Wirklich?" Skeptisch zog er die Augenbrauen hoch. „Wir werden sehen."

Tad stand nur einen Schritt von ihr entfernt, aber er fasste sie nicht an. Normalerweise konnte er nicht sprechen, ohne seine Worte mit Gesten zu unterstreichen, und wenn er sich mit jemandem unterhielt, geschah es häufig, dass er seinen Gesprächspartner am Arm packte. Diesmal allerdings stand er ganz still, hielt seine Arme vor der Brust verschränkt und sah sie nur an.

„Bei dir habe ich allerdings eine Veränderung festgestellt", unterbrach Amy das Schweigen. „Du hast dich nicht mit dem Schiedsrichter angelegt, und als der Linienrichter dem Ball das „Aus" gab, hast du das schweigend hingenommen."

„Das habe ich mir abgewöhnt."

„Wirklich? Mir scheint, ich bin nicht mehr auf dem Laufenden."

„Das scheint mir auch so."

Amy fühlte sich unbehaglich unter seinem Blick. Sie hatte Angst, er könnte ihre gemeinsame Vergangenheit erwähnen, und war froh, dass das Gespräch sich bisher auf Tennis konzentrierte.

„Ich werde wieder spielen", sagte sie. Scheinbar unbeabsichtigt trat sie einen Schritt zurück. Sie konnte einfach seine Nähe nicht länger ertragen, ohne ihn auch berühren zu wollen.

Wie oft hatte Amy Tads Körper gespürt! Wie viele Stunden hatten sie miteinander verbracht, in denen er Gefühle in ihr geweckt hatte, von denen sie vorher nicht die leiseste Ahnung gehabt hatte. Nachts, morgens nach dem Training, nachmittags, wenn draußen der Regen gegen die Fenster prasselte – es gab keine Zeit, die sie nicht ausgenutzt hatten, um sich zu lieben.

Hoffentlich streckte er nicht die Hand aus und berührte sie! Sie wusste nicht, wie sie mit einer solchen Geste umgehen würde, was sie fühlen würde. Verzweifelt verschränkte sie ihre Hände hinter dem Rücken, ohne dass sie sich dessen bewusst war. Obwohl seine Augen ständig auf ihr Gesicht gerichtet waren, sah Tad diese Bewegung. Er lächelte.

„In Rom?"

Amy räusperte sich. „Ja, in Rom werde ich wieder anfangen. Natürlich als Ungesetzte. Schließlich sind drei Jahre vergangen."

„Wie steht's mit deiner Rückhand?"

„Gut." Ganz automatisch reckte sie das Kinn vor. „Besser als je zuvor."

Ganz langsam streckte er die Hand vor und griff nach ihrem Arm.

Amy spürte, wie ihre Handflächen feucht wurden. „Das hab ich nie verstanden", sagte er, „dass in so schlanken Armen so viel Kraft stecken kann. Machst du immer noch Krafttraining?"

„Ja."

Seine Finger glitten weiter runter bis zu ihrem Ellbogen. „So, so", murmelte er. „Lady Wickerton kommt also zurück in den Tenniszirkus."

„Miss Wolfe", verbesserte Amy sofort. „Ich habe meinen Mädchennamen wieder angenommen."

Sein Blick suchte vergebens einen Ehering an ihrer Hand. „Dann ist die Scheidung also durch?"

„Ja, vor drei Monaten."

„Schade." Seine Augen waren ganz dunkel geworden, als er sie wieder ansah. „Der Titel hat gut zu dir gepasst. Vermutlich hast du dich in diesem englischen Schloss so perfekt benommen, als wärst du dort aufgewachsen."

„Die Reporter warten auf dich." Amy wollte sich aus seinem Griff befreien, aber er ließ sie nicht los.

„Warum, Amy?" Er hatte sich geschworen, niemals diese Frage zu stellen, wenn sie ihm noch einmal über den Weg laufen sollte. Aber jetzt konnte er nicht anders. „Warum hast du mich verlassen? Warum bist du ohne ein Wort weggelaufen und hast diesen verdammten englischen Lord geheiratet?"

Amy wehrte sich nicht mehr gegen seinen Griff. Sie stand ganz still. „Das geht nur mich etwas an."

„Nur dich?" wiederholte er wütend. „Wir waren bereits seit Monaten zusammen – die ganze Saison über. In der Nacht vorher warst du noch in meinem Bett, und am nächsten Tag bist du mit diesem Lord auf und davon." Seine Hände griffen noch fester zu, und er schüttelte sie hin und her. „Meine Schwester musste es mir sagen. Du hattest noch nicht einmal den Mut, dich von mir zu verabschieden."

Äußerlich blieb Amy ganz ruhig und hoffte, dass auch ihre Augen sie nicht verraten würden. „Ich hatte eben meine Entscheidung getroffen."

„Aber wir waren beinahe sechs Monate lang zusammen", erinnerte Tad sie.

„Ich war nicht die erste Frau in deinem Bett."

„Das wusstest du von Anfang an."

„Ja, das wusste ich." Sie kämpfte das Verlangen nieder, mit beiden Fäusten gegen seine Brust zu hämmern. Sie musste sich jetzt zusammenreißen, durfte keine Schwäche zeigen. „Wie ich schon sagte, ich hatte meine Entscheidung getroffen. So, und jetzt lass mich bitte gehen."

Ihre kühle Selbstdisziplin hatte Tad immer ebenso fasziniert wie wütend gemacht. Dabei kannte er Amy so viel besser als alle anderen – sogar besser als ihr Vater, und bestimmt auch besser als ihr Exmann. Er wusste, dass das nur der äußere Schutzwall war, den sie um sich herum aufgebaut hatte. In ihrem Inneren war sie ganz anders, weich und sensibel, wild und leidenschaftlich, wenn sie in seinen Armen lag.

Er wollte sie schütteln – nein, mehr noch wollte er sie spüren, sie küssen und sehen, wie sie die Kontrolle über sich verlor. Aber wenn er diesem Wunsch nachgab, würde er nicht mehr aufhören können.

„Wir sind noch nicht fertig miteinander, Amy", sagte er, und sein Griff lockerte sich etwas. „Du schuldest mir noch etwas."

„Nein." Sie riss sich los. „Nein, ich schulde dir nichts."

„Drei Jahre", antwortete er. „Du schuldest mir drei Jahre, Amy, und dafür wirst du bezahlen. Das schwöre ich dir."

Er öffnete die Tür und ließ Amy den Vortritt, sodass sie keine Möglichkeit hatte, den Reportern zu entkommen.

„Amy, was ist das für ein Gefühl, wieder in Amerika zu sein?"

„Ich bin sehr froh darüber."

„Was ist an den Gerüchten, dass Sie wieder Profi werden wollen?"

„Beim ersten europäischen Turnier in Rom werde ich wieder spielen."

Die Fragen überschlugen sich, und die Blitzlichter der Fotoreporter stachen in ihren Augen. Amy hatte sich nie wohl gefühlt, wenn sie von der Presse ausgefragt wurde, und auch jetzt wieder glaubte sie die Warnung ihres Vaters zu hören: Sag nie mehr, als unbedingt nötig. Zeig denen nie, was du fühlst, oder sie reißen dich in Stücke.

Äußerlich ruhig ließ sie alle Fragen über sich ergehen. Ja, sie lächelte sogar, während ihre Augen nach einem Fluchtweg suchten. Tad stand neben ihr an die Tür gelehnt, die Arme vor der Brust verschränkt.

„Wird Ihr Vater in Rom wieder bei Ihnen sein?"

„Vielleicht." Nur nicht zeigen, wie weh diese Frage tat!

„Haben Sie sich von Lord Wickerton scheiden lassen, um wieder spielen zu können?"

„Meine Scheidung hat nichts mit meinem Beruf als Tennis-Profi zu tun."

„Haben Sie Angst davor, gegen die jungen Talente wie Kingston spielen zu müssen?"

„Nein, ich freue mich darauf."

„Werden Sie und Tad Starbuck wieder ein Paar?"

So hatte Amy sich nun doch nicht in der Gewalt, als dass man ihr ihren Zorn jetzt nicht angemerkt hätte. „Tad Starbuck spielt nur Einzel."

„Jungs, ihr werdet sehen, ob das so bleibt", mischte Tad sich mit einem breiten Lächeln ein und legte seinen Arm um Amys Schultern. „Man weiß ja nie, oder, Amy?"

„Nein, bei dir bestimmt nicht", zischte sie.

„Siehst du!" Immer noch lächelnd beugte er sich plötzlich vor und strich mit seinen Lippen über ihren Mund. Ihre Blicke begegneten sich, und er sah, wie wütend sie war. „Amy und ich haben noch einiges vor", wandte er sich wieder an die Reporter.

„In Rom?" fragte einer.

Tad zog Amy noch enger an sich. „Immerhin hat da alles begonnen."

2. *KAPITEL*

Rom – die Ewige Stadt. Das Kolosseum, der Trevi-Brunnen, der Vatikan. Eine alte Stadt voller Geschichten, Tragödien und Triumphe. Im Foro Italico brannte die Sonne so auf die modernen Gladiatoren, wie sie es wohl in der Antike getan hatte, als Wagenrennen veranstaltet wurden oder starke, halbnackte Männer gegen wilde Tiere kämpften.

Die Zweige der Pinien wiegten sich leicht im Wind, die Statuen in dem weitläufigen Gelände ließen keinen Zweifel daran aufkommen, dass man sich auf historischem Boden befand, und das italienische Publikum machte seinem Ruf als eines der temperamentvollsten im internationalen Tennis alle Ehre.

Amys Erinnerungen an die unglaubliche, unverwechselbare Atmosphäre auf diesem Center Court waren noch genauso frisch wie die Erinnerungen daran, dass hier in Rom alles begonnen hatte. Hier hatte sie vor Jahren ihr erstes Spiel als Profi bestritten, und hier hatte ihre Liebe zu Tad ihren Anfang genommen.

Sieben Jahre war sie alt gewesen, als sie zum ersten Mal bewusst miterlebt hatte, wie ihr Vater ein großes, internationales Turnier gewonnen hatte. Jim Wolfe hatte seine ersten Erfolge als Tennis-Profi bereits vor Amys Geburt gehabt, und ihr Leben lang hatte sie versucht, ihm nachzueifern.

Mit drei Jahren hatte ihr Vater ihr den ersten Schläger in die Hand gedrückt. Da sie immer mit ihm durch die Welt gereist war, hatte es ihr an Trainingspartnern nie gefehlt. Die berühmten Kollegen ihres Vaters und auch er selbst hatten ihr das Einmaleins des Tennis so spielerisch beigebracht, dass sie diesen Sport erlernt hatte, ohne es sich wirklich bewusst zu sein.

Das niedliche kleine Mädchen war damals aus der großen Tennisszene nicht wegzudenken gewesen. Für die Profis war sie fast so etwas wie ein Maskottchen geworden, und sie hatte es genossen. Ihr Leben spielte sich zwischen Tennisplatz und Hotel ab. Geschlafen hatte sie auch schon mal auf dem hinteren Sitz eines Autos, während ihr Vater mit ihr zum nächsten Turnier fuhr. Und der heilige Rasen von Wimbledon, dem Tennis-Mekka überhaupt, hatte ihr als Spielwiese gedient.

Ein Jahr nach dem Tod ihrer Mutter hatte Amy ihrem Vater eröffnet, dass sie Tennisspielerin werden und nicht eher ruhen wolle, bis sie mindestens so erfolgreich sei wie er.

Ihr Vater hatte nicht widersprochen, und wenn Amy so zurückdachte, dann war er eigentlich von dem Tag an in die Rolle des Trainers, Beraters und Managers geschlüpft.

Vierzehn Jahre später, und nachdem sie selbst bereits im Viertelfinale ausgeschieden war, hatte Amy zugesehen, wie Tad Starbuck sein erstes Turnier gewann. Es gab keine Gemeinsamkeiten in der Spielweise ihres Vaters und der von Tad. War ihr Vater der elegante, immer leicht unterkühlte Spieler, so setzte Tad sein ganzes Temperament und seine Wildheit dagegen.

Monatelang hatte Tad versucht, an Amy heranzukommen, sie für sich zu gewinnen, aber immer wieder hatte sie ihn abgewiesen. Sein Ruf als Casanova war ihm vorausgeeilt, und sie hatte sich geschworen, sich nicht in die lange Liste der Frauen einzureihen, die ihm erlegen waren.

Es war für sie alles andere als leicht gewesen, ihm zu widerstehen. Sie hatte sich bereits Hals über Kopf in ihn verliebt, als er ihr zum ersten Mal über den Weg gelaufen war. Trotzdem hatte Amy es geschafft, weiterhin nur ihrem Verstand zu gehorchen und nicht ihrem Gefühl – bis zu jenem Tag im Mai.

Tad hatte fünf Sätze gebraucht, bis er seinen Gegner niedergerungen hatte. Die Italiener auf den Rängen hatten ihn zuerst erbarmungslos ausgepfiffen, aber als sie dann im Laufe des verbissen geführten Spiels merkten, dass er alles gab, sich nicht schonte und bis zum Umfallen kämpfte, hatte er schnell ihre Sympathie und lautstarke Begeisterung gewonnen.

In der Nacht nach diesem Spiel hatte Amy ihre Unschuld verloren. Zum ersten Mal in ihrem Leben hatte nicht der Verstand gesiegt, sondern sie hatte sich völlig ihren Gefühlen untergeordnet. War sie bis dahin so stolz darauf gewesen, sich beherrschen zu können, so lernte sie in jener Nacht, wie wundervoll es war, sich in Tads leidenschaftlicher Umarmung zu verlieren.

Während Amy frühmorgens auf dem Trainingsplatz stand, kamen die Erinnerungen zurück. An wilde, zärtliche Nächte, an Stunden voller Lachen und Neckereien. Die Erinnerungen waren bitter und doch so süß, dass sie sich nicht davon befreien konnte.

„Wenn du heute Nachmittag genauso unkonzentriert bist, wird die Kingston dich vom Platz fegen."

„Oh, es tut mir Leid", schreckte Amy plötzlich auf.

„Das sollte es auch, wenn eine alte Frau morgens um sechs aufsteht, um mit dir zu trainieren, du aber mit deinen Gedanken ganz woanders bist."

Amy lachte. Auch mit dreiunddreißig war Madge Haverbeck auf der anderen Seite des Netzes immer noch eine Gegnerin, die ihr das Leben schwer machen konnte. Zweimal hatte sie im Laufe ihrer Karriere Wimbledon gewonnen – nicht zu zählen die anderen Siege bei Turnieren auf der ganzen Welt. Zwei Jahre lang hatten Madge und sie sehr erfolgreich Doppel gespielt, und Amy dachte gerne an diese Zeit zurück. Madges Mann war Professor für Soziologie an der Yale Universität, und wenn sie von ihm sprach, nannte sie ihn immer nur den „Professor".

„Nun, alte Frauen sollten auch nicht auf dem Tennisplatz stehen", neckte Amy sie lächelnd. „Geh lieber in die Cafeteria und trink einen Kaffee mit viel Milch."

Madge gab keine Antwort, aber stattdessen kam der nächste Ball mit einer solchen Wucht über das Netz, dass Amy alle Mühe hatte, ihn richtig zurückzubringen. Jetzt war ihr Ehrgeiz geweckt, die Gedanken an Tad waren in den Hintergrund gedrängt, für sie existierte nur noch Tennis.

Madge hatte nicht vor, ihr einen ruhigen Morgen zu gönnen. Sie gestaltete ihr Spiel so variantenreich, dass Amy gezwungen war, über den Platz zu hetzen. Zurück zur Grundlinie, auf die andere Seite, dann wieder ans Netz. Die Bälle flogen ihr nur so um die Ohren, und sie musste ihr ganzes Können einsetzen, um dem standzuhalten.

Der Boden auf den Plätzen hier in Rom behagte ihr überhaupt nicht. Für einen schnellen, aggressiven Spieler war der sandige Untergrund viel zu langsam. Auf diesem Boden waren Kraft und Ausdauer mehr gefragt als Spritzigkeit und Schnelligkeit. Amy war froh, dass sie bei der Vorbereitung auf dieses Turnier sehr viel Wert auf Krafttraining gelegt hatte. Das kam ihr jetzt zugute.

Madge konnte einem hart geschlagenen Return von Amy nur noch bedauernd nachsehen.

„Auch nach drei Jahren Pause bist du noch verflixt gut“, meinte Madge schwer atmend und mit anerkennendem Lächeln.

Amy holte tief Luft. „Danke, Madge, aber ich habe mich auch sehr intensiv vorbereitet.“

Madge hätte gern gefragt, ob sie während ihrer Ehe nie gespielt habe, aber sie kannte Amy viel zu gut, um ihr eine solche Frage zu stellen, auf die sie mit Sicherheit keine oder nur eine ausweichende Antwort bekommen würde. „Die Kingston spielt nicht gern am Netz. Denk dran, Amy, da kannst du sie packen.“

„Ich weiß.“ Amy sammelte die Bälle auf und steckte sie in ihre Tasche. „Ich hab mir angesehen, wie sie spielt. Und ich schwöre dir, heute wird sie gar nicht erst zu ihrem Spiel kommen.“

„Aber sei vorsichtig, sie ist auf Sand besser als auf Gras.“

Amy sah auf und lächelte. „Das macht nichts. Glaub mir, nächste Woche stehe ich auf dem Center Court.“

Madge schlüpfte in ihre Trainingsjacke und lachte laut auf. „Mir scheint, dein Ehrgeiz ist noch der alte, oder?“

„Darauf kannst du dich verlassen.“ Amy griff nach ihrer Tasche und ging hinüber zu Madge. „Und was ist mit dir? Wie willst du gegen Fortini spielen?“

„Ich werde sie in Grund und Boden spielen.“

„Oh, Madge, du hast dich auch nicht verändert.“

„Wenn du mir vorher gesagt hättest, dass du wieder zurückkommst, hätten wir beide in dieser Saison schon wieder zusammen Doppel spielen können“, meinte Madge. „Die Fischer ist zwar nicht schlecht als Partnerin, aber ...“

„Madge, ich konnte diese Entscheidung erst treffen, als ich ganz sicher war, dass ich nichts verlernt hatte“, unterbrach Amy sie. „Drei Jahre sind eine lange Zeit. Du kannst dir nicht vorstellen, was ich für einen Muskelkater hatte, nachdem ich das erste Training hinter mir hatte."

„Doch, das kann ich. Mir ist es nach meiner Operation auch nicht anders ergangen."

„Oh, ja, Madge. Entschuldige bitte." Amy griff nach ihrem Arm. „Ich habe dich noch gar nicht gefragt, wie es deinem Knie geht."

„Gut. Die Operation war die einzig richtige Lösung."

„Es tut mir Leid, dass ich dich nicht besuchen konnte."

Madge legte einen Arm um ihre Taille. „Ich habe nicht von dir erwartet, dass du Tausende von Kilometern anreist, nur um mich zu besuchen, Amy."

„Ich wäre gekommen, aber ..." Amy brach ab. Genau in der Zeit, als Madge im Krankenhaus lag, war ihre Ehe endgültig zerbrochen. Sie konnte auch jetzt noch nicht daran denken, ohne dass ihr ein Schauer über den Rücken lief.

„Es war auch gar nicht so schlimm, wie die Presse es hingestellt hat", riss Madge sie aus ihren Gedanken. „Als die Schmerzen weg waren, hab ich es sogar genossen. Stell dir vor, der Professor hat mir doch jeden Morgen das Frühstück ans Bett gebracht."

„Und dann hast du im ersten Spiel die Rayski in New York geschlagen."

„Ja." Madge lachte. „Das hat mir wieder Auftrieb gegeben."

Amy ließ ihren Blick über die schöne Anlage gleiten. Sanfte, bewaldete Hügel grenzten sie im Hintergrund ein, die Luft so früh am Morgen war lau und weich, die einzigen Geräusche kamen von den weiter entfernten Trainingsplätzen. „Ich muss dieses Turnier gewinnen, Madge", sagte sie leise. „Ich muss es allen beweisen, dass ich nichts verlernt habe."

„Wem willst du das beweisen?"

„Zuallererst einmal mir", antwortete Amy und nahm die Tasche in die andere Hand. „Und einigen anderen ebenfalls."

„Tad Starbuck?" fragte Madge ganz spontan. „Nein, sag nichts. Es tut mir Leid, Amy, ich wollte eigentlich nicht davon anfangen."

„Was zwischen Tad und mir war, ist vor drei Jahren zu Ende gegangen“, antwortete Amy ganz ruhig.

„Schade. Ich mag ihn nämlich.“

„So?“

„Ja, Tad ist so unglaublich ... wie soll ich sagen? So lebendig, so voller Energie. Selbst jetzt noch, nachdem er gelernt hat, sein Temperament auf dem Platz im Zaum zu halten, wirken die anderen neben ihm wie aufgezogene Puppen. Ein Spiel mit Starbuck ist nie langweilig, und das bewundere ich so an ihm.“

„Ja“, stimmte Amy zu. „Er reißt immer wieder alle mit – Zuschauer und Gegner.“

„Vielleicht mag ich ihn auch deshalb so sehr, weil wir beide damals zur selben Zeit Profis geworden sind. Ich habe miterlebt, wie er sich von einem grünen Jungen, dem oftmals die Pferde durchgingen, zu einem Spieler der Weltklasse entwickelt hat, ohne dabei etwas von seiner Ausstrahlung zu verlieren. Das ist sehr selten in unserem Beruf.“

Auf dem Weg von seinem Trainingsplatz zurück zu den Kabinen sah Tad plötzlich Madge und Amy den Weg entlangkommen. Die beiden Frauen hatten ihn noch nicht gesehen, und so blieb er stehen und ließ seinen Blick über Amy wandern. Ihre langen Beine, der schlanke Körper, die schmalen und doch so kräftigen Schultern.

Tad war froh, dass er sie jetzt mit einigem Abstand betrachten konnte. Vor zwei Wochen, als sie so unvermutet bei seinem Spiel aufgetaucht war und dann nachher im Kabinengang vor ihm gestanden hatte, war ihm zumute gewesen, als hätte ihm jemand mit voller Wucht einen Ball in den Magen geschlagen.

War er jetzt auch ruhiger, so gab er sich doch keinen Illusionen hin. Amy brachte es nach wie vor fertig, nur durch ihr bloßes Erscheinen sein Blut in Wallung zu bringen. Auch jetzt, auf diese Entfernung, spürte er das Verlangen, sie in die Arme zu reißen.

Er hatte sie schon haben wollen, als sie gerade siebzehn geworden war. Er war damals dreiundzwanzig gewesen und hatte es nicht für möglich gehalten, dass er sich je für einen unreifen Teenager interessieren würde. Die ganze Saison über war er ihr möglichst aus dem Weg gegangen, weil er sich selbst nicht traute. Aber das alles hatte nichts geholfen. Er hatte andere Frauen in dieser Zeit gehabt – erfahrene, willige Geliebte, von denen er annahm, dass sie viel besser zu ihm passten. Aber keiner von ihnen war es gelungen, Amy aus seinen Gedanken zu verdrängen.

Als Amy einundzwanzig war, hatte Tad begonnen, sie zu umwerben. Je mehr sie versuchte, ihn abzuweisen, um so stärker war sein Verlangen geworden, sie zu besitzen. Selbst als er es endlich geschafft hatte, damals in Rom, hatte dieses Verlangen nicht nachgelassen – im Gegenteil!

Sein Leben, das sich bis dahin nur um Tennis gedreht hatte, bekam plötzlich auch noch einen anderen Sinn. Sehr schnell stellte Tad fest, dass er beides brauchte – er konnte weder ohne Tennis noch ohne Amy leben.

Und doch war dann der Tag gekommen, wo sie ihn wegen eines anderen Mannes verließ. Er musste lernen, ohne sie auszukommen, und nur er allein wusste, wie sehr er darunter gelitten hatte. Aber jetzt war er am Zug. Amy Wolfe musste bezahlen für das, was sie ihm angetan hatte.

Tad nahm eine Abkürzung und tauchte plötzlich wie zufällig vor den beiden Frauen auf. „Hallo, Madge."

„Starbuck, wie geht's?" Madge sah von einem zum anderen und stellte fest, dass sie nur störte. „Ich muss mich beeilen", sagte sie und ging weiter. Weder Amy noch Tad hielten sie zurück.

Irgendwo in der Nähe hörte Amy einen Vogel. Auf den Blumen summten die Bienen, und von den Trainingsplätzen drang das Aufschlagen der Bälle zu ihnen herüber. Aber Amy war sich nur bewusst, dass Tad neben ihr stand.

„Fast wie in alten Zeiten", sagte er leise und begann zu lachen, als er den Ausdruck auf ihrem Gesicht sah. „Du und Madge, meine ich."

„Ja, sie war sofort bereit, heute Morgen mit mir zu trainieren", antwortete Amy erleichtert. „Ich hoffe nur, ich treffe während des Turniers nicht auf sie."

„Du spielst heute gegen die Kingston?"

„Ja."

Er trat einen Schritt näher auf sie zu. Amy konnte nicht ausweichen, hinter ihr war eine Hecke. Nervös verschränkte sie die Finger ineinander.

„Und du spielst gegen Devoroux."

Tad nickte. „Kommt dein Vater auch?"

„Nein." Die Antwort kam kurz und ohne eine weitere Erklärung. Aber so leicht ließ Tad sich nicht abspeisen.

„Warum nicht?"

„Er hat zu tun." Sie versuchte, an ihm vorbeizukommen, aber stattdessen hatte sie damit den Abstand zwischen ihnen nur noch verkleinert.

„Ich kann mich nicht erinnern, dass er früher einmal nicht dabei war, wenn du gespielt hast." Tad streckte seine Hand aus und griff nach ihrem Haar, so wie er es früher immer getan hatte. „Für ihn gab es nichts Wichtigeres als dich."

„Die Zeiten haben sich geändert", antwortete Amy steif.

„Es scheint so." Einen Moment zögerte Tad, aber dann fragte er doch: „Ist dein Mann hier?"

„Exmann", verbesserte sie sofort. „Nein, er ist nicht hier."

„Merkwürdig. Soweit ich mich erinnern kann, war er doch ganz verrückt auf Tennis. Hat sich das auch geändert?"

„Ich muss unter die Dusche." Amy war schon fast an ihm vorbei, aber seinem Arm, der sich um ihre Taille legte, konnte sie doch nicht mehr ausweichen.

„Wie wäre es mit einem kleinen Spiel – in Erinnerung an alte Zeiten?"

Seine Augen waren ihr jetzt ganz nahe. Diese dunklen Augen, die beinahe schwarz wurden, wenn er erregt war. Amy konnte sich nur zu gut daran erinnern. Sein Arm lag ganz locker um ihre Taille, aber seine Finger fassten fest zu.

„Ich habe keine Zeit." Amy versuchte, seinem Griff zu entkommen. Als ihre Finger dabei seinen Arm berührten, zuckte sie zurück, als hätte sie sich verbrannt.

„Angst?" fragte er herausfordernd und mit einer Stimme, die so rau klang, dass Amy kleine Schauer über den Rücken jagten.

„Ich habe nie Angst vor dir gehabt."

„Nicht?" Seine Finger bohrten sich noch etwas tiefer in ihr Fleisch. „Ich dachte, man läuft nur weg, wenn man Angst hat."

„Ich bin nicht weggelaufen", verbesserte Amy sofort. „Ich habe dich verlassen." Bevor du mich verlassen konntest, fügte sie noch in Gedanken hinzu.

„Du musst mir noch einige Fragen beantworten, Amy." Er legte auch den anderen Arm um ihre Taille, und sie konnte nichts dagegen tun. „Ich habe lange genug auf Antwort von dir gewartet."

„Dann kannst du ja auch noch länger warten."

„Auf einige schon", sagte er, „aber eine Frage musst du mir jetzt beantworten."

Amy wusste, was passieren würde, aber sie tat nichts, um es zu verhindern. Später haderte sie mit sich selbst, weil sie sich nicht gewehrt hatte. Aber als sein Mund langsam näher kam und sich schließlich auf ihren presste, ließ sie es geschehen.

Er küsste sie so, wie er es noch niemals vorher getan hatte. Sanft, zärtlich und mit einem Einfühlungsvermögen, wie man es bei einem so leidenschaftlichen Mann wie Tad niemals erwartet hätte. Selbst als er leise aufstöhnte und sie fester an sich zog, wurde der Kuss nicht fordernder.

Für Tad Starbuck waren Frauen keine Spielzeuge, wenn er sie auch früher noch so oft gewechselt hatte. Er hatte einen tief empfundenen Respekt vor dem weiblichen Wesen, und vielleicht war diese Einstellung das Geheimnis, warum er ein so guter Liebhaber war. Er wollte die Frau, mit der er zusammen war, befriedigen, und er setzte seine ganze Erfahrung ein, um sie glücklich zu machen.

Ihre Arme, die ihn eigentlich wegstoßen sollten, legten sich um seinen Hals, und ihr Körper schmiegte sich an ihn. Er war der einzige Mann, der die Leidenschaft in ihr wachrufen konnte, die Amy sonst so ängstlich unterdrückte. Nur ihm hatte sie alles gegeben – ihren Körper, ihre Seele. Nichts hatte sie vor Tad verborgen.

Wie schön wäre es, von ihm wieder geliebt zu werden, die schlimmen Jahre und die bösen Erfahrungen dieser Zeit zu vergessen. All ihre guten Vorsätze, sich vor ihm in Acht zu nehmen, nicht wieder eine Affäre mit Tad Starbuck anzufangen, waren vergessen. Sie lag in seinen Armen und wünschte, er würde sie nie wieder loslassen.

Eigentlich war sein Kuss als Strafe für Amy gedacht gewesen. Aber schon in dem Moment, als Tads Lippen ihren Mund berührt hatten, war dieser Zweck vergessen. Die Leidenschaft, die diese nach außen hin so kühle und beherrschte Frau in seinen Armen zeigte, ließ ihn alles andere vergessen. Er sehnte sich nach ihr, brauchte sie immer noch – genau wie früher. Wenn sie allein gewesen wären, irgendwo, wo nicht jeden Augenblick jemand um die Ecke kommen konnte, Tad hätte sie auf der Stelle genommen und sich nicht um die Konsequenzen gekümmert.

Aber sie waren nicht allein, und ein letzter Rest von Vernunft brachte Tad schließlich dazu, sich langsam von ihr zu lösen. Dieser Kuss hatte ihm mehr gezeigt, als sie es mit Worten hätte ausdrücken können.

Er schob Amy etwas von sich und sah in ihr Gesicht. Tad kannte diesen Ausdruck in ihren Augen, die geröteten Wangen und den weichen, noch leicht geöffneten Mund, als warte sie nur darauf, seine Lippen wieder zu spüren.

Tad musste seine Hände von ihr nehmen, durfte ihre Haut nicht mehr spüren, sonst würde er vor Erregung die Beherrschung verlieren. „Die Zeiten mögen sich ändern“, sagte er leise, „aber manches ändert sich nie.“ Damit drehte er sich um und ging zu den Kabinen.

Amy atmete noch einmal tief durch, bevor sie sich für ihren ersten Aufschlag zurechtstellte. Es waren nicht die Tausende von Augenpaaren, die sie nervös machten. Es war vielmehr der Blick aus den braunen Augen ihrer Gegnerin. Stacie Kingston, zwanzig Jahre alt, in dieser Saison kometenhaft nach oben gekommen. Diesem Mädchen sah man an, dass sie gewinnen wollte, und dass sie alles daransetzen würde, Amy ihr Comeback so schwer wie möglich zu machen.

Amy versuchte, ihre flatternden Nerven zu beruhigen. Sie nahm sich sehr viel Zeit für ihren Aufschlag. Wenn sie hier in Rom, wo sie noch nie gewonnen hatte, es diesmal schaffen würde, drei Jahre nach ihrem Rücktritt vom aktiven Sport, dann hatte sie den Test bestanden. Es schien, dass die Ewige Stadt in ihrem Leben eine entscheidende Rolle spielte.

Jetzt kam es zuerst einmal darauf an, die Erinnerungen auszuschalten und sich ganz auf das Spiel zu konzentrieren. Noch ein letzter Atemzug, dann warf sie den Ball hoch, zog den Arm voll durch und traf ihn.

Stacie Kingston machte ein gutes Spiel. Sie verstand es geschickt, die Vorteile des Sandplatzes, der ihr wesentlich besser lag als Amy, für sich auszunutzen. Immer wieder trieb sie Amy an die Grundlinie zurück. Als Amy dann auch noch einen Doppelfehler machte, durchbrach Kingston ihr Aufschlagspiel, gewann das erste Spiel und ließ Amy nur einen Punkt.

Das Publikum witterte die Sensation und war entsprechend unruhig. Die Sonne brannte auf den Platz herab, und aus einiger Entfernung hörte Amy Kinderlachen. Am liebsten hätte sie ihren Schläger hingeworfen und wäre zurück in die Kabine gelaufen. Es war ein Fehler, ein Fehler, ging es ihr immer wieder durch den Kopf. Warum war sie zurückgekehrt? Es konnte nicht gut gehen.

Keiner auf dem Platz wäre auf die Idee gekommen, dass ihr solche Gedanken durch den Kopf gingen. Ihr Gesicht wirkte wie immer ruhig und gelassen. Mit neuem Mut fasste sie den Schläger fester und kämpfte gegen das Schwächegefühl an. Sie hatte schlecht gespielt, das wusste sie. Sie hatte sich von ihrer Gegnerin ein Spiel aufzwingen lassen, das ihr nicht lag. Hatte Stacie Kingston erlaubt, das Tempo zu diktieren. Noch nicht einmal sechs Minuten waren von ihrem ersten Aufschlag bis zum Spielverlust vergangen. Nein, so einfach durfte sie sich nicht geschlagen geben!

Langsam ging Amy zurück zur Grundlinie und erwartete den Aufschlag ihrer Gegnerin. Diesmal würde sie das Spiel machen. Keiner sollte sagen können, dass sie nicht mehr gut genug als Profispielerin sei.

Sie retournierte den Aufschlag von Stacie Kingston so platziert, dass diese nicht mehr an den Ball kam. Die Zuschauer applaudierten, und der Balljunge jagte über den Platz.

„Null : fünfzehn." Amy hörte die Ansage des Schiedsrichters und wusste, dass sie jetzt auf dem richtigen Weg war. Sie musste einen kühlen Kopf bewahren und durfte sich nicht noch einmal so überfahren lassen wie im ersten Spiel.

Amy gelang es, ihre Gegnerin zum Netz zu zwingen und damit ihre Schwäche zu offenbaren. Die Zuschauer waren jetzt voll auf ihrer Seite. Keiner dachte mehr daran, dass Amys erstes Spiel nach so langer Pause misslingen könnte.

Die Geräusche aus dem Publikum, die Anfeuerungsrufe und das Klatschen rauschten nur an Amys Ohren vorbei. Sie war voll auf das Spiel konzentriert und nur damit beschäftigt, ihrer Gegnerin keine Chance zu lassen. Der Ballwechsel endete mit einem Volley von Amy, der knapp vor der Grundlinie aufschlug.

Der Sieg war in greifbare Nähe gerückt. Ruhig ging sie zurück auf ihre Position. Ihr Gesicht war jetzt schweißnass, und das Tennishemd klebte an ihrem Körper. Automatisch wischte sie mit dem Schweißband an ihrem Handgelenk über ihr Gesicht, nahm den Schläger in beide Hände, beugte sich etwas vor und erwartete den Aufschlag von Stacie Kingston.

Nach zweiunddreißig Minuten Spielzeit spürte Amy den

Schweiß an ihrem Körper entlanglaufen, aber es machte ihr nichts aus. Sie hatte den ersten Satz mit sechs zu drei gewonnen.

Wieder einmal spürte sie, dass nichts so sehr Auftrieb gab wie der Erfolg. Ob Tad wohl unter den Zuschauern war, schoss es Amy durch den Kopf. Aber auch das spielte jetzt keine Rolle, sie wollte gewinnen, nichts anderes war wichtig.

Als Stacie Kingston den Aufschlag flach zurückbrachte, erwischte Amy den Ball mit der Rückhand und schlug ihn knapp über die Netzkante. Sie sah die Reaktion ihrer Gegnerin früh genug, spurtete zum Netz und brachte den Ball mit einem kraftvollen „Lob" zurück.

Die Sportjournalisten würden in ihren Artikeln wohl schreiben, dass Amy das Spiel in dem Moment gewonnen hatte, als die beiden Gegnerinnen sich Auge in Auge am Netz gegenüberstanden. Es dauerte nur einen Sekundenbruchteil, aber tatsächlich diktierte Amy danach das Spiel nach Belieben. Wenn sie wirklich einmal einen Punkt abgab, dann heimste sie dafür die beiden nächsten ein. Die aggressive, kaltblütige Amy Wolfe war wieder da, und jede Gegnerin in der internationalen Tennisszene tat gut daran, sich darauf einzustellen.

Wo Tad Starbuck sein ganzes Temperament in die Waagschale warf, war sie kühl und beherrscht. Nicht ein Mal hatte Amy im Laufe ihrer Karriere die Kontrolle über sich verloren. Die Sportreporter hatten damals schon Wetten darüber abgeschlossen, ob sie das noch einmal erleben würden oder nicht.

Nur zweimal während des ganzen Spiels fiel es ihr wirklich schwer, Ruhe zu bewahren. Einmal wurde ein Ball „Aus" gegeben, den sie noch im Feld gesehen hatte, und beim zweiten Mal ärgerte sie sich darüber, dass sie einen Ball völlig falsch eingeschätzt hatte. Beide Male hatte sie ihren Schläger genommen, scheinbar ruhig die Saiten wieder zurechtgeschoben, und als sie dann wieder an der Grundlinie stand, hätte keiner ihr den gerade nur mühsam unterdrückten Zorn ansehen können.

Amy gewann das Match mit sechs zu drei, sechs zu zwei nach einer Stunde und neunundvierzig Minuten. Zweimal hatte sie ihrer Gegnerin den Aufschlag abgenommen, und im zweiten Satz hatte sie drei Asse geschlagen. Amy hatte es geschafft!

Madge legte ihr ein Handtuch um die Schultern, als sie sich auf ihren Stuhl am Spielfeldrand fallen ließ. „Amy, du warst fantastisch." Amy gab keine Antwort, bedeckte ihr schweißnasses Gesicht mit dem Handtuch. „Du warst besser als früher."

„Sie wollte gewinnen", murmelte Amy und nahm das Handtuch vom Gesicht. „Aber ich wusste, dass ich gewinnen musste."

„Das hat man gemerkt", nickte Madge. „Es ist kaum zu glauben, dass du drei Jahre lang nicht mehr gespielt hast."

Langsam sah Amy ihre frühere Doppelpartnerin an. „Aber ich bin doch noch nicht so ganz wieder in Form, Madge. Meine Waden sind so hart. Ich glaube, ich kann gar nicht mehr aufstehen."

Madge bückte sich, hob Amys Trainingsjacke auf und legte sie ihr fürsorglich um die Schultern. „Komm, ich helf dir, damit du unter die Dusche kommst und anschließend sofort zur Massage."

Amy wollte schon zustimmen, aber dann fiel ihr Blick auf Tad. Sein breites Lächeln hätte auch bedeuten können, dass er ihr zu ihrem Sieg gratulierte. Aber Amy kannte ihn besser. Sie wusste, dass er sie durchschaut hatte, dass er wusste, wie müde und elend sie sich fühlte.

„Nein danke, Madge. Ich schaff' das schon." Sie stand auf, als wäre sie vollkommen frisch, und steckte den Schläger in die Hülle. „Wir sehen uns, nachdem du Fortini geschlagen hast."

„Amy ..."

„Nein, wirklich Madge. Es ist alles in Ordnung." Mit hoch erhobenem Kopf ging Amy so leichtfüßig in die Kabinen, als hätte sie sich nie in ihrem Leben besser gefühlt.

Als sie endlich unter der Dusche stand, fiel alle Anspannung von ihr ab, und sie begann zu weinen. Dabei wusste Amy noch nicht einmal, warum sie weinte.

3. KAPITEL

In der Nacht nach ihrem Gewinn des Halbfinales begegnete Amy Tad erneut. Die letzten Tage waren angefüllt gewesen mit Trainingsstunden, Massagen, Pressekonferenzen. Amy war kaum zur Besinnung gekommen, und das hatte ihr die Möglichkeit gegeben, die Gedanken an Tad zu verdrängen.

Training musste sein, das hatte ihr Vater ihr schon eingehämmert. Gewichtheben, Gymnastik, Waldläufe. Und wenn sie das alles hinter sich hatte, stand die Verbesserung der Technik auf dem Programm.

Die Presse war allgegenwärtig. Amy bemühte sich, freundlich und aufgeschlossen die Fragen zu beantworten. Sie stand im Mittelpunkt und genoss es. Die Frau, die auch nach drei Jahren Pause ihre Gegnerinnen beherrschte. Für die Leute von der Presse Stoff für mehr als einen Artikel.

Aber Rom brachte ihr nicht nur die erneute Bestätigung als Weltklasse-Spielerin. Rom brachte ihr auch die Leidenschaft zurück, die sie zum ersten Mal hier gespürt hatte. Amy konnte ihre Begegnung mit Tad an jenem Morgen nicht vergessen. Rom war eine Stadt für Verliebte, aber daran durfte sie jetzt nicht denken. Sie durfte sich nicht ablenken lassen, sondern musste ihr Ziel verfolgen, wieder ganz Amy Wolfe zu werden. Lady Wickerton gehörte der Vergangenheit an. Doch wie sollte sie zu sich selbst zurückfinden, wenn sie sich jetzt wieder in Tad Starbucks Arme warf?

In einer kleinen Trattoria in der Via Sistina saß Amy mit einigen ihrer Kollegen dicht gedrängt um einen kleinen Tisch. Das Turnier stand kurz vor seiner entscheidenden Phase, und die Spieler genossen es, einmal einige Stunden in einer anderen Umgebung verbringen zu können.

Rom war eine Stadt voller Leben, Getöse und lautem Verkehr. Rom war auch die Stadt der Kirchen, der antiken Stätten, die alte Hauptstadt eines Imperiums. Für die Tennisspieler jedoch war sie nur die Stadt des Turniers. Das nächste Match hing wie ein Damoklesschwert über allen.

Während der Wein serviert wurde und die Musik viel zu laut durch das kleine Restaurant plärrte, diskutierten sie jeden Ball, jeden Aufschlag, jeden Fehler.

„Aus! Dass ich nicht lache." Ein langer Australier schlug immer noch wütend mit der Faust auf den Tisch, dass die Gläser hüpften. „Der Ball war noch vor der Linie – mindestens einen Zentimeter."

„Immerhin hast du das Spiel gewonnen, Michael", erinnerte Madge ihn. „Und im zweiten Spiel des fünften Satzes hat der Linienrichter einen Ball durchgehen lassen, der wirklich im Aus war."

Der Australier zuckte grinsend mit den Schultern. „Nicht aus", meinte er, „höchstens auf der Linie." Dann hob er sein Glas und prostete Amy zu. „Lasst uns auf sie trinken. Sie hat eine Italienerin geschlagen, und trotzdem hat das Volk ihr zugejubelt."

Amy hob auch ihr Glas und lächelte ihm zu. „Die Zuschauer wissen eben, wer es verdient hat, dass man ihm zujubelt."

Amy trank einen Schluck Wein. Das Spiel gegen die junge Italienerin hatte länger gedauert als das gegen Stacie Kingston, und doch hatte sie sich nachher besser gefühlt. Es war, als hätte sie einen doppelten Sieg errungen – über die Gegnerin und über ihren Körper.

„Aber gegen Tia Conway wird dir das alles nichts nutzen, Amy", meinte Michael, sah hinüber zum Nachbartisch und rief seine Landsmännin. „Tia, wie ist es, wirst du es dieser verflixten Amerikanerin zeigen?"

Ein junges Mädchen mit dunklen Haaren blickte herüber. Für einen Moment sah sie in Amys Augen, dann hob sie ihr Glas und prostete Amy zu.

„Tia ist eine sehr nette Frau", meinte Michael, „allerdings nur außerhalb des Tennisplatzes. Hat sie erst einmal den Schläger in der Hand, dann reitet sie buchstäblich der Teufel. Ihr Mann verkauft übrigens Swimmingpools."

Madge kicherte. „Du sagst das gerade so, als wäre das etwas Unanständiges."

„Nein, aber mir hat er einen angedreht." Michael verdrehte die Augen und sah dann wieder Amy an. „Aber wenn ich Mixed spielen würde, möchte ich doch lieber dich als Partnerin haben", meinte er. „Tia spielt zwar wie der Teufel, aber du hast ein besseres Spielverständnis – und außerdem schönere Beine."

„Und was ist mit mir?" fuhr Madge in gespielter Eifersucht auf und boxte gegen seine Schulter.

„Du hast bestimmt ein genauso gutes Spielverständnis wie Amy", gab Michael zu, „aber leider sind deine Beine etwas krumm."

Am Tisch erscholl lautes Gelächter nach dieser Bemerkung. Madge nahm das nicht weiter tragisch und stimmte in das allgemeine Lachen ein. Amy fühlte sich wohl in dieser harmonischen Runde. Sie nahm ihr Glas, lehnte sich zurück und trank noch einen Schluck. In dem Moment begegnete sie Tads Blick. Sofort verstummte ihr Lachen.

Er war allein. Sein dichtes dunkles Haar war zerzaust, als wäre er mehrfach mit den Händen durchgefahren, seine Hände steckten in den Taschen seiner Jeans, und sein Gesicht wirkte in dem diffusen Licht noch geheimnisvoller.

Amy saß ganz still: Ihr Blick schien wie durch eine geheime Kraft festgehalten zu sein. Beinahe schmerzlich wurde ihr bewusst, wie sehr sie sich nach ihm sehnte. Aber auch jetzt blieb ihr nichts anderes übrig, als dieses Gefühl zu unterdrücken – wie sie es drei Jahre lang getan hatte.

Ohne sie aus den Augen zu lassen, kam Tad quer durch das Lokal auf sie zu, griff nach ihrem Arm und zog sie hoch.

„Lass uns tanzen." Es war mehr ein Befehl als eine Bitte. Bevor die anderen am Tisch noch Zeit hatten, Tad zu begrüßen, führte er Amy bereits zu der kleinen Tanzfläche.

Die Band spielte ein langsames Stück, und der Sänger versuchte, seine mäßige Stimme durch besondere Lautstärke aufzuwerten. Irgendwo fiel ein Glas auf den Boden und zersplitterte. Und an einem der Tische stritten sich zwei Tennisspieler darüber, wie man denn wohl am besten gegen einen reinen Grundlinienspieler gewinnen könne.

Tad nahm Amy in die Arme, als hätten sie erst vor einigen Tagen zum letzten Mal miteinander getanzt. „Erinnerst du dich noch, als wir beide mal allein hier waren?“ fragte er nah an ihrem Ohr. „Wir haben da hinten in der Ecke gesessen und eine Flasche Valpolicella getrunken.“

„Ja.“

„Damals hast du schon dasselbe Parfüm benutzt wie heute.“

Er zog sie noch etwas enger an sich, und seine Lippen streiften ihre Wangen. Amy spürte, wie ihre Knie weich wurden, und sie brauchte all ihre Kraft, um sich nicht einfach an ihn zu schmiegen und die drei Jahre zu vergessen, die hinter ihr lagen.

„Weißt du noch, was wir nachher getan haben?“ hörte sie seine dunkle Stimme wie durch eine dichte Nebelwand.

„Wir sind spazieren gegangen“, erwiderte sie lächelnd.

Tads Lippen berührten immer wieder ihr Gesicht, als könnte er nicht genug von dem Duft ihrer Haut bekommen. „Ja, bis zum Sonnenaufgang“, sagte er leise. „Die Stadt funkelte wie Gold in den ersten Strahlen der Sonne, und ich habe mich so nach dir gesehnt. Aber du hast mich abgewiesen.“

„Tad, ich will nicht mehr darüber sprechen.“

Amy versuchte, sich mit beiden Händen gegen seine Brust zu stemmen, aber er ließ ihr keine Chance.

„Warum nicht? Weil du dann auch daran denken müsstest, wie gut wir beide zueinander gepasst haben?“

„Tad, hör auf!“

Sie warf den Kopf zurück, aber er nutzte diese Gelegenheit, mit seinen Lippen ganz kurz über ihren Mund zu streichen.

„Wir werden wieder zusammen schlafen, Amy.“ Seine Stimme

klang so bestimmt, als dulde er keinen Widerspruch. „Und wenn es nur für ein Mal ist ... als Erinnerung an alte Zeiten."

„Es ist vorbei, Tad." Sie hätte sich gewünscht, dass ihre Stimme genauso fest geklungen hätte, aber stattdessen kam nur ein beinahe unverständliches Wispern.

„Wirklich?" Seine dunklen Augen wurden noch eine Spur dunkler, als er sie noch fester an sich presste. „Denk daran, Amy, keiner kennt dich so gut wie ich. Hat dein Mann jemals herausgefunden, wie du wirklich bist? Hat er gewusst, wie er dich zum Lachen bringen kann? Oder zum Stöhnen?" fügte er rau hinzu.

Amy wurde ganz steif in seinen Armen. Die Musik war jetzt beinahe noch lauter geworden, und unwillkürlich hob sie die Stimme. „Ich habe nicht die Absicht, mit dir über meine Ehe zu reden."

„Ich will auch gar nichts über diese verdammte Ehe wissen." Plötzlich war Zorn in ihm. Zorn darüber, dass sie damals weggelaufen war, aber auch darüber, dass Amy es immer noch schaffte, ihn aus der Reserve zu locken, und dass er nicht dagegen ankam. „Warum bist du zurückgekommen?" Seine Finger bohrten sich schmerzhaft in ihren Arm. „Warum, zum Teufel, bist du zurückgekommen?"

„Um Tennis zu spielen." Mit aller Kraft stemmte sie sich gegen ihn. „Und um zu gewinnen." Sie spürte, dass auch in ihr Wut hochstieg. Immer noch war Tad der einzige Mann, bei dem sie die Kontrolle über sich verlieren konnte. „Ich habe das Recht, hier zu sein und das zu tun, was ich gelernt habe. Ich bin dir keine Rechenschaft schuldig."

„Du bist mir noch viel mehr schuldig." Tad sah den Zorn in ihren Augen, und es bereitete ihm ein grimmiges Vergnügen, sie noch mehr zu reizen. „Du wirst für die drei Jahre bezahlen, in denen du die Lady gespielt hast."

„Was weißt du denn schon davon?" Ihre Augen waren nur noch Schlitze, und ihr Atem ging schnell. „Ich habe bezahlt, Starbuck, das kannst du mir glauben. Mehr, als du dir vorstellen kannst. Aber jetzt ist Schluss damit. Hast du verstanden?" Zu Tads Überraschung war plötzlich ein Schluchzen in ihrer Stimme. Schnell schüttelte sie den Kopf und unterdrückte die aufsteigenden Tränen. „Ich habe genug für meine Fehler bezahlt."

„Welche Fehler?" Seine Wut war verraucht. Er griff nach ihren Schultern und schüttelte sie leicht. „Welche Fehler, Amy?"

„Das fragst du auch noch? Ich meine dich – ja, dich!"

Als er für einen Moment den festen Griff lockerte, riss sie sich los und bahnte sich den Weg durch all die Menschen hinaus ins Freie. Die Tür war noch nicht wieder ins Schloss gefallen, da hatte Tad sie schon eingeholt.

„Lass mich in Ruhe!" Sie wehrte sich gegen seine Hände, aber er hatte ihre Handgelenke bereits gefasst und ließ sie nicht wieder los.

„Noch einmal läufst du mir nicht weg." Seine Stimme war jetzt gefährlich ruhig. „Nicht noch einmal."

„Hat das deinen Stolz verletzt, Tad? Dass eine Frau es tatsächlich fertig gebracht hat, dich zu verlassen und einen anderen zu heiraten?"

Der ganze Schmerz, den er damals empfunden hatte, schien zurückzukommen. „Ich hatte niemals deine Art von Stolz, Amy."

Er zog sie fest an sich, als müsse er sich beweisen, dass er immer noch Macht über sie hatte, und wenn es auch nur eine rein körperliche war. „Deine Selbstdisziplin, die so ängstlich darauf bedacht war, nur ja keine Gefühle zu zeigen. Bist du darum weggelaufen, Amy? Weil ich hinter die Fassade geschaut hatte? Weil ich genau wusste, dass du in meinem Bett nicht mehr die perfekte Lady bist?"

„Ich habe dich verlassen, weil ich dich nicht mehr wollte." Wütend versuchte sie, sich gegen seine Kraft durchzusetzen. „Ich wollte dich ..."

Tad presste so überraschend seine Lippen auf ihren Mund, dass ihr keine Möglichkeit der Gegenwehr blieb. Und dann war es zu spät. Sie küssten sich so rau und leidenschaftlich, als wollten sie mit diesem einen Kuss alles nachholen, was sie in den drei Jahren versäumt hatten. Es war nicht anders als früher. Von Anfang an waren sie wehrlos ihren Gefühlen füreinander ausgeliefert gewesen, sobald sie allein in einem Raum waren. Nichts hatte sich geändert.

Amy war sich gar nicht bewusst, dass sie sich jetzt ungehemmt an Tad presste, die Hände in seinem Nacken verschränkt. Jetzt war sie wieder zu Hause. Nie hatte sie sich in ihrem Leben lebendiger gefühlt, als wenn sie mit Tad zusammen war. In seiner Gegenwart schien ihr die Zeit ihrer Ehe wie ein schlechter Traum, in dem eine andere Frau an ihrer Stelle gestanden hatte.

Es hatte ihr nie genügt, nur Tads Lippen zu spüren, und so war sie nicht erstaunt, als es auch jetzt nicht anders war. Die Band drinnen im Lokal spielte einen solch ohrenbetäubenden Trommelwirbel, dass die Fensterscheiben klirrten. Aber Amy hörte nur Tads leises Stöhnen, als sie ihren Körper fester an ihn schmiegte.

Für einen Moment löste er sich von ihr. Seine Hände legten sich um ihr Gesicht, und mit den Daumen streichelte er ihre Wangen. Aber je zärtlicher und sanfter er sie berührte, umso mehr sehnte Amy sich danach, seine starken Hände auf ihrem ganzen Körper zu spüren.

Rom, schoss es Amy plötzlich durch den Kopf, warum begann alles Wichtige in ihrem Leben immer in dieser Stadt? Der Gedanke schreckte sie auf. Begann es wirklich wieder mit Tad? Hatte sie sich nicht fest vorgenommen, dass es nie wieder dazu kommen dürfte?

„Bitte, Tad!“ Amy löste sich etwas von ihm und lehnte ihren Kopf gegen seine Schulter. „Bitte, hör auf.“

Etwas in ihrer Stimme hielt ihn davon ab, sie wieder in die Arme zu nehmen. Es war dieselbe Verletzlichkeit, die ihn damals hatte warten lassen, als sie noch ein Teenager war. Er würde es auch diesmal fertig bringen, zu warten – allerdings nicht so lange.

„Du hast immer gewusst, wie du mich in Schach halten konntest, nicht wahr, Amy?“

Sie seufzte auf. „Reiner Selbstschutz.“

Tad lachte auf und steckte die Hände in die Taschen seiner Jeans.

„Es wäre leichter, wenn du in den drei Jahren dick und unansehnlich geworden wärst. Ich wünschte, es wäre so."

Ein kleines Lächeln umspielte Amys Mundwinkel. Auch das hatte sich nicht geändert. Tads Stimmungen änderten sich immer noch so schnell wie früher. „Soll ich mich etwa dafür entschuldigen, dass ich nicht deinen Vorstellungen entspreche?"

„Nein, wahrscheinlich hätte das auch nichts genutzt." Er sah sie an, und seine Augen nahmen jede Einzelheit wahr. Die Hände in den Hosentaschen waren zu Fäusten geballt. „Du hast dich überhaupt nicht verändert. Sogar deine Frisur ist noch dieselbe."

Amy lächelte. „Das kann ich zurückgeben. Wie früher, könnte dir auch jetzt ein Haarschnitt nichts schaden."

„Du bist eben zu konservativ", meinte er und lächelte nun ebenfalls.

„Und du zu unkonventionell."

„Nicht mehr. Schließlich bin ich keine Zwanzig mehr."

„Oh je! Tad Starbuck, der alte Mann", neckte sie ihn. „Im Halbfinale gegen Bigelow hattest du aber keine Schwierigkeiten. Wie alt ist er? Vierundzwanzig?"

Tad zog die Schultern hoch. „Immerhin ging das Spiel über fünf Sätze." Langsam nahm er die Hände aus den Taschen und strich vorsichtig mit den Fingern über ihr Gesicht.

„Komm mit mir, Amy", sagte er leise. „Jetzt." Nur er selbst wusste, wie viel Überwindung es ihn kostete, diese Bitte auszusprechen.

„Ich kann nicht."

„Du willst nicht."

Eine Gruppe junger Italiener kam laut lachend und singend die Straße herauf. Drinnen im Lokal hatte die Band wieder lautstark zu spielen begonnen. Nur ein Wort! Ein Wort würde genügen, und sie könnte in dieser Nacht noch all das wieder erleben, wonach sie sich so gesehnt hatte.

„Tad ..." Zögernd griff Amy nach seiner Hand und hielt sie fest.

„Bitte sei vernünftig. Glaub mir, es ist für uns beide besser. Schließlich müssen wir beide noch Spiele bestreiten und ..."

„Okay", unterbrach er sie. „Dann eben in Paris."

„Tad, ich habe damit nicht gemeint ..."

„Rom oder Paris – du kannst es dir aussuchen. Aber entkommen wirst du mir nicht."

„Tad, du bist starrköpfig wie immer."

Er lachte. „Natürlich. Wäre ich sonst die Nummer eins?" Dann wurde er wieder ernst. „Aber eine Frage musst du mir jetzt schon beantworten, Amy."

„Welche?"

„Warst du glücklich?"

Sie schlug die Augen nieder und schwieg. „Du hast kein Recht ...", sagte sie leise und brach ab.

„Und ob ich ein Recht habe. Amy, sag mir die Wahrheit."

Sie starrte ihn verstört an, suchte verzweifelt nach einem Ausweg, aber schließlich gab sie auf. „Nein", flüsterte sie, und dann noch einmal: „Nein."

Eigentlich hätte er jetzt triumphieren müssen, aber stattdessen spürte Tad nur Mitleid. Er ließ ihre Hand los und trat einen Schritt zurück. „Ich rufe dir ein Taxi."

„Nein, ich laufe. Ein Spaziergang wird mir jetzt gut tun."

Tad sah ihr nach, bis sie zwischen den Menschen verschwand.

Auch jetzt, mitten in der Nacht, waren die Straßen der Ewigen Stadt voller Menschen und Autos. Die laue Luft, der Sternenhimmel, die fröhlichen Nachtschwärmer – diese südliche Atmosphäre war mit nichts zu vergleichen.

Obwohl der Lärm beinahe unvermindert anhielt, glaubte Tad auf seinem Weg durch die nächtlichen Straßen das Geräusch seiner Schritte zu hören. Vielleicht liegt es daran, dass schon seit so vielen Jahrhunderten Menschen über diese Straßen gehen, dachte er plötzlich und wunderte sich über sich selbst.

Normalerweise hatte Tad keinen Sinn für Geschichte – es sei denn, es handelte sich um Tennisgeschichte. Gonzales, Gibson, Perry, das waren Namen, die ihm etwas sagten. Caesar, Cicero oder Augustus dagegen waren Gestalten, an die er sich nur undeutlich aus dem Geschichtsunterricht erinnerte. Er dachte sogar wenig an seine eigene Vergangenheit – geschweige denn an die Welt der Antike. Bis Amy in sein Leben getreten war, hatte er immer nur von einem Tag zum anderen gelebt, hatte nicht über das nachgedacht, was vorbei war, und auch nicht über das, was die Zukunft ihm noch bescheren würde.

Als kleiner Junge allerdings war ihm die Zukunft wichtig gewesen. Ständig hatte er sich ausgemalt, was er tun würde, wenn ... Aber dann, als er sein Ziel erreicht hatte, war nur noch die Gegenwart wichtig gewesen. Bis ... ja, bis Amy aufgetaucht war. Da hatte er den nächsten Tag nicht erwarten können, an dem er sie endlich wiedersah.

Geboren und aufgewachsen war Tad Starbuck im rauen Arbeiterviertel von Chicago. Er hatte schnell gelernt, sich mit allen Mitteln durchzuboxen und alle Tricks und Kniffe anzuwenden, um auf den Straßen dieses Viertels zu überleben. Manchmal war es ihm nur mit viel Glück gelungen, nicht mit den Gesetzen in Konflikt zu geraten, und eigentlich hatte er es nur seiner ausgeprägten Abneigung gegen organisierte Gruppen zu verdanken, dass er nicht kriminell geworden war.

Tad hatte sich von klein auf sehr schlecht unterordnen können, andererseits hatte er aber auch nie das Verlangen verspürt, andere um sich zu scharen und den großen Boss zu markieren. Es war ihm daher leicht gefallen, allen Anwerbungsversuchen der verschiedenen Straßenbanden zu widerstehen, auch wenn diese Versuche manchmal recht massiv wurden.

Aber nicht nur dieser Wesenszug hatte ihn vor einem schlimmen Schicksal bewahrt, da war auch noch die Liebe zu seiner Familie. Seine Mutter, eine ruhige, sehr charakterstarke Frau, hatte abends spät noch Büros putzen müssen, um ihre beiden Kinder großziehen zu können. Seiner vier Jahre jüngeren Schwester gegenüber hatte Tad sich immer als der große Beschützer und Vaterersatz gefühlt. Die Erinnerungen an seinen Vater waren bei Tad schon verblasst, als er noch ein kleiner Junge war.

Schon sehr früh hatte er sich als Familienoberhaupt gefühlt und ganz selbstverständlich auch die damit zusammenhängenden Pflichten übernommen. Schon damals hatte Tad sich geschworen, eines Tages so viel Geld zu verdienen, dass er Mutter und Schwester ein Haus kaufen und sie aus dieser Gegend wegholen könnte. Damals war ihm noch nicht klar, wie er das je schaffen sollte, und auch als er die Antwort zum ersten Mal in Form eines Schlägers in der Hand hielt, war ihm das noch nicht klar geworden.

Ada Starbuck hatte ihrem Sohn zum zehnten Geburtstag einen billigen Tennisschläger mit Nylonbespannung gekauft. Später hatte sie selbst nicht mehr sagen können, wie sie auf diese Idee gekommen war. Sie wollte ihm etwas anderes schenken zu diesem runden Geburtstag als immer nur die Socken und Unterwäsche, die er sowieso brauchte. Sie hatte ihm etwas schenken wollen, womit er sich beschäftigen konnte, damit er nicht eines Tages doch auf die schiefe Bahn geriet, wie so viele Jungens aus der Nachbarschaft.

Sie kannte ihren Sohn sehr gut und wusste, dass ein Mannschaftssport wie Fußball oder Baseball ihn nie würde reizen können. Er war ein Einzelgänger, und wenn sie ihn überhaupt für Sport interessieren konnte, dann kam nur etwas in Betracht, das er auch allein spielen konnte. Ihn in einen Tennisclub zu schicken, dafür fehlte das Geld, aber den Ball gegen eine Wand zu spielen, das war möglich.

Und sie hatte Erfolg. Tad nahm sich gerade noch Zeit für die Schule, Essen und Schlafen. Ansonsten verbrachte er seine freien Stunden damit, mal mit Wucht, dann wieder überlegt und platziert, den Ball an eine Hauswand zu schlagen.

Er merkte selbst, dass seine Schläge immer besser wurden, dass er die Stärke seiner Schläge von Mal zu Mal besser variieren konnte. Schließlich war ihm das nicht mehr genug. Er ging zu einem Tennisclub, sammelte für ein paar Cents Stundenlohn die Bälle auf und beobachtete dabei die Spieler sehr genau.

Eines Tages kam er zu der Überzeugung, dass er genauso gut spielen könne wie die Leute in dem Club. Er überredete einen Jungen seines Alters, auf einem gerade nicht benutzten Platz ein Spiel mit ihm zu machen.

Diese erste Erfahrung auf dem Tennisplatz war bitter für Tad. Einen Ball an die Wand zu schlagen, war eine Sache, aber die Bälle von einem Gegenspieler zu parieren, eine ganz andere. Plötzlich flogen Bälle über seinen Kopf, der Gegner zwang ihn zu Spurts, trickste ihn aufgrund seiner größeren Erfahrung immer wieder aus – stachelte damit aber auch Tads Ehrgeiz an. Er lernte schnell, sich auf sein Gegenüber einzustellen, und als das Spiel zu Ende war, hatte er zwar haushoch verloren, aber auch die Erfahrung gewonnen, dass sportlicher Wettstreit ihm Spaß machte.

Von dem Tag an spielte er nicht mehr gegen eine Wand. Immer häufiger ging er in den Club, die Mitglieder gewöhnten sich an ihn, gaben ihm Antwort auf seine Fragen und erklärten sich sogar mit der Zeit immer häufiger bereit, ein Spiel mit ihm zu machen.

Tad hielt sich von Anfang an nur an die Spieler, die in seinen Augen das Spiel auch ernst nahmen, die ehrgeizig waren und kein Match verloren gaben.

Ganz allmählich entwickelte er seinen eigenen Stil. Ungeschliffen und eckig zwar, aber doch in Ansätzen schon zu erkennen. Seine Grundschnelligkeit verbesserte sich, seine Aufschläge kamen mit ungeheurer Wucht und wurden mit der Zeit immer präziser. Schliffen sich auch die Ecken seines Stils nach und nach ab, eines blieb immer erhalten – sein unbändiger Siegeswille.

Als sein billiger Schläger schließlich so abgenutzt war, dass man nicht mehr damit spielen konnte, sparte Ada vom Haushaltsgeld so viel ab, dass sie ihrem Sohn einen neuen kaufen konnte. Im Laufe der Jahre hatte Tad so viele Schläger gehabt, von denen einige mehr gekostet hatten, als seine Mutter in der ganzen Woche damals verdient hatte, aber diesen ersten Tennisschläger seines Lebens hatte er immer noch. Er hatte ihn damals zur Erinnerung behalten, als seine Mutter ihm den zweiten gekauft hatte, und auch jetzt noch lag er daheim bei Ada Starbuck im Schrank.

Als Tad dreizehn war, gab es kaum noch einen Erwachsenen in dem Club, der ihn schlagen konnte. Er spielte nicht nur gut, er wusste auch alles über diesen Sport. Geld für Bücher hatte Tad nicht, also hatte er sich alles, was je über Tennis geschrieben worden war, aus der Leihbücherei geholt und es zu Hause studiert. Als er das erste Finale in Wimbledon auf dem kleinen Schwarz-Weiß-Fernseher sah, stand für ihn fest, dass er eines Tages auch da spielen – und gewinnen – würde!

Wieder war es seine Mutter, die ihm half. Eines der Büros, die sie putzte, gehörte einem Martin Derick, Rechtsanwalt und Tennisfan, der einen privaten Tennisclub mitfinanzierte. Wenn er abends Überstunden machte und Ada Starbuck in sein Büro kam, wechselten sie meist einige Worte miteinander. Geschickt verstand sie es, bei solchen Gelegenheiten zu erwähnen, dass ihr Sohn Tennis spiele, und dass die Leute im Club sagten, er werde immer besser.

Es dauerte nicht lange, da hatten ihre Bemühungen Erfolg. Martin Derick bekundete sein Interesse, woraufhin sie ihm sofort sagte, dass für den nächsten Samstag ein kleines Turnier angesetzt sei, wo Tad spielen würde. Und Martin kam tatsächlich.

Tads Stil war immer noch nicht ausgereift, aber ein Kenner dieses Sports sah auf Anhieb, was in dem Jungen steckte. Sein überschäumendes Temperament, die Schnelligkeit, die Begeisterung, mit der Tad bei der Sache war – das alles sah Martin Derick, und als das Spiel vorbei war, hatte er die beiden aufregendsten Stunden auf einem Tennisplatz verbracht, die er je erlebt hatte.

Er ging auf den Platz und stellte sich Tad in den Weg. „Willst du Profi werden?“ fragte er ohne Umschweife.

Tad beschäftigte sich scheinbar uninteressiert mit der Bespannung seines Schlägers, aber er spürte doch, wie sein Puls plötzlich schneller ging. „Ja, schon."

Martin Derick grinste. Irgendwie gefiel ihm der Junge. „Okay, du brauchst Trainerstunden und ...", er warf einen Blick auf den Schläger, „und eine vernünftige Ausrüstung. Mit dieser Plastikbespannung kommst du nicht weit."

Als Antwort holte Tad einen Ball aus seiner Tasche, warf ihn hoch und schmetterte ihn mit aller Kraft quer über den Platz.

„Nicht schlecht", gab Martin zu. „Aber mit einer guten Darmbespannung spielst du noch besser."

„Haben Sie noch mehr so gute Ratschläge?"

Martin ließ sich durch die etwas rüde Art des Jungen nicht aus der Fassung bringen. Er griff in seine Tasche, holte eine Packung Zigaretten heraus und bot Tad eine an. Der schüttelte nur den Kopf. Martin steckte sich eine Zigarette an und sog den Rauch tief ein.

„Das ist nicht gut für Ihre Lungen", meinte Tad.

„Hast du noch mehr so gute Ratschläge?" konterte der Rechtsanwalt. „Meinst du, du könntest auf Gras spielen?"

„Natürlich."

„Nun, an Selbstbewusstsein fehlt es dir nicht."

„Ich werde eines Tages in Wimbledon spielen", sagte Tad wie selbstverständlich. „Und ich werde gewinnen."

Martin blieb ganz ernst. Er zog eine Visitenkarte aus der Tasche und gab sie Tad. „Ruf mich Montag an", sagte er und ging.

Tad Starbuck hatte seinen Mäzen gefunden.

Die Verbindung zwischen den beiden war nicht immer ganz einfach. Während der nächsten sieben Jahre gerieten sie sich häufig in die Haare, ohne dass jedoch jemals einer von beiden daran gedacht hätte, sich von dem anderen zu trennen.

Tad ging weiterhin brav zur Schule. Allerdings blieb ihm auch gar nichts anderes übrig, da seine Mutter und Martin ausgemacht hatten, dass die Unterstützung des Rechtsanwalts enden würde, wenn er die Schule vor dem Abschluss abbrechen sollte.

Er fügte sich widerstrebend, verbrachte aber jede freie Minute auf dem Tennisplatz. Die Trainerstunden zeigten Wirkung, und die besseren Schläger trugen dazu bei, dass sein Spiel immer ausgereifter wurde.

Als er sechzehn war, gab es bereits genügend Mädchen, die seinen Spielen nicht zuschauten, weil sie sich für Tennis interessierten. Tad ließ sich die gebotenen Chancen nicht entgehen und entdeckte dabei ein Betätigungsfeld, auf dem er genauso schnell lernte wie auf dem Tennisplatz.

Nur ein Mal in all den Jahren musste er eine Pause einlegen. Er war seiner kleinen Schwester gegen einen wesentlich älteren Jungen zur Hilfe geeilt. Das war ihm die zwei Wochen Zwangspause vom Tennis wert. Der Junge hatte ein gebrochenes Nasenbein davongetragen, während Tad sich nur die Hand verstaucht hatte.

Zu seinem ersten Turnier fuhr er als völlig Unbekannter und natürlich auch ungesetzt. Gleich das erste Spiel war den Sportreportern am nächsten Tag längere Berichte wert. Tad hatte es in seiner unnachahmlichen Manier geschafft, ein Spiel herumzureißen, bei dem er schon wie der sichere Verlierer ausgesehen hatte.

Die Presse kam allerdings sehr schnell dahinter, dass dieser Tad Starbuck ein sehr unbequemer Sportler war. Sie tolerierten sein Temperament, weil er noch jung war, aber auch damit schafften sie es nicht, ihn gefügig zu machen. Die Reporter merkten allerdings ebenso schnell, dass sie nicht an ihm vorbeikamen – ob sie den Spieler Starbuck nun mochten oder nicht.

Noch vor seinem neunzehnten Geburtstag leistete Tad die erste Anzahlung für ein Haus mit drei Schlafzimmern in einem der besseren Vororte von Chicago. Als er zwanzig war, gewann er zum ersten Mal Wimbledon. Der Traum war Wirklichkeit geworden, aber das stachelte ihn nur zu immer neuen Leistungen an.

Jetzt wanderte Tad durch die nächtlichen Straßen von Rom und dachte über sein bisheriges Leben nach. Es war Amy, die ihn dazu angeregt hatte, weil ihr Leben so ganz anders verlaufen war als seines. In ihrer Kindheit hatte es keine Straßenbanden gegeben, sie war behütet und ohne jegliche Sorgen aufgewachsen.

Mit James Wolfe als Vater hatten ihr alle Türen zur Tenniswelt weit offen gestanden. Schon mit vier Jahren hatte sie ihren ersten Schläger gehabt, der speziell für sie hergestellt worden war.

Tad fragte sich, ob es wohl dieser Unterschied war, der sie zueinander geführt hatte. Nein, das allein konnte es auch nicht sein. Wenn sie in seinen Armen gelegen hatte, dann war dieser Unterschied so unwichtig geworden, als würde er überhaupt nicht existieren. Es hatte eher etwas zu tun mit ihrer kühlen Beherrschtheit, die ihn fasziniert hatte, weil ihm von Anfang an klar gewesen war, dass unter der kühlen Oberfläche ein Vulkan zum Vorschein kommen konnte.

Das war für ihn eine Herausforderung gewesen, der er nicht hatte widerstehen können. Selbst als Amy noch ein Teenager gewesen war, hatte er das schon gespürt und sich geschworen, zu warten. Das Warten hatte sich auch gelohnt – bis zu dem Tag vor drei Jahren, an dem sie ohne irgendeine Erklärung weggelaufen war.

Ohne zu wissen, wohin er ging, bog Tad um eine Hausecke und stand vor einem der vielen römischen Brunnen. Das Wasser glitzerte im Mondlicht, und er blieb stehen, um den kleinen Fontänen zuzusehen, die sich in das Becken ergossen.

Amy! Er sehnte sich so sehr nach ihr, dass dabei sein verletzter Stolz, wie sie es nannte, ganz unwichtig wurde. Wenn sie gewollt hätte, er hätte sie heute Nacht mit in sein Hotelzimmer genommen und sich nicht daran gestört, dass sie einen anderen Mann geheiratet und mit ihm geschlafen hatte. Warum war sie mit diesem verdammten Engländer auf und davon gegangen? Diese Frage hatte er sich in den letzten drei Jahren schon unzählige Male gestellt, ohne je eine Antwort darauf gefunden zu haben.

In den ersten Monaten nach ihrer Trennung war Tad immer wieder in Gedanken jede Minute der letzten Tage durchgegangen, die sie zusammen verbracht hatten. Mit selbstquälerischer Eindringlichkeit hatte er sich jedes Wort, jede Geste in die Erinnerung zurückgerufen, ohne zu einer Lösung zu kommen.

Es hatte lange gedauert, bis Tad die Kraft fand, solche nutzlosen Überlegungen zu unterdrücken. Er hatte versucht, sich mit anderen Frauen zu trösten. Mit mehr als einer war er ins Bett gegangen, weil ihre Haare fast die Farbe von Amys hatten, und weil ihre Stimme ihn an sie erinnerte. Am anderen Morgen spätestens war die Illusion dann verschwunden und die alte Wunde wieder aufgebrochen.

Und jetzt war Amy zurückgekehrt. Geschieden und damit wieder frei. Aber spielte das wirklich eine Rolle? Tad strich sich mit beiden Händen durch die Haare. Nein, wenn er ehrlich mit sich selbst war, musste er eingestehen, dass es keinen Unterschied machte, ob sie verheiratet oder geschieden war. Er musste sie einfach haben.

Vom Tennisplatz und auch von den ersten Jahren her, in denen Amy beinahe noch ein Kind gewesen war, war Tad es gewöhnt, geschickt zu taktieren, Strategien aufzustellen und einzuhalten. Damit war es jetzt vorbei. Er griff in die Hosentasche, holte eine Münze hervor und warf sie in den Brunnen, als wollte er sein Glück herbeizwingen. Die Münze fiel auf den Grund, wo schon viele lagen – jede mit einem bestimmten Wunsch verbunden.

Tad drehte dem Brunnen den Rücken zu und sah sich um, bis er eine Bar entdeckt hatte. Er brauchte jetzt dringend einen starken Drink.

4. KAPITEL

Auf dem Flug von Rom nach Paris hatte Amy Zeit genug, sich an dem Titel einer internationalen italienischen Tennismeisterin zu erfreuen. Nach dem Spiel, das immerhin über zwei Stunden gedauert hatte, war Amy so erschöpft, dass sie sich kaum freuen konnte. Sie erinnerte sich nur noch daran, wie Madge sie umarmt hatte, dann das Klicken der Kameras, die Überreichung der Trophäe und der lang anhaltende Applaus des Publikums.

Jetzt erst wurde es Amy so richtig bewusst, dass sie es geschafft hatte. Zum ersten Mal Rom gewonnen und damit auch das erste Turnier nach drei Jahren Unterbrechung. Ihr Comeback war gelungen, sie hatte sich selbst bestätigt! Das entschädigte für all die Stunden Training, für schweißtreibende Arbeit mit Hanteln und Gewichten – für alles. Rom hatte gezeigt, dass ihre Entscheidung richtig gewesen war, wieder mit dem Profitennis anzufangen.

Dieser Entschluss war ihr nicht leicht gefallen, zumal ihr Selbstbewusstsein so kurz nach der gescheiterten Ehe mit Eric noch ziemlich anfällig gewesen war. Überhaupt, diese Ehe! Wenn sie jemals in ihrem Leben einen Fehler begangen hatte, dann den, Lord Eric Wickerton zu heiraten.

Amy lehnte sich in ihren Sitz zurück und schloss die Augen. Nie würde sie sich verzeihen, den ersten Schritt zu dieser Ehe getan zu haben. Eric hatte von Anfang an gewusst, dass sie ihn nicht liebte, aber das war ihm gleichgültig gewesen. Eric Wickerton hatte in ihr nur die Frau gesehen, die an seiner Seite repräsentieren, mit der er sich sehen lassen konnte.

Auch Amy hatte das gewusst, aber damals war ihr das als einzige Möglichkeit erschienen, Tad zu entkommen. Sie hatte die Rolle gespielt, die Eric von ihr verlangt hatte, aber sie hatte nicht vorausgesehen, wie unglücklich sie dabei sein würde.

Wenn sie angenommen hatte, dass er ihr im Ausgleich dafür wenigstens etwas Liebe und Zuneigung entgegenbringen würde, so musste sie schnell einsehen, dass sie sich getäuscht hatte.

Nein, sie wollte nicht mehr daran zurückdenken. Selbst jetzt noch waren die Erinnerungen zu schmerzlich. Sie wollte lieber an ihren großen Triumph denken.

Michael hatte Recht gehabt mit dem, was er über Tia gesagt hatte. Tia spielte wirklich wie der Teufel, gab sich nie geschlagen und zeigte auch nach einem langen Match keine Anzeichen von Ermüdung. Jeden Fehler ihrer Gegnerin nutzte sie erbarmungslos aus und verstand es immer wieder, sie zu weiteren Fehlern zu animieren.

Diese Tia hatte Amy wirklich alles abverlangt und dabei überdeutlich bewiesen, dass ein Tennisspiel wirklich erst mit dem letzten Punkt gewonnen ist.

Wenn Amy jetzt daran zurückdachte, war sie froh, ein solch hart umkämpftes Spiel gewonnen zu haben. Es gab ihr mehr Befriedigung, als wenn sie auf eine schwächere Gegnerin getroffen wäre, mit der sie leichtes Spiel gehabt hätte. Jetzt hatten die Reporter wenigstens genug zu berichten und würden mit ihren Artikeln dafür sorgen, dass ihr Sieg genügend beachtet wurde.

Rom lag hinter ihr. Jetzt galt es, sich auf das Turnier in Paris zu konzentrieren. Damals, in ihrem Jahr mit Tad, hatte sie Paris gewonnen. Tad! Da waren ihre Gedanken wieder bei ihm. Amy versuchte, sie genauso auszuschalten wie vorher die Erinnerungen an Eric. Nur wollte ihr das diesmal nicht gelingen.

Okay, dann eben in Paris.

Amy hatte die Worte nicht vergessen – halb Drohung, halb Versprechen. Sie kannte Tad gut genug. Es gab keine Möglichkeit, ihm zu entkommen. Aber sie war auch nicht mehr so naiv und unschuldig wie damals, als er sie zum ersten Mal erobert hatte. Mittlerweile hatte das Leben sie gelehrt, dass Märchen höchst selten wahr werden. Damals hatte sie noch geglaubt, ihre Liebe zu Tad wäre ein solches Märchen und würde auch genauso glücklich enden. Sie waren älter geworden, waren nicht mehr der Prinz und die Prinzessin auf dem Tennisplatz – aber waren sie auch weiser geworden?

Amy war sicher, dass Tad versuchen würde, seinen Stolz wiederzugewinnen, indem er sie zurückeroberte – und sei es nur ihren Körper. Sie kannte seine Verführungskünste und wusste, dass es schwer werden würde, ihm zu widerstehen. Wenn sie eine Möglichkeit gesehen hätte, ihm nachzugeben, ohne dabei zu riskieren, sich wieder in ihn zu verlieben – Amy hätte ohne Zögern Ja gesagt. Nach drei Jahren ohne Leidenschaft, ohne das Gefühl, begehrt zu werden, sehnte sie sich sehr danach.

Aber diese Möglichkeit war nicht gegeben. Seufzend öffnete Amy die Augen und sah hinaus in die sonnenbeschienenen Wolken. Es half nichts, sie musste ehrlich zu sich selbst sein. Ja, dachte Amy und nickte dabei unwillkürlich, ich liebe ihn immer noch, habe im Grunde nie aufgehört, Tad zu lieben.

Was wäre gewesen, wenn er das gewusst hätte? Wie üblich, geriet Amy bei dieser Frage in Panik. Hätte er ihr geglaubt? Und, was noch wichtiger war, hätte er es akzeptiert? Langsam schüttelte Amy den Kopf. Er durfte nie erfahren, dass sie einen anderen Mann geheiratet hatte, während sie sein Baby in sich trug. Und er durfte auch nie erfahren, dass sie vor lauter Kummer und Verzweiflung sein Baby verloren hatte.

Amy lehnte sich wieder in ihren Sessel zurück, schloss die Augen und versuchte, wenigstens noch etwas zu schlafen, bevor die Maschine in der französischen Hauptstadt landete. Paris war schon sehr nah, und sie wusste nicht, was diese Stadt ihr bringen würde – weder auf dem Tennisplatz noch in der gefährlichen Nähe von Tad Starbuck.

„Tad! Tad!"

Er war gerade damit beschäftigt, seinen Tennisschläger in die Hülle zu stecken, als er jemanden seinen Namen rufen hörte. Tad drehte sich um, dann ließ er den Schläger fallen, breitete beide Arme aus und fing die Frau auf, die ihm entgegenstürzte. Er hob sie hoch und drehte sich einige Mal mit ihr im Kreis.

„Hilfe, mir wird schwindlig", rief sie lachend und hielt sich an ihm fest.

Tad stellte sie wieder auf die Füße und hielt sie ein Stück von sich ab. Sie war klein und zart, mit einem hübschen Gesicht, blitzenden Augen und einem verschmitzten Lächeln.

„Jess, wie kommst du hierher?“ fragte er und drückte sie noch einmal an sich.

„Ich wollte meinen Bruder wiedersehen, und was bleibt mir da anderes übrig, als ihn auf einem Tennisplatz zu suchen“, antwortete Jess lachend.

Tad legte ihr einen Arm um die Schulter. Jetzt erst fiel sein Blick auf den Mann, der einige Schritte hinter ihnen stand. „Mac.“ Ohne Jess loszulassen, streckte er seinem Schwager die Hand hin.

„Tad, wie geht es dir?“

„Gut. Sehr gut sogar.“

Mac schüttelte ihm die Hand und sah dabei lächelnd auf die beiden. Er wusste, wie sehr Bruder und Schwester aneinander hingen, und dass Tad sich auch heute noch für Jess verantwortlich fühlte, obwohl sie mittlerweile siebenundzwanzig und Mutter eines Sohnes war. Am Anfang hatte er sehr gegen Tads Vorurteile zu kämpfen gehabt. Kein Mann war Tad recht, der in die Nähe seiner Schwester kam, und da hatte Mac keine Ausnahme gemacht. Erst nach und nach hatte Tad ihn akzeptiert und sich schließlich zähneknirschend auch damit einverstanden erklärt, dass Jess mit ihm zur Westküste nach Kalifornien zog. Mac betrieb dort ein sehr gut gehendes Baugeschäft.

So erfolgreich er als Geschäftsmann war, so wenig verstand er von Tennis. Diese Tatsache hatte natürlich auch nicht dazu beigetragen, dass Tad ihn mit offenen Armen aufgenommen hätte. Mac war sich durchaus darüber im Klaren, dass er niemals in Jess’ Nähe gekommen wäre, wäre er nicht der Neffe von Martin Derick.

„Wo ist Pete?“ unterbrach Tad die Gedanken seines Schwagers.

„Bei seiner Großmutter. Die beiden sind froh, wenn sie mal einige Zeit zusammen sein können“, antwortete Mac mit einem Lächeln.

„Sie wird ganz schön mit ihm zu tun haben“, warf Jess ein. „Pete ist zwar gerade erst etwas mehr als ein Jahr alt, aber er läuft schon wie der Teufel und wird unsere Mutter entsprechend auf Trab halten. Sie lässt dir übrigens viele Grüße bestellen. Du kennst sie ja, Tad, sie mag keine langen Flugreisen, sonst wäre sie sicherlich mitgekommen."

Tad griff nach seiner Trainingstasche. „Ich habe gestern Abend noch mit ihr telefoniert. Kein Wort hat sie davon gesagt, dass ihr beiden kommen würdet."

„Wir wollten dich ja auch überraschen." Jess griff nach der Hand ihres Mannes und drückte sie. „Mac hat gemeint, Paris sei gerade die richtige Stadt für zweite Flitterwochen."

„Irgendwie musste ich es ja schließlich anstellen, sie für zwei Wochen von Pete loszueisen", sagte Mac und zog seine Frau schmunzelnd an sich. „Allerdings hat sich dann herausgestellt, dass du mehr gezogen hast als Paris." Er gab ihr einen Kuss auf die Stirn und sah sie liebevoll an. „Deine Schwester und ihr Sohn", wandte er sich dann an Tad, „die beiden sind unzertrennlich."

„Wenn man den hübschesten Sohn der Welt hat, ist es ja wohl ganz natürlich, dass man sich nicht von ihm trennen will", protestierte Jess.

Mac zog eine Pfeife aus der Tasche und begann sie zu stopfen. „Ich schwöre dir, Tad, es wird nicht mehr lange dauern, und deine Schwester lässt unseren Sohn bereits in Harvard einschreiben."

„Nächstes Jahr", antwortete Jess scheinbar ganz ernst. Ihr Blick lag auf ihrem Bruder. Täuschte sie sich, oder waren seine Augen wirklich nicht so strahlend wie sonst? „Martin lässt dir übrigens bestellen, dass er sehr stolz auf dich ist."

„Ich hatte schon gehofft, er würde zu diesem Turnier kommen", sagte Tad. „Merkwürdig, ich habe es mir immer noch nicht abgewöhnt, vor einem Spiel nach ihm Ausschau zu halten."

„Er wollte ja auch kommen", sagte Jess, „aber er konnte seine Verhandlung nicht verschieben. Jetzt musst du also mit uns vorlieb nehmen."

Tad schwang sich die Tasche über die Schulter. „Damit bin ich mehr als zufrieden. Wo wohnt ihr?"

„Im Hotel ..." Jess brach abrupt ab, als sie in einiger Entfernung eine schlanke blonde Frau über den Platz gehen sah. „Amy“, murmelte sie.

Tad sah ebenfalls hinüber. „Ja“, sagte er, „Amy.“ Jess bemerkte, dass er die Frau nicht aus den Augen ließ. „Wusstest du nicht, dass sie wieder spielt?“

„Doch. Aber ...“ Wieder brach Jess ab. Wie sollte sie ihrem Bruder den Widerstreit von Gefühlen erklären, den Amys Auftauchen in ihr ausgelöst hatte?

Es war, als wären die letzten Jahre in ihrem Gedächtnis ausgelöscht. Immer noch hatte Jess die kühlen blauen Augen vor sich, hörte ihre beherrschte Stimme. Damals war sie so überzeugt gewesen, für Tad das Richtige zu tun, nicht ein Mal waren Jess darüber Zweifel gekommen. Jetzt war Amy geschieden und zurückgekehrt in den Tenniszirkus. Und Jess war sich längst nicht mehr sicher, ob sie damals wirklich richtig gehandelt hatte.

Verstohlen warf sie einen Blick auf ihren Bruder. Er beobachtete Amy immer noch, als könnte er die Augen nicht von ihr abwenden. Hatte er sie geliebt? Liebte er sie vielleicht immer noch? Was würde er tun, wenn er jemals erfuhr, wie seine Schwester sich in sein Leben gedrängt und ihm eine Entscheidung abgenommen hatte? „Tad ...“

Als er sie ansah, verstärkte sich das ungute Gefühl in Jess noch. Sie hoffte nur, dass sie ihm nie erzählen musste, was sie damals getan hatte.

„Sie ist noch so hübsch wie früher, findest du nicht?“ fragte Tad seine Schwester. „Was hast du gesagt, wo seid ihr abgestiegen?“

„Nur weil er gerade erst achtzehn ist und in der Vorrunde wie ein Champion gespielt hat, ist er für alle der Favorit.“ Chuck warf einen Tennisball in die Höhe und fing ihn wieder auf.

„Du wirst es schon schaffen“, meinte Amy. „Immerhin hast du deine Erfahrung gegen seine Jugend zu setzen“, fügte sie noch hinzu.

„Ich werde ihn vom Platz fegen“, prophezeite Chuck und reckte seinen rechten Arm in die Luft. „Und sollte mir das wirklich nicht gelingen, überlasse ich es eben Tad, ihn aus dem Wettbewerb zu werfen."

Amy schnappte sich den Ball, als Chuck ihn erneut in die Luft warf. „Bist du sicher, dass Tad ins Endspiel kommt?"

„Das ist so sicher wie das Amen in der Kirche", antwortete Chuck. „Das ist sein Jahr, ich glaube, ich habe ihn noch nie besser spielen sehen als in dieser Saison."

Amy gab keine Antwort. Sie blickte hinunter auf ihre Füße. Der Wind hatte Blütenblätter über den Platz geweht, und sie berührte sie ganz vorsichtig mit ihrer Schuhspitze. Es war noch früh am Morgen, und das große Stadion lag leer und verlassen da. In einigen Stunden würden sich die Ränge füllen. Vierzehntausend Zuschauer passten in das Tennisstadion der französischen Hauptstadt, und sicherlich würden auch heute wieder alle Plätze besetzt sein. Wenn das Publikum sich ruhig verhielt, konnte man die Geräusche der Autos auf der angrenzenden Straße hören, die die Anlage vom Bois de Boulogne trennte.

In der ersten Woche des Turniers wurde täglich etwa elf Stunden lang ununterbrochen Tennis gespielt. Selbst diejenigen, die nach dieser Woche ausgeschieden waren, konnten sich nicht beklagen, zu selten auf dem Platz gewesen zu sein. Nicht umsonst hatte das Turnier in Paris unter den Profis den Ruf, das schwierigste überhaupt zu sein. Tad und Amy hatten beide schon einmal hier gewonnen und wollten den Sieg in diesem Jahr wiederholen.

Paris und Tad! Es gab nichts, was in Amy mehr Erinnerungen wachrief, als diese Kombination. In dieser Stadt hatten sie einen Abend im Kino verbracht, ohne von dem Ingmar-Bergman-Film auch nur eine Szene zu sehen. In Paris hatte Tad es geschafft, sie kurz vor einem Spiel so geschickt zu massieren, dass die schlimme Muskelverhärtung sie nachher auf dem Platz nicht mehr um den Sieg bringen konnte. In Paris hatten sie sich geliebt – immer wieder und so lange, bis sie beide völlig erschöpft eingeschlafen waren. In der

Stadt der Liebe hatte Amy noch daran geglaubt, dass ihre Romanze mit Tad glücklich enden würde.

Amys Gedanken wurden jäh unterbrochen, als sie ihren Blick durch das Stadion schweifen ließ und plötzlich Jess sah. Auf die Entfernung starrten beide Frauen sich an – unfähig, sich zu rühren und aufeinander zuzugehen.

„Da ist ja Jess!“ Chuck winkte hinüber und griff dann nach Amys Arm. „Komm, lass uns zu ihr gehen.“

Plötzlich kam wieder Leben in Amy. „Nein, ich ... ich muss weg“, protestierte sie, als Chuck sie mit sich ziehen wollte. „Geh du nur zu ihr. Bis später.“ Damit riss sie sich los und stürmte davon.

Wie von Furien gehetzt, rannte Amy vom Platz und hielt erst wieder inne, als das Stadion bereits weit hinter ihr lag. Sie atmete tief durch und schalt sich selbst, dass sie davongelaufen war. Aber es war ihr einfach nicht möglich gewesen, Tads Schwester gegenüberzutreten – dem einzigen Menschen, der den Grund kannte, warum sie sich damals von Tad getrennt hatte.

Sie musste sich jetzt erst wieder beruhigen, vielleicht war es ihr dann möglich, Jess zu begrüßen. Amy war viel zu sehr mit sich selbst beschäftigt, als dass ihr aufgefallen wäre, dass auch Jess recht schockiert reagiert hatte. Sie kam gar nicht auf die Idee, sich zu fragen, wieso.

Amy wollte nicht mehr an den Sommernachmittag denken, als sie Jess Starbuck zum letzten Mal gesehen hatte. In diesem unordentlichen Hotelzimmer, das sie mit Tad geteilt hatte, und in dem ihr dann Jess gegenübergestanden hatte. Keines der Worte, die damals gefallen waren, hatte sie vergessen – und auch nicht den unendlichen Schmerz, den sie in ihr ausgelöst hatten.

Ja, Tad hatte Recht, sie war wirklich davongelaufen, aber sie hatte ihm nicht für immer entgehen können. Eigentlich hatte sich alles in diesen drei Jahren verändert – und doch wieder gar nichts, wenn es um Tad und sie ging. Seufzend gestand Amy sich ein, dass sie ihrem Herzen keine Befehle geben konnte. Tad war der erste Mann in ihrem Leben gewesen, und er würde immer der einzige bleiben, den sie geliebt hatte.

Sie hatte ein Kind von ihm getragen und es dann verloren, bevor es noch geboren wurde. Niemals würde Amy es sich verzeihen können, dass es zu diesem Unfall gekommen war. Noch mehr als der Mangel an Liebe und Verständnis von Seiten ihres Mannes hatte der Verlust von Tads Baby ihr alle Hoffnung für eine glückliche Ehe mit Eric genommen.

Und wenn sie das Kind geboren hätte? Hätte sie es vor Tad verbergen können? Und vor allem, hätte sie mit einem anderen Mann verheiratet bleiben können, während sie ein Kind von Tad großzog? Amy schüttelte den Kopf. Zu häufig schon hatte sie über diese Fragen nachgedacht, ohne je eine Antwort darauf zu finden. Das alles war vorbei. Sie hatte Tad verloren, sein Kind und außerdem noch die Liebe und Unterstützung ihres Vaters. Mehr konnte ein Mensch wohl kaum ertragen.

Als sich eine Hand auf ihre Schulter legte, drehte Amy sich erschrocken um. Vor ihr stand Tad. Schweigend sahen sie sich an.

Amy war es, als summten die Bienen plötzlich lauter, als könnte sie das Rauschen der Bäume in dem sanften Wind besser hören. Er griff nach ihren Armen und ließ seine Hände daran entlanggleiten, bis sie an ihren Handgelenken angekommen waren.

„Angst vor dem nächsten Spiel?"

„Angst nicht", antwortete Amy und brachte sogar ein Lächeln zustande. „Aber die Rayski ist schon gut."

„Du hast sie aber schon einmal geschlagen."

„Und sie mich."

Amy kam es gar nicht in den Sinn, ihm ihre Hände zu entziehen. Sie standen voreinander, ohne dass ihre Körper sich berührten, und sie dachten beide zurück an den Tag, damals, als sie ebenfalls nach einem Spiel hierher geflohen waren, um allein zu sein.

„Du musst gegen sie so spielen wie gegen die Conway“, meinte Tad. „Die beiden haben fast den gleichen Stil.“

„Meinst du wirklich, das wäre eine Beruhigung?“ fragte Amy mit einem kurzen Auflachen.

„Du bist besser als sie“, sagte Tad ganz ruhig, woraufhin sie ihn erstaunt ansah. Lächelnd löste er eine Hand und strich mit seinen Fingerspitzen ganz sanft über ihre Wange. „Sie ist schneller, aber du spielst besser. Das gibt dir einen Vorteil, wenn du auch nicht besonders gern auf diesem Boden hier spielst.“

„Ja, das stimmt“, gab Amy zu.

„Du bist inzwischen besser geworden.“ Tad hielt ihre Hand fest, und sie gingen nebeneinander über die Wiese. „Deine Rückhand ist zwar noch nicht so stark, wie sie eigentlich sein könnte, aber ...“

„Bei der Conway hat es aber gelangt“, unterbrach Amy ihn.

„Hätte trotzdem besser sein können.“

„Ich habe noch nie eine so gute Rückhand gespielt“, fuhr sie ihn ärgerlich an und merkte zu spät, dass sie hereingefallen war. Er lächelte spöttisch, als sie in sein Gesicht sah. „Ich hätte es mir ja denken können“, murmelte Amy mehr zu sich selbst. „Du spielst gegen Kilroy“, fuhr sie dann schnell fort, damit er keine Gelegenheit hatte, das Gespräch auf privatere Themen zu bringen. „Nie von ihm gehört.“

„Er ist erst seit zwei Jahren Profi, und den großen Durchbruch schaffte er im vorigen Jahr in Melbourne.“ Wie selbstverständlich legte Tad einen Arm um ihre Schulter. Dann blieb er plötzlich stehen und zeigte auf eine Blüte. „Was ist das denn für eine Blume?“

„Frauenschuh.“

„Komischer Name“, meinte Tad und zuckte mit den Schultern. „Rosen gefallen mir besser.“

„Aber nur deshalb, weil das die einzige Blume ist, von der du den Namen kennst“, antwortete Amy. Ohne darüber nachzudenken, lehnte sie ihren Kopf gegen seine Schulter. „Erinnerst du dich noch, als ich eines Tages ein Bad nehmen wollte und feststellte, dass du die ganze Wanne mit Rosen gefüllt hattest? Es müssen Dutzende gewesen sein."

„Ja, wir haben fast eine Stunde gebraucht, um die Wanne zu leeren", sagte er und lehnte seinen Kopf gegen ihren.

„Es war wundervoll", meinte Amy verträumt. „Du hattest häufig so herrliche Einfälle, die mich immer völlig überraschten." In Erinnerung daran lachte sie leise auf. Ihr Kopf lag immer noch an seiner Schulter. „Weißt du noch, wir haben alle Gefäße genommen, die wir finden konnten, um die Rosen unterzubringen. Manchmal, wenn ich ..." Mitten im Satz verstummte Amy plötzlich. Im letzten Moment war ihr klar geworden, dass sie drauf und dran war, zu viel zu sagen.

„Wenn du was?" drängte Tad, fasste nach ihren Schultern und drehte sie zu sich. Als Amy den Kopf schüttelte, wurde sein Griff fester. „Bist du manchmal mitten in der Nacht wach geworden, weil die Erinnerungen dich quälten? Konntest du nicht vergessen?"

Amy stemmte beide Hände gegen seine Brust. „Tad, bitte!"

„Mir ist es so ergangen, Amy." Er ließ sie nicht los. „Ich weiß gar nicht mehr, wie oft. Selbst wenn ich dachte, ich könnte dich hassen, habe ich mich immer noch nach dir gesehnt. Kannst du dir eigentlich vorstellen, wie das ist, um drei Uhr morgens wach zu werden und sich nach einer Frau zu sehnen, die im Bett eines anderen Mannes liegt?"

„Bitte, hör auf, bitte!"

„Womit?" Er hatte jetzt beide Hände um ihr Gesicht gelegt und zwang sie, ihn anzusehen. „Dich zu hassen? Mich nach dir zu sehnen? Ich kann nicht anders, Amy."

Seine Augen waren ganz dunkel. Sie sah darin den Schmerz, den er verspürt hatte, aber sie sah auch die Leidenschaft. Ohne sich Rechenschaft über ihr Tun abzulegen, presste Amy ihre Lippen auf seinen Mund.

Für einen Moment stand Tad ganz still. Erst als Amy sich an ihn schmiegte, stöhnte er leise auf und riss sie in die Arme. Wie hatte er nur je glauben können, es für immer ohne sie auszuhalten? Er wollte sie – nichts auf der Welt wollte er so sehr wie diese Frau. Er musste sie einfach wieder besitzen, ihr zeigen, dass auch sie ohne ihn verloren war.

Nur für einen Augenblick ließ er sie los, griff nach ihrer Hand und zog sie mit sich unter die tief herabhängenden Zweige einer Trauerweide, die sie vor allen neugierigen Blicken verbarg. In dem kühlen Halbdunkel des alten Baumes zog Tad sie wieder an sich und küsste sie. Diesmal war er es, dessen Kuss voller Leidenschaft mehr forderte.

Er musste einfach wissen, ob ihr Körper sich noch genauso anfühlte wie damals. Ungeduldig zog er den Reißverschluss ihrer Trainingsjacke herunter, und die Hände schlüpften unter das dünne T-Shirt. Zielstrebig glitten sie Amys Körper empor, bis sie an ihren Brüsten angekommen waren. Seinen Mund immer noch auf ihren gepresst, stöhnte Tad leise auf. Ihre Haut war so weich und glatt, dass er wieder – wie früher – das Gefühl hatte, seine schwieligen Hände wären viel zu rau für diese samtweiche Haut.

Amy zitterte am ganzen Körper. Mit beiden Händen griff sie in seine dichten Haare und schmiegte sich noch enger an ihn. Es war wie in einem Traum. Von weitem drangen lachende Stimmen an ihr Ohr, aber Amy dachte gar nicht daran, sich von Tad zu lösen, als diese Stimmen immer näher kamen. Es gab nur noch sie beide auf dieser Welt, nichts anderes war mehr wichtig.

Als Tad sie schließlich losließ, taumelte Amy, und er griff schnell zu, damit sie nicht das Gleichgewicht verlor. Ihr Blick war verschwommen, ihre Lippen schienen geschwollen von seinen leidenschaftlichen Küssen.

Noch einmal zog er sie an sich und küsste sie. Diesmal aber sanft und zärtlich, als wollte er, dass sie die Erinnerung daran niemals vergaß.

Wie lange hatten sie unter der alten Trauerweide gestanden? Waren es nur Minuten, eine halbe Stunde oder gar noch länger? Amy wusste es nicht. Sie hatte jegliches Zeitgefühl verloren. Nur eines wusste sie ganz genau – sie fühlte sich so lebendig und so durch und durch als Frau, wie schon seit Jahren nicht mehr. Ihr Herz schlug schmerzhaft hart gegen ihre Brust, und sie glaubte, das Blut in ihren Adern zu spüren.

„Heute nacht“, murmelte Tad, zog ihre Hände an seine Lippen und küsste sie.

Die Berührung seiner Lippen jagte ihr kleine Schauer über den Rücken. „Tad ...“ Amy versuchte, ihm ihre Hände zu entziehen, aber er hielt sie fest.

„Heute nacht“, wiederholte er noch einmal.

„Ich kann nicht.“ Amy sah, wie es in seinen Augen ärgerlich aufblitzte. „Tad, ich habe Angst.“

Ihr freimütiges Eingeständnis ließ seinen Ärger so schnell wieder verfliegen, wie er gekommen war. „Amy, warum?“

Sie gab keine Antwort, legte ihre Arme um seine Taille und schmiegte ihren Kopf an seine breite Brust. „Es tut mir Leid“, flüsterte sie. „Ich habe schon einmal Angst vor dir gehabt, und jetzt ist diese Angst wieder da.“ Und ich liebe dich, fügte sie in Gedanken hinzu. So wie früher – nein, noch mehr als vor drei Jahren.

„Amy.“ Er griff nach ihren Schultern und hielt sie ein Stück von sich ab. „Ich kann dir diesmal nicht versprechen, dass ich auf dich warten werde. Ich kann dir auch nicht versprechen, dass ich sanft und zärtlich mit dir umgehen werde. Diesmal ist es anders.“

„Ja, es ist anders“, stimmte sie leise zu und sah ihn dabei nicht an. „Vieles hat sich geändert, Tad. Wahrscheinlich wäre es besser, viel besser für uns beide, wenn wir nicht wieder von vorn anfangen würden.“

Tad lachte leise auf. „Wir haben gar keine Wahl.“

„Doch, wir können es versuchen, uns aus dem Weg zu gehen.“

„Nein.“

Amy seufzte tief auf. „Tad, bitte dräng mich nicht so.“

Völlig übergangslos riss er sie wieder an sich. Seine Stimme klang rau. „Ich kann nicht anders, Amy. Kannst du das nicht verstehen? Jedesmal, wenn ich dich ansehe, kommen die Fragen wieder, die ich mir all die Jahre hindurch gestellt habe. Warum hast du mich verlassen? Warum bist du einfach davongelaufen mit einem anderen Mann?“

Amy löste sich aus seiner Umarmung und griff nach seinen Händen. Sehr ernst sah sie ihn an, und was sie sagte, klang sehr eindringlich. „Tad, was auch immer mit uns geschieht, das geschieht jetzt. Hast du verstanden? Wenn überhaupt, dann fangen wir wieder ganz von vorn an. Die Vergangenheit ist passee, keine Fragen, keine Erklärungen. Glaub mir, ich meine es ernst, Tad. Ich werde dir keine Erklärungen abgeben, und ich weigere mich, in der Vergangenheit herumzuwühlen.“

„Das heißt also, ich werde nie eine Antwort auf meine Fragen bekommen?“

„Es geht nicht anders. Ich werde dir auch keine Fragen stellen.“

„Amy, du verlangst verdammt viel.“

Sie stand vor ihm, wagte nicht, ihn anzufassen. Dabei hätte sie sich so gern an ihn gelehnt und ihm geholfen, die Vergangenheit zu vergessen. Es musste doch möglich sein, dass sie nur noch für die Gegenwart und die Zukunft lebten. „Ja, ich weiß“, sagte sie leise. „Warum müssen wir uns nur immer wieder gegenseitig wehtun?“

„Ich wollte dir nie wehtun, Amy.“

Plötzlich glaubte sie, wieder Jess' Stimme an jenem Nachmittag im Hotel zu hören. Er will dir nicht wehtun. Ja, genau das hatte sie gesagt. „Das wollten wir beide nicht“, sagte Amy leise. „Und doch haben wir es getan. Ich habe Angst davor, dass es wieder passiert.“

„Amy, sieh mich an.“ Mit beiden Händen griff er nach ihren Armen und hielt sie fest, bis sie langsam ihren Kopf hob und ihm in die Augen sah. „So, und jetzt sag mir noch einmal, dass du Angst hast.“

„Oh, Tad!“ Seufzend lehnte Amy für einen Moment ihren Kopf gegen seine Brust. Dann hob sie den Blick wieder und sah ihn an.

„Ich war mir so sicher, dass ich dir diesmal widerstehen könnte", sagte sie leise.

„Und jetzt?"

„Ich weiß es nicht. Ich weiß gar nichts mehr." Sie schüttelte den Kopf. „Gib mir etwas Zeit, Tad."

Er öffnete schon den Mund, um zu widersprechen, aber dann überlegte er es sich doch anders. Er hatte drei Jahre gewartet, kam es da wirklich auf einen Tag mehr oder weniger an? „Okay, ich lasse dir etwas Zeit. Aber denk dran, Amy, beim nächsten Mal frage ich gar nicht erst."

Als Amy nickte, legte er einen Arm um ihre Schulter und hielt mit dem anderen die tief hängenden Zweige der Trauerweide zur Seite. „Komm", sagte er leise, „ich bring dich zurück."

5. KAPITEL

Es war das siebte Spiel im vierten Satz. Tad stand an der Grundlinie und erwartete Michaels Aufschlag. Die Luft war schwül, und am Himmel zogen dunkle Gewitterwolken auf. Aber Tad bemerkte das alles nicht. Nur zu Beginn des Spiels hatte er gesehen, dass das Stadion voller Leute war. Jetzt hörte er zwar noch ihre Anfeuerungsrufe, aber es war ihm gleichgültig, ob sie ihm oder seinem Gegner galten. Für ihn gab es jetzt nur noch das Spiel, das er gewinnen wollte.

Tennis – das Spiel für Einzelkämpfer. Und genau das war es, was Tad so zu diesem Sport hinzog. Wenn man verlor, konnte man nur sich selbst dafür verantwortlich machen, und wenn man siegte, gehörte einem der Triumph ganz allein.

Tad hatte sich darauf gefreut, im Halbfinale auf Michael zu treffen. Der Australier spielte mit sehr viel Gefühl und Temperament, gab keinen Ball verloren und verausgabte sich völlig, wenn es darum ging, das Spiel doch noch für sich zu entscheiden. Es gab so vier oder fünf Tenniskollegen, die Tad respektierte, und Michael gehörte ohne Zweifel dazu. Sein Sieg gegen ihn zählte für Tad doppelt.

In diesem Stadium des Spiels setzte Tad sein ganzes Können ein, um Michael den Aufschlag abzunehmen. Bisher hatte er noch keine Schwäche bei seinem Gegenüber erkennen können. Wie ein Boxer, der den anderen im Ring belauert und darauf wartet, dass er für einen Sekundenbruchteil einmal nicht voll konzentriert ist, so beobachtete auch Tad seinen Gegner – immer bereit, jeden noch so kleinen Fehler sofort für sich auszunutzen.

Tad hörte das Geräusch, als Michaels Schläger den Ball traf und ihn genau in die Ecke des Aufschlagfeldes setzte. Beinahe automatisch reagierte Tad. Seine enorme Schnelligkeit kam ihm dabei zugute, als er losspurtete und den Ball retournierte.

Beide Männer schenkten sich nichts in diesem Spiel. Ihre Laufarbeit war ausgezeichnet, die Gesichter glänzten vom Schweiß, und die Haare klebten ihnen auf der Stirn. Das Publikum ging begeistert mit, und seine Aufschreie vermischten sich mit dem fernen Donnergrollen.

Der lange Ballwechsel endete damit, dass Tad diesen Ball diagonal schlug, so dass er genau vor der Grundlinie aufschlug. Unerreichbar für Michael. Null : fünfzehn.

Tad strich sich mit seinem Schweißband am Handgelenk übers Gesicht und ging zurück zur Grundlinie. Michael schlug auf, Tad brachte den Ball zurück und spurtete dann sofort in die Mitte des Feldes. Jeder versuchte den anderen auszutricksen. Ohne Erfolg! Bis Michael den Fehler beging, einen „Lob" über Tad hinwegheben zu wollen. Tads Körper schnellte empor, er traf den Ball voll und schmetterte ihn so zurück, dass er kurz hinter dem Netz aufkam. Null : dreißig.

Für seinen nächsten Aufschlag nahm sich Michael viel Zeit. Immer wieder blickte er hinüber zu seinem Gegner, tippte den Ball noch einmal auf und wartete offenbar darauf, dass Tad nervös wurde. Der aber hatte sich in der Gewalt und stand scheinbar ganz ruhig.

Als der Aufschlag dann endlich bei ihm ankam, entwickelte sich wieder ein langer Ballwechsel mit Grundlinienschlägen. Beide lauerten darauf, den anderen überlisten zu können.

Mit der Rückhand schlug Tad den Ball zurück. Michael hatte keine Mühe, ihn zu erlaufen, aber dann setzte er ihn ins Netz.

Null : vierzig.

Es war Michael anzusehen, wie sehr er sich über diesen Fehler ärgerte. Wütend drosch er auch seinen ersten Aufschlag ins Netz. Beim zweiten hatte er sich dann wieder gefangen und platzierte ihn genau. Tad erreichte den Ball – und schlug ihn dann seinerseits ins Netz.

Die Spannung auf dem Platz war beinahe körperlich zu spüren. Das Publikum ging mit, unterstützte lautstark seinen jeweiligen Favoriten und wurde immer unruhiger, als keiner der beiden Spieler einen wirklichen Vorteil für sich herausarbeiten konnte.

Beiden klebten mittlerweile die Tennishemden am Körper. Jeder scheuchte den anderen über den Platz, um dann seinerseits wieder nach einem Ball hechten zu müssen. Für einen Laien unverständlich, wie perfekt Geist und Körper bei beiden zusammenarbeiteten. In Sekundenbruchteilen mussten sie entscheiden, wie sie den Ball zurückschlagen wollten, und durften dabei auch den Gegner nicht aus den Augen lassen, um ihn womöglich auf dem falschen Fuß zu erwischen und so das Spiel zu gewinnen.

Beide suchten die Entscheidung, aber es war Tad, der schließlich das Risiko einging und einen Ball so kurz spielte, dass er gerade noch über die Netzkante ging – unerreichbar für Michael. Spiel und Satzgewinn für Tad!

„Oh, Mac!" Jess lehnte sich in ihren Sitz zurück und schloss für einen Moment die Augen. „Ich hatte fast vergessen, wie aufregend es ist, Tad zuzuschauen."

„So lange ist das noch gar nicht her. Du hast ihn vor einigen Wochen noch gesehen." Mac zog ein Taschentuch hervor und wischte sich damit über das Gesicht.

„Aber nur im Fernsehen“, widersprach Jess. „Das ist etwas ganz anderes. Da hat man nicht die Atmosphäre, diese Spannung. Das musst du doch auch spüren, oder?“

„Eigentlich spüre ich im Moment nur die drückende Schwüle.“

Jess schüttelte lachend den Kopf. „Du stehst eben immer mit beiden Füßen auf der Erde, Mac.“ Sie lehnte sich zu ihm und gab ihm einen Kuss. „Aber das ist es ja gerade, was ich so an dir liebe.“

Mac zog die Hände seiner Frau an die Lippen und küsste sie. Plötzlich spürte er, wie sie erstarrte. Er folgte ihrem Blick und sah, dass er auf Amy Wolfe gerichtet war.

„Ist das nicht die frühere Lady Wickerton?“ fragte er. „Sie sieht sehr gut aus.“

„Ja.“ Ihre Stimme klang ruhig, aber ihre Hände waren immer noch um die ihres Mannes gekrampft. „Ja, sie sieht wirklich sehr gut aus.“

„Sie hat das Spiel heute morgen gewonnen. Damit haben wir eine Amerikanerin im Endspiel.“ Es war so, als hätte Jess gar nicht gehört, was ihr Mann gesagt hatte. „Sie hat eine Zeit lang nicht gespielt, nicht wahr?“ versuchte Mac noch einmal, die Aufmerksamkeit seiner Frau wieder auf sich zu lenken.

„Ja.“

Mit hochgezogenen Brauen sah Mac sie an. Irgendetwas stimmte nicht mit Jess. „Hatte Tad nicht eine Affäre mit ihr?“

„Nicht direkt.“ Jess musste sich räuspern, bevor sie weitersprechen konnte. „Außerdem ist das lange vorbei. Sie ist gar nicht Tads Typ. Amy ist sehr kühl und beherrscht, sie passt wohl eher zu einem Lord als zu meinem Bruder. Eine Weile hatte er eine Schwäche für sie, das ist alles.“ Jess fuhr sich mit der Zunge über die Lippen und vermied es, ihren Mann anzusehen. „Und sie hat es wohl auch nicht ernst gemeint, sonst hätte sie ja wohl kaum so schnell diesen Wickerton geheiratet. Diese Amy hat Tad unglücklich gemacht, sehr unglücklich sogar.“

„So, so“, murmelte Mac und ließ Jess dabei nicht aus den Augen. Es war sonst gar nicht ihre Art, eine solch vorgefasste Meinung über einen Menschen zu haben. Außerdem hatten ihre Worte so geklungen, als müsste sie sich verteidigen. Mac erschien die Sache immer seltsamer. „Ich nehme an, Tad ist viel zu sehr mit seiner Karriere beschäftigt, als dass er sich wirklich ernsthaft nach einer Frau umsehen würde, oder?“

„Ja.“ Wieder kam ihm diese Zustimmung eine Spur zu schnell. „Ja, Tad hätte Amy niemals gehen lassen, wenn er sie tatsächlich geliebt hätte. Dafür ist er viel zu besitzergreifend.“

„Und stolz“, fügte Mac ruhig an. „Ich bin sicher, dass er niemals einer Frau nachlaufen würde – ganz gleichgültig, wie sehr er sie mag.“

Jess wandte sich etwas ab und sah starr geradeaus. Das Stadion Roland Garros war nicht mehr da, in ihren Gedanken war sie wieder auf dem beinahe leeren Rasenplatz von Forest Hills; Tad hatte sich auf das Gitter gestützt und sah hinunter auf den Center Court.

Jess kam er vor wie ein Kapitän auf der Brücke seines Schiffes. Sie liebte ihren Bruder sehr, und in solchen ruhigen Augenblicken war sie sich dieser Liebe ganz besonders bewusst. Er war alles für sie – Bruder, Vater, Held. Er hatte es ermöglicht, dass sie jetzt in einem schönen Haus lebte, er hatte für ihre Ausbildung gesorgt – und doch hatte Tad weder sie noch ihre Mutter jemals spüren lassen, dass er es war, der das alles ermöglicht hatte.

Jess ging zu ihm, legte einen Arm um seine Taille und lehnte ihren Kopf gegen seine Schulter.

„Denkst du an das Spiel heute Nachmittag?“ fragte sie leise. Tad musste gegen Chuck Prince im Finale antreten.

„Hm?“ Tad war mit seinen Gedanken ganz weit weg gewesen. „Nein, eigentlich nicht“, antwortete er.

„Ist es nicht ein seltsames Gefühl, ausgerechnet gegen deinen besten Freund spielen zu müssen?“

„Daran darf man während des Spiels nicht denken.“

Jess spürte, dass er sich nicht wohl fühlte. Er war unruhig, und irgendetwas schien ihm Sorgen zu bereiten. Sie legte ihren Arm etwas fester um seine Taille. „Tad, was ist los?“

„Nichts, ich bin nur etwas unruhig.“

„Hattest du Krach mit Amy?“

„Nein, wie kommst du darauf?“ meinte er kurz.

Danach verfiel er wieder in Schweigen, und das trug nicht gerade dazu bei, dass Jess beruhigt gewesen wäre. Außerdem beobachtete sie seine Affäre mit Amy schon einige Zeit. Noch nie hatte ihr Bruder es so lange mit einer Frau ausgehalten. Das war ganz ungewöhnlich für ihn.

Für Jess war Amy eine Frau, die sie nicht einordnen konnte. Ihre kühle Beherrschtheit, die sie auch ihr gegenüber nie aufgegeben hatte, deutete Jess als Arroganz. Diese Frau hing nicht so an ihrem Bruder wie all die anderen Frauen vorher. Sie nahm nicht jedes Wort von Tad für bare Münze, und sie himmelte ihn nicht an.

„Denkst du eigentlich jemals an die Vergangenheit, Jess?“ unterbrach Tad ganz unerwartet ihre Gedanken.

„An die Vergangenheit?“

„Ja, als wir beide noch Kinder waren.“ Sein Blick ging über den Platz, aber er schien nichts davon zu sehen. „Diese kleine, schäbige Wohnung, die wir damals hatten. Kannst du dich noch an die erinnern? Und an die De Marcos nebenan, die sich ständig so laut stritten, dass wir alles mithören konnten? Im Flur roch es nach billigen Kohlgerichten und manchmal auch nach Alkohol.“

Der Klang seiner Stimme beunruhigte Jess. Irgendetwas bedrückte ihn. Wenn sie ihm doch nur helfen könnte! „Nein, nicht oft“, flüsterte sie. Ich kann mich auch nicht mehr an alle Einzelheiten erinnern. Als du uns da herausgeholt hast, war ich ja noch nicht einmal fünfzehn.“

„Ich zweifle manchmal daran, dass man seine Vergangenheit je abstreifen kann.“ Sein Blick war starr geradeaus gerichtet. „Die Wohnung, der Geruch. Ich kann das einfach nicht vergessen. Ich habe Amy einmal gefragt, an welchen Geruch sie sich erinnert, wenn sie an ihre Kindheit zurückdenkt. Sie sagte, an den Duft der Blumen, der an lauen Sommerabenden durch ihr geöffnetes Kinderzimmerfenster drang."

„Tad, ich versteh das alles nicht."

Er seufzte und wandte sich dann wieder seiner Schwester zu. „Ich auch nicht."

„Das alles liegt doch weit zurück."

„Ja, das stimmt. Aber vergessen kann ich es trotzdem nicht. Gestern Abend waren wir zum Essen aus. Plötzlich kam Wickerton an unserem Tisch vorbei. Der englische Lord, mit dem Amy verheiratet war. Er blieb stehen und begann ein Gespräch über französische Impressionisten, die er gerade vorher in einer Ausstellung gesehen hatte. Es waren noch keine fünf Minuten vergangen, da wusste ich gar nicht mehr, über was die beiden sich überhaupt unterhielten."

Schuldbewusst dachte Jess, dass sie das sehr wohl gewusst hätte. Aber warum? Nur deshalb, weil Tad es ihr ermöglicht hatte, zum College zu gehen. Er selbst hatte diese Möglichkeit nie gehabt. „Du hättest ihm sagen können, er solle verschwinden."

Tad lachte und gab ihr einen Kuss auf die Wange. „Daran hab ich auch gedacht." Plötzlich wurde er ganz ernst. „Aber dann habe ich die beiden beobachtet. Sie verstanden sich, sprachen die gleiche Sprache. Ich glaube, in dem Moment habe ich eingesehen, dass es unüberwindbare Hindernisse für Leute wie mich gibt."

„Das ist nicht wahr, Tad. So etwas kann man nachholen."

„Vielleicht." Er zuckte mit den Schultern, und von einer Sekunde zur anderen wurde er wütend. „Ach was! Was kümmern mich die französischen Impressionisten? Was kümmert es mich, dass Amy und dieser Wickerton gemeinsame Freunde haben, die um einige Ecken mit der englischen Königin verwandt sind? Oder wer das letzte Rennen in Ascot gewonnen hat?"

Jess spürte, dass der Grund für seinen Zorn Hilflosigkeit war, und unwillkürlich gab sie dafür Amy die Schuld. „Amy sollte sich schämen, diesen englischen Lord auch noch zu ermutigen. Seit Paris ist er ständig hinter ihr her."

Tad lachte grimmig. „Sie ermutigt ihn nicht, Jess. Die beiden haben nur die Art Unterhaltung gepflegt, die in diesen Kreisen üblich ist. Davon verstehen wir beide nichts, kleine Schwester. Amy ist anders als wir. Das habe ich von Anfang an gewusst."

„Trotzdem hätte sie ihm sagen müssen, er soll verschwinden."

„Nein, Jess. Das konnte sie nicht."

„Amy ist eine kalte Frau."

„Nein, sie ist nur anders als wir." Tad nahm das schmale Gesicht seiner Schwester in beide Hände. „Du und ich, Jess, wir sind gleich. Wenn uns danach zumute ist, dann schreien wir und werfen voller Wut etwas gegen die Wand. Es gibt aber Menschen, die das nicht können."

„Dann sind sie selbst schuld."

Tad lachte laut auf und gab seiner Schwester einen Kuss auf die Stirn. „Jess, meine kleine Schwester, ich liebe dich."

Sie schlang beide Arme um ihn und schmiegte ihren Kopf an seine Brust. „Ich dich auch, Tad. Und ich kann es nicht ertragen, wenn du unglücklich bist. Warum lässt du es zu, dass sie dir so weh tut?"

Tad zog die Brauen hoch und strich ihr übers Haar. „Das habe ich mir auch schon überlegt", sagte er nach einer Weile nachdenklich. „Vielleicht ... nun, vielleicht fehlt mir nur noch der Anstoß in die richtige Richtung."

Jess hielt ihn fest und dachte nach, wie sie ihm helfen könnte ...

Fünfter Satz, zehntes Spiel. Der Schiedsrichter brachte es kaum noch fertig, das Publikum ruhig zu halten. Chuck, der zwischen Amy und Madge auf der Tribüne saß, lehnte sich vor. Seine Muskeln waren angespannt, als stände er selbst auf dem Platz, und auf seiner Stirn glänzten Schweißtropfen.

„Das ist das beste Spiel, das ich seit mindestens zwei Jahren gesehen habe", sagte er, ohne den Blick auch nur ein Mal vom Platz zu nehmen.

Amy gab ihm keine Antwort. Auch ihre Augen waren nur auf das Spielfeld gerichtet. Der kleine gelbe Ball erreichte Geschwindigkeiten, dass sie manchmal Mühe hatte, ihm überhaupt mit den Augen zu folgen.

Sie bewunderte Michaels wirklich ausgezeichnetes Spiel, aber dieses Kribbeln im Magen, die ungeheure Spannung – das war nur auf Tad zurückzuführen. Ob wohl jemals in ihrem Leben eine Zeit kommen würde, wo er keine Macht mehr über sie hatte? Amy konnte es sich nicht vorstellen. Nur er brachte es fertig, dass sie ihre kühle Beherrschtheit verlor. Wie war das möglich? Stimmte das alte Sprichwort doch, dass Gegensätze sich anziehen? Nein, so einfach konnte die Antwort nicht sein.

Amy saß mitten unter den Leuten in dem vollen Stadion, und doch war ihre Sehnsucht nach Tad so groß, als läge sie nackt in seinen Armen. Es kam ihr gar nicht in den Sinn, sich deswegen zu schämen. Es war nur natürlich. Viel zu lange hatte sie ohne ihn auskommen müssen. Welch eine verlorene Zeit, dachte sie plötzlich. „Heute Nacht ..." Wenn sie daran dachte, rieselten ihr kleine Schauer über den Rücken, und sie hatte keine Angst mehr. Heute Nacht würden sie wieder zusammen sein – und wenn es nur für ein Mal wäre, wenn er gar nicht mehr wollte, als noch ein Mal über sie zu triumphieren – es war ihr egal!

Erst als Chuck sie erstaunt ansah, merkte Amy, dass sie laut aufgelacht hatte. „Er gewinnt", sagte sie und lehnte sich nach vorn. „Oh, ja! Er wird gewinnen."

Sein rechter Arm schmerzte, aber Tad achtete nicht darauf. Seine Beinmuskeln waren so angespannt, dass er wohl nicht mehr würde aufstehen können, wenn er sich jetzt hinsetzte. Aber das alles nahm er nur im Unterbewusstsein wahr. Sein Siegeswille war ungebrochen und noch genauso stark wie damals als kleiner Junge.

Nur noch ein Punkt fehlte ihm zum Sieg, und trotzdem spielte er noch mit dem gleichen Risiko wie im ersten Satz. Tad jagte den Australier über den Platz, schonte sich selbst aber genauso wenig. Dreimal sagte der Schiedsrichter Einstand an. Das Publikum feuerte beide Akteure frenetisch an. Tad schlug ein Ass. Vorteil. Der Ball von Michael kam, Tad erwischte ihn etwa in Hüfthöhe mit der Vorhand – und Michael wusste, dass er verloren hatte.

Spiel, Satz und Sieg für Tad.

In seiner ersten, überschäumenden Freude wollte Tad sich auf die Knie sinken lassen, aber plötzlich spürte er die Schmerzen in seinen Beinen. Jetzt, wo das Spiel vorüber war, meldete sich sein Körper. Er ging auf das Netz zu und streckte Michael die Hand entgegen.

Michael legte ihm einen Arm um die Schulter, als sie gemeinsam zum Schiedsrichter gingen. „Verdammt, Starbuck. Du hast mich beinahe umgebracht."

Tad lachte. „Du mich auch."

Nachdem sie dem Schiedsrichter die Hand geschüttelt hatten, sah sich Tad den klickenden Kameras der Reporter gegenüber. Er bahnte sich eine Gasse zu seinem Stuhl, nahm sein Handtuch und hielt es für einige Sekunden vor sein Gesicht. Jetzt fiel die ganze Anspannung von ihm ab, und er spürte, wie sehr ihm dieses Spiel in die Knochen gegangen war. Als er das Handtuch wieder wegnahm, sah er in Amys Gesicht.

Wie blau ihre Augen sind, dachte er. Blau und unergründlich tief.

„Herzlichen Glückwunsch." Sie lächelte ihm zu.

„Danke." Tad nahm ihr die Tasche aus der Hand, die sie schon für ihn aufgehoben hatte, und für einen Augenblick berührten sich ihre Finger.

„Die Presse wird wohl drinnen schon auf dich warten." Als Amy sah, wie er die Augen verdrehte, trat sie lächelnd noch einen Schritt näher. „Darf ich dich zum Essen einladen?"

Überrascht blickte er sie an. „Gerne."

„Dann treffen wir uns um sieben in der Hotelhalle. Okay?"

„Okay."

„Starbuck, was glauben Sie, wann ist das Spiel zu Ihren Gunsten umgekippt?"

„Mit welcher Taktik werden Sie gegen Prince im Endspiel antreten?"

Tad hörte die Fragen der Reporter, aber er gab keine Antwort. Seine Augen folgten Amy, die sich einen Weg durch die Menge am Spielfeldrand bahnte.

Erleichtert seufzte Tad auf, als er endlich unter der Dusche stand. Jetzt störten ihn auch die Fragen der Reporter nicht mehr, von denen einer sich bis in den Duschraum vorgewagt hatte. Tad beantwortete ihm seine Fragen, prustete zwischendurch, wenn er das kühle Wasser über seinen Kopf laufen ließ und gab sich keine Mühe, über seine Antworten lange nachzudenken. Im Grunde war es ihm gleichgültig, was die Presse über ihn schrieb, er las die Artikel sowieso nie.

Jemand von den Betreuern kam und reichte ihm ein Glas Saft. Tad beugte sich vor, ließ das Wasser über seinen Rücken rinnen und trank das Glas leer. Als er sich abgetrocknet hatte, spürte er die schmerzenden Muskeln wieder. Es fiel Tad schwer, den Weg bis zum Massage-Raum zurückzulegen. Seufzend ließ er sich auf die Pritsche fallen und schloss die Augen.

Die starken Hände des Masseurs leisteten ganze Arbeit. Tad musste die Zähne zusammenbeißen, um nicht zu schreien. Mit geschlossenen Augen, die Hände in das Laken gekrampft, ließ er die Tortur über sich ergehen. Er versuchte, sich auf seinen Sieg zu konzentrieren, um den er so verbissen gekämpft hatte. Aber immer wieder schoben sich vor seine geschlossenen Augen zwei andere – blau und unergründlich.

Der Boden der Hotelhalle war aus Marmor – hellem, glänzendem Marmor. Was Madge zu dem Ausspruch veranlasst hatte, dass sie den lieber nicht sauber halten wolle. Worauf ihr Mann ganz trocken erwiderte, dass sie doch noch nicht einmal einen Besen von einem Mopp unterscheiden könnte.

Amy hörte die Unterhaltung der beiden, ohne sich daran zu beteiligen. Immer wieder sah sie auf ihre Armbanduhr. Es war zehn Minuten vor sieben.

Sehr sorgfältig hatte Amy an diesem Abend ihre Garderobe ausgesucht. Sie trug ein pfirsichfarbenes Seidenkleid, hochhackige Pumps und als einzigen Schmuck Ohrclips mit kleinen, sanft schimmernden Perlen.

„Wohin geht ihr zum Essen?"

„In ein kleines Restaurant auf der linken Seite der Seine", antwortete sie Madge.

Erinnerungen an den Abend damals mit Tad in diesem verschwiegenen Lokal stiegen in ihr hoch. Einer der Musiker war so lange immer wieder um ihren Tisch gestrichen, bis Tad ihm schließlich eine Dollarnote zusteckte und ihm begreiflich machte, er solle verschwinden.

Ein Blitz erhellte die Hotelhalle, und gleich darauf gab es einen krachenden Donner. „Es wird schwierig, bei dem Wetter ein Taxi zu bekommen", meinte Madge und lehnte sich in ihren Sessel zurück. „Hast du Tad nach dem Spiel schon gesehen?"

„Nein."

„Chuck hat erzählt, dass sowohl Tad als auch Michael auf den Massagepritschen eingeschlafen seien." Madge kicherte und schlug ihre Beine übereinander. „Ein französischer Fotoreporter hat dabei wohl die Fotos seines Lebens gemacht – zwei müde Helden nach dem Kampf."

„Tennisspieler sind eben auch nur Menschen", meint ihr Mann trocken.

„Aber solche Fotos werden ihrem Ruf als gestandene Athleten nicht gerade förderlich sein."

Amy lächelte und dachte daran, wie jung und verletzlich Tad aussah, wenn er schlief. Wenn die geschlossenen Lider das Feuer in seinen Augen verbargen, erinnerte er sie immer an einen kleinen Jungen, der erschöpft vom Spiel auf der Straße eingeschlafen war.

„Sieh mal, ist das nicht Tads Schwester?"

Amy drehte hastig den Kopf. Sie sah Jess und Mac durch die Hotelhalle gehen. „Ja." Jess hatte sie ebenfalls gesehen, und nach einem kurzen Zögern griff sie den Arm ihres Mannes und führte ihn zu der kleinen Gruppe.

„Hallo, Amy."

„Jess."

Es war Jess anzumerken, dass sie sich nicht ganz wohl in ihrer Haut fühlte. „Ich glaube, du kennst meinen Mann noch gar nicht. Mackenzie Derick, Lady Wickerton."

„Amy Wolfe", verbesserte Amy und nahm Macs Hand. „Sind Sie mit Martin verwandt?"

„Ja, er ist mein Onkel. Kennen Sie ihn?"

Amy lächelte. „Ja, sehr gut sogar." Sie stellte Mac den anderen vor, und er beobachtete sie dabei sehr genau. Kühl hatte seine Frau Amy genannt. Ja, oberflächlich betrachtet war sie das wohl, aber Mac spürte, dass darunter ein Vulkan brannte, der jederzeit ausbrechen konnte. Zum ersten Mal fragte er sich, ob Jess die Gefühle ihres Bruders wohl richtig eingeschätzt habe.

„Sind Sie auch ein Tennis-Fan, Mr. Derick?" wollte Amy wissen.

„Nennen Sie mich doch bitte Mac", bot er mit einem freundlichen Lächeln an. „Und was Ihre Frage betrifft – nein, ich bin kein Tennis-Fan. Sehr zum Leidwesen meines Onkels übrigens."

Amy lachte. „Martin soll sich damit zufrieden geben, dass er Tad hat." Dann wandte sie sich Jess zu, die steif neben Madge Platz genommen hatte. „Wie geht es deiner Mutter?"

„Danke, gut." Sie wich Amys Blick nicht aus, aber ihre Finger spielten nervös mit dem Stoff ihres Kleides. „Pete ist bei ihr."

„Pete?"

„Unser Sohn."

Amy zuckte zusammen. Mac sah, dass die Knöchel ihrer Finger

plötzlich weiß wurden, so fest umklammerte sie die Armlehne des Sessels. „Ich wusste gar nicht, dass du ein Baby bekommen hast. Ada ist bestimmt wahnsinnig stolz. Wie alt ist er?"

„Vierzehn Monate." Als Jess von ihrem Sohn sprechen konnte, überwand sie ihre anfängliche Nervosität sehr schnell. Sie griff in ihre Tasche. „Mom sagt, dass er Tad sehr ähnlich sehe." Damit zog sie ein Foto hervor und reichte es Amy. Es blieb Amy nichts anderes übrig, als es auch zu nehmen.

Das Baby hatte dichtes, dunkles Haar, wie das seiner Mutter – und das von Tad. „Ein sehr hübsches Baby", hörte Amy sich sagen und wunderte sich, wieso ihre Stimme so ruhig klang, während in ihr alles in Aufruhr war. „Du musst sehr stolz auf deinen Sohn sein."

„Jess meint, er solle wenigstens zwölf sein, wenn er sich zum ersten Mal um das Amt des Präsidenten bewirbt."

Amy lächelte, aber Mac stellte sofort fest, dass das Lächeln diesmal ihre Augen nicht erreichte. „Hat Tad ihm schon einen Tennisschläger gekauft?"

„Sie scheinen ihn aber gut zu kennen", meinte Mac.

„Ja." Amys Augen richteten sich starr auf Jess. „Tennis und seine Familie – das spielt bei Tad immer die erste Rolle."

„Ich kann mich noch gut erinnern", mischte Madge sich in die Unterhaltung ein, „wie Jess immer ihre Fingernägel abgekaut hat, während sie Tad beim Spiel zusah. Und jetzt ist sie selbst schon Mutter. Wie schnell doch die Zeit vergeht."

Jess streckte lachend ihre Hände vor. „Aber einige Dinge ändern sich nie. Ich kaue mir immer noch die Fingernägel ab, wenn ich meinem Bruder beim Spielen zusehe."

Amy sah ihn zuerst. Tad trat aus dem Aufzug. Er trug schmal geschnittene, schwarze Hosen und ein hellgraues Hemd. Sicher hatte er nicht bewusst dieses Hemd ausgewählt, weil es so gut zur Farbe seiner Augen passte, sondern es war einfach das erste gewesen, das ihm in die Finger gekommen war. Amy wusste, dass er nie viel Wert auf seine Kleidung gelegt hatte. Aber glücklicherweise gehörte er zu den wenigen Menschen, die anziehen konnten, was sie wollten, und trotzdem immer gut aussahen.

„Da kommt Tad!" Jess sprang auf und lief auf ihn zu. „Ich habe dir noch gar nicht gratuliert. Du hast wundervoll gespielt."

Tad nahm seine Schwester in die Arme, aber über ihren Kopf hinweg sah er Amy an. Sie saß ganz still und sagte kein Wort.

„Nun, Starbuck, heute hast du dir dein Preisgeld wirklich verdient", sagte Madge. „Der Professor und ich gehen mit Michael ins ‚Lido', um ihn etwas abzulenken."

„Dann bestell ihm, dass ich während des Spiels drei Pfund abgenommen habe", sagte Tad.

„Ich glaube kaum, dass er sich besser fühlt, wenn wir ihm das sagen", antwortete Madge und stand auf. „So, wir werden jetzt versuchen, ein Taxi zu bekommen. Will jemand mit uns fahren?"

Mac begriff sofort. „Jess und ich wollen auch in die Stadt."

„Tad, was ist mit dir? Kommst du mit?" Madges Mann konnte nur mit Mühe einen Aufschrei unterdrücken, als seine Frau ihm daraufhin ihren Absatz auf den Fuß drückte. Verblüfft sah er sich um, und allmählich dämmerte es auch ihm, dass da etwas im Gange war, von dem er keine Ahnung hatte. „Wohl nicht, hm?" fragte er grinsend.

„Manchmal bist du wirklich unglaublich schnell", murmelte seine Frau und wandte sich dann strahlend an den Rest der Gruppe. „Okay, wir sind soweit. Dann mal los."

Als alle zur Tür gingen, stand Amy langsam auf und streckte Tad beide Hände entgegen. Sie sahen sich nur an, sprachen kein Wort und drehten sich dann wie auf ein geheimes Kommando um. Tad legte einen Arm um ihre Schultern, als sie zum Aufzug gingen.

6. KAPITEL

Tad ließ sie auch im Aufzug nicht los. Er drückte den Knopf, und als die Tür sich öffnete, führte er Amy den langen Flur entlang.

Tad zog seinen Zimmerschlüssel aus der Tasche. Dann ließ er sie los, schloss die Tür auf und sah sie an. Noch hatte sie die Wahl. Sie ging hinein in das dunkle Zimmer.

Der Raum duftete nach ihm. Das war das erste, was sie denken konnte. Plötzlich war die Nervosität wieder da. Sie ging durch den Raum und suchte verzweifelt nach den richtigen Worten, um eine Unterhaltung zu beginnen.

Nur schemenhaft nahm sie wahr, dass die gleiche Unordnung herrschte, die sie von ihm noch so gut kannte. Hier lag ein Hemd, dort ein Schuh. Und wenn sie den Kleiderschrank öffnen würde, wäre das einzig wirklich Ordentliche die Ansammlung von Tennisschlägern, die Tad immer sauber gestapelt auf dem Boden des Kleiderschranks aufbewahrte.

„Das Unwetter wird wohl die ganze Nacht anhalten."

Als wollte der Wettergott ihre Worte unterstreichen, blitzte es im selben Augenblick durch die schweren Vorhänge. Amy zog sie etwas beiseite und sah hinaus in den Regen. Wenn Tad doch nur etwas sagen würde!

Sie hörte das Trommeln des Regens, der gegen das Fenster klatschte. Der Straßenlärm drang nur gedämpft herauf und wurde von dem einsetzenden Donner übertönt. Schließlich konnte sie das Schweigen nicht mehr ertragen. Sie drehte sich um und sah ihn an.

Tad stand immer noch an der Tür und blickte zu ihr herüber. Er hatte die kleine Nachttischlampe angeknipst, die in dem großen Zimmer nur schwaches Licht verbreitete.

Amy wusste, dass es kein Zurück mehr gab. Er hatte ihr noch eine Chance vorhin an der Tür gelassen. Jetzt würde er sie nicht mehr gehen lassen. Aber sie hatte keine Angst – im Gegenteil, sie war erleichtert, dass die Entscheidung gefallen war. Ihre Finger zitterten leicht, als sie an die Schnalle ihres Gürtels griff und ihn öffnete.

Mit wenigen Schritten war er bei ihr und hielt ihre Hände fest. Amy sah ihn verblüfft an. Sie war nicht weniger nervös als damals, beim ersten Mal. Ohne ein Wort zu sagen, nahm er ihr Gesicht in beide Hände und sah sie an.

Seine Augen waren eine Spur dunkler als sonst. Hatte sie immer noch Angst? Ihre Arme hingen an ihrem Körper herab, als hätte sie sich ergeben. Aber gerade das wollte Tad nicht. Wusste sie das nicht mehr?

Als er langsam seinen Kopf beugte, schlossen sich ihre Augenlider, und ihre Lippen öffneten sich leicht. Zärtlich küsste er ihre Stirn, dann ihre Wangen. Er hatte keine Eile. Wenn seine Lippen in die Nähe ihres Mundes kamen, versuchte Amy, ihn zu einem Kuss zu zwingen. Aber er wich ihr immer wieder aus.

Seine Daumen strichen über ihre Wangen, und als er ganz zart und beinahe spielerisch ihre Mundwinkel küsste, stöhnte sie auf und griff nach seinen Armen. Das war es, was er wollte. Sie sollte zeigen, dass sie mehr wollte, und sich nicht nur seiner größeren Kraft ergeben.

Wieder berührten seine Lippen nur ganz sanft ihren Mund. Diesmal jedoch warf Amy besitzergreifend ihre Arme um seinen Nacken, zog ihn fester zu sich und presste ihre Lippen auf seinen Mund.

Tad stöhnte auf, als sie endlich die Reaktion zeigte, auf die er gewartet hatte. Fest umschlang er sie mit den Armen und spürte ihren Körper.

„Zieh mich aus", murmelte Amy zwischen zwei Küssen mit rauer Stimme. „Ich möchte, dass du mich ausziehst."

Immer noch ohne Eile kam er ihrem Wunsch nach. Während er langsam den Reißverschluss herunterzog, ließ er seine Fingerspitzen über ihre Haut gleiten.

Ungeduldig nahm Amy die Hände von seinem Nacken und begann, sein Hemd aufzuknöpfen. Sie spürte die Muskeln und konnte es nicht erwarten, bis sie den Stoff zur Seite schieben und ihre Finger in den krausen Haaren auf seiner Brust vergraben konnte.

Aber auch das genügte ihr nicht: Sie griff nach seiner Gürtelschnalle, als seine Hände sie erneut stoppten. „Nicht so hastig", murmelte er und küsste sie. „Komm ins Bett."

Amy ließ sich von ihm zum Bett führen. „Das Licht", flüsterte sie, als sie nebeneinander lagen.

Tads Hand strich zart über ihren Hals, während seine Augen ihren Blick nicht losließen. „Ich will dich sehen", antwortete er und presste seinen Mund auf ihre Lippen, als ein Blitz das Zimmer erhellte und gleich darauf der grollende Donner ertönte.

Amy versuchte noch mehrmals, ihn ungeduldig zu drängen. Aber jedes Mal widerstand er ihr. Es schien, als wäre Tad damit zufrieden, sie zu küssen und mit seinen Lippen ihr so lange entbehrtes Gesicht zu erkunden. Amys Körper schmiegte sich an ihn, und ihre Bewegungen zeigten unmissverständlich, dass sie mehr wollte.

Ihr Verlangen erregte ihn, aber noch behielt Tad die Kontrolle. Seine Hand strich jetzt langsam über ihren ganzen Körper. Er spürte, wie ihre Brustspitzen hart wurden. Er beugte sich vor, fasste den Träger des Kleides mit seinen Zähnen und zog ihn von ihren Schultern.

„Du bist wunderschön", murmelte er, während er den zweiten Träger mit der Hand ebenfalls herunterschob.

Als Amy bis zur Taille nackt vor ihm lag, begann er seine Erkundungen sehr zärtlich mit den Fingerspitzen, ließ aber dann bald seine Lippen folgen. Als er die zarten Knospen ihrer Brüste mit seiner Zunge umspielte, stöhnte Amy auf. Sie konnte in diesem Augenblick nicht mehr länger warten.

Mit ungeahnter Kraft zog sie Tad auf sich und begann nun ihrerseits, ihn auszuziehen. Sie schob das Hemd von seinen Schultern und presste seinen nackten Oberkörper an ihren. Endlich spürte sie seine Haut wieder an ihrer. Wie lange hatte sie sich danach gesehnt!

Es hatte ihn immer schon unglaublich erregt, wenn Amy die Maske der Lady fallen ließ und nur noch eine wilde, leidenschaftliche Frau in seinen Armen war. Und auch diesmal war es nicht anders. Er gab jeden Versuch auf, zärtlich und sanft zu ihr zu sein. Er wusste, dass es nicht das war, wonach sie verlangte.

Sein Atem kam rau, als er mit einigen schnellen Bewegungen ihr auch noch die restlichen Kleidungsstücke auszog. Amy ließ ihm keine Gelegenheit, ihren nackten Körper zu bewundern. Ihre Finger zitterten, als sie den Gürtel seiner Hose öffnete.

Ihre Bewegungen wurden immer unkontrollierter, während sie eng umschlungen über das Bett rollten, bis endlich auch das letzte Teil auf dem Boden landete. Sie konnten beide nicht länger warten.

Amy schrie auf, als er zu ihr kam, und für einen Moment dachte Tad zurück an den Tag, als er ihr die Unschuld genommen hatte. Mit Armen und Beinen klammerte sie sich an ihn, als könnte sie nach diesen drei einsamen Jahren nicht genug von ihm bekommen.

Seine Hand lag auf ihrer Brust. Amy seufzte wohlig auf. Sie konnte sich nicht erinnern, dass es jemals so schön gewesen war. Ein Zittern lief durch ihren Körper, als sie an die Zeit ohne Tad dachte. Sie rückte näher zu ihm.

„Ist dir kalt?" Tad zog sie enger an sich, bis ihr Kopf an seiner Schulter ruhte.

„Ein bisschen." Sie kuschelte sich an seinen Körper.

Ich bin frei, dachte sie immer wieder und hätte vor Freude darüber am liebsten laut gejubelt. Frei, Tad zu lieben, mit ihm zu lachen, das gemeinsame Leben zu genießen.

Amy stützte sich auf ihren Ellenbogen und sah ihm ins Gesicht. „Ich habe mich so sehr nach dir gesehnt, Tad", gestand sie leise und verbarg ihr Gesicht an seinem Hals.

„Amy ..."

„Nein, Tad. Keine Fragen, bitte!" Verzweifelt, als könnte sie ihn damit zum Schweigen bringen, verteilte sie Küsse über sein Gesicht.

„Lass mich bei dir bleiben. Ich möchte diese Nacht mit dir verbringen, möchte mit dir lachen – so wie früher, bitte!“

Tad nahm ihr Gesicht zwischen seine Hände und zwang sie, ihn anzusehen. Ihre Augen waren flehentlich auf ihn gerichtet. Nein, heute Nacht wollte er nicht, dass sie verzweifelt war. Er zwang sich dazu, die quälenden Fragen zu unterdrücken und lächelte sie an.

„Ich dachte, du wolltest mich zum Essen einladen.“

Erleichtert lachte Amy leise auf. „Ich weiß überhaupt nicht, wovon du sprichst.“

„Du hast dich mit mir dazu verabredet.“

„Ich mich mit dir?“ Ungläubig zog sie die Brauen hoch. „Ich glaube, du warst heute zu lange in der Sonne, Tad Starbuck.“

Lachend griff er nach ihr, rollte sich auf den Rücken und zog sie mit. „Ich habe aber Hunger.“

„Tatsächlich? Sollte ich deinen Hunger immer noch nicht gestillt haben?“

Immer noch lachend, begann Tad, an ihrem Ohr zu knabbern. Sie wehrte sich, aber er ließ sie nicht los. „Ich muss etwas essen“, grollte er. „Und wenn ich nicht bald etwas zwischen die Zähne bekomme, muss dein Ohr daran glauben.“

Amy kannte ihn zu gut, um nicht doch noch einen Trick zu finden, wie sie ihm entkommen konnte. Sie griff mit beiden Händen in seine Seite und kitzelte ihn. Er schrie auf und lockerte genauso lange seinen Griff, dass sie sich ihm entwinden konnte. „Was würde wohl die Presse dazu sagen, wenn sie herausbekäme, dass der große Tad Starbuck kitzlig wie ein kleiner Junge ist?“ fragte sie lachend.

„Und was würde sie sagen, wenn ich ihr erzählte, dass Amy Wolfe ein herzförmiges Muttermal an einer sehr delikaten Stelle ihres Körpers hat?“

Amy dachte einen Moment nach. „Okay, okay“, sagte sie schließlich und hob beschwichtigend die Arme. „Willst du wirklich essen gehen?“

Sie lag auf dem Rücken, verschränkte die Arme wieder hinter

dem Kopf. Verlangen stieg in ihm hoch, als er ihren nackten Körper sah. „Schließlich gibt es ja auch einen Zimmerservice", murmelte er und nahm den Blick nicht von ihr. Dann beugte er sich langsam über sie, hielt ihre Arme mit einer Hand fest und begann, die zarte Haut an ihrem Hals zu küssen.

„Tad." Ihr Stimme klang rau. Er nahm sie in die Arme, zog sie enger zu sich und schob sein Knie zwischen ihre Beine, die sie bereitwillig öffnete. Sie hatte die Augen geschlossen und murmelte leise immer wieder seinen Namen.

Erst als er mit einer Hand über sie hinweg nach dem Telefonhörer griff, fuhr sie erschrocken auf. „Abendessen", erinnerte er sie, als er ihren fragenden Blick sah.

Amy begann zu lachen. „Das hätte ich mir ja denken können", sagte sie und ließ sich zurückfallen. „Wenn du Hunger hast, ist mit dir nichts anzufangen."

Er saß jetzt neben ihr. Mit einer Hand hielt er den Hörer ans Ohr, mit der anderen strich er aufreizend über die Stellen an Amys Körper, die er nur zu gut kannte.

„Champagner", sagte er in den Hörer und nannte die Zimmernummer. „Und Kaviar." Er warf Amy einen fragenden Blick zu, aber sie reagierte nicht, schien kaum gehört zu haben, was er bestellte. Ihr Körper bewegte sich unter dem gekonnten Spiel seiner Finger hin und her. Ihre Beine hatten sich um seine geschlungen, und ihre Hand hatte mittlerweile ihr Ziel gefunden, sodass Tad kaum noch verständlich seine Bestellung zu Ende bringen konnte. „Und einen Shrimps-Cocktail", sagte er. „Ja, alles für zwei Personen." Dann hatte er es sehr eilig, den Hörer zurückzulegen.

Er verschloss ihre Lippen mit einem Kuss. „Ich will dich", murmelte Amy. „Ich will dich jetzt."

„Sch..." Er stoppte das Spiel ihrer Hand. „Nachher. Wir haben Zeit genug. Ich möchte dich zuerst einmal anschauen." Er rückte ein Stück von ihr weg. „Nur anschauen."

Sie lag vor ihm und wurde unter seinem Blick leicht rot. Lange hielt Amy das nicht aus. Sie griff nach ihm, aber Tad fing ihre Hand, drehte sie herum und küsste die weiche Innenseite.

„Du bist noch schöner geworden", sagte er leise. „Wie oft habe ich dich angesehen, ohne dich berühren zu dürfen."

„Nein, Tad." Amy zog ihn zu sich, bis sie eng voreinander lagen. „Ich glaube manchmal, ich bin nur dann wirklich lebendig, wenn du mich berührst", flüsterte sie.

Tad stöhnte auf. Er rutschte etwas tiefer, bis sein Kopf zwischen ihren Brüsten lag. Mit beiden Händen spielte Amy mit seinem Haar. „Als ich dich heute gegen Michael spielen sah, hatte ich solche Sehnsucht nach dir. Ich saß zwischen Tausenden von Menschen und habe mir nur gewünscht, dich so nahe zu spüren wie jetzt." Plötzlich lachte sie auf. „Kannst du dir so etwas vorstellen?"

„Dann hast du also mit deiner Einladung zum Abendessen ein ganz anderes Ziel verfolgt."

„Du warst so erschöpft nach dem Match, dass ich wusste, ich würde leichtes Spiel mit dir haben", gab sie lächelnd zu.

„Und wenn ich nun abgelehnt hätte?"

„Dann wäre mir schon etwas anderes eingefallen."

Er hob den Kopf und sah sie schmunzelnd an. „Und was?"

Amy zuckte mit den Schultern. „Nun, vielleicht wäre ich hierher in dein Zimmer gekommen und hätte dich verführt."

„Hmm ... Mach ruhig weiter so. Nachher wünschte ich noch, ich hätte wirklich abgelehnt."

„Zu spät, Tad Starbuck. Jetzt habe ich dich."

„Und wenn ich mich wehre?"

„Ich kenne deine Schwachpunkte ganz genau", erwiderte Amy und strich mit ihren Fingerspitzen ganz gezielt über seinen Nacken. Er konnte ein Zittern nicht unterdrücken, und sie lächelte triumphierend.

Bevor sie sich noch wehren konnte, hatte Tad sie an sich gerissen und küsste sie. Sein plötzliches Verlangen hatte ihn so überwältigt, dass er das Klopfen an der Tür gar nicht hörte.

„Es hat geklopft“, stöhnte Amy auf. „Der Zimmerservice.“

„Was?“

„Dein Essen.“

Tad lehnte seine Stirn gegen ihre und atmete einige Mal tief durch. „Die sind aber verdammt schnell“, murmelte er. Er spürte, dass sein Körper zitterte. Hatte er wirklich vergessen, dass sie ihn so weit bringen konnte?

Tad stand auf und ging zur Tür, während Amy die Bettdecke bis ans Kinn zog. Er hat einen herrlichen Körper, schoss es ihr durch den Kopf, während sie zusah, wie er in dem üblichen Durcheinander nach seinem Morgenmantel suchte. Breite Schultern, einen sehr muskulösen Oberkörper, eine schlanke Taille, schmale Hüften und lange Beine. Der Körper eines Athleten – eines Sportlers, der wie geschaffen für den Wettkampf war.

Endlich hatte er den Mantel gefunden und zog ihn über. Sein Blick fiel dabei auf Amy, und er spürte, dass sie ihn beobachtet hatte. „Hab’ ich dir eigentlich schon gesagt, dass du einen wundervollen Körper hast?“

Seine Augen weiteten sich vor Erstaunen. Hin- und hergerissen zwischen Schmunzeln und männlichem Stolz ging er zur Tür. „Gütiger Himmel“, murmelte er dabei und hörte, wie Amy anfing zu kichern.

Sie sah, wie Tad an der Tür die Rechnung unterschrieb. Manchmal ist er wie ein kleiner Junge, dachte sie lächelnd. Das Wort wundervoll passte für ihn nur zu einer Frau – oder zu einem Ass natürlich. Aber das störte sie nicht weiter. Sie sah ihn wirklich so und bezog das auch nicht nur auf seinen Körper. Er war rundherum ein wundervoller Mann. Mit der Fähigkeit, zärtlich zu sein, sich nicht seiner Gefühle zu schämen, und mit der seltenen Gabe, seinen Egoismus zurückzustellen, wenn es darum ging, seine Geliebte zu befriedigen.

Sein Temperament, das ihn während eines Tennisspiels manchmal zu unbedachten Äußerungen hinriss, wirkte sich außerhalb des

Spielfeldes nur positiv aus – und ganz besonders im Bett. Da stehen wir uns wohl beide nicht nach, dachte Amy plötzlich und lächelte. Und doch! Obwohl sie sich beide schon so oft geliebt hatten, niemals hatte er die drei Worte über die Lippen gebracht, auf die sie so sehnlichst gewartet hatte.

„Amy, wach auf."

Erschrocken blickte sie zur Seite und sah, dass Tad neben dem Bett stand, eine Flasche Champagner in der Hand. „Sollen wir das etwa alles trinken?" fragte sie und wies auf die Flasche.

Tad setzte sich auf die Bettkante. „Hier, halt bitte das Glas", sagte er. Der Korken kam mit einem lauten Knall heraus, und Tad musste sich beeilen, die Flasche über das Glas zu halten, damit nichts von dem kostbaren Getränk verloren ging. „Das andere auch noch", meinte er und drückte Amy auch das zweite Glas in die Hand.

„Sei vorsichtig, sonst wird das Bett noch nass."

Sie saß da mit untergeschlagenen Beinen, in beiden Händen die Gläser, während sie mit ihren Armen die Bettdecke an ihren Körper presste. „Nimm mir doch endlich ein Glas ab."

„Soll ich?" Langsam hob er die Hand, fasste die Bettdecke vor ihrer Brust mit einem Finger und zog sie behutsam hinunter.

„Tad, hör auf! Ich verschütte gleich alles."

„Besser nicht, sonst müssen wir in einem nassen Bett schlafen." Er zog die Decke noch weiter herunter. Amy sah von einem Glas zum anderen. Der Champagner schwappte bedenklich nah an den Rand.

„Starbuck, das ist unfair!"

„Aber mir macht es Spaß."

Amys Augenbrauen zogen sich zusammen. „Tad ... Wenn du jetzt nicht aufhörst, werde ich die Gläser über deinem Kopf ausgießen."

„Das wäre Verschwendung." Er beugte sich vor und gab ihr einen Kuss. „Ich kann mich erinnern, dass wir schon einmal Champagner getrunken haben", meinte er und machte keine Anstalten, ihr die Gläser abzunehmen. „Nach drei Gläsern warst du herrlich beschwipst. Ich mag es, wenn du beschwipst bist."

„Das ist Unsinn", widersprach Amy. „Ich war überhaupt nicht beschwipst." Damit setzte sie ein Glas an die Lippen und trank es aus. „Jetzt das nächste." Aber diesmal kam Tad ihr zuvor und nahm ihr das Glas aus der Hand.

„Lass uns noch etwas damit warten", meinte er amüsiert, trank einen Schluck und nahm das Tablett vom Servierwagen. „Ich kann mich erinnern, dass du Kaviar immer besonders gern mochtest." Er stellte das Tablett aufs Bett.

„Mmm." Jetzt erst merkte Amy, dass auch sie hungrig war. Sie nahm eine Scheibe Toast, häufte eine ordentliche Portion Kaviar darauf und begann zu essen. Tad nahm sich das Glas mit dem Shrimps-Cocktail.

„Hier, probier einmal." Amy hielt ihm den Kaviartoast hin, und Tad biss ab. „Nein, mir sind die Shrimps lieber." Damit steckte er ihr eine Krabbe in den Mund, und Amy verdrehte begeistert die Augen.

„Köstlich! Ich wusste gar nicht, dass ich so hungrig bin."

Tad füllte die Gläser nach. Ob sich wohl irgendjemand vorstellen kann, schoss es ihm durch den Kopf, dass Amy Wolfe im Schneidersitz auf dem Bett sitzt, nackt von Kopf bis Fuß, und sich genüsslich Cocktailsoße von den Fingern leckt? Bestimmt nicht. Keiner würde vermuten, dass sie sich jemals so gehen lassen könnte.

Während Amy aß, erzählte sie von ihrem Match. Tad hörte ihr zu und unterbrach sie kaum. Mit ihrem Aufschlag war sie zufrieden, aber der Rückhand-Volley hatte ihr Sorgen gemacht.

Der Presse gegenüber überlegte sich Amy ihre Antworten immer sehr sorgfältig. Wäre jetzt ein Reporter hier gewesen, er hätte wohl gar nicht so schnell stenografieren können, wie sie redete – vorausgesetzt, er wäre bei ihrem Anblick überhaupt dazu gekommen.

Als sie das ganze Spiel noch einmal durchgegangen war, war auch ihr zweites Glas Champagner leer. Völlig gelöst, im Einklang mit sich selbst, saß sie da. Offenbar war ihr gar nicht bewusst, wie selten solche Augenblicke in ihrem Leben waren.

„Machst du dir Sorgen wegen des Endspiels gegen Chuck?"

Tad nahm noch etwas von seinem Cocktail. „Warum sollte ich?"

„Chuck ist immerhin nicht zu unterschätzen", meinte Amy. „Er hat sich in den letzten Jahren enorm verbessert."

Amüsiert schenkte er ihr noch einmal nach. „Meinst du, ich werde gegen ihn verlieren?"

Nachdenklich sah Amy ihn an. „Immerhin bist du mindestens genauso gut wie er – wenn nicht besser."

„Vielen Dank." Er nahm das Tablett, stellte es auf den Boden und legte sich zurück aufs Bett.

„Chucks Spiel erinnert mich ein wenig an das meines Vaters", sagte Amy. „Er spielt sehr sauber, sehr platziert. Sein Stil ist sehr elegant."

„Im Gegensatz zu meinem."

„Ja. Es ist immer schwieriger, einen athletischen Spieler wie dich richtig einzuschätzen. Mein Vater hat immer gesagt, dass du ein Naturtalent seist, wie er noch keines vorher erlebt habe." Über den Rand ihres Glases hinweg lächelte sie ihm zu. „Und trotzdem hat er immer versucht, deine wilde Spielweise in geordnete Bahnen zu lenken. Und dann dein ... nun ja, dein Benehmen auf dem Platz."

Tad lachte. „Ich weiß, das hat ihm nie gefallen."

„Heute würdest du ihm besser gefallen."

„Und wenn er dich jetzt sehen würde?" fragte Tad und ließ sie nicht aus den Augen. „Wie würde ihm dein Spiel gefallen?"

Amy drehte das Glas zwischen ihren Fingern. „Er sieht mich ja nicht."

„Warum nicht?"

Sie sah ihn an, und in ihren Augen war wieder diese beinah verzweifelte Bitte. „Tad, du wolltest doch nicht fragen."

„Amy." Er griff nach ihrer Hand und hielt sie fest. „Warum?"

Sie wollte es nicht sagen, aber die Worte waren plötzlich ausgesprochen. „Ich habe ihn enttäuscht. Er wird mir nie verzeihen."

„Aber er ist dein Vater."

„Und er war mein Trainer."

Verständnislos schüttelte Tad den Kopf. „Sicher. Aber was macht das für einen Unterschied?"

„Bitte, Tad, ich möchte nicht darüber sprechen. Nicht heute. Ich will nicht, dass diese Nacht durch irgendetwas verdorben wird."

Tad führte ihre Hand an seinen Mund und küsste ihre Fingerspitzen. „Das wird sie auch nicht", flüsterte er und sah sie an. „Ich habe dich nie vergessen können, Amy", gestand Tad ein. „Es gab zu viel, was mich immer wieder an dich erinnerte – ein Lied, ein Lachen, irgendein Wort. Es gab Nächte, da bin ich wach geworden und hätte schwören können, deinen Atem neben mir gespürt zu haben."

Es tat ihr weh, das zu hören. „Tad, das ist Vergangenheit. Lass uns neu beginnen und alles vergessen, was gewesen ist."

„Ja, wir werden neu beginnen", stimmte er zu. „Aber früher oder später müssen wir uns auch mit der Vergangenheit auseinander setzen."

„Dann bitte später. Jetzt möchte ich an nichts anderes denken, als dass ich wieder bei dir bin."

Tad lächelte. „Es ist schwierig, dir einen solchen Wunsch abzuschlagen."

Amy nahm ihr Glas und trank es in einem Zug aus. „So, das war Nummer drei – und ich bin nicht im Mindesten beschwipst."

Tad lächelte nur. Er wusste, dass das nicht stimmte. Die Anzeichen waren unübersehbar – ihre Wangen waren gerötet, und ihre Augen hatten diesen verschwommenen, geheimnisvollen Ausdruck, den nur der Alkohol hervorzaubern konnte. Er wusste, dass sie jetzt noch wilder, noch leidenschaftlicher reagieren würde, wenn sie miteinander schliefen. Aber für den Augenblick wollte er sie nicht anfassen, das Feuer noch nicht wieder entstehen lassen. Er wollte sie einfach nur anschauen. Viel zu lange hatte er das vermisst.

„Möchtest du noch Champagner?"

„Natürlich. Oder möchtest du etwa den Rest alleine trinken?"

Tad füllte das Glas vorsichtshalber nur halb und stellte die Flasche dann wieder in den Kühler zurück. „Ich habe heute das Interview mit dir im Fernsehen gesehen", sagte er.

„So? Und wie war ich?"

„Schwer zu sagen. Ich habe kaum etwas verstanden. Mein Französisch ist noch nicht so gut."

Amy lachte und nahm einen Schluck. „Oh ja, das hatte ich ja ganz vergessen."

„Verrätst du mir, was der Reporter dich gefragt hat?"

„Dieselben Fragen, die alle stellen – Mademoiselle Wolfe, finden Sie, dass sich Ihr Stil nach der langen Pause verändert hat? Und ich habe ihm darauf gesagt, dass ich fände, mein Aufschlag sei besser geworden." Wieder nahm Amy das Glas an die Lippen und kicherte. „Ich hab ihm nicht verraten, dass meine Muskeln nach zwei Sätzen so höllisch weh taten, dass ich am liebsten aufgegeben hätte. Dann fragte er, wie es denn gewesen wäre, gegen die blutjunge Miss Kingston zu spielen. Ich musste mich beherrschen, sonst hätte ich ihm eine Ohrfeige verpasst."

„Sehr diplomatisch", lobte Tad und nahm ihr das Glas aus der Hand.

„Diplomatie war noch nie meine Stärke." Amy rollte sich auf den Rücken und musste ihren Kopf fast verrenken, um Tad ansehen zu können. „Du hast mir mein Glas gestohlen."

„Ja, habe ich." Tad stellte es auf den Servierwagen und schob ihn ein Stück vom Bett weg.

„Ist unser Abendessen beendet?" Amy reckte die Arme über ihren Kopf und fasste nach ihm.

„Ich denke schon." Er ließ es zu, dass sie nach seinem Kopf griff und ihn herunterzog, bis seine Lippen ihren Mund fast berührten.

„Hast du einen Vorschlag, was wir jetzt tun sollen?"

„Nein. Du?"

„Kartenspielen vielleicht?"

Tad schüttelte nur den Kopf.

„Nun, ich fürchte, dann werden wir wohl wieder miteinander schlafen müssen." Lachend kam sie mit ihrem Mund immer näher an seinen. „Die ganze Nacht lang – nur um die Zeit totzuschlagen."

Sie lächelte immer noch, aber als sich sein Mund auf ihren presste, öffnete sie die Lippen und erwiderte seinen Kuss. Es war ein seltsames Gefühl, seinen Mund verkehrt herum auf ihrem zu spüren. Spielerisch berührte sie seine Zunge mit den Zähnen und biss leicht zu. Erst als Tad daraufhin mit beiden Händen begann, die zarten Knospen ihrer Brüste zu streicheln, stöhnte sie auf und gab seine Zunge frei.

„Mir wird ganz schwindlig, wenn ich dich so auf dem Kopf sehe", murmelte sie und schloss für einen Moment die Augen.

Tad beugte sich etwas weiter über sie und hauchte viele kleine, zarte Küsse auf die weiche Haut an ihrem Hals und dann weiter hinunter bis zum Brustansatz. Amy hatte beide Hände in seinem Nacken verschränkt und hielt ihn fest.

Es dauerte eine Weile, bis es Amy gelang, ihn zu überlisten und sich mit einer schnellen Bewegung aufs Bett zu knien. Sie zog ihm den Morgenmantel aus und schmiegte sich gegen seinen nackten Körper. Tads Arme umfingen sie, und seine Lippen suchten ihren Mund.

Diesmal ließen sie sich beide mehr Zeit. Sie hielten die Leidenschaft unter Kontrolle, waren beide bemüht, den anderen zu entschädigen für die langen Jahre, in denen sie sich nacheinander gesehnt hatten.

In Amys Kopf drehte sich alles. Es war nicht nur der Champagner; seine Nähe, die Berührung seines männlichen, muskulösen Körpers trug genauso viel dazu bei, dass sie alles andere vergaß.

Ruhelos glitten ihre Hände über seinen Körper. Hatte sie wirklich vergessen, dass sie diesen starken, athletischen Mann dazu bringen konnte, unter ihren Händen zu erzittern? Sie genoss es, eine solche Macht über ihn zu haben, und setzte ihr Spiel fort.

Erst als Tad sie an ihrer empfindlichsten Stelle berührte, vergaß sie ihren Triumph. Jetzt war sie ihm hilflos ausgeliefert. Ihr Kopf bewegte sich auf dem Kissen hin und her, immer wieder murmelte sie seinen Namen, hob ihre Hüften ihm entgegen, während ihre Hände sich in das Laken krampften.

Als er dann endlich ganz zu ihr kam, stöhnte sie laut auf und schlang ihre Arme um seinen Körper. Die Erregung trug sie beide davon.

Später, als sie wieder zu Atem gekommen waren, löschte Tad das Licht. Er nahm sie in die Arme und bettete ihren Kopf an seine Schulter.

„Du ziehst morgen zu mir, ja?“ fragte er leise.

Amy hob den Kopf und versuchte, sein Gesicht zu erkennen. „Ja, wenn du willst.“

„Ich habe dich immer gewollt.“

Es war zu dunkel, als dass Tad die Zweifel in ihren Augen hätte erkennen können.

7. KAPITEL

Amy hatte Angst vor London. Hier hatte sie als Lady Wickerton gelebt, hatte Parties gegeben in dem eleganten Haus der Familie am Grosvenor Square, hatte Theater besucht, ihre Einkäufe im vornehmen West End getätigt ...

Vielleicht hätte sie sich mit diesem Leben abfinden können, wenn es da nicht vorher einen Tad Starbuck gegeben hätte. Sie hatte sich bemüht, hatte darum gekämpft, ihre Ehe nicht zerbrechen zu lassen, aber irgendwann war ihr klar geworden, dass es nicht mehr weiterging.

Trotzdem jetzt wieder in dieser Stadt zu sein, fiel Amy schwer.

Alles war noch so frisch in ihrer Erinnerung, dass selbst die Vorfreude auf das Turnier in Wimbledon ihr nicht darüber hinweghelfen könnte. Hier war sie immer noch Lady Wickerton. Man würde ihr Fragen stellen, und sie hatte Angst vor den Antworten.

Sie musste vorsichtig sein, was sie den Reportern sagen durfte und was nicht. Trotz allem war sie es Eric schuldig, seinen Ruf zu wahren.

Sie würde Fragen über ihre Ehe und vor allem über die Scheidung einfach abblocken. Es gab dazu nichts zu sagen. Auch ein bekannter Sportler hatte Anrecht auf ein Privatleben, das nicht vor der Presse ausgebreitet werden musste. Immerhin hatte Amy Erfahrung auf diesem Gebiet aus den Jahren mit ihrem Vater. Jetzt würde es ihr zugute kommen, dass sie bei ihm gelernt hatte, sich nicht von den neugierigen Reportern ausfragen zu lassen.

Die Engländer würden sich damit begnügen müssen, über ihre Auftritte auf dem Tennisplatz zu berichten. Immerhin hatte Amy jetzt zwei große Turniere hintereinander gewonnen und würde allein dadurch schon im Rampenlicht stehen. Sie würde der Presse genügend Stoff für ihre Artikel liefern – allerdings nur für die Sportseite ihrer Zeitungen.

Wenn Fragen nach Tad kamen, würde sie denen ebenso ausweichen. Die Sache zwischen ihr und ihm war noch zu neu, zu wenig gefestigt, als dass sie darüber hätte sprechen können.

Für die wenigen Leute, die Amy sehr gut kannten, war es allerdings auch gar nicht nötig, mit ihr darüber zu sprechen. Sie sahen ihr die Veränderung ohnehin an. Ja, sie war glücklich. Glücklich und ausgeglichen, wie schon lange nicht mehr. Sie hatte beinahe vergessen, wie wunderschön es war, mit Tad zusammenzuleben. Mit ihm zu schlafen, zu reden, zu lachen – oder ganz einfach auch nur zu schweigen. In seine Arme geschmiegt an die Zimmerdecke zu schauen und zu träumen.

Lange vorbei war die Zeit, wo sie geglaubt hatte, das Leben bestehe nur aus Verpflichtungen, und es sei wichtig, Ordnung einzuhalten. Jetzt teilte sie sein Zigeunerleben, erfreute sich an seinen spontanen Einfällen und war glücklich.

„Bist du noch nicht angezogen?"

Amy wollte gerade ihre Tennisschuhe zubinden, als sie die Frage hörte. Sie schaute auf und sah Tad in der kleinen Diele vor ihrem Hotelzimmer stehen. Seine Haare hingen ihm ins Gesicht; die Stirn war gerunzelt. Ungeduldig sah er sie an.

„Doch, fast", antwortete Amy. „Ich bin nun einmal kein Morgenmensch – und schon erst recht nicht nach nur sechs Stunden Schlaf."

Tad lachte. „Konntest du nicht schlafen?" Geschickt griff er nach dem Schuh, den sie ihm hatte an den Kopf werfen wollen, und fing ihn auf. Dabei ließ er den Blick nicht von ihr. Ihm schienen die wenigen Stunden Schlaf überhaupt nichts ausgemacht zu haben. Er wirkte frisch und voller Energie wie immer. „Du kannst dich ja nach dem ersten Training wieder hinlegen."

„Wie kann man nur frühmorgens schon so wach sein. Schrecklich!"

Immer noch lachend kam er auf sie zu, den Schuh noch in der Hand. „Vielleicht liegt das daran, dass ich diesen englischen Knaben gestern vom Platz gefegt habe."

„So?" Amy zog erstaunt die Brauen hoch. „Sonst hast du keinen Grund?"

„Welchen sollte ich haben?"

„Gib mir den Schuh her, damit ich ihn dir an den Kopf werfen kann."

„Hat dir schon einmal jemand gesagt, dass du ein Morgenmuffel bist?" wollte Tad wissen. Übermut blitzte in seinen Augen.

„Und hat dir schon jemand gesagt, dass du unausstehlich bist, seit du in Paris auch noch gewonnen hast?" gab sie geistesgegenwärtig zurück. „Du bist davon überzeugt, dass du der absolut Größte bist. Aber denk dran, noch liegen drei Grand-Slam-Turniere vor dir, die du erst einmal gewinnen musst."

Tad hielt den Schuh so hoch über seinen Kopf, dass Amy nicht herankommen konnte. „Für dich ebenfalls."

„Gib mir jetzt endlich meinen Schuh!"

So sehr sie sich auch reckte, sie kam einfach nicht heran. Plötzlich packte Tad sie, und ehe Amy noch protestieren konnte, hatte er sie auf das breite Bett geworfen und lag auf ihr.

„Tad! Hör auf!" Lachend versuchte sie, sich gegen ihn zu wehren. „Wir kommen zu spät zum Training."

Schnell gab er ihr noch einen Kuss. „Ja, du hast Recht", meinte er und rollte sich zur Seite.

Etwas enttäuscht setzte Amy sich auf. „Dich kann man aber schnell umstimmen", maulte sie und brachte ihre Frisur wieder in Ordnung. Da wurde sie von starken Armen ergriffen, und seine Lippen verschlossen ihren Mund.

Für einen Moment genoss Tad seine totale Macht über sie. Amy lag in seinen Armen, überrascht von dem plötzlichen Angriff, und ihre Lippen öffneten sich seinem Kuss. Er wusste, dass es nicht lange dauern würde, bis sie ihre eigenen Ansprüche anmeldete. Der Gedanke daran erregte ihn. Trotzdem zog er sich zurück. Sie hatten Zeit. Ein Leben lang.

„Bist du jetzt wach?" fragte er lächelnd und ließ eine Hand über ihre Brust gleiten.

„Mmm ..."

„Gut. Dann komm." Tad zog sie hoch und gab ihr einen Klaps auf den Po.

„Warte nur. Das zahl ich dir heim!" Amy hatte ihr Verlangen immer noch nicht ganz unter Kontrolle, und es fiel ihr schwer, nicht dem Wunsch nachzugeben, sich wieder an ihn zu schmiegen.

Tad legte ihr einen Arm um die Schulter und führte sie zur Tür. „Du musst heute an der Rückhand arbeiten."

Amy sah ihn von der Seite an. „Und wieso?"

„Wenn du mit etwas weniger Schwung ausholen würdest ..."

„Das merk du dir einmal lieber selbst", schoss sie zurück. „Und da wir gerade dabei sind: Deine Schnelligkeit gestern ließ auch zu wünschen übrig."

„Ich muss mich schonen fürs Endspiel."

Amy drückte auf den Aufzugknopf und verdrehte die Augen. „Tad, unter mangelndem Selbstbewusstsein leidest du wirklich nicht."

Tad schmunzelte nur. Er liebte sie beinahe noch mehr, wenn sie so entspannt war – jederzeit bereit, zu lachen oder auch ein Wortduell mit ihm aufzunehmen, wobei sie ihm an Schlagfertigkeit in keiner Weise nachstand. Ob sie eigentlich wusste, dass sie noch schöner, noch verführerischer war, wenn sie ihre sonst übliche Vorsicht vergaß? „Was ist mit Frühstück?"

„Was soll damit sein?"

„Möchtest du Eier mit Schinken nach dem Training?"

„Etwas Besseres hast du nicht anzubieten?" fragte Amy herausfordernd zurück und trat in den Aufzug.

Tad folgte ihr und sah, wie Amy einem älteren Ehepaar freundlich zulächelte, das schon im Aufzug stand. „Möchtest du vielleicht lieber da weitermachen, wo wir diese Nacht aufgehört haben?" fragte er und lehnte sich lässig gegen die Wand. Amy sah ihn warnend an, aber er schien das gar nicht zu bemerken. „Wie, sagtest du noch, war dein Name?"

Aus den Augenwinkeln bemerkte Amy den entsetzten Blick der beiden anderen Fahrgäste. „Teufel", murmelte sie beinahe unverständlich, nur um dann umso klarer zu fragen: „Lassen Sie denn auch wieder eine Flasche Champagner springen, Mr. Starbuck? Der war wirklich ausgezeichnet."

„Du warst aber auch nicht schlecht, Süße."

Als sich die Aufzugstür öffnete, konnte das Paar gar nicht schnell genug herauskommen. In der Hotelhalle sahen sie sich noch einmal um, bevor sie kopfschüttelnd durch die Drehtür verschwanden. Amy konnte kaum ihr Lachen zurückhalten, während Tad besitzergreifend einen Arm um sie legte.

Eine Stunde später waren sie beide ganz konzentriert auf ihr Training. Es war eine Umstellung, wieder auf Rasen zu spielen. Der Ball sprang ganz anders, und nun galt es, sich bis zum nächsten Spiel daran zu gewöhnen und eine gewisse Sicherheit zu erlangen.

Amy war zufrieden mit ihrer Leistung bisher. Madge servierte ihr die Bälle sehr konzentriert, variierte ihre Schläge sehr geschickt, brachte es aber trotzdem nicht fertig, Amy in Verlegenheit zu bringen. Amy spürte, dass sie in Form war, und nahm sich vor, die Tatsache einfach zu ignorieren, dass sie sich in London befand.

Sie hatte immer gern in Wimbledon gespielt. Nicht nur, weil ein Gewinn bei diesem Turnier einer inoffiziellen Weltmeisterschaft gleichkam, sondern auch, weil sie die ganze Atmosphäre mochte. Nirgendwo sonst auf der Welt wurde soviel Wert auf Tradition gelegt, nirgendwo sonst war das Publikum disziplinierter als hier. Während der Ballwechsel brauchte der Schiedsrichter kaum jemals um Ruhe zu bitten. Die Zuschauer beschränkten ihren Applaus und ihre Begeisterung von sich aus auf die Unterbrechungen nach einem Punktgewinn.

Wimbledon – das war so britisch wie die roten Doppeldeckerbusse in der City von London, wie die Wachposten mit ihren Bärenfellmützen und das Glockenspiel des Big Ben.

Amy erinnerte sich daran, wie Tad ihr einmal erzählt hatte, dass er sich als kleiner Junge vor dem Fernseher vorgenommen habe, wenigstens einmal in seinem Leben Wimbledon zu gewinnen. Viermal hatte er es bisher geschafft, und sie wünschte sich nichts sehnlicher, als diesmal mit ihm zusammen den traditionellen Tanz am Abend nach dem Herrenendspiel zu eröffnen. Dazu allerdings musste Amy erst einmal den Titel bei den Damen gewinnen, und bis dahin war noch ein weiter Weg.

Amy stand hinter der Grundlinie und machte keine Anstalten, ihren Aufschlag auszuführen.

„Sollen wir Schluss machen?“ rief Madge über den Platz.

„Hm ...“ Aus ihren Gedanken gerissen sah Amy hinüber zu ihrer

Partnerin, die breitbeinig dastand, die Hände in die Hüften gestützt. „Oh, entschuldige bitte, Madge. Ich glaube, ich habe gerade ein wenig geträumt."

„Komm, wir machen Schluss", meinte Madge und ging hinüber zur Bank, wo ihre Sachen lagen. „Ich brauch dich wohl gar nicht erst zu fragen, ob du glücklich bist", sagte sie, als Amy neben ihr stand und den Schläger einpackte. „Man sieht es dir an der Nasenspitze an."

„Wirklich?"

„Meinst du, ich wäre blind?" fragte Madge lächelnd zurück. „Ich freue mich für dich – für euch beide. Ihr passt wirklich sehr gut zusammen, das habe ich ja immer schon gesagt. Wollt ihr das offiziell bekannt geben?"

„Ich ... Nein, wir wollen es ganz langsam angehen lassen." Amy vermied es, ihrer Partnerin in die Augen zu sehen, als sie das sagte. „Was ist schon eine Hochzeit? Nicht mehr als ein Stück Papier."

Madge warf ihr einen prüfenden Blick zu. „Das kannst du anderen erzählen, Amy, die dich nicht so gut kennen wie ich. Es mag Menschen geben, die so denken, aber zu denen hast du noch nie gehört." Sie hob eine Hand und wehrte ab, als Amy sie unterbrechen wollte. „Warum hast du sonst drei Jahre lang eine unglückliche Ehe aufrechterhalten? Weil für dich die Ehe ein Versprechen ist, und weil du deine Versprechen einhältst."

„Ich habe schon einmal versagt ..."

„Ach, nur du?" unterbrach Madge sie sofort. „Du kannst mir nicht erzählen, dass nur du die Schuld daran trägst, dass die Ehe nicht gehalten hat. Und jetzt willst du dein Glück verspielen, nur weil du einmal einen Fehler gemacht hast?"

„Ich bin ja glücklich", versicherte Amy ihr und legte eine Hand auf die Schulter ihrer Freundin. „Tad ist alles, was ich jemals gewollt habe, Madge. Ich will ihn nicht verlieren."

Überrascht zog Madge die Brauen hoch. „Aber Amy, du hast ihn damals verlassen – nicht umgekehrt."

„Ich bin ihm nur zuvorgekommen."

„Amy, ich verstehe nicht ..."

„Lass nur, Madge, das ist alles lange her und spielt überhaupt keine Rolle mehr. Wir fangen wieder ganz von vorn an. Ich weiß, welche Fehler ich gemacht habe, und ich werde mich hüten, sie noch einmal zu wiederholen. Es gab Zeiten in meinem Leben, da habe ich gedacht, ich sei wichtiger als das hier." Sie nahm einen Tennisball in die Hand und warf ihn hoch. Dann fing sie ihn wieder auf und sah nachdenklich darauf. „Wichtiger als alles andere. Selbst seine Familie habe ich als Rivalen angesehen. Ich war sogar eifersüchtig auf seine Tennis-Leidenschaft. Heute weiß ich, dass das sehr albern war."

„Seltsam." Madge schüttelte den Kopf. „Und ich habe früher immer gedacht, dass an erster Stelle die Arbeit des Professors stehe. Nachher stellte sich heraus, dass für ihn meine Arbeit auf dem Tennisplatz am wichtigsten war. Und heute wissen wir, dass beides nicht stimmte."

Lächelnd nahm Amy ihre Tasche über die Schulter. „Tad wird niemals vergessen, dass Tennis ihn zu dem gemacht hat, was er heute ist. Vielleicht ist das auch gut so. Wenn man seine Herkunft nicht kennt, dann kann man auch das Feuer nicht verstehen, das er ins Spiel bringt."

Sie kennt ihn in manchen Belangen so gut, dachte Madge, aber in anderen wiederum überhaupt nicht. „Und was bringt dann die Kälte in dein Spiel?"

„Angst." Amy hatte geantwortet, wie sie es sonst nie tat – spontan und unüberlegt. Jetzt hätte sie das Wort am liebsten wieder zurückgenommen. Sie zuckte mit den Schultern und zwang sich zu einem Lächeln. „Ja, Angst." Mit der Tasche auf der Schulter setzte sie sich in Bewegung. „Ein Glück, dass du kein Reporter bist!"

Der Kies knirschte unter ihr. Selbst mit geschlossenen Augen hätte Amy gewusst, wo sie war. Auch dieser Kies war typisch für die Anlage in Wimbledon. „Erinnere mich daran, dass ich dir irgendwann einmal erzähle, was mir fünf Minuten vor einem Spiel durch den Kopf geht."

Amy schlief tief. Die Vorhänge waren vorgezogen und ließen nur wenig von der strahlenden Nachmittagssonne in das Zimmer dringen. Sie trug nur einen Slip und ein etwas längeres T-Shirt. Tad wollte sie später wecken, und dann wollten sie durch die Stadt bummeln. Morgen mussten beide spielen, so durfte es abends nicht zu spät werden.

Ein Klopfen an der Zimmertür weckte sie auf. Amy setzte sich und strich sich mit beiden Händen durch das Haar. Sicher hatte Tad seinen Schlüssel vergessen. Seufzend stand sie auf und ging zur Tür. Die Augen noch halb zu, griff Amy zur Klinke und öffnete.

„Eric!" Mit einem Schlag war sie hellwach.

„Amy." Er nickte nur und ging an ihr vorbei ins Zimmer. „Habe ich dich aufgeweckt?"

„Ja, ich hatte mich hingelegt." Völlig verwirrt schloss Amy die Tür wieder. Er sieht noch genauso aus, schoss es ihr durch den Kopf. Aber warum auch nicht! Eric war nicht der Mann, der Veränderungen liebte. Groß und schlank, wirkte er mit seinem kurzen Haarschnitt und dem gerade durchgedrückten Rücken wie ein Offizier.

Als er sich ihr wieder zuwandte, blickte sie in seine Augen. Sie waren blau in einem blassen Gesicht, intelligent und kalt. Seine schmalen Lippen konnten sich zu einem Strich zusammenziehen, wenn er wütend war. Amy kannte das nur zu gut. Als er noch um sie geworben hatte, war er charmant und freundlich gewesen, aber das hatte sich nachher schnell geändert.

Amy schob die Gedanken beiseite. Er war nicht mehr ihr Mann. Sie straffte die Schultern und dachte daran, dass sie nichts mehr mit ihm zu tun hatte. Es war vorbei. Endgültig!

„Ich habe nicht damit gerechnet, dich zu sehen, Eric."

„Wirklich nicht?" Er lächelte. „Hast du gedacht, ich würde dir noch nicht einmal guten Tag sagen, wenn du schon in der Stadt bist? Du bist schlanker geworden, Amy."

„Das macht das Training." Sie wies auf einen Sessel. „Setz dich bitte. Ich hole dir einen Drink."

Während sie zu der Bar ging, sagte Amy sich, dass sie ihm nichts mehr schuldig war. Sie war geschieden, und es musste doch möglich sein, sich auch nach einer Scheidung noch wie zivilisierte Menschen zu benehmen.

„Geht es dir gut?" Sie schenkte Whisky in zwei Gläser, gab für ihn Eiswürfel hinein und für sich selbst Selterswasser.

„Ja, danke. Und dir?"

„Auch. Und deine Familie?"

„Der geht es ebenfalls gut." Er nahm das Glas und sah sie über den Rand hinweg an, als er es zum Mund führte. „Was macht dein Vater?" Er sah den Schmerz in ihrem Gesicht und war zufrieden.

„Soviel ich weiß, geht es ihm auch gut." Amy hatte sich jetzt wieder in der Gewalt.

„Hat er dir immer noch nicht verziehen, dass du deine Karriere aufgegeben hattest?"

Sie sah ihn an, und ihr Blick war vollkommen ausdruckslos. „Ich bin sicher, dass du die Antwort kennst, Eric."

Er zog vorsichtig die Bügelfalte seiner Hose gerade, bevor er ein Bein über das andere legte. „Nun, ich dachte, nachdem du jetzt wieder spielst ..."

Amy drehte ihr Glas zwischen den Händen, trank aber nicht. „Er will trotzdem nichts mehr von mir wissen", sagte sie leise. „Du siehst also, ich zahle immer noch, Eric." Sie sah ihn an. „Befriedigt dich das?"

Er blieb ganz ruhig und nahm noch einen Schluck. „Du hattest die Wahl, meine Liebe. Deine Karriere für meinen Namen."

„Für dein Schweigen", verbesserte Amy ihn. „Deinen Namen hatte ich ja bereits."

„Und das Kind eines anderen Mannes in deinem Bauch."

Amy musste das Glas abstellen. Sie spürte, wie ihre Finger zitterten. „Ich habe das Kind verloren. Meinst du nicht, das reicht? Bist du hierher gekommen, um mich daran zu erinnern?"

„Ich bin gekommen ...", Eric lehnte sich in den Sessel zurück, „um zu sehen, wie es meiner Exfrau geht. Auf dem Tennisplatz hast du sehr viel Erfolg, wie ich gehört habe." Er ließ seinen Blick durch den Raum gehen. „Und wie ich sehe, hast du keine Zeit verloren, mit deinem früheren Geliebten wieder etwas anzufangen."

„Ich habe einen Fehler gemacht, als ich ihn verlassen habe, Eric", sagte Amy mit fester Stimme. „Ich glaube, das siehst du mittlerweile auch ein. Es tut mir Leid."

Er warf ihr einen eisigen Blick zu. „Du hast einen Fehler gemacht, als du mir seinen Bastard unterschieben wolltest."

Wütend sprang Amy auf. Sie musste ihre Finger ineinander verschränken, sonst hätte er gesehen, wie ihre Hände zitterten. „Ich habe dich nie angelogen, Eric. Und bei Gott, ich werde mich nie wieder bei dir entschuldigen."

Eric schien immer noch die Ruhe selbst zu sein. Er führte sein Glas zum Mund, und seine Hand zitterte nicht. „Weiß er es mittlerweile?"

Für eine Sekunde weiteten sich Amys Augen vor Schreck. Eric hatte genug gesehen. „Also nicht. Wie interessant."

„Eric, ich habe mein Wort gehalten." Ihre Stimme klang wieder fester. „Solange ich deine Frau war, habe ich alles getan, was du von mir verlangt hast."

Er nickte zustimmend. „Aber du bist nicht mehr meine Frau."

„Wir haben uns beide zur Scheidung entschlossen. Vergiss das nicht! Weil wir eingesehen hatten, dass unsere Ehe für uns beide nicht mehr tragbar war."

„Warum sagst du es ihm nicht? Hast du Angst vor ihm? Wenn ich mich recht erinnere, ist er sehr unbeherrscht, mit einem ungezügelten, primitiven Temperament." Um seine Mundwinkel spielte ein sadistisches Lächeln. „Hast du Angst, er schlägt dich?"

Amy brachte es fertig, zu lachen. „Nein“, sagte sie. „Das zeigt nur, dass du Tad Starbuck überhaupt nicht kennst.“

„Du bist dir ja sehr sicher. Aber wovor hast du dann Angst?“

Amy ließ ihre Hände sinken und sah ihn an. „Er würde es mir nicht verzeihen, Eric. Ich habe das Kind verloren und meinen Vater, ja, sogar beinahe mein Selbstvertrauen. Aber ich werde niemals dieses Schuldgefühl verlieren. Aber was habe ich dir angetan? Nichts – außer deinen Stolz verletzt. Und meinst du nicht, dafür hätte ich mittlerweile genug gebüßt?“

„Vielleicht ... vielleicht auch nicht.“ Er stellte das Glas ab und stand auf. „Die gerechte Strafe für dich wird wohl sein, dass du dir nie ganz sicher sein kannst, ob alles vorüber ist. Von mir kannst du keine Versprechungen erwarten, Amy.“

„Ich habe dich falsch eingeschätzt, Eric“, sagte sie ganz ruhig. „Wie konnte ich nur jemals glauben, du seist ein Gentleman – freundlich und fair?“

„Ich bin nur für Gerechtigkeit.“

„Rache hat nichts mit Gerechtigkeit zu tun.“

Er zuckte mit den Schultern. „Ich kann dir nicht verbieten, das so zu sehen. Das ist deine Sache.“

Nein, sie würde ihm nicht die Genugtuung geben, jetzt auf die Knie zu fallen, ihn zu bitten, anzuflehen. „Wenn das alles war, was du mir hast sagen wollen, dann gehst du jetzt wohl besser. Ich glaube nicht, dass wir noch etwas zu besprechen haben.“

„Ich bin dabei.“ Er drehte sich wieder zu ihr um und sah sie mit einem kalten Lächeln an. „Schlaf ruhig weiter, meine Liebe. Ich finde schon die Tür.“ Eric drückte die Klinke herunter, öffnete die Tür – und stand Tad gegenüber. Besser hätte er sich seinen Abgang gar nicht wünschen können.

Tad sah dieses kalte Lächeln, dann blickte er in den Raum hinein. Amy stand mitten im Zimmer, bewegungslos. Irrte er sich, oder stand wirklich Angst in ihrem Gesicht? Aber wovor sollte sie Angst haben? Dann erst sah Tad, dass sie kaum etwas anhatte. Ihre Haare waren zerzaust, das zerknitterte T-Shirt ließ viel zu viel von ihrem Körper sehen. Zorn stieg in ihm hoch.

Er blickte wieder auf Eric. „Verschwinden Sie, aber schnell."

„Ich bin gerade dabei", antwortete der ganz ruhig und überlegen. Dann allerdings beeilte er sich doch, die Tür von außen zu schließen. Noch einmal traf ihn ein wütender Blick aus Tads Augen. Mit diesem Zorn musste Amy jetzt allein fertig werden. Das allein war es schon wert gewesen, diesen Besuch bei seiner Exfrau zu machen.

Amy stand immer noch an derselben Stelle. Es war ihr, als wäre schon eine Ewigkeit vergangen, seit Eric die Tür geschlossen hatte, und immer noch starrte Tad sie nur an, sprach kein Wort.

„Was, zum Teufel, hat der hier gewollt?"

„Er ist nur vorbeigekommen, um mir guten Tag zu sagen und um ... um mir Glück zu wünschen."

„Reizend!" Mit wenigen Schritten war er bei ihr und fasste an den Saum ihres T-Shirts. „Empfängst du Besucher immer so? Oder ist das bei Exmännern üblich?"

„Tad, bitte!"

„Bitte was?" Im Unterbewusstsein war Tad sich klar darüber, dass er falsch reagierte, dass er zuerst einmal ihr Gelegenheit geben musste, die Sache zu erklären. Aber so sehr er sich auch bemühte, es gelang ihm nicht, Ruhe zu bewahren. „Wäre es nicht besser gewesen, ihr hättet euch irgendwo anders getroffen? Etwas stickig hier drin, findest du nicht?"

Sein Sarkasmus tat Amy weh, aber sie wusste auch, dass sie dem nicht wirkungsvoll begegnen konnte, solange sie so viel zu verbergen hatte. „Tad, du weißt ganz genau, dass zwischen Eric und mir nichts mehr ist. Du weißt ..."

„Was zum Teufel weiß ich?" unterbrach er sie. „Du bist doch diejenige, die auf nichts eine Antwort geben will. Und dann komme ich ins Zimmer und finde dich mit dem Kerl, der damals der Grund war, warum du mich verlassen hast."

„Ich wusste nicht, dass er hierher kommen würde. Wenn er angerufen hätte, dann hätte ich ihm gesagt, er solle wegbleiben."

„Aber du hast ihn hereingelassen." Tad griff nach ihren Schultern und schüttelte sie. „Warum?"

Amy wehrte sich nicht. „Wäre es dir lieber gewesen, ich hätte ihm die Tür vor der Nase zugeschlagen?"

„Ja, verdammt noch mal!"

„Aber ich habe es nicht getan." Jetzt war auch ihre Geduld erschöpft. „Ich habe ihn hereingelassen und ihm sogar einen Drink angeboten. Wenn du das falsch deutest, dann ist das deine Sache."

„Wollte er dich zurückholen?" Tads Griff lockerte sich nicht. „Ist er darum gekommen?"

„Was spielt das für eine Rolle?" Wütend trommelte sie mit beiden Fäusten gegen seine Brust. „Ich will ihn aber nicht zurückhaben."

„Okay, dann erzähl mir jetzt endlich, warum du ihn geheiratet hast." Wieder versuchte sie, ihm zu entkommen, aber er hielt sie eisern fest. „Ich habe ein Recht darauf, das zu erfahren, Amy. Und ich will es jetzt erfahren."

„Weil ich dachte, er wäre der Richtige für mich", schrie sie ihn an, während in ihren Augen Tränen brannten.

„Und, war er das?" Tad griff nach ihren Handgelenken und umklammerte sie.

„Nein!" Sie kämpfte gegen seine Hände an, aber er war stärker. „Nein, es war furchtbar. Und ich habe dafür auf eine Art bezahlt, von der du keine Ahnung hast. Nicht einen Tag lang war ich glücklich. So, bist du jetzt zufrieden?"

Plötzlich tat sie etwas, was er nie zuvor bei ihr erlebt hatte. Amy weinte. Sein Griff lockerte sich, als er die Tränen über ihre Wangen rollen sah. Noch niemals hatte Tad sie so verzweifelt gesehen.

Amy entwand sich seinem Griff und warf sich über das breite Bett. Viel hatte nicht mehr gefehlt, dann hätte sie ihm von dem Baby erzählt. Jetzt war sie froh, dass die aufsteigenden Tränen ihr die Kehle zugeschnürt hatten.

Tad stand da und starrte auf sie hinab. Er hörte ihr Schluchzen und war hilflos. Das war eine Reaktion, die er nicht erwartet hatte, und er wusste nicht, was er tun sollte. Er fühlte sich im Recht, wenn er Erklärungen von ihr verlangte, und solange Amy darauf wütend reagierte, stand Wut gegen Wut. Aber gegen diese Verzweiflung war er machtlos.

Tad hatte Tränen bei seiner Schwester erlebt – ja, auch bei seiner Mutter. Aber in solchen Fällen hatte seine breite Schulter genügt, an der sie sich ausweinen konnten, und dann war alles wieder gut gewesen. Bei Amy war das anders. Das waren bittere, verzweifelte Tränen, deren Grund er nicht kannte.

Immer noch brannten ihm die Fragen auf der Zunge, und auch sein Zorn war noch nicht vollständig verraucht. Aber was war das alles gegen dieses Schluchzen, das da vom Bett zu ihm drang? Amy benutzte ihre Tränen nicht als Waffe. Sie war machtlos dagegen – so machtlos, dass ihr ganzer Körper wie in einem Krampf geschüttelt wurde.

Langsam ging Tad auf das Bett zu. Als er sie berührte, zuckte sie zusammen und rückte weg. Ohne ein Wort zu sagen, legte Tad sich neben sie. Sie versuchte, ihm auszuweichen, aber er nahm sie in die Arme und ließ sie nicht wieder los, sosehr sie sich auch wehrte. Seine Umarmung war stark und doch zärtlich. Nach einer Weile gab Amy ihren Widerstand auf.

„Ich lass dich nicht allein“, murmelte er.

Es war schon beinahe dunkel, als ihr Körper endlich zur Ruhe kam. Die Tränen waren versiegt, schwach und elend lag Amy in Tads Armen. Sie spürte seinen Herzschlag an ihrer Brust, und dieses stetige, gleich bleibende Geräusch beruhigte sie.

Beinahe hätte sie es ihm gesagt. Dieser Gedanke ging Amy nicht aus dem Kopf. Ich habe dein Baby verloren. Würde Tad sie auch dann noch so zärtlich halten, wenn sie diesen Satz ausgesprochen hätte?

Wieder kam die Frage in ihr auf, die sie sich schon unzählige Male gestellt hatte. Sollte sie es ihm überhaupt jemals sagen? Welchen Sinn hatte es, wenn sie ihm Schmerzen zufügte für etwas, das so lange zurücklag? Und der Schmerz würde kommen, nachdem der erste Zorn sich gelegt hatte. Da war sich Amy ganz sicher. Er würde diesem Baby nachtrauern und doch nichts mehr ändern können. Hatte das Sinn?

Und wie sollte sie ihm die Sache mit Eric erklären, ohne alte Wunden wieder aufzureißen? Damals hatte Tad sie nicht mehr gewollt, das hatte Jess ihr unmissverständlich gesagt. Aber Eric hatte gewollt. Aus verletztem Stolz hatte sie sich ihm zugewandt, das war Amy heute ganz klar. Und ihr Pflichtbewusstsein war dann fast drei Jahre lang stärker gewesen als ihr Wunsch, diese Ehe zu beenden. Vielleicht, wenn sie damals nach dem Unfall nicht so schwach gewesen wäre ... Ja, vielleicht hätte sie Eric dann niemals ein solches Versprechen gegeben.

Sie konnte sich noch so gut an den Tag erinnern: Sie hatten sich gestritten, laute Stimmen, dann der Sturz. Alles um sie herum war dunkel geworden. Das Baby ... Tads Baby!

Als sie wieder zu Bewusstsein gekommen war, hatte ihr erster Gedanke dem Baby gegolten. Noch bevor sie die Augen wieder geöffnet hatte, glitt ihre Hand zu ihrem Bauch.

„Das Baby." Als sie die schweren Augenlider hob, sah sie Eric neben dem Bett.

„Tot."

Nie in ihrem Leben würde sie diesen Schmerz vergessen. Sie hatte die Augen wieder geschlossen. „Nein, nein", hatte sie immer wieder gemurmelt. „Mein Baby, Tads Baby ..."

„Hör mir zu, Amy." Erics Stimme klang kalt und überlegt. Drei Tage lang hatte er darauf gewartet, dass Amy aus ihrer Bewusstlosigkeit erwachen würde. Sie hatte viel Blut verloren bei der Fehlgeburt, und die Ärzte hatten ihn auf das Schlimmste vorbereitet. Aber sie durfte nicht sterben. Sie würde bezahlen für das, was sie ihm angetan hatte.

Als Eric sie kennen gelernt und umworben hatte, war er sich sicher, sie zu lieben. Aber jetzt hatten sich seine Gefühle für Amy gewandelt. Sie grenzten an Hass. Diese Frau hatte es nicht verdient, mit ihm verheiratet zu sein. Sie hatte einen Narren aus ihm gemacht – aus ihm, Lord Wickerton! Und dafür würde sie büßen.

„Mein Baby ..."

„Das Baby ist tot", sagte er noch einmal brutal. Dann griff er nach ihrer Hand. „Sieh mich an, Amy." Erst als sie seiner Aufforderung folgte, sprach er weiter. „Du bist hier in einer Privatklinik. Und der Grund, warum du hier bist, wird niemals an die Öffentlichkeit dringen. Allerdings nur dann, wenn du tust, was ich dir sage."

„Eric ..." Amy hatte gar nicht richtig zugehört. Mit beiden Händen hielt sie seine Hand fest. „Eric, ist es wirklich wahr? Kann es nicht sein, dass die Ärzte sich geirrt haben?"

„Du hattest eine Fehlgeburt. Die Diener im Haus sind verschwiegen. Und allen anderen habe ich gesagt, dass wir für einige Tage verreist sind."

„Ich verstehe nicht ..." Sie ließ seine Hand los und presste ihre Fingerspitzen auf den Bauch. „Der Sturz ... Ich bin die Treppe hinuntergestürzt. Aber ..."

„Ein Unfall", unterbrach Eric sie, und es klang so, als wäre gar nichts dabei, ein Baby zu verlieren.

Amy schlug beide Hände vors Gesicht. „Tad, Tad ..." murmelte sie immer wieder.

„Du bist meine Frau", sagte Eric kalt. „Und das bleibt auch so, bis ich dich nicht mehr will." Amy nahm die Hände vom Gesicht und sah ihn verständnislos an. „Oder soll ich deinen Liebhaber anrufen und ihm sagen, dass du mich geheiratet hast, während du ein Kind von ihm im Bauch hattest?"

„Nein." Amys Antwort war nur ein Flüstern. Tad! Wie sehr sie sich nach ihm sehnte. Aber er war für sie genauso verloren wie sein Kind, das sie getragen hatte.

„Gut, dann wirst du tun, was ich dir sage", hörte sie wieder Erics Stimme. „Du wirst dich sofort vom professionellen Tennis zurückziehen. Ich will nicht, dass die Presse Vermutungen über dich und deinen Geliebten anstellt und dabei meinen guten Namen durch den Schmutz zieht. Du wirst dich benehmen, wie es einer Lady Wickerton ansteht. Ich werde dich nicht anrühren", fuhr er fort, ohne auch nur einmal seine Stimme zu heben. „Jegliche körperliche Anziehungskraft, die du auf mich ausgeübt hast, ist verschwunden. Du wirst genau das tun, was ich von dir verlange – oder dein Geliebter wird von mir erfahren, was für ein mieses Spiel du getrieben hast. Ist das klar?"

Was spielte das jetzt noch für eine Rolle? War sie nicht bereits so gut wie tot – tot wie ihr Baby? „Ja, ich werde tun, was du von mir verlangst. Und jetzt lass mich bitte allein."

„Wie du willst." Eric stand auf. „Wenn es dir wieder besser geht, werden wir eine offizielle Nachricht an die Presse geben, dass du dich vom Tennissport zurückziehst. Als Grund wirst du angeben, dass du keine Zeit mehr für diesen Sport hast, weil du deinen Mann nicht allein lassen willst, und weil du in deiner Position genügend andere Pflichten hast."

„Geh jetzt bitte, Eric."

„Gibst du mir dein Wort darauf?" meinte er abschließend.

Sie sah ihn lange an, dann schloss sie die Augen und nickte. „Ja, Eric, ich gebe dir mein Wort darauf."

Und sie hatte ihr Wort gehalten. Sie hatte zusehen müssen, mit welcher Genugtuung Eric zur Kenntnis nahm, dass ihr Vater sich von ihr abgewandt hatte. Sie hatte über seine diskreten, aber immer häufigeren Affären hinweggesehen und war im Laufe der Zeit immer schwermütiger geworden.

Es hatte sehr lange gedauert, bis Amys Lebensgeister wenigstens teilweise wieder erwachten. Abgeschnitten von ihrem bisherigen Leben, ohne alte Freunde und Bekannte, die sie hätte um Rat fragen können, ohne den Beistand ihres Vaters, hatte es lange Zeit so ausgesehen, als hätte Eric sie für immer in der Hand.

Erst als der Schmerz über den Verlust des Babys, der sie so lange betäubt hatte, etwas nachließ, konnte sie wieder klar denken. Sie musste von diesem Mann weg, oder ihr ganzes weiteres Leben wäre zerstört. Immer deutlicher sah Amy, dass es keinen anderen Ausweg gab.

Sie wusste, dass für Eric Wickerton nichts wichtiger war als sein guter Ruf und der seiner Familie. Nur hier lag eine Chance für Amy, dass er in eine Scheidung einwilligte. Sie wusste von seinen zahlreichen Affären mit anderen Frauen – er wusste von Tads Baby, das sie getragen hatte, als sie ihn heiratete. Das war die Grundlage für ein Abkommen, an dessen Ende die Scheidung stand.

Und jetzt war Eric zurückgekommen. Vielleicht liegt es daran, dass er mir meinen Erfolg auf dem Tennisplatz nicht gönnt, überlegte Amy. Trotzdem glaubte sie nicht, dass er seinen Teil der Vereinbarung brechen würde. Schon allein deshalb nicht, weil er sie mit seinem Wissen immer noch in der Hand hatte. Und diesen Vorteil würde er gewiss nicht aufgeben.

Sollte sie ihm den Wind aus den Segeln nehmen und Tad doch alles erzählen? Amy dachte wieder zurück an Tads Gesichtsausdruck, als er Eric an der Tür begegnet war. Nein, Tad würde ihr nicht verzeihen. Vielleicht später einmal, wenn ihre Beziehung zueinander sich gefestigt hatte – vielleicht würde sie es ihm dann sagen.

Amy atmete so ruhig und gleichmäßig, dass man hätte meinen können, sie schliefe. Aber Tad wusste, dass sie wach war und nachdachte.

Welche Geheimnisse hielt sie vor ihm verborgen? Und wie lange würde es noch dauern, bis sie endlich bereit war, darüber zu sprechen? Er wollte sie drängen, wollte fragen, aber sie schien so verletzbar und schutzbedürftig, dass er es nicht fertig brachte. Wenn er jetzt versuchte, ihr Antworten zu entlocken, dann würde er vermutlich genau das Gegenteil erreichen. Amy würde sich zurückziehen in ihr Schneckenhaus, und dann konnte er gar nicht mehr an sie herankommen.

„Besser?“ fragte Tad leise.

Sie seufzte, und dann spürte er an der Bewegung ihres Kopfes an seiner Brust, dass sie nickte.

Etwas gab es, das sie bereinigen konnte und das vielleicht auch schon helfen würde, die Atmosphäre zwischen ihnen wieder zu verbessern. „Tad, er bedeutet mir überhaupt nichts mehr. Glaubst du mir das?“

Als er mit der Antwort zögerte, fasste sie noch einmal nach. „Bitte, glaub mir. Ich empfinde überhaupt nichts mehr für Eric – noch nicht einmal Hass. Unsere Ehe war ein Fehler, von Anfang an.“

„Aber warum ...“

„Es hat immer nur dich gegeben“, unterbrach Amy ihn. „Nur dich, Tad.“ Sie küsste ihn, hielt seinen Kopf zwischen den Händen und bedeckte sein ganzes Gesicht mit Küssen. „Es ist, als hätte ich in den Jahren gar nicht richtig gelebt.“ Wieder fanden ihre Lippen seinen Mund. „Ich brauche dich, Tad. Nur dich!“

Die Erregung packte sie beide so schnell, dass keine Zeit mehr blieb für Fragen. Amys Hände zerrten an seinen Sachen. Sie konnte es nicht erwarten, seinen nackten Körper zu spüren, sich an ihn zu pressen und die schlimmen Gedanken zu vergessen.

Mit einer Wildheit, wie er sie bei ihr noch nicht erlebt hatte, übernahm sie es, seine Erregung zu steigern. Ihre Hände waren in Bewegung, ihre Lippen berührten immer wieder seinen Körper und hinterließen heiße Spuren auf seiner Haut.

Sie ließ sich keine Zeit, ihn mit zärtlichem, sanftem Spiel zu verwöhnen. Ihre Bewegungen waren leidenschaftlich, ihre Haut bald schweißnass.

Tad spürte, dass es nicht mehr lange dauern konnte, bis er die Kontrolle über seinen Körper verlor. Sie rollten auf dem Bett hin und her. Er riss ihr das T-Shirt vom Körper, und keiner von beiden hörte, wie der Stoff bei dieser ungestümen Bewegung zerriss.

„Amy, jetzt. Bitte." Seine Stimme klang rau.

„Nein, nein." Sie lachte, und dieser Klang steigerte sein Begehren noch. Sie spürte, wie sehr sich ihr Körper nach Erfüllung sehnte. Trotzdem zögerte Amy es noch hinaus. Seine Hände glitten über ihren Körper, und sie bog sich ihnen entgegen.

Zu ihm gehörte sie, zu dem einzigen Mann, der ein solches Feuer in ihr entfachen konnte. Zu ihm würde sie immer gehören. Alle Gedanken an früher waren verbannt. Es gab nur noch den Augenblick. Dieses halbdunkle Zimmer, sein starker Körper auf ihrem.

Diesmal protestierte sie nicht, als Tad mit beiden Händen ihre Hüften umfasste und sie festhielt. Sie legte ihren Kopf zurück, ihre Augen waren geschlossen, und sie bog sich ihm entgegen, als er zu ihr kam. Sie wusste nicht mehr, ob sie sein Stöhnen hörte oder ihr eigenes, als sie beide dem Höhepunkt zustrebten und sich aneinander festklammerten, als wollten sie sich nie mehr loslassen.

8. KAPITEL

Autos hatten immer zu Amys Leben gehört. Als sie noch ein Kind war, hatte ihr Vater einen Chauffeur namens George eingestellt. Sie konnte sich sogar noch an den Wagen erinnern, den sie damals gehabt hatten. Eine schwere Limousine mit getönten Scheiben und einer eingebauten Bar.

Lady Wickertons Fahrer hieß Peter. Der Wagen war ein eleganter, unauffällig grauer Daimler. Sie trauerte weder ihm noch dem Chauffeur nach, als sie durch die Vororte nach Wimbledon fuhr.

In einigen Stunden würde sie auf dem Center Court stehen. Die Gedanken nur noch auf das Spiel gerichtet, in sich den unbändigen Willen zu gewinnen.

Ein Mal, in dem Jahr ihrer Liebe zu Tad, hatten sie beide Wimbledon gewonnen. Diesmal musste Amy gegen Maria Rayski spielen. Hatte sie damals nach dem ersten Sieg in Wimbledon geglaubt, nun würde ihr Leben erst wirklich beginnen, so wusste sie heute, dass das nicht gestimmt hatte.

Heute war der Tag, an dem sich alles entscheiden würde. Sie spielte auf dem Boden, der ihr am besten lag, und sie würde ihr Bestes geben in einem Land, wo sie sich so lange in ihrer Ehe wie eine Gefangene vorgekommen war. Wenn es ihr gelang, dieses Spiel zu gewinnen, dann würde sich auch privat eine Möglichkeit finden, ihr Leben wieder auf eine feste Basis zu stellen.

Sie dachte an Tad, der als Junge den Schwur getan hatte, eines Tages Wimbledon zu gewinnen. Jetzt, in dieser Limousine, auf der Fahrt zum Center Court, tat Amy einen ähnlichen Schwur. Sie wollte gewinnen, wollte aller Welt zeigen, dass Amy Wolfe wieder da war, dass ihre bisherigen Erfolge kein Zufall gewesen waren. Das würde ihr die Kraft geben, allen Problemen die Stirn zu bieten.

Für diese frühe Tageszeit waren schon erstaunlich viele Zuschauer da. Amy fühlte sich seltsam beschwingt und locker, als sie aus dem Wagen stieg. Freundlich erfüllte sie die Autogrammwünsche. Das war ihr Tag, sie spürte es ganz deutlich. Ein sonniger Tag im Juli – was konnte da schon schief gehen?

Eigentlich hatte sich nicht viel verändert seit den Zeiten, als ihr Vater hier gespielt hatte. Im Bereich hinter der Tribüne, der nur den Aktiven, Offiziellen und einigen bekannten Persönlichkeiten vorbehalten war, flogen Wortfetzen hin und her, es wurde gelacht und gescherzt – und doch spürte man unterschwellig die Nervosität, die die Spieler erfasst hatte, ihre Betreuer und diejenigen, die um sie zitterten.

Amy sah einige bekannte Gesichter von früheren Wimbledon-Siegern. Für sie war es einmal im Jahr zur Zeit des Turniers wie ein großes Familienfest, auf dem sie sich alle wiedersahen, von vergangenen Zeiten erzählten und die betrauerten, die nicht mehr dabei sein konnten.

Aber dann gab es auch solche, die Amy in ihrer Zeit als Lady Wickerton am Grosvenor Square empfangen hatte. Für die war Wimbledon mehr ein gesellschaftliches als ein sportliches Ereignis. Eines, auf dem man sich unbedingt sehen lassen musste – so wie in Ascot zu den berühmten Pferderennen.

Amy hatte gewusst, dass ihr das bevorstand, und so hatte sie sich völlig in der Gewalt, als es sich nicht umgehen ließ, die Bekannten aus ihrer Zeit mit Eric zu begrüßen.

„Amy, wie schön, dich wiederzusehen ...“ „Ich hätte dich beinahe nicht erkannt im Tennisdress ...“ „Schade, dass wir uns nicht mehr bei den Partys treffen ...“

Genauso nichts sagende Äußerungen, wie sie sie während ihrer Ehe immer wieder gehört und entsprechend freundlich und nichts sagend beantwortet hatte. Diese Leute spielten ihre Rollen viel zu perfekt, als dass einer auch nur auf die Idee gekommen wäre, ehrlich zu sagen, was er dachte.

„Wo ist dein alter Herr?“

Amy fuhr herum, und plötzlich strahlte sie. „Stretch McBride, du hast dich überhaupt nicht verändert.“

Natürlich hatte er sich verändert. Beide wussten es, aber es störte sie nicht. Als Amy ihm als kleines Mädchen zum ersten Mal auf einem Tennisplatz begegnet war, war Stretch so um die dreißig gewesen. Er hatte alles gewonnen, was es damals zu gewinnen gab. Er war immer noch sehr schlank, aber die zwanzig Jahre hatten ihre Spuren hinterlassen.

„Du hast immer schon entzückend lügen können“, brummte er und gab ihr einen Kuss auf die Wange. „Wo ist Jim?“

„In den Staaten“, antwortete Amy und lächelte immer noch. „Wie geht es dir, Stretch?“

„Gut, ich kann nicht klagen. Mittlerweile habe ich fünf Enkelkinder und mehrere Geschäfte für Sportartikel an der Ostküste.“ Er nahm ihre Hand zwischen seine. „Du willst mir doch nicht sagen, dass Jim nicht nach Wimbledon kommt, oder? Ich kann mich nicht erinnern, dass er in den letzten vierzig Jahren ein Turnier hier verpasst hat.“

Amy versuchte, sich nicht anmerken zu lassen, wie weh ihr dieses Gespräch über ihren Vater tat. „Soviel ich weiß, wird er nicht kommen. Ich freue mich so, dich wiederzusehen, Stretch. Ich habe übrigens nicht vergessen, dass du mir die unterschnittene Rückhand beigebracht hast.“

Er lachte geschmeichelt. „Dann setz sie auch heute gegen Maria ein“, sagte er. „Ich mag es nun einmal, wenn Amerikaner hier in Wimbledon gewinnen. Bestell deinem Vater einen schönen Gruß von mir.“

„Pass auf dich auf, Stretch.“ Sie gab ihm noch einen Kuss auf die Wange, und dann ging er weiter.

Amy drehte sich um und wollte sich auf den Weg zu ihrer Kabine machen, als sie plötzlich Lady Daphne Evans gegenüberstand. Mit ihr hatte Eric eine nicht so diskrete Affäre gehabt. Das Lächeln verschwand aus Amys Gesicht, aber ihre Stimme klang gleich bleibend freundlich.

„Daphne, Sie sehen fantastisch aus.“

„Amy.“ Daphne ließ ihren Blick über Amys kurzen Tennisrock gehen, die schlanken Beine entlang bis hinunter zu den Schuhen. „Sie sehen ganz anders aus, als ich Sie in Erinnerung hatte. Wie seltsam, Ihnen als Sportlerin wieder zu begegnen.“

„Seltsam? Ich bin immer Sportlerin gewesen. Wie geht es Ihrem Mann?“

Die Spitze wurde mit einem etwas zu schrillen Lachen erwidert. „Miles ist geschäftlich in Spanien. Es hat sich so ergeben, dass Eric mich heute hierher begleitet hat.“

Nichts in Amys Gesicht zeigte, wie unvermutet sie das traf. „So, Eric ist also hier?“

„Ja, natürlich.“ Daphne griff an den Rand ihres großen Hutes.

„Sie glauben doch nicht, dass er sich Wimbledon entgehen lässt." Noch einmal ging ihr Blick über Amys Figur. „Wir werden Sie doch auf dem Ball sehen, nicht wahr?"

„Sicher. Die Teilnahme ist für mich als Profi doch Pflicht."

„Nun, dann toi, toi, toi! Oder wie sagt man in Ihren Kreisen?" Bevor Amy noch eine Antwort geben konnte, war sie davongerauscht.

Amy atmete tief durch. Wenn ihr jetzt nur niemand mehr begegnete, bis sie die Kabine erreicht hatte. Das Spiel würde schon schwer genug werden, ohne dass sie auch noch gegen die Geister ihrer Vergangenheit kämpfen musste. Was sie jetzt dringend brauchte, waren einige Minuten Ruhe, damit sie sich entspannen und auf das Spiel vorbereiten konnte.

Sie kannte Eric gut genug, um zu wissen, dass er Daphne losgeschickt und ihr gesagt hatte, sie solle Amy ausfindig machen. Er wollte, dass sie wusste, dass er unter den Zuschauern saß. Wahrscheinlich würde es ihm Spaß machen, zu sehen, dass sie nervös war und schließlich das Spiel verlor.

Als Amy den Platz betrat, war sie äußerlich völlig ruhig. Nur sie selbst wusste, wie ängstlich sie es vermied, auch nur einen Blick auf die Zuschauerränge zu werfen. Sie hielt die Augen gesenkt, beschäftigte sich mit den Vorbereitungen und ging dann zur Grundlinie.

Maria Rayski auf der anderen Seite des Netzes machte noch einige Lockerungsübungen, winkte fröhlich ins Publikum und schien völlig gelöst und siegesgewiss.

Amy sah die Fernsehkameras. Die Technik machte es möglich, dass die Spiele aus Wimbledon auch nach Amerika übertragen wurden. Ob ihr Vater wohl vor dem Fernsehgerät saß und zuschaute?

In den ersten Spielen tasteten die beiden Gegnerinnen sich zuerst einmal vorsichtig ab. Es schien, dass Maria Rayski auf dem Rasen des Center Court schneller spielte als Amy. Dafür stellte sich aber schnell heraus, dass Amy die überlegtere Spielerin mit der besseren

Taktik war. Es dauerte eine Weile, bis beide sich eingespielt hatten und die Bälle besser einschätzen konnten, die auf diesem Untergrund ganz anders sprangen als beispielsweise auf einem Hartplatz oder auf Sand.

Das Spiel war ausgeglichen, und die vierzehntausend Zuschauer kamen bei einigen interessanten Ballwechseln voll auf ihre Kosten. Beide spielten voll konzentriert und gaben keinen Ball verloren. Das war es, was das Publikum sehen wollte.

Amys Aufschläge kamen sehr sicher und platziert, ohne dass sie damit ihre Gegnerin allerdings hätte überraschen können. Sie parierte die Schläge geschickt und lockte Amy mehr als einmal mit überraschenden Stopps ans Netz.

Amy fühlte sich sicher, hatte während des ganzen Spiels nicht ein Mal das Gefühl, dass die Rayski ihr überlegen wäre. Sie spielte ruhig und mit einer Sicherheit, die nach der langen Wettkampfpause erstaunlich war.

Das alles änderte sich schlagartig, als die Spielerinnen sich vor dem dritten Satz auf ihre Stühle setzten, einen Schluck tranken und sich den Schweiß von den Gesichtern wischten. Amy nahm das Handtuch vom Gesicht, atmete tief aus und legte den Kopf dann etwas zurück. Ihr Blick traf genau Erics Augen, der ihr gegenüber auf der Zuschauertribüne saß und sie mit einem kühlen Lächeln ansah. Fast unmerklich hob er die Hand. War das ein Gruß – oder vielleicht eine Warnung?

Tad rutschte nervös auf seinem Stuhl hin und her. Was war los mit Amy? Sie hatte zwei Spiele hintereinander verloren. Die Doppelfehler häuften sich. Sicher, die Rayski spielte hervorragend, aber bis zum Beginn des dritten Satzes war das Spiel völlig ausgeglichen gewesen. Jetzt allerdings war Amy ihrer Gegnerin unterlegen. Sie spielte mechanisch, ohne Druck, nicht konzentriert genug, so wie während der ersten beiden Sätze. Sie gab Spiele verloren durch Leichtsinnsfehler, die er noch nie bei ihr beobachtet hatte.

Wenn er Amy nicht so gut kennen würde, hätte Tad geschworen, dass sie das Spiel bereits aufgegeben hatte. Aber das konnte nicht sein – nicht bei Amy. Sie kämpfte normalerweise um jeden Ball, um jeden Punkt.

Tad beobachtete sie sehr genau, ob er ein Anzeichen für eine Verletzung bei ihr feststellen konnte. Aber da schien alles in Ordnung zu sein. Auch nicht der leiseste Anschein einer Verletzung war zu erkennen. Ihr Gesicht war ruhig und ohne jeglichen Ausdruck, wie eine Maske.

Als es im dritten Spiel fünfzehn zu null gegen Amy stand, war sich Tad sicher, dass die Ursache irgendwo anders zu suchen sei. Er sah sich unter den Zuschauern um. Konnte es sein, dass jemand auf der Tribüne saß, dessen Erscheinen sie so durcheinander gebracht hatte?

Viele der Gesichter auf den Rängen waren ihm bekannt. Von einigen kannte Tad nur den Namen, andere hatte er auch persönlich kennen gelernt. Da war ein Tennis spielender Schauspieler, gegen den er einmal in einem Schaukampf angetreten war. Die Primaballerina, die Amy ihm nach einer Ballettaufführung vorgestellt hatte. Neben ihr saß ein bekannter Sänger von Country- und Western-Liedern.

Tads Blick ging über sie alle hinweg auf der Suche nach einer Antwort. Er fand sie in der Nähe der königlichen Loge. Auf Erics Gesicht lag ein kaltes, sehr selbstzufriedenes Lächeln, während er seiner Exfrau zusah.

Unbändiger Zorn stieg in Tad auf, als er in dieses Gesicht blickte. Im ersten Impuls wollte er aufspringen und mit seiner Faust dieses selbstgefällige Grinsen aus seinem Gesicht schlagen.

„Dieser verdammte Kerl“, murmelte Tad und stand auf. Im selben Moment griff eine Hand nach seinem Arm und hielt ihn fest.

„Was willst du tun?“ fragte Madge.

„Etwas, das ich schon vor drei Jahren hätte tun sollen.“

Madge hielt seinen Arm immer noch fest, als sie der Richtung folgte, in die Tad sah. „Oh, je!“ Für einen Moment überlegte sie, ob er nicht Recht hatte mit dem, was er tun wollte, aber dann siegte doch ihre Vernunft. „Bitte, Tad, wenn du ihn jetzt aus dem Anzug haust, hilfst du damit Amy überhaupt nicht.“

„Und ob ich ihr helfe“, widersprach er. „Dieser Kerl ist doch nur hier, um Amy aus dem Konzept zu bringen.“

„Ich weiß. Und offensichtlich hat er damit auch Erfolg“, gab Madge zu. „Geh lieber zu ihr und sprich mit ihr.“ Der Blick, den Tad ihr zuwarf, hätte jeden anderen den Kopf einziehen lassen. Nicht so Madge. Sie begegnete diesem Blick ganz ruhig und hielt ihm stand. „Ich weiß, dass du dich jetzt am liebsten schlagen würdest, Starbuck. Aber spar dir das auf bis nach dem Spiel. Dann mach ich sogar den Schiedsrichter. Jetzt ist es besser, wenn du deinen Kopf anstelle deiner Fäuste gebrauchst.“

Es dauerte einen Augenblick, bis Tad über sich selbst gesiegt und eingesehen hatte, dass Madge Recht hatte. „Aber wenn es nicht hilft“, stieß er zwischen den Zähnen hervor, „dann brech ich ihm alle Knochen.“

„Und ich werde dich anfeuern“, versprach Madge, während Tad sich schon abwandte und hinunter zum Spielfeld ging.

Er wusste, dass seine Chance gering war, zumal ihm nur ganz wenig Zeit zwischen den Spielen zur Verfügung stand. Also musste er seine Worte sehr sorgfältig wählen. Es durften nur wenige sein – aber sie mussten dafür umso besser treffen.

Amy ließ sich nach dem Spiel erschöpft auf ihren Stuhl fallen.

„Kannst du mir sagen, was mit dir los ist?“

Sie zuckte zusammen, als sie seine Stimme hinter sich hörte. „Nichts“, sagte sie leise und ohne sich umzudrehen.

„Die Rayski spielt mit dir Katz und Maus.“

„Lass mich in Ruhe, Tad.“

„Willst du ihm wirklich die Genugtuung geben, dich hier vor vierzehntausend Leuten und all den Fernsehkameras untergehen zu sehen?“ Seine Stimme klang hart und voller Sarkasmus.

Das schien gesessen zu haben. Sie wandte den Kopf, sah ihn an, und in ihren Augen brannte Zorn. Genau das hatte er erreichen wollen, sie aufzurütteln, ihren Widerstand wachzurufen. Aber es reichte noch nicht, er musste noch schwerere Geschütze auffahren, um sie wirklich zu packen.

„Ich hätte niemals gedacht, dass du so leicht aufgibst."

„Scher dich zum Teufel!" Der Schiedsrichter hatte die Pause noch nicht beendet. Trotzdem sprang Amy auf und ging mit langen Schritten zurück zur Grundlinie. Ihre Gegnerin sah verblüfft auf und fragte sich, warum Amy die Pause nicht voll ausnutzte.

Während sie auf Maria Rayski wartete, brodelte es in Amy. Keiner sollte jemals von ihr behaupten können, dass sie aufgab. Das hatte sie noch niemals getan, und das würde sie auch niemals tun. Wie konnte Tad es wagen, so mit ihr zu reden?

Die Rayski hatte ihre Position eingenommen. Amy ließ den Ball einige Mal auf dem Boden aufspringen, warf ihn dann in die Luft und traf ihn voll und mit solcher Wucht, dass selbst die Zuschauer in den letzten Reihen noch hörten, wie sie dabei den Atem ausstieß. Der feine Staub auf der Grundlinie wurde aufgewirbelt. Ein Ass. Nur im Unterbewusstsein hörte Amy den Applaus. Sie bereitete sich bereits auf ihren nächsten Aufschlag vor.

Plötzlich hatte ihr Spiel wieder Biss. Man spürte förmlich die Energie, die die Wut in ihr freigesetzt hatte. Amy rannte über den Platz, erlief sich jeden auch noch so aussichtslosen Ball und hämmerte ihn mit einer Wucht zurück, als wäre er ihr Feind, den sie zerstören wollte.

Nur Tad wusste, dass sie mit jedem Schlag eigentlich ihn treffen wollte. Mit einem zufriedenen Lächeln lehnte er sich in seinen Sitz zurück. Jetzt war ihm nicht mehr bange. Er wusste, dass keine Gegnerin gegen eine so wütend aufspielende Amy auch nur den Hauch einer Chance hatte.

Es war ein Genuss, ihr zuzuschauen. Die langen Beine, die starken Schultern, die in so krassem Gegensatz zu ihrer schmalen Taille standen. Und nur er wusste, dass sie im Grunde genauso war, wie sie jetzt spielte. Alle hielten sie für die kühle Lady, aber in seinen Armen wurde sie zu einem Vulkan. Und sie gehörte ihm – ganz allein ihm, sagte Tad sich, während er ihr zusah und sich nach ihr sehnte.

Nachdem Amy einen Rückhandvolley an der Rayski vorbei in die äußerste Ecke gesetzt hatte, sah Tad hinüber zu Eric. Sein Lächeln war verschwunden. Er schien zu merken, dass er beobachtet wurde. Plötzlich drehte er den Kopf, und über die Entfernung hinweg sahen die beiden Männer sich an. Tad lachte triumphierend, und sofort wandte Eric sich ab.

Und dann war das Spiel vorüber. Amy hatte den Wimbledontitel der Damen gewonnen, und Maria Rayski erwies sich als faire Verliererin. Sie gratulierte als Erste, und als Amy nachher die Schale in Empfang nahm und vor der Herzogin von Kent einen Hofknicks machte, lächelte sie freundlich, obwohl sie innerlich kochte.

Selbst der so heiß ersehnte Titel konnte ihren Zorn auf Tad nicht mindern. Ganz mechanisch hielt sie die Schale für die Fotografen in die Höhe, lächelte ins Publikum und ließ die Fragen der Reporter über sich ergehen. Sie spürte keine Müdigkeit, selbst der Schmerz in ihrem Arm war unwichtig.

Endlich gelang es ihr, der Presse und all den Gratulanten zu entgehen und unter die Dusche zu verschwinden. Die ganze Zeit über kämpfte sie mit sich, ob sie zum Herrenendspiel im Stadion bleiben sollte oder nicht. Schließlich siegte aber doch ihre Neugier, und sie blieb.

Tad musste über fünf hart umkämpfte Sätze gehen, bevor er den Titel gewonnen hatte. Beinahe dreieinhalb Stunden lang war er voll konzentriert, bevor es ihm schließlich gelang, seinen Gegner zu bezwingen. Amy verließ das Stadion, bevor der Jubel abgeklungen war.

Tad wusste genau, dass sie auf ihn wartete. Schon bevor er den Schlüssel ins Türschloss steckte, freute er sich darauf. Keine Spur von Müdigkeit war in ihm. Wie üblich nach einem Sieg in Wimbledon, hatten auch eine ausgiebige Dusche und die Massage ihn nicht abkühlen können.

Er fühlte sich wie ein Ritter nach gewonnener Schlacht. Jetzt kam er nach Hause, und die Frau seines Herzens wartete auf ihn. Aber sie würde sich nicht voller Begeisterung in seine Arme stürzen. Dafür kannte Tad Amy viel zu gut. Er wusste genau, dass sie ihm jetzt am liebsten die Augen auskratzen würde. Und er freute sich darauf.

Lächelnd drehte Tad den Schlüssel und öffnete die Tür. Er hatte sie noch nicht wieder hinter sich geschlossen, als Amy bereits aus dem Schlafzimmer gestürzt kam.

„Herzlichen Glückwunsch, mein Schatz!“ sagte er. „Darf ich heute Abend zum ersten Tanz bitten?“

„Wie kannst du es wagen, mitten in einem Match mir so etwas zu sagen?“ fuhr sie ihn an. „Wie kannst du es wagen, mir zu unterstellen, ich würde aufgeben?“

Tad stellte ganz ruhig seine Tasche auf einen Stuhl. „Wie würdest du es denn nennen, was du getan hast?“

„Ich war dabei zu verlieren. Das kann jedem einmal passieren.“

„Nein, du hattest aufgegeben“, widersprach Tad. „Genauso gut hättest du eine weiße Fahne hissen können.“

„Ich habe niemals aufgegeben.“

Er zog die Brauen hoch. „Doch, vor drei Jahren schon einmal.“

„Wie kannst du so etwas sagen?“ Mit beiden Fäusten hämmerte sie außer sich vor Wut gegen seine Brust. Aber Tad lachte nur.

„Immerhin hat es geholfen“, erinnerte er sie. „Danach hast du sehr gut gespielt.“ Wieder begann Tad zu lächeln. „Ich wollte eben nicht mit Maria den Ball eröffnen.“

„Du unverschämter Kerl! Ich wünschte, Gramaldi hätte dir endlich einmal eine Lektion erteilt“, schrie sie ihn an. „Vielleicht wärst du dann von deinem hohen Ross heruntergekommen.“

Sie drehte sich abrupt um und wollte zurück ins Schlafzimmer stürmen, aber Tad war schneller, griff nach ihren Handgelenken und hielt sie fest.

„Willst du mir nicht gratulieren?“

„Nein!“

„Oh komm, Amy“, lachte er. „Gib dem Sieger einen Kuss.“

Amy ballte ihre Hände zu Fäusten und wollte ihn schlagen. Tad griff sie, und mit einer schnellen Bewegung warf er sie sich über die Schulter. „Ich mag es, wenn du so wütend bist“, sagte er und zerzauste mit der freien Hand ihr Haar.

Amy wehrte sich, aber er hatte sie schon hinüber ins Schlafzimmer getragen und warf sie aufs Bett. Sie wollte sich wegrollen, aber Tad war schneller. Er lag auf ihr und drückte sie mit seinem ganzen Gewicht in die Matratze.

„Lass mich los! Nimm deine Hände weg.“ Sosehr sie sich auch mühte, es gab kein Entrinnen.

Seine Hand glitt in den Ausschnitt ihrer Bluse, und obwohl er ihren Augen ansah, dass er damit den gewünschten Effekt erreichte, wollte sie es immer noch nicht zugeben. „Du sollst mich nicht anfassen“, zischte sie.

„Aber ich muss dich anfassen, wenn ich mit dir schlafen will.“ Lächelnd sah er in ihr wütendes Gesicht. „Anders kann ich es nicht.“

Ich darf nicht lachen, nur nicht lachen, sagte Amy sich immer wieder, obwohl sie ihr Gesicht kaum noch unter Kontrolle halten konnte.

„Deine Augen werden ganz dunkel, wenn du zornig bist“, sagte er leise und gab ihr einen Kuss. „Was ist los? Warum schreist du nicht mehr?“

„Ich habe dir nichts mehr zu sagen“, brachte Amy zwischen zusammengepressten Zähnen hervor. „Geh jetzt.“

„Aber wir haben noch nicht miteinander geschlafen“, protestierte er.

„Das werden wir auch nicht.“ Sie drehte ihren Kopf zur Seite, als sein Mund wieder gefährlich nahe kam.

„Wollen wir wetten?“ Mit einem schnellen Griff riss er ihre Bluse auf.

„Tad!“

„Das wollte ich schon heute Mittag, als ich dir auf dem Center Court zuschaute“, sagte er. „Du solltest froh sein, dass ich so lange gewartet habe.“ Er drehte sich etwas zur Seite, fasste ihre Shorts mit beiden Händen und riss sie ebenfalls entzwei. Amy blieb ganz ruhig liegen. Er musste verrückt geworden sein!

„Etwas nicht in Ordnung?“ fragte Tad und umschloss ihre Brust mit beiden Händen.

„Tad, würdest du bitte aufhören, mein Zeug zu zerreißen.“

„Ist ja nichts mehr da, was ich noch zerreißen könnte“, stellte er fest. „Möchtest du dich jetzt revanchieren?“

„Nein.“

„Ich hab dich wütend gemacht, nicht wahr?“

Sie sah ihn an und kämpfte gegen das Verlangen, das er geweckt hatte. „Ja, und ...“

„Wütend genug, um das Spiel doch noch zu gewinnen“, murmelte er und strich mit seinen Lippen über ihren Hals. „Und während ich dir zugeschaut habe, wollte ich dich. Ich wollte dich so sehr, Amy, dass ich fast auf den Platz gestürmt wäre. Ich weiß, wie es ist, wenn der Vulkan ausbricht, der unter deinem kühlen Äußeren verborgen ist.“

Sie stöhnte leise auf, als seine Fingerspitzen über ihre Brustspitzen glitten. Es fiel ihr schwer, sich nicht einfach dem Gefühl hinzugeben. Aber noch war ein Rest von Zorn in ihr.

„Du hattest nicht das geringste Recht, zu sagen, ich würde aufgeben. Was hast du dir bloß dabei gedacht, mich so zu provozieren?“

„Ich habe nur gesagt, dass du nahe daran warst, aufzugeben“, sagte er und sah sie ernst an. „Meinst du, ich würde ruhig zusehen, wie er dich durch seine bloße Anwesenheit fertig macht? Kein Mann hat das Recht, dich so durcheinander zu bringen – kein Mann, Amy, außer mir!“

Tad presste seine Lippen auf ihren Mund. Der Zorn war verraucht, Eric vergessen, es gab nur noch sie beide.

Immer wieder verblüffte es Amy, dass auch der eleganteste Anzug Tads wilde, beinahe animalische Ausstrahlung nicht verbergen konnte. Dunkel gekleidet, mit weißem Hemd und Fliege, sah er fantastisch aus, und doch wirkte er nicht so wie die anderen Männer auf dem Ball. Seine Kraft, seine Stärke, sein Temperament – das alles war beinahe körperlich spürbar.

Der Abschlussball in Wimbledon hatte mindestens ebenso viel Tradition wie das Turnier selbst. Die Offiziellen des Clubs verstanden es immer wieder, diesen Abend für alle Teilnehmer zu einem unvergesslichen Erlebnis werden zu lassen.

Wahrscheinlich war Amy die Einzige, die sich danach sehnte, dass endlich alles vorüber war. Sie musste sich zwingen, der Unterhaltung zu folgen, die ihr Tanzpartner begonnen hatte. Dabei wünschte sie sich nichts sehnlicher, als endlich mit Tad allein im Hotel zu sein und eine Flasche Wein auf ihren gemeinsamen Erfolg zu trinken.

Über die Schulter ihres Tanzpartners hinweg suchten ihre Augen Tad. Für einen Moment begegneten sich ihre Blicke, und Amy wusste, dass er genauso dachte wie sie.

„Sie sind eine sehr gute Tänzerin, Miss Wolfe."

Als die Musik endete, lächelte Amy dem Mann zu. „Vielen Dank." Jetzt erst fiel ihr auf, dass sie seinen Namen total vergessen hatte.

„Ich war ein großer Fan Ihres Vaters, müssen Sie wissen", sagte der Mann und führte sie zurück zum Tisch. „Er war ein hervorragender Spieler."

„Ja, das stimmt. Und er liebte dieses Turnier in Wimbledon. All den Pomp, die Tradition."

„Schön, dass die Amerikaner hier immer noch gewinnen können." Er zog ihre Hand an die Lippen. „Alles Gute, Miss Wolfe."

„Jerry, wie geht es dir?"

Eine nicht mehr ganz junge Dame in einem silberfarbenen Brokatkleid stand plötzlich vor ihnen und reichte dem Mann ihre Hand zum Kuss. Lady Mallow, Eric Wickertons Schwester.

„Lucy, welch ein Freude, dich zu sehen."

„Jerry, Brian sucht dich. Er steht da drüben an der Säule."

„Nun, wenn die Damen mich bitte entschuldigen würden."

Als er gegangen war, wandte Lucy sich an ihre frühere Schwägerin. „Amy, du siehst gut aus."

„Danke, Lucy."

Erics Schwester betrachtete sie ausgiebig. „Und wie geht es dir?"

Etwas erstaunt hob Amy die Brauen. „Gut, danke. Und dir?"

„Meine Frage war ehrlich gemeint, nicht nur eine Floskel." Lucy zögerte und sah sich um, als wollte sie sicherstellen, dass auch keiner sie hören konnte. „Es gibt da etwas, Amy, das ich dir schon lange sagen wollte. Weißt du, ich liebe meinen Bruder", begann Lucy leise. „Und ich weiß auch, dass du ihn nie geliebt hast. Trotzdem hast du dir während eurer Ehe nie etwas zuschulden kommen lassen. Leider ganz im Gegensatz zu Eric."

Amy glaubte, sich verhört zu haben. War es wirklich möglich, dass seine Schwester so etwas sagte? „Lucy ..."

„Die Tatsache, dass ich Eric liebe, hat mich nicht blind gemacht, Amy", unterbrach sie. „Natürlich verhalte ich mich jedoch ihm gegenüber loyal."

„Ja, das verstehe ich."

Lucy sah Amy einen Moment lang schweigend an. „Amy, ich habe dir während deiner Ehe mit Eric nie geholfen, und dafür wollte ich mich bei dir entschuldigen."

Bewegt ergriff Amy die dargebotene Hand. „Das brauchst du nicht, Lucy. Eric und ich passten einfach nicht zueinander."

„Ich habe mich oft gefragt, warum du ihn überhaupt geheiratet hast", sagte Lucy. „Zuerst dachte ich, es sei nur der Titel, der dich gereizt hatte. Aber ich merkte sehr schnell, dass das nicht stimmte. Zu Anfang dachte ich, eure Ehe sei glücklich, aber kurz nach der Hochzeit schien mir irgendetwas verändert zu sein."

Über Amys Gesicht fiel ein Schatten, den Lucy sehr wohl wahrnahm. „Ich dachte schon, du hättest dir einen Geliebten genommen“, fuhr sie fort. „Aber schnell fand ich heraus, dass nicht du, sondern Eric ... Nun, immerhin weiß ich heute, dass es in deinem Leben immer nur einen Mann gegeben hat.“ Amy brauchte ihrem Blick gar nicht zu folgen, um zu wissen, wen Lucy bei diesen Worten ansah.

„Ja, und das hat Eric sehr verletzt“, sagte Amy leise.

„Ach, Unsinn“, widersprach Lucy resolut. „Er hätte dich nie heiraten dürfen. Aber so war mein Bruder immer schon. Ihn hat immer nur das interessiert, was anderen gehörte. Das alles hätte ich dir schon viel früher sagen sollen, Amy. Es tut mir Leid, dass ich es nicht getan habe. Ich wünsche dir Glück.“

Impulsiv legte Amy einen Arm um ihre frühere Schwägerin und gab ihr einen Kuss auf die Wange. „Danke, Lucy.“

„Du hast einen sehr guten Geschmack, meine Liebe. Dieser Tad Starbuck ist ein ausgesprochen gut aussehender Mann.“

Sie wollte sich schon abwenden, als Amy noch einmal nach ihrer Hand griff. „Wenn ich dir einmal schreiben würde, würdest du mir antworten?“

„Aber natürlich! Gern sogar.“ Sie winkte Amy noch einmal zu und war bald in der Menge der Ballgäste verschwunden.

Amy atmete tief durch. Wieder war etwas von dem Schuldgefühl abgebröckelt, das ihre gescheiterte Ehe in ihr hinterlassen hatte.

„Wer war das?“ Tad stand neben ihr und legte eine Hand auf ihren Arm.

„Eine alte Freundin.“ Sie nahm seine Hand und schmiegte ihre Wange dagegen. „Willst du mit mir tanzen? Leider gibt es hier keine andere Möglichkeit, dich nah bei mir zu spüren.“

9. KAPITEL

Amy hatte große Fortschritte gemacht, was ihr Verhältnis zur Presse anging. Sie hatte ihre Furcht überwunden, zu viel zu sagen oder sich private Dinge entlocken zu lassen. Die Reporter wunderten sich, wie locker Amy Wolfe plötzlich in Pressekonferenzen ging und sich befragen ließ.

Sicher hielt sie auch jetzt noch private Dinge zurück, aber das tat sie mit so viel Charme und Witz, wie ihr das früher niemals möglich gewesen wäre.

Bevor sie zum Turnier nach Australien gekommen war, hatte Amy sich dazu durchgerungen, alle Entscheidungen erst einmal zurückzustellen. Im Augenblick wollte sie ihr Glück genießen und sich nicht mit Problemen beschäftigen. Ihr Glück, das waren Tad und Tennis.

Die Atmosphäre in Australien beim Grand-Slam-Turnier war wie üblich gut. Die Tennisfans hier bereiteten der zurückgekehrten Amy einen freundlichen Empfang, der ihr nach der Anspannung von Wimbledon ganz besonders gut tat. Sie ging dieses Turnier so locker an wie noch keines zuvor. Zum ersten Mal hatte sie das Gefühl, dass ihr selbst eine Niederlage hier nicht so viel ausmachen würde.

Wer sie genau beobachtete, konnte die Veränderung bei Amy während der ersten Runden des Turniers feststellen. Sie lächelte viel häufiger als früher, und obwohl sie immer noch mit vollem Einsatz spielte, hatte man doch nicht mehr das Gefühl, dass sie so verbissen kämpfte wie in Wimbledon, Paris und Rom.

Tad saß in der ersten Reihe der leeren Zuschauertribüne und sah ihr beim Training zu. Er selbst hatte bereits zwei Stunden Training hinter sich. Jetzt sah er ihr zu, die Augen hinter dunklen Gläsern verborgen.

Sie ist besser geworden, dachte er, während er ihr Spiel studierte. Athletischer und kraftvoller als früher. Tad wusste, dass sie immer darauf hingearbeitet hatte, nicht nur schön zu spielen, sondern auch kraftvoll und athletisch. Vielleicht hatte ihre dreijährige Abstinenz dazu beigetragen.

Nein, an die Zeit wollte er jetzt nicht denken – und auch nicht an die Fragen, auf die er noch keine Antworten bekommen hatte. Tad hatte sich vorgenommen, bis zum Ende der Saison zu warten. Dann allerdings würde er darauf bestehen, mehr von ihr zu erfahren.

Als er ihr Lachen hörte, schob er die Gedanken beiseite. Viel zu selten war sie so gelöst, dass sie herzlich lachen konnte. Vielleicht würde sich das auch ändern, wenn sie sich erst einmal ausgesprochen hatten. Tad lehnte sich zurück und sah sich um.

War Wimbledon das Stadion, in dem er sich am wohlsten fühlte, so war das Gras hier in Kooyong der Boden, auf dem er am liebsten spielte. Er war schneller als der Rasen in England, und das kam seinem Spiel zugute. Selbst jetzt noch, beinahe zum Ende der Saison, hatte der Boden nicht gelitten.

Als Amy ihr Training beendet hatte, sprang Tad auf und ging hinunter auf den Platz. „Wie wäre es mit einem Spielchen?"

Madge sah nur kurz auf und packte dann weiter ihre Tasche. „Das könnte dir so passen."

Tad nahm ihr den Schläger aus der Hand. „Ich geb dir auch zwei Punkte vor."

„Nimm ihn dir vor, Amy", meinte sie. „Mir scheint, er braucht eine Lektion."

Amy legte den Kopf schief und sah ihn abschätzend an. „Okay, Starbuck. Aber ohne Vorgabe."

„Du schlägst auf."

Amy stand an der Grundlinie und wartete, bis Tad seine Position eingenommen hatte. „Ziemlich lange her, seit wir zuletzt gegeneinander gespielt haben", rief sie ihm zu.

„Ja, und damals hast du nicht einen Punkt gemacht. Willst du wirklich keine Vorgabe?"

Er hatte seine Frage kaum ausgesprochen, da hatte Amy ihm

schon ein Ass vor die Füße gesetzt. Überrascht sah Tad dem Ball hinterher. „Nicht schlecht, Miss Wolfe."

Bei ihrem zweiten Aufschlag ließ er sich nicht übertölpeln. Er traf den Ball genau und schlug ihn in die entgegengesetzte Ecke, so dass Amy über den Platz spurten musste. Ihre Rückhand war zwar nicht so kraftvoll, aber dafür setzte sie den Ball sehr platziert. Tad musste sich strecken, um ihn noch zu erreichen.

Diesmal schlug sie die Rückhand beidhändig. Tad nahm den Ball auf und retournierte ihn so kurz, dass er knapp hinter dem Netz aufkam.

„Fünfzehn beide", rief er und ging zurück an die Grundlinie.

Amy wusste, dass sie aufgrund ihrer geringen Kraft keine Chance gegen ihn hatte. Noch spielte er sehr verhalten, aber wenn er erst einmal voll aufdrehen würde, musste sie sich geschlagen geben. Was ihr blieb, war allerdings die Möglichkeit, ihn auszutricksen.

Geduldig wartete sie ab, bis er sich zu sicher fühlte. Der Augenblick war gekommen, nachdem Tad sie mehrfach quer über den Platz gehetzt hatte und sicher war, dass sie an den nächsten Ball nicht mehr herankommen würde. Mit letzter Kraft bekam sie den Schläger noch unter den Ball und platzierte ihn so geschickt, dass er nicht mehr die Möglichkeit hatte, ihn zu erreichen.

„Du bist verdammt gut heute", hörte sie ihn sagen.

„Und du verdammt langsam."

Ihren nächsten Aufschlag hämmerte er mit einer solchen Kraft zurück, dass sie keine Chance hatte.

„Hast du was gesagt?" rief er scheinheilig.

„Kein Wort." Jetzt hatte sie der Ehrgeiz gepackt. Als sie zu ihm hinübersah, merkte sie sofort, dass er nicht auf den Ball sah, sondern ganz offensichtlich auf den etwas tiefen Ausschnitt ihres T-Shirts.

Scheinbar unabsichtlich beugte sie sich noch weiter vor, als sie den Ball einige Mal auf den Boden tippte, bevor sie den Schläger hob und den Ball in die Luft warf.

Für einen Sekundenbruchteil reagierte Tad zu spät. Er kam zwar noch heran, aber Amy hatte keine Mühe, den nächsten Schlag außerhalb seiner Reichweite in die äußerste Ecke zu setzen.

Sie ließ sich Zeit, als sie einen Ball vom Boden aufhob und ihm dabei den Rücken zukehrte. Sein Blick war förmlich auf ihren langen Beinen und dem hochgerutschten Rock zu spüren. Sie strich sich mit der Hand über die Hüfte, tippte den Ball mehrmals auf und sah dann zu ihm hinüber. „Fertig?“

Er nickte, die Augen schon wieder auf ihren Ausschnitt gerichtet. Amy wartete, bis ihre Blicke sich begegneten. Er sah das Lächeln auf ihrem Gesicht.

Amy gewann den ersten Punkt mit Leichtigkeit. Lachend ging sie zum Netz. „Wohl etwas von der Rolle, Starbuck, hm?“

„Satan“, murmelte er und kam zu ihr ans Netz.

Unschuldig zog sie die Brauen hoch und sah ihn mit großen Augen an. „Ich weiß gar nicht, wovon du redest.“ Sie hatte die Worte kaum ausgesprochen, als er den Schläger fallen ließ und sie an sich riss.

„Am liebsten würde ich dich jetzt auf der Stelle nehmen“, murmelte er nah an ihrem Mund.

Amy lachte. „Denk dran, das Netz ist noch zwischen uns.“ Wie war es nur möglich, dass er sie schon mit einem Kuss völlig durcheinander bringen konnte?

Tad lockerte seine Umarmung etwas und sah hinunter auf das Netz. „Sei vorsichtig, Amy. Reiz mich nicht.“

„Tu ich das?“

„Verdammt, Amy. Das weißt du ganz genau.“

Sie lehnte ihren Kopf gegen seine Brust. „Nein, manchmal nicht“, sagte sie so leise, dass er sie kaum verstehen konnte.

Es fiel ihm schwer, sie loszulassen. Aber das war weder der Zeitpunkt noch der Ort, seinen Wünschen nachzugeben. Er fasste ihre Schultern und hielt sie etwas von sich ab. „Weißt du eigentlich, dass es beim Tennis auch unerlaubte Tricks gibt?“

„Tricks?“ Amy lächelte. „Welche Tricks?“

„Lässt du dir immer so viel Zeit, einen Ball aufzuheben?“

„Nein, normalerweise tun das die Balljungen“, gab sie geistesgegenwärtig zurück.

„Wart nur ab, noch einmal gelingt dir das nicht“, entgegnete er. „Und wenn du nackt spielen würdest, ich würde nicht einmal hinschauen.“

Ihre Augen blitzten amüsiert. „Wollen wir wetten?“

Tad nahm seinen Schläger, aber bevor er damit noch ihren Po treffen konnte, war sie schon lachend davongelaufen.

Die Kabinengänge waren leerer als zu Anfang des Turniers. Man merkte, dass schon einige ausgeschieden waren und sich die Reihen allmählich lichteten.

Amy freute sich auf ihr Spiel gegen ein junges Mädchen, das in dieser Saison von einem Platz über hundert in der Weltrangliste auf Position dreiundvierzig vorgeprescht war. Sie war sich sicher, dass auch diese Gegnerin sie nicht aufhalten konnte. Noch nie war Amy so nah daran gewesen, den Grand-Slam-Titel zu gewinnen, wie in diesem Jahr.

Als sie in den Umkleideraum kam, grüßte sie Tia Conway. Die Australierin kam gerade aus der Dusche. Beide wussten, dass sie sich im Laufe des Turniers noch gegenüberstehen würden.

Amy hatte sich ihre Trainingsjacke ausgezogen, als sie plötzlich Madge ganz still in einer Ecke sitzen sah. Sie hatte sich gegen die Wand gelehnt, die Augen waren geschlossen, und ihr Gesicht war bleich.

„Madge!“ Amy fasste nach den Händen der Freundin und setzte sich vor sie in die Hocke.

Langsam öffnete Madge die Augen. „Wer hat gewonnen?“

Zuerst wusste Amy nicht, was sie meinte. „Oh, ich. Ich hab ihm den Punkt abgenommen.“

„Sehr gut.“

„Madge, was ist los? Deine Hände sind ja eiskalt.“

„Nichts. Wirklich nicht." Seufzend entzog sie Amy ihre Hände und lehnte sich nach vorn.

„Madge, du bist krank. Ich werde ..."

„Nein, nein, mach dir keine Sorgen." Sie wischte sich mit einer Hand den Schweiß von der Stirn und lächelte sogar ein wenig. „Ich bin gleich wieder okay."

„Du bist ganz bleich, Madge. Ich werde einen Doktor holen."

Madge fasste nach ihrer Hand und hielt sie fest. „Ich war ja schon beim Doktor."

Amys Augen weiteten sich. „Madge, um Himmels willen! Ist es schlimm?"

„Ich hab noch sieben Monate." Als Madge sah, wie die Freundin plötzlich bleich wurde, musste sie lachen. „Amy, nein ... Du hast mich falsch verstanden. Ich bin nicht todkrank – nur schwanger."

Mit einem tiefen Seufzer der Erleichterung ließ Amy sich auf den Boden fallen. „Schwanger!"

„Scht." Schnell sah Madge sich um. „Das braucht noch nicht jeder zu wissen. Morgens ist mir jetzt immer übel, aber der Doktor hat gesagt, das gibt sich bald wieder."

„Madge, ich ... ich weiß gar nicht, was ich sagen soll."

„Wie wäre es mit ‚Herzlichen Glückwunsch'?"

Immer noch verblüfft schüttelte Amy den Kopf und griff nach den Händen der Freundin. „Madge, freust du dich denn?"

„Fragst du das ernsthaft? Amy, ich mag zwar im Moment nicht sonderlich glücklich aussehen, aber es gibt keine Nachricht, die mich mehr gefreut hätte. Nichts habe ich mir so sehr gewünscht wie ein Baby."

Einen Augenblick schwieg sie, ihre Hände immer noch in Amys „Weißt du, bis vor einigen Jahren noch war mir nichts wichtiger, als die Nummer eins im Damentennis zu werden. Ich war achtundzwanzig, als ich den Professor kennen lernte. Eigentlich wollte ich gar nicht heiraten, weil ich dachte, das würde mich nur vom Tennis ablenken. Aber ohne ihn leben wollte ich auch nicht, also heirateten wir. Wenn ich an Kinder dachte, habe ich das immer weit weggeschoben. Dafür war ja noch Zeit.“ Madge seufzte, bevor sie mit ihrer Erzählung fortfuhr:

„Dann wachte ich nach der Operation im Krankenhaus auf. Mein Bein tat furchtbar weh, und plötzlich wurde mir bewusst, dass ich schon zweiunddreißig war. Ich hatte alles gewonnen, was ich jemals hatte gewinnen wollen – und doch wusste ich, dass mir etwas fehlte. Fast mein ganzes Leben lang war ich durch die Welt geflogen, von einem Tennisplatz zum nächsten, von einem Hotel ins andere. Selbst nach meiner Hochzeit war Tennis zumindest das Zweitwichtigste in meinem Leben geblieben – nach dem Professor.“

„Aber du hast dein Ziel erreicht, die Nummer eins zu werden“, sagte Amy leise.

„Ja, das habe ich. Und ich habe es genossen“, gab Madge zu. „Aber weißt du, Amy, als Jess uns das Foto von ihrem Sohn zeigte, da wusste ich plötzlich, was mir fehlte. Ich wollte ein Baby. Und ich spürte, dass ich mir noch nie etwas so sehr gewünscht hatte – noch nicht einmal den Sieg in Wimbledon. Ist das nicht verrückt?“

Beide schwiegen für einen Augenblick. Amy schob den Gedanken an ihr Baby mit Gewalt beiseite. Gerade jetzt schmerzte es zu sehr, daran zu denken.

„Dieses hier ist mein letztes Turnier“, sagte Madge. „Etwas traurig bin ich schon, aber andererseits kann ich kaum erwarten, dass ich nach Hause fahren und endlich anfangen kann, Babysachen zu stricken.“

„Du kannst doch gar nicht stricken.“

„Nun, das werde ich schon lernen. Und ansonsten werde ich zu Hause sitzen und zusehen, wie ich langsam dick werde.“ Sie wandte den Kopf und sah Tränen in Amys Augen. „Hey, Amy, was ist los?“

„Ich freue mich so für dich“, murmelte Amy. Eigentlich war es ja keine Lüge. Sie freute sich wirklich für die langjährige Trainingspartnerin, wenn auch die Tränen eine ganz andere Ursache hatten.

Madge wischte ihr die Tränen ab. Sie wusste, dass Amy nicht nur ihretwegen weinte, aber sie drang nicht weiter in sie. Wenn Amy nicht von selbst bereit war, darüber zu sprechen, dann wollte sie sie auch nicht dazu drängen.

„Madge, du musst jetzt sehr vorsichtig sein. Du darfst dich nicht übernehmen, hörst du?"

„Natürlich. Mach dir keine Sorgen, Amy. Ich pass schon auf."

„Und was sagt der Professor dazu?"

„Er möchte am liebsten eine Pressekonferenz geben und es allen erzählen. Aber ich habe ihn davon überzeugt, dass es besser sei, bis zum Ende des Turniers zu warten und dann erst meinen Rücktritt bekannt zu geben."

„Du brauchst doch gar nicht zurückzutreten, Madge. Leg einfach eine Pause von zwei oder drei Jahren ein."

„Nein, Amy. Dafür bin ich schon zu alt. Ich bleib schön zu Hause und lerne, wie man mit einem Staubsauger umgeht anstatt eines Tennisschlägers."

„Das kann ich mir bei dir gar nicht vorstellen."

„Weißt du was, Amy? Ich werde dich und Tad zu meinem ersten selbst gekochten Essen einladen. Was hältst du davon?"

„Wunderbar." Amy gab ihr einen Kuss auf die Wange. „Wir werden vorsichtshalber einen Magenbitter mitbringen."

„Das ist nicht sehr nett von dir", protestierte Madge. „Aber vielleicht doch angebracht. Wenn ich an all die Veränderungen denke, die da auf mich zukommen, dann hab ich doch etwas Angst. Bis das Baby da ist, bin ich fast vierunddreißig. Aber trotzdem weiß ich immer noch nicht, wie man eine Windel wechselt."

„Das lernst du schon noch, Madge. Ganz bestimmt."

„Meinst du? Und was ist, wenn unser Kind krank wird? Windpocken vielleicht. Kinder bekommen doch Windpocken, oder?"

Amy musste lachen. „Madge, nun lass dein Kind doch erst einmal zur Welt kommen und zerbrich dir darüber nicht vorher schon den Kopf."

„Ja, vielleicht hast du Recht. Ich werde das schon schaffen.“ Ihr Gesicht strahlte, als sie aufstand.

„Komm, lass uns unter die Dusche gehen.“ Amy griff nach dem Arm der Freundin. „Schließlich musst du heute noch ein Doppel spielen.“

Die Sache mit Madge und ihrem Baby ging Amy immer noch durch den Kopf, als sie spät an diesem Nachmittag in den Aufzug stieg, um hinauf zu ihrem Hotelzimmer zu fahren.

Hätte Tad wohl auch so reagiert wie der Professor? Hätte er auch am liebsten aller Welt sofort davon berichtet? Oder hätte er ihr vielleicht Vorwürfe gemacht? Wie hatte noch Jess damals zu ihr gesagt? Tad ist wie ein Zigeuner und wird immer einer bleiben. Keine Frau sollte jemals glauben, ihn halten zu können.

Ja, sie hatte versucht, ihn zu halten, und sie war drauf und dran, das wieder zu versuchen. Es nutzte nichts, sich etwas vorzumachen. Ihre Liebe für Tad Starbuck war niemals gestorben, und Amy wünschte sich nichts sehnlicher, als mit ihm zusammenzubleiben und ein Baby von ihm zu bekommen.

Aber konnte sie ihn auch halten? Tad war nun einmal nicht der Märchenprinz, der es sich auf seinem Thron bequem machte, wenn er die Frau fürs Leben gefunden hatte. Er würde immer ruhelos bleiben, sich jeder Herausforderung stellen und bereits nach der nächsten suchen. Auch nach der nächsten Frau? fragte Amy sich und dachte daran, was Jess über ihren Bruder gesagt hatte.

Langsam schüttelte Amy den Kopf, als der Aufzug angekommen war. Es brachte nichts, sich darüber jetzt bereits Gedanken zu machen. Noch waren sie und Tad zusammen, und sie genoss diese gemeinsamen Tage in vollen Zügen ... Nur ein Mensch, der so wie Amy durch die Hölle gegangen war, konnte auch für den Augenblick leben, sich Tag für Tag neu an dem erfreuen, was das Leben für sie bereithielt.

Sie schloss die Tür auf und war enttäuscht, als sie ins Zimmer kam und Tad nicht vorfand. Ein Blick ins Schlafzimmer zeigte ihr, dass er auch dort nicht war. Amy stellte ihre Tasche ab und ging hinüber zum Fenster. Die Sonne sandte ihre letzten Strahlen, und über der Stadt lag bereits der Beginn der Dämmerung. Der Abend versprach warm zu werden. Vielleicht sollten sie ausgehen und in einem der kleinen Lokale in Melbourne zu Abend essen.

Amy wandte sich vom Fenster ab und tanzte einige Schritte mit ausgebreiteten Armen durch das Zimmer. Ja, heute hatte sie Lust, zu tanzen und zu feiern. Es galt, Madges Schwangerschaft zu begießen – und ihr eigenes Glück. Das Glück, mit dem Mann zusammen zu sein, den sie liebte.

Ein Bad. Ja, sie wollte ein Bad nehmen und sich dann für den Abend chic machen. Als Amy die Tür zum Badezimmer öffnete, blieb sie wie erstarrt stehen.

Der Raum war über und über angefüllt mit Ballons! Rote, grüne, blaue – Dutzende schwebten durch das Bad, hingen an der Decke und über der Badewanne. Amy griff nach einem und zog ihn zu sich heran.

Plötzlich begann sie zu lachen. Gab es wohl noch einen Menschen auf der Welt, der auf einen solch verrückten Einfall gekommen wäre? Tad schenkte keine Blumen oder gar Brillanten – er füllte lieber ein ganzes Badezimmer mit Ballons. Sie war so glücklich, dass sie am liebsten mit den bunten Ballons an die Decke geschwebt wäre.

„Hallo."

Tad stand strahlend in der Tür, als Amy sich umdrehte. Immer noch lachend, flog sie ihm um den Hals, den einen Ballon noch in der Hand. „Oh, Tad, du bist verrückt." Sie bedeckte sein Gesicht mit Küssen und schlang ihre Arme um ihn. „Völlig verrückt."

„Ich?" tat er erstaunt. „Du stehst hier inmitten einer Ladung Luftballons und sagst, ich sei verrückt?"

„Das ist die schönste Überraschung, die ich je in meinem Leben erlebt habe."

„Noch besser als die Rosen in der Badewanne?"

Sie warf ihren Kopf zurück und lachte. „Ja, sogar noch besser als die Rosen."

„Eigentlich wollte ich dir Brillanten kaufen, aber dann habe ich gedacht, die machen nicht so viel Spaß." Er hielt sie in seinen Armen und trug sie hinüber zum Bett.

„Und sie fliegen nicht", sagte Amy und gab ihm noch einen Kuss.

„Richtig." Gemeinsam mit ihr legte er sich auf das Bett, legte den Arm um sie und zog sie dicht an seinen Körper. „Hast du eine Idee, wie wir den Abend verbringen könnten?"

„Lass mich nachdenken." Amy ließ den Ballon los, und er schwebte an die Decke.

„Das dauert aber lange", beschwerte Tad sich. „Oh, Amy, den ganzen Tag habe ich darauf gewartet, endlich mit dir allein zu sein", murmelte er. „Wenn die Saison vorüber ist, dann gehen wir irgendwohin, wo uns keiner findet – auf eine einsame Insel oder einen anderen Planeten. Hauptsache, wir sind allein."

„Ja, nur wir beide", flüsterte Amy, und ihre Finger öffneten voller Ungeduld seine Hemdknöpfe.

Ihre Leidenschaft stand seiner in nichts nach, und Tad spürte, wie ihn das noch mehr erregte. Sie konnten es kaum abwarten, sich endlich ganz zu spüren. Amys Bluse flog achtlos auf den Boden, sein Hemd folgte wenig später.

Als endlich kein hemmendes Kleidungsstück mehr zwischen ihnen war, schmiegten ihre Körper sich aneinander. Seine Hände glitten über ihre warme, glatte Haut, und sie bog sich ihm entgegen, als seine Finger all die Stellen fanden, wo ihre Berührung sie ganz besonders erregte.

Er wusste, dass sie nur ihm gehörte, nur in seinen Armen die Erfüllung fand, nach der sie sich so sehnte. Triumph kam in ihm auf, und er fühlte sich so stark, als könnte er die ganze Welt aus den Angeln heben. Beinahe hatte Tad Angst, sie zu verletzen. Aber ihr Körper verlangte danach, ihn in sich zu spüren, und seine Erregung war zu groß, als dass er dem hätte widerstehen können.

Nachher lag er neben ihr, den Kopf an ihre Brust geschmiegt. Amys Blick ging hinauf an die Decke, wo zwei Ballons jetzt ganz ruhig nebeneinander hingen. Wie war es nur möglich, überlegte sie verträumt, dass es immer wieder anders war, wenn sie miteinander schliefen? Manchmal waren sie verspielt wie die Kinder, dann wieder so wild und leidenschaftlich, dass sie sich beinahe wehtaten. Heute dagegen hatten sie sich so verzweifelt geliebt als sei es das letzte Mal.

„Woran denkst du?“ fragte Tad plötzlich leise, ohne dabei seinen Kopf von ihrer Brust zu nehmen.

„Ich habe mir gerade überlegt, warum es jedes Mal wieder anders ist, wenn wir beide zusammen sind.“

Er lachte. „Das weißt du nicht? Nun, es liegt daran, dass ich etwas ganz Besonderes bin. Liest du etwa keine Sportberichte?“

Amy griff mit ihrer Hand in seine dichten Haare und zerzauste sie. „Tad Starbuck, werde nicht übermütig! Noch liegen einige Spiele vor dir bis zum Gewinn des Grand Slam.“

Er strich zärtlich mit den Fingerspitzen über die Innenseite ihrer Schenkel. „Das gilt auch für dich.“

„Ich denke immer nur an das nächste Spiel“, antwortete Amy und fügte dann ganz impulsiv hinzu: „Madge ist schwanger.“

„Was?“ Tad hob ruckartig den Kopf.

„Madge ist schwanger“, wiederholte Amy noch einmal. „Sie will das aber nicht vor Ende des Turniers hier bekannt geben.“

„Das gibt's doch gar nicht! Unsere gute alte Madge.“

„Na, hör mal! Schließlich ist sie nur ein Jahr älter als du“, verteidigte Amy ihre Freundin.

Tad lachte. „Und wie fühlt sie sich?“

„Etwas unsicher noch, hab ich den Eindruck. Aber sie ist sehr glücklich. Mit dem Tennis will sie übrigens endgültig aufhören.“

„Dann werden wir ihr eine rauschende Abschiedsparty geben“, sagte Tad, rollte sich auf den Rücken und zog Amy mit sich.

Sie zögerte noch, aber dann stellte sie doch die Frage, die ihr schon seit Stunden im Kopf herumging. „Möchtest du eigentlich jemals Kinder haben? Ich meine, es wäre doch schwierig, eine Familie und Profitennis miteinander in Einklang zu bringen, oder nicht?"

„Das würde schon gehen, wenn man es richtig anstellt."

„Ja, aber diese ewigen Reisen von Turnier zu Turnier."

Tad dachte an Amys Kindheit, die sie zum größten Teil mit ihrem Vater so verbracht hatte, indem sie von einem Tennisplatz zum anderen mit ihm gereist war. Würde sie es heute als Hindernis für ihre Karriere ansehen, wenn sie ein Baby bekäme? Zumindest einige Zeit würde sie dann aussetzen müssen – und sie hatte ja bereits drei Jahre verloren. Nein, jetzt war nicht die Zeit, an Kinder zu denken. Schließlich waren sie beide noch jung genug, um dieses Thema aufschieben zu können.

„Lass uns lieber jetzt erst einmal an unsere nächsten Spiele denken", sagte er leichthin. „Damit haben wir wohl im Moment genug zu tun, findest du nicht?"

Nur zögernd nickte Amy und murmelte etwas, das wie Zustimmung klang. Seine Antwort war enttäuschend für sie.

Die Morgendämmerung zog herauf, als eine leichte Berührung an ihrem Gesicht Amy aufweckte. Ohne die Augen zu öffnen, strich sie schlaftrunken mit einer Hand über ihre Wange.

Da war es wieder, diesmal auf ihrem Arm. Unwillig öffnete Amy die Augen. Überall im Zimmer sah sie Schatten, die sie sich nicht erklären konnte. Erst als einer der Ballons direkt vor ihrem Gesicht vorbeischwebte, wusste sie, was sie geweckt hatte.

Jetzt erst sah sie, dass Tad von Ballons beinahe vollständig bedeckt war. Sie musste lachen und hielt sich eine Hand vor den Mund, um ihn nicht aufzuwecken. Dann beugte sie sich hinüber und begann, mit ihren Lippen ganz sacht an seinem Ohr zu knappern.

Tad murmelte etwas im Schlaf und rückte von ihr ab. Lächelnd folgte Amy ihm, beugte sich wieder über sein Ohr und flüsterte: „Tad, wir sind nicht allein."

Seine Augen waren immer noch geschlossen, aber diesmal klang sein Murmeln schon viel freundlicher. Er drehte sich auf die Seite und wollte nach ihr greifen.

Aber anstatt ihrer weichen, warmen Haut, hatte er plötzlich etwas Kaltes, Glattes zwischen den Händen. Entsetzt riss er die Augen auf. „Was zum Teufel ist das?"

Lachend ließ Amy sich zurückfallen. „Wir sind von Luftballons eingeschlossen."

„Oh nein!" Tad warf sich wieder in die Kissen und schloss die Augen.

Amy fasste nach seinen Schultern und schüttelte ihn. „Tad, aufwachen, es ist schon Morgen, und um neun Uhr muss ich im Studio sein für diese Talkshow."

Er gähnte. „Viel Glück."

Aber so leicht gab Amy nicht auf. Sie beugte sich über ihn und bedeckte sein Gesicht mit kleinen zarten Küssen. „Ich hab noch zwei Stunden Zeit", sagte sie leise.

„Okay, dann lass mich noch schlafen."

„Wirklich?" Ganz langsam ließ Amy ihre Fingerspitzen über seine Schenkel gleiten.

„Hm ..."

„Ich stör dich doch nicht, oder?"

Sie rückte näher an ihn heran, sodass ihre Brust seinen Körper berührte. „Ganz kalt", murmelte sie, schob ein Bein zwischen seine und begann, seine Schenkel zu massieren.

„Dann stell doch die Klimaanlage ab."

Überrascht hob Amy den Kopf. Jetzt erst sah sie, dass er mittlerweile ganz wach war, und dass es in seinen Augen amüsiert blitzte. „Ohh!" Scheinbar wütend ließ sie von ihm ab, drehte sich abrupt um und wandte ihm den Rücken zu.

Leise lachend schlang Tad seine Arme um sie. „Wie wäre es damit?“ fragte er und zog sie fester zu sich. „Wärmer?“ Seine Hände umfassten ihre Brust, und er spürte, wie die Spitzen hart wurden.

„Die Klimaanlage ist wirklich zu kalt“, beschwerte Amy sich und murrte dann leise, als er wirklich aufstand und die Anlage abstellte.

Im fahlen ersten Licht des Tages lag Amy nackt auf dem Bett. Die bunten Ballons waren im ganzen Raum verteilt. Ihre Augen blickten ihm halb verschlafen entgegen, ihr Haar war zerzaust, und ihre Haut schimmerte im Halbdunkel wie Seide.

Als er zum Bett ging, streckte sie ihm die Arme entgegen.

10. KAPITEL

„Amy, sagen Sie, wie fühlt man sich, wenn man auf dem besten Weg ist, Grand-Slam-Siegerin zu werden?“

„Ich versuche, daran noch gar nicht zu denken.“

„Sie haben Stacie Kingston ganz klar geschlagen im Viertelfinale. Ihre Bilanz gegen diese Gegnerin ist eindeutig – fünf zu null für Sie. Stärkt das Ihr Selbstbewusstsein?“

„Stacie ist eine sehr gute Spielerin. Es kann genauso gut sein, dass sie beim nächsten Mal gewinnt.“

Amy saß ganz ruhig hinter dem großen Tisch und sprach mit beherrschter Stimme in die Mikrofone, die vor ihr aufgebaut waren. Sie trug Tenniskleidung, und ihr Haar war noch feucht. Die Reporter hatten ihr kaum Zeit für eine Dusche gelassen, so versessen waren sie darauf, sie nach ihrem Sieg in Forest Hills vor ihre Kameras und Mikrofone zu bekommen.

„Haben Sie damit gerechnet, dass Ihr Comeback derartig erfolgreich verlaufen würde?“

Amy lächelte, und die Reporter beeilten sich, diese seltene Gefühlsregung in ihren Stenoblocks zu vermerken. „Ich habe hart trainiert“, antwortete sie.

„Machen Sie immer noch Gewichtheben?"

„Ja, jeden Tag."

„Glauben Sie, dass sich Ihr Stil gegenüber früher verändert hat?"

„Nicht direkt. Einiges hat sich allerdings geändert." Vor allem mein Verhalten euch gegenüber, dachte Amy, hütete sich aber, ihre Gedanken laut auszusprechen. Sie spürte selbst, wie viel lockerer sie heute in derartige Pressekonferenzen ging. Der Kloß in der Kehle war verschwunden und auch die beinahe panische Angst, zu viel von sich zu verraten, wenn sie vor die Mikrofone trat. „Vor allem hat sich mein Aufschlag verbessert", fuhr sie fort. „Ich schlage heute mehr Asse und bringe mein Aufschlagspiel wesentlich häufiger durch als früher."

„Wie oft haben Sie Tennis gespielt in den Jahren, als Sie nicht aktiv waren?"

„Nicht sehr häufig."

„Wird Ihr Vater Sie wieder trainieren?"

Amy zögerte nur kurz. „Nicht offiziell", antwortete sie dann ausweichend.

„Haben Sie das Angebot des Modemagazins angenommen, eine Fotoserie von Ihnen zu machen?"

Wieder lächelte sie und strich sich eine Haarsträhne hinters Ohr. „Oh, hat sich das schon herumgesprochen?" fragte Amy zurück. „Ich habe mich noch nicht entschieden. Im Augenblick denke ich mehr an die offenen US-Meisterschaften als an diese Fotoserie."

„Gegen wen würden Sie am liebsten im Endspiel antreten?"

„So weit ist es noch lange nicht. Zuerst einmal muss ich die Vorrunde überstehen."

„Dann lassen Sie mich anders fragen – wer, glauben Sie, wird Ihre stärkste Konkurrentin sein?"

„Tia Conway", antwortete Amy spontan. Das Match gegen sie in Kooyong war noch sehr frisch in ihrer Erinnerung. Drei lange Sätze hatte sie gebraucht und davon zwei erst im Tie-Break für sich entscheiden können.

„Wieso gerade Tia Conway?"

„Tia hat sehr viel Spielverständnis, ist schnell, macht eine sehr gute Beinarbeit und hat einen enormen Aufschlag."

„Aber Sie haben sie in dieser Saison schon mehrfach geschlagen."

„Ja, aber die Siege gegen Tia waren die schwersten."

„Und wie schätzen Sie den Wettbewerb bei den Männern ein? Glauben Sie, dass die Amerikaner in diesem Jahr beide Grand-Slam-Gewinner stellen werden – bei den Damen und bei den Herren?"

Amy sah lächelnd in die Runde. „Es stehen noch einige Spiele aus, bis es so weit ist. Aber wenn Starbuck weiterhin so spielt wie bisher in dieser Saison, dann wird ihn wohl kaum einer schlagen können – vor allem nicht auf Gras."

„Spielen bei Ihrer Einschätzung auch persönliche Gefühle eine Rolle?"

„Statistiken haben keine Gefühle", parierte Amy schlagfertig und stand auf. Es wurden noch einige Fragen von den Reportern gestellt, aber sie beugte sich zum Mikrofon und bat lächelnd um Verständnis dafür, dass sie diese Pressekonferenz jetzt abbrechen müsse.

„Gut gebrüllt, Löwe."

Amy stieß die Luft aus und verdrehte die Augen. „Jetzt war es aber auch genug. Was tust du hier?"

„Ich wollte ein wachsames Auge auf die Herzdame meines besten Freundes haben." Chuck lachte und legte ihr einen Arm um die Schulter. „Tad meinte, es sei besser, wenn er sich bei deinem Rendezvous mit der Presse nicht sehen lasse."

„Oh, Chuck! Meint ihr beide etwa wirklich, dass ich einen Aufpasser brauche?"

„Was weiß ich." Chuck grinste und drückte sie leicht an sich. „Tad meinte wohl, die Presseleute würden dich auseinander nehmen."

Amy blieb stehen und sah ihn an. „Und was hättest du getan, wenn sie das wirklich versucht hätten?"

„Hier, das hätte wohl genügt." Stolz ließ er seine Armmuskeln spielen. „Obwohl ich sagen muss, dass ich drauf und dran war, zu gehen, als ich hörte, dass nach deiner Meinung niemand Starbuck schlagen kann. Und was ist mit mir? Weißt du etwa nicht, dass man vor kurzem sogar einen Schläger nach mir benannt hat?"

Lachend legte Amy einen Arm um seine Taille. „Chuck, entschuldige bitte. Wie konnte ich dich vergessen?"

Er legte ihr beide Hände auf die Schultern und wurde plötzlich ganz ernst. „Amy, weißt du eigentlich, dass ich dich lange nicht so strahlend erlebt habe?"

„Danke, Chuck. Ich fühle mich auch sehr gut, und ich bin glücklich."

„Das sieht man." Er zögerte, aber dann sprach er doch weiter. „Hör mal, Amy, ich weiß nicht, was damals zwischen Tad und dir vorgefallen ist, aber ..."

„Chuck ..." Amy fasste nach seinen Armen. Sie wollte nicht, dass er weitersprach.

„Aber ich hoffe sehr, dass es diesmal klappt mit euch beiden", fuhr Chuck fort.

Für einen Moment schloss Amy die Augen. „Ich auch", sagte sie leise und sah ihn dann wieder an. „Ich auch, Chuck."

„Ich hab dich nur gebeten, ein Auge auf sie zu haben", sagte Tad plötzlich. „Von Anfassen hab ich nichts gesagt."

„Oh, verflixt!" Chuck blickte sich um, und über sein Gesicht ging ein breites Lächeln. „Sei nicht so selbstsüchtig, Tad. Noch hab ich Amy ja gar nicht gefragt, ob sie heute Abend mit mir essen geht. Wie wär's mit Hummer und Champagner, Amy?"

Lachend gab sie ihm einen Kuss auf die Nasenspitze. „Tut mir Leid, Chuck, aber ich habe bereits ein Angebot für Pizza und billigen Landwein."

„Ich hab einfach kein Glück", seufzte Chuck und ließ sie los. „Ich brauch morgen einen Trainingspartner", wandte er sich an Tad.

„Okay."

„Um sechs auf Platz drei?"

„Wenn du mich anschließend zum Kaffee einlädst."

„Das muss ich mir noch überlegen." Chuck lachte und verschwand.

Für einen Augenblick standen Tad und Amy schweigend voreinander. Das geschah häufiger in den letzten Tagen, seit sie wieder zurück in den Staaten waren. Sie merkten es beide, aber keiner sprach darüber. Die Saison ging bald zu Ende, und damit kam der Zeitpunkt immer näher, wo sie über die Vergangenheit sprechen mussten.

„Wie ist es gelaufen?" unterbrach Tad schließlich das Schweigen.

„Gut." Amy beugte sich zu ihm und gab ihm einen Kuss auf die Wange. „Der Leibwächter wäre nicht nötig gewesen."

„Ich weiß doch, wie du dich bei Pressekonferenzen fühlst."

„So? Wie denn?"

„Nun ..." Tad strich sich mit beiden Händen durch die Haare. „Unsicher wäre vielleicht das richtige Wort."

Lachend nahm Amy seine Hand und zog ihn mit sich. „Das war einmal, Tad. Ich bin froh, dass ich die Sache heute lockerer angehen kann. Ein Problem gab es allerdings."

„Welches?"

„Ich hatte Angst, dass mein Magen zu laut knurren würde", meinte sie und sah ihn lächelnd an. „Hat da nicht jemand was von Pizza gesagt?"

„Ja – und von billigem Landwein."

„Na dann ... auf zu Pizza und Wein."

Zwanzig Minuten später saßen sie an einem kleinen Tisch. Es roch nach Gewürzen und frisch gebackenen Pizzas. Aus der altmodischen Musikbox in der Ecke dröhnten die neuesten Songs mit einer solchen Lautstärke, dass Amy sich über den Tisch beugen musste, damit Tad sie verstehen konnte.

„Ich muss sagen, du verstehst es, eine Frau zu verwöhnen."

„Wart nur ab, das ist erst der Anfang. Morgen Abend führe ich dich in einen Schnellimbiss mit köstlichen Hamburgern und einem kleinen Päckchen Ketchup – ganz für dich allein."

Um ihre Mundwinkel zuckte es verdächtig. Tad beugte sich zu ihr und gab ihr einen Kuss.

„Möchten Sie bestellen?" unterbrach sie die Serviererin.

„Pizza und eine Flasche Chianti", sagte Tad, ohne sie dabei anzusehen. Dann küsste er Amy wieder.

„Klein, mittel oder groß?"

„Klein, mittel oder groß was?"

„Die Pizza", wiederholte die Serviererin ungeduldig.

„Mittel genügt." Diesmal wandte er den Kopf und sah die junge Frau mit einem strahlenden Lächeln an, das seine Wirkung nicht verfehlte. „Danke", sagte sie, und diesmal klang ihre Stimme nicht mehr ungeduldig.

Tad beugte sich wieder zu Amy, um die Musik zu übertönen. „Welche Fragen haben sie dir denn gestellt?"

„Nur die üblichen. Übrigens wussten sie die Sache mit dem Modemagazin schon."

„Wirst du es tun?"

„Ich weiß noch nicht. Spaß würde es sicherlich machen, und ich kann mir auch nicht vorstellen, dass es dem Ruf des Damentennis schaden würde, wenn von mir eine Fotoserie in einem Modemagazin erschiene.

„Bestimmt nicht", stimmte Tad zu. „Außerdem hat es das bereits gegeben."

„So?" fragte Amy lächelnd. „Seit wann liest du Modemagazine?"

„Immer schon. Schließlich sehe ich gern schöne Frauen."

„Ich dachte immer, dafür gäbe es eine andere Art von Magazinen."

„Wirklich?" fragte Tad ganz unschuldig. „Welche denn?"

Amy beschloss, die Frage einfach zu überhören. „Und natürlich wollten sie wissen, wer in diesem Jahr den Grand Slam gewinnt."

„Macht dich das nervös?" Tad nahm ihre schmale Hand zwischen seine. Wie war es nur möglich, dass sie mit so kleinen, beinahe zierlichen Händen eine solche Kraft auf den Schläger übertragen konnte?

„Etwas", gab Amy zu. „Es ist schon ein Unterschied, ob man in ein Spiel geht und eben nur das eine gewinnen will, oder ob der Sieg gleichzeitig bedeutet, dass man damit die vier wichtigsten Turniere einer Saison gewonnen hat – eben Grand-Slam-Sieger ist. Oder ist das bei dir anders?"

Die Serviererin brachte den Wein, und als sie Tads Glas füllte, lächelte sie ihm zu. Amy sah, dass er dieses Lächeln erwiderte. Er ist ein Teufel, dachte sie schmunzelnd. Und er weiß das auch.

„Jedes Spiel muss erst einmal gewonnen werden", sagte Tad und prostete ihr zu. „Da macht es nicht viel Unterschied, ob es das erste oder das letzte der vier Turniere ist."

„Aber du willst schon den Grand Slam gewinnen, oder?"

Tad lachte laut. „Worauf du dich verlassen kannst. Martin hat schon Wetten darauf abgeschlossen."

„Wieso ist er eigentlich nicht hier? Ich hatte fest damit gerechnet, dass er jeden deiner Bälle verfolgen würde."

„Er kommt morgen – zusammen mit meiner Familie."

Amy fasste ihr Glas unwillkürlich fester. „Mit deiner Familie?"

„Ja, Mom und Jess auf jeden Fall. Ob Mac und Pete auch mitkommen, steht noch nicht fest." Tad hob sein Glas und trank noch einen Schluck. „Pete wird dir gefallen. Er ist ein nettes Kerlchen."

Amy vermied es, seinem Blick zu begegnen. Dann ist ja alles so wie vor drei Jahren, dachte sie entsetzt. Auch damals waren Martin und die Familie da gewesen. Auch damals waren sie und Tad als die Favoriten in ihre Endspiele bei den offenen amerikanischen Meisterschaften gegangen. Die Presse war hinter ihnen her, genau wie heute. Und sie hatten gemeinsam gegessen und geschlafen – alles wiederholte sich beinahe auf gespenstische Weise.

Und doch war so viel inzwischen geschehen. Vor drei Jahren hatte es noch keinen kleinen Jungen gegeben, der Amy so sehr an Tad erinnerte und was sie verloren hatte. Wie immer bei dem Gedanken daran, kam der Schmerz zurück, und sie hatte Mühe, es sich nicht anmerken zu lassen.

Tad spürte, dass etwas nicht in Ordnung war, aber er deutete ihr Schweigen falsch. „Amy, hast du immer noch nicht mit deinem Vater gesprochen?" fragte er und nahm ihre Hand wieder zwischen seine.

„Bitte?" Aus ihren Gedanken gerissen, sah sie ihn für einen Moment irritiert an. „Nein, nein ... Seit meinem Rücktritt haben wir nichts mehr voneinander gehört."

„Warum rufst du ihn nicht einfach an?"

„Ich kann nicht."

„Aber Amy, das ist doch unsinnig. Schließlich ist er dein Vater."

Amy seufzte. Wenn es doch so leicht wäre, wie Tad sich das vorstellte. „Du kennst meinen Vater, Tad. Er hat seine Prinzipien, und von denen weicht er nicht ab. Als ich mit dem Tennis aufhörte, habe ich ihn furchtbar enttäuscht. Für ihn hab' ich das aufgegeben, was er mir beigebracht hat."

Tad schüttelte unwillig den Kopf.

„Doch, glaub mir, Tad, ich kenne ihn besser als du. Als Jim Wolfes Tochter hatte ich in seinen Augen eine ganz bestimmte Verantwortung. Als ich Eric heiratete und meine Karriere aufgab, habe ich diese Verantwortung mit Füßen getreten. Das wird er mir niemals verzeihen."

„Aber woher weißt du das?" wollte Tad wissen. „Wenn du nicht mit ihm gesprochen hast, kannst du doch auch nicht wissen, wie er darüber denkt und was er fühlt."

„Tad, wenn sich seine Einstellung geändert hätte, wäre er dann nicht hier?" fragte sie. „Zuerst habe ich gedacht, es würde sich alles ändern, wenn ich meine Karriere wieder aufnähme. Aber leider hat das nicht gestimmt."

„Amy, du vermisst ihn aber doch so sehr."

Sie schwieg und sah traurig in ihr Glas. Selbst das war nicht so einfach, wie Tad es sich vorstellte. Für ihn bedeutete die Familie alles. Er würde es nicht verstehen, dass sie sich gar nicht so sehr nach der Anwesenheit oder der Liebe ihres Vaters sehnte, sondern vielmehr danach, dass er ihr endlich vergeben würde.

„Ich hätte es gern, wenn er hier wäre“, sagte sie leise. „Aber ich verstehe auch seine Gründe, warum er nicht kommt.“ Sie nahm ihr Glas und trank einen Schluck. „Weißt du“, meinte sie plötzlich nachdenklich, „früher habe ich für ihn gespielt. Ich wollte ihm mit meinem Spiel für all das danken, was er mir gegeben hatte. Heute spiele ich nur noch für mich selbst.“

„Und du spielst besser als früher“, fügte Tad hinzu. „Vielleicht ist das einer der Gründe.“

„Ja, vielleicht.“

„Hier ist Ihre Pizza.“ Die Serviererin stellte die dampfende Platte auf den Tisch.

Der Käse zog lange Fäden, und Tad lachte, als Amy damit zu kämpfen hatte. Sie aßen langsam, tranken dazu den Wein und unterhielten sich über alles, was ihnen in den Sinn kam. Eine Gruppe junger Leute kam lachend in das Lokal und fütterte die Musikbox mit weiteren Münzen.

Amy spürte, dass sie sich trotz der lauten Atmosphäre völlig entspannte. Selbst der Gedanke an ihr nächstes Spiel konnte ihre Stimmung nicht trüben. Die Pizza war mittlerweile abgekühlt, der Wein dafür umso wärmer geworden – und doch schmeckte es ihr nicht weniger gut als der Kaviar und Champagner vor einigen Wochen in Paris.

Es lag nicht am Essen, dass sie sich wohl fühlte, es lag an Tad. Solange sie bei ihm war, spielte die Umgebung überhaupt keine Rolle. Seine Nähe allein war das, was wirklich zählte. Ja, dachte sie, Tads Nähe und die Tatsache, dass ich nur bei ihm wirklich ich selbst sein kann. Er war der einzige Mann, der nicht mehr von ihr verlangte, als völlig sie selbst zu sein.

Für ihren Vater hatte sie immer die perfekte Prinzessin sein müssen. Perfekt auf dem Tennisplatz, kühl und reserviert im Umgang mit der Presse. Und in all den Jahren hatte sie alles getan, um seinen Ansprüchen gerecht zu werden.

In ihrer Ehe mit Eric hatte er von ihr verlangt, voll und ganz dem Bild zu entsprechen, dass sich die Welt von einer englischen Adligen machte. Wohlerzogen, zurückhaltend – eben ganz und gar eine Lady.

Bei Tad war das anders. Er wollte nur, dass sie Amy Wolfe war. Bei ihm brauchte sie sich nicht zu verstellen oder Angst zu haben, dass sie nicht dem Bild entsprach, das er sich von ihr machte. Sie konnte ganz sie selbst sein – und genau das war es, was sie so glücklich machte.

Spontan nahm Amy seine Hand, zog sie an ihre Wange und küsste seine Fingerspitzen.

„Womit hab ich das verdient?“ fragte er erstaunt.

„Das ist dafür, dass du keine Puppe willst.“

Verblüfft zog er die Brauen hoch. „Muss ich das verstehen?“

„Nein.“ Amy beugte sich lachend vor. „Hast du so viel Wein getrunken, dass du dich nicht wehrst, wenn ich dich verführen will?“

Er strahlte sie an. „Mehr als genug.“

„Okay, dann komm! Lass mich nicht unnötig warten!“

Es war schon spät, als Tad noch wach neben der schlafenden Amy lag. Sie hatte sich eng an ihn geschmiegt und atmete ganz gleichmäßig. Ihr Haar war zerzaust, und ihre Hand ruhte auf seiner Brust. Im Zimmer war es still, nur das leise Ticken des Weckers auf dem Nachttisch neben Tad war zu hören.

Er war müde, aber er konnte nicht einschlafen. Immer wieder gingen ihm dieselben Gedanken im Kopf herum. Die Zeit ihrer Idylle war fast vorüber. Es konnte nicht mehr lange dauern, bis Amy sich nicht mehr sperren konnte, ihm die Fragen zu beantworten, die ihm keine Ruhe ließen.

Tad wusste, dass auch Amy sich darüber im Klaren war. Aber im Gegensatz zu ihr freute er sich auf das Ende der Saison und darauf, endlich Klarheit zu bekommen. Er hatte versprochen, sie bis dahin nicht zu drängen, und er hatte sein Wort gehalten. Aber Tad spürte, dass seine Geduld bald erschöpft war, und dass er nicht bereit sein würde, ihr über diesen Termin hinaus eine Gnadenfrist einzuräumen.

Und dann ist da noch die Sache mit ihrem Vater, dachte Tad und stopfte sich das Kissen bequemer hinter den Kopf. Amy litt mehr unter dieser Trennung, als sie zugeben wollte, da war er sich ganz sicher. Er kannte sie gut genug, um das einschätzen zu können, und er liebte seine eigene Familie viel zu sehr, als dass er nicht gewusst hätte, wie schwer ihr diese Trennung fiel.

Seine Mutter und Jess. Es gab nichts, was er diesen beiden nicht vergeben würde. Seine Liebe zu ihnen war so groß, dass er für alles Verständnis aufbringen konnte. Um so unverständlicher war ihm die Reaktion von Amys Vater. Er kannte ihn und wusste, wie sehr er an seiner Tochter gehangen hatte.

Wie oft hatte Tad neben Jim Wolfe gesessen und mit ihm zusammen Amys Spiel zugesehen. Hatte er jemals einen Vater gesehen, der stolzer auf seine Tochter gewesen wäre? Nein. Tad schüttelte unwillkürlich den Kopf. Selbst im privaten Bereich, außerhalb des Tennisplatzes, hatte er oft genug miterlebt, mit welchem Stolz, welcher Liebe Jim seine Tochter behandelt hatte. Er konnte sich einfach nicht vorstellen, dass das alles nur der Sportlerin und nicht genauso der Tochter gegolten hatte.

Erstaunlicherweise hatte Jim Wolfe nie etwas an der Beziehung seiner Tochter zu Tad auszusetzen gehabt. Im Gegenteil – er hatte sie sogar unterstützt. Tad konnte sich noch gut erinnern, dass Jim sogar eines Tages mit ihm darüber gesprochen hatte, wie seine und Amys gemeinsame Zukunft aussehen könnte.

Damals hatte ihn diese väterliche Fürsorge amüsiert und auch etwas überrascht, da er selbst und Amy bis dahin noch nicht darüber gesprochen hatten, für immer zusammenzubleiben. Ja, und dann, als er es wollte, war es bereits zu spät. In Erinnerung daran zog Tad unwillig die Brauen zusammen und blickte hinunter auf die schlafende Amy.

In dem fahlen Mondlicht wirkte ihr Gesicht noch zarter als in Wirklichkeit. Völlig entspannt und seltsam verletzlich erschien sie ihm, wie sie da so an ihn geschmiegt schlief. Verlangen stieg in ihm auf, und er musste mit aller Kraft dagegen ankämpfen, sie aufzuwecken und sich selbst zu bestätigen, dass sie zu ihm gehörte – zu ihm und niemandem sonst.

Noch niemals in seinem Leben hatte es eine Frau gegeben, die ähnliche Gefühle in ihm geweckt hatte. Wenn er sie liebte, war sie ihm ein gleichwertiger Partner. Aber jetzt, wenn sie so hilflos neben ihm lag, hatte er das Bedürfnis, sie zu beschützen und vor jedem Kummer zu bewahren.

Wie viele Hindernisse würden sie wohl noch überwinden müssen, bevor sie endgültig zusammenbleiben konnten, fragte Tad sich. Und plötzlich fiel ihm ein, dass es ein Problem gab, das er vielleicht für sie aus der Welt schaffen könnte. Kaum war ihm der Gedanke gekommen, als er vorsichtig aufstand und hinüber in das angrenzende Wohnzimmer ging.

Er wählte die Nummer, hörte das Rauschen in der Leitung, als die Verbindung von einer Küste des riesigen Kontinents zur anderen hergestellt wurde, und dann ging der Ruf durch.

„Hier bei Wolfe."

„Ich möchte mit Jim Wolfe sprechen. Hier ist Tad Starbuck."

„Einen Moment bitte."

„Danke, ich warte."

Tad lehnte sich zurück und wartete. Er hörte das Klicken in der Leitung, als an einem anderen Apparat der Hörer aufgenommen wurde.

„Starbuck?"

Die ruhige, beinahe leise Stimme von Amys Vater kannte er noch zu gut. „Jim, wie geht es dir?"

„Gut." Etwas überrascht von dem Anruf so spät in der Nacht,

setzte Jim sich hinter seinen Schreibtisch. „Ich habe in letzter Zeit viel über dich gelesen."

„Ja, ich hatte eine ganz gute Saison. Wir haben dich in Wimbledon vermisst."

„Du warst gut im Endspiel", antwortete Jim, ohne darauf einzugehen.

„Und Amy ebenfalls. Fandest du nicht?"

Für einige Sekunden herrschte Schweigen. „Deine Rückhand ist besser geworden, Tad."

„Jim, ich habe dich angerufen, um über Amy mit dir zu sprechen."

„Dazu habe ich nichts zu sagen", antwortete Jim kalt.

Für einen Augenblick war Tad sprachlos, aber dann spürte er, wie Zorn in ihm hochstieg. „Jim, so viel Zeit wirst du ja noch haben, um dir wenigstens einige Sätze über deine Tochter anzuhören. Sie hat sich den Weg zurück an die Spitze im Profitennis erkämpft, und zwar diesmal ohne deine Hilfe."

„Ich weiß. Sonst noch was?"

„Ich habe noch nie jemanden gesehen, der so hart daran gearbeitet hat wie deine Tochter in den letzten Monaten", sagte Tad. „Und glaub mir, sie hat es nicht leicht gehabt, der Presse und allen Bekannten immer wieder auszuweichen, wenn sie danach gefragt wurde, warum ihr Vater nicht da sei."

„Amy weiß, warum", antwortete Jim ganz ruhig. „Und wenn sie es dir nicht erzählt, dann geht es dich auch nichts an."

„Was Amy angeht, geht auch mich etwas an."

„So?" Es war mehr eine Feststellung als eine Frage. „Dann ist also wieder alles beim Alten?"

„Ja, ist es."

„Wenn du dich entschieden hast, wieder mit Amy zusammen zu sein, Tad, dann ist das deine Entscheidung. Und es ist meine, wenn ich das nicht will."

„Zum Teufel, Jim", fuhr Tad ihn wütend an. „Sie ist deine Tochter. Du kannst doch nicht einfach so tun, als gäbe es sie nicht mehr."

„Ich tu nur das Gleiche, was sie auch getan hat“, murmelte Jim, und seine Stimme war dabei so leise, dass Tad ihn kaum verstand.

„Was soll das heißen?“ fragte er.

„Amy hat ihr Kind nicht haben wollen, und genauso will ich sie jetzt nicht mehr.“

Tad war plötzlich wie versteinert. Seine Hand umspannte den Hörer so fest, dass seine Knöchel weiß hervortraten. „Welches Kind?“

„Sie hat einfach alles vergessen, was ich ihr je beigebracht habe“, sagte Jim, als hätte er Tads Frage gar nicht gehört. „Niemals hätte ich geglaubt, dass sie mir das antun könnte.“ Seine Stimme wurde jetzt lauter. All die Enttäuschung, die sich in den Jahren in ihm aufgestaut hatte, brach sich mit einem Mal Bahn. „Ich habe versucht, mich damit abzufinden, dass sie diesen Mann geheiratet hat. Ich habe sogar versucht, Verständnis dafür aufzubringen, dass sie ihre Karriere aufgeben wollte. Aber es gibt Dinge, die ich nicht einfach hinnehmen und entschuldigen kann. Wenn das Leben, das sie sich ausgesucht hatte, es wert war, dafür mein Enkelkind zu opfern, dann kann ich das nicht mehr verstehen.“

Die letzten Worte waren kaum verklungen, als Jim den Hörer auf die Gabel warf.

Tad hatte gar nicht gemerkt, dass er aufgesprungen war. Jetzt stand er mitten im Zimmer, den Hörer noch in der Hand. Langsam nahm er ihn vom Ohr und starrte darauf, ohne ihn wirklich zu sehen. Fragen wirbelten in seinem Kopf umher. Antworten drängten sich auf, wurden aber sofort wieder verworfen, als er merkte, dass er keine Beweise dafür hatte.

Zeit. Er brauchte Zeit, um über alles nachzudenken. Leise ging Tad ins Schlafzimmer und zog sich an. Am liebsten hätte er sie bei den Schultern gepackt und wachgerüttelt. Sie lag so friedlich in dem großen Bett, eine Hand unter dem Kopf, die andere noch ausgestreckt, wie sie vorhin auf seiner Brust gelegen hatte.

Ein Baby? Amys Baby? Aber aus ihrer Ehe war kein Kind hervorgegangen. Wenn Lord und Lady Wickerton ein Baby bekommen hätten, hätte das groß in den Zeitungen gestanden. Schließlich machte man aus einem Erben nie ein Geheimnis – schon gar nicht in diesen adligen Kreisen, wo einiges zu vererben war.

Und wenn Amy wirklich ein Kind hatte, wo war es dann? Aufgewühlt strich Tad mit beiden Händen durch seine Haare. Eifersucht stieg in ihm hoch, wenn er daran dachte, dass Amy das Kind eines anderen Mannes ausgetragen hatte.

Wie hatte Jim gesagt? Amy hat das Kind nicht haben wollen. Also Abtreibung? War es wirklich möglich, dass Amy so etwas tat? Er kannte sie so gut, aber niemals wäre er auf die Idee gekommen, dass sie einer solchen Tat fähig wäre. Und aus welchem Grund sollte sie es getan haben?

Nein, das ergab alles keinen Sinn. Jim musste sich geirrt haben. Vielleicht hatte er in seiner Enttäuschung etwas missverstanden.

Während Tad noch dastand und auf die schlafende Amy starrte, bewegte sie sich plötzlich. Ihre Hand strich über das Bett – da, wo er vorhin noch gelegen hatte. Halb im Schlaf spürte sie, dass er nicht mehr da war. Unruhig flatterten ihre Augenlider.

„Tad?“

Er schwieg und hoffte, dass sie weiterschlafen würde. Es war jetzt wichtig, dass er zuerst einmal nachdachte, bevor er mit ihr sprach. Im Augenblick waren seine Gefühle noch so aufgewühlt, dass er sich nicht unter Kontrolle hatte.

Aber Amy schlief nicht wieder ein. Es war, als spürte sie, dass etwas nicht in Ordnung war. „Tad?“ Ihre Stimme klang ängstlich. Sie öffnete die Augen und kam hoch, bevor sie ihn noch gesehen hatte. „Kannst du nicht schlafen?“ Instinktiv spürte sie, dass es mehr war als das, aber sie hoffte, dass sie sich irrte und Tad wirklich nur deshalb mitten im Raum stand, weil er nicht hatte schlafen können.

„Nein.“

Sie musste sich räuspern, bevor sie weitersprechen konnte. „Warum hast du mich nicht geweckt?“

„Wieso sollte ich?"

„Wir ... wir hätten miteinander reden können."

„Wirklich?" Zorn stieg in ihm hoch. „Oh ja, wir hätten miteinander reden können. Aber nur so lange, wie ich keine Fragen stelle, nicht wahr?"

Sie hatte gewusst, dass es eines Tages dazu kommen würde, aber sie hatte nicht erwartet, dass er dabei so böse werden würde. „Tad, wenn du Antworten haben willst, dann bin ich bereit, sie dir zu geben."

„Ach ja? Auf einmal – und einfach so?" Er schnippte mit den Fingern. „Ich brauche nur zu fragen, und du antwortest mir? Hast du nichts mehr zu verbergen, Amy?"

Ihr Herz schlug bis zum Hals. Sie hatte Angst, aber weniger vor den Antworten, die sie ihm geben musste, als vielmehr vor seiner kalten Wut, die aus jedem Wort, aus jeder Geste sprach. „Ich wollte nichts verbergen, Tad", versuchte sie zu erklären. „Nicht wirklich zumindest. Ich brauchte Zeit, Tad – wir beide brauchten Zeit."

„Und warum? Warum war das so wichtig?"

„Weil es da Dinge gibt ... Nun ja, ich war mir nicht sicher, ob du das verstehen würdest."

„Wie die Sache mit dem Baby?"

Amy war, als hätte er ihr eine Ohrfeige verpasst. Ihr Gesicht wurde weiß, und für einen Moment glaubte sie, nicht mehr atmen zu können. Ihre Augen waren weit aufgerissen und sahen voller Angst auf Tad. „Wieso ..." Sie konnte nicht weitersprechen. Wie hatte er das herausgefunden, und wie lange wusste er schon davon? Die Fragen wirbelten ihr durch den Kopf.

„Eric", flüsterte sie schließlich. „Eric hat es dir erzählt."

Die Enttäuschung tat Tad beinahe körperlich weh. Jim hatte also Recht gehabt, und dabei hatte er doch so gehofft, dass sich alles als ein Irrtum herausstellen würde.

„Dann stimmt es also?“ stellte er fest. Abrupt drehte Tad sich herum und sah aus dem Fenster.

„Tad ...“ Amy brach ab. Wenn sie doch nur die richtigen Worte finden könnte. Sie hatte gewusst, dass es schwierig werden würde, ihm das zu erklären. Aber wenn er es nicht vorher erfahren hätte, wenn sie es ihm mit ihren eigenen Worten hätte klar machen können ...

„Tad, ich wollte es dir selbst sagen, glaub mir bitte. Zuerst konnte ich es nicht. Und dann ...“ Wieder brach ihre Stimme ab. „Und dann habe ich immer wieder Entschuldigungen gesucht, um es hinausschieben zu können.“

„Ich nehme an, du hast gedacht, es geht mich nichts an.“

Entsetzt hob sie den Kopf. „Wie kannst du so etwas sagen?“

„Was du mit deinem Leben anstellst, wenn du mit einem Mann verheiratet bist, geht den anderen nichts an, nicht wahr? Selbst dann nicht, wenn dieser andere dich liebt.“

Wie sehr hatte sie sich danach gesehnt, dass er diese Worte einmal aussprach. Aber jetzt überwog der Schmerz die Freude darüber. „Hast du nicht“, flüsterte sie beinahe unhörbar.

„Was habe ich nicht?“

„Du hast mich nicht geliebt.“

Er lachte kurz auf, drehte sich aber nicht wieder zu ihr herum. „Nein, natürlich nicht. Und warum wollte ich dich dann immer bei mir haben? Warum habe ich jede Minute an dich gedacht?“

Amy verbarg ihr Gesicht in beiden Händen und hatte Mühe, die Tränen zurückzuhalten, die in ihren Augen brannten. „Du hast es mir nie gesagt.“

Jetzt drehte er sich doch zu ihr herum. „Und ob, ich habe es dir gesagt!“

Verzweifelt nahm Amy die Hände vom Gesicht und schüttelte den Kopf. „Nein, du hast es mir nie gesagt. Dabei habe ich so sehr darauf gewartet. Nicht ein einziges Mal hast du es gesagt.“

Tad erwiderte nichts. Seine Brauen waren zusammengezogen,

und er sah nachdenklich vor sich hin. Sie hatte Recht. Wirklich ausgesprochen hatte er diese drei Worte nie, aber dafür hatte er es ihr mit jeder Geste gezeigt. „Du auch nicht", versuchte er sich zu verteidigen und sprach damit aus, was er oft gedacht hatte.

Ihr Seufzer glich einem Schluchzen. „Ich hatte Angst."

„Verdammt, Amy, ich auch. Kannst du dir das nicht vorstellen?"

Schweigend sahen sie sich an. War ich wirklich so blind, überlegte Amy. Waren ihr Worte tatsächlich so wichtig gewesen, dass sie nicht gesehen und gespürt hatte, dass er sie liebte?

Sie holte tief Luft, und plötzlich hatte sie keine Angst mehr, die Worte auszusprechen. „Ich liebe dich, Tad. Ich habe dich immer geliebt." Sie streckte eine Hand nach ihm aus, aber er bewegte sich nicht. „Bitte, lass mich jetzt nicht allein." Sie dachte an das Kind, das sie verloren hatte. „Tad, bitte hasse mich nicht für das, was ich getan habe."

Er wusste nicht, was sie damit meinte, aber er vertraute seinen Gefühlen für sie. Langsam ging Tad auf das Bett zu und griff nach ihrer Hand. „Es ist besser, wenn wir jetzt über alles reden, Amy. Dann können wir wieder ganz von vorn anfangen."

„Ja." Sie schob ihre Hand zwischen seine. „Es ist wirklich besser so. Oh, Tad! Es tut mir so Leid wegen des Babys." Sie hatte sich hingekniet, und jetzt legte sie einen Arm um seine Taille und lehnte ihren Kopf gegen seine Brust. Es tat gut, endlich darüber zu sprechen. Sie fühlte sich erleichtert und befreit. „Ich wollte dir das nicht früher sagen, weil ich nicht wusste, wie du reagieren würdest."

Tad schwieg und stand ganz still. „Ich habe mich so schuldig gefühlt", hörte er sie leise sagen. „Als Jess mir das Foto von deinem Neffen zeigte, hatte ich für einen Augenblick das Gefühl, ich sähe unser Kind vor mir. Es hätte bestimmt auch deine Haare und deine Augen geerbt."

„Meine was?" Für einen Moment schien alles in Tad durcheinander zu sein. Hatte er sie richtig verstanden? Nein, das konnte doch gar nicht sein. „Meine was?" wiederholte er noch einmal, und dann griff er nach Amys Oberarmen. Er fasste so fest zu, dass sie leise aufschrie. Er schüttelte sie, und seine Augen waren kalt und starr. „Es war mein Baby?"

Sie öffnete den Mund, aber sie konnte nicht sprechen. Widerstandslos ließ Amy es sich gefallen, dass er sie immer noch schüttelte und ihr wehtat. Aber er hat es doch gewusst, dachte sie immer wieder. Und dann plötzlich kannte sie den Grund. Tad hatte angenommen, es wäre das Kind von Eric gewesen. Nicht seins!

„Antworte mir!" Seine Finger drangen tief in ihr Fleisch ein, aber über ihre Lippen kam kein Laut der Klage. „War es mein Baby?"

Amy nickte nur.

Im ersten Augenblick wollte er sie schlagen. Eine Hand hatte er bereits erhoben, und ein Blick in ihre Augen zeigte ihm, dass Amy genau wusste, was er tun wollte. Er ließ die Hand sinken, griff dann wieder nach ihrem Arm und warf sie rückwärts aufs Bett.

Sie lag ganz still. Tad stand vor dem Bett, den Rücken ihr zugewandt.

„Ich kann es nicht glauben", hörte sie ihn murmeln. „Du warst schwanger mit meinem Kind und hast trotzdem diesen Kerl geheiratet." Mit einer eckigen Bewegung drehte er sich herum und starrte sie an. „Hat er gesagt, dass du es abtreiben sollst? Oder hast du es von dir aus getan, damit du die Rolle der Lady auch perfekt spielen konntest?"

Amy war sich nicht bewusst, dass sie am ganzen Körper zitterte. Die Augen starr auf Tad gerichtet, verkrampften sich ihre Finger im Bettlaken. „Ich wusste es nicht", sagte sie leise, ohne überhaupt alles verstanden zu haben, was er sagte. „Ich wusste nicht, dass ich schwanger war, als ich ihn heiratete."

„Du hattest kein Recht, das vor mir geheim zu halten", schrie Tad sie an, griff nach ihr und riss sie hoch, bis sie auf dem Bett vor ihm kniete. „Du hattest kein Recht, eine solche Entscheidung zu treffen. Es war auch mein Kind."

„Tad ..."

„Halt den Mund, verdammt noch mal!" Wieder warf er sie zurück in die Kissen und ging dann zur Tür. Er durfte nicht länger mit ihr zusammen in einem Zimmer bleiben. Er wusste, dass es nicht mehr lange dauern könnte, bis er völlig die Kontrolle über sich verlor.

„Wir haben uns nichts mehr zu sagen. Ich will dich nicht mehr wiedersehen."

Ohne sich noch einmal nach ihr umzudrehen, verließ er wutentbrannt das Zimmer. Die Tür flog mit einem solchen Knall zu, dass Amy erschrocken zusammenzuckte und vor Schreck aufschrie.

11. KAPITEL

Im Viertelfinale verlor Tad nicht einen Satz. Die Zuschauer und die Reporter waren überzeugt, dass er niemals zuvor besser gespielt hatte. Nur er selbst wusste, dass es im Grunde nichts mit Tennisspielen zu tun hatte, was er tat. Er kämpfte mit dem Schläger gegen Ball und Gegner, als befände er sich im Krieg und es ginge um sein Leben.

Sein Gesicht war wie eine böse Maske. Seine Augen waren so dunkel, dass sie beinahe schwarz wirkten, und seine Lippen waren zu einem Strich zusammengepresst. Mit jedem Schlag versuchte er etwas von der Spannung abzubauen, die sich seit der letzten Nacht in ihm aufgestaut hatte. Seine Schläge waren brutal, und jedes Mal, wenn er den Ball mit voller Wucht traf, stieß er einen Laut aus, der sich wie ein Keuchen anhörte.

Sein Gegenspieler an diesem Tag konnte einem Leid tun. Im Gegensatz zu Tad war er froh, als das Match klar und eindeutig entschieden war. Tad dagegen hätte lieber noch weitergespielt. Er spürte, dass ihm diese drei klar gewonnenen Sätze immer noch nicht die Aggressionen genommen hatten.

„Ada, ich sage dir, noch nie habe ich ihn besser spielen sehen." Martin Derick platzte fast vor Stolz, als sein Schützling den Platz verließ. „Hast du gesehen, wie er diesen Italiener in Grund und Boden gespielt hat?"

„Ja."

„Noch zwei Spiele! Zwei Spiele noch, Ada, und dann hat er den Grand Slam." Martin hatte nach Adas Händen gegriffen und hielt sie jetzt zwischen seinen. „Nichts kann ihn mehr aufhalten. Glaub mir, nichts mehr!"

In ihrer ruhigen, bedachten Art schaute Tads Mutter hinunter auf den Platz. Sie konnte Martins Begeisterung nicht teilen, denn sie hatte mehr hinter dem Sieg ihres Sohnes gesehen. Wut, Enttäuschung – vielleicht sogar Verzweiflung. Genauso hatte er sich damals als kleiner Junge benommen, wenn die anderen ihn in der Schule gehänselt hatten, weil er keinen Vater hatte. Damals hatte er dann zugeschlagen, heute benutzte er seinen Schläger – das war der einzige Unterschied.

„Mom." Jess beugte sich näher zu ihrer Mutter hinüber, sodass Martin nicht hören konnte, was sie sagte. „Mit Tad ist etwas nicht in Ordnung, nicht wahr?"

„Ja, irgendetwas ist da absolut nicht in Ordnung. Ich frage mich nur, was."

Jess hielt ihren kleinen Sohn fest an sich gedrückt. Jetzt rieb sie ihre Wange an seiner, als könne sie dadurch die Schuldgefühle auslöschen, die in ihr immer stärker wurden. Pete wand sich lachend aus ihren Armen und kletterte auf den Schoß seines Vaters.

„Ich habe Amy noch nirgendwo gesehen", sagte Jess leise.

Ada sah ihre Tochter an. Jess hatte ihr eher beiläufig erzählt, dass Tad und Amy sich wieder häufiger sehen würden. Aber eigentlich hatte sie diese Bestätigung gar nicht gebraucht. Als Ada gehört hatte, dass Amy wieder Tennis spielte, hatte sie gewusst, dass die beiden erneut zusammenkommen würden.

Sie hatte ihren Sohn nur einmal völlig verzweifelt gesehen. Und das war, als Amy diesen englischen Lord geheiratet hatte. Sie hatte gewusst, dass ihm das nahe gehen würde, aber niemals hätte sie mit einer solch wütenden und dabei doch so verzweifelten Reaktion von Tad gerechnet.

„Ich habe sie auch noch nicht gesehen", antwortete Ada. „Sie muss ja heute auch noch spielen."

„Ja, aber erst in einer halben Stunde." Jess ließ ihren Blick über die Zuschauerränge gehen. „Normalerweise hätte sie doch erst Tad zugesehen."

„Nun, sie wird schon ihre Gründe haben."

Jess kämpfte mit sich. „Mom, ich muss mit dir reden – allein. Wollen wir eine Tasse Kaffee trinken gehen?"

Ohne weitere Fragen zu stellen, stand Ada auf. „Pass gut auf Pete auf", sagte sie zu ihrem Schwiegersohn und strich ihrem Enkel liebevoll durchs Haar. „Jess und ich kommen gleich zurück."

„Willst du es ihr sagen?" Macs Stimme war ganz leise, sodass Ada ihn nicht hören konnte. Besorgt griff er nach der Hand seiner Frau.

„Ja. Ja, es muss sein."

Mac hielt seinen Sohn auf dem Schoß fest und sah den beiden Frauen nach, die bald in der Menge der Zuschauer verschwunden waren.

Nachdem sie einen kleinen Tisch gefunden hatten, wartete Ada darauf, dass ihre Tochter anfangen würde zu reden. Sie wusste, dass Jess sich absichtlich so viel Zeit ließ, Kaffee und Kuchen zu bestellen, und sie wartete auch noch geduldig ab, bis alles vor ihnen stand und Jess begann, ihren Kaffee umzurühren.

„Mom, kannst du dich noch daran erinnern, als wir vor drei Jahren hier waren?"

Wie könnte ich das jemals vergessen? dachte Ada und lächelte. Ihr Sohn hatte damals zum ersten Mal die offenen amerikanischen Meisterschaften gewonnen. Kurz darauf allerdings hatte das für ihn alles keine Rolle mehr gespielt. Eine Welt war für ihn zusammengebrochen, als Amy ihn verließ. „Ja, ich erinnere mich."

„Amy hat damals Tad verlassen und Eric Wickerton geheiratet." Als Ada schwieg, nahm Jess einen Schluck von ihrem Kaffee. Langsam stellte sie die Tasse zurück und sah ihre Mutter an. „Mom, das war alles meine Schuld."

Erstaunt sah Ada ihre Tochter an. „Deine Schuld? Aber wieso denn?"

„Ich bin zu ihr gegangen." Nervös begann Jess, ihre Serviette zu zerreißen. Nachdem sie Mac alles erzählt hatte, hatte sie gedacht, es würde einfacher sein, auch ihrer Mutter die Wahrheit zu sagen. Aber mit dem erstaunten Blick ihrer Mutter auf sich gerichtet, kam Jess sich wieder vor wie ein kleines Mädchen, das etwas angestellt hatte. „Ich bin in ihr Hotelzimmer gegangen, als ich sicher sein konnte, dass Tad nicht da war. Ich habe ihr gesagt, Tad habe genug von ihr." Jetzt war es endlich heraus!

„Und was hat sie gesagt? Hat sie dir nicht ins Gesicht gelacht?"

Jess schüttelte den Kopf. „Nein, ich war wohl sehr überzeugend." Sie senkte den Kopf. „Vielleicht weil ich sicher war, die Wahrheit zu sagen. Oh, Mom! Wenn ich daran denke, was ich ihr alles gesagt habe ..." Jess sah ihrer Mutter in die Augen, und ihr Blick war schuldbewusst und verzweifelt. „Ich habe ihr gesagt, Tad meinte, sie und Eric würden sehr gut zueinander passen. Das stimmte zwar im Grunde, aber ich habe es so gedreht, als wenn Tad froh wäre, wenn sie zu Eric ginge. Dann habe ich Tad verteidigt und gesagt, er wolle ihr nicht wehtun. Ich ... ich habe so getan, als hätte er mich vorgeschickt, um es ihr beizubringen."

„Jess!" Ada griff über den Tisch und hielt die Hände ihrer Tochter fest. „Jess, warum hast du das nur getan?"

„Weil ich glaubte, dass Tad unglücklich war. Ich hatte am Abend zuvor mit ihm gesprochen. Er wirkte so unsicher, als wüsste er nicht, was er tun sollte. So habe ich meinen Bruder niemals vorher gesehen." Ihre Hände legten sich um die ihrer Mutter und drückten sie.

„Damals war ich fest davon überzeugt, dass Amy nicht zu ihm passte, dass sie ihm weh tat. Und ich wollte Tad helfen."

Ada lehnte sich zurück und ließ ihren Blick über die weitläufige Tennisanlage schweifen, ohne allerdings wirklich etwas davon zu sehen. Ihre Gedanken waren bei ihren Kindern, und sie überlegte fieberhaft, wie sie ihnen helfen konnte. Wieder einmal fiel ihr auf, dass die Pflichten einer Mutter noch lange nicht endeten, wenn die Kinder erwachsen waren. Vermutlich endeten sie niemals.

„Tad hat Amy geliebt, Jess."

„Ich weiß." Jess sah hinunter auf die zerrissene Serviette, die vor ihr auf dem Tisch lag. „Aber damals wusste ich das nicht. Ich habe gedacht, wenn er sie liebt, könnte er nicht so unglücklich sein. Und wenn Amy ihn geliebt hätte ... Sie hat so anders reagiert, als ich es erwartet hatte, Mom. Alle früheren Freundinnen von Tad hätten sich anders benommen, wenn ich ihnen so etwas gesagt hätte. Sie hätten mir nicht geglaubt, mich hinausgeworfen, oder sie hätten zumindest geweint ..."

„Meinst du denn, Tad hätte Amy geliebt, wenn sie so gewesen wäre wie die Frauen, die er vorher hatte?" unterbrach ihre Mutter sie.

Überrascht sah Jess ihre Mutter an. Wie viele andere Kinder auch hatte sie den Fehler gemacht, zu glauben, ihre zierliche, weißhaarige Mutter und Großmutter ihres Sohnes würde sich auf dem Gebiet der Leidenschaft nicht auskennen. Sie sah das amüsierte Lächeln auf dem Gesicht ihrer Mutter und wusste, dass sie ihre Gedanken erraten hatte.

„Erst nachdem ich Mac kennen gelernt hatte, habe ich erfahren, dass Liebe nicht immer etwas mit Lachen und Glücklichsein zu tun hat", sagte sie leise und vermied es, Ada dabei anzusehen. „Plötzlich gab es auch für mich Tage, wo ich mich unsicher fühlte und an meinen Gefühlen für Mac zweifelte. Dabei fiel mir dann ein, wie Tad sich an dem Abend benommen hatte, bevor ich zu Amy gegangen war. Wir beide sind uns sehr ähnlich, Tad und ich, und mit einem Mal konnte ich mich in ihn hineinversetzen."

Jess seufzte tief auf und sah ihre Mutter an. „Ich hab dann versucht, mir einzureden, dass Amy Tad nicht verlassen hätte, wenn ihre Liebe zu ihm wirklich so groß gewesen wäre. Und dass Tad sie auch nicht hätte gehen lassen, wenn ihm so viel an ihr gelegen hätte."

„Du vergisst, dass Stolz manchmal ein genauso starkes Gefühl sein kann wie Liebe", antwortete ihre Mutter leise. „Und Amys Stolz war verletzt nach dem, was du ihr gesagt hast. Sie fühlte sich abgeschoben und war in ihrem Stolz gekränkt, weil Tad es ihr nicht selbst gesagt, sondern dich vorgeschoben hatte."

„Aber ich an ihrer Stelle hätte um mich geschlagen und der Frau die Augen ausgekratzt, die mir so etwas gesagt hätte."

Ada lachte. „Ja, das kann ich mir vorstellen. Schließlich kenne ich ja meine Tochter. Aber Amy ist anders, Jess."

„Ja, da hast du wohl Recht." Jess schob ihre Tasse weg. „Mom, du kannst dir nicht vorstellen, wie mir zumute war, als ich hörte, dass die beiden wieder zusammen sind. Ich fühlte mich so schuldig und hatte Angst, dass Amy es ihm erzählen könnte. Als dann während der ganzen Saison nichts passierte, habe ich mich wieder beruhigt. Aber jetzt ist die Angst erneut da. Irgendetwas stimmt nicht mit Tad." Flehentlich sah sie ihre Mutter an und griff nach ihren Händen. „Mom, was soll ich tun?"

Adas Blick ruhte nachdenklich auf ihrer Tochter. „Jess, dir bleibt keine andere Wahl. Du musst die Wahrheit sagen, musst mit beiden sprechen. Dann allerdings kannst du nichts mehr tun, das müssen die beiden dann unter sich ausmachen. Vielleicht gelingt es dir, das wieder gutzumachen, was du vor drei Jahren zerstört hast. Aber was jetzt zwischen ihnen nicht in Ordnung ist, daran kannst du nichts ändern."

„Wenn sie sich lieben ..."

„Jess, du hast einmal für Amy und Tad eine Entscheidung getroffen, die dir nicht zustand", sagte Ada und sah ihre Tochter eindringlich an. „Mach den gleichen Fehler nicht noch einmal."

Sie hatte weder schlafen noch essen können, und nur die Tatsache, dass sie sich geschworen hatte, nicht noch einmal aufzugeben, gab Amy die Kraft, auf den Platz zu gehen.

Bis zum letzten Augenblick blieb sie in den Kabinen, um dann nur noch auf dem direkten Weg zum Platz gehen zu können, ohne noch allzu viele Fragen beantworten und Autogramme geben zu müssen.

Als sie schließlich ins Freie trat, traf Amy die feuchtwarme Luft wie ein Schlag. Sie ging zu ihrem Stuhl, traf die üblichen Vorbereitungen und versuchte, die lautstarken Zurufe des Publikums einfach zu ignorieren. Ihr größtes Problem würde sein, sich während des ganzen Spiels voll zu konzentrieren.

Ihre Arme taten weh, und sie spürte jeden Muskel in ihrem Körper. Mit Schmerzen konnte sie fertig werden. Sie wusste, wenn sie erst einmal auf dem Platz stand, waren sie vergessen. Aber dieses Gefühl der Schwäche, die Verzweiflung und innere Leere – konnte sie das auch alles einfach vergessen, wenn das Match erst einmal begonnen hatte?

„Amy." Sie drehte sich um und sah direkt in Chucks Augen. „Was ist los? Du siehst schlecht aus. Bist du krank?" fragte er besorgt.

„Nein, alles in Ordnung."

Aber so leicht konnte sie einen alten Freund nicht täuschen. „Ich glaube dir kein Wort. Amy, kann ich dir helfen?"

„Nein, Chuck. Wenn ich auf den Platz komme, dann kann ich auch spielen." Sie griff nach ihrem Schläger und stand auf. „Ich muss mich jetzt einspielen."

Chuck sah ihr nach. Es konnte gar kein Zweifel daran bestehen, dass Amy überhaupt nicht in Ordnung war. Er drehte sich um und machte sich auf die Suche nach Tad.

Chuck fand ihn unter der Dusche. Er hatte die Augen geschlossen und ließ das Wasser über sein Gesicht laufen. Der Presse hatte er nur einige Worte gegönnt, und selbst seine Kollegen waren kaum dazu gekommen, ihm zu gratulieren.

„Tad, was ist los mit Amy? Irgendetwas stimmt nicht mit ihr."

Tad trat einen Schritt zurück, ließ das Wasser über seine Brust rinnen und öffnete langsam die Augen. „So?"

„So?" Verblüfft sah Chuck den Freund an. „Ist das alles, was du dazu zu sagen hast? Mit Amy stimmt etwas nicht!"

„Ich hab dich verstanden."

„Sie sieht krank aus", versuchte Chuck es noch einmal. „Sie sollte heute nicht spielen. Ich hab einen Schrecken bekommen, als ich sie sah."

Es fiel Tad schwer, gegen das Bedürfnis anzukämpfen, auf der Stelle zu ihr zu gehen. Die Szene der vergangenen Nacht war noch zu frisch in seiner Erinnerung. „Amy weiß, was sie tut. Sie trifft ihre eigenen Entscheidungen."

Chuck starrte ihn an. War es wirklich möglich, dass das Tad war, mit dem er da sprach? Noch nie hatte er ihn so kalt und gefühllos erlebt. „Was zum Teufel geht hier eigentlich vor?" fuhr er seinen Freund an. „Ich habe dir gesagt, dass Amy bestimmt krank ist, und du reagierst überhaupt nicht."

Er folgte Tad in die Kabine. Seit er heute Morgen mit ihm trainiert hatte, war Chuck schon klar, dass irgendetwas nicht stimmen konnte. Aber was steckte nur dahinter? Zuerst hatte er gedacht, Tad und Amy hätten eine der üblichen Meinungsverschiedenheiten gehabt, wie sie im Zusammenleben immer einmal wieder vorkamen. Aber wenn Tad sich noch nicht einmal mehr Sorgen um Amys Gesundheit machte, dann konnte das nicht alles sein.

„Tad", versuchte er es noch einmal, „wenn ihr beide euch gestritten habt, dann ist das doch nicht weiter schlimm. Das kommt doch vor zwischen zwei Leuten, die sich lieben."

„Wir lieben uns nicht", antwortete Tad und trocknete sich völlig ungerührt weiter ab.

Jetzt war Chuck mit seiner Geduld am Ende. „Nun, wenn das so ist ... Gut, dass ich das weiß, dann kann ich ja einmal mein Glück versuchen." Damit drehte er sich um und ging zur Tür.

Mit einigen langen Schritten holte Tad ihn ein, griff nach seinem Arm und riss ihn herum. Spöttisch sah Chuck in die wütenden Augen seines Freundes. „So, ihr liebt euch nicht, hm?" Er griff nach Tads Händen und befreite sich von ihnen. „Das kannst du jemandem erzählen, der dich nicht so gut kennt wie ich."

Tad stand so drohend vor ihm, dass Chuck jeden Augenblick erwartete, er würde zuschlagen. Offensichtlich hatte es auch das Spiel nicht vermocht, ihn abzureagieren. Schließlich drehte er sich abrupt um und griff nach seinem T-Shirt.

„Gehst du jetzt raus?" fragte Chuck. „Irgendjemand muss Amy vom Platz holen. Glaub mir, Tad, sie kann in diesem Zustand nicht spielen. Und du weißt ganz genau, dass sie auf mich nicht hören wird."

„Hör auf, mich zu drängen", entgegnete Tad und zog sich weiter an. Diesmal wartete Chuck ruhig ab. Es war ihm klar geworden, dass nicht nur Wut hinter Tads Benehmen steckte. Da war mehr – Verzweiflung, Unsicherheit. Schon einmal hatte er den Freund ähnlich erlebt – damals, vor drei Jahren. Und er war sicher, dass auch diesmal wieder Amy der Grund war.

„Okay, willst du darüber reden?" bot er an.

„Nein." Tad ballte die Fäuste und atmete tief durch. „Nein. Geh du nach draußen und ... und behalte sie im Auge, ja?"

Amy kämpfte, aber sie spürte ganz genau, dass sie nicht gewinnen konnte. Es hatte sie alle Kraft gekostet, die noch in ihr steckte, um den ersten Satz bis zum Tie-Break zu bringen.

Ihre Gegnerin merkte sehr schnell, dass sie heute leichtes Spiel mit Amy Wolfe haben würde, und sie nutzte ihre Chance gnadenlos aus. Amys Spiel war immer noch sehr präzise, aber es steckte keine Kraft mehr dahinter, und darum war es leicht für die Kingston, sie auszuspielen.

Tad hatte lange mit sich gekämpft, aber schließlich konnte er nicht anders. Er ging zum Ende des Tunnels, der von den Kabinen aufs Spielfeld führte, und warf einen Blick auf den Platz.

Er sah sofort, dass Chuck nicht übertrieben hatte. Amys Gesicht war blass, ihre Bewegungen wirkten verkrampft, und an ihren Füßen schienen Bleigewichte zu hängen. Keine Spur mehr von ihrer sonstigen Schnelligkeit.

Sie hatte es mit einem letzten Aufbäumen geschafft, den zweiten Satz nicht kampflos zu verlieren. Es stand drei zu drei. Aber Amy machte sich keine Illusionen. Ihre Kraft reichte einfach nicht aus, die Gegnerin in Schach zu halten und für sich Vorteile herauszuspielen.

Sie machte sich bereit zum Aufschlag. Wenn sie ihr Aufschlagspiel durchbringen konnte, hatte sie noch eine Chance. Sollte die Kingston es ihr jedoch abnehmen, dann war das Match so gut wie verloren.

Konzentrier dich, befahl sie sich, während sie den Ball einige Male auftippen ließ und dann den Schläger hob. Tads böse Worte gingen ihr immer noch im Kopf herum, und während sie den Ball hochwarf, glaubte sie sein wütendes Gesicht vor sich zu sehen.

„Fehler."

Amy schloss die Augen. Wo war ihre viel gerühmte Selbstbeherrschung? Jetzt, wo sie sie so dringend brauchte, drohte sie die Kontrolle über sich zu verlieren. Plötzlich hörte sie wieder die Zurufe des Publikums, die sie anfeuern und ihr neuen Mut geben sollten. Sie riss den Schläger hoch und legte den Rest Energie, der ihr noch verblieben war, in diesen Aufschlag. Ein Ass! Das Publikum jubelte. Noch war sie nicht geschlagen.

Der nächste Aufschlag war schwach. Stacie Kingston hatte keine Mühe, heranzukommen. Offenbar suchte sie jetzt die Entscheidung. Sie drosch die Bälle zurück, jagte Amy über den Platz und versuchte, die Schwäche ihrer Gegnerin auszunutzen.

Amy reagierte nur noch automatisch. Die ersten Bälle konnte sie noch erlaufen. In ihrem Kopf drehte sich alles, der Platz verschwamm vor ihren Augen, und als sie versuchte, nach einem Ball zu hechten, brach sie plötzlich zusammen. Sie fiel auf die Knie, der

Schläger flog weg, und dann lag sie wie ein Häufchen Elend zusammengekrümmt auf dem Platz.

Jemand fasste unter ihre Arme und zog sie behutsam hoch. Beinahe willenlos ließ sie sich zu ihrem Platz führen. „Komm, Amy", hörte sie Chucks besorgte Stimme. Er nahm ein Handtuch und wischte über ihr schweißnasses Gesicht. „Du kannst nicht weiterspielen, Amy", redete er leise auf sie ein. „Ich bring dich in die Kabine."

„Nein." Mit ungeahnter Kraft schob sie seine Hand beiseite. „Nein, ich gebe niemals auf." Sie nahm das Handtuch und warf es auf den Boden. „Ich spiele das Match zu Ende."

Hilflos musste Chuck mit ansehen, wie sie zurück auf den Platz ging, um das Spiel dann endgültig zu verlieren.

Amy schlief beinahe vierundzwanzig Stunden durch. In ihrem Zimmer angekommen, ließ sie sich nur noch auf das Bett fallen. Der Verlust des Spiels und damit auch des Titels als Grand-Slam-Siegerin bedeutete ihr wenig. Wenigstens hatte sie nicht aufgegeben, ihr Stolz war ungebrochen. Selbst den Reportern hatte sie nach dem Match noch Rede und Antwort gestanden, und sie hatte sich selbst gewundert, wie ruhig und besonnen ihre Erklärung für die Niederlage geklungen hatte.

Irgendwie hatte Amy es dann noch geschafft, sich bis auf die Unterwäsche auszuziehen. Dann hatte sie sich quer auf das breite Bett fallen lassen, das sie so oft mit Tad geteilt hatte, und war fest eingeschlafen.

Sie hörte auch nicht, als Stunden später Tad leise hereinkam. Er sah, dass sie sich noch nicht einmal zugedeckt hatte. Ein sicheres Zeichen dafür, dass Amy total erschöpft gewesen war. Die Hände in seinen Taschen ballten sich zu Fäusten, als er so dastand und auf sie hinabsah.

Leise ging er hinüber zum Fenster. Lange stand er so da, sah hinaus und hörte ihren gleichmäßigen Atem. Dann zog er die Vorhänge zu und ging.

Als Amy erwachte, spürte sie den Schmerz im ganzen Körper. Nur mit größter Kraftanstrengung konnte sie sich aufraffen, um hinüber ins Bad zu gehen. Sie ließ heißes Wasser in die Wanne laufen und legte sich völlig erschöpft hinein. Das Klopfen an der Tür überhörte sie ebenso wie das Telefon, das drüben im Wohnzimmer unentwegt läutete.

Jess legte den Hörer wieder auf. Wo konnte Amy nur stecken? Sie hatte sich an der Rezeption des Hotels erkundigt und wusste, dass sie noch nicht abgereist war. Aber wieso ging sie dann seit Stunden nicht ans Telefon? Es drängte Jess, endlich ihre Schuldgefühle loszuwerden und zu versuchen, alles wieder gutzumachen. Aber auch Tad wollte nicht mit ihr reden, es war einfach nicht an ihn heranzukommen.

Jess sah auf die Uhr. Jetzt würde Tad sich auf sein nächstes Spiel vorbereiten. Sie stellte sich selbst noch eine Frist. Wenn dieses Match vorüber war – gleichgültig, ob Tad gewonnen hätte oder nicht –, dann würde sie ihn dazu bringen, ihr zuzuhören.

Sie ging hinaus auf den Center Court und sah ihrem Bruder zu. Er spielte mit der gleichen Verbissenheit wie bereits im letzten Spiel – und genauso erfolgreich.

In den Stolz auf ihren Bruder mischte sich die Angst, dass er sich von ihr lossagen könnte, wenn sie ihm alles erzählt hatte. Trotzdem harrte sie aus, wartete die Siegerehrung und dann auch noch die anschließende Pressekonferenz ab. Als Tad endlich geduscht und umgezogen aus der Kabine kam, wartete sie auf ihn.

„Tad, ich muss mit dir reden."

„Jetzt nicht, Jess." Er nahm ihre Hand, tätschelte sie wie bei einem Kind und ließ sie dann los. „Ich will hier weg, bevor der nächste Reporter mir auflauert."

„Okay, dann steig in meinen Wagen. Ich fahre, und du hörst mir zu."

„Jess, ich ..."

„Tad, bitte!"

Er seufzte tief auf, folgte ihr aber dann doch zu ihrem Auto. Zum ersten Mal in seinem Leben wünschte er sich, seine Familie wäre diesmal nicht zum Turnier gekommen. Bisher hatte er Training oder irgendwelche Verabredungen mit der Presse vorgeschoben, um sie nicht sehen zu müssen. Aber im Grunde wusste Tad ganz genau, dass das nichts genutzt hatte. Die Blicke seiner Mutter hatten ihm gezeigt, dass sie Bescheid wusste und sich um ihn sorgte. Sie kannte ihn gut genug, um zu wissen, dass etwas ganz und gar nicht in Ordnung war.

Am schlimmsten aber war es für ihn, den kleinen Pete zu sehen. Der Gedanke daran, dass er vielleicht auch einen Sohn wie ihn gehabt hätte, brachte ihn fast um den Verstand.

„Bitte, Jess, ich bin müde und …"

„Steig ein", unterbrach sie ihn. „Ich hätte schon längst mit dir reden müssen. Es muss sein, glaub mir."

Tad stieg ein, und Jess startete. Als sie sich in den Verkehr eingereiht hatte, begann sie zu sprechen. „Tad, ich muss dir einiges sagen, und ich möchte dich bitten mich nicht zu unterbrechen, okay?"

„Ich habe ja wohl keine andere Wahl, wenn ich nicht zurücklaufen will."

Jess begann in dem ersten Sommer, den er mit Amy verbrachte. Nach einigen Sätzen wollte Tad sie unterbrechen, da er nicht daran erinnert werden wollte, aber Jess bat ihn zu schweigen und sprach weiter.

Als sie ihm erzählte, dass sie zu Amy gegangen sei, sah er sie überrascht von der Seite an. Jetzt hatte sie seine volle Aufmerksamkeit. Seine Brauen zogen sich zusammen, als er Sätze hörte wie: Tad weiß nicht, wie er sich von dir trennen soll, ohne dir wehzutun … Tad meint, dass Eric sehr gut zu dir passt …

„Sie hat überhaupt nicht darauf reagiert, Tad", fuhr Jess schnell fort, damit er sie nicht unterbrechen konnte. „Sie war völlig kühl und beherrscht. Das bestärkte mich noch in meiner Meinung. Damals wusste ich noch nicht, dass man auch sehr starke Gefühle unterdrücken kann, wenn man verletzt wird. Erst als ich Mac kennen gelernt hatte ..." Sie trat auf die Bremse, als die Ampel vor ihr rotes Licht zeigte. Tad saß schweigend neben ihr.

„Wenn ich heute daran zurückdenke, dann fällt mir wieder ein, wie blass sie war und wie ruhig. Sie hörte sich alles an, was ich ihr zu sagen hatte. Ihre Stimme war leise, aber sie weinte keine einzige Träne. Oh, Tad, ich muss ihr furchtbar wehgetan haben."

Jess warf einen Blick auf ihren Bruder. Er sah starr geradeaus und sprach kein Wort. „Ich hatte kein Recht dazu, Tad", begann sie wieder. „Heute weiß ich das. Ich wollte ... wollte dir helfen, dir etwas von dem wieder gutmachen, was du für mich getan hast. Damals habe ich gedacht, ich würde ihr genau das sagen, was du nicht sagen konntest. Ich wollte ... Ach, ich weiß auch nicht."

Jess brach hilflos ab und wartete darauf, dass er endlich etwas sagen würde. „Vielleicht war ich auch eifersüchtig – und trotzdem habe ich gedacht, du würdest sie nicht lieben, genauso wenig wie sie dich. Vor allem, als sie dann so schnell danach heiratete."

Sie spürte, wie ihr Tränen in die Augen stiegen. Schnell lenkte sie den Wagen an den Straßenrand und stellte den Motor ab. „Tad, ich weiß, es genügt nicht, wenn ich dir sage, wie Leid mir das alles tut. Aber ich weiß nicht, was ich sonst sagen soll."

Langsam drehte er den Kopf und sah ihr in die Augen. „Wie bist du nur auf die Idee gekommen, du müsstest mir eine Entscheidung abnehmen?" Seine Stimme klang ganz ruhig, aber dann schrie er sie plötzlich an. „Wer, zum Teufel, hat dich damit beauftragt?"

Jess zwang sich, seinem Blick standzuhalten. „Du kannst mir nichts sagen, was ich mir nicht bereits selbst gesagt hätte, Tad. Und du hast ein Recht darauf, wütend auf mich zu sein."

„Weißt du überhaupt, was du da angestellt hast?"

Sie musste sich räuspern, bevor sie sprechen konnte. „Ja", antwortete Jess dann ganz leise.

„Ich wollte Amy an dem Abend fragen, ob sie mich heiraten wollte. Als ich dann in unser Zimmer kam, fand ich nur dich vor. Und dann hast du mir erzählt, dass sie mit Wickerton auf und davon sei."

„Oh, Tad!" Tränen rollten über ihre Wangen. „Tad, ich hatte doch keine Ahnung, dass Amy dir so viel bedeutete."

„Sie bedeutete mir alles, Jess. Alles! Ich war halb verrückt vor Angst, sie könnte mich nicht heiraten wollen." Er hämmerte mit beiden Fäusten verzweifelt auf das Armaturenbrett. „Und ich habe immer noch Angst, bin mir immer noch nicht sicher."

„Tad, wenn du zu ihr gehst, vielleicht ..."

„Nein." Er musste wieder an das Baby denken. Sein Baby. „Nein, jetzt gibt es noch andere Gründe."

„Dann gehe ich zu ihr", sagte Jess. „Ich kann ..."

„Nein!" Seine Stimme überschlug sich fast. „Du gehst nicht zu ihr. Hast du gehört?"

„Wenn du nicht willst ..."

„Ich will es nicht, Jess."

„Liebst du sie immer noch?" fragte sie leise.

Tad drehte den Kopf und sah seine Schwester verzweifelt an. „Ja, ich liebe sie immer noch. Aber da gibt es etwas, das ich nicht vergessen und ihr nie verzeihen kann."

„Verzeihen?"

„Ja, sie hat mir etwas genommen ..." Seine Stimme brach ab. Er öffnete die Tür und stieg aus.

„Tad." Jess griff nach seinem Arm und hielt ihn zurück. „Willst du, dass ich abreise? Mir wird schon eine Ausrede für die Familie einfallen."

„Tu, was du willst", antwortete er kurz angebunden. Er wollte schon die Tür zuschlagen, als er ihren Blick sah. Sein ganzes Leben lang hatte er sie beschützt, und er würde es auch weiterhin tun.

„Es ist vorbei, Jess", sagte er leise. „Vergiss es."

Dann drehte er sich um und ging. Dabei war er sich nicht sicher, ob er seinen eigenen Worten glaubte.

12. KAPITEL

Amy saß auf dem Bett und sah das Endspiel der Herren im Fernsehen. Es wäre ihr unmöglich gewesen, ins Stadion zu gehen. Aber es war ihr ebenso unmöglich, ein Spiel von Tad zu verpassen.

Er spielte sehr konzentriert und präzise. Amy nahm den Blick nicht für einen Augenblick vom Bildschirm, wenn einer seiner besonders gelungenen Schläge in Zeitlupe gezeigt wurde. Die Haare hingen ihm wie üblich wirr über das Schweißband, und seine dunklen Augen sprühten vor Energie. War es nur sein unbändiger Siegeswille? fragte Amy sich. Oder trieb ihn diesmal ein anderes Gefühl noch viel mehr an?

Sein Topspin kam auf Chucks Rückhand, und er schlug ihn kraftvoll zurück. Tad spielte entlang der Linie, erwischte seinen Gegner auf dem falschen Fuß und wollte sich schon befriedigt abdrehen, als sehr spät erst der Ruf vom Linienrichter kam. Der Ball war „aus".

Die Kamera war auf ihn gerichtet. Seine Augen sprühten Blitze, und er machte schon einen Schritt auf den Schiedsrichter zu. Amy hielt unwillkürlich die Luft an. Sie kannte ihn nur zu gut. Er war drauf und dran, die Kontrolle zu verlieren und so zu reagieren wie früher. Mitten in der Bewegung hielt er inne. Noch ein Blick auf den Schiedsrichter, dann drehte er sich um und ging zurück zur Grundlinie. Geduckt wie eine Katze erwartete er Chucks Aufschlag. Amy atmete auf.

Chuck schenkte ihm nichts, aber schon sehr früh war klar, dass er gegen einen so kraftvoll aufspielenden Tad keine Chance hatte. Er wehrte sich mit all seiner Erfahrung, versuchte Tad auszutricksen, aber am Ende war es immer wieder er, der einem Ball nachsehen musste.

Amy spürte einen körperlichen Schmerz, wenn sie daran dachte, dass er für sie verloren war. Tad hatte sie aus seinem Leben verbannt, und es gab keine Anzeichen, dass er seine Meinung ändern würde.

Sie seufzte und bedeckte ihr Gesicht mit beiden Händen. Plötzlich hob sie den Kopf. Sie starrte auf den Bildschirm, wo die Kamera jetzt nahe an Tad heranfuhr und sein Gesicht aufnahm. War sie nicht dabei, wieder den gleichen Fehler zu machen? Sie sah in seine dunklen Augen, die jetzt kalt und voll konzentriert blickten.

Nein, so einfach würde sie diesmal nicht aufgeben. Amy reckte die Schultern und sprang auf. Sie wollte nicht kampflos aus Tads Leben verschwinden. War sie nicht immer stolz darauf gewesen, niemals aufzugeben? Und jetzt, wo es um ihre Liebe ging, um ihr ganzes weiteres Leben, das ohne Tad öd und leer vor ihr lag, wollte sie auch nicht damit anfangen.

Sie schaltete den Fernseher aus. Genau in diesem Augenblick klopfte jemand an die Tür. Amy machte auf – und erstarrte.

„Dad!“

„Amy.“ Jim streckte ihr nicht die Hand entgegen, sein Gesicht war ausdruckslos. „Darf ich hereinkommen?“

Er hat sich überhaupt nicht verändert, dachte Amy. Immer noch sehr schlank, fast wie zu seiner Wettkampfzeit, mit hoch erhobenem Kopf und gestrafften Schultern stand er vor ihr. „Oh, Dad, ich freue mich so, dich zu sehen.“ Amy griff nach seiner Hand und zog ihn ins Zimmer. „Setz dich bitte. Soll ich dir etwas zu trinken bestellen? Einen Kaffee vielleicht?“

„Nein.“ Jim setzte sich in den Sessel und sah seine Tochter an. Sie war schlanker geworden, und sie wirkte sehr nervös. Fast so nervös, wie er selbst es war. Seit Tads Anruf hatte er an nichts anderes mehr denken können. „Amy ...“ begann er zögernd. „Ich wollte dir sagen, dass ich stolz auf dich bin. Du hast in dieser Saison sehr gut gespielt.“

„Danke.“

„Bei deinem letzten Spiel, da war ich ganz besonders stolz auf dich“, sagte er leise.

Amy lächelte traurig. Wie typisch für ihn, dass er als erstes von Tennis sprach. „Ich habe verloren, Dad."

„Aber du hast gekämpft", widersprach er. „Bis zum letzten Punkt hast du gekämpft. Ich glaube, es ist nur sehr wenigen aufgefallen, wie schlecht du dich gefühlt hast."

„Als ich erst einmal auf dem Platz stand ..."

„Hast du dich nicht mehr schlecht gefühlt", unterbrach er sie. „Ich weiß. Das ist das, was ich dir jahrelang eingehämmert habe, nicht wahr?"

„Ja, Stolz und sportliches Verhalten", antwortete sie und wiederholte damit die Worte, die sie unzählige Male von ihrem Vater gehört hatte.

Jim schwieg und sah sie an. Amy war immer meine Prinzessin, dachte er, meine hübsche, erfolgreiche Prinzessin.

„Ich habe nicht damit gerechnet, dass du kommen würdest", unterbrach sie seine Gedanken.

„Ich hatte eigentlich auch nicht vor zu kommen."

Wenn sie diese Antwort verletzte, so zeigte sie es nicht. „Und warum hast du deine Meinung geändert?"

„Da gibt es mehrere Gründe – vor allem aber dein letztes Spiel."

Amy stand auf und ging hinüber zum Fenster. „Dann habe ich also erst verlieren müssen, damit du wieder mit mir sprichst." Aus ihrer Stimme klang Bitterkeit, und sie gab sich auch keine Mühe, sie zu unterdrücken. „All die Jahre habe ich dich so nötig gebraucht, Dad. Ich habe so sehr darauf gehofft, dass du mir verzeihen würdest."

„Es war schwer für mich, Amy." Jim stand auf und machte einige Schritte auf sie zu.

„Es war auch schwer für mich, zu verstehen, dass meinem Vater die Sportlerin wichtiger war als das Kind", sagte sie leise.

„Das ist nicht wahr."

„Wirklich nicht?" Amy drehte sich herum und sah ihn an. „Du wolltest nichts mehr mit mir zu tun haben, weil ich meine Karriere aufgegeben hatte. Und obwohl ich niemanden außer dir hatte, hast du nicht die Hand ausgestreckt."

„Ich habe versucht, damit fertig zu werden, Amy, mich damit abzufinden, dass du diesen Mann geheiratet hast. Du weißt, dass ich ihn von Anfang an nicht mochte."

„Ich hatte keine andere Wahl."

„Keine andere Wahl?" wiederholte er mit scharfer Stimme. „Du hast deine eigene Entscheidung getroffen, Amy – deine Karriere für einen Adelstitel. Und genauso hast du deine eigene Entscheidung getroffen, als es um mein Enkelkind ging."

„Dad, bitte!" Sie hob beide Hände. „Hast du eine Ahnung, wie sehr ich für diesen kleinen Augenblick der Unachtsamkeit in den letzten Jahren bezahlt habe?"

„Unachtsamkeit?" Mit aufgerissenen Augen starrte Jim seine Tochter an. „Du nennst den Beginn einer Schwangerschaft Unachtsamkeit?"

„Nein, nein!" Mit Tränen in den Augen sah Amy ihn an. „Ich meine den Augenblick, als ich mein Baby verloren habe. Wenn ich mich nicht in den Streit mit ihm eingelassen hätte, wenn ich aufgepasst hätte an der Treppe ... Ich wäre nicht gefallen und hätte Tads Baby nicht verloren."

„Wie bitte?" Alle Farbe war aus seinem Gesicht gewichen. Ohne den Blick von Amy zu nehmen, ließ Jim sich wieder in den Sessel fallen. „Du bist gestürzt? Und es war Tads Baby?" Er schüttelte den Kopf und strich sich mit einer Hand übers Gesicht. Er verstand noch nicht ganz die Zusammenhänge, aber plötzlich fühlte er sich alt und schwach. „Amy, willst du damit sagen, dass du eine Fehlgeburt hattest?"

„Ja. Aber das habe ich dir doch alles geschrieben damals."

„Ich habe nie einen Brief von dir bekommen." Er streckte beide Hände seiner Tochter entgegen, und Amy zögerte nur kurz, bevor sie danach griff. „Amy, Eric hat mir erzählt, du hättest das Baby abtreiben lassen – sein Baby." Er sah, wie sie blass wurde und den Mund öffnete, aber es kam kein Wort heraus. „Er hat mir gesagt, dass du das ohne sein Wissen getan habest, und er klang so verzweifelt, dass ich ihm geglaubt habe.“ Jim zog sie zu sich, und sie setzte sich wie als kleines Kind auf seinen Schoß. „Ich habe ihm geglaubt, Amy.“

„Oh nein!“ Der Schock stand ihr ins Gesicht geschrieben, und ihre Augen füllten sich mit Tränen.

„Eric rief mich an und sagte mir, dass er erst davon erfahren habe, als es schon zu spät gewesen sei. Du hättest ihm gesagt, du wollest keine Kinder, weil du dein Leben als Lady Wickerton genießen wolltest.“

Amy schüttelte den Kopf. Sie konnte noch nicht einmal Zorn empfinden. Zu viel war in letzter Zeit auf sie eingestürmt. „Ich hätte nie geglaubt, dass Eric so hinterhältig und gemein sein könnte.“

Allmählich bekam alles einen Sinn. Ihr Vater hatte ihre Briefe nie beantworten können, weil Eric sie abgefangen hatte. Darum auch die seltsam kalte Reaktion ihres Vaters, als sie ihn schließlich angerufen hatte. Am Telefon hatte Jim ihr gesagt, dass er sich mit ihrer Entscheidung niemals abfinden könne. Und sie hatte geglaubt, er meinte damit ihre Entscheidung, nicht mehr Tennis zu spielen.

„Er will mich bestrafen“, sagte Amy leise.

Jim nahm das Gesicht seiner Tochter zwischen beide Hände. „Amy, erzähl mir alles, von Anfang an. Ich hätte dir schon längst dazu Gelegenheit geben müssen.“

Sie begann mit dem Besuch von Jess in ihrem und Tads Hotelzimmer, und sie verschwieg auch nicht, wie es jetzt um sie und ihn stand.

„Und jetzt glaubt Tad ...“ Plötzlich brach Amy ab, als ihr klar wurde, was Tad glauben musste. „Eric muss ihm auch die Geschichte mit der Abtreibung erzählt haben.“

„Nein, das habe ich getan“, erwiderte ihr Vater leise.

„Du?“ Verwirrt presste Amy ihre Fingerspitzen an den schmerzenden Kopf. „Aber wieso ...“

„Er hat mich vor einigen Tagen spät abends angerufen. Tad wollte mich dazu bringen, wieder Kontakt mit dir aufzunehmen. Ich erwähnte die Abtreibung, und er hat mir genauso geglaubt wie ich Eric."

„Das war die Nacht, in der ich wach geworden bin", sagte Amy leise. „Und als er dann erfuhr, dass es sein Baby war ... Kein Wunder, dass er mich hasst."

Plötzlich kam wieder Farbe in ihr Gesicht. „Ich muss zu ihm, muss ihm alles erzählen." Sie sprang auf. „Er muss mir glauben. Ich gehe zum Tennisplatz."

„Das Spiel müsste eigentlich schon vorüber sein." Jim fühlte sich entsetzlich. Seine Tochter war durch die Hölle gegangen, und er hatte ihr nicht geholfen. „Du triffst Tad dort bestimmt nicht mehr an."

Amy sah auf die Uhr. „Aber ich weiß nicht, wo er jetzt wohnt." Sie ging zur Tür. „Ich muss an der Rezeption fragen. Die wissen das sicherlich."

„Amy ..." Er ging auf seine Tochter zu und streckte ihr die Hand hin. „Amy, bitte verzeih mir."

Sie sah ihn an. Dann ließ sie die Türklinke los, übersah die ausgestreckte Hand und warf sich in seine Arme.

Es war schon fast Mitternacht, als Tad die Tür zu seinem Zimmer aufschließen wollte. Die letzten beiden Stunden hatte er damit verbracht, einen Drink nach dem anderen in sich hineinzuschütten.

Schließlich gewinnt man auch nicht jeden Tag den Grand-Slam-Titel, sagte er sich und suchte in der Tasche nach seinem Schlüssel. Und man bekommt auch nicht jeden Tag von mindestens einem halben Dutzend schöner Frauen eindeutige Angebote, dachte er und lachte plötzlich. Und warum zum Teufel hatte er keines davon angenommen?

Weil sie alle nicht wie Amy waren, sagte eine Stimme in ihm. Unsinn! Er war einfach zu müde, darum hatte er keine mit hinauf in sein Zimmer genommen. Amy – das war vorbei!

Das Zimmer war dunkel, als er endlich die Tür aufgeschlossen hatte und hineinstolperte. Er hatte getrunken, weil er etwas zu feiern hatte, sagte er sich – nicht etwa, weil er vergessen wollte.

Tad warf die Schlüssel auf den Boden, griff nach seinem T-Shirt und zog es sich über den Kopf. Jetzt brauchte er nur noch den Weg zum Bett zu finden, ohne Licht zu machen. Heute Nacht würde er schlafen können, dafür hatte er genügend Alkohol im Körper.

Als er sich seinen Weg zum Schlafzimmer bahnte, ging plötzlich das Licht an und blendete ihn. Er legte seine Hand vor die Augen und lehnte sich gegen die Wand, um nicht das Gleichgewicht zu verlieren.

„Knips das verdammte Licht aus."

„So sieht also ein Sieger aus."

Die leise Stimme ließ ihn zusammenzucken. Er nahm die Hand von den Augen und starrte Amy an. Sie saß im Sessel und lächelte ihn an.

„Was, zum Teufel, tust du hier?"

„Triumphierend und betrunken", fuhr sie fort, als hätte sie seine Frage gar nicht gehört. „Soll ich meine Glückwünsche auch noch anbringen, wie die vielen anderen schon vor mir?"

„Geh!" Er trat einen Schritt von der Wand weg und schwankte leicht. „Ich will dich nicht sehen."

„Ich werde dir einen Kaffee bestellen", gab sie ungerührt zur Antwort. „Und dann werden wir reden."

„Ich habe gesagt, du sollst gehen." Er griff nach ihrem Handgelenk, als sie den Telefonhörer abnehmen wollte und wirbelte sie herum. „Geh – oder ich kann für nichts garantieren."

Amy stand ganz still vor ihm. „Ich werde gehen, nachdem wir beide uns unterhalten haben."

„Weißt du, was ich jetzt am liebsten mit dir machen möchte?" Er riss sie herum und drängte sie gegen die Wand. „Ich möchte dich schlagen, bis ich keine Kraft mehr habe."

Amy zeigte keine Spur von Angst. „Tad, hör mir bitte zu ..."

„Ich will dir aber nicht zuhören." In seiner Fantasie sah Tad sie nackt auf dem zerwühlten Bett liegen. „Geh, bevor ich dir wehtun werde."

„Nein." Sie streckte eine Hand aus und berührte ihn leicht an der Wange. „Tad ..."

Sie brach ab, als er sie plötzlich mit aller Kraft gegen die Wand presste. Für einen Augenblick dachte sie, er würde sie wirklich schlagen. Aber dann war plötzlich sein Mund auf ihren Lippen. Hart, beinahe brutal, drängte er ihre Lippen auseinander. Sie spürte seine Zähne und roch den Alkohol. Als sie versuchte, ihren Kopf zur Seite zu drehen, griff er mit beiden Händen zu und hielt ihn fest.

Amy versuchte, sich zu wehren. Er stöhnte auf, aber dann erlahmte ihr Widerstand.

Ohne sich dessen bewusst zu sein, lockerte sich sein Griff. Seine Hände strichen über ihren Körper, sein Kuss wurde liebevoll und zärtlich. Immer wieder murmelte er ihren Namen, während er ihr Gesicht mit Küssen bedeckte.

„Ich kann nicht ohne dich leben", flüsterte er und zog sie mit sich hinunter auf den Boden.

Er spürte ihre Hände auf seinem Körper und überließ sich den leidenschaftlichen, wilden Gefühlen, die ihre Berührung in ihm auslöste. Er hörte ihr Stöhnen und fühlte ihren Körper, der sich fest gegen seinen presste.

Längst hatte Tad die Kontrolle über sich verloren. Er war in ihr, bevor er sich dessen überhaupt bewusst wurde, und ihre Körper fanden den gemeinsamen Rhythmus, den sie beide so schmerzlich vermisst hatten.

Erst als alles vorüber war, Tad sich von ihr rollte und an die Decke starrte, kam er wieder zur Besinnung. Wie war es möglich, dass Amy immer noch eine solche Macht über ihn hatte – nach allem, was er ihr vorwerfen konnte? Wie hatte es passieren können, dass er sie wollte, obwohl er sie doch eigentlich hassen müsste?

„Tad." Amy drehte sich zur Seite und berührte seine Schulter.

„Lass mich." Ohne sie anzusehen, stand er auf. „Zieh dich an", murmelte er und zog seine Jeans hoch. „Bist du mit dem Wagen hier?"

Amy setzte sich auf und strich sich die Haare aus dem Gesicht. „Nein."

„Ich ruf dir ein Taxi."

„Das ist nicht nötig." Schweigend zog sie sich an. „Tut es dir Leid, dass das passiert ist?"

„Glaub nur nicht, dass ich mich entschuldige", fuhr Tad sie an. „Darauf kannst du lange warten."

„Ich habe auch keine Entschuldigung von dir verlangt", sagte Amy ruhig. „Ich wollte dir nur sagen, dass es mir nicht Leid tut. Ich liebe dich, Tad, und wenn wir zusammen schlafen, so ist das ein Ausdruck meiner Liebe."

Tad stand am Fenster und hatte ihr den Rücken zugewandt. Sie knöpfte die Bluse zu und stand auf. „Ich bin gekommen, um dir etwas zu sagen, das du unbedingt wissen musst, Tad. Danach werde ich gehen und dir Zeit lassen, darüber nachzudenken."

Er drehte sich um und sah sie an. „Okay", sagte er schließlich und strich sich mit beiden Händen übers Gesicht. „Vielleicht sollte ich dir zuerst sagen, dass das, was Jess dir da vor drei Jahren erzählt hat, ihrer eigenen Fantasie entsprungen ist", sagte er schnell. „Ich habe erst gestern überhaupt davon erfahren. Auf ihre Art hat sie damals versucht, mich zu beschützen."

„Ich weiß gar nicht, wovon du redest."

„Hast du wirklich geglaubt, dass ich dich nicht mehr wollte? Dass ich nach einem Weg gesucht habe, dich loszuwerden?"

Amy öffnete den Mund, aber dann schloss sie ihn wieder und schwieg. Seltsam, dass die Worte selbst jetzt noch weh taten.

„Also hast du es tatsächlich geglaubt", stellte Tad resigniert fest.

„Und warum sollte ich nicht?" gab sie zurück. „Alles, was Jess sagte, klang völlig glaubhaft. Du hattest nie von Liebe gesprochen, und wir hatten auch keine Pläne für eine gemeinsame Zukunft gemacht."

„Warst du dir denn deiner eigenen Gefühle so wenig sicher?" fragte Tad. „Vielleicht ist dir der Auftritt von Jess gerade recht gekommen. Schließlich bist du daraufhin mit Wickerton auf und davon – obwohl du von mir schwanger warst."

„Ich wusste nicht, dass ich schwanger war, als ich Eric heiratete." Amy sah, wie er mit den Schultern zuckte. Wütend griff sie nach seinen Armen und hielt ihn fest. „Ich versichere dir, ich wusste es wirklich nicht! Hätte ich es gewusst, dann hätte ich dich verlassen und wäre nicht zu Eric gegangen. Ich hatte vorher schon so eine Ahnung, dass du mich nicht mehr wolltest, bevor Jess es mir bestätigte."

„Und wieso?"

„Du warst damals so in dich gekehrt, häufig mit deinen Gedanken ganz woanders. Es ergab alles einen Sinn, was Jess sagte."

„Ich war in mich gekehrt, weil ich mir den besten Weg überlegte, wie ich die große Amy Wolfe, Miss Tennis schlechthin, dazu bringen könnte, den Starbuck aus den Slums von Chicago zu heiraten."

Überrascht sah Amy Tad an. „Du wolltest mich heiraten?"

„Den Ring habe ich immer noch, den ich dir damals gekauft habe."

„Einen Ring?" wiederholte sie. „Du hast mir einen Ring gekauft?"

„Ja, ich wollte dich ganz offiziell um deine Hand bitten. Und wenn das nicht geklappt hätte – nun, dann hätte ich dich eben entführt."

Sie versuchte zu lachen, während ihr die Tränen in die Augen traten. „Ich hätte mich gern entführen lassen, aber das wäre nicht nötig gewesen."

„Wenn du mir gesagt hättest, dass du schwanger ..."

„Tad, ich wusste es nicht!" unterbrach sie ihn und hämmerte mit ihren Fäusten gegen seine Brust. „Meinst du wirklich, ich hätte Eric geheiratet, wenn ich es gewusst hätte? Wochen später stellte sich erst heraus, dass ich schwanger war."

„Und warum zum Teufel bist du dann nicht zu mir gekommen?"

„Auf diese Weise wollte ich dich nicht zurückholen, Tad", sagte sie und reckte stolz ihr Kinn empor. „Außerdem war ich da bereits mit einem anderen Mann verheiratet und an ihn gebunden."

„Ja, so sehr an ihn gebunden, dass du in eine Klinik gegangen bist und mein Kind hast abtreiben lassen", antwortete er bitter.

„Das ist nicht wahr! Ich habe das Baby nicht abtreiben lassen. Ich hatte eine Fehlgeburt, an der ich fast gestorben wäre. Würdest du dich jetzt besser fühlen, wenn es dazu gekommen wäre?"

„Fehlgeburt?" Er ließ ihre Hände los und packte sie hart an den Schultern. „Wovon redest du?"

„Als ich Eric sagte, dass ich von dir schwanger sei, hat er sofort angenommen, ich hätte ihn hereingelegt, hätte nur einen Vater für mein Baby gesucht, nachdem du mich nicht mehr gewollt hast. Ich konnte sagen, was ich wollte, er glaubte mir nicht. Wir stritten miteinander und gingen dabei auf die Treppe zu. Ich wollte nichts anderes als weg von ihm, allein sein." Sie schlug die Hände vors Gesicht, als die Erinnerung daran zurückkam. „Ich habe nicht mehr aufgepasst, bin einfach nur vor ihm geflohen. Dann bin ich gefallen. Alles drehte sich um mich. Danach kann ich mich an nichts mehr erinnern. Erst in der Klinik kam ich nach einigen Tagen wieder zu mir. Ich hatte das Baby verloren."

„Oh, Amy!" Tad versuchte, sie in seine Arme zu ziehen, aber sie wich ihm aus.

„Ich habe mich so nach dir gesehnt, aber ich wusste, dass du mir niemals verzeihen würdest. Es gab keinen anderen Ausweg, und so habe ich getan, was Eric wollte."

Langsam ließ Amy die Arme sinken und sah ihn an. „Ich hätte es nicht ertragen, wenn du mich nur aus Mitleid wieder genommen hättest, und so habe ich auch nicht versucht, Kontakt zu dir aufzunehmen. Ich habe dafür bezahlt, Tad. Mit drei Jahren meines Lebens, in denen ich nicht eine Minute glücklich war."

Er ging hinüber zum Fenster und riss es auf. Er brauchte Luft, hatte das Gefühl zu ersticken. „Warst du schwer verletzt?"

„Wie bitte?" Amy glaubte, ihn nicht richtig verstanden zu haben.

„Warst du schwer verletzt?" Als sie schwieg, drehte Tad sich herum. „Bei dem Sturz, meine ich."

„Ich ... ich habe das Baby verloren."

„Ich habe nach dir gefragt."

Keiner hatte sie danach gefragt, noch nicht einmal ihr Vater. Amy schüttelte nur den Kopf.

„Verdammt, Amy. Du hast vorhin gesagt, du seist beinahe daran gestorben."

„Aber das Baby ist gestorben", wiederholte sie noch einmal leise.

„Ich meine dich", schrie er sie an. „Weißt du immer noch nicht, dass du das Wichtigste für mich bist? Wir können noch viele Babys haben, wenn du willst. Ich will wissen, was dir passiert ist."

„Ich kann mich gar nicht mehr an alles erinnern. Ich habe Transfusionen ..." Jetzt erst ging ihr der Sinn seiner Worte auf. Die Besorgnis in seinem Blick galt ihr. „Tad!" Amy lehnte ihren Kopf gegen seine Brust. „Es ist alles vorbei."

„Ich hätte bei dir sein müssen." Er zog sie näher zu sich. „Es wäre leichter für dich gewesen, wenn wir beide zusammen gewesen wären."

„Sag mir, dass du mich liebst", bat sie leise.

„Du weißt es doch." Er legte eine Hand leicht unter ihr Kinn und hob ihr Gesicht hoch. Eine Träne rollte über ihre Wange, und er küsste sie weg. „Nicht mehr weinen", bat er sanft. „Du darfst nicht mehr weinen."

„Beinahe wäre alles noch einmal passiert, Tad."

„Ja, es hat nicht viel gefehlt. Ab jetzt gibt es keine Geheimnisse mehr, Liebes. Versprichst du mir das?"

„Ja, ich verspreche es dir. Und jetzt lass uns feiern."

„Ich habe meinen Teil schon hinter mir." Er lachte.

„Aber nicht mit mir. Wir könnten in mein Hotel fahren und unterwegs eine Flasche Champagner kaufen."

„Wir können auch hier bleiben und den Champagner auf morgen verschieben."

„Es ist bereits morgen", erinnerte sie ihn und zeigte auf ihre Uhr.

„Umso besser. Dann haben wir den ganzen Tag für uns." Er fasste ihre Hände und zog sie zum Schlafzimmer.

„Moment." Sie entzog sich seinem Griff. „Ich möchte, dass du jetzt das tust, was du vor drei Jahren tun wolltest."

„Oh, Amy, doch nicht jetzt." Wieder wollte er nach ihr greifen, aber sie war schneller.

„Oh, doch, Tad."

Er seufzte und vergrub die Hände in den Taschen seiner Jeans. „Ich hab dir ja gesagt, dass ich dich heiraten will."

„Oh nein, so nicht! Du wolltest es ganz offiziell machen. So etwa wie: Amy ..."

„Ich weiß, was ich sagen muss", unterbrach Tad sie. „Aber ich glaube, ich versuch's doch lieber mit der Entführung."

Lachend ging sie auf ihn zu und schlang die Arme um seinen Hals. „Frag mich", flüsterte sie nahe an seinem Mund, „bitte!"

„Willst du mich heiraten, Amy?" Er bedeckte ihr Gesicht mit Küssen. Dann hielt er inne und sah sie an. „Nun?"

„Ich werde es mir überlegen", antwortete sie und bemühte sich, ernst zu bleiben. „Eigentlich hatte ich mir das ja viel romantischer vorgestellt, viel ..." Mitten im Satz packte Tad sie und warf sie über seine Schulter. „Ja, so ist es auch gut", gab Amy sich zufrieden. „In einigen Tagen gebe ich dir dann meine Antwort."

Ohne sich zu bücken, ließ er sie auf das Bett fallen.

„Oder auch schon früher", lenkte sie ein, während Tad begann, ihre Bluse aufzuknöpfen.

„Sei still."

Überrascht zog sie eine Braue hoch. „Willst du meine Antwort etwa gar nicht?“

„Morgen bestellen wir das Aufgebot.“

„Aber ich habe noch nicht ...“

„Und verschicken die Einladungen.“

„Ich habe noch nicht Ja gesagt und ...“

Er verschloss ihren Mund mit einem Kuss.

„Nun gut“, seufzte Amy, „du hast mich überzeugt.“

– ENDE –

Nora Roberts

Bei Tag und bei Nacht

Roman

Aus dem Amerikanischen von
Ursel von der Heiden

MIRA®

1. KAPITEL

Gennie wusste sofort, dass sie endlich gefunden hatte, was sie suchte, als sie die ersten schindelbedeckten Häuser von Windy Point erblickte.

Dieser Ort entsprach ganz ihrer Vorstellung von einem urwüchsigen, verträumten Fischerdorf an der Küste von Maine. Andere Gegenden, durch die sie gefahren war, mochten reizvoller, malerischer und vollkommener sein und aufs Haar den bunten Ansichtskarten gleichen, aber vielleicht hatte gerade ihre Perfektion Gennie gestört.

Der Wunsch, ihr Talent auf einem neuen Gebiet zu prüfen, war die treibende Kraft gewesen, sich zu einem Arbeitsurlaub zu entschließen. Gennies bisherige Bilder waren geprägt von Fantasie und Mystifikation. Doch jetzt sollte die Vorstellungskraft der Realität weichen, ohne Rücksicht darauf, wie sich diese darstellte. Im Kofferraum ihres Wagens stapelten sich schon Skizzen von schroffen Klippen und bewegter See, doch Gennie spürte noch immer das nagende Gefühl der Unzufriedenheit in sich.

Windy Point schien die Antwort auf alle Fragen zu sein. Statt schattenspendender Laubbäume sah man verkümmerte Kiefern und Fichten, knorrig und verwittert. Rechts und links von der mit Schlaglöchern übersäten Straße standen einzelne Häuser, die durch Sonne und den salzigen Wind alt und verblasst wirkten. An den Fenstern und Türen splitterte die Farbe ab, doch das alles machte keinen ärmlichen oder vernachlässigten Eindruck, sondern schien zäh und widerstandsfähig.

Gennie erkannte die zweckmäßige Schönheit. Es gab keine unrationellen Gebäude oder Schnörkel. Jedes Haus hatte seinen Sinn: ein Kurzwarengeschäft, die Poststelle und die Apotheke. Der Grundriss der Wohnbungalows war einfach und praktisch. Überall umgab ein Garten die weit herabreichenden Schindeldächer. Ihr simples Grau stand in fröhlichem Kontrast zu der bunten Blumenpracht. Der hintere Teil der Gärten bestand aus sehr gepflegten Gemüsebeeten. Die Petunien durften vielleicht ein wenig wild durcheinander wachsen, doch zwischen den Zwiebeln und Karotten gab es kein einziges Unkrautpflänzchen.

Durch das offene Wagenfenster drang der typische Geruch des Dorfes herein. Es roch ganz eindeutig nach Fisch.

Gennie fuhr bis zum Ende der Siedlung, denn sie wollte einen kompletten Gesamteindruck bekommen. Erst beim Kirchhof hielt sie an. Hier wehte hohes Gras sanft zwischen mächtigen Granitgrabsteinen. Als sie den Wagen wendete, fand sie die alte, holprige Straße erstaunlich geräumig. Man trat hier seinem Nachbarn nicht ohne weiteres auf die Füße, es sei denn, mit voller Absicht.

Höchst zufrieden parkte Gennie ihren Wagen vor dem Kurzwarenladen. Es war zu erwarten, dass sich hier der Mittelpunkt von Windy Points Mitteilungs- und Nachrichtenwesen befand.

In einem alten, hölzernen Schaukelstuhl saß ein Mann. Natürlich war ihm Gennies Fahrt durch den Ort und wieder hierher zurück keinesfalls entgangen. Aber er tat, als interessierte sie ihn nicht. Ohne die gleichmäßigen Schwingbewegungen zu unterbrechen, reparierte er geschickt einen defekten Hummerfangkorb. Er wandte sein von Sonne und Wind gebräuntes Gesicht keine Sekunde von der Arbeit in den rauen, kräftigen Händen ab.

Gennie nahm sich fest vor, ihn genauso zu zeichnen, wie er jetzt vor ihr saß. Sie stieg aus dem Wagen und klemmte ihre Handtasche unter den Arm. Dann trat sie auf den Mann zu.

„Hallo!"

Der alte Mann nickte nur, ohne sich stören zu lassen. „Brauchen Sie Hilfe?"

„Ja." Gennie lächelte. Seine bedächtige Art zu sprechen gefiel ihr. „Vielleicht können Sie mir sagen, wo ich ein Zimmer oder ein Häuschen für ein paar Wochen mieten kann."

Der Ladenbesitzer schaukelte weiter, aber jetzt betrachtete er

Gennie prüfend mit schlauen, leicht trüben Augen. Sie kommt aus der Stadt, vermutete er etwas geringschätzig. Wahrscheinlich aus dem Süden. Alles, was weiter entfernt war als Boston, fiel unter diesen Sammelbegriff. Sie sah sauber und hübsch aus, obwohl ihr dunkler Teint mit den hellen Augen fast fremdländisch wirkte. Aber das gehörte wohl dazu, wenn eine aus dem Süden stammte.

Gennie störte ihn nicht, während er nachdachte. Sie strich ihr langes schwarzes Haar zurück und atmete tief die würzige Seeluft ein. Sie hatte in den vergangenen Wochen gelernt, dass die Leute hier in New England zwar im Allgemeinen recht freundlich und großzügig waren, aber alles seine Zeit brauchte.

Wie eine Touristin wirkt sie nicht, dachte er, sie gleicht eher den Märchenwesen in den Bilderbüchern der Enkelkinder. Das schmale Gesicht mit der festen Kinnlinie und den betonten Wangenknochen macht einen guten Eindruck. Wenn sie lächelt, dann strahlen die blaugrünen Augen wie das Meer in der Sonne. „Hierher kommen nicht viele Feriengäste“, entgegnete er schließlich, „und schon gar nicht zu dieser Jahreszeit.“

Gennie wusste, dass er bestimmt keine neugierigen Fragen stellen würde. Doch wenn es ihr nützlich erschien, dann konnte sie mitteilsam sein.

Sie sah ihm direkt in die Augen. „Da haben Sie wohl Recht. Ich glaube nicht“, sagte sie ruhig, „dass ich als Feriengast zu bezeichnen bin, Mr. ...“

„Fairfield – Joshua Fairfield.“

„Genevieve Grandeau.“ Sie reichte ihm die Hand zu einem angenehm festen Händedruck, wie er zufrieden bemerkte.

„Ich bin Künstlerin und möchte eine Zeit lang hier malen.“

Eine Künstlerin also! Er überlegte weiter. Gegen Bilder hatte er nichts einzuwenden. Als Hobby ließ er die Malerei gelten, aber er bezweifelte, dass man sich damit tatsächlich den Lebensunterhalt verdienen könnte. Trotzdem – die junge Dame hatte ein sehr gewinnendes Lächeln, und sie hielt sich stolz und aufrecht.

„Möglicherweise weiß ich ein kleines Haus", meinte er. „Es liegt aber ungefähr zwei Meilen außerhalb der Ortschaft."

Der Schaukelstuhl ächzte, als er sich schneller vor- und rückwärts bewegte. „Die Witwe Lawrence hat's noch nicht verkauft. Vielleicht vermietet sie es Ihnen."

„Das klingt viel versprechend. Wo kann ich sie erreichen?"

„Gehen Sie einfach über die Straße in die Poststelle." Er deutete mit dem Finger in die Richtung. Nach einigem Zögern fügte er hinzu: „Sagen Sie ihr, dass ich Sie geschickt habe."

Gennie lächelte ihm zu. „Vielen Dank, Mr. Fairfield."

Im Postbüro sah Gennie eine Frau in dunklem Baumwollkleid hinter dem Tresen stehen und Briefe sortieren.

Das muss die Witwe Lawrence sein, dachte Gennie mit Vergnügen und bestaunte die sorgsam aufgesteckten Zöpfe am Hinterkopf der Frau, die sich durch ihr Eintreten nicht stören ließ.

„Entschuldigen Sie bitte! Sind Sie Mrs. Lawrence?"

Die Angesprochene unterbrach ihre Tätigkeit und drehte sich um. Ihr Blick wanderte prüfend über Gennies Gestalt. „Kann ich Ihnen behilflich sein?" Sie trat näher.

„Ich hoffe es. Mr. Fairfield sagte mir, dass Sie vielleicht ein Häuschen zu vermieten hätten."

Die Frau hob erstaunt eine Augenbraue. „Das Haus steht zum Verkauf."

„Ja, das weiß ich." Gennie versuchte es wieder mit ihrem allerschönsten Lächeln. Sie wollte hier bleiben, und die zwei Meilen Entfernung vom Ort erschienen ihr geradezu ideal. „Besteht die Möglichkeit, dass Sie es mir für ein paar Wochen vermieten? Ich kann Ihnen Referenzen geben, wenn Sie Wert darauf legen."

Mrs. Lawrence studierte Gennie mit kühlem Blick. Sie bildete sich lieber ihr eigenes Urteil. „Wie lange wollen Sie bleiben?"

„Einen Monat, vielleicht sechs Wochen."

Jetzt betrachtete sie Gennies Hände. Ein schlichter, goldener Ring blitzte an der linken Hand auf.

„Sind Sie allein?“ forschte sie.

„Ja.“ Gennie lächelte wieder. „Ich bin nicht verheiratet, Mrs. Lawrence. Ich reise für mehrere Monate durch New England und male. Hier in Windy Point möchte ich eine Weile arbeiten.“

„Sie malen?“ Die Witwe unterzog Gennie erneut einer kritischen Prüfung.

„Ja.“

Mrs. Lawrence hatte inzwischen festgestellt, dass sie Gennie leiden mochte. Die Fremde redete nicht andauernd und blieb bei der Sache. Dazu kam, dass ein leeres Haus nichts taugt. „Es ist sauber dort, und die Installation funktioniert.“ Offensichtlich war die Entscheidung zu Gennies Gunsten gefallen. „Vor zwei Jahren wurde das Dach neu gedeckt, allerdings hat der Ofen seine Launen. Von den zwei Schlafzimmern ist eines unmöbliert.“

Gennie spürte, dass die Beschreibung Mrs. Lawrence nicht leicht fiel, obwohl ihre Stimme fest blieb.

Sie denkt sicher an all die Jahre, die sie dort gelebt hat.

„Nachbarn gibt es keine“, fuhr Mrs. Lawrence fort, „und das Telefon ist nicht mehr angeschlossen. Doch das ließe sich machen, wenn Sie es wünschen.“

„Das alles klingt wundervoll, Mrs. Lawrence.“

Aus Gennies Ton klang Mitgefühl und Sympathie. Die ältere Frau räusperte sich. Dann nannte sie eine Summe als monatliche Miete. Der Betrag war wesentlich geringer, als Gennie erwartet hatte. Nun zögerte sie keinen Moment länger.

„Ich nehme es.“

Erstaunen lag in Mrs. Lawrences Blick. „Sie wollen es nicht erst ansehen?“

„Das ist nicht nötig.“ Gennie zog ihr Scheckbuch aus der Tasche und schrieb die Summe aus.

Mrs. Lawrence studierte Gennies Unterschrift.

„Genevieve heißt das“, half Gennie, „nach meiner französischen Großmutter. Mich nennt aber fast jeder Gennie.“

Eine Stunde später klapperten die Schlüssel in Gennies Tasche. Zwei Kartons mit Lebensmitteln standen auf dem Rücksitz des Wagens, und sie ließ die Häuser des Ortes hinter sich. Amüsiert dachte sie an den bewundernden Ausdruck im sommersprossigen Gesicht des Ladenhelfers, der gewiss in seinem jungen Leben noch keine leibhaftige Malerin erblickt hatte.

Es wurde schnell dunkler. Die Wolken zogen tief und machten keinen freundlichen Eindruck. Der Wind frischte zusehends auf, und Gennie spürte einen Hauch von Abenteuer. Erwartungsvoll fuhr sie an der Küste entlang und versuchte, den Schlaglöchern so gut wie möglich auszuweichen.

Die Vorliebe für Abenteuer lag ihr im Blut. Wahrscheinlich war sie von ihrem Ur-Urgroßvater vererbt worden, der ein harter, kompromissloser Seeräuber gewesen war. Ohne Gewissensbisse nahm er sich, was er haben wollte. Zu Gennies gehüteten Schätzen gehörte das alte Logbuch, in das Philippe Grandeau seine Untaten ehrlich und mit feinem Sinn für Ironie wahrheitsgetreu niedergeschrieben hatte.

Gennies praktischer Sinn für Ordnung stammte möglicherweise von ihren aristokratischen Vorfahren mütterlicherseits. Aber sie gestand sich offen ein, dass sie ohne Zögern sofort mit dem Piraten Philippe davongesegelt wäre und jede aufregende Minute genossen hätte.

Der Wagen sprang von einem Loch ins andere, doch das machte Gennie nichts aus. Begeistert betrachtete sie die raue, urwüchsige Landschaft, die sich von ihrer Heimatstadt New Orleans so sehr unterschied, als wäre es ein anderer Planet. Das hier war kein Ort für Müßiggang und süßes Leben. In dieser felsigen, stürmischen Natur musste man immer hellwach sein, der kleinste Fehler konnte fatal werden.

Gennie erkannte, wie Land und Wasser einander bekämpften. An jedem Tag rückte das Meer eine Winzigkeit vor. Diese Stimmung musste sie unbedingt auf ihren Bildern festhalten.

Obwohl die Schatten länger wurden und der Abend näher rückte, stoppte sie den Wagen und stieg aus, um ein paar Schritte näher an die auflaufenden Wellen zu treten. Der Geruch nach Fisch und Tang war hier viel intensiver, doch das beachtete Gennie ebenso wenig wie den Sturm, der aufzuziehen schien. Es erwartete sie ja niemand, und das Gefühl absoluter Freiheit war herrlich. Mit Skizzenblock und Stift in der Hand suchte Gennie sich einen Platz auf den Felsen. Von dieser wohl tuenden Einsamkeit würde sie zu Hause noch oft träumen!

Gennie begann zu zeichnen und war sofort ganz in ihre Arbeit vertieft. Windy Point war ein Glücksfall für ihre Arbeit, und das kleine Haus der Witwe Lawrence bildete die ideale Ergänzung. Erst als sie den Block sinken ließ, merkte Gennie, wie dunkel es inzwischen geworden war, und ging zum Wagen zurück.

Noch viele herrliche Tage lagen vor ihr, niemand würde sie stören oder ablenken. Lächelnd drehte Gennie den Zündschlüssel um und betätigte den Anlasser.

Die einzige Reaktion war ein heiseres Schnarren. Sie probierte es noch einmal mit dem gleichen Ergebnis. Schon in Bath hatte ihr Auto diese Tücken gezeigt, aber dort war eine Werkstatt in der Nähe gewesen, und man hatte den Schaden angeblich repariert.

So ein Pech! Gennies Kenntnisse von Motor und Elektrik waren äußerst gering, und es würde zu nichts führen, wenn sie die Motorhaube öffnete und an diesem oder jenem Draht zöge. Außerdem war die einzige Lichtquelle eine kleine Taschenlampe aus dem Handschuhfach.

Wie lange war sie gefahren? Sollte sie die Strecke zu Fuß fortsetzen oder in den Ort zurückkehren? Vielleicht hatte sie Glück und begegnete einem Fahrzeug. Doch vorläufig war es weit und breit stockdunkel. Wahrscheinlich hatte sie schon über die Hälfte des Weges hinter sich gebracht und könnte das Haus in einer Viertelstunde erreichen.

Gennie ergab sich in ihr Schicksal, zuckte mit den Schultern und marschierte los.

Im schwachen Licht der Lampe konnte Gennie fast nichts sehen. Sie kam nur langsam voran und stolperte häufig über Wurzeln oder Steine.

Obwohl es inzwischen Nacht geworden war, wurde es keineswegs ruhig und leise. Der Sturm zerrte an Gennies Haar, pfiff und heulte und trieb immer dickere Nebelschwaden vor sich her. Hoffentlich würde sie bald am Ziel sein.

Normalerweise hätte ihr ein kräftiger Regenguss nicht viel ausgemacht, aber jetzt wurde Gennies Abenteuerlust auf eine harte Probe gestellt. Es schüttete wie aus Kannen, das Wasser peitschte in ihr Gesicht, und die nackten Füße glitschten in den vollkommen durchnässten, leichten Sommersandalen schmerzhaft hin und her.

Langsam wurde Unbehagen zu Beschwerlichkeit, und Gennie bekam Angst. Grelles Wetterleuchten ließ die Bäume und Büsche am Rand der Straße wie bizarre Gestalten erscheinen. Saßen hässliche Kobolde hinter den Felsen und lachten sie aus? Gennie summte irgendein albernes Lied und konzentrierte sich auf den winzigen Lichtkegel ihrer Lampe.

Ich bin nass bis auf die Haut, sagte sie sich und strich das Haar aus dem Gesicht, aber daran werde ich nicht sterben. Das Haus muss ganz in der Nähe sein.

Die Schwierigkeit bestand darin, bei Sturm, Nebel und Donner die Kate von Mrs. Lawrence zu finden, die wahrscheinlich ein wenig abseits der Straße lag. Vielleicht war sie schon längst daran vorbeigelaufen. Das fehlte noch! Dann müsste sie wieder zurück zum Wagen gehen. Es wäre tatsächlich ein kleines Wunder, wenn sie bei diesem Wetter das unbewohnte Haus fände.

Ich war dumm, schalt Gennie sich und verschränkte zitternd die Arme. Die einzige Möglichkeit, die ihr jetzt blieb, war, den Rückmarsch anzutreten und im Auto auf das Ende des Sturmes zu warten.

Ein Umherirren im Gewitter erschien ihr wesentlich schlimmer, als eine unbequeme Nacht im Auto zu verbringen. Außerdem befand sich in einem Karton auf dem Rücksitz eine Packung mit Keksen.

Aufseufzend ließ Gennie noch Mal den Schein der Taschenlampe kreisen und starrte dann in die Dunkelheit, die nun noch schwärzer wirkte. Sie drehte sich um und wollte zurückgehen, als sie plötzlich ein Licht sah. Gennie blinzelte und wischte den Regen aus den Augen. Es war keine Täuschung. Das bedeutete Schutz, Wärme und menschliche Gesellschaft. Ohne Zögern eilte sie auf den hellen Punkt zu.

Ungefähr eine Meile war Gennie gegangen. Der Wind heulte, und der Weg wurde immer schlechter. Feurige Blitze zuckten über den Himmel. Gennie musste sich auf jeden Schritt konzentrieren, um nicht hinzufallen, und kam nur sehr langsam voran. Würde sie jemals wieder trocken und warm werden?

Allmählich rückte das Licht näher. Das Tosen der Brandung klang böse und unheimlich. Gennies Herz klopfte, am liebsten wäre sie kopflos in die Dunkelheit gerannt. Doch sie bekämpfte ihre Angst und prüfte genau, wohin sie die Füße setzte. Als endlich die Umrisse eines Gebäudes durch den Regen schimmerten, lachte und weinte sie zugleich.

Es war ein alter Leuchtturm, ein steinerner Beweis dafür, dass Menschen einander halfen. Der Lichtschein kam jedoch nicht von der Turmspitze aus starken, sich drehenden Lampen, sondern aus einem erhellten Fenster. Also wohnte hier jemand. Gennie zögerte nicht lange und lief, so schnell sie konnte, auf den hohen Turm zu.

Wahrscheinlich saß dort ein knurriger alter Mann, der früher zur See gefahren war. Sicherlich würde er ihr Rum und heißen Tee anbieten. In diesem Moment zuckte ein besonders greller Blitz über den nächtlichen Himmel, und Gennies Sympathie für den Leuchtturmwärter stieg ins Unermessliche.

Mit Hilfe ihrer kleinen Taschenlampe suchte sie die Mauer nach dem Eingang ab. Das erleuchtete Fenster lag weit oben, ungefähr auf dem dritten Treppenabsatz.

Der Sturm heulte laut und übertönte beinahe Gennies Klopfen

an der dicken, harten Holztür, obwohl sie mit der Kraft ihrer Verzweiflung dagegen trommelte. War sie gezwungen, so dicht vor dem Ziel zu kapitulieren? Nein – wer immer hier drinnen war, er musste sie einlassen! Irgendwann würde er den Lärm von hier unten wahrnehmen.

Erschöpft lehnte sich Gennie an das nasse, raue Holz. Ihre Fäuste schmerzten, und die Schläge wurden schwächer. Als sich die Tür plötzlich öffnete, verlor sie das Gleichgewicht und stolperte in den dahinter liegenden Flur. Sie wäre unweigerlich gefallen, hätte nicht jemand mit festem, sicherem Griff ihren Arm gepackt.

„Dem Himmel sei Dank!" stammelte Gennie. „Ich fürchtete schon, dass Sie mich nie mehr hören würden!" Mit ihrer freien Hand strich sie das tropfnasse Haar aus der Stirn und schaute zu der Person auf, die sie als ihren Lebensretter betrachtete.

Erstaunt erkannte Gennie, dass der Mann weder alt noch knorrig, sondern jung und schlank war. Seine gebräunten, wettergegerbten Züge erinnerten an einen Seefahrer. Er hatte dichtes, dunkles Haar, das vom Sturm zerzaust und achtlos zurückgestrichen war. Der ausdrucksvolle Mund wirkte sinnlich, und die aristokratische Nase passte nicht ganz in das zerklüftete Gesicht.

Gennie stellte fest, dass seine tiefbraunen Augen sie keineswegs neugierig oder gar freundlich musterten. Der Fremde war offensichtlich ärgerlich über die Störung.

„Wie zum Teufel sind Sie hierher gekommen?"

Die Frage entsprach nicht dem Empfang, den Gennie in einer solchen Situation erwartet hatte, aber der Furcht erregende Marsch durch das Unwetter saß ihr noch in den Gliedern. „Ich bin gelaufen", sagte sie deshalb einfach.

„Gelaufen?" wiederholte er ungläubig. „In diesem Wetter? Woher?"

„Ein paar Meilen von hier entfernt ist mein Wagen stehen geblieben." Gennie zitterte, einerseits vor Kälte und andererseits, weil sie sich ärgerte. Der Mann hielt sie noch immer fest, und vor Erschöpfung ließ Gennie es geschehen.

„Weshalb sind Sie in einer solchen Nacht unterwegs gewesen?"

„Ich – ich habe das Haus von Mrs. Lawrence gemietet. Als mein Wagen streikte, bin ich zu Fuß weitergegangen. Aber ich muss wohl die Abzweigung in der Dunkelheit verfehlt haben. Dann sah ich Ihr Licht." Gennie seufzte und spürte plötzlich, dass sie auf sehr zittrigen Beinen stand. „Darf ich mich setzen?"

Er starrte sie eine Minute lang an, murmelte eine unverständliche Antwort und deutete auf das Sofa im Hintergrund. Gennie sank darauf nieder, lehnte ihren Kopf gegen die Lehne und bemühte sich um Fassung.

Was soll ich nur mit ihr machen? fragte sich Grant. Mit gerunzelter Stirn sah er auf Gennie herab. Das wirre Haar klebte an ihrem Kopf, es war schwarz wie die Nacht, und die Spitzen lockten sich ein wenig. Ihr Gesicht erschien nicht besonders zart oder fein, aber es war schön und erinnerte an die königlichen Damen auf mittelalterlichen Gemälden. Die nasse Kleidung klebte an ihrem Körper und verhüllte wenig von den festen, schlanken Formen.

Normalerweise hätten schon Gesicht und Figur Grant beeindruckt. Was ihn jedoch für einen Moment total verwirrt hatte, waren ihre Augen gewesen: seegrün, unglaublich groß und etwas schräg stehend. Nixenaugen, dachte er. Einen Herzschlag lang – oder einen halben nur – überlegte Grant, ob er es vielleicht mit einem mythischen Wesen zu tun hätte, das vom Sturm ans Ufer geschleudert worden war.

Ihre Stimme klang sanft. Obwohl Grant den Tonfall der Südstaatler erkannte, wirkte ihre Sprache fast fremdländisch im Vergleich zu dem harten Dialekt der Küstenbevölkerung, an den er sich gewöhnt hatte. Grant gehörte aber ganz und gar nicht zu den Männern, die es ausnutzten, wenn der Zufall ihnen leichtes Spiel machte. Als Gennie ihre Augen wieder aufschlug und ihm zulächelte, wünschte er inbrünstig, niemals seine Haustür geöffnet zu haben.

„Es tut mir Leid“, begann Gennie, „ich bin ein wenig durcheinander gewesen, nicht wahr? Möglich, dass ich kaum länger als eine Stunde draußen war. Aber es schien mir wie eine Ewigkeit. Ich heiße Gennie.“

Grant hakte die Daumen in seine Hosentaschen und runzelte wieder die Stirn. „Campbell“, erwiderte er, „Grant Campbell.“ Das war alles, und sein Blick wurde auch nicht freundlicher.

Gennie versuchte nun, das Gespräch neu zu beginnen. „Mr. Campbell – ich kann Ihnen gar nicht beschreiben, wie erleichtert ich war, als ich in der Dunkelheit ein erleuchtetes Fenster entdeckte.“

Grant betrachtete Gennie genau und überlegte, warum ihr Gesicht ihm bekannt erschien. „Die Abzweigung zum Lawrenc'schen Grundstück liegt mehr als eine Meile zurück.“

Erstaunt über den Ton seiner Worte zog Gennie eine Augenbraue hoch. Sollte das tatsächlich heißen, dass er sie in die Nacht zurückschicken wollte? Im Allgemeinen war sie stolz auf ihre Ruhe und Beherrschung, aber jetzt fror sie in den nassen Kleidern, und Grants finstere Miene gab ihr den Rest. „Hören Sie, ich möchte Ihnen eine Tasse Kaffee abkaufen und für den Rest der Nacht dieses Sofa benutzen.“

„Ich nehme keine Pensionsgäste.“

„Und wahrscheinlich würden Sie einem kranken Hund noch einen Tritt verpassen, wenn er Ihnen über den Weg liefe!“ entfuhr es Gennie. „Aber ich denke nicht daran, jetzt wieder hinauszugehen in das Unwetter, und ich möchte Ihnen nicht raten, mich mit Gewalt vor die Tür zu setzen.“

Ihre Worte belustigten Grant, doch sein Gesicht blieb unbewegt. Er wehrte sich nicht gegen Gennies falsche Beschuldigung. Niemals wäre es ihm in den Sinn gekommen, sie zurück in den Sturm zu schicken. Er hatte nur seinem Unbehagen Ausdruck gegeben und feststellen wollen, dass er ihr Geld nicht nehmen würde. Normalerweise – und wenn er nicht so verärgert über diese Störung gewesen wäre – hätte ihm die Haltung des durchnässten, blassen Mädchens sehr imponiert.

Wortlos ging er auf einen großen, altertümlichen Eichenschrank zu und wühlte darin herum. Gennie zwang sich, nicht hinzusehen, obwohl sie hörte, dass er etwas einschenkte.

„Sie brauchen Brandy jetzt nötiger als Kaffee", meinte er und hielt ihr ein Glas unter die Nase.

„Danke!" sagte Gennie in dem eisigen Tonfall, den die Frauen aus den Südstaaten weltmeisterlich beherrschen. Sie nippte nicht, sondern trank das Glas in einem Zug aus. Durch den plötzlichen Wärmeschock wurde ihr wohler, und ihr Kreislauf stabilisierte sich.

Grant konnte ein Lächeln nur schwer unterdrücken. „Möchten Sie noch einen?"

„Nein", erwiderte Gennie kühl, „danke." Reserviert höflich gab sie das Glas zurück.

Sie hat mich gekonnt zurechtgewiesen, musste Grant sich eingestehen.

Was ist nun zu tun? überlegte Grant. Durch die dicken Wände des Leuchtturmes war das Heulen und Peitschen des Sturmes deutlich zu vernehmen. Sogar die kurze Fahrt zum Haus der Witwe Lawrence könnte ungemütlich, wenn nicht gefährlich werden. Die Fremde hier unterzubringen machte weniger Mühe. Mit einer Verwünschung, die eher resigniert als bösartig klang, wandte er sich von Gennie ab.

„Na gut, dann kommen Sie mit", befahl er, ohne sich noch einmal nach ihr umzusehen. „So können Sie nicht den Rest der Nacht sitzen bleiben und frieren."

Gennie überlegte ernsthaft, ob sie mit ihrer Tasche nach ihm werfen sollte.

Der gewendelte Treppenlauf entzückte sie. Fast wäre ihr eine begeisterte Bemerkung entschlüpft, aber sie hielt sich noch rechtzeitig zurück. Die eisernen Stufen liefen rund um eine aufstrebende Säule, höher und höher hinauf, ohne dass ein Ende erkennbar war. Grant stieg bis zum zweiten Absatz, der gute zwanzig Fuß über dem ersten liegen mochte. Er bewegte sich im Dunkeln mit der Sicherheit einer Katze, während Gennie sich am Geländer festhielt und wartete, bis er das Licht anknipste. Besonders hell wurde es auch dann nicht, und lange Schatten fielen auf den hölzernen Fußboden.

Durch eine Tür trat Grant in einen Raum, der offensichtlich als Schlafzimmer diente. Nicht sehr groß, auch nicht besonders ordentlich, doch mit einem breiten, antiken Messingbett in der Mitte, in das Gennie sich sofort verliebte.

Er kramte ungeduldig in einer alten Kommode und zog schließlich einen verwaschenen Bademantel hervor.

„Die Dusche befindet sich auf der anderen Seite vom Treppenhaus", erklärte er kurz und drückte ihr das Kleidungsstück in die Hand. Dann drehte er sich um und verschwand.

„Vielen Dank", murmelte Gennie. Aber Grants Schritte klapperten bereits wieder die Stufen hinunter. Mit stolz erhobenem Haupt und glänzenden Augen ging Gennie in die angegebene Richtung.

Das Bad war zauberhaft! Zu schneeweißem Porzellan glänzten Armaturen und Ständer aus Messing, die von Grant offensichtlich regelmäßig poliert wurden. Auch dieser Raum war nicht groß, aber irgendwann hatte jemand sich die Mühe gemacht, die Wände mit gelacktem Zedernholz zu verkleiden. Ein Waschbecken stand auf zierlichen Beinen, darüber hing ein hübscher schmaler Kristallspiegel. Das Licht kam von der Decke, man musste an einer langen Seidenkordel ziehen.

Endlich konnte Gennie ihre unangenehm feuchten Kleider ausziehen. Sie kletterte in die Wanne und zog den Vorhang zu. Wundervoll heißes Wasser strömte aus der Dusche, und langsam kehrten Wärme und Wohlbehagen in ihren Körper zurück. Gennie war sicher, dass es im Paradies nicht schöner sein könnte, auch dann nicht, wenn ein Teufel Wache hielt.

Grant stand inzwischen in der Küche und brühte frischen Kaffee auf. Nach kurzem Nachdenken öffnete er eine Dose mit Suppe. Schließlich musste er seinem Gast etwas anbieten. In diesem Raum, an der Rückseite des Turmes, war die tobende See lauter zu vernehmen. Im Allgemeinen beachtete Grant solche Geräusche nicht mehr, denn er hatte sich daran gewöhnt. Heute aber klang der Sturm besonders stark und böse. Von seiner Arbeit hätte er Grant allerdings nicht abhalten können.

Musste ausgerechnet er ein durchnässtes Mädchen, das sich verlaufen hatte, vor seiner Haustür finden? Die Zeit, die sie ihm stahl, würde er später nachholen müssen. Doch der erste Ärger war vorüber, und Grant hatte sich damit abgefunden. Eine heiße Mahlzeit und ein schützendes Dach musste er ihr anbieten, aber dabei sollte es bleiben.

Wie sie ausgesehen hatte, als sie nass und zitternd auf dem alten Sofa kauerte. Er musste lächeln. Diese Lady war kein Schwächling – glücklicherweise! Denn für solche hatte Grant sehr wenig übrig.

Wenn er Gesellschaft suchte, dann bevorzugte er das Zusammensein mit Menschen, die ihre eigene Meinung sagten und auch dazu standen. Dadurch war erst kürzlich sein selbstauferlegter Zeitplan durcheinander geraten.

Vor knapp einer Woche war er aus Hyannis Port wiedergekommen. Dort hatte seine Schwester Sheila geheiratet. Grant hatte sie dem Bräutigam Adrian MacGregor bei der Zeremonie übergeben. Zu seinem unbehaglichen Erstaunen waren diese Feierlichkeiten ihm mehr als erwartet unter die Haut gegangen. Die MacGregors gefielen ihm, sie hatten keine Mühe, ihn zu überreden, ein paar Tage länger bei ihnen zu bleiben. Besonders der polternde, mächtige Daniel MacGregor war als Familienoberhaupt sehr beeindruckend gewesen. Dabei schloss Grant sich wirklich nicht so leicht an jemanden an. Schon seit seiner Kindheit war er in dieser Beziehung sehr zurückhaltend. Die Familie MacGregor jedoch erwies sich als einfach unwiderstehlich.

Natürlich wäre es die Aufgabe seines Vater gewesen, Sheila dem

Ehemann zuzuführen. Aber er war tot, und Grant musste seinen Platz einnehmen. So mischten sich schmerzliche Erinnerungen mit der glücklichen Gegenwart. Das Zusammensein mit den MacGregors lenkte Grant wohltuend von trüben Gedanken ab, und er kehrte entspannt nach Windy Point zurück. Sogar Daniels neugieriges Eindringen in seine geheiligte Privatsphäre hatte Grant amüsiert geduldet. Er war selbst überrascht, wie sehr er sich über eine Einladung zum Wiederkommen freute.

Grants Arbeit war dadurch allerdings liegen geblieben, doch das würde sich trotz dieser erneuten kurzen Unterbrechung aufholen lassen. Für den Rest der Nacht konnte der ungebetene Besuch im Gästezimmer untergebracht werden. Morgen würde Grant sich des Mädchens, so schnell es ging, entledigen.

Trotz des Sturmes und dem Brausen der Wellen hörte Grant Gennie kommen. Er drehte sich um und wollte sie mit einer nichts sagenden Bemerkung begrüßen, aber ihr Anblick wirkte wie ein Schlag unter die Gürtellinie.

Verdammt, diese Frau war schön! Zu schön für sein seelisches Gleichgewicht. Ihre zierliche Gestalt versank beinahe in seinem großen Bademantel, die Ärmel hatte sie fast bis zu den Ellenbogen aufgerollt. Das verblichene Blau betonte den honiggelben Schimmer ihrer Haut, und feuchtes, streng zurückgebürstetes Haar umrahmte ihr Gesicht, nur an den Schläfen kringelten sich ein paar widerspenstige Locken. Die blassgrünen Augen hinter tiefschwarzen Wimpern erinnerten ihn wieder an eine Meerjungfrau.

„Setzen Sie sich!" sagte er barsch. Er war wütend auf sich selbst, weil er Gennie so begehrenswert fand. „Sie können einen Teller Suppe essen."

Gennie zögerte und musterte die ihr zugekehrte Rückenansicht, doch dann setzte sie sich. „Besten Dank."

Unverständliches Gemurmel war die Antwort, und ein Teller mit dampfender Suppe landete unsanft vor ihr auf dem einfachen

Holztisch. Gennies Hunger siegte über ihren Stolz, und sie griff nach dem Löffel. Erstaunlicherweise nahm Grant ihr gegenüber Platz und aß ebenfalls.

In der kleinen, hell erleuchteten Küche war es sehr ruhig. Nur das Getöse der aufgebrachten Naturgewalten unterbrach gelegentlich die Stille. Zunächst hielt Gennie ihren Blick trotzig auf den Teller gerichtet, doch dann sah sie sich um. Jeder Winkel hier wurde vortrefflich genutzt, eingepasste Hängeschränke aus Eichenholz boten reichlich Platz für Geschirr und Töpfe. Die Arbeitsfläche war aus dem gleichen Material, jedoch glatt gehobelt und poliert. Eine Kaffeemaschine und ein Toaster sorgten für modernen Komfort.

In seiner Küche hielt Grant offensichtlich mehr Ordnung als in den übrigen Räumen. In der Spüle standen weder schmutzige Tassen noch bemerkte Gennie Staub oder Flecken auf dem Boden. Es roch appetitlich nach Suppe und Kaffee. Nachdem der größte Hunger gestillt war, verflog ihr Ärger.

Schließlich war sie ziemlich unvermittelt in sein Privatleben eingedrungen. Und einen Fremden mit offenen Armen zu empfangen und ihm Gastfreundschaft zu gewähren war eben nicht jedermanns Sache. Er hatte es zwar ungern getan, aber er hatte sie aufgenommen. Der Bademantel war trocken und warm, und Gennie genoss die heiße Suppe. Langsam beruhigte sich ihr verletzter Stolz.

Mit einem kleinen Seufzer ließ Gennie den Blick über den Tisch wandern, bis er auf Grants Händen haften blieb. Gütiger Himmel, dachte sie erstaunt, was hat er für schöne Hände! Die schlanken Gelenke wirkten nicht etwa zerbrechlich, sondern rassig, kraftvoll und stark. Die sonnengebräunten Handrücken und die langen Finger erschienen Gennie maskulin und ausdrucksstark.

Einen Augenblick lang vergaß sie den Rest ihres Gegenübers vor Begeisterung über seine Hände. Und weil sie erstaunt über ihre eigenen Empfindungen war, fühlte sie eine Regung, unterdrückte sie aber. Wahrscheinlich würde sich jede Frau bei diesem Anblick fragen, wie sich das Streicheln der geschmeidigen Finger auf der nackten Haut anfühlte. Ungeduldige Hände – Hände, die einer Frau die Kleider vom Leib reißen oder sie sehr behutsam ausziehen konnten, noch ehe sie sich dessen bewusst war.

Als Gennie merkte, dass ein Prickeln ihr über den Rücken lief, riss sie sich zusammen.

Da sie sich ihrer Erregung bewusst war, hob sie leicht verlegen den Blick. Grant hatte Gennie kühl und sachlich wie ein Wissenschaftler beobachtet. Es war ihm nicht entgangen, dass sie bei der Betrachtung seiner Hände das Essen unterbrochen hatte. Leider verbargen die langen Wimpern den Ausdruck ihrer grünen Augen. Grant wartete geduldig. Er wusste, dass sie früher oder später aufschauen würde. Er war auf eisigen, ablehnenden Zorn oder frostige Höflichkeit in ihren Augen gefasst. Die Benommenheit in ihren Zügen verwirrte ihn, besser gesagt, sie machte ihn neugierig. Das beinahe schmerzhafte Verlangen nach ihr wurde durch die deutliche Verwundbarkeit noch stärker. Als sie vorhin in sein Haus gestolpert war – nass und erschöpft –, war sie ihm nicht so wehrlos erschienen. Was könnte sie wohl tun, wenn er sie jetzt an sich reißen würde? Wie zum Teufel kam er auf solche Gedanken?

Sie starrten einander an. Jeder kämpfte mit höchst unerwünschten Gefühlen. Währenddessen trieb der Sturm den Regen klatschend gegen die Fenster und schirmte ihre Welt gegen die übrige Zivilisation ab. Grant dachte wieder, dass sie wie eine dem Meer entstiegene Versuchung ausschaute. Gennie war sicher, dass er es mit ihrem seeräuberischen Vorfahren hätte aufnehmen können.

Die Stuhlbeine kratzten gegen den Fußboden, als Grant sich erhob. Gennie schreckte zusammen.

„Das Gästezimmer liegt auf dem zweiten Absatz." Der Ausdruck seiner Augen war hart und verhalten vor Ärger über sich selbst.

Gennie fühlte, dass ihre Hände vor Nervosität feucht waren, und das machte sie wütend.

„Das Sofa reicht mir absolut", entgegnete sie kühl.

Er zuckte mit den Schultern. „Wie Sie wünschen." Ohne ein weiteres Wort verließ er die Küche.

Gennie wartete, bis Grants Schritte auf der Treppe verklangen. Wenn ich noch einmal im Dunkeln ein Licht sehe, schwor sie sich, dann lauf ich, so schnell ich nur kann, in die entgegengesetzte Richtung!

2. KAPITEL

Grant hasste es, wenn man ihn störte. Er tolerierte Verwünschungen, Drohungen und Missachtung, aber er verabscheute jede Art der Unterbrechung. Solange er denken konnte, hatte sein Vater sich um die Gunst anderer Menschen bemühen müssen, weil dies eine Notwendigkeit für die Karriere eines Senators war, dessen Ziel darin bestand, das höchste Amt des Landes zu erreichen.

Einige liebten den Politiker Campbell, anderen war seine Person verhasst. Auf Wahlreisen verstand er es, seine Mitarbeiter zu erstaunlichen Leistungen zu bewegen. Stets war Grants Vater bereit, sich für andere Menschen einzusetzen. Senator Robert Campbell war ein Mann, der es als seine Pflicht ansah, sich der Öffentlichkeit zu stellen, bis drei Revolverkugeln dem plötzlich ein Ende machten.

Grant hatte nicht allein dem Attentäter oder der politischen Berufung die Schuld gegeben, auch seinem Vater selbst galten seine bittersten Vorwürfe. Robert Campbell hatte sich der Menschheit verschrieben, die ihn letztlich tötete. Wahrscheinlich war dies der Grund, warum Grant es vorzog, für sich allein zu leben.

Er betrachtete den Leuchtturm nicht als Zufluchtsort, sondern als seine Wohnung – sein Heim. Der Abstand zu anderen Menschen gefiel ihm, und er genoss die Rauheit und Harmonie der Elemente. Seiner Arbeit und ihm selbst tat die Einsamkeit gut. Ungestörtes Nachdenken empfand er als persönliches Recht. Niemand, absolut niemand, durfte sich in sein Leben drängen.

In der vergangenen Nacht war Grant durch Gennies Klopfen bei der Arbeit an seinem gegenwärtigen Projekt gestört worden. Da sein Gedankengang plötzlich wie abgeschnitten war, hatte er die Tür mit dem innigen Wunsch geöffnet, den Eindringling zu strangulieren. Gennie konnte also von Glück reden, dass er sich dann nur auf Grobheiten beschränkte. Einem zufälligen Besucher hatte er einmal gedroht, ihn in den Ozean zu werfen.

Nachdem Gennie in der Küche zurückgeblieben war, dauerte es länger als eine Stunde, bis Grant sich wieder auf seine Tätigkeit konzentrieren konnte. Obwohl bereits die Sonne auf das Fußende seines Bettes schien, hatte er sich keineswegs beruhigt.

Noch benommen nach kaum vier Stunden Schlaf lauschte er der ungewohnten Stimme, die durch das Treppenhaus drang. Gennie sang ein albernes kleines Lied. Er kannte es aus dem Radio. Rundfunksendungen, das Fernsehprogramm und ein Dutzend Zeitungen bildeten Grants tägliche Unterhaltung.

Sie sang nicht übel. Ihre tiefe, weiche Stimme verlieh den törichten Worten des Schlagers etwas Verführerisches. War es nicht schlimm genug, dass sie gestern seine Arbeit unterbrochen hatte? Musste sie nun auch noch seinen Schlaf stören?

Grant zog ein Kissen über den Kopf. Aber seine Gedanken ließen sich nicht so einfach abstellen. Es war leicht, sich mit geschlossenen Augen ihr Bild auszumalen. Fluchend warf Grant die Decke beiseite, sprang aus dem Bett und griff nach seinen verwaschenen, abgeschnittenen Jeans. Halb verschlafen und doch aufgewühlt ging er hinunter.

Er bemerkte, dass sie das Gästezimmer nicht benutzt hatte und runzelte ärgerlich die Stirn. Dann folgte er der trällernden Stimme in die Küche.

Gennie war barfuß und trug noch immer seinen Bademantel. Das lange Haar, jetzt trocken und voll, fiel in weichen Wellen über ihren Rücken. Grant hätte gern hineingefasst. War der rote Schimmer echt, oder spielte die Sonne mit den Farben? Auf dem Herd brutzelte Frühstücksspeck in der Pfanne, und der frische Kaffee roch herrlich.

„Was zum Teufel tun Sie hier?"

Gennie fuhr herum. Eine Hand griff erschrocken nach dem Herzen, und mit der anderen umklammerte sie die Fleischgabel.

Trotz des unbequemen Sofas war sie in bester Laune und mit riesigem Hunger erwacht. Die Sonne lachte vom Himmel, Möwen schrien, und der Eisschrank enthielt genügend Vorräte. So hatte Gennie beschlossen, Grant Campbell noch einmal eine Chance zu geben. Sie nahm sich beim Herumwirtschaften in seiner Küche fest vor, ihm freundlich und geduldig entgegenzutreten.

Mit zerzaustem Haar, unrasiertem Gesicht und halb nackt stand er vor ihr, offensichtlich äußerst ärgerlich. Gennie schenkte ihm ein strahlendes Lächeln, nachdem sie sich schnell wieder gefasst hatte. „Ich mache das Frühstück. Es schien mir das Mindeste an Dankbarkeit, nachdem ich die letzte Nacht hier verbringen durfte."

Wieder hatte Grant das Empfinden, sie irgendwo schon einmal gesehen zu haben. Aber sein Stirnrunzeln verstärkte sich. „Ich mag es nicht, wenn jemand morgens Lärm macht und außerdem meine Küche durcheinander bringt."

Gennie öffnete den Mund und schloss ihn rasch wieder, bevor eine entsprechende Antwort herausschlüpfen konnte. „Zerbrochen habe ich bisher nur ein Ei", sagte sie. „Würden Sie uns beiden einen großen Gefallen tun? Nehmen Sie sich eine Tasse Kaffee, setzen Sie sich und seien Sie still." Mit unnachahmlichem Schwung warf sie den Kopf zurück und drehte Grant den Rücken zu.

In Grants Gesicht war deutlich Überraschung, aber auch Anerkennung zu lesen. Nicht jeder konnte mit samtweicher Stimme einen so nachdrücklich auffordern, den Mund zu halten. Das hatte sie gut gemacht. Er unterdrückte ein Lächeln, holte seinen Kaffeebecher aus dem Schrank und tat genau das, was sie gefordert hatte.

Gennie sang nicht mehr, und Grant bekam das Gefühl, es fiele ihr nicht ganz leicht, einen gelassenen Eindruck zu vermitteln. Doch wahrscheinlich war es besser, wenn sie ihre Gedanken nicht in Worte fasste.

Durch den heißen Kaffee verschwand seine Müdigkeit. Grant fühlte sich ausgeruht und äußerst hungrig. Zum ersten Mal bereitete in dieser Küche eine Frau das Frühstück. Zur Gewohnheit sollte das nicht werden, überlegte Grant, aber ausnahmsweise konnte man es sich gefallen lassen.

Wortlos stellte Gennie Teller und eine Platte mit gebratenem Schinkenspeck und Eiern auf den Tisch.

„Warum wollten Sie zu dem alten Lawrence-Haus fahren?" erkundigte er sich und lud sich einen Teller voll.

Gennie warf ihm einen kurzen Blick zu. Jetzt wird also höflich Konversation gemacht, dachte sie.

„Ich habe es gemietet", erwiderte sie kühl und streute Salz auf ihre Eier.

„Ich war der Meinung, dass die Witwe Lawrence es verkaufen möchte."

„Stimmt."

„Ist es nicht schon ein bisschen spät für ein Strandhaus?" Grant kaute mit Genuss, da es ihm vorzüglich schmeckte.

Gennie zuckte mit den Schultern und konzentrierte sich auf ihr Frühstück. „Ich bin kein Sommergast."

„Nein?" Er betrachtete sie eingehend. „Sie kommen aus Louisiana, nicht wahr? New Orleans oder Baton Rouge?"

„New Orleans." Gennie vergaß ihren Ärger und warf Grant einen neugierigen Blick zu. „Sie stammen ebenfalls nicht aus dieser Gegend, oder?"

„Nein", antwortete er nur und beließ es dabei.

Das könnte ihm so passen, dachte Gennie. Erst wird eine Unterhaltung angefangen, dann hüllt er sich wieder in Schweigen.

„Warum muss es unbedingt ein Leuchtturm sein?" forschte sie. „Er ist gar nicht mehr in Betrieb, oder? Ich bin gestern Nacht dem Licht gefolgt, das aus dem Fenster schien. Es war kein Signalscheinwerfer."

„Die Küstenwache beaufsichtigt diesen Bereich mit Radar. Der Turm ist vor mehr als zehn Jahren stillgelegt worden. War Ihnen das Benzin ausgegangen?"

Seine Gegenfrage kam so schnell, dass Gennie zu spät bemerkte, wie Grant versuchte, einer Antwort auszuweichen.

„Nein. Ich parkte eine Weile am Straßenrand. Als ich weiterfahren wollte, sprang der Wagen nicht wieder an. Ich fürchte, dass er abgeschleppt werden muss."

Grant stieß einen Laut aus, der fast wie Lachen klang. „Sie könnten sich vielleicht nach Bayside bringen lassen, aber ganz bestimmt nicht nach Windy Point. Ich werde mir die Sache einmal ansehen", meinte er und beendete sein Frühstück. „Wenn ich nichts machen kann, müssen Sie Bück Gates Bescheid sagen, der repariert den Wagen bestimmt."

Nachdem sie ihn lange betrachtet hatte, entgegnete Gennie langsam: „Ich danke Ihnen!"

Grant erhob sich und stellte seinen Teller in die Spüle. „Ziehen Sie sich an", befahl er, „ich habe noch andere Dinge zu tun." Zum zweiten Mal ließ er Gennie allein in der Küche zurück.

Ein Mal nur möchte ich das letzte Wort haben, wünschte sie sich inständig und stellte ihr Geschirr zu Grants Teller. Dann zog sie heftig den Gürtel des Bademantels fest und machte sich auf den Weg. Natürlich würde sie sich ankleiden, und zwar bevor er seine Meinung änderte.

Grob oder nicht, Grant hatte ihr Hilfe angeboten, und die würde sie akzeptieren. Dann konnte Grant Campbell zum Teufel gehen, wenigstens, was sie betraf.

Als sie in das Badezimmer schlüpfte, um sich umzuziehen, war von Grant nichts zu sehen. Gennie hängte den Mantel ordentlich an einen Haken bei der Tür. Ihre eigenen Sachen waren trocken. Nur die Sandalen fühlten sich noch ein wenig feucht an. Wenn sie Glück hatte, könnte sie innerhalb einer Stunde das Haus beziehen. Der größte Teil des Nachmittags wäre zum Zeichnen frei.

Diese Hoffnung gab Gennie ihre gute Laune zurück. Fröhlich lief sie die Treppe hinunter. Aber auch dort war von Grant keine Spur zu entdecken. Nach kurzem Kampf mit der schweren Vordertür trat sie ins Freie.

Die Luft war so klar, dass es Gennie beinahe den Atem verschlug. Vom Nebel und Sturm der vergangenen Nacht war nichts mehr zu spüren. Gennie wusste, dass es auf Erden nur wenige Orte gibt, die tatsächlich strahlen: Das hier war einer. Gelbes Sonnenlicht strömte vom wolkenlos blauen Himmel. Direkt neben dem Leuchtturm wuchs derbes Gras mit bunten Blumen dazwischen. Goldruten bogen sich im Wind. Sie deuteten zwar auf das nahe Ende des Sommers hin, aber an diesem Tag war davon noch nichts zu spüren.

Gennie konnte jetzt den engen Weg erkennen, den sie in der Nacht so mühsam entlanggestolpert war. Erstaunlicherweise stand ein dreigeschossiges Bauernhaus nur wenige hundert Schritte entfernt. Die Schmutzschicht auf den Fenstern und das hüfthohe Gras drumherum ließen erkennen, dass es unbewohnt, wenn auch nicht verfallen war. Sicherlich hatte dort früher, als die Lichtanlage noch in Betrieb war, die Familie des Leuchtturmwärters gewohnt. Gennie stellte sich vor, wie nachts der Sturm heulte und die Brandung an die Felsenküste schlug, wenn der Leuchtturmwärter seinen Dienst tat, während Frau und Kind allein am Feuer saßen und warteten.

Die weiße Farbe blätterte ab, aber die Fensterläden schlössen gut. War es nicht vorstellbar, dass das Haus geduldig darauf wartete, wieder mit Leben erfüllt zu werden?

Neben dem Weg stand ein stabiler kleiner Lieferwagen. Vermutlich gehörte er Grant.

Gennie wandte sich der Seeseite zu. Hinter dem Leuchtturm konnte sie die Wellen der lebendigen See hören. Der Anblick, der sich ihr bot, war so beeindruckend, dass ihr der Atem stockte. Man sah meilenweit die unregelmäßige Küstenlinie entlang, der einige Inseln vorgelagert waren.

Seetüchtige kleine Boote schaukelten auf dem blauen Wasser. Wahrscheinlich wurden sie von Hummerfischern benutzt. Gennie ahnte, dass sich hierher keine Chrom- und Mahagoni-Jachten verirrten. Alles diente einem Zweck, für bloßes Vergnügen war kein Platz. Stärke und Dauerhaftigkeit – diese Begriffe kamen ihr in den Sinn, als sie die Wellen beobachtete, deren weiße Schaumkronen gegen die Felsen tanzten. Seetang trieb in der Brandung, ballte sich und floss mit der Bewegung des Wassers auseinander. Die See herrschte über allem.

Gennies geübter Blick blieb lange an den ausgewaschenen Felswänden hängen, die im Sonnenlicht in den Farben Graugrün bis leuchtend Orange glänzten. Auf dem Sand blitzten weiße Muscheln, achtlos von der Brandung heraufgespült und noch nicht von gleichgültigen Füßen zertreten. Der Geruch von Salz und Fisch mischte sich mit dem frischen Wind, und die Möwen flogen schreiend über Gennies Kopf. Weder Geräusch noch Anblick oder Geruch kamen von irgend etwas anderem als von der unendlichen, zeitlosen See.

War da nicht die geheime Kraft zu spüren, die seit Ewigkeiten Männer und Frauen verzaubert und anlockt? Gennie verlor sich in Träumen und Staunen, als sie, an einen Felsen gelehnt, in die Ferne sah. Gefahr, Reiz und Frieden – das alles fühlte sie und war seltsamerweise wunschlos glücklich.

Sie hatte nicht gehört, dass Grant herangekommen war. Erstaunt beobachtete er das Mädchen. Sie passt hierher, empfand er und hasste sich für diesen Gedanken. Denn sie stand auf seinem Landl Das kleine, abgeschlossene Stück Erdboden, das vom Meer umspült wurde und hoch über die Wellen hinausragte, war seine Zuflucht.

Nie würde er so vermessen sein, sich als Herr über die See zu betrachten. Aber die Felsen, das magere Gras und der Sand gehörten ihm, Grant Campbell. Gennie hatte keinen Grund auszusehen, als wäre sie am rechten Platz. Fast könnte man befürchten, dass sie seine Klippen nie wieder verlassen würde.

Der Wind presste ihr die Kleider an den Körper, so wie in der

Nacht zuvor der Regen. Ihre schlanken Glieder und die runden, weiblichen Formen waren deutlich zu erkennen. Das lange Haar tanzte heftig und frei in der Luft.

Ehe ihm bewusst wurde, was er tat, ergriff Grant Gennies Arm und drehte sie herum, so dass sie ihn ansehen musste.

In ihrem Gesicht las er nicht Überraschung, sondern Erregung und Spannung durch den Anblick der See. Dieses Gefühl strahlte verführerisch aus den grünen Augen.

„Gestern Abend habe ich mich gewundert, dass jemand freiwillig hier wohnt." Sie warf den Kopf zurück. „Heute kann ich nicht begreifen, dass man irgendwo anders leben mag." Auf ein kleines Fischerboot am Steg hinweisend, erkundigte sie sich: „Ist das Ihres?"

Grant starrte sie noch immer an. Plötzlich wurde ihm klar, dass er sie beinahe geküsst hätte, fast glaubte er, ihren Mund auf seinen Lippen zu schmecken. Nur mit Mühe blickte er in die angegebene Richtung. „Ja, es gehört mir."

„Ich halte Sie von Ihrer Arbeit ab." Zum ersten Mal schenkte Gennie ihm ein ehrliches, echtes Lächeln. „Wahrscheinlich wären Sie schon seit Sonnenaufgang unterwegs, wenn ich Sie nicht gestört hätte."

Grant murmelte eine unverständliche Entgegnung und schob Gennie in die Richtung, wo sein Wagen stand. Seufzend gab Gennie alle guten Vorsätze dieses Morgens auf. Es hatte mit ihm wohl doch keinen Zweck. „Müssen Sie eigentlich so unfreundlich sein, Mr. Campbell?"

Grant hielt kurz an und warf ihr einen Blick zu. Lag nicht verhaltene, amüsierte Ironie in ihren Augen? „Ja."

„Jedenfalls gelingt es Ihnen ausgezeichnet!"

„Das kommt von jahrelanger praktischer Anwendung." Er ließ Gennie los, als sie den kleinen Lieferwagen erreichten. Dann öffnete er die Tür an der Fahrerseite und stieg ein. Sie musste um die Kühlerhaube herumlaufen, um auch hineinklettern zu können.

Als der Motor dröhnend ansprang, erinnerte das Geräusch so sehr an Städte und Verkehr, dass es Gennie wie ein Verrat an der

Landschaft erschien. Einmal schaute sie zurück, und ihr wurde sofort klar, dass sie diesen Ausblick malen würde, nein, malen musste. Fast hätte sie das laut gesagt, aber nach einem kurzen Blinzeln zu Grant ließ sie es lieber bleiben.

Zum Teufel mit ihm! entschied sie. Sie würde hier zeichnen, wenn er zum Hummerfang ausgelaufen war, oder was immer er in seinen Netzen heimzubringen gedachte. Was er nicht wusste, konnte ihn nicht ärgern. Sie setzte sich auf ihrem Platz zurück, faltete artig die Hände und sagte kein Wort.

Nachdem Grant ungefähr eine Meile gefahren war, quälte ihn sein schlechtes Gewissen. Die Straße war kaum besser als ein Graben. Jeder, der während eines Sturmes hier entlangging, würde nur zu bald erschöpft sein und sich elend fühlen. Bei einem Ortsunkundigen käme noch Angst hinzu. Etwas mehr Sympathie und Mitgefühl seinerseits hätte wohl nicht geschadet. Er warf ihr aus den Augenwinkeln einen Blick zu, als sein Truck über die Löcher holperte.

Sie sah zwar nicht zerbrechlich aus, aber man konnte sich nur schwer vorstellen, dass sie diesen ungemütlichen, anstrengenden Marsch bei Sturm und Regen geschafft hatte.

Grant suchte noch immer eine passende Formulierung, um sich zu entschuldigen, als Gennie den Kopf hob und erfreut feststellte: „Dort steht mein Auto!" Ihre Stimme hatte wieder den herablassenden, kühlen Ton, und Grant schluckte sofort seine Entschuldigung hinunter.

Plötzlich drehte er eine scharfe Kurve, so dass Gennie härter gegen die Tür flog, als nötig gewesen wäre. Beide schwiegen, als Grant den Motor abstellte, und kletterten hinaus. Während er an ihrem Wagen den Fehler suchte, stand Gennie untätig daneben, die Hände in den hinteren Taschen ihrer Jeans vergraben.

Er öffnete die Haube und fummelte an Drähten und Leitungen herum, wie Männer das unter Motorhauben zu tun pflegen. Dabei redete er leise vor sich hin. Solche Selbstgespräche waren sicherlich ganz normal für Menschen, die allein an einer einsamen Felsenküste hausten.

Nachdem Grant zu seinem Fahrzeug zurückgekehrt war, zog er unter dem Sitz einen Werkzeugkasten hervor. Nach einigem Suchen kam er mit zwei Schraubenschlüsseln zurück und verschwand erneut unter der Kühlerhaube. Gennie trat dicht hinter ihn, um über seine Schulter spähen zu können. Offensichtlich hatte er den Defekt gefunden. Wenn sich der Schaden mit einfachem Werkzeug beheben ließ, war es vielleicht nicht zu kompliziert, und sie könnte beim nächsten Mal selbst ... Unwillkürlich lehnte sie sich vor und stützte ihre Hand auf Grants Rücken, um das Gleichgewicht nicht zu verlieren.

Ohne sich aufzurichten, drehte Grant sich um. Dabei streifte sein Arm deutlich ihre Brust. Mit Fremden im Gedränge passiert so etwas tagtäglich und wird kaum bemerkt. Doch beide spürten in diesem Moment die gegenseitige Berührung wie einen Stromstoß, der Begehren weckt.

Gennie wäre zurückgewichen, aber ihr Blick hing auf einmal an Grants dunklen, ruhelosen Augen, und warmer Atem streifte ihre Lippen.

Ein paar Zentimeter, dachte sie, nur ein ganz kleines Stück trennt mich von seinem Mund! Unbewusst glitt ihre Hand auf Grants Schulter und hielt sich dort fest.

Er spürte ihren Griff. Doch das war nichts im Vergleich zu dem eigentümlichen Gefühl an seinem Nacken, am Ende der Wirbelsäule und in der Tiefe seines Körpers. Zugreifen und nehmen, was so verführerisch nahe ist – könnte das vielleicht den Druck lösen? Oder wird die Erregung sich erst recht entzünden? Grant wusste in diesem Moment nicht, was ihm lieber wäre.

„Was tun Sie da?“ fragte er, und jetzt klang seine Stimme weder hart noch ärgerlich.

Gennie konnte den Blick nicht von Grants Augen lösen. Sie erkannte sich selbst darin. Wann habe ich mich dorthin verlaufen? überlegte sie benommen.

Beide lehnten noch immer über dem Wagen, und Gennie klammerte sich an Grants Schulter. Er hielt in der einen Hand einen Schraubenschlüssel und in der anderen einen Bolzen. Es wäre leicht gewesen, einander noch näher zu kommen. Er wollte der Versuchung nachgeben und Gennie mit seinem Körper berühren. Aber plötzlich fiel ihm ein, wie unangenehm selbstverständlich sie ausgeschaut hatte, als sie auf seinem Land stand und über das Wasser blickte.

Wenn du das Mädchen berührst, Campbell – warnte eine innere Stimme –, wirst du es bereuen! Eine wie sie bedeutet Schwierigkeiten.

„Ich habe Sie gefragt, was Sie tun." Geduldig wiederholte er den Satz im gleichen Tonfall und betrachtete dabei Gennies Mund.

„Tun?" Was hatte sie denn getan? „Ich ... ich wollte nur sehen, wie Sie den Fehler beheben, damit ich ..." Sein Blick traf jetzt wieder Gennies Augen und verhinderte jeden zusammenhängenden Gedanken.

„So?" wiederholte Grant und genoss die Tatsache, dass er sie verwirren konnte.

„So ..." Sein Atem strich leicht über Gennies Lippen. Sie ertappte sich dabei, wie sie ihn mit der Zunge einfangen wollte. „Es könnte wieder passieren, dann repariere ich es selbst."

Grant lächelte – langsam, überlegen. Anmaßend? Sie war sich nicht sicher. Aber immerhin: Er hatte gelächelt. Der Grund war gleichgültig, denn es verlieh seinem Gesicht einen unwiderstehlichen Charme. Gennie dachte, dass ein Barbar so aussehen könnte, bevor er sich sein Opfer über die Schultern warf und in irgendeiner dunklen Höhle damit verschwand. Ganz langsam wandte Grant sich ab und setzte seine Arbeit fort.

Gennie trat zurück und stieß langsam die Luft aus. Das war gefährlich eng gewesen! Sie wusste nicht genau, wo das Risiko lag. Aber jede gescheite Frau würde sich gehörig in Acht nehmen. Sie räusperte sich. „Meinen Sie, dass Sie es schaffen?"

„Hm", brummte Grant, ohne den Kopf zu heben.

Gennie nahm das als Zustimmung und kam wieder näher. Dabei hielt sie sich wohlweislich an der Seite des Wagens mit ausreichendem Abstand zu Grant. „Er ist vor zwei Wochen schon einmal in einer Werkstatt gewesen."

„Neue Zündkerzen müsste er haben. An Ihrer Stelle würde ich Bück Gates holen, damit er sich den Wagen einmal vornimmt."

„Ist er Mechaniker an der Tankstelle?"

Grant richtete sich auf. Er lächelte nicht, aber seine Augen blickten freundlich. „In Windy Point gibt es keine Tankstelle. Wer Treibstoff braucht, fährt zu den Docks hinunter. Wer Ärger mit seinem Fahrzeug hat, der holt Bück Gates. Der repariert normalerweise die Hummerkähne, aber schließlich ist ein Motor ein Motor." Den letzten Satz sagte er im Dialekt der Küstenbewohner und mit der Andeutung eines Lächelns, ohne damit Geringschätzigkeit auszudrücken. „Starten Sie jetzt einmal."

Gennie rutschte hinter das Steuer. Ihre Tür blieb offen. Sie drehte den Zündschlüssel, und der Motor erwachte zu neuem Leben. Noch ehe ihr erleichterter Seufzer verklungen war, hatte Grant die Kühlerhaube zugeworfen. Er marschierte zu seinem Lastwagen zurück und verstaute das Werkzeug. Gennie stellte den Motor wieder ab, um zu verstehen, was er sagte.

„Das Lawrence-Haus liegt ungefähr eine dreiviertel Meile weiter nach links. Wenn Sie nicht mitten in der Nacht, nur mit einer Taschenlampe bewaffnet, durch einen Sturm wandern, dann können Sie die Abzweigung nicht verfehlen."

Gennie verkniff sich ein Schmunzeln. Hoffentlich zeigt er sich nicht zum Schluss von einer besseren Seite, wünschte sie. Ich will ihn lieber als ruppigen, ungezogenen Mann in Erinnerung behalten, der allerdings verdammt sexy ist. „Ich werde es mir merken."

„Außerdem würde ich hübsch den Mund halten, dass Sie die letzte Nacht im Leuchtturm verbracht haben", fügte er lässig hinzu, als er seinen Werkzeugkasten schloss. „Ich muss auf meinen guten Ruf achten."

Jetzt biss Gennie sich doch auf die Lippen, um ein Lächeln zu unterdrücken. „Ach ja?"

„So ist es." Grant drehte sich um und lehnte sich einen Moment lang an seinen Truck, als er Gennie ansah. „Die Dorfbewohner glauben nämlich, dass ich ein Sonderling sei. Niemand würde von mir etwas anderes annehmen, als dass ich Ihnen die Tür vor der Nase zugeschlagen hätte." Genauso wäre es ja auch fast gekommen.

Gennie lächelte verstohlen. „Sie haben mein Wort! Keine Seele wird erfahren, was Sie für ein guter Samariter sind. Wenn wirklich jemand fragen sollte, dann antworte ich, dass Sie unhöflich sind, streitsüchtig und rundherum unangenehm."

„Dafür wäre ich Ihnen sehr dankbar."

Als er sich anschickte, in seinen Wagen einzusteigen, griff Gennie nach ihrer Brieftasche. „Warten Sie, ich habe Sie noch nicht für Ihre Mühe ..."

„Vergessen Sie es!"

Sie hielt den Türgriff fest: „Ich möchte Ihnen nicht irgendwie verpflichtet sein."

„Ihr Pech." Grant ließ seinen Wagen an. „Hören Sie, fahren Sie Ihr Auto weg. Ich kann nicht wenden, wenn Sie mir im Weg stehen."

Mit ärgerlich gerunzelter Stirn drehte Gennie sich um. Dann eben nicht! Die Dorfbewohner hielten ihn also für einen Sonderling, grübelte sie, als sie die Autotür zuschlug.

Sie fuhr vorsichtig die Straße entlang und zwang sich, keinen Blick in den Rückspiegel zu werfen. Bei der Abzweigung hielt sie sich links. Das einzige Zeichen von Grant Campbell war das laute Brummen seines Trucks, als er davonbrauste. Ich werde ihn aus meinem Gedächtnis streichen, nahm Gennie sich vor.

An beiden Seiten des Weges blühten wilde Blumen. Die Aussicht wurde nicht durch Bäume versperrt, und Gennie fand das Haus schnell. Sie war begeistert. In ihrer Fantasie sah sie eine Frau in sauberem Hauskleid, die im Garten Wäsche aufhängte. Ein braun gebrannter Fischer könnte auf der Bank sitzen und sein Netz flicken. Türen und Fensterläden waren wohl ursprünglich blau gewesen, doch das Wetter hatte die Farbe in ein unbestimmtes Grau verwandelt. Von einer geschützten Veranda aus überblickte man die Bucht. Der lange, hölzerne Bootssteg, der über das ruhige, seichte Uferwasser hinausreichte, schien etwas wackelig zu sein. Dicht am Strand hatte jemand eine Weide gepflanzt.

Gennie stellte den Motor ab und war überrascht von der plötzlichen Stille. Wie angenehm und friedlich! Hier ließ es sich leben und arbeiten. Es war aber ganz anders als bei Grant mit dem ständigen Brechen und Dröhnen der Wellen.

Oh nein – sie erinnerte sich energisch an ihren Schwur, nicht mehr an Grant zu denken. Dabei sollte es auch bleiben.

Sie stieg aus, klemmte sich einen Karton mit Lebensmitteln unter den Arm und ging die Stufen hinauf zur Vordertür. Das alte Schloss bereitete einige Schwierigkeiten, bis es mit mächtigem Knarren nachgab.

Das Erste, was Gennie bemerkte, war die Ordnung. Mrs. Lawrence hatte mit Recht behauptet, dass ihr Haus in sauberem Zustand sei. Es hingen zwar Staubbezüge über den Möbeln, aber Staub gab es keinen. Offensichtlich kam die Witwe regelmäßig her, um sauber zu machen. Helle Flecken an den Wänden zeigten die Stellen, wo Bilder gehangen hatten, als das Haus noch bewohnt und voller Leben war. Die Küche ließ sich leicht finden. Gennie stellte dort ihre Sachen ab. Auch hier herrschte die gleiche makellose Sauberkeit. Die Spüle aus Porzellan glänzte. Gennie drehte den Wasserhahn auf und stellte fest, dass die Leitung wirklich funktionierte. Durch die Hintertür trat sie hinaus auf die überdachte Veranda. Die Seeluft war warm und feucht. Jemand hatte am Windschutz ein paar Löcher repariert. Die Farbe auf dem Fußboden war rissig geworden.

Für Gennies Empfinden erschien alles zu sauber. Es gab im ganzen Haus keinerlei Anzeichen von Leben. Man konnte sich kaum vorstellen, dass es früher von fröhlichen Menschen bewohnt wurde.

Gennie war das geniale Durcheinander in Grants Leuchtturm sympathisch. Dort hauste jemand – und wie! Sie schüttelte den Kopf und verdrängte diese Gedanken. Hier würde es auch bald anders ausschauen. Dafür wollte sie sorgen. Mit schnellen Schritten lief sie zu ihrem Wagen und begann mit dem Auspacken.

Viel Gepäck hatte Gennie nicht, und ihre Sachen waren nach einem gewissen Schema geordnet. Deshalb dauerte es keine zwei Stunden und das Einräumen war erledigt. Nur in einem der beiden kleinen Schlafzimmer stand ein Bett.

Als sie es beziehen wollte, merkte sie, dass es ein Federbett war. Entzückt verbrachte sie einige Zeit damit, die Kissen zu schütteln und sich hineinfallen zu lassen. In dem leeren Raum verstaute sie ihre Mal- und Zeichenutensilien. Als die Staubbezüge von den Möbeln abgenommen waren und an den dunkleren Stellen der Wände ein paar ihrer eigenen Bilder hingen, fühlte sie sich schon beinahe zu Hause.

Barfuß und höchst zufrieden inspizierte sie den Bootssteg. Einige der Bretter knarrten, andere wackelten, aber das Gebälk schien stabil zu sein. Sollte sie sich ein kleines Boot besorgen, um die Bucht auszukundschaften? Alles stand ihr frei, sie konnte tun und lassen, was Sie wollte. Wahrscheinlich würde ihr altes Leben sie irgendwann wieder nach Orleans ziehen, aber die Wanderlust, die sie vor sechs Monaten hierher in den Norden getrieben hatte, war noch nicht gestillt. Wirklich Wanderlust? Nein, das war nicht richtig. Schuldgefühl wäre treffender, oder Schmerz. Sie spürte es noch immer. Das würde vielleicht nie mehr anders sein. Dabei war schon über ein Jahr seitdem vergangen: siebzehn Monate, zwei Wochen und drei Tage. Gennie schloss gequält ihre Augen. Angelas Bild stand deutlich vor ihr. Vielleicht sollte sie sogar Dankbarkeit empfinden, dass ihr künstlerisches Vorstellungsvermögen das Antlitz der Schwester jederzeit reproduzieren konnte.

Sie war so jung, schön und voller Leben gewesen. Wie schrecklich dagegen der Anblick der stillen, blutverschmierten Angela, nachdem Gennie sie totgefahren hatte.

Es war nicht deine Schuld! Wie oft war ihr das versichert worden? Du konntest nichts dafür und darfst dich nicht derart damit belasten.

Gennie seufzte. O doch! Denn ich habe am Steuer gesessen. Meine Reflexe sind nicht schnell genug gewesen, als ich den Wagen sah, der bei Rot über die Kreuzung raste. Doch niemand kann es ungeschehen machen. Alles Grübeln und Leiden ist umsonst.

Der Kummer schlug wie eine Welle über Gennie zusammen. Sie wusste, dass sie nur durch ihr Talent und ihre Kunst das Unglück verkraftet hatte. Natürlich half auch die Reise. Aber die Erinnerungen waren nicht auszulöschen. Nur wenn sie sich auf ihre Arbeit konzentrierte, wurden sie ganz in den Hintergrund gedrängt.

Während der letzten Jahre war die Kunst für Gennie fast zu einem Geschäft geworden. Ausstellungen und der Verkauf ihrer Bilder hatten viel Zeit beansprucht. Kohle, Öl- und Aquarellfarben sowie viel leere Leinwand warteten darauf, von Gennie mit Leben erfüllt zu werden.

Vielleicht hatte der Verlust ihrer Schwester ihre Arbeit beeinflusst. Denn Gennie versuchte jetzt, Realismus in ihren Bildern auszudrücken. Anscheinend wollte sie sich dadurch zwingen, das Leben sowie den Tod zu akzeptieren.

Bisher kennzeichnete auch ihre abstrakten Gemälde ein geheimnisvoller Hauch. Nun drängte sich der Alltag in den Vordergrund, sachlich und kühl. Diese Realität war keineswegs immer hübsch anzusehen, aber darin lag eine Kraft, die Gennie langsam zu begreifen begann.

Sie atmete tief. Ja, diese ruhige, stille Bucht würde sie malen, wenn die Zeit dafür reif war. Fürs Erste jedoch reizte sie die Herausforderung und Macht des Ozeans. Sie schaute zur Uhr. Es war beinahe Mittag. Jetzt würde Grant bestimmt mit seinem Boot draußen sein und versuchen, die kostbare Zeit aufzuholen, die Gennie ihm gestohlen hatte. Das gab ihr Gelegenheit, den Leuchtturm drei oder vier Stunden lang von verschiedenen Seiten aus zu skizzieren. Er würde es überhaupt nicht merken. Und wenn schon ... Sie zuckte mit den Schultern. Es konnte ihm eigentlich gleichgültig sein. Eine Frau mit Skizzenblock war schließlich nicht gerade als Landplage zu bezeichnen.

Grants Studio lag auf dem dritten Treppenabsatz. Genauer gesagt, es war das dritte Geschoss. Die ursprünglichen drei Zimmer – nicht größer als Taubenschläge – hatte er in einen Raum umgewandelt, in den von allen Seiten, besonders von Norden, viel Licht einfiel. Sein Werkzeug und alle notwendigen Gerätschaften befanden sich in Glasschränken und waren nach einem wohl durchdachten Schema geordnet. Es gab alle Sorten von Füllfederhaltern, Kugelschreibern, Bürsten, Pinseln und Messern, aber auch eine große Auswahl an Bleistiften, Radiergummis, Zirkeln und Winkern. Ein Ingenieur oder Architekt hätte wahrscheinlich die Qualität des Handwerkszeugs erkannt und geschätzt. Auf das Zeichenbrett hatte Grant einen großen Bogen mattes Skizzenpapier geheftet.

An der weiß getünchten Wand, auf die er von seinem Arbeitsplatz aus blickte, hing ein Spiegel und ein gerahmter Neudruck von „The Yellow Kid“, einem nahezu hundert Jahre alten Cartoonstrip. An der anderen Seite des Raumes stand ein altmodisches Radio neben einem höchst modernen Farbfernseher. Zeitungen und Magazine stapelten sich in der Ecke hüfthoch. Das Studio machte den Eindruck äußerst praktischer Nutzbarkeit. Das war der einzige Gesichtspunkt, den Grant gelten ließ.

Er arbeitete an diesem Morgen ohne Eile. Manchmal war das anders. Dann raste er förmlich und war nicht zu bremsen. Der Grund war dann keineswegs ein besonderer Termin, denn seinem Zeitplan nach arbeitete er immer einen Monat im Voraus. Ihn trieben eigene Gedanken, Einfälle, Ideen. Die Nacht wurde zum Tag, bis er sicher war, alles auf seinem Papier mit Tinte und Stift festgehalten zu haben, wie sein Kopf es sich erdacht hatte.

Das letzte Projekt war in den frühen Morgenstunden fertig geworden. Nun beschäftigte ihn etwas Neues, noch vage und nicht klar zu umreißen. Dem Drängen seines künstlerischen Schaffens widersetzte Grant sich nur selten. Mit einem blauen Stift unterteilte er das Zeichenblatt durch diagonale Linien, die sich später nicht fotografieren lassen würden, in einzelne Felder. Er wusste ungefähr, worauf er hinauswollte, und die Vorbereitungen waren unerlässlich, wenn auch mühsam und Zeit raubend. Diese Mühe würde man der fertigen Arbeit später nicht mehr ansehen. Als Grant die Fläche in fünf Sektionen gegliedert hatte, begann er zu zeichnen. Gedankenverloren erweckte er mit sparsamen, charakteristischen Strichen die Hauptfigur zum Leben, von der seine Schwester meinte, sie sei sein zweites Ich.

Vor zehn Jahren hatte Grant seinen Helden Macintosh erfunden. Er war ein ganz gewöhnlicher Mensch. Durch seine kräftige Nase und die ausdrucksvollen, erstaunten Augen hatte er ein typisches Aussehen, doch stellte er den kleinen Mann dar, der überall anzutreffen ist und kaum auffällt. Weil er immer etwas dünn wirkte, gelangen seine Versuche nie, sich durch modische Kleidung herauszuputzen. Macintosh benahm sich oft ungeschickt und schien sich stets abweisend zu verhalten. Seine Äußerungen waren jedoch treffend, wenn auch ein bisschen spöttisch.

Grant hatte ihm Freunde gegeben. Sympathische Träumer und smarte Burschen, so wie er sie vom College her kannte. Diese Allerweltsfiguren schlugen sich mit alltäglichen Dingen auf höchst ungewöhnliche Weise herum. Das war die Grundidee der Bilderserie.

Der Macintosh war schon während Grants Studienzeit entstanden und hatte dann jahrelang fast vergessen in einer Schublade gelegen, während Grant sich mit Kunst und Malerei beschäftigte. Sein Talent war beachtlich, möglicherweise hatte er eine große Karriere vor sich. Aber er stellte fest, dass ihm die Anfertigung von Karikaturen mehr Spaß machte als das Malen eines Porträts. Schließlich blieb Macintosh Sieger: Grant ließ ihn endgültig wieder aufleben. Seit nunmehr sieben Jahren erschien dieser etwas weltfremde, einfältige Charakter täglich in allen größeren Zeitungen des Landes.

Die Leser folgten Macintoshs Leben und Abenteuern beim Trinken des Morgenkaffees, in der Untergrundbahn, im Bus oder im Bett. Über eine Million Amerikaner öffneten ihre Zeitung und schauten sich erst einmal an, was Macintosh vorhatte, ehe sie ihren eigenen Tag begannen.

Von einem Cartoonisten wird verlangt, sein Publikum zu amüsieren. Das muss mit wenigen kurzen Sätzen und durch einfache Zeichnungen gelingen. Man betrachtet einen Comic Strip höchstens zehn oder zwölf Sekunden lang und legt ihn dann beiseite. Grant machte sich keine Illusionen: Das Darüber-lachen-müssen war wichtig! Die Tatsache, dass es ihm immer wieder gelang, die Leser fröhlich zu stimmen, und das Gefühl, den eigenen Tagesablauf wiederzuerkennen, war das Geheimnis seines Erfolges.

Grant selbst wollte dabei keineswegs in den Vordergrund treten – im Gegenteil. Man druckte nur seine Initialen. In dem Vertrag mit United Syndicate stand ausdrücklich, dass sein Name niemals im Zusammenhang mit dem Comic Strip genannt werden durfte. Weiterhin brauchte er keine Interviews zu geben oder persönlich zu erscheinen. Diese Anonymität war Grant genauso viel wert wie sein jährliches Einkommen.

Inzwischen war Grant bei der zweiten Sektion angelangt. Er zeichnete Macintosh, der schimpft, als er durch energisches Klopfen an der Tür bei seinem Hobby gestört wird. Macintosh beschäftigt sich nämlich mit Briefmarken und hofft, eines Tages dadurch reich zu werden. Nun muss er öffnen und steht plötzlich einer durchnässten, schlecht gelaunten Frau gegenüber.

Es war für Grant ein Leichtes, mit sicheren Strichen das Bild von Gennie auf das Zeichenblatt zu zaubern. Die Tatsache, dass er sie zu einer Figur in seiner Comicserie machte, würde sie in ihre Schranken zurückweisen. Damit war sie genauso lächerlich und angreifbar wie die übrigen Personen seiner Fantasiewelt. Indem Gennie zu einer Figur der Bildgeschichte wurde, konnte Grant sie nach Belieben erscheinen und wieder verschwinden lassen.

Grant taufte sie auf den Namen Veronica. Der altmodische Name gefiel ihm. Gennies schräg gestellte Augen und die üppige Sinnlichkeit ihres Mundes waren absichtlich übertrieben. Die Geschichten spielten meist in Washington, D.C. Auf ihrem Heimweg von der Arbeit im Weißen Haus hat Veronica eine Reifenpanne.

Macintosh starrte die Frau vor seiner Tür an.

Zwei Stunden lang arbeitete Grant ununterbrochen. Er vervollständigte den Ablauf der Geschichte sowie die einzelnen Situationen und die Pointe am Schluss.

Macintosh musste Veronicas Reifen wechseln. Dabei gab er sich betont männlich, um ihr zu imponieren. Doch am Ende stand er mit durchnässten Schuhen am Straßenrand und umklammerte verblüfft fünf Dollar, die sie ihm großzügig in die Hand gedrückt hatte, als sie davonbrauste.

Der Rohentwurf der Bilder war fertig, und Grant fühlte sich wesentlich wohler. Er hatte sich von Gennie gelöst, indem er Veronica wegfahren ließ. Gutgelaunt machte er sich daran, mit Tinte und Pinsel in Grau- und Schwarztönen notwendige Einzelheiten auszufeilen. Bei Macintoshs Wohnung fiel ihm das nicht schwer, denn das war reine Routine. Trotzdem erforderte es Zeit und Konzentration. Die Augen der Leser mussten durch unauffällig betonte Details in wenigen Sekunden der Betrachtung genau das erfassen, was tatsächlich wichtig war. Grants Geduld wurde im Allgemeinen durch diese Kleinarbeit sehr strapaziert, so dass für sein tägliches Leben fast nichts mehr übrig blieb.

Die Geschichte war halb fertig, und es wurde bereits Abend, als er den Pinsel sinken ließ. Kaffee wäre schön, dachte er, streckte sich und reckte die verkrampften Schultern. Außerdem war er hungrig, denn seit dem Frühstück hatte er nichts mehr gegessen. Er würde sich ein Brot streichen und an den Strand gehen. Zwei Zeitungen lagen noch unberührt auf der Treppe, und mehrere Fernsehaufzeichnungen wollte er sich eigentlich längst angesehen haben.

Um mit seinen Geschichten auf dem Laufenden zu bleiben, musste Grant die täglichen Neuigkeiten in der Welt verfolgen. Aber der Spaziergang hatte Vorrang. Er trat an das geöffnete Fenster, die Luft würde ihm gut tun.

Langsam sank die Hand herab, mit der Grant sich seinen Nacken massiert hatte. Mit gerunzelter Stirn beugte er sich vor und sah auf die Klippen. Waren die vorüberkommenden Touristen nicht schon schlimm genug? Doch die ließen sich meist durch ein paar kurze Worte verjagen – aber das hier war zuviel. Sogar vom hohen Turmfenster aus konnte er deutlich das dichte, ebenholzschwarze Haar erkennen ...

Veronica war demnach keineswegs aus seinem Leben verschwunden, sondern trieb weiterhin ihr Unwesen.

3. KAPITEL

Es war wundervoll hier. Ganz gleich, von welcher Stelle aus man sich umsah oder wie das Licht einfiel. Gennie hatte bereits ein halbes Dutzend Skizzen auf ihrem Block, aber um die besondere Schönheit dieses Landstrichs einzufangen, war noch viel mehr notwendig. Welch eine Fülle an Farben! Könnte sie das jemals richtig wiedergeben? Auch die Art, wie der Leuchtturm die Küste beherrschte – so solide und unbesiegbar –, war einmalig. Zeit und Salzwasser hatten den Felsblöcken ringsum ihren Stempel aufgedrückt. Aber das war nur der Beweis, wie hoffnunglos der Mensch seinen Kampf gegen die Elemente führte.

Irgendwann wird die See gewinnen, überlegte Gennie, denn der Mensch ist vergänglich. Trotzdem ergeben beide zusammen eine eigenartige Harmonie aus Beharrlichkeit und Stärke.

Sie hatte vollkommen das Gefühl für Zeit verloren, während sie ungestört malte. Das Sonnenlicht musste so lange wie möglich genutzt werden. In New Orleans war eine solche Einsamkeit unvorstellbar. Sogar außerhalb der Stadt wurde sie neugierige Zuschauer nicht los. Gennie war daran gewöhnt, aber wenn sie eine besonders schwierige Arbeit vorhatte, musste sie zu Hause bleiben. Diese einfache Freiheit des Alleinseins in der Natur hatte sie fast vergessen.

Zufrieden und leicht verträumt skizzierte sie, was sie vor sich sah und was sie empfand.

„Verdammt, was tun Sie hier schon wieder?"

Anerkennend muss gesagt werden, dass Gennie weder hochfuhr noch den Zeichenblock fallen ließ. Das fest vertäute Boot sprach dafür, dass Grant irgendwo in der Nähe sein musste. Doch Gennie hatte sich vorgenommen, sich durch ihn in keiner Weise irritieren zu lassen. Sie wollte ja nur malen, weiter nichts. Eigentlich könnte er sich als Fischer auch ein bisschen mehr um seine Arbeit kümmern, fand sie und drehte sich zu Grant um.

Er ist wütend, stellte sie ruhig fest. Aber anders kannte sie ihn ja kaum. Er passt gut zu Sonne, Wind und See. Ich werde ihn eines Tages so malen. Gennie hielt den Kopf schief und sah Grant prüfend an, wie einen Gegenstand, der ihr Interesse erweckt hatte.

„Guten Tag!" grüßte sie in reinstem Südstaatendialekt.

„Ich fragte Sie, was Sie hier wollen!"

„Ich mache nur ein paar Skizzen als Vorentwürfe." Gennie blieb ungerührt auf dem Felsen sitzen und wandte sich wieder der See zu. „Lassen Sie sich durch mich nicht stören."

Grant kniff böse die Augen zusammen. Wie gut sie das kann! dachte er zornig. Wieder die Von-oben-herab-Tour. „Sie befinden sich aber auf meinem Privatgrundstück."

„Hm."

Wenn sie aufsteht, kann ich ihr herunterhelfen. Die Idee gefiel ihm. „Hier ist das Betreten verboten."

Gennie warf ihm einen nachsichtigen Blick zu. „Sie sollten es mit Stacheldraht und mit Landminen versuchen. Es geht nichts über eine kräftige Explosion, um solch ein Verbot durchzusetzen. Allerdings kann ich es Ihnen nicht verdenken, dass Sie dieses Stück Erde für sich haben wollen, Grant", fügte sie hinzu und zeichnete weiter. „Ich werde bestimmt nichts verändern und weder Dosen noch Papiertüten oder Zigarettenkippen zurücklassen."

Trotz des Rauschens der Wellen war ihr herablassender, betont geduldiger Tonfall nicht zu überhören. So etwas ging schon auf die Nerven. Grant war fast so weit, Gennie bei den Haaren zu packen und sie auf die Füße zu stellen. Aber das rasche Hin und Her ihres Stiftes auf dem Zeichenpapier erregte sein Interesse.

Das war mehr als gut. Es war ausgezeichnet. Mit Strichen und Schattierungen hatte sie den Wirbel der Wellen am Klippenrand, den flachen Flug der Möwen und die beständige Dauerhaftigkeit des Leuchtturmes festgehalten. Die Skizze zeigte keine schmeichelhaften Hinweise auf Schönheit, sondern die eckigen Kanten und die Risse der Felsen, aber auch den Kampf der See gegen das Land. Für ein Ansichtskartenbild oder als beruhigender Blickfang über dem Kamin war es nicht geeignet. Doch jeder, der einmal vor stürmischem Meer an einer Felsenküste gestanden hat, wäre begeistert.

Mit gerunzelter Stirn beugte Grant sich vor. Sein Ärger war konzentriertem Interesse gewichen. Gennie war weder Schülerin noch Amateur. Er wartete ruhig, bis sie ihre Arbeit beendet hatte. Dann nahm er ihr den Skizzenblock aus der Hand und betrachtete ihn intensiv.

„Hey!" protestierte Gennie und fuhr hoch.

„Halten Sie den Mund."

Gennie gehorchte. Aber nur deshalb, weil Grant offensichtlich nicht die Absicht hatte, sie ins Wasser zu werfen. Sie setzte sich wieder und beobachtete schweigend, wie Grant die einzelnen Zeichenblätter betrachtete. Manche Seiten schienen ihn sehr zu fesseln, anderen galt nur ein flüchtiger Blick.

Seine Augen wurden ganz dunkel, und der Wind blies ihm das Haar aus der Stirn. Mit ernstem Gesichtsausdruck begutachtete er kritisch Gennies Arbeiten. Es hätte sie eigentlich amüsieren müssen, dass ein einsam lebender Fischer ihre Arbeit beurteilte. Doch der leichte Druck hinter den Schläfen zeigte, dass sie ungeduldig und gespannt seine Äußerung erwartete. So war es ihr oft vor der Eröffnung einer Ausstellung ergangen.

Grant schaute auf, und ihre Blicke trafen sich. Einen Moment lang hörte man nur das Tosen der Brandung und aus der Ferne den Klang einer Schiffssirene. Grant wusste jetzt, woher das Gefühl stammte, Gennie schon früher gesehen zu haben. Aber die Fotos in den Zeitungen wurden ihr nicht gerecht. „Grandeau", sagte er schließlich, „Genevieve Grandeau."

Normalerweise war Gennie nicht überrascht, wenn jemand in New York, Kalifornien oder Atlanta ihre Bilder oder ihren Namen kannte. Doch es war verblüffend, in dieser Gegend einen Menschen zu treffen, der sie ausschließlich durch Betrachtung roher Skizzen auf ihrem Zeichenblock erkannte.

Gennie erhob sich, strich das Haar zurück und hielt es fest. „Woher kennen Sie mich?"

Er klopfte mit dem Block auf die Handfläche und sah sie unverwandt an. „Technik bleibt Technik, ob es sich um Skizzen handelt oder um Öl. Was treibt die Perle von New Orleans nach Windy Point?"

Der Ton seiner Frage ärgerte Gennie. Sie vergaß darüber, mit welcher Leichtigkeit er ihren Stil erkannt hatte. „Ich habe ein Jahr Urlaub genommen." Sie streckte die Hand nach ihrem Block aus.

Grant übersah die Bewegung. „Ein merkwürdiger Ort für des Landes berühmteste – Künstlerin. Ihre Bilder waren in den Zeitschriften beinahe so oft erwähnt wie Ihr Name in den Gesellschaftsspalten. Sind Sie nicht im letzten Jahr mit einem italienischen Grafen verlobt gewesen?"

„Es war ein Baron", verbesserte Gennie ihn kühl, „und wir waren nicht verlobt. Nutzen Sie Ihre Pausen zwischen dem Fischfang damit, die Revolverblätter zu lesen?"

Der Anflug von Gereiztheit in ihren Augen gefiel ihm. „Ich lese eine ganze Menge. Und Sie", fügte er hinzu, noch bevor Gennie für eine Entgegnung Zeit hatte, „bringen es fertig, genauso oft in der New York Times zu erscheinen wie in Gazetten und Gesellschaftsnachrichten."

Gennie warf den Kopf zurück, und diese Geste hatte so viel von königlichem Unmut an sich, dass Grants Lächeln breiter wurde. „Es scheint so", meinte sie von oben herab, „dass einige Menschen leben und andere nur darüber lesen."

„Sie bieten viel Lesestoff, Genevieve." Grant musste sie einfach reizen, er konnte nicht widerstehen.

Er hakte seine Daumen in die Hosentaschen, und neue Ideen für Veronica schossen ihm durch den Kopf. Es schien unumgänglich zu sein, dass sie zurückkommen würde, um Macintoshs Leben eine Zeitlang durcheinander zu bringen. „Sie sind ein ausgesprochener Liebling der Paparazzi, nicht wahr?"

Gennies Stimme blieb kühl und distanziert, aber mit ihrem Zeichenstift klopfte sie nervös gegen den Fels. „Wahrscheinlich müssen auch die ihren Lebensunterhalt verdienen, wie jeder andere Mensch."

„Ich entsinne mich an ein Duell, das vor ein paar Jahren Ihretwegen in England stattfand."

Das vergnügte, fröhliche Lächeln, das über ihr Gesicht huschte, hatte Grant nicht erwartet. „Wenn Sie das glauben ..."

„Zerstören Sie mir nicht meine Illusionen", meinte Grant sanft. Ihrem Lächeln war schwer zu widerstehen, wenn es echt und so voller selbstkritischem Humor war.

„Wenn Sie den Gerüchten Glauben schenken", amüsierte sie sich, „warum sollte ich Sie daran hindern?"

„Einige Geschichten sind tatsächlich faszinierend in ihrer Art. Vor dem Grafen gab es noch einen Filmdirektor ..."

„Baron!“ warf Gennie ein. „Der Graf, den Sie meinen, war ein Franzose und gehörte zu meinen ersten Mäzenen.“

„Sie scheinen eine ganze Auswahl – Mäzene zu haben.“

Gennies Lächeln zeigte, dass sie sich gut zu amüsieren schien. „Ja. Sind Sie ein Kunstfan oder lieben Sie nur den Klatsch?“

„Beides“, antwortete Grant leichthin, „aber wenn ich es recht überlege, ist es während der letzten Monate in der Presse stiller um Sie geworden. Sie scheinen Ihren Urlaub sehr ruhig zu verleben. Die letzte Nachricht, an die ich mich erinnere ...“ Erschrocken hielt Grant inne. Ihm fiel plötzlich ein, was das gewesen war, und er hätte sich die Zunge abbeißen mögen. Der Autounfall – der Tod ihrer Schwester – ein schönes, deutliches Foto von Gennie bei der Beerdigung. Trotz des Schleiers vor ihrem Gesicht waren ihre Verzweiflung, der Schock und Kummer nicht zu übersehen.

Gennie lächelte nicht mehr und sah zu ihm auf.

„Es tut mir Leid!“ sagte Grant leise.

Grants Entschuldigung traf Gennie ins Herz. Von den unterschiedlichsten Menschen hatte sie diese Worte vernommen, doch nie mit so einfacher Ehrlichkeit. Und das von einem Fremden, dachte sie und wandte sich der See zu. Trotzdem sollte man es nicht zu hoch bewerten.

„Schon gut.“ Der Wind fühlte sich kühl und voller Lebenskraft an. Hier war nicht der rechte Ort, um über das Sterben nachzugrübeln. Wenn sie sich damit befassen wollte, so würde das allein geschehen. Sie atmete tief die würzige Seeluft ein. „Sie verwenden Ihre Musestunden also dazu, sich über den Klatsch in unserer verdorbenen Welt zu informieren. Für jemanden, der so viel Interesse an seinen Mitmenschen zeigt, haben Sie sich einen merkwürdigen Ort zum Leben ausgesucht.“

„Interesse ist richtig“, stimmte Grant zu und war froh, dass Gennie mehr Beherrschung zeigte, als er angenommen hatte, „doch das bedeutet nicht, dass ich viele Menschen um mich haben will.“

„Demnach mögen Sie sie nicht.“ Als Gennie sich ihm zuwandte, lag das neckende Lächeln wieder um ihren Mund. „Der unverbesserliche Einsiedler also. In ein paar Jahren haben Sie vielleicht Rost angesetzt.“

„Vor dem fünfzigsten Lebensjahr setzt man keinen Rost an“, gab Grant zurück. „Das ist ein ungeschriebenes Gesetz.“

„Davon weiß ich nichts.“ Gennie steckte ihren Bleistift hinters Ohr und neigte den Kopf. „Außerdem kann ich mir nicht vorstellen, dass Sie sich um Gesetze kümmern, seien es geschriebene oder ungeschriebene.“

„Es kommt darauf an“, erwiderte er einfach, „ob sie nützlich sind oder nicht.“

„Sagen Sie ...“ Dabei schaute sie auf den Skizzenblock, den Grant noch immer in der Hand hielt, „... mögen Sie meine Entwürfe?“

Er lachte kurz auf. „Ich kann mir nicht denken, dass Genevieve Grandeau ungebetene Kritik braucht.“

„Genevieve hat ein gewaltiges Geltungsbedürfnis“, verbesserte sie ihn, „außerdem ist es nicht ungebeten, wenn ich Sie danach frage.“

Grant warf ihr einen langen, direkten Blick zu, bevor er antwortete. „Ihre Arbeit hat mich immer angesprochen, ganz persönlich. Die Publizität, die Sie offensichtlich gratis bekommen, ist absolut unnötig.“

„Wahrscheinlich ist das ein Kompliment, da Sie es sagen“, überlegte Gennie. „Geben Sie mir für meine Arbeit hier freie Hand? Oder muss ich mir jeden Schritt erkämpfen?“

Er runzelte wieder die Stirn, und sein Gesicht nahm so rasch den gewohnten, unfreundlichen Ausdruck an, dass Gennie ein Lachen unterdrücken musste. „Warum unbedingt hier?“

„Ich glaubte schon fast, Sie hätten doch Einfühlungsvermögen“, meinte sie und seufzte. Mit einer Handbewegung deutete sie auf die umliegende Landschaft. „Können Sie das denn nicht sehen? Hier ist

Leben und Tod. Ein Kampf, der niemals endet. Das möchte ich auf meine Leinwand bringen, wenigstens einen ganz kleinen Teil davon. Und ich kann es! Ich vermag dem nicht zu widerstehen, auch wenn ich wollte."

„Das letzte, was mir hier fehlt, ist eine Bande neugieriger Reporter oder ein paar europäische Adlige."

Gennie hob gleichzeitig hochmütig und belustigt eine Braue.

Diese selbstverständliche Arroganz ärgerte Grant, und es reizte ihn maßlos, ihr zu beweisen, dass sie nur eine Frau war.

„Ich glaube, dass Sie Ihre Lektüre zu ernst nehmen", erklärte Gennie in dem langsamen, weichen Dialekt, der Grant reizte. „Aber ich würde Ihnen versprechen – wenn Sie es wünschen –, dass ich weder die Presse benachrichtigen werde noch einen meiner zwei Dutzend Liebhaber, die Sie mir offensichtlich zutrauen."

„Stimmt das etwa nicht?" Grants mühsam beherrschter Zorn äußerte sich in Sarkasmus. Doch das störte Gennie nicht.

„Jedenfalls geht es Sie nichts an. Trotzdem", fuhr sie fort, „könnte ich Ihnen eine angemessene Summe zahlen, da Sie nun einmal der Eigentümer dieses Landstriches sind. Denn ich will hier malen, mit oder ohne Ihre Zustimmung."

„Mir scheint, dass Sie in Bezug auf Besitzerrechte sehr geringschätzig denken, Genevieve."

„Das gleiche gilt für Sie, was die Rechte der Kunst betrifft."

Grant musste lachen. Es war ein angenehmer Laut, männlich und verwirrend. „Nein", sagte er dann, „tatsächlich habe ich eine sehr hohe Meinung von den Rechten des Künstlers."

„Aber nur so lange, wie Sie selbst nicht betroffen sind."

Er seufzte und schien am Ende seiner Weisheit angelangt zu sein. Ihm war klar, dass Gennie ihm noch eine Menge Ärger machen würde. Aber sein Verantwortungsbewusstsein gegenüber der Kunst und den Grenzen der Zensur war zu groß, um ihr den Weg zu versperren. Warum hatte sie sich nicht die Penobscot-Bucht ausgesucht? „Malen Sie", erwiderte er kurz, „aber bleiben Sie mir vom Leibe."

Gennie trat einen Schritt vor und sah hinaus auf die See. „Ich möchte Ihre Klippen haben, Ihr Haus und Ihr Wasser." Ein sehr weibliches Lächeln huschte über ihr Gesicht, als sie ihn wieder anblickte. „Aber Sie selbst sind vor mir ganz sicher, Grant. Mit Ihnen habe ich keine Pläne."

„Sie beunruhigen mich nicht, Genevieve."

„Wirklich nicht?" Was soll das? fragte ihr nüchterner Verstand sofort, aber Gennie ignorierte die Warnung geflissentlich. Grant glaubte doch, dass sie eine Art moderne Sirene sei. Warum sollte sie es nicht dabei belassen? Durch den hohen Felsen stand sie über ihm. Er kniff seine Augen zusammen und blinzelte in die Sonne, als er sie anschaute. Gennies Augen strahlten groß und unergründlich. Lachend legte sie ihre Hände auf Grants Schultern. „Ich hätte schwören können, dass ich es tue."

Er hätte sie am liebsten von ihrem hohen Standort heruntergezogen und in seine Arme gerissen. Das Verlangen nach ihr kam so plötzlich, dass ein bohrender Schmerz blieb. Sie machte sich über ihn lustig, zum Teufel mit ihr! Und sie würde zu guter Letzt auch noch Siegerin bleiben, wenn er sich nicht vorsah. „Hier zeigt sich wieder Ihr Geltungsbedürfnis", stellte er fest. „Sie sind nicht mein Typ."

Der unerwartete Ärger in ihren Augen machte sie beinahe unwiderstehlich. „Gibt es denn einen bestimmten Typ?"

„Ich bevorzuge die sanftere Art", meinte er und wusste gleichzeitig, dass ihre Haut weich genug war, um ihn zum Schmelzen zu bringen, wenn er nachgab und sie berührte, „und die ruhigere", log er weiter. „Jemanden, der weniger aggressiv ist."

Gennie kämpfte mit sich, um die Beherrschung nicht zu verlieren. Am liebsten hätte sie Grant geohrfeigt. „Sie mögen demnach Frauen, die still in der Ecke sitzen und nicht mitdenken."

„Sie sollten wenigstens mit ihren Vorzügen nicht so um sich werfen." Jetzt verspottete er Gennie rundheraus. „Es fällt mir jedenfalls nicht schwer, Ihnen zu widerstehen."

Die Versuchung war wieder da, und diesmal schluckte Gennie den Köder in einem Stück. „Wirklich? Das wollen wir doch einmal sehen."

Sie beugte sich herab und küsste Grant, noch ehe sie selbst wusste, was sie tat, oder Zeit hatte, über mögliche Konsequenzen nachzudenken. Ihre Hände lagen noch auf Grants Schultern, seine steckten tief in den Hosentaschen. Aber die Berührung ihrer Lippen verursachte eine Art Explosion. Heiß und schnell durchfuhr es Grant mit der Wucht einer Rakete, und seine Finger ballten sich zu Fäusten.

Was um Himmels Willen geschah mit ihm? Nur mit äußerster Kraft widerstand er der Versuchung, Gennie an sich zu ziehen. Instinktiv wusste er, dass er diesem Angriff standhalten musste.

Aber weshalb trat er dann nicht einfach zurück? Er war nicht angekettet. Er befahl es sich. Er versuchte es. Aber hilflos blieb er stehen und fühlte Gennies Mund.

Vorstellungen und Fantasien rasten durch seinen Kopf, bis er fast darin unterging. Hexe! dachte er, und ihm wurde leicht schwindlig. Er hatte demnach Recht gehabt. Würde der Erdboden sich auftun und ihn verschlingen? Die See ihn hinabziehen? Einen Moment lang glaubte er tatsächlich, dass ihn nur ein kleiner Schritt von dem Geheimnisvollen trennte, was Menschen noch immer verborgen geblieben ist. Irgendwo, mit einem Rest seines Verstandes begriff er, dass er für eine kurze Zeit vollkommen hilflos war.

Gennie ließ ihn los. Grant glaube, ihre Hände noch immer mit leichtem Zittern auf seinen Schultern zu spüren. Ihre Augen blickten benommen, die Lippen waren leicht geöffnet. Große Verwunderung stand ihr ins Gesicht geschrieben. Trotz seines eigenen Schocks merkte Grant, dass sie genauso erschrocken und hilflos war wie er.

„Ich – ich muss gehen." Sie stammelte und biss sich auf die Lippen, als sie es merkte. Das war ihr während der letzten vierundzwanzig Stunden schon öfter passiert. Sie vergaß ihren Block, kletterte von dem Felsen und wollte überstürzt zu ihrem Wagen fliehen. Doch im nächsten Augenblick fühlte sie sich herumgewirbelt.

Grants Züge waren angespannt. Sein Atem ging stoßweise. „Ich habe mich geirrt." Seine Stimme verdrängte ihre klare Überlegung. „Es fällt mir verdammt schwer, Ihnen zu widerstehen."

Was habe ich getan? überlegte Gennie krampfhaft, was habe ich uns beiden angetan? Sie bemerkte, dass sie zitterte. Aus Angst? Lieber Himmel, ja! Dunkelheit und Sturm waren gar nichts im Vergleich zu diesem hier. „Ich denke, dass wir besser ..."

„Das fürchte ich auch", flüsterte er mit rauer Stimme und zog Gennie eng an seine Brust, „aber dafür ist es zu spät."

Hart und ungeduldig drückte Grant die Lippen auf Gennies Mund. Sie bemühte sich, ihm Widerstand zu leisten, und wollte kämpfen, um nicht unterzugehen. Hatte sie sich jemals eingebildet, etwas über Gefühle und Sinneswahrnehmung zu wissen? Mit Farbe Empfindungen auszudrücken war ein schwacher Versuch gegenüber diesem Ansturm von Verlangen.

Ihre Hand, die Grant wegstoßen sollte, zog ihn noch näher heran, und seine Finger wühlten ungestüm in ihrem Haar. Die Wildheit der Klippen, der See und des Windes zerrte an ihnen und beherrschte sie. Grant bog Gennies Kopf zurück, als wolle er dadurch beweisen, dass er seiner Sinne noch mächtig war. Er öffnete die Lippen, und Gennies Zungenspitze kam ihm bereitwillig entgegen.

Ist es das, fragte sie sich verwundert, wonach ich mich immer sehnte? Diese herrliche Befreiung, das Brennen und schmerzhafte Begehren?

Sie hatte vom ersten Augenblick an geahnt, dass eine geheime Kraft in Grant steckte. Jetzt spürte Gennie, wie er sie gefangen nahm und dass sie Stärke und Schwäche nicht mehr zu unterscheiden vermochte.

Sein raues Kinn rieb an ihrer Haut, als er seinen Mund in eine andere Stellung drehte. Gennie stöhnte leise vor Wonne über diesen kleinen, delikaten Schmerz. Mit der Hand wühlte er noch immer in ihrem langen Haar, während ihre Lippen sich in gegenseitigem Angriff trafen.

Gib dich auf, lass dich gehen, klang es verlockend aus Gennies tiefstem Inneren, und sie wehrte sich nicht mehr, sondern lag hilflos in Grants Armen. Der Schrei der Möwen war nicht mehr klagend, sondern voller Romantik. Gebieterisch schlugen die Wellen gegen das Land. Gennie spürte die magnetischen Kräfte, während Grant sie küsste. Ein Schritt nur – oder zwei, und sie würde stürzen und auf den nassen, steinigen Strand fallen. Aber die wenigen Sekunden schwindelerregender Freiheit wären das Risiko wert. Ihr Seufzen klang nach Verlockung und Triumph.

Grant murmelte eine Verwünschung gegen Gennies Lippen, als er sich zwang, sie loszulassen. Trotz aller guten Vorsätze war genau das eingetreten, was nicht hätte geschehen dürfen.

Gennies Gesicht war weich und glühte voller Leidenschaft. Sie beugte ihren Kopf zurück, und das schwarze Haar flatterte im Wind. Es drängte Grant, seine Lippen auf die goldbraune Haut ihres Halses zu pressen. Aus ihren halb geschlossenen Augen schimmerte die zeitlose Macht der Frau über den Mann.

Diese plötzliche Erkenntnis stärkte Grants Widerstand. Es war eine Falle, und er würde nicht hineintappen, wer auch immer den Köder auslegte. Seine Stimme klang leise, als er mit zornigem Blick sagte: „Kann sein, dass ich dich begehre. Vielleicht nehme ich dich sogar. Aber es wird dann sein, wenn es mir passt und wenn ich Lust dazu habe. Wenn du den Ton angeben möchtest und die Spielregeln festsetzen willst, dann bleib bei deinen Grafen und Baronen.“ Er drehte sich um und ging laut fluchend davon.

Gennie war viel zu verdutzt, um sich zu bewegen. Sie schaute Grant nach, bis er im Leuchtturm verschwunden war. Mehr hatte es ihm nicht bedeutet? Einfach nur ein Mann und eine Frau, und dazu etwas Leidenschaft? Hatte er nicht den quecksilbrigen Schmerz gespürt, der Vereinigung anzeigt, Vertrautheit, Schicksal?

Spielregeln! Wie konnte er so etwas nach diesen Minuten sagen? Gennie schloss die Augen und strich unsicher das Haar aus der Stirn.

Nein, der Fehler lag bei ihr. Sie bewertete den Vorfall zu hoch.

Zwischen zwei Menschen, die sich kaum kennen, gibt es keine Vereinigung. Und Vertrautheit ist nur eine Entschuldigung für körperliches Begehren.

Sie hatte geträumt und verwandelte etwas völlig Normales in ein spezielles Wunder, weil sie es sich wünschte.

Ach was, soll er doch gehen. Gennie bückte sich, hob ihren Block auf und fand auch den Bleistift, der heruntergefallen war. Konzentrier dich auf deine Arbeit, schalt sie sich. Es war die Stimmung hier, die dich überwältigt hatte, und nicht die Person. Ohne sich umzusehen, ging sie zu ihrem Wagen.

Ihre Hände zitterten noch immer, als sie die Abzweigung zu ihrem Haus erreichte. Gennie lauschte dem gleichmäßigen Schwappen des hereinfließenden Wassers und dem freundlichen Zwitschern der Schwalben, die ihr Nest aufsuchten. Frieden lag über allem, und sie merkte, dass ihre Ruhe zurückkehrte. An diesem Ort musste sie bleiben und sich von Ruhe und Einsamkeit beeinflussen lassen. Wer die Naturgewalten herausfordert, hat wenig Chancen zu gewinnen. Nur ein Narr lässt sich auf diesen ungleichen Kampf ein.

Müdigkeit überkam Gennie. Langsam stieg sie aus dem Auto und spazierte zum Ende des Seestegs. Dort setzte sie sich auf die raue Anlegestufe und ließ ihre Füße über den Rand baumeln. Wenn sie hier bliebe und nicht zum Leuchtturm fahren würde, wäre sie sicher.

Gennie beobachtete den Sonnenuntergang, während sie auf ihren Lippen noch immer Grants herrischen Mund fühlte. So leidenschaftlich und voller Begierde hatte sie noch kein Mann geküsst. Fast wäre auch er schwach geworden, aber vielleicht bildete sie sich das nur ein. Denn so erfahren, wie Grant meinte, war sie gewiss nicht.

Sie kannte zwar eine Menge Männer, war mit ihnen ausgegangen und genoss männliche Gesellschaft, aber stets war ihre künstlerische Arbeit wichtiger gewesen. Deshalb störte Gennie auch das Image nicht, das die Presse ihr angehängt hatte.

Würden die Zeitungen schockiert reagieren, wenn herauskam, dass Genevieve Grandeau aus New Orleans, die erfolgreiche Künstlerin und Mitglied der oberen Zehntausend, noch nie einen Liebhaber hatte?

Lächelnd stützte sie sich auf ihre Ellenbogen. Schon seit Jahren war sie mit der Malerei verheiratet, so dass ein Liebhaber ganz überflüssig geworden war. Bis heute. Gennie wollte den Gedanken verdrängen, schalt sich dann einen Feigling und gestand es sich ein. Bis heute, bis zu Grant Campbell.

Noch einmal fühlte sie die Erregung und das Begehren, das Grant in ihr geweckt hatte. Ohne darüber nachzudenken, würde sie sich ihm dort zwischen den Klippen hingegeben haben. Aber er hatte sie zurückgewiesen.

Nein, eigentlich noch schlimmer. Die Erinnerung ließ Ärger in ihr aufkommen. Jemanden zurückweisen ist eine Sache, auch wehtun und beleidigen wäre zu ertragen. Doch damit nicht genug! Seine unverschämte Arroganz war der Gipfel.

Er würde sie nehmen, wenn es ihm passt, hatte Grant gesagt. Als ginge es um eine Tafel Schokolade im Warenhaus. Gennies Augen verengten sich und blitzten blassgrün vor Zorn. Das werden wir sehen! Darüber sprechen wir noch, Grant Campbell.

Sie sprang auf und klopfte sich energisch die Jeans ab. Niemand weist Genevieve Grandeau ohne weiteres ab, und niemand nimmt sie sich. Wenn ihm nach Spielerei zumute war, dann wollte sie ihm das Spielen schon beibringen.

4. KAPITEL

Als Gennie am nächsten Morgen ihre Malutensilien zusammenpackte, war sie grimmig entschlossen, sich nicht wegjagen zu lassen. Und bestimmt nicht von einem ungezogenen, arroganten Idioten. Sie würde sozusagen auf Grant Campbells Türschwelle sitzen, bis sie fertig war und von allein aufstand. Natürlich kam die Arbeit an erster Stelle, überlegte sie beim Ordnen der Pinsel, aber wenn sich die Gelegenheit bot, würde sie diesem schrecklichen Menschen gern eine Lektion erteilen. Das sollte ihm gut tun!

Sie warf den Kopf zurück und schloss den Malkasten. In ihrem ganzen bisherigen Leben hatte sie niemanden kennen gelernt, der einen kräftigen Rippenstoß mehr verdiente als Grant Campbell. Und genau das zu tun, nahm Gennie sich vor.

Er glaubte also, dass sie herumspielen wollte. Sie schnappte den Riegel zu, dass es in dem leeren Häuschen wie ein Schuss hallte. Warum nicht? Aber nach ihren Regeln!

Gennie hatte sechsundzwanzig Jahre lang bei ihrer Großmutter beobachten können, wie man die männliche Spezies bezaubert und verführt. Was war das für eine erstaunliche Frau! dachte Gennie liebevoll. Mit siebzig noch gutaussehend und voller Temperament, wickelte sie Männer jeden Alters um den kleinen Finger. Nun, schließlich war sie auch eine Grandeau. Unternehmungslustig stützte Gennie ihre Hände auf die Hüften. Grant Campbell würde über kurz oder lang von seinem hohen Ross herunterpurzeln.

Nehmen will er mich? Die Erinnerung trieb ihr die Röte ins Gesicht. So eine Frechheit! Er wird noch vor mir auf den Knien liegen.

Über Nacht hatte Gennie sich so sehr in den Ärger hineingesteigert, dass es ihr gelungen war, die eigene Reaktion und die Tatsache, dass Grant leicht sein Ziel hätte erreichen können, zu vergessen. Zornig zu sein war leichter als niedergeschlagen zu sein, und Rache ist süß!

Im Spiegel über der alten Kommode prüfte sie kritisch ihr Aussehen. Wie ein Krieger, der sich für die Schlacht vorbereitet, griff sie nach einem Töpfchen mit mattgrünem Lidschatten. Wenn man ungewöhnliche Gesichtszüge hat, überlegte Gennie und trug das Make-up auf, dann sollte man sie betonen. Das Ergebnis gefiel ihr. Ein wenig exotisch, aber nicht aufdringlich. Auch die Lippen erhielten etwas Farbe, das wirkte verführerisch. Hintergründig lächelnd, tupfte sie noch Parfüm an die Ohrläppchen. Selbstverständlich würde sie es darauf anlegen, Grant zu reizen und herauszufordern. Wenn er dann auf den Knien lag und bettelte, würde sie spöttisch davonspazieren.

Schade, dass ein Malkittel überhaupt nicht sexy ist. Gennie schürzte die Lippen und drehte sich hin und her. Aber die Arbeit ging vor. Wenn sie auf einem Felsen sitzen musste, konnte sie wirklich nichts Hautenges tragen. Die Jeans und das T-Shirt mussten bleiben.

Erwartungsvoll und zufrieden mit ihrem Äußeren ergriff Gennie ihren Malkasten. In diesem Augenblick hörte sie, wie ein Auto näherkam.

Grant? Sofort klopfte ihr Herz, und jeder Nerv flatterte. Ärgerlich mit sich selbst schaute sie aus dem Fenster. Es war nicht Grants Lieferwagen, sondern ein kleiner, alter Kombi. Die Witwe Lawrence stieg aus, sauber und ordentlich wie immer. In der Hand hielt sie eine zugedeckte Schüssel. Erstaunt öffnete Gennie ihrer Vermieterin die Tür.

„Guten Morgen!" Gennie lächelte. Sie ignorierte das peinliche Gefühl, jemanden hereinzubitten, der jahrelang im gleichen Haus gewohnt, geschlafen und gearbeitet hatte.

„Sie sind ja schon früh auf den Beinen." Die Witwe zögerte an der Schwelle und sah Gennie prüfend mit ihren kleinen, dunklen Augen an.

„Ja. Treten Sie ein, Mrs. Lawrence."

„Ich will Sie nicht stören. Aber vielleicht mögen Sie einen frischen Kuchen."

„Sehr gern!" Gennie vergaß alle Pläne, öffnete die Tür weit und machte Platz. „Vor allem, wenn Sie mit mir einen Kaffee trinken."

„Das tue ich gern." Die Witwe betrat schließlich das Haus. „Ich kann aber nicht lange bleiben, das Postamt – Sie verstehen!" Aufmerksam blickte sie sich um.

„Das riecht ja wundervoll." Gennie nahm die Schüssel und eilte zur Küche. Sie war froh, einen Vorwand zu haben. „Für mich allein backe ich nur selten, das lohnt sich einfach nicht."

„Stimmt, für eine Familie macht es mehr Spaß."

Gennie spürte Mitgefühl, aber sie schwieg, als sie den Kaffee aufsetzte.

„Sie haben sich schon gut eingerichtet."

„Ja." Gennie deckte den Tisch. „Das Haus ist genau das, was mir vorschwebte, Mrs. Lawrence. Es ist perfekt." Die Hände voll mit Tassen und Untertassen, drehte sie sich zu der älteren Frau um. „Es ist Ihnen bestimmt sehr schwergefallen, hier auszuziehen." Mrs. Lawrence zuckte fast unmerklich mit den Schultern. „Die Dinge ändern sich eben. Hat das Dach dem Sturm standgehalten?" Gennie verschluckte im letzten Moment eine vorschnelle Antwort.

„Ich hatte keinen Ärger damit", sagte sie dann. Ob sie der Witwe durch ein mitfühlendes Wort helfen konnte? Als das mit Angela passiert war, hatte jeder ihr den Rat gegeben, sich auszusprechen. Aber sie hatte es nicht getan. Jetzt war sie nicht sicher, wie Mrs. Lawrence reagieren würde und ob ein verständnisvoller Mensch willkommen war. „Haben Sie lange hier gelebt?" fragte Gennie vorsichtig.

„Sechsundzwanzig Jahre", antwortete die Frau zögernd. „Wir zogen ein, nachdem mein zweiter Junge geboren war. Er ist jetzt Doktor in Banger." Man konnte ihr ansehen, wie stolz sie war. „Sein Bruder hat einen Job auf einer Bohrinsel. Er kann die See nicht lassen."

Gennie setzte sich zu ihr an den Tisch. „Sie haben tüchtige Söhne." „Ja, das stimmt." „War Ihr Mann Fischer?"

„Hummerfischer." Ihre Stimme klang freundlich. „Ein guter. Er starb auf seinem Boot. Sie sagten, dass es ein Herzschlag war."

Mrs. Lawrence nahm etwas Sahne in ihren Kaffee. „Er hatte sich immer gewünscht, auf seinem Boot zu sterben."

Gennie wollte fragen, wann das gewesen war. Aber sie brachte keinen Ton über die Lippen. Würde sie jemals über den Verlust ihrer Schwester so selbstverständlich reden können? „Leben Sie gern in Windy Point?" fragte sie stattdessen.

„Inzwischen habe ich mich daran gewöhnt. Ein paar Freunde sind dort. Die Straße hierher ist auch nicht jedermanns Sache." Zum ersten Mal erschien ein Lächeln auf ihren Zügen. Das stand ihr sehr gut. „Mein Matthew hat immer furchtbar auf den Weg geschimpft."

„Das glaube ich gern." Gennie zog das Tuch von der Schüssel. „Heidelbeerkuchen!" rief sie begeistert. „Ich sah wilde Heidelbeerbüsche zwischen den Felsen."

„Man findet genug, wenn man die richtigen Plätze kennt." Die Witwe beobachtete zufrieden, wie herzhaft Gennie zulangte. „Ein junges Mädchen wie Sie könnte hier draußen einsam sein."

Gennie schüttelte den Kopf und kaute weiter. „Nein", erklärte sie schließlich, „ich bin zum Malen gern allein."

„Sind die Bilder, die im vorderen Zimmer hängen, von Ihnen?"

„Ja, hoffentlich haben Sie nichts dagegen."

„Ich hatte schon immer eine Vorliebe für Malerei. Es sind gute Bilder."

Gennie freute sich über diese einfache Feststellung mehr als über schwärmerische Begeisterung. „Danke! Es gibt viele schöne Motive hier. Mehr als ich zuerst dachte." Grant kam ihr in den Sinn. „Vielleicht bleibe ich ein paar Wochen länger."

„Sagen Sie es nur. Ich würde mich freuen."

Gennie betrachtete ihren Gast aufmerksam. „Sie kennen sicherlich den Leuchtturm ..." versuchte sie einen Vorstoß und wusste nicht, wie sie es am besten anstellen sollte, interessante Informationen zu bekommen.

„Früher hat Charlie Dees die Station gewartet", erzählte Mrs. Lawrence, „solange ich denken kann, wohnte er dort mit seiner Frau. Jetzt wird mit Radar gearbeitet. Aber mein Vater und mein Großvater mussten sich früher schon auf das Licht verlassen können, sonst wären sie auf die Felsen gestoßen."

Sicher gab es viele Geschichten, und eines Tages würde sich die Zeit finden, sie zu erzählen, dachte Gennie. Doch im Augenblick war sie weit mehr mit der Gegenwart beschäftigt. Speziell mit dem jetzigen Besitzer. „Ich traf den Mann, der den Turm bewohnt“, erwähnte sie möglichst unauffällig über den Rand ihrer Kaffeetasse hinweg. „Dort will ich auch arbeiten, es ist ein herrlicher Fleck Erde.“

Mrs. Lawrence hob erstaunt die Augenbrauen. „Haben Sie ihm das gesagt?“

Aha! dachte Gennie, man kennt ihn also im Ort. „Wir haben eine Art Übereinkommen getroffen.“

„Der junge Campbell hat den Leuchtturm vor ungefähr fünf Jahren gekauft.“

Der Witwe entging das Leuchten in Gennies Augen nicht, aber sie fuhr ruhig fort: „Er lebt sehr zurückgezogen. Ein paar Fremden hat er schnell Beine gemacht.“

„Das kann ich mir denken“, murmelte Gennie. „Er ist nicht von der liebenswürdigen Sorte.“

„Dadurch vermeidet er Ärger.“ Jetzt warf die ältere Frau der jüngeren unmissverständlich einen scharfen Blick zu. „Der Bursche sieht gut aus. Manchmal fährt er mit den Männern auf den Booten hinaus. Aber er beobachtet mehr, als dass er spricht.“

Gennie schluckte den letzten Bissen vom Heidelbeerkuchen hinunter und fragte überrascht: „Lebt er denn nicht auch vom Fischfang?“

„Das weiß ich nicht. Doch seine Rechnungen zahlt er pünktlich.“

Gennie runzelte die Stirn. Das hatte sie nicht erwartet. „Komisch. Ich hatte den Eindruck ...“ Welchen denn? überlegte sie. „Sicher bekommt er wenig Post.“ Das war ein Schuss ins Ungewisse.

Die Witwe lächelte schlau. „So wenig nun auch nicht“, meinte sie nur. „Vielen Dank für den Kaffee, Miß Grandeau“, sagte sie und erhob sich. „Es würde mich freuen, wenn es Ihnen hier gefällt. Bleiben Sie nur, solange Sie wollen.“

„Vielen Dank“, entgegnete Gennie, der klar war, dass sie mit den mageren Informationen zufrieden sein musste. „Hoffentlich kommen Sie recht bald wieder, Mrs. Lawrence."

Die Witwe nickte und machte sich auf den Weg. „Sollten Sie irgendwelche Probleme haben, dann sagen Sie nur Bescheid. Wenn es kälter wird, müssen Sie den Ofen heizen. Er zieht gut, aber er ist ein bisschen laut."

Als Gennie ihr nachblickte, dachte sie an Grant. Er war also kein Einheimischer. Doch Mrs. Lawrence schien ihn zu mögen. Er blieb für sich, das respektierten die Leute in Windy Point. Fünf Jahre! Eine lange Zeit, um sich in einem Leuchtturm zu verkriechen. Was tat er dort?

Achselzuckend belud sich Gennie mit ihrem Zeichengerät. Es war seine eigene Angelegenheit. Sie wollte ihm nur eine Lehre erteilen, nicht mehr und nicht weniger.

Die einzige Mahlzeit, die Grant regelmäßig zu sich nahm, war das Frühstück. Tagsüber aß er, wenn er Appetit hatte, und war dabei nicht wählerisch. Heute hatte er sich nur an den Tisch gesetzt, weil er nicht mehr schlafen konnte. Anschließend war er mit dem Boot hinausgefahren, weil er nicht arbeiten mochte. Die Vorstellung, dass Gennie kaum zwei Meilen entfernt in ihr Bett geschlüpft war, beunruhigte ihn.

Normalerweise genoss er das Meer in der Morgendämmerung: die rötliche Beleuchtung, das Treiben der Fischer und die kühle, saubere Luft. Oft versuchte auch er sein Anglerglück, und manchmal gelang es ihm, das Abendessen zu fangen. Wenn nicht, dann musste er sich mit einer Dose oder einem Steak begnügen.

An diesem Morgen wäre ihm Schlaf willkommener gewesen, und gearbeitet hätte er auch gern. Der Sinn stand ihm nicht nach Angeln, und als Ablenkung taugte es auch wenig. Die Sonne stand noch tief, als er sich schon wieder auf dem Heimweg befand.

Jetzt, zur Mittagszeit, hatte sich seine Stimmung kaum gebessert. Nur die Disziplin, die er sich im Laufe der Jahre selbst auferlegt hatte, hielt Grant am Zeichenbrett fest, wo er die Serie vom Tag vorher perfektionierte und ausarbeitete. Sie hat mich aus meiner Ordnung gerissen, dachte er grimmig, und sie lässt mich nicht los.

An sich beschäftigte er sich oft mit seinen Geschöpfen, aber das war etwas anderes, dann zog er die Fäden. Gennie ließ sich in keine Rolle zwängen.

Genevieve – grübelte Grant, als er peinlich genau Veronicas langes, volles Haar nachzeichnete. Ihre Arbeit hatte ihm sehr gefallen. Da gab es keinen Schnickschnack. Das war Klasse. Sie zeichnete mit Stil, und man spürte im Hintergrund stets die Andeutung von Leidenschaft, die sie geschickt mit einem Hauch Fantasie kaschierte. Die Bilder forderten heraus, reizten die Vorstellungskraft und wiesen auf natürliche Schönheit hin.

Wahrscheinlich bot Gennies Privatleben reichlich Gelegenheit zum Studium menschlicher Gefühle. Grants Züge wurden hart. Wenn er sie nicht persönlich getroffen hätte und ein Opfer ihrer Anziehungskraft geworden wäre, könnte er tatsächlich glauben, was Gennie behauptete. Nämlich, dass es sich bei neunzig Prozent der gedruckten Storys nur um dumme Gerüchte handele.

Jetzt war Grant jedoch davon überzeugt, dass jeder Mann, der in ihre Nähe kam, verrückt nach ihr werden musste. In Gennies Wesen schlummerte die gleiche Leidenschaft, die aus ihren Bildern sprach. Darüber hinaus wusste sie sehr wohl, dass sie sich jeden Mann zum Sklaven machen konnte, und genoss es.

Grant legte den Pinsel beiseite und massierte die verkrampften Finger. Er jedenfalls hatte die Genugtuung, sie abgewiesen zu haben. Abgewiesen? Er lachte höhnisch, zum Teufel auch! Wäre das wirklich der Fall, warum saß er dann hier und erinnerte sich so deutlich, wie sie in seinen Armen gelegen hatte? War die Welt um ihn nicht für Sekunden ausgelöscht gewesen, um sich dann neu zu füllen – nur mit Gennie?

Eine Sirene? Wahrhaftig, so könnte man sagen. Mühelos würde sie jeden Mann mit ihrem Lächeln, ihrem Singen und ihrem Zauber gegen eine Felsenküste führen. Aber nicht Grant Campbell! Er war nicht der Mann, der sich durch eine verführerische Stimme und ein Paar verlockender Augen verhexen ließ. Wahrscheinlich würde sie nach seiner Abschiedsbemerkung gar nicht wiederkommen. Grant schaute zum Fenster hinüber, aber er beherrschte sich und sah nicht hinaus. Stattdessen nahm er einen Pinsel und arbeitete fast eine Stunde lang ununterbrochen. Und Gennie geisterte im Hintergrund seiner Gedanken.

Später säuberte er Bürsten und sonstiges Werkzeug. Er war zufrieden, dass die Bildserie doch noch planmäßig fertig geworden war. In Grants Vorstellung formte sich bereits eine Fortsetzung. Das trug sehr zur Besserung seiner Stimmung bei.

Gewissenhaft, wie in keinem anderen Bereich seines täglichen Lebens, räumte er sein Studio auf. Jedes Teil hatte in dieser wohl überlegten Ordnung seinen Platz. Die Flaschen und Gefäße standen glänzend in den verschlossenen Glasschränken. Der fertige Bildstreifen blieb auf dem Zeichenbrett, bis er ganz trocken war.

Grant nahm sich Zeit, um in der Küche herumzuwirtschaften und nach Essbarem zu suchen. Aus dem tragbaren Radio drangen Nachrichten und Musik und hielten Grant auf dem Laufenden, was die Geschehnisse draußen in der Welt anging.

Die Erwähnung des Komitees für Ethik und ein Senator, der Grant immer zu satirischen Skizzen reizte, gaben ihm Ideen für neue Strips. In einigen Zeitungen wurden seine Arbeiten auf der Leitartikelseite plaziert. Seine Kenntnisse von Politik und die Ähnlichkeit der Personen und Namen zusammen mit Pointen, die immer ins Schwarze trafen, erfreuten sich ungemeiner Beliebtheit.

Jetzt lehnte Grant an der Anrichte, kaute Plätzchen mit Erdnussbutter und lauschte dem Ende des Berichtes. Eine genaue Kenntnis der Trends, der Stimmungen und der Begebenheiten war ein ebenso unentbehrlicher Bestandteil seiner Kunst wie Tinte und Feder. Sein Gedächtnis ordnete und sammelte Nachrichten, um sie zu gegebener Zeit parat zu haben. Doch jetzt lockten frische Luft und Sonnenschein.

Natürlich würde er nicht etwa ausgehen wollen, beruhigte Grant sein Gewissen, um vielleicht Gennie zu treffen. Kein Gedanke! Aber Gennie war da. Er versuchte sich einzureden, dass er sich durch ihre Gegenwart belästigt fühlte. Jede Störung seiner Einsamkeit empfand er normalerweise als Hausfriedensbruch. Deshalb würde es wahrscheinlich das Beste sein, sie zu ignorieren.

Wie hübsch der Wind ihr Haar zur Seite strich und den schlanken Nacken freigab!

Gennies nackte Arme schimmerten wie mattes Gold! Wenn er ihr den Rücken zudrehen würde und auf die andere Seite der Klippen kletterte, könnte er vergessen, dass es sie überhaupt gab.

Grant fluchte leise und ging auf Gennie zu. Natürlich hatte sie ihn schon gesehen, als er den ersten Schritt vor seine Tür setzte. Ihr Pinsel hatte jedoch nur eine Sekunde lang gezögert, dann fuhr sie unbeirrt mit ihrer Arbeit fort. Ihr beschleunigter Puls deutete bestimmt nur auf das nächste Gefecht hin, welches sie diesmal gewinnen würde.

Allerdings fiel es ihr plötzlich schwer, sich zu konzentrieren. Deshalb klopfte sie mit dem Pinselstiel nachdenklich gegen ihre Lippen und betrachtete kritisch, was sie in den vergangenen Stunden gemalt hatte.

Zufriedenstellend, fand sie. Die Umrisse auf der Leinwand zeigten deutlich, worauf sie hinauswollte. Das Farbengemisch schien vorzüglich gelungen. Leise summte sie eine Melodie, als Grant näher kam.

„So", sagte Gennie und neigte den Kopf, um ihre Staffelei aus einem anderen Winkel zu betrachten, „Sie haben sich also entschlossen, aus Ihrer Höhle herauszukommen."

Grant schob die Fäuste in die Hosentaschen und blieb bewusst an einer Stelle stehen, die ihm keinen Blick auf Gennies angefangene Arbeit erlaubte. „Ich dachte, Sie sehen heute nicht so aus, als wollten Sie Ärger machen."

Gennie drehte ihr Gesicht so weit in seine Richtung, dass sie ihn anschauen konnte. Ihr Lächeln war nur angedeutet, aber äußerst spöttisch. „Dann muss ich annehmen, dass Sie ein schlechter Menschenkenner sind."

Grant wusste, dass sie ihn reizen wollte. Doch trotzdem verfehlte ihr Blick keineswegs seine Wirkung. Das Verlangen nach ihr erwachte, sein Körper ließ sich von seinem Verstand nicht beirren. „Oder Sie sind eine Närrin", murmelte er.

„Ich habe Ihnen gesagt, Grant, dass ich wiederkomme." Gennie ließ ihren Blick zu seinen Lippen wandern. „Im Allgemeinen halte ich mein Wort. Möchten Sie sehen, wie weit ich bin?"

Grant schwor sich, dass sie und ihr Bild ihm gestohlen bleiben könnten. „Nein."

Gennie verzog bedauernd den Mund. „Wie schade! Ich dachte, Sie sind ein echter Kunstkenner." Betont langsam legte sie den Pinsel beiseite und strich durch ihr dichtes Haar. „Was sind sie eigentlich, Grant Campbell?" Die grünen Augen blitzten verführerisch.

„Was ich sein möchte."

„Schön für Sie." Gennie erhob sich. Nicht sonderlich schnell schlüpfte sie aus ihrem kurzärmeligen Kittel und ließ ihn auf den Felsen gleiten. Sie beobachtete Grant dabei. Sein musternder Blick, der bis zu ihren Füßen wanderte, blieb ihr nicht verborgen. Dann strich sie behutsam mit dem Finger über Grants Hemd. „Wollen Sie wissen, was ich sehe?" Er schwieg, schaute sie aber unverwandt an. Wenn ich ihm meine Hand auf die Brust lege, ob sein Herz dann wohl schneller schlägt? „Einen Einsamen sehe ich", fuhr sie fort, „mit dem Gesicht eines Freibeuters und den Händen eines Poeten." Jetzt lachte Gennie leise: „Und den Manieren eines Flegels. Mir scheint, dass Sie nur bei den Manieren eine Wahl gehabt haben."

Es war schwer, dem Glitzern und der Herausforderung ihrer Augen zu widerstehen oder dem Reiz der weichen, vollen Lippen, die ein Lächeln beabsichtigter, weiblicher Koketterie trugen.

„Wenn es Ihnen so gefällt!" Grant verkrampfte seine Hände in den Taschen, denn nur zu gern hätte er Gennie berührt.

„Das möchte ich nicht sagen." Gennie ging ein paar Schritte auf die Klippen zu, wo die Wasserspritzer der Brandung sie fast erreichten. „Doch andererseits haben Ihre Umgangsformen auch einen gewissen urwüchsigen Charme." Sie warf ihm über die Schulter einen Blick zu. „Wahrscheinlich will man es als Frau nicht immer mit einem Gentleman zu tun haben. Und Sie sind sicher kein Mann, der nach einer Lady Ausschau hält."

Das blaugrüne Wasser im Hintergrund reflektierte ihre Augenfarbe. „Sind Sie eine Lady, Genevieve?"

Gennie lachte. Der Ausdruck von Wut und Enttäuschung in seinem Blick gefiel ihr. „Das kommt darauf an", sagte sie im gleichen Tonfall wie Grant, „ob es mir passt oder nicht."

Er trat auf sie zu, unterdrückte aber den heißen Wunsch, sie zu schütteln, bis ihre Zähne aufeinander schlugen. Sie waren sich so nahe, dass nur ein Lufthauch sie trennte. „Was zum Teufel haben Sie vor?"

Unschuldig schaute sie zu ihm auf. „Nur eine Unterhaltung, was sonst? Aber Sie sind sicherlich aus der Übung."

Nach einem kurzen Blick aus zusammengekniffenen Augen drehte Grant sich um. „Ich gehe spazieren."

„Fein!" Gennie hakte sich bei ihm unter. „Ich komme mit."

„Dazu habe ich Sie nicht aufgefordert." Er blieb stehen.

„Oh." Gennie zwinkerte gutgelaunt. „Sie versuchen schon wieder Ihren herben Charme an mir. Dem kann ich so schwer widerstehen."

Grant hätte beinahe gelächelt, doch er beherrschte sich. Das geschieht mir recht, dachte er. „Also gut, gehen wir." In seiner Miene lag etwas Undefinierbares, dem Gennie misstraute. Unschlüssig zauderte sie. „Nun, kommen Sie schon!"

Grant lief Gennie voran und nahm dabei keine Rücksicht auf sie, die mit ihm nicht Schritt halten konnte. Doch sie war fest entschlossen, den Kampf nicht aufzugeben, und bemühte sich, an seiner Seite zu bleiben. Nachdem sie den Leuchtturm hinter sich gelassen hatten, sprang Grant die Klippen mit einer Leichtigkeit hinab, die aus jahrelanger Kenntnis der Bodenverhältnisse stammte. Gennie zögerte, holte dann tief Luft und folgte ihm. So einfach würde er sie nicht loswerden.

Ganz wohl war ihr jedoch nicht dabei. Doch je näher sie dem sandigen Strand kamen, um so mehr gefiel ihr die Kletterpartie. Grant war inzwischen am Fuß der steilen Felsen angelangt, und als er sich umdrehte, hoffte er, Gennie möge noch oben stehen und ihn in Ruhe lassen. Aber im Inneren wusste er es besser. Sie war keine Treibhausmagnolie, auch wenn er sie gar zu gern in diese Kategorie eingeordnet hätte. Sie war viel zu lebendig, um sich nur aus der Ferne bewundern zu lassen.

Unwillkürlich streckte er die Hand aus, um ihr beim letzten Sprung behilflich zu sein. Ihre Körper berührten sich, und als Gennie den Kopf herausfordernd zurückbog, kitzelte ihr Parfüm seine Nase. Sie roch nicht mehr nach Regenwasser, es war ein zarter, sehr erotischer Duft. Im hellen Licht der hochstehenden Sonne roch sie nach nächtlichen Stunden mit all den leisen, geheimnisvollen Versprechungen, die erst nach Einbruch der Dunkelheit erblühen.

Wütend, wie er auf derart offensichtliche Taktik hereinfiel, ließ Grant sie los. Schweigend setzte er seinen Weg entlang der spitzen Klippen am steinigen, schmalen Strand fort, wo die Wellen sich brachen und hoch in der Luft die Möwen schrien.

Selbstzufrieden und zuversichtlich durch ihren Anfangserfolg lief Gennie hinter ihm her. Warte nur, Grant Campbell, dachte sie, es kommt noch besser! Ich habe noch nicht einmal richtig angefangen. „Verbringen Sie so Ihre Zeit", fragte sie laut, „wenn Sie sich nicht gerade in Ihrem Turm einschließen?"

„Verbringen Sie so Ihre Zeit, wenn Sie nicht an den Brennpunkten von Bourbon Street flanieren?"

Gennie warf das Haar zurück und hängte sich wieder bei ihm ein. „Gestern sprachen wir hauptsächlich über mich. Erzählen Sie mir etwas über Grant Campbell. Sie sind ein verrückter Wissenschaftler, der fürchterliche Experimente unter strikter behördlicher Geheimhaltung durchführt?"

Er drehte sich um und warf ihr ein seltsames Lächeln zu. „Im Augenblick sammle ich Briefmarken."

Diese Entgegnung verwirrte Gennie, und sie vergaß darüber ihr planmäßiges Vorgehen. „Wie ist es möglich, dass Ihre Antwort fast nach Wahrheit klingt?"

Achselzuckend marschierte Grant weiter und wunderte sich, dass er seine ungebetene Begleiterin nicht schon längst abgeschüttelt hatte. Sonst kam er hier allein her. Niemals hatte er jemanden mitgenommen, nicht einmal seine selbsterfundenen Geschöpfe durften ihn hierher begleiten. Warum nur störte ihn Gennies Gegenwart nicht? Im Gegenteil, er war beinahe zufrieden.

„Ein verborgener Ort", flüsterte Gennie leise.

Zerstreut blickte Grant auf: „Wie bitte?"

„Das!" Sie beschrieb mit der freien Hand einen weiten Bogen. „Es ist ein geheimer Platz." Sie bückte sich und hob eine Muschel auf, die von der Sonne schneeweiß gebleicht war. „Meine Großmutter besitzt ein wunderschönes altes Kolonialhaus, das voller Antiquitäten und Seidenkissen ist. Oben unter dem Dach gibt es ein halbdunkles, staubiges Giebelzimmer. Dort steht ein zerbrochener Schaukelstuhl und eine Kiste voller absolut unnützer Dinge. Stunden könnte ich da zubringen." Lächelnd sah sie zu Grant auf: „Einem Geheimplatz konnte ich noch nie widerstehen."

Grant erinnerte sich plötzlich ganz deutlich an eine kleine Abstellkammer in seinem Elternhaus in Georgetown, wo er als Kind neben anderen Schätzen sein Skizzenbuch versteckt hielt. „Er ist nur so lange geheim, bis jemand davon erfährt."

Gennie lachte und fasste ihn unwillkürlich bei der Hand. „Oh nein, man kann ein Geheimnis auch teilen, manchmal wird es dadurch sogar besser." Sie hielt an und schaute dem waghalsigen Flug einer Möwe nach. „Wie heißen die Inseln da hinten?"

Grant fühlte sich unbehaglich. Gennies Hand bewegte sich in

seiner, als gehörte sie dahin. Er runzelte die Stirn und antwortete unwirsch: „Die haben keinen Namen, meist sind es nur Felsen."

„Schade!" Sie war enttäuscht. „Keine verblichenen Knochen oder Wrackteile?"

Grant musste gegen seinen Willen lachen. „Man sagt, dass ein Schädel dort liegt und stöhnt, wenn ein Sturm aufzieht."

„Wessen Schädel?" Gennie wartete begierig auf die Fortsetzung.

„Der Schädel eines Seemanns", improvisierte Grant. „Der war der Kapitänsfrau nachgestiegen, die Augen hatte wie eine Meerhexe und mitternachtsschwarzes Haar." Ohne es zu wollen, spielte er mit Gennies windzerzausten Locken. „Sie umgarnte ihn, machte ihm scheinheilige Versprechen, wenn er das Gold und das Beiboot stehlen würde. Er tat es, weil sie eine Frau war, die einen Mann zum Äußersten treiben konnte – nur durch ihren Blick. Sie fuhr mit ihm davon." Gennies Haar wickelte sich wie von selbst um seine Finger.

„Er ruderte mit ihr zwei Tage und zwei Nächte lang", fuhr Grant fort, „denn er glaubte, dass er sie haben könnte, wenn sie das Land erreichten. Als die Küste in Sicht kam, hat sie ihm mit einem Säbel den Kopf abgeschlagen. Jetzt steckt sein Schädel auf einer Felsspitze und stöhnt vor unbefriedigtem Verlangen."

„Und was wurde mit der Frau?" fragte Gennie ernsthaft.

„Sie investierte das Gold, machte großen Gewinn und wurde schließlich ein geachtetes Mitglied der Gemeinde."

Gennie lachte laut, und sie setzten ihren Weg fort. „Die Moral der Geschichte ist dann wohl, dass man nie den Versprechungen einer Frau trauen sollte."

„Bestimmt nicht den Versprechungen einer schönen Frau."

„Hat man Ihnen den Kopf schon einmal abgeschlagen, Grant?"

Er lachte kurz: „Nein."

„Wie schade." Sie seufzte. „Das bedeutet wahrscheinlich, dass Sie es sich in Ihrem Leben zur Gewohnheit gemacht haben, Verlockungen zu widerstehen."

„Das muss man nicht, wenn man ein wachsames Auge behält", konterte er.

„Sehr romantisch ist das aber nicht."

„Vielen Dank! Doch für meinen Kopf habe ich andere Verwendung."

Nachdenklich fragte sie: „Briefmarken sammeln?"

„Zum Beispiel."

Schweigend spazierten Gennie und Grant zwischen der schäumenden Brandung und den steilen Klippen weiter. Weit draußen waren einzelne Boote zu erkennen. Doch dadurch wurde die Verlassenheit und Einsamkeit des Küstenstriches nur noch betont.

„Woher kommen Sie?" fragte Gennie impulsiv.

„Von da, wo auch Sie herkommen."

Sie stutzte. Dann lachte sie leise. „Nicht biologisch, geographisch meine ich."

Grant hob die Schultern, um gleichgültig zu erscheinen. „Südlich von hier."

„So genau wollte ich es nicht wissen", sagte sie spöttisch, machte aber einen neuen Vorstoß: „Aus welcher Familie kommen Sie? Haben Sie Angehörige?"

Grant blieb stehen und betrachtete Gennie prüfend. „Warum?"

Sie seufzte übertrieben und schüttelte den Kopf. „Das wird als freundliche Konversation bezeichnet. Ein neuer Trend, aber es soll angeblich rasch Mode werden."

„Ich bin kein Unterhalter."

„Nein? Was Sie nicht sagen."

„Diese großen, erstaunten Unschuldsaugen stehen Ihnen gut, Genevieve."

„Danke." Sie spielte mit der Muschel in ihrer Hand und schaute dann mit scheuem Lächeln zu Grant auf. „Ich will Ihnen etwas von meiner Familie erzählen, nur um den Anfang zu machen." Einen Augenblick lang dachte sie nach. Plötzlich schien ihr etwas Bestimmtes einzufallen. „Es geht um einen entfernten Vetter. Ich fand immer, dass er das faszinierendste Familienmitglied ist, obwohl er nicht gerade Grandeau genannt werden dürfte."

„Wie denn?"

„Schwarzes Schaf", erklärte sie genüsslich. „Er hat alles nach seinem eigenen Geschmack getan und sich nie darum gekümmert, was die anderen davon hielten. Von Zeit zu Zeit hörte ich über ihn Geschichten, die natürlich nicht für meine Ohren bestimmt gewesen sind. Ich habe ihn erst kennen gelernt, als ich erwachsen war. Wir mochten uns sofort leiden und sind während der letzten zwei Jahre immer in Verbindung geblieben. Er hat sich mit ausgefallenen Dingen recht erfolgreich beschäftigt, sehr zum Missfallen anderer Grandeaus. Schließlich hat er uns alle dadurch verblüfft, dass er geheiratet hat."

„Sicher eine Bauchtänzerin."

„Nein." Gennie freute sich, dass Grant auf ihre Geschichte einging und Humor zeigte. „Eine hochanständige Partie: intelligent, gute Familie, vermögend ..." Sie rollte theatralisch mit den Augen. „Das schwarze Schaf! Wer hätte es für möglich gehalten? Der eine Zeitlang im Gefängnis saß und dann durch Glücksspiel ein Vermögen machte. Er hat sie alle übertroffen."

„Ich liebe Geschichten mit Happy End!" meinte Grant trocken.

Gennie sah ihn stirnrunzelnd an: „Ist Ihnen nicht bekannt, dass man auf eine Geschichte mit einer anderen antworten muss? Denken Sie sich lieber etwas aus."

„Ich bin das jüngste von zwölf Kindern eines afrikanischen Missionars!" Es kam ihm so leicht von den Lippen, dass Gennie ihm beinahe glaubte. „Als ich sechs war, bin ich in den Dschungel gelaufen und von zwei prächtigen Löwen adoptiert worden. Noch heute habe ich eine Vorliebe für Zebrafleisch. Mit achtzehn fiel ich Jägern in die Hände, die mich an einen Zirkus verkauft haben. Fünf Jahre lang war ich der Star der Pausenfüller."

„Der Löwenboy!" bemerkte sie andächtig.

„Natürlich. Eines Nachts fing das Zelt beim Sturm Feuer. Im

allgemeinen Durcheinander konnte ich fliehen. Ich wanderte durch die Welt, bis mich ein alter Einsiedler aufnahm, den ich vor einem Grislibären gerettet hatte."

„Nur durch die Kraft Ihrer bloßen Hände."

„Ich erzähle die Geschichte!" erinnerte Grant. „Er hat mich das Lesen und Schreiben gelehrt. Auf dem Totenbett vertraute er mir an, wo sein Schatz verborgen war: eine Viertelmillion in Golddukaten. Nachdem ich seinem Wunsch nach einer Wikingerbestattung entsprochen hatte, musste ich mich entscheiden, ob ich Börsenmakler werden oder in die Wildnis zurückgehen wollte."

„Demnach entschieden Sie sich gegen die Wall Street, kamen hierher und begannen mit Briefmarkensammeln."

„So ungefähr."

„Na ja", meinte Gennie nachdenklich, „es leuchtet mir ein, dass Sie eine derart langweilige Geschichte nicht jedem erzählen mögen."

„Sie haben mich danach gefragt."

„Sie hätten sich etwas ausdenken können."

„Keine Fantasie."

Gennie vermochte nicht länger ernst zu bleiben. Lachend lehnte sie ihren Kopf an Grants Schulter. „Nun weiß ich, dass Sie ein wahrheitsliebender Mensch sind."

Ihr Lachen beschleunigte seinen Herzschlag, und die zufällige Berührung ihres Kopfes an seiner Schulter schoss ihm bis hinab in die Fußsohlen. Ich sollte sie abschütteln, ermahnte er sich. Warum dulde ich ihre Begleitung? Es gefällt mir sogar. „Ich habe zu tun", verkündete er plötzlich. „Wir können den Weg hier hinaufsteigen."

Der Wechsel seines Tonfalls erinnerte Gennie an ihr ursprüngliches Vorhaben. Danach sollte es nicht damit enden, ihn nett zu finden.

Der Rückweg war keine so halsbrecherische Kletterei. Trotzdem streckte Gennie ihre Hand nach Grant aus und blickte erwartungsvoll zu ihm auf. Grant murmelte eine Verwünschung, dann zog er sie das letzte Stück über den Rand der Steilküste.

Oben angekommen, berührten sich ihre Körper wieder, und keiner ließ den anderen los. Grants Atem hatte sich während des Aufstiegs nicht beschleunigt, aber jetzt wurde er unregelmäßig. Zufrieden mit ihrem Erfolg sah Gennie ihm tief in die Augen.

„Zurück zu den Briefmarken?" fragte sie leise. Absichtlich streifte sie mit den Lippen sein Kinn. „Viel Vergnügen!" Dann löste sie sich aus Grants Griff und wandte sich ab. Keine drei Schritte weit war sie gekommen, als er sie am Arm packte. „Ist etwas?" erkundigte sie sich mit tiefer, freundlicher Stimme.

An seinem Gesicht konnte sie erkennen, wie er um Fassung rang. Ihr Herz begann zu klopfen, als sie Begehren in Grants Augen aufleuchten sah. Ihre Kehle wurde trocken.

Ich habe beinahe gewonnen, redete sie sich ein, nur jetzt nicht zurückweichen. Es ist ja nicht Angst oder gar Leidenschaft, was ich fühle. Es ist reine Genugtuung.

„Scheinbar wollen Sie doch etwas", sagte sie und bemühte sich um einen leichten Umgangston, doch ihre Arme glitten von selbst um Grants Hals.

Als sein Mund sich hart auf ihre Lippen presste, waren plötzlich alle Vorsätze vergessen. Von dem Zweck, den sie verfolgt hatte – ihrer Kriegslist und dem Wunsch nach Rache –, blieb nichts mehr übrig. Es war genau wie beim ersten Mal: Sie spürte Leidenschaft, eine verwirrende Sehnsucht und wildes Verlangen.

Es schien das Natürlichste von der Welt zu sein, sich Grant anzuvertrauen. Gennie tat es mit solcher Offenheit, dass Grant sie aufstöhnend noch enger an sich zog.

Seine Zunge bewegte sich vorfühlend über ihre Lippen, seine Hände lagen fest auf ihren Hüften. Es waren starke Hände, die in Gennie die Sehnsucht entfachten, dass sie ihre prickelnde Haut überall berührten. Gennie drängte sich an Grant, gab sich ihm, forderte aber gleichzeitig alles von ihm, was er im Kuss ausdrücken konnte. Ihre ganze Leidenschaft konzentrierte sich auf diesen Kuss, was sie beide sehr erregte.

Erst das Gefühl grenzenloser Schwäche, welches Gennie zu fürchten gelernt hatte, ließ sie zu sich kommen. Das hatte sie nicht beabsichtigt. Oder hatte sie das ...? Nein, sie war nicht hierher gekommen, um diese erschreckenden Empfindungen von Lust zu erleben, dieses schmerzende, quälende Verlangen, sich hinzugeben, wie sie es noch nie vorher gespürt hatte.

Panik kam in ihr auf. Sie sammelte alle Energie, die ihr geblieben war, und zog sich zurück, fest entschlossen, sich weder die Leidenschaft noch die Angst, die sie empfand, anmerken zu lassen. „Sehr hübsch“, flüsterte sie und hoffte inbrünstig, Grant möge nicht merken, wie atemlos ihre Stimme klang. „Obwohl Ihre Technik für meinen Geschmack ein wenig – zu rau ist.“

Grants Atem ging schnell und stoßweise. Er sprach nicht, denn er wusste, dass er nur Unfreundlichkeiten herausbringen würde. Zum zweiten Mal hatte sie es fertig gebracht, dass er alle Beherrschung verlor und nur noch Begehren in sich verspürte. Sein ganzer Körper war vollkommen von heißem Drängen erfüllt. Er starrte Gennie an und hoffte, dass dieses Gefühl abklingen möge. Aber so sehr er es sich auch wünschte, das tat es nicht.

Du bist stärker als sie! sagte er sich, als er sie beim T-Shirt packte. Er spürte Gennies Herzschlag an seinen Fingern. Nichts konnte ihn daran hindern ... Als ob er sich verbrüht hätte, zuckte seine Hand zurück. Niemand sollte ihn so weit bringen, dachte er zornbebend, während sie zurückstarrte. Niemand!

„Sie spazieren auf dünnem Eis, Genevieve“, sagte er leise.

Sie warf den Kopf zurück: „Ich passe schon auf.“

Lächelnd wandte sie sich ab und ging zu ihrer Staffelei. Dabei zählte sie jeden Schritt. Vielleicht zitterten ihre Hände, mit denen sie das Malgerät einpackte, vielleicht würde das Blut in ihren Ohren noch lange dröhnen. Aber diese Runde hatte sie gewonnen. Die Tür zum Leuchtturm schlug zu ... Dem Himmel sei Dank.

Die erste Runde, wiederholte sie. Warum nur fieberte sie schon der nächsten Runde entgegen?

5. KAPITEL

Grant brachte das Kunststück fertig, Gennie drei Tage lang aus dem Weg zu gehen. Sie kam jeden Morgen und malte. Doch obgleich sie stundenlang vor ihrer Staffelei saß, war von Grant nichts zu sehen. Der Leuchtturm schien wie ausgestorben, nur die Fenster blitzten im Sonnenlicht.

Einmal lag das Boot nicht am Steg, als sie schon sehr früh eintraf. Mittags war es immer noch nicht zurück. Die Versuchung war groß, Grant an dem einsamen Küstenstreifen zu suchen. Doch Gennie wäre eher uneingeladen in sein Haus geschlendert, als ohne seine Zustimmung an den Geheimplatz zu gehen. Der Gedanke, dort einzudringen, war so abwegig, dass sie sogar den Wunsch unterdrückte, die reizvolle Landschaft zu malen.

Sie arbeitete in Ruhe und Frieden und redete sich ein, dass sie alle Gedanken an Grant verbannen konnte. Schließlich wusste er jetzt, dass mit ihr nicht zu spaßen war. Doch je weiter das Bild fortschritt, um so deutlicher wurde die Erinnerung an ihn. Sie würde diesen Platz niemals betrachten können, weder in Wirklichkeit noch auf der Leinwand, ohne Grant dabei zu sehen. Er gehörte hierher, als wäre er aus den Felsen gesprungen oder dem Meer entstiegen. Gennie spürte die Kraft seiner Persönlichkeit, als ihr Pinsel sich hin und her bewegte. Es drückte sich in ihrer Malerei aus, die eigentlich nur ein Spiegelbild der urwüchsigen Natur ringsum sein sollte.

Jedem ihrer Bilder hatte Gennie ein Stückchen Seele gegeben. Bei diesem würde sie auch ein wenig von Grants Seele einfangen, ob er wollte oder nicht.

Die fortschreitende Arbeit erregte sie. Sie wusste, was hier entstand, war etwas Besonderes. Niemals durfte es einem anderen gehören. Darum wollte sie es ihm schenken.

Natürlich wäre es nicht als Geschenk der Liebe anzusehen, beruhigte sie die warnende Stimme in ihrem Herzen. Es war eine Geste der Freundschaft, nichts weiter. Und mit reinem Gewissen hätte sie es ohnehin nicht verkaufen können. Andererseits würde es nicht ratsam sein, das Bild zu behalten, denn dann käme sie nie zur Ruhe.

Kurz vor ihrer Abreise von Windy Point sollte Grant das Bild bekommen. Vielleicht würde ihn dann die Erinnerung quälen?

Gennies Tage waren angefüllt mit dem Drang, das Bild zu vollenden. Immer wieder musste sie sich zu Ruhe und Geduld zwingen, um nichts von Wichtigkeit zu übersehen. Sie war sich klar darüber, wie wesentlich es war, langsam zu arbeiten, jede Kleinigkeit aufzunehmen und in das Bild einzubringen. Nur widerwillig trennte sie sich nachmittags von dem Platz an Grants Leuchtturm, aber der unterschiedliche Lichteinfall durfte nicht ignoriert werden, so gern sie länger dort gesessen hätte.

Die Ruhelosigkeit trieb sie dann nach Windy Point. Sie machte allerlei Skizzen. Später konnte sie dann entscheiden, was sie malen würde. Gennie machte sich vor, dass ihr nach menschlicher Gesellschaft zumute wäre und dass sie dabei nicht auf Grant zurückgreifen wollte. Vergessen konnte sie ihn ohnehin nicht.

Um die Mittagszeit wirkte Windy Point schläfrig und ruhig. Die Boote waren auf See, und die Sommerhitze brachte die Luft zum Flimmern. Eine Frau saß auf der Bank vor ihrem Haus und pulte Bohnen. Um sie herum scharrten Hühner.

Gennie parkte ihren Wagen am Ende der Straße und stieg aus. Diese Umgebung hatte nichts gemeinsam mit der rauen Felsenküste bei Windy Points Leuchtturmstation. Sie unterschied sich auch vom ruhigen Hinterland rings um Gennies Häuschen. Aber es bestand zwischen allem ein Zusammenhang. Die See hatte ihre unmissverständlichen Spuren hinterlassen.

Auf ihrem Spazierweg durch den Ort freute sich Gennie, wenn sie Stimmen hörte, obwohl sie die Menschen nicht kannte. Nirgendwo auf ihrer Fahrt quer durch New England hatte es ihr so gut gefallen wie in Windy Point. Lag es am Meer mit seinem geheimnisvoll stimulierenden Einfluss? Oder an dem Mann, der hier lebte?

Gennie fragte sich, wann sie ihn wiedersehen würde. Sie musste sich eingestehen, dass er ihr fehlte. Sie vermisste die barschen Worte, das Stirnrunzeln und das versteckte Lächeln sowie den unerwarteten Humor und das amüsierte oder spöttische Aufleuchten seiner Augen. Am schwersten fiel es ihr zuzugeben, dass sie Sehnsucht nach der zornigen Leidenschaft hatte, die so plötzlich auflodern konnte.

Gennie lehnte sich an die raue Mauer eines Gebäudes und überlegte, ob irgendein anderer Mann auf der Welt wie Grant war. Sie konnte es sich nicht vorstellen. Nie war es ihr in den Sinn gekommen, nach einem Ritter in schimmernder Rüstung zu suchen. Wie mühsam, sich als hilflose Lady aufzuführen. Das würde sie bestimmt nicht tun. Und übertriebene Höflichkeit stand einer intelligenten Beziehung meist im Weg. Grant Campbell hätte dazu kein Talent, und ein anlehnungsbedürftiges weibliches Wesen wäre ihm ein Greuel.

Sie erinnerte sich ihrer ersten Begegnung und lächelte. Wahrhaftig, eine Lady in Bedrängnis sollte ihn besser meiden. Doch zu ihr passte die Rolle der hilfsbedürftigen Frau auch nicht. Dafür war sie – wie auch er – zu unabhängig.

Nein, Grant suchte keine Lady, und sie suchte zwar keinen Ritter, aber auch keinen Menschenfresser. In letztere Kategorie passte er schon eher. So wohl sie sich in männlicher Gesellschaft auch fühlte, wollte sie doch keinen, der ihr Leben durcheinander brachte, es sei denn, sie wäre dafür bereit. Ganz sicher wollte sie nichts mit einem Ungetüm zu tun haben. Wer möchte schon verschlungen werden?

Gennie schüttelte den Kopf und betrachtete den Block. Sie hatte nicht nur an Grant gedacht, sondern ihn auch gezeichnet. Kritisch betrachtete sie ihr Werk. Die Ähnlichkeit war groß. Das Gesicht schien ein wenig ärgerlich. Über der Nase zeigte sich die typische, senkrechte Falte. Sie hatte es gut getroffen. Die glatten Flächen und die Schatten, die aristokratische Nase und das zerzauste Haar. Und den Mund ...

Erstaunlicherweise und höchst überflüssig schlug ihr Herz schneller. Genauso hatte sein Mund ausgesehen, bevor er sie küsste:

sinnlich und rücksichtslos. Fast konnte sie seine Lippen fühlen und schmecken, hier in der ruhigen Ortschaft mit dem Geruch nach Fisch und dem Duft nach frischen Blumen.

Sorgfältig deckte Gennie den Skizzenblock zu. Es wäre bestimmt wesentlich besser, sich an das Zeichnen von Gebäuden zu halten. Darum war sie ja hier. Gennie steckte ihren Bleistift hinters Ohr, überquerte die Straße und betrat das Postamt. Ein magerer Bursche, an den sie sich noch gut erinnerte, starrte sie bewundernd an. Sie lächelte ihm freundlich zu und ging zum Schalter. Es entging ihr nicht, dass sein Adamsapfel vor Nervosität auf und ab hüpfte.

„Will!" mahnte Mrs. Lawrence. „Du solltest besser Mr. Fairfield seine Post bringen. Sonst verlierst du deinen Job."

„Ja, Ma'am." Er steckte die Briefe zusammen und ließ Gennie nicht aus den Augen. Das Bündel entglitt seinen Händen, und Gennie half ihm, die Umschläge vom Boden aufzusammeln. Er bekam einen feuerroten Kopf und stotterte etwas Unverständliches.

„Will Turner", erklang erneut Mrs. Lawrences Stimme mit dem ungeduldigen Unterton einer Schullehrerin, „heb die Briefe auf und sieh zu, dass du dich auf den Weg machst."

„Hier", sagte Gennie und streckte ihre Hand aus, „du hast einen vergessen!"

Der Junge ließ den Blick nicht von ihr, als er schließlich mit Mühe aus der Tür stolperte.

Mrs. Lawrence lachte trocken: „Hoffentlich stolpert er nicht über den Kantstein."

„Wahrscheinlich sollte ich mich geschmeichelt fühlen", überlegte Gennie. „Ich kann mich nicht erinnern, dass jemand so von mir beeindruckt war."

„Für Jungens ist es ein schlimmes Alter, wenn ihnen auffällt, dass weibliche Wesen etwas anderes sind als sie selber."

Gennie lachte und lehnte sich auf den Tresen. „Ich wollte mich nochmals bei Ihnen bedanken, dass Sie mich neulich besucht haben.

Ich habe beim Leuchtturm gemalt und bin deshalb nicht eher vorbeigekommen."

Mrs. Lawrences Blick fiel auf Gennies Skizzenblock. „Hat Ihnen bei uns etwas gefallen, was Sie malen möchten?"

„Ja!" Impulsiv blätterte Gennie durch die Seiten. „Die Stadt hat mich vom ersten Augenblick an interessiert. Sie vermittelt das Gefühl von Dauer und Zweckmäßigkeit."

Prüfend betrachtete die Witwe die einzelnen Skizzen. Gennie nagte ungeduldig an ihrer Unterlippe und wartete auf das Urteil.

„Sie verstehen Ihr Handwerk", meinte Mrs. Lawrence endlich und hielt ihren Finger auf die Zeichnung von Grant. „Er sieht ein bisschen heftig aus", fand sie und lächelte fast unmerklich.

„Das ist er auch meiner Meinung nach", gab Gennie zurück.

„Manche Frau mag einen Schuss Essig in einem Mann." Ihr Gesicht hatte einen freundlichen, beinahe belustigten Ausdruck. „Ich gehöre zu denen." Mit einem letzten, prüfenden Blick klappte sie den Block zu, dann schaute sie über Gennies Schulter zur Tür: „Guten Tag, Mr. Campbell!"

Eine Sekunde lang starrte Gennie mit ähnlich intelligentem Ausdruck die Witwe an wie vorher der Junge sie selbst. Dann fasste sie sich und legte ihre Hand auf den Block.

„Guten Tag, Mrs. Lawrence." Grant stellte sich neben Gennie an den Tresen, der Geruch von See und Wind stieg ihr in die Nase. „Genevieve", sagte er bedächtig und sah sie mit einem langen rätselhaften Blick an.

In den letzten drei Tagen war er oft an sein Studiofenster getreten und hatte sie bei der Arbeit beobachtet. Er wusste, dass eine weitere Berührung mit Gennie der Beginn einer Straße ohne Umkehr wäre. Nur deshalb war er ihr all die Tage fern geblieben. Trotzdem war er keineswegs sicher, ob sie beide das Ende ihrer Beziehung erreicht hatten.

Gennie dachte an den stotternden, errötenden Burschen und richtete sich unwillkürlich auf. „Hallo, Grant!" Sie versuchte in ihr

Lächeln mehr Spott als warme Wiedersehensfreude zu legen. „Ich dachte, Sie hielten schon Ihren Winterschlaf."

„Ich hatte zu tun", entgegnete er leichthin, „und wusste nicht, dass Sie noch hier sind." Zufrieden beobachtete er, wie Gennie gegen ihren aufsteigenden Ärger ankämpfte.

„Ich werde noch eine ganze Weile länger bleiben."

Mrs. Lawrence legte ein dickes Bündel Postsachen für Grant auf den Tresen. Daneben packte sie einen Stapel Zeitschriften. Auf dem obersten Brief und der Banderole mit der „Washington Post" konnte Gennie eine Absenderadresse in Chicago erkennen, bevor Grant alles einsteckte. „Danke."

Nachdenklich blickte Gennie ihm nach, als er das Postamt verließ. Es waren mindestens ein Dutzend Briefe und genauso viele Zeitungen gewesen. Was tat ein Mann, dessen Heim ein verlassener Leuchtturm auf einer Felsenklippe war, mit Korrespondenz aus Chicago und Washington?

„Ein gut aussehender junger Mann", hörte sie die Witwe sagen.

Gennie murmelte eine Antwort und wandte sich auch dem Ausgang zu. „Auf Wiedersehen, Mrs. Lawrence."

Die Witwe klopfte nachdenklich mit den Fingern auf den Tresen. So viel Spannung in der Luft hatte es seit dem letzten Sturm nicht gegeben. Vielleicht braute sich wieder einer zusammen.

Ein wenig verwirrt setzte Gennie die Wanderung durch den Ort fort. Es ging sie natürlich nichts an, weshalb ein merkwürdiger Einsiedler so eine Menge Post bekam. Vielleicht hatten sich die Sendungen seit Monaten gestapelt, wer weiß. Andererseits war es nur die gestrige Zeitung gewesen. Sie schüttelte den Kopf und kämpfte gegen ihre Neugier an. Das war nicht wichtig. Jedenfalls hatte sie sich Grant gegenüber keine Blöße gegeben.

An einer Hausecke blieb sie stehen und begann eine neue Skizze

Ich sollte mir überlegen, was ich noch einkaufen muss, rief sie sich zur Ordnung, als ihre Gedanken immer wieder abschweiften.

Aber die rechte Stimmung war verflogen. Seit Grant neben ihr am Postschalter gestanden hatte, waren Ruhe und Gelassenheit der vergangenen Stunden wie weggeblasen. Gennie versuchte mit aller Kraft, sich zu konzentrieren. Es wäre besser, ihre Ausgeglichenheit wiederzufinden, bevor sie sich auf den Heimweg machte und eine weitere einsame Nacht anbrach.

Ziellos spazierte sie fast bis zum Ende der Ortschaft, als ihr der Kirchhof einfiel. Dort gab es genug Motive, um sich müde zu arbeiten. Anschließend würde sie heimfahren.

Ein Lastwagen ratterte vorüber. Es mochte das dritte Fahrzeug an diesem Nachmittag sein. Gennie ließ ihn passieren und überquerte die Straße. Das hohe Gras auf dem Friedhof bog sich im Wind. Von Ferne war das Geschrei der Möwen zu hören, die auf dem Weg zum Wasser waren. Sonst lag tiefe Stille über den Gräbern. An dem hohen Zaun blätterte die Farbe ab, und wilder Efeu wucherte zwischen den Mauerritzen.

Die Kirche selbst war klein und weiß getüncht, mit einem einzigen bunten Glasfenster oben am Giebel. Die anderen Fenster hatten normales, viereckiges Glas. Die Eingangstür wirkte stabil, wenn auch verwittert. Gennie ging zu einer Stelle, wo kürzlich das Gras gemäht worden war – sie konnte es noch riechen –, und setzte sich. Flüchtig kam ihr der Gedanke, wieso ein einziges Fleckchen auf der Landkarte so viele malenswerte Motive haben konnte. Auch in sechs Monaten fleißiger Arbeit wäre sie nicht in der Lage, alles einzufangen.

Die Ruhelosigkeit verging, als der Stift über das Papier flog. Wenn sie auch nicht jedes Motiv in Öl oder Wasserfarben vor der Abreise übertragen würde, so könnte sie doch immer wieder auf ihre Skizzen zurückgreifen. Vielleicht ergäbe sich dadurch die Notwendigkeit und die Lust, wieder herzukommen.

Gennie war ganz in ihre Arbeit vertieft, als ein Schatten auf das weiße Blatt fiel. Die Beschleunigung ihres Pulsschlags und eine Welle aufsteigender Hitze zeigten deutlich, wer hinter ihr stand. Sie hob schützend die Hand gegen die grellen Sonnenstrahlen und schaute zu Grant auf. „Na“, sagte sie dann leichthin, „das zweite Mal an einem Tag.“

„Der Ort ist klein.“ Grant deutete auf die Skizze. „Demnach sind Sie beim Leuchtturm fertig.“

„Nein, aber das Licht ist zu dieser Tageszeit nicht günstig dort. Nicht so, wie ich es brauche.“

Eigentlich hätte er über diese Antwort ärgerlich sein sollen und nicht erleichtert. Lässig ließ er sich neben Gennie ins Gras nieder. „So, Sie wollen also Windy Point unsterblich machen.“

„Auf meine bescheidene Weise – ja.“ Sie malte weiter. War sie froh, dass er gekommen war? „Spielen Sie noch immer mit Ihren Briefmarken?“

„Nein, ich habe mit klassischer Musik angefangen.“ Als Gennie ihm den Kopf zuwandte, lächelte er. „Sie sind damit wahrscheinlich aufgewachsen: ein kleiner Brahms nach dem Essen.“

„Ich bevorzuge Chopin.“ Gennie klopfte unbewusst mit dem Stift gegen ihr Kinn. „Was haben Sie mit Ihrer Post gemacht?“

„Weggepackt.“

„Ihren Kombi habe ich nicht gesehen.“

„Ich bin mit dem Boot gekommen.“ Grant nahm ihr das Skizzenbuch aus den Händen und blätterte durch die Seiten.

„Für jemanden, dem seine Privatsphäre so heilig ist“, fuhr Gennie auf, „haben Sie bei anderen Leuten wenig Respekt davor.“

„Mag sein.“ Er schob ihre Hand einfach beiseite, als sie nach dem Buch griff. Es brodelte in ihr, während er sich ihre Skizzen in aller Ruhe ansah, bei dem einen oder anderen Bild länger verweilte – bis er auf sein skizziertes Bild stieß. Er betrachtete es eine Weile schweigend, dann lächelte er zu ihrem Erstaunen. „Nicht schlecht!“ urteilte er.

„Ich bin überwältigt von Ihrer Schmeichelei.“

Grant sah sie einen Augenblick lang an, dann entgegnete er impulsiv: „Eine Liebe ist der anderen wert!“

Er zog den Bleistift aus Gennies Fingern, schlug ein neues Blatt auf und begann zu zeichnen. Verblüfft beobachtete sie seine leichte, sichere Stiftführung, die auf lange Praxis schließen ließ. Mit offenem Mund schaute Gennie zu, wie Grant das Papier mit Linien und Kurven bedeckte, während er leise vor sich hinpfiff. Er zog die Augen zusammen, überlegte einen Moment, fügte dann ein wenig Schatten hinzu und warf den Block schließlich in Gennies Schoß. Sie starrte Grant an, bevor sie einen Blick auf das Bild warf.

Es stellte zweifellos sie dar, in einer cleveren, mitleidlosen Karikatur: ihre Augen übertrieben – fast unschön schräg, ihre Wangenknochen vernichtend aristokratisch, ihr Kinn betont eigensinnig. Mit den leicht geöffneten Lippen und dem zurückgelegten Kopf wirkte sie wie eine ungnädige Dame der höheren Gesellschaft. Gennie betrachtete die Karikatur volle zehn Sekunden lang, bevor sie in ein vergnügtes Lachen ausbrach.

„Sie Ekel!" rief sie und lachte erneut. „Ich sehe aus, als ließe ich soeben einen Untertan enthaupten."

Warum tat sie ihm nicht den Gefallen und wurde böse oder war beleidigt? Dann hätte er sie als eingebildet und humorlos abschreiben können, seiner Beachtung nicht wert. Es wäre zumindest ein Versuch gewesen. Aber ihr fröhliches Lachen und ihre strahlenden Augen ließen ihn machtlos werden.

„Gennie!" Grant flüsterte ihren Namen und berührte sachte ihr Gesicht. Das Lachen verstummte.

Vielleicht hätte Gennie etwas erwidert, aber die Kehle war ihr wie zugeschnürt. Die Luft schien plötzlich still zu stehen. Sanft strich Grant ihr Haar aus dem Gesicht. Das einzige Geräusch war ihr unregelmäßiger Atem. Als er seinen Kopf zu ihr hinunterbeugte, bewegte Gennie sich nicht. Sie wartete ...

Grant zögerte fast unmerklich, ehe seine Lippen ihren Mund berührten – zart, abwartend, und doch löste diese Berührung feurige Schauer aus, die über Gennies Rücken liefen. Wie sie erkannte, erging es ihm nicht anders, denn der Griff seiner Finger an ihrem Nacken verkrampfte sich, ganz kurz nur, dann entspannten sie sich wieder. Er musste das gleiche wie sie fühlen, diese plötzliche Gewalt, die sie zueinander drängte und der dann eine betäubende Schwäche folgte.

Woher hätte sie wissen sollen, dass die Lippen eines Mannes eine derartige Vielfalt an Gefühlen auslösen können? Vielleicht war sie niemals zuvor geküsst worden und hatte es sich nur eingebildet und geglaubt, es sei ein Kuss gewesen. Der Kuss jetzt war Wirklichkeit.

Gennie konnte es schmecken – seinen warmen Atem. Sie konnte es fühlen – seine Lippen, weich und doch fest und erfahren. Sie konnte ihn riechen – den herben Duft von Wind und See. Durch ihre Wimpern konnte sie sein Gesicht sehen, so nah und doch verwischt. Und als er ihren Namen stöhnte, hörte sie ihn.

Als Antwort darauf ließ sie sich langsam und voller Genuss in seine Arme sinken. Ein eigenartiges Gefühl, unerwartet und scharf, ließ sie zittern. Was kann weh tun, wenn der ganze Körper so entspannt und glücklich ist? Doch es kam wieder und schüttelte sie. Ein Rest von Klarheit in ihrem Kopf erinnerte sie daran, dass Liebe auch Schmerz bedeutet.

Aber nein, Gennie schob den Gedanken an Schmerz von sich, während er sie küsste. Es konnte nicht sein. Sie hatte sich nicht verliebt. Nicht jetzt und nicht in Grant. Das wollte sie keinesfalls. Was wollte sie? Ihn!

Die Antwort war klar und so einfach. Gennie geriet in Panik.

„Grant – nein!“ Sie versuchte sich ihm zu entziehen, aber die Hand an ihrem Nacken hielt fest.

„Nein – was?“ Seine Stimme klang gefährlich ruhig.

„Ich wollte nicht ... Das sollten wir nicht ... Ich hatte nicht ... Oh ...“ Gennie schloss die Augen. War sie das, die so unverständlich stotterte?

„Könntest du das noch mal wiederholen?“

Der Anflug von Humor in seinem Ton und das vertraute Du halfen ihr auf die Beine. Um sie herum drehte sich der Kirchhof. Sicher war sie nur zu rasch aufgesprungen.

„Das ist kaum der richtige Ort für solche Sachen."

„Was für Sachen?" warf er ein und erhob sich mit lässiger Grazie. „Wir haben uns nur geküsst. Das ist gebräuchlicher als freundliche Konversation. Dich zu küssen ist zur Gewohnheit geworden." Er griff nach Gennies Haar und ließ es durch seine Finger gleiten. „Ich halte mich meist an meine Gewohnheiten."

„In diesem Fall ..." Sie hielt inne, um Luft zu holen, „solltest du dich lieber zu einer Ausnahme entschließen."

Grant betrachtete Gennie genau. „Du bist eine merkwürdige Mischung, Genevieve. In einem Augenblick die erfahrene Verführerin und im nächsten die keusche, erschrockene Jungfrau. Du weißt schon, wie man einen Mann fasziniert."

Gennie fühlte sich in ihrem Stolz verletzt. „Manche Männer sind leichter zu faszinieren als andere."

„Das stimmt." Grant konnte sich nicht erklären, was in ihm vorging, doch er fühlte sich unbehaglich. „Verdammt will ich sein, wenn ich mich dir noch einmal nähern sollte", stieß er leise hervor.

Grants Schritte entfernten sich, und Gennie lauschte ihrem Klang. Dann bückte sie sich nach ihrem Skizzenbuch. Durch einen boshaften Zufall lag Grants Bild zuoberst. Sie schaute hin und zog eine Grimasse. „Du kannst von mir aus sofort verschwinden."

Sie schlug das Buch zu, klopfte umständlich ihre Jeans ab und schickte sich an, den Kirchhof mit Würde zu verlassen.

Zum Teufel damit!

„Grant!" rief sie und sprang, so schnell sie konnte, die Stufen zur Straße hinunter. Dann lief sie ihm nach. „Grant, warte!"

Mit allen Anzeichen von Ungeduld drehte er sich um und blieb stehen. „Was ist?"

Außer Atem hielt Gennie an und überlegte, was sie ihm eigentlich hatte sagen wollen. Dass sie ihn keineswegs nie mehr wiedersehen wollte? Wenn Sie auch den Grund noch nicht verstand, sollte er ihr doch die Chance geben, es herauszufinden.

„Waffenstillstand!" Gennie streckte ihm die Hand entgegen. Als er sie nur unfreundlich anstarrte, gab sie sich einen Ruck und schluckte noch ein bisschen mehr von ihrem Stolz herunter. „Bitte!"

Das eine Wort gab den Ausschlag. Grant ergriff die dargebotene Hand und hielt sie fest. „In Ordnung. Weshalb?"

„Ich weiß nicht." Gennie war unsicher. „Wahrscheinlich ist es ein verzweifelter Versuch, sich mit einem Menschenfresser zu vertragen." Grant hob ironisch eine Augenbraue, und Gennie seufzte. „Okay. Das ist mir so herausgerutscht. Ich nehme es zurück."

Unbewusst spielte Grant mit dem schmalen Goldreif an Gennies Finger. „Und was jetzt?"

Ja, was jetzt? überlegte sie und spürte die elektrisierende Wirkung seiner leichten Berührung. Klein beigeben wollte sie nicht, aber auch keine Furcht zeigen wie ein verstörtes Kaninchen.

„Wie wäre das: Ich bin dir eine Mahlzeit schuldig." Das Du-Sagen ging wie von selbst. „Wenn ich mich revanchiere, dann sind wir quitt."

„Und wie?"

„Ich koche das Abendessen."

„Du hast schon Frühstück gemacht."

„Ja, aber das war bei dir." Gennie war in Gedanken schon einen Schritt weiter und überlegte, was sie noch besorgen müsste.

Grant betrachtete sie prüfend. „Willst du alles zum Leuchtturm bringen?"

Ganz bestimmt nicht! fuhr es Gennie durch den Sinn. Die Atmosphäre von See und Naturkraft war zu riskant. „Wir essen in meinem Haus. Dort ist ein Grill auf der Veranda, wenn du Steaks magst."

Grant hätte liebend gern erfahren, was hinter ihrer Stirn vorging, und er wusste genau, dass er das herausfinden musste.

„Gegen ein gutes Steak habe ich nichts einzuwenden."

„Fein!“ Gennie nickte entschlossen und nahm seine Hand. „Dann gehen wir jetzt einkaufen.“

„Moment mal“, protestierte Grant, als Gennie ihn die Straße entlangziehen wollte.

„Fang nicht schon wieder mit Einwänden an. Wo kann man gute Steaks bekommen?“

„Im Ort“, meinte er trocken, „das ist aber die andere Richtung.“

„Oh!“ Gennie kehrte um.

Grant musste über ihren verdutzten Gesichtsausdruck lachen und legte seinen Arm um ihre Schultern. „Bei Leeman’s kann man recht ordentliches Fleisch kaufen.“

Gennie war nicht sicher, ob er sich über sie lustig machte. Doch es stellte sich heraus, dass er Recht hatte. Zusätzlich erstand sie noch frischen Salat und allerlei Grünzeug, dann zog sie Grant wieder hinaus auf die Straße.

„Das hätten wir. Wo kann ich eine Flasche Wein bekommen?“

„Wahrscheinlich bei Fairfield. Er ist der Einzige, der alkoholische Getränke führt. Du darfst aber nicht anspruchsvoll in Bezug auf die Marke sein.“

Als sie die Straße überquerten, kam ein Junge auf seinem Fahrrad vorüber. Er warf Grant einen schnellen Blick zu, drückte das Kinn auf die Brust und machte, dass er weiterkam.

„Einer deiner Bewunderer?“ fragte Gennie mit Unschuldsmiene.

„Ihn und drei seiner Freunde habe ich vor ein paar Wochen von den Klippen weggejagt.“

„Das war aber nicht sehr kameradschaftlich.“

Grant lachte nur und erinnerte sich daran, dass er zwar zuerst böse über die Störung seines geheiligten Friedens war, dann jedoch Angst um die Burschen bekommen hatte, weil die gar zu waghalsig auf den Felsen herumkletterten.

„Würdest du auch einen kranken Hund treten?“

„Nur dann, wenn er mich auf meinem Grundstück stört.“

Seufzend schüttelte Gennie den Kopf und öffnete die Tür von

Fairfields Laden. An der gegenüberliegenden Seite stand Will und packte Dosen in ein Regal. Er ließ alles stehen und eilte mit hochroten Ohren herbei. „Kann ich Ihnen helfen?" Seine Stimme überschlug sich beinahe.

„Ich brauche eine Tüte Holzkohle", erklärte Gennie, „und eine Flasche Wein."

„Holzkohle ist – ist im Hof", stammelte er und trat einen Schritt zurück, als Gennie näher kam. Mit dem Ellenbogen stieß er an einen kunstvoll aufgebauten Berg aus Milchdosen. Polternd rollten sie über den Steinfußboden. „Wie – wie viel soll es denn sein?"

Gennie verbiss sich ein Lachen. „Fünf Pfund würden genügen."

„Hole ich sofort!" Der Junge verschwand, und Gennie hörte die ärgerliche Stimme seines Chefs, den er fast umgerannt hätte. Sie musste die Hand auf ihren Mund pressen, um nicht loszulachen.

Grant erinnerte sich an Macintoshs Reaktion gegenüber Veronica und empfand Mitgefühl. „Der arme Kerl wird mindestens einen Monat lang schrecklich leiden. Musstest du ihn so ansehen?"

„Wirklich, Grant! Er kann nicht älter sein als fünfzehn."

„Das reicht schon, um in Schweiß auszubrechen", stellte er fest.

„Hormone", seufzte Gennie und studierte Fairfields begrenzte Auswahl an Weinen. „Mit der Zeit gibt sich das."

Grants Blick folgte ihr, als sie sich bückte. „Es dauert höchstens dreißig bis vierzig Jahre", murmelte er.

Gennie hatte einen einheimischen Burgunder gefunden und zog die Flasche aus dem Regal. „Das Fest ist gerettet."

Will kam mit einer Tüte Holzkohle zurück und stolperte nur einmal über seine eigenen Füße. „Hier sind auch Anzünder", sagte er eifrig, „wenn Sie ..." Weiter kam er nicht.

„Fein, danke!" Gennie stellte die Weinflasche auf den Tresen und zog ihr Portemonnaie hervor.

„Sie müssen volljährig sein, wenn Sie Alkohol kaufen wollen", begann Will von neuem. Er bemerkte Gennies Lachen und wurde noch verlegener. „Aber das sind Sie doch, oder?"

Gennie konnte nicht widerstehen. Sie wandte sich zu Grant und zeigte auf ihn: „Er ist volljährig."

Hingerissen schaute Will zu ihr auf, bis Gennie sich freundlich erkundigte, was sie zu zahlen hätte. Dadurch kam er soweit wieder zur Besinnung, um mehrere Zahlen in die Kasse einzutippen. „Es macht fünf Dollar", er holte tief Luft.

Gennie hätte ihm gern die Wange gestreichelt, aber sie beherrschte sich und zählte das Geld in seine Hand. „Vielen Dank, Will."

Seine Finger schlossen sich fest um die Scheine. „Bitte sehr!"

Zum ersten Mal fiel sein Blick auf Grant. So viel Ehrfurcht und Neid lag in den kindlichen Augen, dass Grant nicht wusste, ob er sich etwas darauf einbilden oder sich entschuldigen sollte. Freundschaftlich drückte er Wills magere Schulter. „Sie kann einem schon den Kopf verdrehen, nicht wahr?" sagte er leise und folgte Gennie zum Ausgang.

Will seufzte aus tiefem Herzen. „O ja." Dann lief er hinter Grant her und zupfte ihn am Ärmel. „Werden Sie mit ihr essen und so?"

Grant hob erstaunt die Augenbrauen, bewahrte aber seine Fassung. „... und so", erinnerte er sich, konnte bei verschiedenen Leuten sehr unterschiedliche Bedeutung haben. In seine Fantasie zum Beispiel drängten sich jetzt recht reizvolle Vorstellungen. „Vorläufig ist noch alles offen", flüsterte er und gebrauchte unwillkürlich den Lieblingsausdruck seines Macintosh. Dann fügte er verständlicher hinzu: „Ja, wir werden zusammen zu Abend essen."

Während Grant auf der Straße Gennie folgte, murmelte er leise „... und so!"

„Was wollte er von dir?"

„Ein Männergespräch."

„Oh, Entschuldigung."

So wie sie das sagte, klang es distinguiert und von oben herab; es brachte Grant zum Lachen, und er zog mitten in Windy Point und vor allen Leuten Gennie an sich und küsste sie – bis er den Knall vernahm, mit dem die Tür von Fairfields Laden geschlossen wurde.

„Armer Will“, murmelte Grant, „ich weiß, wie er leidet.“ Seine Augen blitzten vergnügt: „Ich sollte wohl lieber mein Boot in Schwung bringen, damit ich mich nicht verspäte zum Essen – und so.“

Seine ungewöhnlich gute Stimmung verwirrte Gennie, überrascht schaute sie zu Grant auf. „Na, gut“, sagte sie schließlich, „wir treffen uns dann später.“

6. KAPITEL

Es war albern, sich wie ein kleines Mädchen vor dem ersten Rendezvous zu fühlen. Als sie die Tür ihres Häuschens aufschloss, rief Gennie sich zur Ordnung. Aber das hatte sie bereits mehrmals auf dem Heimweg im Wagen getan.

War die Idee mit dem Picknick gut gewesen? Zwei erwachsene Menschen, Steaks und eine Flasche Burgunder – was könnte dabei herauskommen? Man muss sich Mühe geben, um in Holzkohle, Anzünder und grünem Salat eine Spur Romantik zu finden. Oder war ihre Vorstellungskraft nicht groß genug?

Im Kirchhof hatte die Fantasie ihr zweifellos etwas vorgegaukelt. Ein wenig unerwartete Zärtlichkeit, lauer Sommerwind – das hatte genügt, um in ihrem Herzen Glocken erklingen zu lassen. Wie töricht!

Gennie stellte die Tüten auf den Küchentisch und ärgerte sich, dass sie keine Kerzen mitgebracht hatte. Dadurch wäre vielleicht etwas Zauber in die kleine, praktische Küche eingezogen. Auch ein Radio mit stimmungsvoller Musik fehlte.

Gennie verdrehte die Augen. Was um Himmels willen war los mit ihr? Für so offensichtliche, konventionelle Fallenstellerei hatte sie doch nie etwas übrig gehabt, und eine Romanze mit Grant war das Letzte, was ihr vorschwebte. Sie könnte ihm auf halbem Weg für eine Freundschaft entgegenkommen – eine sehr vorsichtige Freundschaft –, doch das wäre schon alles.

Zum Essen hatte sie ihn nur eingeladen, um sich zu revanchieren. Außerdem konnte man sich mit Grant gut unterhalten, trotz seiner spitzen Zunge. Sie würde schon aufpassen, dass sie nicht am Schluss in seinen Armen landete. Wenn es tatsächlich irgendwo in ihrem Innern ein Körnchen Sehnsucht gäbe, das nach einer Wiederholung der Zärtlichkeiten auf dem Kirchhof verlangte, so könnte ihr normaler Menschenverstand sich mühelos dagegen behaupten. Grant Campbell war nicht nur durch und durch unerfreulich, er war einfach zu kompliziert. Gennie hatte in dieser Hinsicht mit sich selbst genug zu tun.

Entschlossen ergriff sie die Tüte mit der Holzkohle und den Anzündern und ging nach draußen, um den Grill vorzubereiten. Wie ruhig es hier ist, stellte sie fest. Grants Ankunft würde nicht zu überhören sein.

Jetzt war die beste Tageszeit für eine Bootsfahrt. Die Schatten wurden länger, und die Hitze des Tages flaute ab. Das Licht war zu dieser Stunde weich und wirkte beruhigend. Sie konnte deutlich das Schwappen des Wassers gegen den Steg vernehmen und das Rascheln und Zirpen der Insekten im Gras hören. Von Ferne näherte sich Motorengeräusch.

Gennie schrak auf und hätte beinahe die Tüte fallen lassen. Ernüchtert machte sie sich daran, die Kohle aufzuschichten. Das ist also die kühle, kultivierte Genevieve Grandeau, dachte sie und verzog das Gesicht, ein anerkanntes Mitglied der künstlerischen Welt und der auserlesenen Gesellschaft von New Orleans. Weil ein grober, unhöflicher Mann zum Abendessen zu ihr kommt, verliert sie fast die Nerven. Wie tief man doch sinken kann! Trotzdem lief sie zum Steg, um Grant dort zu erwarten.

Er nahm die Kurve mit so viel Tempo, dass das Wasser hoch aufsprühte. Gennie reckte sich auf ihre Zehenspitzen und winkte ihm lachend zu. Erst jetzt gestand sie sich ein, wie sehr sie sich vor einem einsamen Abend gefürchtet hatte und doch niemanden anderes um sich haben mochte. Allerdings war ziemlich sicher, dass Grant sie wütend machen würde, noch ehe die Nacht anbrach. Aber das schreckte sie überhaupt nicht.

Grant drosselte die Maschine zu leisem Blubbern und lenkte das Boot an den Steg. Als die Geräusche des Motors ganz erstarben, legte sich die wohltuende Ruhe wieder über Wasser, Gras und Landschaft.

„Wann nimmst du mich einmal mit?“ erkundigte sich Gennie, als Grant ihr die Leine zuwarf.

Er sprang leichtfüßig auf den Pier und beobachtete, wie Gennie geschickt das Tau festmachte. „Wollte ich das denn?“

„Vielleicht bisher noch nicht, aber jetzt willst du es.“ Gennie richtete sich auf und wischte ihre Hände an den Jeans ab. „Ich habe mir vorgenommen, für die Bucht hier ein Ruderboot zu mieten. Aber ich möchte viel lieber auf das Meer hinausfahren.“

„Ein Ruderboot?“ Grant schmunzelte und stellte sich vor, wie Gennie sich abmühen würde.

„Schließlich bin ich an einem Fluss aufgewachsen“, erinnerte sie ihn. „Seefahrt liegt mir im Blut.“

„Tatsächlich?“ Grant nahm ihre Hand und drehte die Innenfläche nach oben, um sie genau zu betrachten. Weich, glatt und kräftig, stellte er fest. „Sieht nicht aus, als ob schon viele Toppsegel damit hochgehievt wurden.“

„Ich habe mein Teil getan, keine Sorge.“ Ohne besonderen Grund und wie selbstverständlich verschränkten sich ihre Finger mit Grants. „In meiner Familie hat es immer Seefahrer gegeben. Mein Ururgroßvater war ein – Freibeuter.“

„Also ein Pirat.“ Interessiert fing Grant eine von Gennies wehenden Locken und hielt sie fest. „Ich habe den Eindruck, dass dir daran mehr gelegen ist als an den Grafen und Herzögen, die in deinem Stammbaum herumschwirren.“

„Aber ja! Fast jeder findet einen Adligen irgendwo in seiner Ahnenreihe, wenn er sich Mühe gibt. Und mein Vorfahr ist ein sehr guter Seeräuber gewesen.“

„Gutherzig?“

„Erfolgreich“, verbesserte sie mit schalkhaftem Lächeln. „Er war schon fast sechzig, als er sich in New Orleans zur Ruhe setzte. Meine Großmutter lebt noch heute in dem Haus, das er damals gebaut hat.“

„Von Geld, das er unglücklichen Kaufleuten abnahm“, vollendete Grant lachend.

„Das Meer kennt keine Gesetze“, meinte Gennie und zuckte mit den Schultern. „Man nützt seine Chance. Vielleicht bekommt man, was man will“, jetzt lachte auch sie, „oder man kann auch den Kopf verlieren.“

„Vielleicht war es klüger, dich an Land zu lassen“, murmelte er und zog sie an ihrem Haar näher heran.

Gennie legte ihre Hand auf Grants Brust, um die Balance zu halten, aber ihre Finger wanderten höher. Sein Mund war sehr verführerisch. Es wäre schlauer, ihm zu widerstehen, dachte Gennie, aber sie stellte sich auf die Zehen und kam Grant entgegen.

Fast ohne jeden Druck berührte Grant ihre Lippen, er war sich nicht klar darüber, wie viel er diesmal riskieren sollte. Nur ein ermunternder Seufzer, und sie läge fest in seinem Arm. Aber beide bewahrten den kleinen Abstand voneinander – als Barriere oder nur zur Sicherheit. Noch ließ sich die auflaufende Flut bekämpfen, die sie näher und näher zusammentrieb bis zum Punkt ohne Wiederkehr.

Gleichzeitig lösten sich die beiden voneinander und traten einen Schritt zurück.

„Ich entzünde wohl besser die Holzkohle“, sagte Gennie nach einer winzigen Pause.

„Bisher habe ich nicht gefragt“, hörte sie Grant, der dicht hinter ihr auf dem Steg ging, „aber kannst du wirklich kochen?“

„Mein lieber Mr. Campbell!“ Gennies Südstaatendialekt war nicht zu überbieten. „Sie scheinen allerlei Vorurteile gegenüber den Frauen aus meiner Heimat zu haben. Ich koche auf einem heißen Stein, wenn es sein muss.“

„Und wasche Hemden im reißenden Ruß", ergänzte er.

„Jedenfalls ebenso gut wie du. In mechanischer Hinsicht wirst du mir überlegen sein, aber das mache ich in anderer Beziehung wieder wett."

„Vertrittst du die Frauenbewegung?"

Gennie runzelte die Stirn. „Solltest du im Begriff sein, etwas Bissiges und Dummes von dir zu geben?"

„Nein." Grant hob die Flasche mit Spiritus und reichte sie Gennie. „Als Geschlecht habt ihr seit mehreren hundert Jahren ein legitimes Anrecht, das auf zweierlei Art gehandhabt worden ist, nämlich insgesamt und individuell. Unglücklicherweise sind den Frauen im Allgemeinen noch eine ganze Reihe von Türen versperrt. Dagegen hat manche einzelne Frau fast ohne jeden Laut hier und da ein Schloss gesprengt. Hast du schon einmal von Winnie Winkle gehört?"

Fasziniert sah Gennie Grant an: „Zum Beispiel in Wee Willie?"

Grant schüttelte lächelnd den Kopf und lehnte sich an die Seite des gemauerten Ziegelgrills. „Nein, ‚Winnie Winkle, the Breadwinner'. Das ist ein Cartoon aus den zwanziger Jahren. Er befasste sich schon damals mit der Befreiung der Frauen, lange bevor jedermann von Gleichberechtigung sprach. Hast du ein Streichholz?"

„Hm." Gennie suchte in ihrer Jeanstasche. „War das nicht ein wenig vor deiner Zeit?"

„Ich habe auf der Universität allerlei Studien über kritische Anmerkungen zur Gesellschaft gemacht."

„Tatsächlich?" Wieder hatte Gennie den Eindruck, der Wahrheit näher zu kommen. Sie entzündete die angefeuchtete Holzkohle und trat zurück, als die Flammen hochflackerten. „Auf welcher Uni warst du?"

Grant atmete tief den scharfen Geruch ein, der ihn plötzlich an Sommerfreuden seiner Kindheit erinnerte. „Georgetown."

„Dort gibt es eine ausgezeichnete Fakultät für Kunstwissenschaften."

„Ja, das ist richtig."

„Dann hast du also Kunst studiert?" bohrte Gennie weiter.

Grant blickte dem Rauch nach und beobachtete, wie die Hitze die Luft zum Flimmern brachte. „Warum fragst du?"

„Weil es offensichtlich ist, dass du Talent besitzt, welches gefördert wurde. Denk an die boshafte kleine Karikatur, die du von mir gezeichnet hast. Wie wendest du es an?"

„Was?"

Gennie runzelte ärgerlich die Stirn. „Dein geschultes Talent! Wenn du malen würdest, dann hätte ich bestimmt von dir gehört."

„Ich male nicht", sagte er kurz angebunden.

„Was tust du dann?"

„Was mir Spaß macht. Wolltest du mir nicht einen Salat servieren?"

„Hör mal, Grant ..."

„Schon gut! Sei nicht empfindlich. Ich kümmere mich um den Salat."

Als er die Richtung zur Küchentür einschlug, entschlüpfte ihr ein nicht unbedingt salonfähiges Wort, und sie griff nach seinem Arm. „Ich verstehe dich nicht."

Seine Miene war undurchdringlich. „Ich kann mich nicht entsinnen, das verlangt zu haben."

In Gennies enttäuschtem Gesicht erkannte er, dass er sie verletzt hatte. Warum wollte er sich auf einmal entschuldigen? Hatte sie sich nicht in sein Privatleben drängen wollen? „Gennie, lass mich etwas erklären." Mit ungewöhnlicher Zartheit glitten seine Finger über ihren Nacken. „Ich wäre jetzt nicht hier, wenn es mir möglich wäre, dich zu meiden. Genügt dir das?"

Ja, wollte sie sagen, und nein. Hätte sie nicht gefürchtet, ihn zu erschrecken, wäre alles leichter gewesen. Sie hätte dann ihre Gefühle nicht zu verstecken brauchen. Liebe – oder auch nur das erste Anzeichen davon – wuchs langsam in ihrem Herzen. Gennie zwang sich zu einem fröhlichen Lachen und nahm Grant bei der Hand.

„Komm", sagte sie, „der Salat ist meine Sache."

Es war herrlich unkompliziert. Gemeinsam putzten Gennie und Grant den Salat, schnitten die feinen Kräuter und debattierten über die Kunst der Zubereitung einer würzigen Sauce. Das Fleisch brutzelte auf dem rauchenden Grill, und die warmen Strahlen der Nachmittagssonne ließen nicht erkennen, dass sich der Sommer dem Ende zuneigte. Appetitliche Gerüche, ein paar Worte und verständnisvolles, friedliches Stillschweigen. Würde die Erinnerung daran manch trüben Regentag versüßen müssen? Gennie spürte den eigenartigen Zauber und überlegte, ob dies der Grund sein könnte, dass sie sich entgegen allen Regeln der Vernunft verliebt hatte.

„Woran denkst du?“ fragte Grant.

Gennie lächelte und neigte den Kopf: „Dass ich mich um das Steak kümmern sollte.“

Grant griff ihren Arm und zog sie auf den Rasen. „O ja?“

„Magst du verbranntes Fleisch?“

„Daran hast du nicht gedacht“, behauptete er. Mit dem Finger strich er über Gennies Lippen, und sie spürte die leichte Berührung in jeder Pore ihrer Haut.

„Nein, ich dachte an den Sommer“, gab sie leise zu, „und dass er immer viel zu früh zu Ende geht.“

Als sie ihre Hand an sein Gesicht legte, hielt Grant sie dort fest. „Das scheint bei den besten Dingen immer so zu sein.“

Ihr sanftes Lächeln erweckte Begehren in ihm. Alle Gedanken waren ausgelöscht, als Grant seinen Mund auf Gennies Lippen presste. Ihre Lippen waren weich und warm und nachgiebig unter seinem Kuss. Alles, was er sich wünschte und was er fühlte, vereinigte sich in diesem Kuss. Er war wie verhext, verfiel Gennie immer mehr, bis er nicht mehr wusste, auf welchem Weg er sich befand. Nur dass Gennie bei ihm war, zählte.

Grant konnte das Gras zwischen ihnen riechen, ein süßer, trockener Sommerduft, und den Rauch, der sich in der lauen Luft kräuselte. Er wollte Gennie fühlen, jeden Zentimeter dieses schlanken, fraulichen Körpers entdecken, der ihn in seinen Träumen vom ersten

Tag an quälte. Könnte er danach jemals wieder Frieden finden? Würde der Geschmack von wilden Früchten und süßem Honig ihn an den Rand seines gesunden Menschenverstandes treiben?

Die Begierde nach ihr war so stark und so schön wie der Sommer. Es musste enden, ehe es richtig angefangen hatte. Grant hob den Kopf und sah in Gennies Augen, die ein wenig schräg standen und im Augenblick nur halb geöffnet waren. Wenn er sich nicht vorsah, würde sie ihn bald unterworfen haben, allein mit diesem Blick. Vorsichtig erhob er sich und zog Gennie mit sich.

„Wenn wir uns nicht mit einem Salat begnügen wollen, müssen wir das Steak retten."

Gennies Knie waren weich. Sie hätte schwören können, dass so etwas im wirklichen Leben nicht vorkommen kann. Aber sie fühlte sich auf eine so unbekannte Weise lebendig. Sie drehte sich zum Grill um, stach mit der Gabel in das Fleisch und legte es auf eine Platte.

„Es hat Feuer gefangen", murmelte sie.

„Das fürchte ich auch", stimmte Grant ihr leise zu, als sie zusammen ins Haus gingen.

In unausgesprochener Übereinstimmung hielten sie während des Essens eine leichte, unbedeutende Konversation aufrecht. Was immer sie auch bei dem kurzen, intensiven Kuss im Garten gespürt hatten – es wurde sorgsam verdrängt.

Ich bin nicht auf der Suche nach einer Beziehung, überlegten beide im Stillen.

Wir passen auch gar nicht zusammen ... Und haben keine Zeit für so etwas.

Gütiger Himmel! Ich verliebe mich doch nicht!

Mit zitternder Hand hob Gennie ihr Glas und nahm einen großen Schluck, während Grant mit finsterem Gesicht auf seinen Teller blickte.

„Wie ist das Steak?" fragte Gennie, weil ihr nichts anderes einfiel um ein Gespräch in Gang zu bringen.

„Wie bitte? Oh, gut." Er schob energisch die unangenehmen Gedanken beiseite und konzentrierte sich auf das Essen. „Du kochst fast so gut, wie du malst. Wo hast du das gelernt?“

Gennie zuckte die Achseln: „Auf Mamis Schoß.“

Diese typische Redewendung der Südstaatler erheiterte Grant. „Du hast eine charmante Ausdrucksweise, Genevieve.“ Er griff nach der Flasche und schenkte die handfesten Wassergläser, die Gennie eigentlich für andere Zwecke erstanden hatte, wieder voll. „Ich habe mich schon gewundert, dass ein Mädchen wie du, mit einem Haufen Dienerschaft groß geworden, ein Steak zu grillen versteht.“ Er lächelte breit und dachte an seine Schwester Sheila, die nur dann selbst kochte, wenn ihr gar nichts anderes übrig blieb.

„Erstens“, erklärte Gennie, „haben wir Picknicks von jeher als Familienangelegenheit betrachtet. Zweitens muss man es lernen, wenn man allein lebt, oder man ist auf Restaurants angewiesen.“

Grant konnte der Versuchung nicht widerstehen, sie ein wenig zu ärgern. „Du wurdest in oder vor fast jedem Restaurant der freien Welt fotografiert.“

Ungerührt blinzelte Gennie ihm über den Rand ihres Glases hinweg zu und fragte mit Unschuldsmiene: „Lässt du dir deshalb ein Dutzend Zeitungen schicken? Damit du weißt, wie die Leute leben, während du dein Einsiedlerdasein fristest?“

Grant überlegte einen Augenblick. „Jaaa.“ Besser hätte er es nicht auszudrücken vermocht.

„Findest du nicht, dass das ein arroganter Standpunkt ist?“

Wieder überlegte er die Antwort, blickte in den tiefroten Wein in seinem Glas. „Jaaa.“

Gennie musste lachen. „Grant! Was hast du gegen deine Mitmenschen?“

Verblüfft sah er Gennie an. „Gegen einzelne überhaupt nichts, auch manchmal nicht gegen Mitmenschen im Allgemeinen. Sie sollen mich nur nicht bedrängen.“

Das war ehrlich gemeint, erkannte Gennie und erhob sich, um den Tisch abzuräumen. Er war nur schwer zu verstehen. „Möchtest du niemals in einer Menge stehen? Nie das Gewirr von unzähligen Stimmen hören?"

Davon hatte ich mehr als genug, dachte Grant bitter, und ich war damals noch keine siebzehn. Vielleicht brauche ich aber gelegentlich auch heute noch menschliche Nähe mit allen Fehlern und Komplikationen – für meine Arbeit und für mich selbst. Er erinnerte sich an die Woche bei den MacGregors. Es war schön dort gewesen, allerdings war ihm das erst richtig aufgefallen, als er wieder in seinen Leuchtturm zurückgekehrt war.

„Ich habe meine schwachen Momente", murmelte er. Dann stand er auf und trug ganz selbstverständlich das Geschirr zum Spültisch, während Gennie heißes Wasser einlaufen ließ. „Gibt es keinen Nachtisch?" Sie warf ihm über die Schulter einen Blick zu, um sicherzugehen, dass er die Frage ernst meinte. Sein Appetit ähnelte dem eines Schwerarbeiters, trotzdem war er schlank und sportlich. Nervöser Kräfteverbrauch? Stoffwechselstörungen? Sie schüttelte den Kopf und beschloss, sich nicht darum zu kümmern. „In der Truhe liegt eine Packung Eis."

Grant bediente sich und fragte freundlich, ob Gennie auch etwas haben wolle.

„Nein. Isst du davon, weil du noch hungrig bist, oder versuchst du, dich dadurch vorm Abtrocknen zu drücken?" Sie wies auf den Stapel tropfnassen Geschirrs.

„Sowohl als auch."

Grant lehnt sich gegen den Tisch und löffelte sein Eis. „Als Kind konnte ich Unmengen davon vertilgen." Gennie ließ sich nicht beim Abwasch stören. „Und jetzt?"

Gemächlich aß Grant weiter. „Du hast ja nur diese eine Packung."

„Ein höflicher Mensch würde etwas abgeben."

„Ja?"

Lachend spritzte Gennie mit Wasser nach Grant. „Mach schon!"

Langsam schob er ihr eine Kostprobe vor die Lippen, aber nicht nahe genug. Gennie hatte ihre Arme im Seifenwasser und öffnete bereitwillig den Mund. „Nur nicht gierig werden", mahnte er und zog die Hand zurück. Aber Gennie war schneller, flink beugte sie sich vor und erwischte noch ein bisschen vom Schokoladeneis.

„Das reicht mir schon", rief sie lachend. „Du kannst den Rest haben. Bei Schokoladeneis kann ich nur schlecht widerstehen."

Grant schleckte weiter. „Gibt es noch andere – Schwächen?"

Gennie fühlte, wie ihr heiß wurde, und sie ging auf die offene Veranda zu. „Einige wenige." Sie seufzte, als sie das Zwitschern der Schwalben vernahm, die in ihre Nester zurückkehrten. „Die Tage werden kürzer", murmelte sie.

Die untergehende Sonne hatte den Rand der Wolken bereits in rot-goldenen Glanz getaucht. Letzte dünne Rauchfahnen stiegen aus dem Grill. Am Rande der Bucht stand ein dürrer Busch. Die wenigen Blätter waren bereits verfärbt.

Als Grant seine Hände auf ihre Schultern legte, lehnte sie sich unwillkürlich zurück. Zusammen und schweigend betrachteten sie den Anbruch der Nacht.

Grant konnte sich nicht erinnern, wann er mit jemandem zusammen den Sonnenuntergang erlebt hatte. Wann er die Sehnsucht danach verspürt hatte. Nun schien es so einfach. Auf eine erschreckende Art einfach. Würde er von jetzt ab bei jedem Sonnenuntergang an Gennie denken müssen?

„Erzähl mir von deinem Lieblingssommer", bat er abrupt.

Gennie überlegte: Ihr fiel ein Sommer in Südfrankreich ein und ein anderer auf ihres Vaters Jacht in der Ägäis. Lächelnd beobachtete sie, wie das Rot der Wolken dunkler wurde.

„Ich war vierzehn Tage bei meiner Großmutter, während meine Eltern ihre zweite Hochzeitsreise in Venedig verlebten. Das waren lange, faule Tage mit Bienengesumm um Geißblattblüten. Vor meinem Zimmerfenster stand eine alte Eiche. Sie war ganz mit Moos bewachsen. Eines Nachts bin ich hinausgeklettert auf einen dicken Ast.

Von dort aus habe ich die Sterne betrachtet. Ich muss damals zwölf gewesen sein. In den Pferdeställen arbeitete ein junger Bursche." Gennie lachte leise, als sie sich daran erinnerte, und schmiegte sich noch enger an Grant. „Lieber Himmel! Er hatte Ähnlichkeit mit Will: so eckig und unbeholfen."

„Du warst verrückt nach ihm."

„Stundenlang habe ich mich in den Ställen aufgehalten, habe sie ausgemistet und Pferde geputzt, nur um einen Blick von ihm zu erhaschen. In mein Tagebuch schrieb ich endlose Seiten über ihn und ein sehr rührseliges Gedicht."

„Das du unter deinem Kopfkissen verstecktest."

„Offensichtlich kennst du Zwölfjährige, wenn auch nur oberflächlich, wie mir scheint."

Grant dachte an Sheila und lächelte breit. Sein Kinn hatte er auf Gennies Kopf gestützt. Ihr Haar duftete nach wilden Blumen. „Wie lange hat es gedauert, bis du ihn endlich dazu gebracht hast, dich zu küssen?"

„Ganze zehn Tage! Danach glaubte ich die Antwort gefunden zu haben auf alle Geheimnisse des Universums. Nun war ich ja eine Frau."

„Kein weibliches Wesen ist davon mehr überzeugt als eine Zwölfjährige."

Gennie lächelte in den Abendhimmel. „Deine Erfahrungen scheinen doch nicht nur oberflächlich zu sein", stellte sie fest. „Eines Nachmittags fand ich Angela. Sie saß kichernd über meinem Tagebuch. Durch das ganze Haus habe ich sie gejagt! Sie war damals ..." Gennie versteifte sich, als die alte Wunde schmerzhaft aufbrach. Bevor Grant sie festhalten konnte, hatte sie sich ihm entzogen. „Sie war zehn", fuhr Gennie leise fort. „Ich drohte, ihr die Haare vom Kopf zu rasieren, wenn sie auch nur ein Sterbenswörtchen von dem verlauten ließe, was im Tagebuch stand."

„Gennie!"

Sie schüttelte den Kopf und wich Grants Hand aus, die ihr

durchs Haar fahren wollte. „Es wird schnell dunkel. Man kann die Grillen schon hören. Du solltest dich auf den Heimweg machen."

Grant litt, als er Schmerz und Tränen in Gennies Stimme hörte. Es wäre besser, sie jetzt allein zu lassen, einfach wegzugehen. Im Trösten hatte er keine Übung. Zärtlich massierte er ihre Schultern. „Das Boot hat Scheinwerfer. Komm, setz dich zu mir." Er ignorierte ihren Widerstand und zog sie auf die Verandaschaukel. „Meine Großmutter hatte so eine Schaukel", sagte er in leichtem Ton, während er die Schaukel zum Schwingen brachte. „Ihr gehörte ein kleines Strandhaus an der Ostküste von Maryland. Ein ruhiger kleiner Ort. Das Land ist so flach, als wäre es abgehobelt worden. Bist du schon in Chesapeake gewesen?"

„Nein." Gennie entspannte sich und schloss die Augen. Die gleichmäßige Bewegung wirkte beruhigend, und Grants Stimme klang außergewöhnlich weich. Sie hatte nicht gewusst, dass er in so sanftem Ton sprechen konnte.

„Weichschalenkrabben gibt es dort und unendliche Tabakfelder." Grant spürte, wie der Krampf aus Gennies Schultern wich. „Wir mussten eine Fähre nehmen, um zum Haus zu kommen. Es war dem hier sehr ähnlich, nur zweigeschossig. Mein Vater nahm mich mit zum Fischen. Wir brauchten nur die Straße zu überqueren. Mit einem Stück Käse als Köder habe ich meine erste Forelle gefangen."

Grant sprach weiter. Unwichtige, längst vergessene Dinge fielen ihm wieder ein, und er erzählte alles, was ihm in den Sinn kam. Es schien im Augenblick für Gennie das Richtige zu sein. Er war sich nicht sicher, ob er ihr mehr bieten könnte.

Er hielt die Schaukel in Gang, und Gennies Kopf lehnte an seiner Schulter. Mit Erstaunen stelle er fest, wie viel friedlicher und schöner die Dämmerung sein kann, wenn man mit jemandem zusammen hineinträumt.

Gennie seufzte schließlich. Sie hatte mehr dem Klang von Grants Stimme gelauscht als seinen Worten. Sie schloss die Augen, und langsam stellten sich Erinnerungen wieder ein …

„O Gennie, du hättest dort sein sollen!“ Angela drehte sich auf ihrem Sitz zur Schwester um, lebhaft und lachend wie immer. Gennie lenkte den Wagen durch den aufkommenden Verkehr in der Innenstadt von New Orleans. Die Straßen waren feucht von unangenehm kaltem Februarregen, aber nichts konnte Angelas Laune dämpfen. Sie war Sonnenlicht und Frühlingsblume in einem.

„Ich wäre auch lieber zu dieser Einladung mitgegangen, als in New York zu erfrieren“, gab Gennie zurück.

„Wie kann man frieren, wenn man im Rampenlicht badet!“ schwärmte Angela und rückte noch näher.

„Wollen wir wetten?“

„Du erlebst so aufregende Dinge, Gennie.“

„Erzähl mir von deiner Party.“

„Es war fantastisch! Der Lärm und die Musik. Es war so voll, dass man keinen Schritt tun konnte, ohne jemanden anzurempeln. Wenn Cousin Frank wieder eine Party auf seinem Hausboot schmeißt, musst du kommen.“

Gennie warf der jüngeren Schwester einen belustigten Blick zu. „Es hört sich nicht an, als wäre ich vermisst worden.“

Angelas helles Lachen wirkte ansteckend. „Nun, ich wurde ein wenig müde vom Beantworten all der Fragen nach meiner talentierten Schwester.“

Gennie schnaubte verächtlich, während sie vor der roten Ampel an einer Kreuzung hielt. Die Scheibenwischer verzerrten das Licht durch ihr schnelles Hin- und Hergleiten. „Das ist nur ein vorgeschützter Grund, um sich an dich ranzumachen.“

„Na, ja. Einer war dort ...“ Angelas Stimme verklang, und Gennie blickte erstaunt zu ihr hin. Wie schön sie doch ist! dachte sie. Wie Milch und Honig – und die großen, lebhaften Augen.

„Einer?“

„O Gennie!“ Angelas Wangen glühten vor Aufregung. „Er ist wundervoll. Ich konnte kaum einen verständlichen Satz herausbringen, als er mich ansprach.“

„Du?“

„Ja, ich. Mir war, als ob mein Kopf plötzlich leer wäre. Und seitdem haben wir uns eine Woche lang täglich getroffen. Ich glaube, ich bin verliebt.“

„Schon nach einer Woche?“ wunderte sich Gennie.

„Nach fünf Sekunden! Sei nicht so nüchtern, Gennie. Ich habe mich verliebt. Du musst ihn kennen lernen.“

Gennie legte den ersten Gang ein und wartete auf grünes Licht. „Soll ich ihn begutachten?“

Angela schüttelte ihr langes, goldblondes Haar und lachte, während die Ampel auf Grün schaltete. „Ich fühle mich herrlich, Gennie, rundherum glücklich.“

Ihr Lachen war das letzte, was Gennie hörte, bevor das Quietschen von Bremsen ertönte. Sie sah den Wagen, wie er über die Kreuzung rutschte. Im Traum ging das ganz langsam, wie in entsetzlich grausamem Zeitlupentempo. Wasser sprühte in glitzernder Fontäne und schien in der Luft hängen zu bleiben.

Es gab keine Spanne Zeit für einen Atemzug, keine Zeit, zu reagieren oder etwas zu verhindern, bevor das Geräusch von Metall, das auf Metall stößt, die Explosion blendender Blitze alles auslöschte. Grauen. Schmerz. Und Dunkelheit.

„Nein!“ Gennie fuhr hoch, starr vor Furcht und Schock. Arme umfingen sie, hielten sie fest ... sicher. Grillen? Wo kamen die her? Die Scheinwerfer, der Wagen. Angela.

Gennie rang nach Luft und starrte zur nächtlichen Bucht, während Grants Stimme ihr irgendetwas Beruhigendes ins Ohr murmelte.

„Es tut mir Leid.“ Sie machte ein paar Schritte von ihm weg und fuhr sich nervös mit den Händen durch das Haar. „Ich muss eingeschlafen sein. Reizende Gastgeberin“, versuchte sie zu scherzen. „Du hättest mich anstoßen sollen und ...“

„Gennie.“ Er erhob sich und griff nach ihrem Arm. „Hör auf damit!“

Sie krümmte sich, verlor ihre Selbstbeherrschung. Grant hatte das nicht erwartet und konnte sich nicht dagegen schützen. „Gennie, weine nicht. Es ist ja jetzt alles vorbei."

„Oh Gott, mir ist das seit Wochen nicht mehr passiert." Sie barg ihren Kopf an seiner Brust, während der Schmerz sie überfiel, als wären seitdem nicht viele Monate vergangen. „Zuerst, gleich nach dem Unfall, habe ich noch einmal alles durchlebt, sobald ich nur die Augen schloss."

„Komm." Er küsste sie auf die Stirn. „Setz dich."

„Nein, das kann ich nicht. Ich muss laufen." Eine Sekunde noch klammerte sie sich an Grant, als wollte sie Kraft sammeln. „Können wir einen Spaziergang machen?"

„Sicher." Er trat an Gennies Seite und öffnete die Gartentür. Eine Zeit lang sagte er nichts, hatte den Arm fest um ihre Schultern gelegt, während sie die Bucht entlanggingen. Doch er wusste, dass es ihr gut tun würde zu reden.

„Erzähl mir alles, Gennie."

„Ich musste an den Unfall denken", sagte Gennie langsam, aber ihre Stimme war ruhiger geworden. „Manchmal, wenn ich davon träume, bin ich schnell genug, um dem Wagen auszuweichen. Dann ist alles in Ordnung. Nur beim Erwachen ist gar nichts mehr in Ordnung."

„Eine ganz natürliche Reaktion", sagte Grant, obwohl der Gedanke an die Alpträume, die Gennie heimsuchten, ihn zu quälen begann. Er hatte einige Alpträume selbst durchlebt. „Es verliert sich nach einer Weile."

„Ich weiß. Es ist schon viel besser geworden." Gennie atmete tief ein. „Wenn ich träume, sehe ich alles ganz deutlich vor mir. Ich kann den Regen auf der Windschutzscheibe und die Pfützen auf der Straße erkennen. Und ich höre Angelas Stimme. Sie war so voller Leben, Grant, nicht nur ihr Gesicht, sondern alles an ihr. Sie hatte sich die Süße der ganz Jungen bewahrt. Auf einer Party hatte sie jemanden kennen gelernt, in den sie sich verliebt hatte. Ihre letzten Worte waren, wie wundervoll sie sich fühle. Dann habe ich Angela getötet."

Grant nahm Gennie bei den Schultern und schüttelte sie heftig. „Was für ein Unsinn ist das!"

„Es war mein Fehler", fuhr Gennie mit erschreckender Ruhe fort. „Wenn ich den Wagen nur eine Sekunde eher gesehen hätte! Oder wenn ich gebremst hätte, aufs Gaspedal getreten, irgendetwas. Der Zusammenstoß traf nur ihre Seite. Ich bin mit einer leichten Gehirnerschütterung davongekommen, ein paar blaue Flecken, aber Angela ..."

„Würdest du dich besser fühlen, wenn du auch schwer verletzt worden wärest?" fragte Grant ungehalten. „Du kannst um deine Schwester trauern, um sie weinen, aber du kannst nicht die Schuld auf dich nehmen."

„Ich fuhr doch den Wagen, Grant. Wie könnte ich das jemals vergessen?"

„Nicht vergessen", entgegnete er heftig, vom dumpfen Schmerz in Gennies Stimme gereizt. „Aber du musst es aus der richtigen Perspektive sehen! Du weißt ganz genau, dass du absolut nichts machen konntest."

„Du verstehst mich nicht, Grant." Gennie schluckte die aufsteigenden Tränen hinunter. „Ich liebte sie so sehr. Sie war ein Teil von mir, und ich brauchte sie. Wenn man jemanden verliert, der einem so nahe steht, dann klafft eine schreckliche Lücke."

Grant verstand – den Schmerz, die Not und die Vorwürfe. Gennie gab sich die Schuld am Tod ihrer Schwester. Grant gab seinem Vater die Schuld, dass er sich der Gefahr ausgesetzt hatte. Doch der Verlust blieb gleich groß. „Dann musst du lernen, mit dieser Lücke zu leben."

„Woher willst du wissen, wie das ist?"

„Mein Vater wurde getötet, als ich siebzehn war", sagte er und hätte diese Worte doch lieber unausgesprochen gelassen.

Gennie ließ den Kopf an seine Brust sinken. Sie wusste, dass Grant keine tröstenden Worte hören mochte. „Was hast du getan?"

„Gehasst – eine lange Zeit. Das war einfach." Ohne sich dessen bewusst zu sein, hielt er Gennie wieder fest an sich gedrückt, suchte – und gab auf diese Weise zugleich Trost. „Sich damit abzufinden ist schwerer. Jeder macht es auf seine Weise."

„Wie hast du es schließlich bewältigt?"

„Mir wurde klar, dass ich nichts hätte tun können, um es zu verhindern." Grant schob Gennie so weit von sich, dass er in ihr Gesicht sehen konnte. „Genauso wenig, wie du es verhindern konntest."

„Danke. Ich weiß, dass du davon zu mir nicht sprechen wolltest, wie ich auch nicht mit dir darüber sprechen wollte. Man kann sehr selbstsüchtig seinen Kummer hüten – und sein Schuldgefühl."

Grant strich ihr das Haar an den Schläfen zurück. Er küsste ihre Wangen, die noch feucht von Tränen waren. Eine starke Welle der Zärtlichkeit ließ ihn erzittern. Gennie machte ihn wehrlos und verletzlich. Würde er sie jetzt küssen – richtig küssen –, hätte sie alle Macht der Welt über ihn errungen. Er musste mehr Kraft aufbringen, um sich von ihr zurückzuziehen, als er sich das hätte vorstellen können.

„Ich muss zurück", sagte er und steckte die Hände absichtlich tief in die Taschen. „Kann ich dich allein lassen?"

„Ja, aber es wäre schön, wenn du bliebest." Die Worte waren heraus, noch ehe Gennie darüber hatte nachdenken können. Etwas flackerte in seinen Augen auf. Sehnsucht, Verlangen und noch etwas, das er rasch verbarg, indem er die Augen niederschlug.

„Nicht heute."

Der Ton seiner Antwort verwirrte Gennie. „Grant", begann sie und streckte die Hand aus.

„Heute Abend nicht", wiederholte er.

Gennies Hand zuckte zurück, als ob er sie darauf geschlagen hätte. „Gut." Ihr Stolz half ihr, sich nicht anmerken zu lassen, wie weh die Zurückweisung tat. „Es war nett, dich hier zu haben." Sie drehte sich um und ging zum Haus.

Grant schaute Gennie nach, murmelte eine Verwünschung und machte Anstalten, ihr zu folgen. „Gennie!"

„Gute Nacht, Grant." Die Tür fiel hinter ihr zu.

7. KAPITEL

Das Licht wurde schlechter. Gennie warf einen wütenden Blick auf die Wolken, die von Norden heranpeitschten. Verdammt, sie war noch lange nicht fertig. Dabei war sie sicher, dass die gegenwärtige Stunde zu den seltenen gehörte, die ein Künstler als begnadet bezeichnet. Alles klappte auf Anhieb. Die Kraft floss aus ihrer Seele und ihrem Herzen direkt in die Hand, die den Pinsel führte. Was in diesem Augenblick auf der Leinwand entstand, würde bleibend sein, beeindruckend und gut. Sie müsste sich nur treiben lassen. Und gerade jetzt braute sich ein Sturm zusammen und jagte sie in dieses Wettrennen mit den Wolken.

Das Licht würde höchstens noch dreißig Minuten bleiben. In spätestens einer Stunde regnete es bestimmt in Strömen, und an Arbeit war dann nicht mehr zu denken. Gelegentlich übertönte schon fernes Donnergrollen das Rauschen der Brandung. Wieder sah Gennie zum Himmel. Ob sie es trotzdem schaffen konnte?

Der Impuls weiterzumachen drängte sie – denn heute würde es ihr gelingen. Alles! Was sie an den Tagen vorher gemalt hatte, die Skizzen und Entwürfe auf der Staffelei, es waren nur Vorbereitungen gewesen für das, was sie heute schuf.

Der sich verstärkende Wind war ein Spiegelbild von Gennies innerem Aufruhr, in den sie eigentlich bereits seit der vergangenen Nacht, nachdem Grant gegangen war, versetzt worden war. Das Aufgewühltsein beflügelte ihr künstlerisches Schaffen. Gennie ließ es in ihre Malerei einströmen. Dadurch konnte sie sich davon befreien, und sie spürte erleichtert, wie der Druck auf ihrem Herzen nachließ.

Brauchte sie Grant? Die Antwort war nein. Weder ihn noch jemand anderen. Sie strich mit dem Pinsel über die Leinwand, während sie darüber nachdachte. Die Kunst füllte ihr Leben ganz aus und reinigte alle Wunden. Solange ihre Augen sehen konnten und ihre Hand einen Stift oder einen Pinsel zu halten vermochte, würde sich daran nichts ändern.

Schon während ihrer Kindheit war die Arbeit ein Freund gewesen. Später wurde ihr Talent fordernd, wie ein Geliebter, und genauso begierig nach ihrer Leidenschaft.

Das war auch jetzt so: Vibrierende, körperliche Erregung trieb Gennie vorwärts. Die Stunde war reif, und die elektrische Spannung in der Luft verstärkte noch das kreative Drängen, das in ihr brodelte. Wenn nicht heute, dann niemals!

Die Wolken rasten näher, doch Gennie war sicher, sie besiegen zu können.

Grant trat aus dem Turm. Er ahnte, dass etwas in der Luft lag. Wie ein Tier hatte er eine unbestimmte Witterung aufgenommen und konnte nun von der Spur nicht ablassen, deren Ziel ungewiss war. Schon seit früher Morgenstunde hatte er es gespürt und war voll Unruhe hin und her gelaufen. Ein Sturm zieht auf, sagte er sich immer wieder, nur deshalb kann ich nicht schlafen. Er wusste aber, ohne dafür eine Erklärung zu finden, dass seine Unrast nur zum Teil auf das Wetter zurückzuführen war. Irgendetwas braute sich zusammen und würde heftiger werden als der Hexenkessel am Himmel.

Grant war hungrig, wollte aber nichts essen. Er war unzufrieden und wusste nicht weshalb. Im Studio beengten ihn die Wände, störten die Glasschränke und sogar der Zeichentisch. Schließlich suchte er instinktiv den Weg nach draußen, wo der Wind die See peitschte und schwarze Wolken vor sich hertrieb. Und wo er Gennie vermutete.

Grant hatte nicht an sie denken wollen und war überzeugt davon, dass es ihm auch gelungen wäre. Im Unterbewusstsein jedoch hatte er deutlich ihre Nähe gespürt. Trotzdem traf ihn ihr Anblick wie ein Blitz – wie das silbrige Wetterleuchten am Horizont.

So hatte er sie noch nie gesehen. Aufrecht stand sie vor der Staffelei, den Kopf zurückgeworfen und vollkommen versunken in ihre Arbeit. Natürliche Wildheit lag in ihrer Haltung, den wehenden, schwarzen Haaren und den leuchtend grünen Augen. Mit starkem, sicherem Strich führte sie den Pinsel über die Leinwand. Eine Königin, die in ihr Reich blickt? Oder eine Frau, die den Liebsten erwartet? Grant war sicher, dass es beides war, und sein Herz klopfte schneller, als Verlangen in seinem Blut erwachte.

Wo war die Frau geblieben, die noch vor wenigen Stunden hilflos in seinen Armen geweint hatte? Das zerbrechliche, wehrlose Geschöpf, das ihn unsicher machte und erschreckte? Er hatte Gennie getröstet, so gut er es verstand. Aber seine Erfahrungen mit weinenden Frauen waren gering. Er hatte über Dinge gesprochen, die seit fünfzehn Jahren vergraben waren, nur um ihr zu helfen. Dann hatte er Angst bekommen, dass er in etwas hineingezogen würde, und war feige vor dem Unvermeidlichen davongelaufen.

Jetzt sah sie großartig aus, gar nicht mehr verletzlich. Dieser Frau konnte kein Mann widerstehen. Mit einer einzigen Handbewegung akzeptierte sie einen Liebhaber oder warf ihn weg. Grants Furcht verflog. Er spürte die Herausforderung und ein so heftiges Verlangen, dass er fast daran erstickte.

Als der Donner grollte, unterbrach Gennie einen Moment lang ihre Arbeit, schaute mit einer herausfordernden Kopfbewegung zum Himmel hinauf, als wollte sie Wind und Wetter trotzen. Grant spürte von neuem, wie ihr Anblick auf ihn wirkte. Wer, um Himmels willen, ist sie? stöhnte er, und warum kann ich ihr nicht aus dem Weg gehen?

Ich habe es geschafft, frohlockte Gennie triumphierend und atemlos. Die Erregung ließ nach, der Druck wich langsam von ihr. Aber dennoch verspürte sie nicht die gewohnte, wohltuende Entspannung nach vollbrachter Arbeit. Was störte noch und ließ ihr keine Ruhe? Dann sah sie Grant. Hinter ihm stürmte die aufgebrachte See, der Wind blies immer stärker. Gennie hörte in ihren Ohren das Blut rauschen. Einen Augenblick starrten sie sich an, während das Unwetter näherrückte.

Gennie ignorierte Grant und unterdrückte den innigen Wunsch, auf ihn zuzugehen. Statt dessen blickte sie wieder auf ihre Leinwand. Allein die Kunst hatte ein Anrecht auf ihre leidenschaftliche Hingabe. Und das – nur das – war es, was Gennie brauchte.

Grant beobachtete, wie sie ihre Sachen packte. Es lag etwas Hoheitsvolles und gleichzeitig Herausforderndes in der Art, wie sie das tat. Gennie hatte ihm den Rücken zugekehrt, und ihre Blicke konnten sich nicht mehr treffen. Als die Erde unter dem nächsten, gewaltigen Donnerschlag erbebte, ging er zu ihr.

Wolken verdunkelten die Sonne, die Luft schien sich elektrisch aufzuladen und Funken zu sprühen. Mit schnellen, sicheren Bewegungen hatte Gennie ihre Sachen verstaut. Heute war es ihr gelungen, den Sturm zu besiegen. Von nun an würde sie alles besiegen können.

„Genevieve!" Sie war im Augenblick nicht Gennie. Im Kirchhof, wo sie fröhlich war wie ein junges Mädchen, und auch später, als sie weinend in seinen Armen lag ... da war sie Gennie gewesen. Diese Frau hier konnte tief und verführerisch lachen und würde keine Tränen vergießen. Ganz gleich, wen von beiden er vor sich hatte, Grant fühlte sich von ihr unwiderstehlich angezogen.

„Grant!" Gennie schloss ihren Malkasten, ehe sie sich zu ihm umwandte. „Du bist früh aufgestanden."

„Du hast es geschafft. Das Bild ist fertig."

„Ja." Der Sturm blies ihm das Haar in die Stirn. Sein Gesicht war beherrscht, doch die Augen blickten ruhelos. Gennie wusste, dass ihre Gefühle auch seine Gefühle waren. „Ich habe es geschafft."

„Du wirst jetzt fortgehen." Er beobachtete das Aufleuchten ihrer Augen, das er nicht zu deuten vermochte.

„Von hier?“ Sie warf den Kopf in den Nacken und blickte auf die See. Höher und höher türmten sich die Wellen. Kein Boot wagte sich hinaus. „Ja. Ich habe noch andere Motive, die ich malen möchte.“

Hatte er sich das nicht gewünscht? Er wollte sie doch vom ersten Augenblick an loswerden.

„Du bekommst deine Einsamkeit zurück.“ Gennie lächelte kurz und spöttisch. „Das ist für dich am wichtigsten, nicht wahr? Und ich habe auch das bekommen, was ich wollte.“

Seine Augen verengten sich. „Hast du das tatsächlich?“

„Sieh es dir an!“ Mit einer großzügigen Handbewegung lud sie ihn ein.

Grant hatte das Bild nicht betrachten wollen. Mit voller Absicht hatte er jeden Blick darauf vermieden. Doch Gennies Geste war zu anmaßend, um ignoriert zu werden. Die Daumen fest in seine Hosentaschen gehakt, wandte er sich der Leinwand zu. Er sah die Kraft der grenzenlosen See, ihren Ruhm und die immerwährende Verlockung. Gennie hatte gedämpfte Farben vermieden und leuchtende verwendet. Zugunsten von Kraft hatte sie auf Zartheit verzichtet.

Was einstmals eine tote Leinwand gewesen war, spiegelte jetzt die Gewalt und Turbulenz des Atlantischen Ozeans mit allen unerforschten Geheimnissen der Natur wider. Der einsame Leuchtturm dagegen war Menschenwerk. Er wachte über die See als Sinnbild von ewiger, zeitloser Harmonie.

Das Bild bewegte, störte und beunruhigte ihn gleichermaßen. Genauso wie seine Schöpferin.

Gennie fühlte eine fast unerträgliche Spannung, als Grant schweigend und stirnrunzelnd ihr Werk betrachtete. Sie hatte alle Kraft hineingegeben, möglicherweise war es das Beste, was sie jemals gemalt hatte. Aber das änderte nichts daran, dass es seine Welt darstellte.

Sein Leben und seine Geheimnisse waren für sie dominierend gewesen, als sie es malte. Es gehörte ihm.

Grant trat einen Schritt zurück und blickte auf die See. Hinter den drohenden, dunklen Wolken wetterleuchtete es. Er war sonst um Worte nie verlegen, doch jetzt wusste er nicht, was er sagen sollte. Er dachte nur an Gennie und spürte das Verlangen nach ihr schmerzhaft wie einen Krampf im Leib. „Es ist hübsch“, sagte er nur.

Ein Schlag ins Gesicht hätte weniger weh getan. Gennies tiefer Atemzug wurde vom Wind übertönt. Wieder diese Zurückweisung! Konnte sie niemals aufhören, Grants Ablehnung herauszufordern?

Innerhalb von Sekunden verwandelte sich der Schmerz in Ärger. Sie hatte weder seine Zustimmung noch sein Lob oder sein Verständnis nötig. Ihr eigenes Urteilsvermögen genügte vollkommen. Wortlos schob sie die Leinwand in das schützende Futteral. Dann klappte sie die Staffelei zusammen. Als alles beieinander lag, wandte sie sich langsam Grant zu.

„Bevor ich gehe, möchte ich dir noch etwas sagen.“ Ihre Stimme klang kühl und beherrscht. „Man findet es nicht oft, dass der erste Eindruck sich als absolut richtig erweist. In der Gewitternacht, als du mir endlich die Tür geöffnet hast, hielt ich dich für ungezogen und arrogant, ohne irgendwelche ausgleichenden Qualitäten.“ Der Wind blies ihr das Haar ins Gesicht, und mit heftiger Kopfbewegung warf sie es zurück, so dass sie ihren eiskalten Blick nicht von ihm abzuwenden brauchte. „Es befriedigt mich, dass diese Meinung sich bestätigt hat, und dass ich allen Grund für meine tiefe Abneigung dir gegenüber habe.“ Mit stolz erhobenem Kopf machte sie sich auf den Weg zu ihrem Wagen.

Gennie riss den Kofferraum auf, legte die Malutensilien hinein und genoss es, hierdurch ihre Wut abzureagieren. Als Grants Hand besitzergreifend ihren Arm ergriff, warf sie ungestüm die Klappe zu, fuhr herum und war zu jedem Kampf bereit, ganz gleich, wo und wie er stattfinden sollte. Aufgewühlt, wie sie im Augenblick war, erkannte sie nicht das Aufblitzen in seinen Augen und hörte nicht sein unregelmäßiges Atmen.

„Bildest du dir wirklich ein, dass ich dich einfach gehen lasse?“

fuhr er sie an. „Meinst du, du kannst in mein Leben eindringen, dir das nehmen, wonach dir gerade der Sinn steht, und dann einfach verschwinden, ohne etwas zurückzulassen?"

Mit berechneter Geringschätzigkeit blickte sie auf die Hand, die ihren Arm umklammerte. „Nimm deine Hand weg!" forderte sie ihn auf und betonte aufreizend jedes einzelne Wort.

Blitze zuckten über den Himmel, während sie sich anstarrten. Das betäubende Krachen des Donners übertönte Grants Verwünschung. Ein Moment tödlicher Ruhe folgte, dann schlug der Wind wie ein Peitschenhieb zu und heulte noch stärker als zuvor.

„Du hättest meinem Rat folgen", stieß Grant zwischen zusammengebissenen Zähnen hervor, „und bei deinen Grafen und Herzögen bleiben sollen." Mit einer einzigen Bewegung zog er Gennie an sich heran.

„Was zum Teufel fällt dir ein?"

„Was ich schon in der ersten Minute hätte tun sollen, als du in mein Leben eingedrungen bist."

Mord? Gennie warf einen Blick auf die Klippen und die tobende See darunter. Grant sah – weiß der Himmel – in diesem Augenblick aus, als wäre er dazu fähig. Vielleicht wollte er sie auch nur glauben machen, dass er sie hinabstürzen würde. Aber Gennie wusste genau, worauf seine Gewalttätigkeit beruhte und wohin der Sturm sie beide führte. Mit aller Kraft wehrte sie sich, als Grant sie zum Leuchtturm zog.

„Bist du verrückt geworden?"

„Das bin ich wohl", gab er unbeirrt zu. Beim nächsten Blitz öffnete sich der Himmel, und Regen stürzte zur Erde.

„Lass mich los!"

Grant riss sie an sich. Sein Gesicht wirkte hart im undeutlichen Halbdunkel des entfesselten Sturmes. „Dazu ist es zu spät."

Er musste schreien, um sich Gehör zu verschaffen. „Verdammt, das weißt du doch genauso gut wie ich. Schon in der allerersten Minute war es zu spät.“ In Sekundenschnelle waren sie vollkommen durchnässt.

„Ich lass mich nicht in dein Bett zerren, verstehst du?“ Zitternd vor Wut und Erregung packte Gennie Grants Hemd mit ihrer freien Hand. „Denkst du wirklich, dass du mir deinen Willen aufzwingen kannst, nur weil du plötzlich mit jemandem schlafen willst?“

Grants Atem ging stoßweise, seine Augen glühten vor Leidenschaft. „Nicht mit irgendjemandem.“ Er zog sie eng an sich. Ihre klatschnassen Kleider klebten an ihren Körpern. „Du bist es, die ich will, Gennie! Sonst keine.“

Ihre Gesichter waren sich nahe, ihre Augen hielten einander fest. Beide hatten den Sturm vergessen. Herz schlug an Herz, Verlangen gegen Verlangen. Gennie warf den Kopf zurück, sie wusste selbst nicht, was größer war – ihr Triumph oder die Angst vor dem Ungewissen.

„Dann zeig es mir!“

„Das werde ich“, seine Stimme war rau, „bei Gott – hier und jetzt.“

Seine Lippen pressten sich auf Gennies Mund, und sie reagierte überraschend nachgiebig. Er küsste ihr Gesicht, ihren Hals. Gennie stöhnte und zog Grant mit sich auf den Rasen.

Heftiger Wind, starker Regen, tobende See – und doch war all das zusammengenommen nichts gegen die Leidenschaft, die diese beiden Menschen erfasst hatte. Grant vergaß die entfesselte Natur, als er Gennie an sich presste, jede Linie und Kurve ihres Körpers fühlte, als ob sie bereits nackt wäre. Ihr Herz schlug im Rhythmus mit seinem Herzen, so dass er nicht mehr wusste, ob es ihres oder seines war, das er spürte.

Von ihrem Körper ging eine Hitze aus, die der Regen eigentlich hätte abkühlen sollen. Sie bewegte sich fieberhaft unter Grant, ihre Hände fuhren rastlos über seinen Körper, ihr Mund ließ seine Lippen nicht los.

Es war allein Gier, Verlangen und ein primitiver Drang, was

Grants Verhalten bestimmte. Gennie hatte ihn vom ersten Augenblick an verhext, und nun – endlich – war sie ihm unterlegen. Mit beiden Händen griff er in ihr Haar, presste seinen Mund auf ihren, immer wieder und immer wieder, bis sie nach Atem rang.

Sie rollten sich auf dem nassen Gras, bis Gennie auf ihm lag. Sogleich zog sie ihm das Hemd über den Kopf, warf es neben sich und fuhr aufstöhnend mit den Händen über seine nackte Brust. Grants Denken setzte aus.

Er packte Gennie rau und drängte sie auf den Rücken, küsste sie wild, während Blitze zuckten und der Donner grollte. Ohne sich die Zeit zu nehmen, ihr die Bluse aufzuknöpfen, zerrte er sie ihr über die Schultern in der verzweifelten Sehnsucht, das zu berühren, was er sich seit Tagen versagt hatte. Mit beiden Händen strich er über ihre nasse Haut, massierte die weichen Rundungen ihrer Brüste, und als Gennie sich ihm voller Verlangen entgegenbog, presste er seinen Kopf zwischen ihre Brüste.

Er schmeckte den Regen auf ihrer Haut, atmete ihren Duft ein und klammerte sich wie ein Verdurstender an sie. Eine Frau zu begehren war ihm nicht unbekannt, aber nicht mit dieser – Gier. Sehnsucht konnte kontrolliert werden, doch hier wollte er alles von Gennie, und er wollte es sofort.

Als er ihr die Jeans herunterzog, fühlte er eine ungeheure Erregung und Frustration zugleich, als es ihm nicht schnell genug gelang. Jedem Zentimeter ihres Körpers, den er von dem nassen Stoff entblößt hatte, folgte er mit dem Mund, und es entzückte ihn, Gennie vor Lust aufstöhnen zu hören.

Mit der Zunge brachte er sie an den Rand der Ekstase. Sie wand sich unter der Berührung. Der Regen klatschte auf seinen Rücken, rann von seinem Haar in kleinen Bächen auf ihre erhitzte Haut, aber der Regen vermochte nicht, die Leidenschaft wegzuschwemmen, die beide dem Höhepunkt näher und näher brachte.

Dann entledigte Grant sich rasch seiner Jeans und kniete sich über Gennie. Als der weiße Blitz ihr Gesicht für den Bruchteil einer

Sekunde erhellte, sah er ihre hohen Wangenknochen, ihre schrägen Augen, die halb geschlossen waren, die weichen vollen Lippen. In diesem Augenblick war sie eine Hexe und er ihr williges, verzaubertes Opfer.

Während er den Mund an den hämmernden Puls an ihrem Hals presste, drang er in sie ein, nahm sie in einer Mischung von Gewalt und Zärtlichkeit, die er selbst nicht verstand. Gennie versteifte sich und schrie auf. Grant kämpfte darum, wieder klar denken zu können. Aber Gennie schlang ihre Beine um ihn und zog ihn in die seidenweiche Finsternis.

Atemlos, benommen und leer blieb Grant liegen und vergrub sein Gesicht in Gennies Haar. Es regnete noch immer, aber weit weniger heftig. Der Sturm war vorüber. Er spürte, wie Gennies Herz unter ihm klopfte und wie sie zitterte. Er schloss die Augen und versuchte genug Kraft zu sammeln, um Klarheit zu bekommen.

„Gütiger Himmel!" Seine Stimme war rau. Jede Entschuldigung würde sinnlos sein. „Warum hast du mir das nicht gesagt?" murmelte er, als er sich von ihr rollte und sich mit dem Rücken auf das nasse Gras legte. „Verdammt, Gennie, warum hast du mir das nicht gesagt?"

Gennie hielt die Augen geschlossen, so dass der Regen auf ihre Glieder, ihr Gesicht und ihren Körper fiel. Fühlte man sich immer so danach? fragte sie sich verwundert. So matt, so geschwächt, während ihre Haut noch immer da zu glühen schien, wo Grant sie berührt hatte. Es gab kein letztes Geheimnis mehr, aber auch das Bedürfnis danach war vergangen. Und doch. Grants Frage, die sich so deutlich wie ein Vorwurf anhörte, schmerzte mehr als der Verlust ihrer Unschuld. Sie schwieg.

„Gennie, du hast mich glauben lassen, dass du ..."

„Was?" fragte sie und öffnete die Augen. Die Wolken zogen immer noch über den dunklen Himmel, aber es blitzte nicht mehr.

Grant stieß eine Verwünschung aus und fuhr sich mit der Hand durch das wirre Haar. „Gennie, du hättest mir sagen sollen, dass du noch nie mit einem Mann zusammen warst." Wie war es ihr möglich gewesen, unberührt zu bleiben? Es war unglaublich. Er war der erste Mann für Gennie ... Der Einzige!

Gennie wünschte, Grant würde gehen oder sie fände die Kraft aufzustehen und ihn allein zu lassen. „Es ging nur mich etwas an."

Grant richtete sich auf und beugte sich über sie. Seine dunklen Augen blitzten ärgerlich. Als sie sich ihm entziehen wollte, hielt er sie fest. „Ich bin nicht sehr zartfühlend", sagte er und rang offensichtlich um Fassung. „Aber trotzdem hätte ich alles getan, um dir mehr zu geben." Als Gennie ihn nur anstarrte, legte er seine Stirn gegen ihre. „Gennie ..."

Ihre Zweifel und alle Furcht schmolzen beim Klang dieses Wortes dahin. „Ich wollte keine Zärtlichkeit haben – vorhin", wisperte sie und nahm sein Gesicht zwischen ihr Hände. „Aber jetzt ..." Sie lächelte und bemerkte, wie seine Züge sich glätteten.

Grant küsste sie weich. Dann stand er auf und zog Gennie mit sich hoch. Sie lachte über das Gefühl der Schwerelosigkeit. „Was wirst du jetzt tun?"

„Ich bringe dich ins Haus, damit du wieder warm und trocken wirst und wir uns wieder lieben können – vielleicht nicht in dieser Reihenfolge."

Gennie schlang die Arme um seinen Hals. „Deine Vorschläge beginnen mir zu gefallen. Was geschieht mit unseren Sachen?"

„Was davon noch brauchbar ist, sammeln wir später ein." Mit dem Fuß stieß er die Tür zum Leuchtturm auf. „Wir werden sie für eine Weile nicht brauchen."

„Auch diese Idee ist nicht schlecht." Sie küsste ihn leicht auf den Hals. „Willst du mich tatsächlich all die vielen Stufen hinauftragen?"

„Ja."

Gennie warf einen abschätzenden Blick auf die Wendeltreppe und hielt sich fester. „Ich möchte nur bemerken, dass es nicht besonders romantisch wäre, wenn du stolpern würdest und mich fallen ließest."

„Das Weib beschmutzt meine Männlichkeit mit ihrem Zweifel."

„Nur deine Balance", verbesserte sie, als er sich anschickte, den Weg nach oben anzutreten. Gennie zitterte. Sie war nass und fror, aber plötzlich lachte sie hellauf. „Was glaubst du, wie unsere verschiedenen Kleidungsstücke auf jemanden wirken, der zufällig vorbeikommt?"

„Der Eindruck würde der Wahrheit entsprechen." Nach kurzem Überlegen setzte er hinzu: „Außerdem dürfte ihr Anblick jeden zurückschrecken, der hier eindringen will. Daran hätte ich schon früher denken sollen. Das ist viel besser als ein Schild mit ‚bissiger Hund'."

Gennie seufzte erleichtert, als sie den Absatz erreicht hatten.

„Du bist hoffnungslos. Jeder könnte denken, dass du Clark Kent bist."

Grant blieb an der Badezimmerschwelle stehen und schaute sie verständnislos an. „Noch mal, bitte."

„Du weißt schon ... eine mysteriöse Identität verheimlichen. Obwohl du alles andere bist als weichherzig." Sie strich ihm eine feuchte Strähne aus der Stirn. „Du siehst diesen Leuchtturm doch wie die Festung der Einsamkeit."

Grant lachte und küsste sie mit Nachdruck. „Du überraschst mich immer wieder, Genevieve. Ich glaube, ich bin ziemlich verrückt nach dir."

Die Worte waren leicht dahingesagt, aber sie gingen direkt in Gennies Herz und rührten es. „Weil ich Clark Kent kenne, den Superman?"

Grant rieb seine Wange an ihrem Gesicht, und diese Geste war von solcher Zärtlichkeit, dass Gennie sich in diesem Moment so hoffnungslos an ihn verlor wie noch niemals an einen Mann zuvor.

Grant fühlte, dass sie zitterte, und hielt sie fester. „Komm schnell unter die heiße Dusche, du erfrierst mir sonst."

Eng aneinandergeschmiegt standen sie in der Badewanne und spürten den kräftigen, heißen Strahl. Neckend streichelte Grant anzüglich über Gennies Hüfte. „Tut gut, nicht wahr?"

„Du hättest nicht sofort voll aufdrehen müssen", wehrte sie sich, als sie wieder zu Atem kam.

„Das Leben ist voller Überraschungen."

Das stimmt, dachte Gennie, ich hatte bestimmt nicht die Absicht, mich zu verlieben. Sie lächelte, weil ihre Arme ganz von selbst um Grants Hals geglitten waren.

„Weißt du", Grants Zunge fuhr spielerisch über Gennies Mund, „ich gewöhne mich erstaunlich schnell an deinen Geschmack und an das Gefühl deiner Haut, wenn du nass bist. Die Versuchung ist groß, die nächsten zwei Stunden hier stehen zu bleiben."

Gennie schmiegte sich an ihn, während seine Hände ihren Rücken liebkosten. Es waren starke, feste Hände trotz der feingliedrigen, langen Finger. Sie konnte sich nicht vorstellen, dass jemand anderes sie so berühren würde.

Der Raum war bald von feuchtem Dampf erfüllt, Gennie lag anschmiegsam und hingebungsvoll in Grants Arm, und er spürte, dass die Erregung wieder in ihm wuchs. Seine Muskeln zogen sich zusammen, spannten sich und bereiteten sich vor.

„Diesmal nicht", murmelte er und drückte seinen Mund an Gennies Schulter. Jetzt war er sich bewusst, wie zerbrechlich sie war. Er würde die wunderbare Tatsache nicht vergessen, dass er der einzige Mann war, der sie jemals besitzen durfte. Was immer er an Zärtlichkeit aufzubringen vermochte, gehörte Gennie.

„Du solltest dich jetzt abtrocknen." Grants Zähne knabberten vorsichtig an Gennies Unterlippe, dann ließ er sie los. Obwohl sie lächelte, lag Unsicherheit in ihrem Blick. Grant drehte das Wasser ab und bemühte sich, durch das Wissen um Gennies Unerfahrenheit nicht ängstlich zu werden. Er nahm ein großes Frotteetuch vom Ständer und wickelte es um ihren Körper.

„Heb die Arme hoch“, bat er und knotete die Enden lose über ihren Brüsten zusammen. Zwischendurch berührte er federleicht Gennies feuchtes Gesicht mit seinen Lippen. Sie schloss die Augen, denn so ließ sich seine Fürsorge besser genießen.

Mit einem anderen Tuch trocknete Grant ihr Haar. Seine gleichmäßigen, langsamen Bewegungen wirkten beschleunigend auf Gennies Herzschlag. Bange Erwartung, Unsicherheit und Verlangen mischten sich und ließen sie erbeben.

„Warm?“ hörte sie ihn fragen. „Du zitterst noch immer.“

Wie könnte sie ihm erklären, dass ihr Herz bis zum Hals hinauf schlug? Dass Hitze in ihr aufstieg, wenn sein Mund sie berührte, und dass sie ihm gehören würde für immer und ewig?

„Ich wollte dich haben“, flüsterte Grant, „schon von Anfang an.“ Seine Zungenspitze berührte flüchtig ihr Ohr. „Wusstest du das nicht?“

„Doch.“ Atemlos klang es, wie ein Seufzer.

„Mein Verlangen nach dir ist jetzt noch viel stärker, als es vorhin gewesen ist. Kannst du dir das vorstellen?“ Sein Mund auf ihren Lippen erstickte die Antwort. „Komm ins Bett, Gennie.“

Er nahm Gennie bei der Hand und führte sie in das dämmrige Schlafzimmer. Ihr Puls raste. Beim ersten Mal war zum Nachdenken keine Zeit gewesen. Leidenschaft hatte jeden Zweifel erstickt. Jetzt, bei klarem Verstand, war sie aufgeregt und gereizt wegen ihrer Unerfahrenheit. Außerdem hatte sie Angst. Aber sie war Grant verfallen. Das, wovor sie sich fürchtete, wünschte sie sich gleichzeitig sehnlichst.

„Grant ...“

Er berührte sie sachte, nahm ihr Gesicht in seine Hände und sagte leise: „Du bist wunderschön.“ Seine Augen bestätigten es. „Beim ersten Mal, als ich dich sah, war ich ganz atemlos. Daran hat sich kaum etwas geändert.“

Gennie ergriff seine Handgelenke. „Ich brauche keine Worte. Ich will nur bei dir sein.“

„Es ist die Wahrheit, Gennie, sonst würde ich schweigen." Seine Fingerspitzen strichen über Gennies Gesicht, verweilten an ihrem Mund und glitten herab zu der weichen Haut ihres Halses.

Ihr Kopf wurde leicht, und ihr Körper fühlte sich schwer an. Sie spürte kaum, wie sie auf das Bett sanken.

Doch plötzlich war ihre Haut empfindlich wie die eines Babys. Im Laken fühlte sie die kleinen Falten, Grants feste Handflächen und die gekräuselten Haare auf seiner Brust. Er behandelte sie zart. Seine vorsichtigen Berührungen erregten sie und brachten die fließende Schwerelosigkeit zurück, die sie im Kirchhof gefühlt hatte. Gennie seufzte tief. Sie wusste nun, wohin die Leidenschaft sie beide führen würde. Doch diesmal sollte die Reise genussvoll sein, langsam und zärtlich.

Gedämpftes Licht drang durch das Fenster, denn die Sonne versteckte sich weiter hinter den grauen Wolken. Von Ferne konnte Gennie das Rauschen der Brandung hören. Grants leise Worte gehörten dazu, wie das Plätschern der Wellen. Das ungewisse Sehnen war ruhigem Genießen gewichen. Grant war bei ihr, er würde sie führen und beschützen, sie hegen und pflegen auf seine raue, herbe Art. Unter all der fordernden Ungeduld versteckte sich ein selbstloser, liebevoller Mann. Nur wer das wusste, kannte ihn.

Berühre mich und hör nie damit auf! Grant schien die stumme Bitte verstanden zu haben, denn er liebkoste sie, verweilte und erforschte. Der Genuss war fließend und leicht, wie ein langsamer Fluss, wie schwebende Nebel. Es gab nicht mehr ihren Körper oder Grants, aus zwei Teilen war ein Ganzes geworden.

Leises Flüstern und tiefe Seufzer begleiteten das Gefühl der wohligen Wärme, die nur dann entsteht, wenn Körper sich an Körper drängt. Unter Grants rauer Schale verbarg sich der zärtlichste, sensibelste Mann.

Gennie bemerkte kaum, wie er spielerisch begann, das Verlangen anzustacheln, aber er tat es. Ihre Bewegungen, das raschere Atmen und gelegentliche, genussvolle Schauer zeigten ihm, dass er sich auf dem richtigen Weg befand. Im Halbdunkel beobachtete Grant Gennies Gesicht. Die Erkenntnis, dass vor ihm noch kein Mann sie so wie er berührt hatte, steigerte seine Erregung. Sie gehörte nur ihm. Lange Jahre war er bemüht gewesen, niemanden in seine Nähe zu lassen und sich keinem Menschen anzuschließen. Obwohl ihn seine Eigentumsansprüche Gennie gegenüber beunruhigten, war er dagegen machtlos. Er würde sie nie einem anderen Mann überlassen. Bedeutete das nun auch, dass er genauso an Gennie verloren war? Grant ließ diese Frage unbeantwortet.

Zärtlich und geduldig küsste er Gennies weiche Haut immer wieder und überall. Indem er sie langsam und behutsam vorbereitete, genoss er selbst ungeahnte Freuden. Er wartete, bis sie sich ihm öffnete, sich ihm völlig hingab. Dann erst glitt er in sie hinein.

Gennie hörte, wie Grant aufstöhnte und erzitterte. Er atmete keuchend an ihrem Ohr, aber seine Bewegungen waren wunderbar langsam. Sie wusste, dass Grant sich um ihretwillen beherrschte und überließ sich seiner Führung, ließ sich ganz in die Sinnenwelt fallen. Ihre Hände glitten über die harten angespannten Muskeln seiner Schultern, und Empfindungen kamen in ihr auf, die Hundert Mal stärker waren als Leidenschaft.

„Grant." Sein Name war nur ein Wispern, während ihre Arme sich enger um ihn schlössen. „Jetzt. Nimm mich jetzt."

„Gennie ..." Er hob den Kopf und suchte Gennies Mund. Als würden durch diese Berührung alle Kontrollen ausgeschaltet, beschleunigte er das Tempo, und zusammen erreichten sie den Höhepunkt. Weder Gedanken noch erklärende Worte waren nötig.

8. KAPITEL

Wie sie es gewohnt war, erwachte Gennie früh am Morgen. Sie gähnte und reckte sich. Für den Bruchteil einer Sekunde stutzte sie. Die Sonne lachte durch ein fremdes Fenster, aber Gennie erinnerte sich sehr schnell daran, wo sie sich befand.

Die Morgenwärme wirkte anheimelnd. Körper drängte sich an Körper, Liebhaber an Geliebte. Empfindungen der Zufriedenheit und der Erregung machten sich gleichzeitig bemerkbar und jagten letzte Reste von Schlaftrunkenheit davon. Gennie drehte sich um und beobachtete Grant, der noch schlief.

Er streckte Arme und Beine von sich, bemerkte sie belustigt, und beanspruchte drei Viertel des Bettes für sich. Während der Nacht hatte er sie ziemlich an den Rand gedrängt. Seinen Arm hatte er achtlos über Gennie gelegt, nicht liebevoll, sondern aus Bequemlichkeit. Ihr Kissen lag unter seinem Kopf.

Gegen das weiße Leinen des Bezuges erschien sein Gesicht noch dunkler, sonnengebräunter und etwas verwildert durch die Bartstoppeln. Gennie bemerkte, dass er tief atmete und ganz entspannt war. So hatte sie ihn nur damals bei ihrem gemeinsamen Strandspaziergang gesehen.

Was geht in dir vor, Grant? überlegte sie und konnte nicht widerstehen, mit seinem zerzausten Haar zu spielen. Warum bist du so misstrauisch und so einsam? Wie ist es nur möglich, dass es mein sehnlichster Wunsch ist, dich zu verstehen und mit dir zu teilen, was dich im Geheimen belastet?

Behutsam führte sie ihre Fingerspitze um Grants Kinn herum. Welch hartes, männliches Gesicht er hatte! Trotzdem kam manchmal unerwartet Humor und Zärtlichkeit in seinen Blick. Dann verging die Härte, und nur die männliche Stärke blieb.

Grob konnte er auch sein und verschlossen und arrogant. Aber all das gehörte zu ihm, und sie liebte ihn trotzdem – oder vielleicht gerade deswegen. Durch seine Zärtlichkeit hatte sie sich erlaubt, es einzugestehen. Im Inneren wusste sie es schon lange.

Die Sehnsucht, es ihm zu sagen, war groß. Er hatte ihren Körper besessen, ihre Unschuld genommen, und sie vertraute ihm. Auch ihre Gefühle wollte sie mit ihm teilen. Musste man Liebe nicht freiwillig geben, anspruchslos und ohne Bedingungen? Aber Gennie kannte Grant. Dieser Schritt musste zuerst von seiner Seite aus kommen. Das verlangte sein Naturell. Ein anderer Mann wäre möglicherweise geschmeichelt und erfreut, sogar erleichtert, dass sich die Frau ihm offenbarte. Grant – das wusste Gennie genau – würde sich eingeengt fühlen, herausgefordert.

Gennie lag ganz still neben dem schlafenden Grant. War er durch eine Frau so verletzt worden und hatte deshalb die Einsamkeit als Konsequenz gewählt? Es musste Schmerz gewesen sein und maßlose Enttäuschung, dessen war sie sicher. Im Inneren seines Herzens war er freundlich, versteckte es aber. Warum? Hoffentlich brachte sie Geduld genug auf, sich nicht in seine Geheimnisse zu drängen, sondern zu warten, bis er ihr freiwillig Vertrauen schenken würde.

Warm und glücklich schmiegte Gennie sich an ihn und flüsterte seinen Namen. Grants Antwort war unverständliches Murmeln, er drehte sich auf den Bauch und verbarg sein Gesicht im Kissen. Diese Bewegung engte Gennies Platz im Bett noch mehr ein.

„Hey!“ rief sie und stupste ihn lachend an der Schulter. „Du machst dich sehr breit.“

Keine Reaktion.

Du romantischer Teufel! dachte sie. Dann küsste sie ihn auf die nächstliegende Stelle und schlüpfte aus dem Bett. Sofort ergriff er Besitz von dem freigewordenen Platz.

Ein Einzelgänger, überlegte Gennie, während sie ihn eingehend und zärtlich betrachtete. So, wie er quer über dem Bett lag, hatte er noch nie Rücksicht auf einen anderen nehmen müssen. Nach einem letzten gedankenvollen Blick ging sie zum Badezimmer, das auf der anderen Seite des Flurs lag.

Das Geräusch des laufenden Wassers weckte ihn. Ganz still blieb er liegen und erwog ernsthaft, wie viel Anstrengung es kosten würde, jetzt die Augen zu öffnen. Das war ein allmorgendliches Ritual. Sein Kissen duftete nach Gennie. Sanfte, verlockende Bilder drängten sich in seine Gedanken, die ihn zugleich erregten und beunruhigten, Grant bewegte sich, immer noch im Halbschlaf, und musste feststellen, dass er allein im Bett lag. Er spürte ihre Wärme auf dem Laken und an seiner Haut und wusste nicht, warum das so selbstverständlich schien. Er wollte es auch nicht wissen.

Er erinnerte sich, wie sie roch und schmeckte, wie ihr Puls sich unter der Berührung seiner Finger beschleunigte. Benommen setzte er sich auf und fuhr sich mit der Hand über das Gesicht, als Gennie zurückkam.

„Guten Morgen!“ Um den Kopf hatte sie ein Handtuch gewickelt, und sein viel zu großer Bademantel hing lose um ihre Hüften. Sie setzte sich auf den Bettrand, verschränkte ihre Hände in seinem Nacken und küsste ihn. „Noch nicht munter?“

Sie duftete nach Seife und Shampoo. Grant wollte sie greifen, doch geschickt wich Gennie aus.

„Beinahe.“ Er zog das Tuch von ihrem Kopf. „Bist du schon lange wach?“ Ihr Haar war noch feucht.

„Seitdem du mich aus dem Bett gestoßen hast. Wie ist es mit Kaffee?“

Grant ergriff Gennies Hand und zögerte. „Ja“, meinte er dann, „in einer Minute bin ich unten. Das Frühstück ist heute meine Sache.“ Eigentlich wollte er etwas anderes sagen. Aber wie sich ausdrücken? Gennie spürte seine Unentschlossenheit, fragte aber nicht, sondern ließ ihn allein. Ihre Schritte verklangen.

Grant blieb noch einen Augenblick im Bett und hörte ihren Schritten nach. Ihre Schritte – meine Treppe. Irgendwie schien sich die Demarkationslinie zwischen ihnen beiden zu verschieben. Würde er jemals wieder in seinem Bett liegen können, ohne sich an Gennie zu erinnern?

Er hatte andere Frauen gehabt. Er genoss die Freuden, die sie ihm schenkten, war auch dankbar dafür, aber dann hatte er sie schnell wieder vergessen. Weshalb war er sicher, dass er Gennie nie würde vergessen können? Auf ihrer Hüfte hatte er ein Muttermal entdeckt, einen winzigen Halbmond. Es bereitete ihm große Genugtuung, dass kein anderer Mann es bisher berührt hatte, so albern er es auch fand.

Ich benehme mich wie ein Idiot, schalt er sich und genoss das Gefühl, Gennies erster Liebhaber zu sein – und einziger, wie er sich leidenschaftlich vornahm. Was war mit ihm los? Wahrscheinlich müsste er eine Weile allein bleiben, um mit seinen Gedanken ins Reine zu kommen. Nie würde er Gennie anbinden wollen, und umgekehrt wollte er auch nicht von ihr angebunden werden.

Grant stand auf und wühlte im Schrank, bis er eine abgeschnittene Jeans fand. Nach dem Frühstück sollte Gennie ihrer Wege gehen, damit er sich seiner täglichen Arbeit zuwenden konnte.

Schon am Fuße der Treppe roch er den Kaffee, hörte Gennie singen. Genauso war es am ersten Tag gewesen. Wieder durchdrang ihn das Gefühl der Selbstverständlichkeit. Auch wenn er Hundert Mal in seine Küche käme, Jahr für Jahr, es könnte niemals mehr richtig sein, wenn Gennie nicht dort auf ihn warten würde.

Grant blieb im Türrahmen stehen und beobachtete sie. Der heiße Kaffee stand auf dem Tisch. Sie streckte sich nach den Bechern, die für ihn mühelos erreichbar waren. Sonnenstrahlen spielten wieder mit ihrem Haar. Als Gennie ihn sah, zögerte sie. Dann lächelte sie ihm zu.

„Ich habe dich nicht kommen hören.“ Sie warf das lange Haar zurück auf die Schultern und goss Kaffee ein. „Draußen ist es wundervoll. Der Regen hat alles blank geputzt, und das Meer leuchtet blau und nicht grün. Nichts erinnert noch an den Sturm.“

Als Gennie seinen Becher über den Tisch schob, trafen sich ihre Blicke, und sie verhielt mitten in der Bewegung. Sie war verwirrt.

War Grant ärgerlich? Warum? Vielleicht tat ihm schon Leid, was geschehen war. Törichterweise hatte sie sich eingebildet, dass die gestrige Nacht auch für ihn ein besonderes, einmaliges Erlebnis gewesen sein müsste.

Gennies Finger krampften sich um den Henkel. Entschuldigungen oder Ausflüchte waren nicht nötig. Sie würde ihm keine Szene machen. Obwohl sie echten, körperlichen Schmerz verspürte, ließ sie sich nichts anmerken. Damit könnte sie sich später befassen, wenn sie allein wäre. Er sollte keine Tränen sehen und erst recht keine Klagen hören.

„Stimmt etwas nicht?" Ihre Frage klang ruhig und beherrscht.

„Ja, etwas stimmt nicht."

Gennies Finger umklammerten den Becher so fest, dass er beinahe zerbrach. Aber dadurch sah Grant nicht, wie sie zitterte. „Dann sollten wir uns besser setzen."

„Ich will mich nicht setzen." Das kam wie ein Peitschenschlag, aber Gennie zuckte nicht zusammen. Ihr Blick folgte ihm, als er murmelnd und fluchend zum Spülbecken ging. Gennie hoffte inständig, es möge schnell gehen, solange sie sich in der Gewalt hatte. Mit einer heftigen Bewegung drehte Grant sich um und starrte Gennie vorwurfsvoll an. „Verdammt, Gennie, ich habe den Kopf verloren."

Verblüfft schaute Gennie hoch. Ihre Finger, die den Becher hielten, waren weiß und gefühllos. Ihr Puls schlug laut und unregelmäßig. Im blassen Gesicht leuchteten die Augen übergroß. Grant fluchte wieder und fuhr sich durch das Haar.

„Du schüttest den Kaffee über", murmelte er und steckte die Hände in die Taschen.

„Oh!" Gennie betrachtete verwirrt die zwei kleinen Pfützen auf dem Fußboden und stellte ihren Becher ab. „Das – das wische ich sofort auf."

„Lass es." Grant ergriff ihren Arm. „Hör mal: Ich fühle mich, als hätte mir jemand mit voller Kraft in die Magengrube geschlagen.

Und so geht es mir andauernd, wenn ich dich sehe." Als sie schwieg, nahm Grant auch ihren anderen Arm und schüttelte sie. „Erstens habe ich nie darum gebeten, dass du in mein Leben einbrichst und mir den Kopf verdrehst. Aber du hast es fertig gebacht. Zweitens: Jetzt bin ich in dich verliebt – und glaube mir, dieser Gedanke gefällt mir überhaupt nicht."

Gennie fand ihre Stimme wieder, obwohl sie nicht recht wusste, was sie damit anfangen sollte. „Schön", meinte sie nach einer Pause, „jetzt hast du mich in die Schranken verwiesen."

„Soll das ein Witz sein?" Wütend machte er sich über seinen Kaffee her, trank den Becher halb aus und freute sich fast, als er sich die Kehle verbrühte. „Lach du nur", fuhr er auf und setzte den Becher hart auf den Tisch. „Du wirst gefälligst hier bleiben, bis ich weiß, was ich mit dir machen soll."

Gennie kämpfte gegen unterschiedliche Gefühle wie Belustigung, Ärger und Erstaunen. Energisch stützte sie die Hände auf die Hüften. Durch diese Bewegung teilte sich der große Bademantel und drohte, von ihrer Schulter zu gleiten. „Tatsächlich? Du wirst dir also überlegen, was du gegen mich tun kannst, als wäre ich eine lästige, unbequeme Kopfgrippe."

„Verdammt unbequem."

„Vielleicht hast du es noch nicht bemerkt, doch ich bin eine erwachsene Frau mit eigenem Willen. Und ich bin gewohnt, Entscheidungen selbst zu treffen. Du wirst überhaupt nichts mit mir machen." Zorn gewann die Oberhand. Sie drohte ihm mit dem Finger, und der Mantel öffnete sich noch mehr. „Wenn du dich in mich verliebt hast, so ist das dein Problem. Ich habe ein eigenes: Ich bin in dich verliebt."

„Fantastisch!" schrie er sie an. „Das ist ja fabelhaft. Es würde uns beiden besser gehen, wenn du die Sturmnacht in einem Graben abgewartet hättest, anstatt hierher zu kommen."

„Damit sagst du mir nichts, was ich nicht längst weiß." Gennie drehte sich brüsk um und wollte die Küche verlassen.

„Moment mal." Er hielt sie am Arm fest und drückte sie gegen die Wand. „Du wirst nirgendwo hingehen, bevor das nicht beigelegt ist."

„Es ist beigelegt." Gennie hob den Kopf und sah Grant fest in die Augen. „Gut, wir haben uns ineinander verliebt, und ich wünschte, du würdest über die Klippen ins Meer springen und verschwinden. Besäßest du auch nur ein bisschen Taktgefühl ..."

„Habe ich aber nicht."

„... oder Einfühlungsvermögen", fuhr sie unbeirrt fort, „würdest du mir eine Liebeserklärung nicht im gleichen Ton machen, mit dem du kleine Kinder zum Fürchten bringst."

„Das ist keine banale Liebeserklärung", herrschte er sie an, weil er wütend war und weil Gennie Recht hatte. „Ich liebe dich, und verdammt noch mal, das passt mir nicht."

„Letzteres hast du mir zur Genüge klargemacht." Gennie reckte die Schultern und hob das Kinn.

„Komm mir nicht mit deiner hochnäsigen Art", konterte Grant. Mit ihren grünen Augen blitzte sie ihn an, und Grant begann plötzlich zu lachen. Als Gennie den Kopf auch noch zurückwarf, nahm er sie lachend in den Arm. „O Gennie! Ich halte es nicht aus, wenn du mich ansiehst, als würdest du mich ins Burgverlies werfen lassen."

„Lass mich los, du Dummkopf!" Sie war wütend und beleidigt. Mit aller Kraft versuchte sie ihn wegzuschieben, aber er hielt sie nur noch fester. Nur seine schnellen Reflexe retteten ihn vor einem wohlgezielten Knie an die strategische Stelle.

„Warte doch." Er schüttelte sich noch immer vor Lachen, aber es gelang ihm, den Mund auf Gennies Lippen zu pressen. Das Lachen erstarb. So zärtlich, wie er nur selten war, umfasste er ihr Gesicht, und Gennie war verloren. „Gennie!" Sie spürte ihren Namen mehr, als dass sie ihn hörte. „Ich liebe dich." Grant schob seine Hand in ihr Haar und zog ihren Kopf zurück, damit er sie ansehen konnte. „Ich möchte es nicht, und ich werde mich nie daran gewöhnen. Aber ich liebe dich." Er seufzte tief und drückte ihr Gesicht an seine Brust. „Du bringst mich völlig durcheinander."

Gennie schloss die Augen, und schmiegte die Wange dicht an seine Brust. „Nimm dir Zeit, dich daran zu gewöhnen", murmelte sie. „Versprich mir nur, dass dir nie Leid tun wird, dass es geschehen ist."

„Tut mir nicht Leid", versprach er. „Ein bisschen verrückt ist es, aber es tut mir nicht Leid." Er strich über ihren Rücken und fühlte, dass neue Sehnsucht nach ihr erwachte, weicher und ruhiger, aber nicht weniger stark. „Liebst du mich wirklich? Oder hast du das nur gesagt, weil ich dich wütend machte?"

„Beides. Ich hatte mich heute Morgen dazu durchgerungen, deinem Ego Vortritt zu lassen. Du solltest es zuerst aussprechen."

„Stimmt das auch?" Mit gerunzelter Stirn betrachtete er sie. „Mein Ego?"

„Es hat die Eigenschaft, sich durch seine Übergröße in den Weg zu stellen." Gennie lächelte aufreizend. Als Strafe küsste er sie wild.

„Weißt du", flüsterte Grant nach einer Weile, „mein Appetit auf Frühstück ist irgendwie verflogen."

„Ach, ja?"

„Hm. Und ich erwähne es nicht gern", Grant spielte mit dem Kragen des Bademantels, dann schob er ihn über Gennies Schultern bis herab zur Taille, „aber habe ich dir erlaubt, meinen Mantel zu benutzen?"

„Oh, wie ungezogen von mir." Gennies Lächeln wurde keck. „Willst du ihn sofort wiederhaben?"

„Keine Eile." Er nahm Gennie bei der Hand und führte sie zur Treppe. „Es hat Zeit, bis wir oben sind."

Vom Schlafzimmerfenster aus blickte Grant Gennies Wagen nach, als sie davonfuhr. Es war Nachmittag geworden, und die Sonne strahlte. Grant brauchte das Alleinsein, wahrscheinlich ging es Gennie ebenso. Der Gedanke beruhigte ihn, gleichzeitig überlegte er, wie lange er die Trennung aushalten würde.

Oben im Studio wartete die Arbeit auf ihn. Die Routine und Disziplin, die er sich dabei auferlegt hatte, waren ein Teil seines Lebens geworden. Doch wie sollte er arbeiten, wenn sich alles in seinem Kopf nur um Gennie drehte und sein Körper noch ihre Wärme spürte?

So viele Jahre war es ihm gelungen, der Liebe aus dem Weg zu gehen, und dann hatte er unbedacht die Haustür geöffnet. Könnte er seinen Lebensrhythmus ändern? Seine Regeln umstoßen und Kompromisse schließen? Am Ende würde er Gennie weh tun, und wie ein Bumerang käme der Schmerz zu ihm zurück. Im Augenblick war die Leidenschaft vorherrschend, doch würden nicht Forderungen kommen und Bindungen? Könnte er sich einsperren lassen?

Er hatte kein Recht, sich in jemanden wie Gennie zu verlieben. Ihr Lebensstil war Lichtjahre entfernt von seinem, und ihre Unschuld machte sie nur noch verletzlicher.

Sie würde niemals zufrieden sein, hier in der Einsamkeit mit ihm zu leben, und er würde sie nie darum bitten. Für ihn dagegen wäre es unmöglich, seine Ruhe aufzugeben für Partys, Blitzlichter und all den gesellschaftlichen Wirbel. Wäre er so wie Sheila ...

Grant dachte an seine Schwester, die Menschenansammlungen liebte, Einladungen und Lärm. Jeder von ihnen hatte auf seine Weise den Schock kompensiert, der mit dem grässlichen, öffentlichen Sterben des Vaters einherging. Doch auch nach fünfzehn Jahren waren die Narben noch zu frisch. Vielleicht hatte Sheila durch ihre Liebe zu Adrian MacGregor die Furcht vor Gefahr, Verlust und Abhängigkeit überwunden.

Grant erinnerte sich an Sheilas Besuch in Windy Point, bevor sie sich zur Heirat mit Adrian entschloss. Wie elend, verstört und voller Zweifel war sie hier aufgetaucht. „Willst du dich dem Leben verschließen“, hatte er sie gefragt, „wegen einer Sache, die vor fünfzehn Jahren passiert ist?“ Sie hatten in der Küche gesessen, und Sheilas Entgegnung mit großen, verweinten Augen hatte gelautet: „Und was tust du?“

In gewissem Sinn stimmte das. Aber durch seine Arbeit, die er liebte und gewissenhaft verrichtete, war er immer mit der Außenwelt verbunden. Er zeichnete für Menschen, zu ihrem Vergnügen und ihrer Unterhaltung, weil er sie auf seine Art verstand und gern hatte. Er mochte nur nicht bedrängt werden und niemanden an sich heranlassen.

Nun war er doch in die Fallgrube gestolpert – und in was für eine! Wartete er nicht jetzt schon wieder ungeduldig auf Gennies Rückkehr, auf den Klang ihrer Stimme und ihre lächelnden Augen? Hatte sie das neue Bild schon angefangen? Trug sie noch sein Hemd? Es würde ihr bis zu den Knien reichen und im Wind flattern. Sie konnte arbeiten, und er stand herum und träumte wie ein Teenager. Grant verzog das Gesicht und verließ das Zimmer. In diesem Moment klingelte das Telefon.

Zuerst wollte er es ignorieren. Das tat er oft, doch dann sprang er eilig die Stufen hinunter. Der einzige Apparat befand sich in der Küche. Dadurch gelang es ihm, ungestört zu arbeiten und zu schlafen. Er riss den Hörer von der Gabel.

„Ja?“

„Grant Campbell?“

Obwohl er ihn nur einmal getroffen hatte, erkannte er die Stimme dieses Mannes sofort. „Hallo, Daniel!“

„Dich zu erreichen ist ein Kunststück. Warst du verreist?“

„Nein.“ Grant lachte. „Ich gehe nicht immer ran.“

Daniels missbilligendes Schnaufen amüsierte ihn. Sicher saß er in seinem Privatturm am riesigen Schreibtisch und rauchte eine der geliebten, verbotenen Zigarren.

„Wie geht es dir?“

„Gut, bestens!“ Daniels Stimme schwoll an vor Stolz: „Vor zwei Wochen bin ich Großvater geworden.“

„Herzlichen Glückwunsch.“

„Ein Junge.“ Daniel zog tief an seiner dicken kubanischen Zigarre. „Sieben Pfund schwer, stark wie ein Bulle: Robert MacGregor-Blade. Sie nennen ihn Mac. Gutes Blut.“ Er streckte sich. „Der Junge hat meine Ohren.“

Grant hörte zu und freute sich. Seine Schwester hatte in diese Familie eingeheiratet, und er persönlich fand die ganze Familie unwiderstehlich. Irgend etwas von ihnen tauchte immer wieder in seinen Bildgeschichten auf. „Wie geht es Rena?"

„Sie hat sich durchgeboxt, wie ein Weltmeister. Aber anders hatte ich es auch nicht erwartet. Ihre Mutter war sehr besorgt. Na ja, Frauen!"

Er ließ unerwähnt, dass er selbst darauf bestanden hatte, ein Flugzeug zu chartern und zu seiner Tochter Serena zu fliegen, als die Wehen einsetzten. Wie ein Wahnsinniger war er im Wartezimmer umhergelaufen, wohingegen seine Frau Anna in aller Ruhe an einer Babydecke strickte.

„Justin ist während der ganzen Zeit bei ihr geblieben." In seinem Ton lag Bedauern. Wahrscheinlich hatte das Krankenhauspersonal seine liebe Not gehabt, Daniel MacGregor vom Entbindungssaal fernzuhalten.

„Hat Sheila ihren Neffen schon gesehen?"

„Die sind auf Hochzeitsreise gewesen." Man hörte den tadelnden Schnaufer. „Aber nun kommen sie am nächsten Wochenende her. Das ist auch der Grund meines Anrufs. Wir möchten dich auch hier haben, mein Junge. Die Familie soll vollzählig sein, auch das Baby ist da. Anna wird unleidlich, wenn sie ihre Kinder nicht gelegentlich um sich hat. Du weißt ja, wie Frauen sind."

Grant wusste, wie Daniel war. Aber freundlich entgegnete er: „Alle Mütter sind gleich."

„Also abgemacht, wir erwarten dich Freitag."

Grant überschlug in Gedanken seinen Zeitplan. Er hatte Sehnsucht nach seiner Schwester und den MacGregors. Außerdem wollte er Gennie gern die Menschen vorstellen, die er als seine Familie betrachtete. „Ich könnte mich freimachen, Daniel", sagte er. „Darf ich jemanden mitbringen?"

„Jemanden?" Daniel wurde hellhörig und vergaß sogar seine Zigarre. „Und wer könnte das sein?"

Grant lachte in sich hinein. „Eine Künstlerin aus New England. Sie malt augenblicklich hier in Windy Point. Euer Haus würde ihr sehr gefallen."

Daniel war begeistert. Junge Menschen zusammenzubringen war sein liebstes Hobby. Bedurften sie nicht der Weisheit und des Rates der älteren Generation? Und Grant – obwohl er ein Campbell war – gehörte schließlich zur Familie. „Eine Künstlerin. Wie interessant! Selbstverständlich kommt sie mit. Das Haus ist mehr als groß genug. Vielleicht ist sie jung und hübsch?"

„Sie ist beinahe siebzig", sagte Grant ruhig und lehnte sich zufrieden an die Küchentür. „Etwas untersetzt, Gesicht wie ein Frosch, aber enorm talentiert und überaus gefühlsbetont. Ich muss zugeben, dass ich verrückt bin nach ihr."

Schade, dachte er, dass ich Daniels Gesicht nicht sehen kann. „Echte Herzensbindung wiegt doch Alter und körperliche Schönheit auf, meinst du nicht auch?"

Daniel räusperte sich, dann fand er seine Stimme wieder. Der Junge schien tatsächlich in einer schlimmen Situation zu sein. Er brauchte Hilfe – viel Hilfe. „Komm, so früh du kannst, Grant. Darüber müssen wir ausführlich sprechen." Er verdrehte die Augen: „Siebzig, sagst du?"

„Ja, beinahe. Aber wahre Erotik kennt kein Alter. Gerade in der letzten Nacht haben wir ..."

„Nein, nein", wehrte Daniel entsetzt ab, „das musst du mir jetzt nicht erzählen. Wir werden ein langes Männergespräch führen, wenn du hier bist." Er atmete tief. „Weiß Sheila schon ...? Ach was, bis Freitag also. Dann sehen wir weiter."

„Wir sind rechtzeitig bei euch." Grant legte den Hörer auf und amüsierte sich königlich. Das würde dem Familienoberhaupt zu denken geben. Fürs erste hatte Daniel seinen Kopf voll.

In bester Laune stieg Grant die Treppen hinauf zum Studio. Jetzt war er in richtiger Stimmung. Nun konnte er arbeiten bis zum Abend – und bis Gennie wiederkäme.

9. KAPITEL

Noch nie hatte Gennie sich so schnell zu etwas überreden lassen. Im Handumdrehen erklärte sie ihr Einverständnis, packte die Malsachen und einen Handkoffer und saß auch schon im Flugzeug.

Grant liebte die MacGregors. Ein so starkes Gefühl anderen gegenüber war bei ihm eine Seltenheit. Gennie begleitete Grant in erster Linie, um in seiner Nähe zu bleiben. Außerdem wollte sie seine Freude teilen. Sie war gespannt, wie er sich in einer Umgebung verhalten würde, die weit entfernt von seinem Turm war – und unter vielen Menschen.

Zu ihrem Erstaunen hatte sie vernommen, dass Grant eine Schwester hatte, die auch dort sein würde. Gennie hätte gern mehr über Grants Jugend erfahren, mochte aber nicht fragen und hoffte, dass er eines Tages von selbst sprechen würde. Über seine Liebe war sie glücklich, doch seine Verschlossenheit bekümmerte sie. Lag die Möglichkeit einer gemeinsamen Zukunft nicht in weiter Ferne, wenn keine Offenheit herrschte?

Grant saß am Steuer des Wagens, den sie bei der Ankunft auf dem Flugplatz gemietet hatten. Nach etwa einer Stunde bog er von der Küstenstraße ab und fuhr zwischen steilen Klippen die Zufahrt zum MacGregorschen Besitz hinauf.

Gennie hielt die Augen halb geschlossen und war tief in Gedanken versunken.

„Was überlegst du?“ fragte Grant.

Sie schaute ihn an und ein Lächeln verscheuchte sofort den Schimmer von Traurigkeit. „Dass ich dich liebe!“

So einfach klang das, doch es drang Grant bis ins Herz. An einer Ausweichstelle brachte er den Wagen zum Halten. Dann nahm er Gennies Gesicht zwischen seine Hände und küsste sie. Seine Lippen glitten wie ein Hauch über ihre Lider, ihre Stirn und ihren Mund. Diese behutsame Zärtlichkeit band sie fester an ihn als tausend Ketten. Grant spürte ihr Zittern, und alle Gedanken begannen sich zu drehen.

„Ich habe Sehnsucht nach dir“, hörte er Gennie sagen, und sein Griff wurde fester. Danach begrub er das Gesicht in ihrem Haar.

„Gennie, noch ein paar Minuten, und ich vergesse, dass heller Tag ist und wir auf einem öffentlichen Weg halten.“

Zärtlich massierte sie seinen Nacken. „Ich habe es schon vergessen.“

Grant atmete schwer. „Sei vorsichtig!“ warnte er ruhig. „Es fällt mir schwerer, an meine Erziehung zu denken, als mich unzivilisiert zu benehmen. Im Moment würde ich dich gern auf den Rücksitz ziehen, dir die Kleider vom Leib reißen und dich lieben, bis dir die Sinne vergehen.“

Gennie fühlte angenehm sinnliche Schauer über ihren Rücken rieseln. Sie schmiegte sich an ihn und raunte verführerisch: „Muss man der Natur nicht freien Lauf lassen?“

„Gennie ...“

Das Geräusch eines näher kommenden Fahrzeugs half Grant, seine Beherrschung zu bewahren. Zögernd schaute er auf. Über seine Schulter hinweg konnte Gennie erkennen, dass dicht neben ihnen ein Mercedes hielt. Den Fahrer konnte sie nicht sehen, aber daneben saß eine hübsche junge Frau mit üppigem, leuchtend rotem Haar. Sie lehnte sich aus dem Fenster und fragte anzüglich: „Haben Sie sich verfahren?“

Grant warf ihr einen drohenden Blick zu, griff dann zu Gennies grenzenlosem Erstaunen mit der Hand in die wehenden Locken und zog daran. „Verschwinde!“

„Manche Leute sind es einfach nicht wert, dass man ihnen helfen will!“ Der rote Schöpf verschwand ins Innere der Limousine, die weiterfuhr.

„Grant!“

Gennie wusste nicht, ob sie lachen oder mit ihm schelten sollte. „Selbst für dich war das mehr als unhöflich.“

„Neugierige Menschen sind mir ein Greuel“, bemerkte er leichthin und startete den Motor.

Gennie lehnte sich im Sitz zurück. „Das hast du deutlich genug gezeigt. Mehr und mehr erscheint es wie ein Wunder, dass du mir in der Nacht deine Tür geöffnet hast.“

„Es war eben ein schwacher Moment.“

Sie warf ihm einen Seitenblick zu und gab es auf. „Wie weit ist es noch? Vielleicht könntest du mir ein paar Tipps geben über die Leute ...“ Sie vollendete den Satz nicht, sondern rief überwältigt: „Gütiger Himmel!“

Es war unglaublich, unmöglich – wundervoll. Dunkelgrau im letzten Licht der untergehenden Sonne erhob sich plötzlich vor ihnen ein Märchenschloss. Wie man fertig gebracht hatte, es dorthin zu setzen – direkt zwischen Felsen und schäumende Brandung –, war rätselhaft. Aber da stand es, beherrschte die Steilküste und bewachte das Meer. Eine Vielzahl bunter Blumen säumte die Mauern und schmückte die Fenster, leuchtete verschwenderisch in allen Farben des Hochsommers. Die dunklen Kronen der hohen Bäume landeinwärts ließen dagegen einen Hauch des nahenden Herbstes ahnen.

Es war klar für Gennie, dass sie hier malen musste, ob sie wollte oder nicht.

„Dachte ich es mir doch!“ Grants frohlockende Stimme drang undeutlich an ihr Ohr.

„Was?“ Gennie konnte den Blick nicht abwenden.

„Warum hast du deinen Pinsel noch nicht in der Hand?“

„Ich wünschte, es wäre so.“

„Wenn du das hier mit nur halb so viel Kraft und Können einfangen kannst, wie es dir bei dem Klippenbild gelungen ist, dann müsste ein großartiges Gemälde entstehen.“

Verdutzt wandte Gennie sich ihm zu. „Ich hatte den Eindruck, als gefiele dir das Bild nicht?“

Grant schnaufte missbilligend und nahm mit Schwung die letzte

Kurve. „Wie dumm kann der Mensch sein.“ Es wäre ihm nie in den Sinn gekommen, dass Gennie auf Anerkennung und Lob gewartet hatte. Grant war sich seiner Begabung wohl bewusst und akzeptierte die Tatsache als Selbstverständlichkeit, dass er auf seinem Gebiet zu den Allerbesten gehörte. Was andere dachten, das interessierte ihn nicht. Bei Gennie hatte er die gleiche Einstellung vorausgesetzt.

Hätte er nur im entferntesten gewusst, durch welche Höllenqualen sie vor jeder neuen Ausstellungseröffnung ging, wäre er höchst erstaunt gewesen. Dass er sie neulich mit seiner hingeworfenen Bemerkung zutiefst verletzt hatte, konnte er sich überhaupt nicht vorstellen.

„Dann hat es dir also gefallen?“

„Was denn?“

„Das Bild!“ Gennie wurde ungeduldig. „Das, was ich für dich bei deinem Turm gemalt habe.“

Grant konnte Gennies Gedankengang nicht folgen, und er hörte auch nicht ihre stumme Bitte um Bestätigung. „Weil es ein anderes Gebiet ist“, meinte er kühl, „bedeutet das schließlich noch nicht, dass ich zu blind bin, um ein Genie zu erkennen.“

Beide hatten einander missverstanden und schwiegen.

Warum sagt er nicht einfach seine Meinung? fragte sich Gennie. Alles muss man aus ihm herausholen.

Grant überlegte unsicher, ob für Gennie nur ernste Malerei als Kunst galt. Was zum Teufel würde sie darüber denken, wie er sich seinen Lebensunterhalt verdiente? Waren Cartoons für sie nur komische Geschichten? Wie würde sie auf Veronica reagieren, die in ein paar Wochen im „New York Daily“ ihren ersten Auftritt hatte? Mit quietschenden Bremsen hielt der Wagen vor dem großen Tor.

„Du wirst Augen machen“, Grants Ton war freundlicher, „ich dachte auch zuerst, es kann nicht wahr sein.“

„Es scheint demnach alles zu stimmen, was ich über Daniel MacGregor gelesen habe.“ Gennie stieg aus. „Mächtig ist er und exzentrisch. Ein Mann, der seinen eigenen Weg geht. Ist seine Frau tatsächlich Ärztin?"

„Eine bekannte Chirurgin, und sie haben drei Kinder. Du wirst unaufhörlich Daniels Klagen vernehmen, dass erst ein Enkel da ist. Meine Schwester ist mit dem ältesten Sohn Adrian verheiratet."

„Adrian MacGregor ..."

„... der Senator, das stimmt. Er hat noch viel vor sich."

„Würde dir ein direkter Draht ins Weiße Haus gefallen?" Gennie lachte ihm zu.

Grant dachte an Macintosh. „Noch ist nichts bestimmt", meinte er vage. „Aber ich hatte schon immer eine etwas – verzerrte Zuneigung für Politiker im Allgemeinen." Er griff nach Gennies Hand und zog sie die roh behauenen Steinstufen hinauf zum Tor.

„Dann gibt es noch Caine, Sohn Nummer zwei und Rechtsanwalt von Beruf. Er heiratete kürzlich eine Anwältin, die zufälligerweise die Schwester vom Ehemann der jüngsten Tochter ist."

„Ich bin nicht sicher, ob ich alles verstanden habe." Gennie interessierte augenblicklich viel mehr der schwere Türklopfer in Form eines Löwenkopfes aus massivem Messing.

„Du wirst keine Schwierigkeiten haben." Grant hob den Löwenkopf hoch und ließ ihn fallen, dass es dröhnte. „Rena – die Tochter – heiratete einen Spieler. Ihnen beiden gehört eine Reihe von Casinos mit allem Drumherum in Atlantic City."

Gennie betrachtete Grant mit Erstaunen. „Du bist gut informiert."

„Ja." Grant schmunzelte, als die Tür sich öffnete.

Der Rotkopf aus dem Mercedes lehnte am Türrahmen und musterte Grant von oben herab: „Noch immer verirrt?"

Dieses Mal umarmte Grant sie und gab ihr einen deftigen Kuss. „Es sieht so aus, als hättest du den ersten Monat als Ehefrau überstanden. Dicker bist du nicht geworden."

„Und von deiner Zunge rollen nach wie vor schönste Komplimente wie Wassertropfen", gab sie zurück und erwiderte seine Begrüßung. „Ich sage es nicht gern, aber es tut gut, dich wiederzusehen." Über Grants Schulter hinweg blickte sie zu Gennie. „Ich bin Sheila."

Also das ist seine Schwester! Gennie konnte keinerlei Ähnlichkeit zwischen beiden entdecken. Sheila schien ein Energiebündel zu sein. Sie hatte eine schlanke, elegante Figur und wildes, rotes Haar. Grants Schwester war eine Kombination von weißem Porzellan und leuchtenden Flammen.

„Ich bin Gennie, und ich freue mich, dich kennen zu lernen."

„Um die siebzig, oder?" meinte Sheila vielsagend zu ihrem Bruder und griff Gennies Hand. „Wir müssen uns schnell anfreunden, und dann verrätst du mir, wie du die Gesellschaft dieses Menschen länger als fünf Minuten ertragen kannst. Adrian ist übrigens im Thronsaal bei MacGregor." Grant versuchte vergeblich zu Wort zu kommen. „Hat er dir wenigstens die Zusammenhänge erklärt?" Sheila hatte nur noch Augen für Gennie.

„In Kurzfassung", antwortete Gennie, der Grants Schwester sofort sympathisch war.

„Typisch." Sheila hakte Gennie unter. „Aber manchmal ist es besser, wenn man einfach reinspringt. Hauptsache ist, du lässt dich von Daniel nicht einschüchtern. Welcher Herkunft bist du?"

„Französischer, überwiegend. Warum?"

„Wirst schon sehen."

„Wie war die Hochzeitsreise?" warf Grant ein.

Sheila lächelte strahlend. „Ich sag dir Bescheid, wenn sie vorüber ist! Wie geht es deinen Klippen?"

„Sie stehen noch." Grant wurde abgelenkt durch Justins Erscheinen. Dessen neugierige Miene veränderte sich plötzlich, sein meist verschlossenes Gesicht leuchtete vor freudiger Überraschung.

„Gennie!" Mit einem Sprung nahm er die letzten Stufen, ergriff sie und wirbelte sie herum.

„Justin!" rief Gennie und warf ihre Arme um seinen Hals. „Was tust du denn hier?" fragten beide gleichzeitig.

„Schön bist du – wie immer“, stellte er fest.

Grant hatte die Szene aus zusammengekniffenen Augen beobachtet.

Zum ersten Mal in seinem Leben war Grant eifersüchtig – eine wenig angenehme Erfahrung. „Offensichtlich kennt ihr euch.“ Sein Ton war übermäßig ruhig, und Sheila sah ihn erstaunt an.

„Aber ja!“ rief Gennie. „Natürlich, Justin, du bist der Spieler!“ Sie begriff die Zusammenhänge plötzlich. „Und Rena ist deine Frau: Rena – Serena, darauf wäre ich nie gekommen. Deine Heirat kam sehr überraschend. Ich war gerade in Europa und habe die großartige Sache verpasst. Dann bin ich hier also umgeben von Verwandtschaft.“

„Wieso das?“ fragte Grant misstrauisch.

„Die französische Linie“, erklärte Justin zögernd, „ist etwas abenteuerlich und teilweise – recht schwierig.“

„Nur Tante Adelaide ist ein alter Drachen“, half Gennie ihm.

„Verstehst du das?“ Sheila blickte fragend zu Grant.

„Kaum“, murmelte der.

„Ganz einfach“, lachte Gennie, „Justin und ich sind Cousins dritten Grades. Vor fünf Jahren lernten wir uns kennen, als ich in New York ausstellte.“

„Ich war nicht überall besonders beliebt“, warf Justin ein. Er lächelte Gennie zu, und Grant bemerkte, dass er die gleichen grünen Augen hatte. Gennies Geschichte kam ihm in den Sinn, und seine Spannung wich. Das ist demnach das schwarze Schaf, dachte er.

„Wie aufregend“, mischte Sheila sich ein. „Gennie ist mit Grant gekommen. Die Welt ist wirklich ein Dorf.“

„Oh.“ Justin bemerkte jetzt Grant, den er von Sheilas Hochzeit her kannte. Auf ihre verschlossene, zurückhaltende Art hatten beide sich gut verstanden. Daniels Vorwarnung bezüglich der zu erwartenden Begleiterin von Grant kam ihm in den Sinn. Mit undurchsichtigem Lächeln bemerkte er: „Daniel hat schon gesagt, dass du eine – Künstlerin mitbringst.“

Grant erkannte eine Spur von Humor in Justins Augen. „Das dachte ich mir“, sagte er im gleichen Konversationston. „Ich muss dir noch gratulieren, dass du die Fortsetzung der Linie sichergestellt hast.“

„Dadurch hat er von uns anderen den Druck etwas genommen“, meinte Sheila.

„Damit solltest du nicht rechnen“, warnte eine weiche Stimme. Die Stufen herab kam eine blonde Frau, in ihren Armen trug sie ein Bündel in blauer Wolldecke.

„Hallo, Grant! Schön, dich zu sehen.“ Serena hielt ihren Sohn mit einem Arm fest, lehnte sich vor und küsste Grant auf die Wange. „Es war nett von dir, der königlichen Aufforderung zu folgen.“

„Das Vergnügen ist meinerseits.“ Vorsichtig schob er die Decke beiseite, und ein Köpfchen kam zum Vorschein. Das Baby mochte Daniels Ohren und Serenas Augen haben, der Rest aber war ausgesprochen Blade. Ein Häuptlingsgesicht hat er, dachte Grant, und das schwarze Haar seiner indianerblütigen Ahnen.

Während Gennie den Blick nicht von Grant lassen konnte, wurde sie selbst von Serena prüfend betrachtet. Die war erstaunt, dass Gennies Augen denen ihres Ehemannes glichen. Als Gennie dann aufsah, lächelte sie: „Ich bin Serena.“

„Gennie ist eine Freundin von Grant“, erklärte Justin und legte liebevoll den Arm um die Schultern seiner Frau. „Außerdem ist sie meine Cousine: Genevieve Grandeau.“

„Ich kenne deine herrlichen Bilder!“ rief Serena erfreut, und Sheilas verblüfftes Gesicht zeigte deutlich die gelungene Überraschung.

„Du bist ein Scheusal, Grant!“ Schwesterlich stieß sie ihn in die Rippen, dann sagte sie zu Gennie: „Unsere Mutter hat zwei Landschaften von dir. Eine davon musste sie mir zur Hochzeit schenken.“

Gennie freute sich und bat Sheila: „Hilfst du mir dann, Mr. MacGregor davon zu überzeugen, dass ich auch sein Haus unbedingt malen muss?“

„Kein Problem!" Sheila lachte. „Wir werden ihn um den Finger wickeln."

„Ist das hier ein Gipfeltreffen?" fragte Adrian, aus der Halle kommend. „Will mich denn niemand unterstützen? Dad stöhnt und jammert herzerweichend, dass seine Familie so selten versammelt ist." Liebevoll glitt Adrians Hand unter die rote Haarflut und umfasste Sheilas Nacken. Dann fiel sein Blick auf Gennie. „Wir trafen uns schon." Seine ausdrucksvollen, dunklen Augen verengten sich, als er überlegte. „Ich hab's: Genevieve Grandeau."

Gennie lächelte überrascht zurück. „Es war nur ein Moment und in einem völlig überfüllten Saal. Eine Wohltätigkeitsveranstaltung vor zwei Jahren, Senator."

„Adrian", verbesserte er. „Und du bist also Grants Künstlerin."

Amüsiert wandte er sich an Grant. „Ich muss gestehen, dass sie deine Beschreibung um ein Vielfaches übertrifft. Wollen wir nicht jetzt alle zu MacGregor gehen, bevor er anfängt, nach uns zu rufen?"

„Komm!" Justin nahm das Baby aus Serenas Arm. „Mac wird ihn beruhigen."

Gennie erkannte sofort, warum Sheila vom Thronsaal gesprochen hatte. Der riesige Raum war ganz mit rotem Teppich ausgelegt. Überall hingen wertvolle Gemälde, die durch das sanfte Licht großer Kandelaber geschickt zur Geltung kamen. Durch die vielfach unterteilten Fenster drangen gedämpfte Sonnenstrahlen ein. Es roch deutlich nach Bienenwachs. Große, schwere Möbel verschwanden fast in diesem wundervollen Raum. Vor dem Kamin, in dem ein aufrecht stehender Mensch Platz gefunden hätte, lag ein Stapel mächtiger Buchenscheite.

Mittelpunkt der imponierenden Umgebung war zweifellos Daniel MacGregor. Er füllte den hochlehnigen gotischen Sessel mühelos aus, umfasste mit mächtigen Händen die MacGregorschen Löwenköpfe an den Armlehnen und blickte mit strahlend blauen Augen erwartungsvoll zur Tür, durch welche die Mitglieder seiner Familie jetzt nacheinander den Saal betraten. Die schottische Herkunft konnte er wahrhaftig nicht leugnen, denn ungebärdiges, rotes Haar bedeckte als dichter Schöpf seinen kantigen Schädel.

„Nun!" Das kleine Wort wurde zur Anschuldigung. Die tiefe, grollende Stimme passte vorzüglich zu Daniel MacGregor.

Ungerührt – Gennie hielt es für mutig – spazierte Sheila zu ihm hin und gab ihm einen kräftigen Kuss. „Hi, Großvater!"

Die Anrede gefiel ihm, aber er bemühte sich, seine finstere Miene beizubehalten. „Es sieht aus, als hättet ihr großzügig beschlossen, mir eine Minute eurer Zeit zu opfern."

„Ich fühlte mich verpflichtet, zuerst dem jüngsten MacGregor meine Aufwartung zu machen."

Als wäre dies sein Stichwort, betrat Justin den Raum und legte dem großen Daniel den eingebündelten Klein-Mac auf den Schoß. Gennie beobachtete, wie sich der grimmige Riese in ein Sahnebonbon verwandelte. Er kitzelte das Baby unter dem Kinn, und als die winzige Hand seinen Zeigefinger umklammerte, strahlte er über das ganze Gesicht. „Stark wie ein Ochse!" stellte er voller Stolz fest und blickte Beifall heischend in die Runde. Dabei bemerkte er Grant. „Hallo, Campbell, da bist du ja. Hier ist ein Beweis dafür", Mac wurde hochgehoben, „dass die MacGregors unbesiegbar sind. Starker Stamm!"

„Gutes Blut", vollendete Serena leise und nahm ihr Baby aus des Großvaters Händen.

„Gebt dem Campbell etwas zu trinken", ordnete Daniel an. „Wo ist die Künstlerin?" fragte er im gleichen Atemzug. Sein Blick wanderte über die Köpfe der anderen, landeten bei Gennie und blieb dort hängen. War er überrascht oder amüsiert?

„Daniel MacGregor", Grant übernahm das förmliche Bekanntmachen, „Genevieve Grandeau."

Es zuckte verräterisch um Daniels Mundwinkel, dann erhob er sich zu seiner ganzen, beeindruckenden Größe und streckte die Hand aus. „Willkommen!"

Gennies halber Unterarm verschwand zwischen seinen Fingern. Sie hatte gleichzeitig den Eindruck von Kraft, Mitgefühl und Eigensinn.

„Sie bewohnen ein fantastisches Haus, Mr. MacGregor“, sagte Gennie und sah ihn fest an, „es passt zu Ihnen.“

Er lachte, dass die Fenster klirrten. „Jawohl, und drei Ihrer Bilder hängen im Westflügel.“ Sein Blick streifte Grant, dann wandte er sich wieder Gennie zu: „Sie sehen gut aus für Ihr Alter.“

Gennie verstand weder seine Bemerkung noch dass Grant sich beinahe an seinem Scotch verschluckt hätte. „Vielen Dank“, entgegnete sie unsicher.

„Gennie ist zufälligerweise eine Cousine von mir“, mischte sich Justin ein, „aus der französischen Adelslinie.“

„Eine Cousine?“ Daniel überlegte einen Moment lang, dann huschte ein vergnügtes, listiges Lächeln über sein Gesicht: „Somit bleibt alles in der Familie. Grandeau ist ein guter, alter Name. „Du ...“, ohne Übergang hatte er die Anrede gewechselt, „erinnerst mich an eine Königin, die sich mit Zauberei auskennt.“

„Ähnliches hörte ich schon.“ Gennie warf Grant einen Blick zu und fuhr fort: „Einer meiner Ahnen war übrigens mit einer Zigeunerin liiert. Das Ergebnis waren Zwillinge.“

„Außerdem ist ein Seeräuber in ihrem Stammbaum“, warf Justin ein.

„Sehr gut“, Daniel nickte anerkennend. „Die Campbells brauchen so viel frisches Blut wie möglich.“

„Vorsicht, MacGregor!“ warnte Sheila, denn Grant sah zwischenzeitlich ziemlich ärgerlich aus. Gennie spürte die angespannte Atmosphäre, die allerdings keiner besonders ernst zu nehmen schien. Er will uns verkuppeln, dachte sie amüsiert und registrierte schadenfroh Grants finstere Miene.

Adrian fühlte Mitleid mit seinem Schwager. Um den Vater abzulenken, fragte er leichthin: „Wo bleibt nur Caine?“

Sein Versuch wurde ein voller Erfolg. „Ha!“ schnaufte Daniel und leerte in einem Zug sein Glas, „dem Jungen geht sein Beruf über seine Mutter."

„Sie ist noch im Krankenhaus", erklärte Serena und fuhr ironisch fort: „Sie wird zusammenbrechen, wenn sie vor ihm heimkommt."

„Spotte nicht", mahnte Daniel. „Sie begreift eben nicht, dass ihr euer eigenes Leben lebt. Eine Mutter bleibt eine Mutter."

Serena verdrehte die Augen, und das Geräusch des Türklopfers übertönte Daniels Antwort. Adrian sprang auf, um zu öffnen.

Gleichzeitig konnte er Caine vorbereiten, dass das Barometer auf Sturm stand. Selbst Grant fühlte sich verpflichtet, Caine aus der Schusslinie zu bringen.

„Gennie ist fasziniert von dem Haus", begann er. „Sie hofft, dass sie es malen darf."

Daniel reagierte sofort. Er fühlte sich höchst geschmeichelt. „Es wird sich bestimmt eine Lösung finden, die uns beiden gefällt", sagte er. Im Stillen frohlockte er. Ein Grandeau von der MacGregorschen Festung! Abgesehen vom finanziellen Wert des Gemäldes würde sein Stolz ins Unermessliche wachsen. Und welch ein Vermächtnis für die Enkelkinder! „Wir sprechen noch darüber", stimmte er zu, denn in diesem Augenblick betrat sein jüngster Sohn den Saal.

Gennie schaute auf. Caine war ein schlanker, hoch gewachsener Mann mit dem Äußeren eines intelligenten Salonlöwen. Sie war nun sehr gespannt auf die Mutter dieser bemerkenswerten Exemplare der menschlichen Rasse, denn nicht alles wies auf MacGregorsches Erbgut hin.

Mit Caine zusammen war seine junge Frau hereingekommen, Justins Schwester. Gennie bemerkte, dass beide sich einen kurzen Blick zuwarfen und dass eine steile Falte auf Justins Stirn erschien. Plötzlich lag spürbar Spannung in der Luft.

„Wir wurden in Boston aufgehalten", meinte Caine und ging direkten Weges zu seinem Neffen. Beim Anblick des Babys wurde sein Gesicht weich. „Hast du fein gemacht, Rena!" lobte er.

„Wenn du dich verspätest, könntest du wenigstens anrufen, damit sich deine Mutter nicht ängstigt", grollte Daniel.

Caine hob ironisch eine Augenbraue, schwieg aber.

„Es ist meine Schuld gewesen", mischte sich Diana ein.

„Ihr erinnert euch an Grant?" Serena überspielte geschickt die Peinlichkeit. „Er hat einen Gast mitgebracht, Genevieve Grandeau, sie ist eure Cousine." Was ist mit Diana los? dachte Serena. Ich muss sie schnell allein sprechen.

„Eine Cousine?" fragte Caine neugierig und freundlich, während Dianas ablehnendes Gesicht noch kühler wurde.

„Ja", Gennie erhob sich, die verklemmte Atmosphäre war ihr unangenehm, „aber getroffen haben wir uns nur selten. Ein Mal in Boston beim Kindergeburtstag."

„Ich erinnere mich", sagte Diana kurz.

Hatten wir damals Streit? überlegte Gennie fieberhaft, jedoch ohne Ergebnis. Nun, nicht jeder ist einem sympathisch. Sie verfiel unbewusst in die – wie Grant es nannte – hoheitsvolle Haltung und nippte an ihrem Sherry. „Wie Sheila schon sagte: Die Welt ist klein."

Caine ärgerte sich über seine Frau und legte die Hand beruhigend auf Dianas Schulter. „Willkommen, Cousine!" begrüßte er Gennie mit charmantem Lächeln und wandte sich dann Grant zu. „Wir beide müssen uns eingehend über Frösche unterhalten."

Grant schmunzelte: „Jederzeit."

Alle lachten, nur Gennie verstand die letzte Bemerkung nicht. Als sie Grant fragen wollte, trat eine zierliche, dunkelhaarige Dame ein. Ihr ernstes, attraktives Gesicht erinnerte an Adrian. Ihre Ruhe und Würde verliehen ihr eine starke Ausstrahlung.

„Ich freue mich sehr, dass Sie mitgekommen sind", begrüßte sie Gennie, „es tut mir Leid, dass ich nicht zu Hause war. Ich wurde im Krankenhaus – gebraucht", vollendete sie den Satz zögernd.

Ein Todesfall, vermutete Gennie. Instinktiv erwiderte sie den festen Händedruck besonders herzlich. „Sie haben eine wundervolle

Familie, Mrs. MacGregor", entgegnete sie, „und einen besonders hübschen Enkelsohn."

Über Anna MacGregors Züge huschte ein kleines Lächeln. „Danke", sagte sie, ging weiter zu ihrem Mann und küsste ihn auf die Wange. „Wir sollten gleich mit dem Essen beginnen. Ihr seid sicher schon halb verhungert."

An Grants Seite betrat Gennie das Esszimmer. Damit wären die MacGregors also komplett, dachte sie. Das Wochenende versprach recht interessant zu werden.

10. KAPITEL

Es war spät, als Gennie endlich in einer übergroßen Badewanne mit heißem, duftendem Wasser lag. Von Daniel bis hin zu Klein-Mac hatte niemand früh zu Bett gehen wollen. Eine prächtige Familie, und sehr außergewöhnlich, fand Gennie. Mit Ausnahme von Diana. War Diana Blade-MacGregor von Natur aus verschlossen, oder stimmte in der Ehe irgend etwas nicht? Hatte die Reserviertheit Gennie gegenüber vielleicht doch persönliche Gründe? Lass mich in Ruhe! Glasklar hatte sie das signalisiert, und Gennie würde es beachten. Aber es beunruhigte sie, dass Diana weder freundlich noch deutlich feindselig gewesen war, sondern einfach verschlossen.

Kopfschüttelnd zog Gennie den Stöpsel hoch, der an einer altmodischen Kette hing. Morgen würde sie so viel wie möglich zeichnen und skizzieren. Vielleicht ließ sich ein Spaziergang mit Grant einrichten oder ein Bad im Swimmingpool.

So entspannt wie heute und über einen längeren Zeitraum hinweg hatte sie Grant noch nie erlebt. Er fühlte sich äußerst wohl zwischen den vielen lauten MacGregors. Nach dem Abendessen hatte Gennie Teile eines Gesprächs zwischen Grant und Adrian gehört. Es ging um Politik, und sie redeten darüber sehr ausführlich, was Gennie erstaunte. Noch überraschter war sie, als sie ihn dabei beobachtete, wie er Serenas Baby auf den Knien schaukelte und sich dabei ganz locker mit Caine über gegensätzliche Urteilsauslegungen am Gericht in Boston unterhielt. Seine Schwester Sheila schließlich hatte Grant in eine hitzige Auseinandersetzung über den sozialpolitischen Wert der nachmittäglichen Fernsehserie verwickelt.

Gennie trocknete sich ab. Warum fand ein Mann mit so ausgesuchtem Geschmack Gefallen am Einsiedlerleben in Windy Point? Hier bewegte Grant sich mit absoluter Sicherheit auf dem gesellschaftlichen Parkett, an seinem Leuchtturm jedoch scheuchte er jeden Fremden davon. Eine rätselhafte Sache. Je mehr sie über Grant in Erfahrung brachte, um so dringender war das Bedürfnis, alles über ihn zu wissen. „Du musst Geduld haben", sagte sie zu ihrem Spiegelbild. Dann betrachtete sie eingehend das breite Doppelbett, welches im Hintergrund des Zimmers stand. Es stammte mit Sicherheit aus dem achtzehnten Jahrhundert, war sorgfältig restauriert und aufgearbeitet worden bis hin zu den geschnitzten, pausbäckigen kleinen Engelsfiguren aus Holz.

Gerade hatte Gennie damit begonnen, ihr Haar zu bürsten, als Grant leise eintrat. Ihre Augen trafen sich im Spiegel, und sie lächelten sich zu. „Hast du dich verlaufen?"

„Nein, hier bin ich richtig." Er zog die Tür hinter sich zu und verschloss sie.

„So, so." Gennie klopfte mit der Bürste auf die Handfläche und zog die Augenbrauen hoch. „Liegt dein Zimmer nicht hinter der Halle?"

„Die MacGregors haben vergessen, etwas Wichtiges hineinzutun." Grant blieb einen Augenblick an der Tür stehen und freute sich an Gennies Anblick.

„Oh, und was ist es?"

„Dich." Mit ein paar Schritten war er bei ihr und nahm ihr die Bürste aus der Hand. Dann fing er an, ihr Haar zu bürsten. „So weich", flüsterte er, „wie alles an dir."

Wenn Grant sanft und zärtlich war, konnte Gennie ihm nie widerstehen. Ihr Herz klopfte schneller. „Lass mich dich lieben“, wisperte sie und griff nach seiner Hand.

Sie hatten alle Zeit der Welt füreinander. Keiner von beiden hörte die alte Uhr, die irgendwo im Haus mit mächtigen Schlägen die Stunden anzeigte. Aus spielerischen Liebkosungen wurde nur zu schnell stürmische Leidenschaft, die sie von einem Gipfel zum anderen hob, bis sie schließlich erschöpft und befriedigt nebeneinander einschliefen.

Die Luft war mild, eine weiche Brise wehte angenehm kühl bei strahlend heller Sommersonne – einer der seltenen, perfekten Tage. Gennie kostete nur vom reichhaltigen Frühstücksbuffet, Grant dagegen aß für zwei. Dann verzog er sich, murmelte etwas von einem Pokerspiel, und Gennie blieb sich selbst überlassen. Frohgemut suchte sie ihr Werkzeug zusammen und lief ins Freie.

Zuerst sollte das Haus aus dem Blickwinkel erstehen, wie es sich von der Auffahrt her darbot. Gennie zwängte sich zwischen dornigen Rosenbüschen hindurch und setzte sich auf den Rasen neben der alten Kastanie. Gennie arbeitete, kam gut voran und fühlte sich rundherum glücklich, als plötzlich Sheila neben ihr stand.

„Guten Morgen! Störe ich dich?“

„Nein.“ Gennie ließ das Skizzenbuch sinken. „Ich würde hier nie wieder aufhören, wenn mich nicht jemand bremst.“

Mit der gleichen Geschmeidigkeit wie Grant ließ Sheila sich neben Gennie ins Gras fallen. Interessiert betrachtete sie das Blatt. „Du und Grant, ihr habt eine Menge gemeinsam.“

Die Bemerkung gefiel Gennie. „Er ist sehr talentiert, nicht wahr? Natürlich kann ich das nicht richtig beurteilen, ich habe bisher nur eine Karikatur von ihm gesehen, aber sein Talent war offensichtlich. Warum nützt er es nicht aus?“

Das war eine direkte Frage, und beide wussten es. Aber gleichzeitig wurde Sheila klar, dass Grant sich Gennie noch nicht anvertraut hatte, obwohl er sie offensichtlich liebte. Warum zum Teufel benahm er sich wie ein dickköpfiger Esel? Aber die Loyalität dem Bruder gegenüber gewann die Oberhand. „Grant hat immer nur gemacht, was ihm gerade passte. Kennt ihr euch schon lange?“

„Eigentlich nicht. Erst seit ein paar Wochen.“ Gennie pflückte einen Grashalm und drehte ihn um den Finger. „In einer Sturmnacht hatte ich eine Panne und sah zufällig Licht in seinem Turm.“ Sie lachte in sich hinein, als sie sich Grants Gesicht in Erinnerung rief. „Er war nicht allzu erfreut, mich auf seiner Türschwelle zu sehen.“

„Du meinst, dass er grob war, sauer und unmöglich.“ Sheila lächelte breit. „Verändern wird er sich nie, aber er ist verrückt nach dir.“

„Ich weiß nicht, wer von uns beiden mehr schockiert ist darüber – er oder ich ...“ Gennie wusste, dass sie nicht allzu neugierig sein durfte, aber sie wollte mehr über Grant erfahren, um ihn besser verstehen zu können. „Wie war er als Junge?“

Sheila blickte sinnend auf zu den Wolken, die als weiße Tupfer über den Himmel wanderten. „Grant war gern und viel allein. Gelegentlich tolerierte er mich, wenn ich ihn aufstöberte. Er war schon immer Menschen zugetan, aber es geschah auf seine sehr eigene Weise.“

Sheila dachte an ihre Kinderzeit, die Sicherheitsvorschriften, die Wahlreisen und die Presse. Durch ihren Mann Adrian war sie wieder in das quirlige, rastlose Leben hineingeraten. Sie seufzte leise.

„Grant hatte ein aufbrausendes Temperament, feste Ansichten darüber, was falsch und was richtig war – bei ihm selbst und bei der Gesellschaft im Allgemeinen. Trotzdem war er umgänglich und freundlich – meistens jedenfalls – als älterer Bruder.“

Gennie beobachtete Sheila, die äußerlich so wenig mit Grant gemeinsam hatte. „Grant ist aufnahmebereit für Liebe und Freundlichkeit“, fuhr Sheila fort, „aber er verteilt sie nur spärlich. Er mag es nicht, von jemandem abhängig zu sein.“ Sie zögerte, dann sah sie in Gennies klares Gesicht mit den ausdrucksvollen Augen und fand, dass sie ihr einen Einblick geben sollte. „Wir haben unseren Vater verloren. Grant war siebzehn, kein Junge mehr und noch kein Mann. Es hat uns fast zerstört. Als er getötet wurde, sind wir beide dabei gewesen."

Gennie schloss die Augen, dachte an Grant und erinnerte sich an Angela. „Wie wurde er getötet?"

„Das sollte Grant dir erzählen", antwortete Sheila ruhig.

„Ja", Gennie öffnete die Augen, „das sollte er."

Um die traurige Stimmung zu verjagen, griff Sheila nach Gennies Hand. „Du tust ihm gut, das sah ich sofort. Bist du ein geduldiger Mensch, Gennie?"

„Ich bin mir nicht mehr sicher."

„Sei nicht zu geduldig", riet Sheila ihr mit einem Lächeln. „Grant braucht gelegentlich einen recht kräftigen Anstoß. Als ich Adrian kennen lernte, wollte ich absolut nichts mit ihm zu tun haben ..."

„Das klingt bekannt."

Sheila lachte leise. „Adrian war fest entschlossen, mich vom Gegenteil zu überzeugen. Er war geduldig, aber ..." In Erinnerung daran musste sie lächeln, „... aber nicht zu geduldig. Und ich bin nicht halb so ungezogen wie Grant."

Gennie lachte, dann schlug sie ein Skizzenblatt um und fing an, Sheila zu zeichnen. „Wie hast du Adrian kennen gelernt?"

„Oh, auf einer Party in Washington."

„Stammst du von dort?"

„Ich lebe in Georgetown, wir beide vielmehr, und mein Laden ist auch dort."

Gennie warf ihr einen kurzen überraschten Blick zu, während sie Sheilas Nase mit wenigen feinen Strichen skizzierte. „Was für ein Laden?"

„Ich bin Töpferin."

„Tatsächlich?" Gennie ließ den Block sinken. „Da ist eine Schale in seinem Schlafzimmer", erinnerte sie sich, „in hellem Hennaton mit eingravierten Wiesenblumen. Ist das deine Arbeit?"

„Ich hab' sie ihm vor einigen Jahren zu Weihnachten geschenkt. Ich wusste nicht, was er damit gemacht hat." Sheila war beides: überrascht und erfreut.

„Sie gehört zu den wenigen Sachen, die er abstaubt."

„Er ist so unordentlich", meinte Sheila liebevoll. „Willst du ihn ändern?"

„Nicht unbedingt."

„Das freut mich. Er darf es nicht hören, aber ich mag ihn so wie er ist." Sie streckte sich und stand auf. „Jetzt gehe ich und verliere ein paar Dollar an Justin. Hast du schon einmal mit ihm Karten gespielt?"

„Ein einziges Mal", gab Gennie lachend zu, „das hat mir gereicht."

„Meistens gelingt es mir, aus Daniel so viel herauszubluffen, dass es sich wieder ausgleicht." Sie winkte und verschwand.

Gennie betrachtete nachdenklich Sheilas Bild in ihrer Hand und sortierte die wenigen Informationen, um die sie klüger geworden war.

„Du hast Dad mächtig auf die Schippe genommen", sagte Caine, als er Grant in der Halle traf. „Er rief uns alle nacheinander an und erklärte, dass es den Campbell ganz fürchterlich erwischt habe und dass es die Pflicht der ganzen Familie sei, ihm zu helfen."

Grant nickte anerkennend. „Beim letzten Mal wollte er mich mit einer Miss Judson verkuppeln. Deshalb musste ich mich absichern."

„Dad glaubt fest an Heirat und Zeugung." Caines Lächeln verblasste, als er an seine Frau dachte. „Es ist komisch, dass deine Gennie eine Cousine von Diana ist."

„Zufall", meinte Grant. Er hatte Caines besorgten Ausdruck bemerkt. „Ich habe Diana heute noch nicht gesehen."

„Ich auch nicht", sagte Caine und zuckte die Schultern. „Wir sind nicht einer Meinung hinsichtlich eines Falles, den sie übernommen hat." Er blickte betrübt drein. „Manchmal stört es, wenn Eheleute den gleichen Beruf haben, aber verschiedene Ansichten."

Grant dachte an Gennie und sich selbst. Könnten zwei Menschen gegensätzlichere Auffassungen haben über Kunst? „Das ist wohl so. Es schien mir, dass Gennie sie verlegen machte."

„Diana hatte eine schwere Kindheit. Darunter leidet sie noch immer. Tut mir Leid."

„Du musst dich nicht bei mir entschuldigen, und Gennie ist sehr wohl in der Lage, auf sich selbst aufzupassen."

Caine gab sich einen Ruck und lächelte wieder. „Ich werde mich mal nach Diana umsehen. Oben ..." er wies mit dem Kopf zur Treppe, „gewinnt Justin, wie üblich. Willst du es riskieren?"

Diana lief ziellos durch den Garten und stand auf einmal neben Gennie. Am liebsten wäre sie umgekehrt, aber Gennie hatte sie bereits gesehen. Zögernd trat Diana näher. „Guten Morgen."

Gennie blieb gelassen. „Guten Morgen", sagte sie kühl, „die Rosen sind herrlich."

„Ja, leider ist die Zeit bald vorbei." Diana steckte ihre Hände tief in die Taschen ihrer grauen Hose. „Du malst das Haus?"

„Ja." Gennie hielt das Blatt in die Höhe. „Was meinst du dazu?"

Diana erkannte deutlich, wie gut Gennie den Charakter des Gebäudes getroffen hatte. „Du bist sehr talentiert", sagte sie leise. „Tante Adelaide sang dein Lob schon immer in höchsten Tönen."

Gennie musste lachen. „Tante Adelaide hätte keinen Rubens von einem Rembrandt unterscheiden können." Dann biss sie sich auf die Lippen. Diana war von der Tante erzogen worden. Vielleicht hing sie an ihr. „Hast du sie kürzlich gesehen?"

„Nein", erwiderte Diana kurz und gab Gennie die Skizze zurück. Beiläufig schlug Gennie ein neues Blatt auf und zeichnete Diana, so wie vorher Sheila. „Du magst mich nicht."

„Ich kenne dich nicht", erwiderte Diana kühl.

„Stimmt. Um so merkwürdiger finde ich dein Benehmen. Ich dachte, dass du Justin ähnlicher wärst."

„Wir sind so verschieden, weil sich unser Lebensstil grundlegend unterscheidet.“ Diana war wütend, weil Gennies Worte sie verletzten, obwohl sie Recht damit hatte. „Justin mag dich“, sagte sie und wandte sich halb zum Gehen, „deshalb möchte ich mich entschuldigen“, fuhr sie nach einer kleinen Pause fort.

„Nicht nötig“, meinte Gennie, die Mitleid fühlte, denn Diana hatte offensichtlich Probleme. „Warum erzählst du mir nicht einfach, warum du so unfreundlich gewesen bist?“

„Mir liegt die Grandeau-Linie nun einmal nicht.“

„Das scheint mir ungewöhnlich für eine Juristin. Schließlich waren wir noch Kinder bei unserem einzigen Zusammentreffen.“

„Du passt so perfekt in diese Familie hinein“, sagte Diana, bevor sie sich ihre Worte überlegt hatte. „Tante Adelaide hat mir bestimmt ein dutzend Mal vorgehalten, ich solle mich nach dir richten und versuchen, mich so zu benehmen, wie du dich benimmst.“

„Adelaide ist schon immer eine törichte, eingebildete Person gewesen“, gab Gennie zurück.

Diana starrte Gennie verblüfft an. Sie hatte es also auch gemerkt. „Du kanntest dort jeden“, das musste sie loswerden, obwohl es ihr selbst dumm vorkam, „und im Haar trugst du ein Band von gleicher Farbe wie dein Kleid: pfefferminzgrüner Organdy. Ich hatte bis dahin nicht einmal gewusst, was Organdy ist.“

Gennie stand auf. Ihre Sympathie für Diana war erwacht, obwohl sie ihr noch nicht die Hand reichte. Dafür war es wohl noch zu früh. „Man hatte mir gesagt, dass du eine Komantschin bist. Während dieser ganzen dummen Party wartete ich darauf, dass du einen Kriegstanz vorführen würdest. Meine Enttäuschung war groß, als nichts dergleichen passierte.“

Diana fühlte Tränen aufsteigen. Das geschah in letzter Zeit immer öfter, doch sie beherrschte sich und lächelte. „Schade, dass ich es nicht wusste – und nicht konnte. Tante Adelaide wäre in Ohnmacht gefallen.“ Sie trat einen Schritt auf Gennie zu und streckte ihre Hand aus: „Ich freue mich, dir wiederzubegegnen – Cousine.“

Gennie nahm ihre Hand und küsste sie auf die Wange. „Gib uns eine Chance. Vielleicht sind die Grandeaus genauso menschlich wie die MacGregors." Sie folgte Dianas Blick, der sich verdunkelte. Caine stand am Rosenbeet. „Ich muss für meine nächste Skizze eine andere Position einnehmen", sagte sie leichthin, hob ihre Sachen auf und wanderte davon.

Caine hatte gewartet, bis Gennie außer Hörweite war, dann ging er zu seiner Frau. „Du bist zu früh aufgestanden, Diana. Du siehst müde aus."

„Mir geht es gut", erwiderte sie ein wenig zu schnell. „Mach dir um mich keine Sorgen." Sie wandte sich zum Gehen.

Frustriert hielt Caine sie am Arm fest. „Verdammt, warum verschließt du dich mir?"

„Willst du damit aufhören!" schrie sie ihn an. „Ich weiß schon, was ich tue."

„Mag sein ..." Caine nahm sich zusammen. „Wenn es um den Mordfall geht – du hast noch nie einen Mörder verteidigt. Jedenfalls ist die Anklage überzeugt davon, dass er einer ist", fügte er hinzu.

„Schade, dass du meinen Fähigkeiten als Juristin nicht traust."

„Wenn es nur darum ginge! Aber du kapselst dich ab, sprichst nicht mit mir, und ich möchte endlich wissen, was der Grund ist."

„Ich bin schwanger!" schrie sie und presste die Hand auf den Mund, als wollte sie die Worte zurückholen.

Caine starrte sie verblüfft an. „Schwanger?" Nach dem ersten Schock kam die überströmende Freude. „Diana!" Er wollte sie an sich ziehen, aber Diana wich zurück. Und die Freude verwandelte sich in Schmerz. Caine steckte die Hände in die Hosentaschen. „Seit wann weißt du es?"

„Seit zwei Wochen." Ihre Stimme zitterte.

Caine drehte sich um und starrte auf die Rosen. „Zwei Wochen", wiederholte er. „Und du hast es nicht für nötig gehalten, es mir zu sagen?"

„Ich wusste doch nicht, was ich tun sollte!" Verzweiflung stand in ihren Augen. „Wir wollten doch noch nicht – ich dachte, dass es ein Versehen wäre und ... und ...“ Sie schwieg und sah bittend auf Caines Rücken.

„Hast du irgendwelche Pläne gemacht?“

„Pläne?“ Sie verstand seine Frage nicht. „Was meinst du? Ich kenne mich doch gar nicht mit Kindern aus, hatte kaum eine Chance, selbst ein Kind zu sein!“

„Soll das heißen, dass du das Kind nicht willst?“

„Wie kommst du darauf? Ist es nicht ein Teil von uns? Wie könnte ich dein Baby nicht wollen? Ich liebe es jetzt schon, aber es erschreckt mich ganz furchtbar.“

„O Diana!“ Caine ging auf sie zu und nahm ihr Gesicht zwischen seine Hände. „Du hast zwei Wochen vergehen lassen, in denen wir uns zusammen hätten erschrecken können.“

„Wieso du?“

„Das scheint ein normaler Vorgang zu sein“, antwortete Caine lachend, „denn einige Monate vor Macs Geburt hatte Justin mir das gleiche gestanden. Jetzt kann ich es ihm nachfühlen.“ Er legte die Hände vorsichtig auf Dianas Leib: „Ich liebe dich, liebe euch beide.“

„Caine“, flüsterte sie gegen seinen Mund, „ich muss noch so viel lernen in diesen sieben Monaten.“

„Wir beide“, verbesserte Caine seine Frau. „Komm, ich bringe dich nach oben. Werdende Mütter müssen viel liegen.“

Diana strahlte vor Glück, als Caine sie aufhob und zum Haus trug.

Gennie war weit genug entfernt gewesen und hatte dem Gespräch nicht folgen können. Als Caine mit seiner Frau im Arm verschwunden war, lächelte sie froh. Was immer beide belastet hatte, es schien beigelegt zu sein.

„Welch eine Wohltat.“

Erstaunt schaute Gennie sich um. Hinter ihr standen Serena und Justin. Das Baby lag in einem Tuch, das Serena sich über die Schulter und den einen Arm geschlungen hatte. Gennie war entzückt und lugte vorsichtig zwischen die Falten des Stoffes. Klein-Mac schlief tief und zufrieden an Mutters Brust.

„Wie weit bist du mit den Skizzen?" fragte Serena und betrachtete Gennies Blätter voller Interesse.

„Wie fühlst du dich?" fragte Justin fast gleichzeitig.

Gennie wusste, was er damit meinte. Das letzte Mal hatten sie sich bei Angelas Begräbnis getroffen. „Besser", antwortete sie wahrheitsgemäß, „viel besser. Es war richtig, dass ich für eine Weile weggefahren bin." Dann dachte sie an Grant. „Einiges andere hat auch dazu beigetragen."

„Du liebst ihn." Das war eine simple Feststellung.

„Wer ist hier neugierig?" neckte Serena ihren Mann.

„Ich habe ja nicht gefragt, sondern beobachtet", wehrte sich Justin. „Macht er dich glücklich?" fragte er, und zu Serena gewandt, betonte er: „Das ist reine Anteilnahme."

Gennie lächelte und steckte den Bleistift hinters Ohr. „Ja, er macht mich glücklich – und er macht mich unglücklich. Das gehört wohl zusammen, nicht wahr?"

„O ja." Serena lehnte ihren Kopf an Justins Schulter. Sie erblickte Grant, der aus dem Haus getreten war und auf sie zukam. „Gennie", flüsterte sie. „Wenn er sehr entschlusslos ist – das kommt bei Männern manchmal vor – dann sag mir Bescheid. Ich kann dir eine Münze leihen." Gennies verständnislose Miene brachte sie zum Lachen. „Frage mich gelegentlich danach."

Dann hakte sie sich bei Justin ein, schlug ihm ein paar Runden im Swimmingpool vor, und gemächlich schlenderten sie davon.

Schön war es, auf solche Weise zu einer Familie zu kommen, überlegte Gennie. Vielleicht würde das gegenseitige Band sie noch näher zu Grant bringen. Leichten Herzens lief sie über den Rasen auf ihn zu und warf sich in seine Arme.

„Was ist los?" erkundigte er sich.

„Ich liebe dich", rief Gennie atemlos. „Genügt das?"

Sein Griff wurde fester. „Ja", antwortete er, „das genügt."

11. KAPITEL

Gennies Leben war immer angefüllt gewesen mit allen möglichen Menschen. Aber noch nie hatte sie solche getroffen wie den MacGregor-Clan. Das halbe Wochenende lag noch vor ihr, trotzdem hatte sie das Gefühl, als kenne man sich schon ewig.

Daniel war laut, aufbrausend und gewitzt, dabei von grenzenloser Güte und Sanftmut, wenn es sich um seine Familie handelte. Offensichtlich hingen alle mit solcher Liebe an ihm, dass sie ihn glauben ließen, er habe sie am Band.

Der ruhende Pol war Anna MacGregor. Intuitiv wusste Gennie, dass diese warmherzige Frau stark genug war, um ihre Sippe durch jede kritische Situation zu führen und zusammenzuhalten. Ihren Mann wickelte sie liebevoll um den kleinen Finger, was er – ungeachtet allen Lärmens und Polterns – insgeheim längst erkannt hatte.

Unter den Geschwistern waren sich Caine und Serena am ähnlichsten. Lebhaft, fröhlich und gefühlsbetont hatten sie des Vaters Temperament geerbt. Bei Adrian spürte Gennie hinter dem ernsten, ruhigen Wesen, das er zweifellos von der Mutter hatte, ungeheure Kraft schlummern und ein nicht zu unterschätzendes Temperament. Sheila Campbell war für Adrian eine passende Partnerin.

Alle drei MacGregors hatten sich Lebensgefährten mit sehr gegensätzlichen Eigenschaften ausgesucht. Justin der Spieler – beherrscht und geheimnisvoll; Diana – gefühlvoll und verschlossen; Sheila – freimütig, klug und absolut ehrlich. Sie waren schon alles in allem eine faszinierende Gruppe.

Gennie brauchte keine große Überredungskunst, um sie alle für ein Familienbild zusammenzubekommen. Obwohl sie sofort begeistert zustimmten, hatte Gennie ihre liebe Not, sie zum Stillhalten zu bringen. Im Thronsaal wollte Gennie sie zeichnen, um den väterlichen Stuhl herum sitzend und dahinter stehend. Die Diskussion war äußerst lebhaft, wer was tun sollte und wo.

„Das Baby halte ich", erklärte Daniel und schaute sich kampfbereit um, ob etwa jemand etwas dagegen einzuwenden hätte. „Und im nächsten Jahr halte ich zwei", sagte er zu Gennie und lächelte zuerst in Dianas Richtung, dann in Sheilas. „Oder drei."

„Mutter setzt sich neben dich." Adrian rückte ihr den Stuhl zurecht. „Deine Handarbeit musst du auch halten, sonst fehlt etwas."

„Und die Frauen sitzen zu Füßen ihrer Ehemänner", meinte Caine schmunzelnd, „so wie es sich gehört."

Das fand Zustimmung bei den Männern, erregte aber Protest bei den Frauen.

„Ich denke", sagte Gennie ruhig, „wir mischen das alles etwas durcheinander." Kurz und bündig und mit der Energie eines Feldwebels arrangierte sie alle Beteiligten so, wie sie es sich vorgestellt hatte.

„Adrian hier", sie platzierte ihn zwischen seinen Eltern, „und Sheila daneben. Caine sitzt auf dem Teppich." Das war nicht ganz einfach, aber schließlich gehorchte er, rief aber lachend: „Diana muss auf meinen Schoß kommen." Das war schnell geschehen. Gennie trat einen Schritt zurück, neigte den Kopf zur Seite und war zufrieden. „Justin und Rena dann links. Grant, du ..."

„Ich werde nicht ..." begann er.

„... keine Widerrede, mein Junge!" Daniels Stimme übertönte ihn mühelos. Zu seinem Enkel gebeugt, meinte er: „Natürlich wieder ein Campbell, der Schwierigkeiten macht."

Grollend nahm Grant den angewiesenen Platz hinter Daniels Stuhl ein und beugte sich zu dessen Ohr hinunter: „Großartig – ein Campbell erscheint auf dem Familienporträt der MacGregors."

„Zwei Campbells!" ergänzte Sheila. „Und wie will Gennie uns malen und gleichzeitig auch hier sitzen?"

Erstaunt sah Gennie zu Sheila hin, doch auch dafür fand Daniel eine Lösung, wie er lautstark verkündete: „Sie zeichnet sich mit hinein. Sie ist ein kluges Mädchen."

„Gut", stimmte Gennie zu und freute sich, dass man sie in die

Familienszene einbezog. „Jetzt entspannt euch alle. Es dauert nicht zu lange. Und es ist ja nicht wie bei einem Foto, ihr müsst also nicht unbedingt stillsitzen."

Im nächsten Moment stand sie schon vor ihrer transportablen Staffelei, die sie mitgebracht hatte. „Eine farbenprächtige Gruppe", entschied sie, während sie eine Pastellkohle aus dem Farbkasten wählte. „Ich muss es irgendwann einmal in Öl machen."

„Ja, das ist gut!" Daniel war begeistert. „Für die Galerie, nicht wahr, Anna? Und schön groß!" Zufrieden kitzelte er seinen Enkel unter dem winzigen Kinn.

„Wolltest du schon immer malen, Gennie?" fragte Anne MacGregor und schob die Nadel durch ihren Stickrahmen.

„Ich glaube schon, jedenfalls kann ich mich nicht erinnern, dass es anders gewesen ist."

„Caine wollte Arzt werden", meinte Serena mit unschuldigem Gesicht. „Zumindest hat er es immer den kleinen Mädchen erzählt."

„Es war ein natürliches Bestreben", verteidigte sich Caine und blickte zu seiner Mutter auf.

„Grant suchte einen anderen Zugang zum späteren Beruf", erinnerte sich Sheila. „Ich glaube, er war vierzehn, als er Dee Dee O'Brian dazu überredete, ihm Modell zu stehen – nackt."

„Das geschah aus rein künstlerischen Motiven", konterte Grant, als Gennie ihn mit hochgezogenen Augenbrauen ansah. „Außerdem war ich fünfzehn."

„Körperstudien gehören zu jeder Kunstausbildung", sagte Gennie, während sie zeichnete. „Ich erinnere mich besonders an ein männliches Modell ..." Sie brach ab, als sie Grants Reaktion bemerkte. „Dein Stirnrunzeln ist sehr charakteristisch, Grant. Versuch doch, diesen Ausdruck einen Moment beizubehalten."

„Du malst also auch, Junge?" Daniel war neugierig geworden. Er hatte weder von Grant noch von Sheila bisher erfahren können, womit Grant sich seinen Lebensunterhalt verdiente.

„So hin und wieder."

„Ein Künstler also?“

„Ich – male nicht“, sagte Grant und lehnte sich gegen Daniels Stuhl.

„Es ist eine gute Sache, wenn Mann und Frau die gleichen Interessen haben“, verkündete Daniel mit einer Stimme wie ein Prediger. „Das festigt die Ehe.“

„Ich könnte allerdings nicht behaupten, du hättest mir oft in der Chirurgie geholfen“, spottete Anna milde.

Daniel räusperte sich. „Bei unseren Kindern habe ich schon ein paar blutige Knie verbunden.“

„Und dann, als Rena Adrian die Nase gebrochen hat“, warf Caine ein.

„Dabei sollte es deine sein“, erinnerte ihn seine Schwester.

„Warum hat Rena denn Adrian die Nase gebrochen, wenn sie dich meinte?“ erkundigte sich Diana lachend.

„Ich habe mich geduckt“, erklärte Caine.

Gennie folgte der Unterhaltung und zeichnete derweil. Welch eine Familie, dachte sie und spürte, dass das Bild ihr gelang. Grant sagte etwas zu Sheila, die protestierte und dann lachte. Einen neuen Vorstoß von Daniel überhörte er. Schließlich machte er eine Bemerkung über den Regierungssprecher, und Adrian lachte dröhnend.

Grant gehört zu ihnen, fand Gennie, als käme er aus der gleichen Kiste. Witzig, intelligent und aufgeschlossen – und doch sah sie ihn noch immer auf dem Leuchtturm, wie er jeden in die Flucht trieb, der sich dorthin verlief. Er hatte sich der veränderten Situation vollkommen angepasst, aber von seiner Persönlichkeit dabei nichts verloren. Er war zugänglich, wenn er es sein wollte – und damit hatte es sich.

Nach einem letzten Blick signierte Gennie das Bild. „Fertig!“ rief sie, drehte die Staffelei um und gab ihr Werk zu Besichtigung frei. „Die MacGregors – und Company.“

Sie umringten Gennie fröhlich und aufgeregt, jeder von ihnen hatte seine sehr bestimmte Meinung über die Ähnlichkeit der anderen auf der Skizze.

Gennie spürte eine Hand auf ihrer Schulter und wusste sofort, wessen Hand es war.

„Es ist wunderschön", murmelte Grant und prüfte die Art und Weise, wie Gennie sich selbst an seine Seite gemalt hatte. Er beugte sich herab und küsste ihr Ohr. „Und das bist auch du."

Gennie lachte, und das kostbare Gefühl der Zusammengehörigkeit mit Grant und diesen Menschen hier blieb ihr noch tagelang.

Der September brachte einen herrlichen Altweibersommer. Es blühte noch überall, und das Laub der Blaubeerbüsche färbte sich flammend rot. Gennie konnte nicht genug von diesem Naturschauspiel bekommen und saß stundenlang vor ihrer Staffelei.

Grants tägliche Routine hatte sich unmerklich verändert. Er arbeitete intensiver und über kürzere Zeiträume. Zum ersten Mal seit Jahren verlangte ihn nach Gesellschaft – nach Gennies Gesellschaft.

Sie malte, und er zeichnete. Später trafen sie sich. Manche Nächte verbrachten sie in dem riesigen Federbett in Gennies kleinem Haus. An anderen Tagen erwachten sie morgens zusammen im Leuchtturm vom Geschrei der Möwen und dem Brausen der Brandung. Manchmal besuchte Grant sie unerwartet tagsüber, brachte eine Flasche Wein oder Kartoffelchips mit.

Einmal brachte er eine Handvoll Wildblumen. Gennie war so gerührt, dass sie weinen musste, bis Grant sie in das Haus zog und sie liebte.

Es war eine friedliche Zeit für beide. Warme Tage und kühle Nächte ... Wie aber würde es weitergehen, wenn der wolkenlose Himmel den Herbststürmen wich?

„Das ist perfekt!" rief Gennie, um den Lärm des Motors von Grants Boot zu übertönen. Blaues Meer lag endlos vor ihnen. „Man könnte ungestört bis nach Europa schippern."

Grant lachte und spielte mit ihrem windzerzausten Haar. „Warum sagst du das erst jetzt? Ich hätte volltanken müssen."

„Sei nicht so nüchtern! Stell es dir nur vor, wir wären viele Tage auf See."

„Und Nächte." Grant beugte sich herab und knabberte an Gennies Ohr. „Bei Vollmond und zwischen Haien."

Spielerisch hielt Gennie sich an Grant fest: „Wer beschützt dann wen?"

„Wir Schotten sind zu zäh. Haie bevorzugen die zartere französische Delikatesse." Seine Liebkosungen wurden eindeutiger. Genussvoll schmiegte sich Gennie an Grant.

Vielleicht endet dieser Sommer niemals, wünschte sie. Oder wir könnten weiter und weiter fahren, ohne dass uns etwas zurückruft. Aber der November rückte näher, und damit die fest geplante Ausstellung in New York. Ach was, bis dahin haben wir noch volle zwei Monate Zeit, dachte Gennie. Weshalb sich jetzt schon Kopfzerbrechen machen! Der Augenblick gilt, und der ist wunderschön.

Würde sie New Orleans für Grant aufgeben? Ein Leben zusammen hier in Windy Point war leicht vorstellbar in dem alten Bauernhaus neben dem Turm. In den großen, hellen Räumen würde Platz genug sein für Kinder, das Obergeschoss wäre ideal als Studio, und Grant hätte jederzeit seine Ruhe im Turm.

Vor den Ausstellungen würde seine Nähe sie beruhigen, bis die Nerven nicht mehr zitterten. Viele bunte Blumen würden sie im Garten pflanzen und in der Nacht der Brandung und Grants ruhigen Atemzügen lauschen.

„Was ist los mit dir, schläfst du ein?" hörte sie ihn fragen und spürte gleichzeitig seinen Kuss.

„Ich träume vor mich hin", antwortete sie leise. „Der Sommer soll nicht so schnell zu Ende gehen."

Grant fröstelte plötzlich und zog Gennie enger an sich. „Es wird sich nicht vermeiden lassen. Das Meer ist auch im Winter schön."

Wird Gennie dann noch hier sein? Grant wünschte es sich, denn mit ihr weggehen konnte er nicht. Sein Leben war so sehr auf Alleinsein und Einsamkeit abgestellt, dass er einen wichtigen Teil seiner Persönlichkeit aufgeben müsste, wollte er das grundlegend ändern. Gennie hatte immer im Rampenlicht gestanden. War das schon zu ihrer zweiten Natur geworden? Könnte er von ihr verlangen, ihm zuliebe darauf zu verzichten? Der Gedanke an ein Leben ohne Gennie schmerzte.

Es hätte nie so weit kommen dürfen. Trotzdem mochte er keine Minute ihres Zusammenseins missen. Gennie hier festhalten? Gennie fortgehen lassen? Eine Entscheidung schien unmöglich. Er drehte das Boot um und fuhr zur Küste zurück. Kleine Schaumkronen blitzten im Sonnenlicht. Nein, der Sommer soll nie enden. Aber er würde enden.

„Du bist still", sagte Gennie, als sie am Steg anlegten.

„Ich habe darüber nachgedacht ..." Grant sprang an Land, zog die Leine fest und reichte Gennie die Hand, „dass ich mir diesen Ort ohne dich nicht mehr vorstellen kann."

Gennie verlor beinahe das Gleichgewicht, als sie einen Schritt auf den Steg zu machte. „Er ist mir fast zur Heimat geworden."

Grant ließ ihre Hand nicht los, als sie zum Leuchtturm gingen. „Erzähl mir von deiner Wohnung in New Orleans", bat er abrupt.

„Sie liegt im französischen Teil. Ich kann den Jackson Square vom Balkon aus sehen. Dort ist immer Betrieb: Künstler, Studenten und Touristen. Es ist laut." Gennie lachte, als sie davon sprach. „Mein Studio ist schalldicht, aber manchmal gehe ich auf die Straße, um unter Menschen zu sein und Musik zu hören."

Sie kletterten den steilen Pfad zwischen den Klippen hinauf, wo es kein Geräusch gab außer dem der Möwen und der See.

„Manchmal gehe ich nachts spazieren, nur um der Musik zu lauschen, die aus den Türen und Fenstern dringt." Sie atmete tief die salzige, tangige Luft ein. „Dort riecht es nach Whisky, dem Mississippi und scharfen Gewürzen."

„Du hast das vermisst", murmelte Grant.

„Ich bin schon lange weg." Sie gingen auf den Leuchtturm zu.

„Seit fast sieben Monaten schon. Alles erinnerte mich an Angela, das hielt ich nicht mehr aus." Sie seufzte.

„Du wirst zurückfahren", sagte Grant nüchtern, „und damit fertig werden müssen."

„Das bin ich schon." Gennie wartete, während Grant die schwere Tür öffnete. „Damit fertig werden – ja, doch Angela fehlt mir schrecklich. Mit New Orleans hängen tausend Erinnerungen zusammen. An solchen Orten hängt man. So wie du an Windy Point." Sie lächelte zu Grant auf, als sie den Turm betraten.

„Ja." Grant fühlte auf einmal Winterkälte in sich hochsteigen und zog Gennie eng an sich. „Hier ist alles, was ich brauche."

Grant küsste Gennie wild und leidenschaftlich, als könnte er dadurch die Angst vertreiben. Ungeduldig riss er an ihrem T-Shirt, und als seine Hände ihren Weg fanden, verlor er alle Beherrschung. Gennie reagierte mit gleicher Heftigkeit, ihr war genauso zumute wie Grant.

„Komm hinauf", flüsterte er mit rauer Stimme.

Wie Ertrinkende klammerten sie sich aneinander, versuchten festzuhalten, was ihnen zu entgleiten drohte. Nur nicht nachdenken müssen, sondern die Angst besiegen und einander fühlen. Neben Leidenschaft und Liebe war in dieser Nacht Verzweiflung ihr stummer Begleiter.

Die Sonne ging gerade erst auf, als Gennie erwachte. Trotz der rosigen, warmen Strahlen lag ein frostiger Schleier über dem Fenster. Sie war allein, das Laken neben ihr kalt. Gennie fühlte sich entspannt und zufrieden nach dieser langen, leidenschaftlichen Liebesnacht. Aber die Tatsache, dass Grant heute vor ihr das Bett verlassen hatte, beunruhigte sie.

Kopfschüttelnd dachte Gennie an seine unersättliche, unermüdliche Zärtlichkeit. Immer wieder hatte er sie in seine Arme genommen, geküsst und gestreichelt, als wollte er die Erinnerung auf eine lange Reise mitnehmen.

Er hatte nicht schlafen können, und um sie nicht zu stören, war er aufgestanden. Hätte er sie doch geweckt!

Er ist sicher in der Küche, sitzt am Tisch, trinkt Kaffee und wartet auf mich.

Als sie das Treppenhaus betrat, hörte sie leise und undeutlich Radiomusik. Aber die kam nicht von unten – verblüfft sah Gennie auf –, die Musik kam von oben. Seltsam, Grant hat nie erwähnt, dass er das dritte Geschoss benutzt.

Getrieben von ihrer Neugier, begann Gennie, die Wendeltreppe aufwärts zu klettern. Ein Sprecher verlas Nachrichten, das hörte sich gespenstisch und unpassend in dem stillen Leuchtturm an. Erst in diesem Moment wurde es Gennie klar, wie vollkommen sie die Außenwelt vergessen hatte. Abgesehen vom Wochenende bei den MacGregors war ihr Sommer eine isolierte, sich nur um Grant drehende Zeit gewesen.

Im Türrahmen eines sonnenüberfluteten Raumes blieb sie stehen. Es war ein Studio, großzügig angelegt und auf den nördlichen Lichteinfall hin ausgerichtet. Gennies Blick streifte die Regale, vollgestopft mit Zeitschriften und Magazinen. In der Ecke stand ein Fernseher und an der gegenüberliegenden Wand eine alte, durchgesessene Couch. Sie sah weder Staffelei noch Leinwand, doch zweifellos war das hier das Atelier eines Künstlers.

Grant saß, den Rücken zu ihr gewandt, vor einem Zeichentisch. Es roch nach Tinte und Leim. Die Glasvitrine neben Grant enthielt eine Vielzahl wohl geordneter Geräte und Hilfsmittel.

Ein Architekt? überlegte Gennie verwirrt. Doch diese Idee verwarf sie schnell wieder. Kein Architekt hätte der Versuchung widerstehen können, das alte Bauernhaus zu restaurieren, welches direkt neben dem Turm stand. Grant beugte sich über seine Arbeit und sprach leise mit sich selbst. Das hätte Gennie amüsiert, wäre sie nicht so verblüfft gewesen. Als er sich bewegte, erkannte sie einen Malpinsel in seiner Hand. Nerzhaar und sehr teuer. Er hielt ihn ganz selbstverständlich, wie nach langjähriger Praxis.

Hatte er nicht abgestritten, dass er malt? Und wozu brauchte ein Maler den Zirkel und verschiedene Winkel?

Grant hob den Kopf, und ihre Augen trafen sich im Spiegel, der an der Wand gegenüber seinem Arbeitsplatz hing.

Er hatte tatsächlich nicht schlafen können. Irgendwann mitten in der Nacht war in ihm der Entschluss gereift, dass ihre Wege sich trennen müssten. Mehr noch: dass er diese Trennung auch würde verkraften können. Gennie lebte weit weg von Windy Point. Glanz und Ruhm waren Teil ihres Lebens, so wie Öffentlichkeit und Bestätigung. Er dagegen brauchte die Einsamkeit, schlichte Natürlichkeit und Anonymität. Das ließ sich nicht miteinander vereinbaren.

Noch im Dunkeln war er aufgestanden und hatte sich eingebildet, er würde arbeiten können. Nach fast zwei Stunden vergeblichen Bemühens ließen sich endlich ein paar Fortschritte erkennen. Und nun stand Gennie hinter ihm, hier in seinem Heiligtum, was er als Einziges für sich allein hatte behalten wollen.

Viel zu aufgeregt, um Grants Verstimmung zu bemerken, kam sie näher. „Was machst du hier?“ Er schwieg, und Gennie stellte sich neben ihn und betrachtete stirnrunzelnd den großen Bogen Zeichenpapier auf seinem Brett. Er war kreuzweise schraffiert und durch hellblaue Linien in verschiedene Abschnitte eingeteilt. Gennie sah, wo Grant mit Stift und Tinte die Zeichnung angefangen hatte, aber sie erkannte noch immer nicht, was es darstellte.

Keine Blaupause, überlegte sie, etwas Mechanisches – vielleicht als kommerzielle Kunst? Fasziniert beugte sie sich tiefer, sah die Figuren – und wusste plötzlich Bescheid.

„Oh! Cartoons.“ Erfreut über ihre Entdeckung schob sie Grant ein wenig beiseite. „Hundertmal habe ich den Strip schon gesehen. Ich finde ihn wunderbar!“ Sie lachte und schob das Haar zurück auf die Schulter. „Du bist Cartoonist, Grant!“

„Das stimmt.“ Ihre Begeisterung gefiel ihm nicht. Das war nun einmal sein Beruf, nichts weiter. Gleichzeitig war ihm klar, dass jetzt und hier die letzte Möglichkeit wäre, sich von Gennie zu lösen. Mit Bedacht legte er seinen Pinsel beiseite.

„So entwirfst du also eine Bildergeschichte." Gennie war viel zu interessiert an Grants Arbeit, um sein merkwürdiges Benehmen zu beachten. „Sind die blauen Striche perspektivisch? Wie ist es dir nur möglich, an sieben Wochentagen immer etwas Neues zu bringen?"

Grant wollte nicht, dass Gennie seine Arbeit verstand. Wenn das geschah, würde es so gut wie unmöglich sein, sie fortzuschieben und wegzuschicken.

„Das ist mein Job", sagte er kurz. „Ich habe zu tun, Gennie, ich bin in Zeitdruck."

„Das tut mir Leid", entschuldigte sie sich spontan. Dann erkannte sie den kühlen, verschlossenen Ausdruck in seinen Augen. Es kam ihr plötzlich in den Sinn, dass Grant diesen wichtigen Teil seines Lebens absichtlich vor ihr verborgen hatte. Das tat weh, und die anfängliche Freude über die Entdeckung verflog. Es tat sehr weh. „Warum hast du mir nie davon erzählt?"

Obwohl Grant ihre Frage erwartet hatte, war ihm keine gute Antwort darauf eingefallen. Er zuckte mit den Schultern: „Dazu bestand kein Grund."

„Kein Grund!" erwiderte Gennie verletzt und sah ihn an. „Ich möchte eher annehmen, dass du es nicht wolltest. Warum?"

Wie könnte er ihr erklären, dass Verschwiegenheit für ihn ganz selbstverständlich geworden war? Er hatte sich so sehr daran gewöhnt, alles für sich zu behalten. Jede Erklärung müsste ein Geständnis enthalten, eine Begründung – und davor schreckte er zurück. Nein, dazu war es auch schon zu spät. Grant hatte sich noch gerade rechtzeitig auf seine Zurückhaltung besonnen.

„Weshalb sollte ich mit dir darüber sprechen?" gab er die Frage zurück. „Es ist mein Beruf und hat mit dir absolut nichts zu tun."

Aus Gennies Gesicht war alle Farbe gewichen. Aber Grant hatte sich von ihr abgewandt, als er aufstand, deshalb entging es ihm.

„Nichts mit mir zu tun ..." wiederholte Gennie fast unhörbar. „Deine Arbeit ist für dich doch wichtig, oder?"

„Natürlich ist sie das." Grants Ton war barsch. „Die Arbeit gehört zu mir."

„Ja, das glaube ich dir." Gennie spürte, wie eisige Kälte ihren Körper gefühllos machte. „Ich habe dein Bett teilen dürfen, aber das hier nicht."

Grant fuhr herum. Der verletzte Ausdruck in Gennies Augen war kaum zu ertragen. „Was zum Teufel hat das eine mit dem anderen zu tun? Welchen Unterschied macht es, womit ich meinen Lebensunterhalt verdiene?"

„Es wäre mir gleichgültig gewesen, wenn du nichts getan hättest. Aber du hast mich belogen!"

„Ich habe dich niemals belogen!" schrie Grant.

„Vielleicht verstehe ich den feinen Unterschied zwischen Täuschung und Unehrlichkeit nicht."

„Hör mir zu: Meine Arbeit ist Privatsache. Und so will ich es auch." Die Erklärung war unüberlegt, weil er ärgerlich und gereizt war. „Ich zeichne die Figuren, weil ich das gern tue, nicht weil ich es muss, nicht weil ich Anerkennung brauche. Anerkennung wäre das Letzte, was ich brauche." Grants Augen waren fast schwarz vor Erregung. „Ich halte keine Vorlesungen, schreibe keine Aufsätze oder gebe Presseinterviews. Ich hasse es nämlich, wenn mir Leute zu nahe kommen. Ich habe die Anonymität gewählt, genauso wie du das Rampenlicht wähltest. Ich fühle mich so am wohlsten. Das hier ist meine Kunst, das hier ist mein Leben. Und ich beabsichtige nicht, daran etwas zu ändern."

„Ich verstehe." Gennie war steif vor Schmerz und zitterte vor innerer Kälte. Sie wusste, was Leid bedeutete, und sie litt. „Und mit mir darüber sprechen, mich Anteil nehmen lassen wäre gleichbedeutend gewesen mit Zurschaustellung. Die Wahrheit ist, dass du mir nicht vertraust. Du hast mir nicht zugetraut, dass ich dein kostbares Geheimnis für mich behalte oder dass ich deine kostbare Art zu leben nicht respektiere."

„Tatsache ist, dass sich unsere Lebensweisen vollkommen voneinander unterscheiden." Seine eigenen Worte zerrissen Grant das Herz. Er stieß Gennie von sich, das konnte er fühlen. „Man kann deine und meine Bedürfnisse nicht auf einen Nenner bringen. Das hat mit Vertrauen überhaupt nichts zu tun."

„Vertrauen ist die Grundlage für alles", entgegnete Gennie. Grant sah sie so an, wie er es das erste Mal in der Sturmnacht getan hatte. Sie war ein Eindringling hier, eine Fremde, und er wollte sie loswerden. Nur hatte sie ihn damals nicht geliebt. „Du hättest das Wort Liebe nicht aussprechen dürfen, Grant, nicht bevor du seine Bedeutung verstehst. Oder vielleicht hätten wir unsere Auffassungen darüber vorher abstimmen sollen. Für mich bedeutet Liebe so viel wie Vertrauen und Kompromiss und Notwendigkeit. Die Begriffe aber sagen dir gar nichts."

„Verdammt, erklär mir nicht, was ich denken soll. Kompromiss?" entgegnete er, während er ruhelos im Zimmer hin und her lief. „Welche Art von Kompromiss hätten wir schließen können? Würdest du mich etwa heiraten, um dich dann hier zu vergraben? Zum Teufel, wir wissen beide doch ganz genau, dass dich die Presse auch ohne dein Dazutun ausfindig machen würde. Würdest du von mir erwarten, dass ich in New Orleans lebe, bis meine Arbeit nichts mehr taugt und ich mir nichts sehnlicher wünschen könnte, als dort wegzukommen?" Grant drehte sich zu ihr um, ballte zornig die Hände zu Fäusten und blitzte Gennie an: „Wie lange würde es dauern, bis jemand das aus meinem Leben aufdeckt, was ich aus gutem Grund für mich behalten möchte und worüber ich niemandem Rechenschaft schuldig bin."

„Das bist du ja gar nicht." Wenn ich jetzt weinen muss, dachte Gennie, kann ich nie wieder aufhören. „Aber du wirst auf keine dieser Fragen eine Antwort finden, nicht wahr? Weil du dir die Mühe nicht gemacht hast, mich teilhaben zu lassen, weder an den Fragen noch an deinen Gründen. Das dürfte Antwort genug sein."

Sie verließ das Studio und stieg mit festen Schritten die geschwungene Treppe hinunter. Erst als sie im Freien war, rannte sie.

12. KAPITEL

Gennie sah die Karten in ihrer Hand an und überlegte. Es waren eine Neun und eine Acht. Mit siebzehn auf Sicher gehen? Noch eine Karte nehmen wäre riskant. Trotzdem nickte sie dem Croupier zu. Dann lächelte sie ironisch: Eine Vier. Glück im Spiel ...

Warum in aller Welt spielte sie Blackjack um sieben Uhr fünfzehn am Sonntagmorgen? Nun, es war eine Möglichkeit, sich die Zeit zu vertreiben, und produktiver, als im Zimmer umherzulaufen oder schlaflos im Bett zu liegen. Beides hatte sie lange genug versucht. Doch auch die Glückssträhne der letzten Stunden konnte ihre Stimmung nicht verbessern. Fast wäre ihr ein kräftiger Verlust lieber gewesen, dann hätte sie sich wenigstens geärgert.

Gennie wechselte die Chips ein und steckte den Gewinn in ihre Handtasche. Beim Würfeln später würde sie das Geld vielleicht wieder verlieren. Um diese Tageszeit war das Casino fast leer. Der hohe, elegante Raum wirkte noch imposanter.

Sie trat an eines der riesigen Fenster und schaute hinaus. War das Meer der Grund, warum sie nicht zurück nach New Orleans gefahren war? Sie hatte gepackt und sich unverzüglich auf den Weg gemacht. Zu Hause würde sie ihr altes Leben wieder aufnehmen. Dann hatte sie sich, ohne viel nachzudenken, anders entschieden und war hierher zu Serena und Justin gekommen.

Die Wellen trugen kleine Schaumkronen, der Wind blies heute stürmisch. Vor mehr als zwei Wochen war sie hier eingetroffen, aber zu einem Strandspaziergang hatte sie sich bisher noch nicht entschließen können. Warum quälte sie sich und setzte keinen dicken Strich unter die ganze, hoffnungslose Sache? Hatte Grant sie nicht eindeutig abgewiesen und weggeschickt? Aber der Schmerz über die Trennung von ihm höhlte sie immer mehr aus.

„Ich liebe dich", hatte er gesagt, „aber ..."

Das konnte Gennie nie verstehen. Liebe bedeutet, dass alles möglich ist, dass man alles möglich machen kann. Wenn seine Liebe aufrichtig gewesen wäre, dann hätte er das begriffen.

Vielleicht wäre es besser, nicht täglich den Macintosh in der Zeitung zu verfolgen. In Macintoshs Leben war Veronica getreten. Dieser lächerliche und beißende Cartoon Strip gefiel Gennie, sie musste über das Liebesduell der beiden Cartoonfiguren lachen. Dann kamen die Erinnerungen, und sie musste weinen.

Mit welchem Recht benutzte Grant sie – Gennie – als Vorlage für seine Arbeit? Über das ganze Land verbreitet, konnten die Leser in Dutzenden von Zeitungen Macintoshs beginnende Romanze verfolgen: Seine Verliebtheit bis über beide Ohren und seine Verwirrung durch die sinnliche, reizvolle Veronica. Die Strips waren komisch, ein Hauch von Spott und Zynismus machte sie noch anziehender, noch menschlicher. Gennie entdeckte alles wieder, was sie beide gesagt und getan hatten, obwohl Grant sehr geschickt war im Verdrehen und Lächerlichmachen.

Trotz seiner Vorliebe für Zurückgezogenheit teilte er die komplizierte Berg- und Talbahn seiner Gefühle aller Welt mit. Es tat weh, täglich den Macintosh zu betrachten. Aber Gennie stürzte sich auf die Zeitung, sobald sie erschien.

„Früh aufgestanden, Gennie?"

Justin stand hinter ihr und legte die Hand auf ihren Arm. „Ich war schon immer ein Morgenmensch", wich Gennie seiner Frage aus, doch dann setzte sie lächelnd hinzu: „Ich habe deine Tische leer gemacht."

Justin gab das Lächeln zurück, aber seine Augen musterten sie prüfend. Sie war blass und sah genauso elend aus wie an dem Tag, als sie unerwartet hier angekommen war. Und ihr fehlte Schlaf. Justin erkannte den tief unglücklichen Ausdruck in ihren Augen. Was immer zwischen ihr und Grant geschehen war, es hatte seine Spuren hinterlassen.

„Wie wäre es mit Frühstück?" Ohne eine Antwort abzuwarten, nahm er Gennies Arm und führte sie zu seinem Privatlift.

„Du bist die einzige Cousine, an der mir liegt, Genevieve. Ich habe es satt, deine Selbstzerstörung zu verfolgen."

„Das tue ich doch nicht!" sagte Gennie entrüstet, legte aber dann den Kopf müde an Justins Schulter.

Der Fahrstuhl hielt, und Justin schob Gennie hinein. „Wie viel hast du mir abgenommen?"

Gennie musste einen Moment lang überlegen, bis sie verstand, dass er das Thema gewechselt hatte. „Das weiß ich nicht genau, ungefähr fünf- oder sechshundert."

„Dann geht das Frühstück auf deine Rechnung", meinte er trocken und führte Gennie in seine und Serenas Wohnung, als die Lifttüren sich öffneten. Es gefiel ihm, dass er sie zum Lachen bringen konnte.

„Typisch Mann", meinte Serena schmunzelnd, als Gennie und Justin den Wohnraum betraten, „schneit im Morgengrauen mit einem schönen Mädchen herein, während die eigene Frau zu Hause bleiben muss, um dem Baby die Windeln zu wechseln." Dabei hob sie Mac in die Luft.

Justin küsste sie. „Nichts ist schlimmer als Eifersucht." Er nahm ihr seinen Sohn ab, und Serena ließ sich aufatmend in einen Sessel fallen. „Mac kriegt Zähne", erklärte sie, „und ist ziemlich unleidlich."

„Ist das wahr?" Justin steckte dem Knirps seine Fingerknöchel in den Mund. Es schien ihm gut zu tun, die schmerzenden Stellen daran zu reiben. „Wird auch vorübergehen."

Serena gähnte. „Habt ihr zwei schon etwas gegessen?"

„Gennie wurde soeben von mir zum Frühstück eingeladen." Serena verstand Justins Blick und sah mitfühlend zu Gennie hin. „Das war eine gute Idee." Sie nahm den Hörer vom Haustelefon ab. „Es ist fabelhaft praktisch, wenn man in einem Hotel mit Room Service wohnt."

Während Serena ihre Bestellung durchgab, betrachtete Gennie die Räume. Hier war früher ein Hotelappartement gewesen, aber davon war nichts mehr geblieben. Es war Serena sehr gut gelungen, eine geschmackvolle, gemütliche Wohnung daraus zu machen. Justin spielte mit dem Baby auf einer Couch. Serena gab mit melodischer Stimme der Küche Anordnungen – eine harmonische Familie.

Wenn man sich liebt, dachte Gennie, kann man überall sein Zuhause haben. Rena und Justin ist es jedenfalls gelungen.

Wäre sie nicht dazu auch bereit gewesen? New Orleans wäre ein Ort für Besuche gewesen, um die Familie zu sehen und alte Verbindungen zu pflegen. Sie hätte ein Heim an der rauen, felsigen Küste schaffen können – für ihn, mit ihm. Sie wäre Grant entgegengekommen, wenn er es nur angenommen hätte. Aber vielleicht erschien ihr das alles nur so, und das Ganze war viel komplizierter. Vielleicht war Grant einfach nicht fähig, etwas anzunehmen. Das müsste sie akzeptieren – und dann endgültig diese Tür schließen.

„Der Ozean ist wunderschön am Morgen." Serena war hinter Gennie ans Fenster getreten.

„Ja." Gennie wandte sich um. „Ich habe mich an den Anblick gewöhnt. Wir lebten ja immer am Fluss."

„Wirst du dorthin zurückkehren?"

„Irgendwann – sicherlich."

„Das ist der falsche Weg, Gennie."

„Serena!" Justins Stimme klang warnend im Hintergrund. Aber Serena drehte sich zu ihm um und rief temperamentvoll: „Verdammt, Justin, sie ist doch so unglücklich! Nur ein dickköpfiger, uneinsichtiger Mann kann eine Frau so elend machen."

„Das beruht auf Gegenseitigkeit", erwiderte Justin ruhig.

„Ja", Serena lachte ein wenig und fuhr sich mit der Hand durch das Haar, „und wenn er zu dickköpfig ist, muss man ihn als Frau ein bisschen stoßen."

„Grant wollte mich ja nicht haben", mischte Gennie sich ein. Die Worte taten weh, aber wenigstens hatte sie die Kraft gehabt, es auszusprechen. „Nicht für immer oder jedenfalls nicht genug. Er konnte einfach nicht glauben, dass wir für unsere Probleme eine Lösung gefunden hätten. Er wollte nicht teilen, wollte sich überhaupt nicht in mich verlieben. Er will von niemandem abhängig sein."

Während sie sprach, stand Justin auf und brachte Mac in das Kinderzimmer. Die Melodie einer Spieluhr klang durch die offene Tür. „Gennie", begann er, als er zurückkam, „weißt du Bescheid über Grants und Sheilas Vater?"

Gennie seufzte tief und ließ sich in einen Sessel sinken. „Er starb, als Grant siebzehn war."

„Er ist ermordet worden", verbesserte Justin und bemerkte, wie Entsetzen in Gennies Augen trat. „Senator Robert Campbell ... Du musst noch ein Kind gewesen sein, aber vielleicht erinnerst du dich."

Sie konnte sich erinnern, wenn auch vage – die Fernsehberichte, der Gerichtsverlauf, die Gespräche ... Hatte Sheila nicht gesagt, dass die Geschwister dabei gewesen seien, als der Vater getötet wurde? Dass der Mord unmittelbar vor ihren Augen stattfand? „Oh Gott, Justin, es muss schrecklich für sie gewesen sein."

„Solche Wunden lassen oft böse Narben zurück", sagte er leise.

„Nach dem, was mir Adrian erzählte, hat Sheila lange Zeit sehr darunter gelitten. Warum soll es Grant anders ergangen sein? Manchmal ..." Sein Blick huschte für eine Sekunde zu Serena, „... wehrt man sich dagegen, jemanden zu sehr zu lieben, weil man fürchtet, dass man ihn wieder verliert."

Serena setzte sich auf die Lehne seines Sessels und legte den Arm um Justins Schultern.

„Seht ihr es nicht, auch das hat er mir vorenthalten." Gennie krampfte ihre Hand um die Sessellehne. Sie empfand den Schmerz nach, den der Junge erlitten hatte und den der Mann noch immer litt. „Er hat mir nicht vertraut, wollte nicht, dass ich ihn verstehe. Wo Geheimnisse sind, ist auch Distanz."

„Glaubst du nicht, dass er dich liebt?" fragte Serena vorsichtig.

„Nicht genug." Gennie schüttelte heftig ihren Kopf. „Ich würde vor Sehnsucht nach mehr Liebe umkommen."

„Gestern Abend rief Sheila an", sagte Serena, als ein Klopfen an der Tür das Frühstück ankündigte. Justin stand auf und ließ den Zimmerkellner mit dem Wagen hereinkommen, während Serena leise fortfuhr: „Grant hat sie und Adrian überraschend vor ein paar Tagen besucht."

„Ist er ..."

„Nein", unterbrach Serena Gennies Frage. „Er ist zurück in Maine. Sie sagte, dass er sie mit Fragen geplagt habe. Natürlich wusste Sheila nicht die Antworten, bis sie mit mir gesprochen hatte und erfuhr, dass du hier bist." Gennie blickte stirnrunzelnd aus dem Fenster auf das Meer. „Sie war neugierig, ob du seine Macintosh-Serie in den Zeitungen verfolgt hast. Ich habe mehr als zwei Stunden gebraucht, um dahinterzukommen, warum das Sheila interessierte."

Mit einem grübelnden Ausdruck in den Augen wandte sich Gennie Serena zu. „Ich kann dir nicht ganz folgen." Sie wusste nicht, was Serena über Grants Arbeit wusste, und blieb vorsichtig.

Serena nahm die Kanne vom Tablett. „Kaffee, Veronica?"

Gennie lachte bewundernd auf. „Du bist clever, Rena."

„Ich liebe Puzzles", verbesserte Serena, „und die Teile stimmten."

„Über diesen Punkt haben wir zuletzt gestritten." Gennie warf Justin, der sich wieder zu ihnen setzte, einen Blick zu. Sie goss Sahne in ihre Tasse, trank den Kaffee aber nicht. „Niemals, während der ganzen Zeit, die wir zusammen waren, hat Grant mir erzählt, was er macht. Als ich es zufällig entdeckte, war er so schrecklich wütend, als ob ich in seine Privatsphäre eingedrungen wäre. Dabei freute ich mich so über das, was ich herausgefunden hatte. Zu Anfang habe ich immer geglaubt, er würde sein Talent nicht nutzen, was ich nicht verstand. Dann, als ich herausfand, dass er etwas so Kluges und Schwieriges machte ..." Sie schüttelte den Kopf. „Er hat mich nie wirklich an sich herangelassen."

„Vielleicht hast du einfach nicht laut genug darum gebeten?" meinte Serena.

„Wenn er mich noch einmal abweisen würde, Rena, könnte ich es nicht ertragen. Es geht nicht um Stolz, einfach um Kraft."

„Bist du nicht vor jeder Ausstellung ein Nervenbündel gewesen?" erinnerte Justin sie. „Du hast es trotzdem geschafft."

„Es ist leichter und sicherer, sich selbst und seine Gefühle einer Gruppe von Menschen zu öffnen, als dem einen, auf den es ankommt und der einen zurückweisen könnte. Im November ist wieder eine Ausstellung in New York. Darauf muss ich mich jetzt konzentrieren."

„Vielleicht möchtest du einen Blick auf das hier werfen, während du isst." Justin schob die Comic-Seite der Tageszeitung über den Tisch, die der Kellner vorhin mitgebracht hatte.

Gennie blickte darauf, obwohl sie es eigentlich nicht wollte. Es war ihr nicht möglich, zu widerstehen. Nach einer Weile nahm sie Justin das Blatt aus der Hand.

Die Sonntagsausgabe war dick und farbig. Aber dieser Macintosh wirkte trotzdem düster und irgendwie verloren. Mit einem Blick konnte Gennie sehen, dass die Schattierungen auf seine Depression und auf seine Einsamkeit hinweisen sollten. Grant war wirklich ein Künstler. Mit wenigen Strichen fesselte er den Betrachter und brachte ihn in die gewünschte Stimmung.

Im ersten Abschnitt saß Macintosh allein da, die Ellenbogen auf die Knie gestützt und das Kinn in den Händen vergraben. Weder Worte noch Zwischentexte waren notwendig, um sein Elend deutlich zu machen. Die Sympathie der Leser wurde sofort geweckt. Wer ist dem armen Kerl diesmal auf den Zeh getreten?

Es klopft an der Tür, und er murmelt – er musste einfach murmeln: „Herein." Aber als Ivan, der russische Emigrant, eintritt, verändert er seine Haltung nicht. Ivan liebt es, sich stark amerikanisch zu kleiden – diesmal in einem Westernanzug einschließlich Cowboyhut und Stiefeln.

„Hey, Macintosh, ich hab zwei Karten für das Baseballspiel!"

Keine Reaktion. Ivan zieht einen Stuhl heran und schiebt den Hut in den Nacken. „Du kannst das Bier bezahlen, du bist Amerikaner. Und wir nehmen dein Auto."

Auch diesmal keinerlei Reaktion.

„Lässt du mich fahren?" Ivan stupst Macintosh mit einer Stiefelspitze an.

„Oh, hallo, Ivan." Macintosh verfällt wieder in seinen Trübsinn.

„Hör mal, hast du ein Problem?"

„Veronica hat mich verlassen."

Ivan schlägt die Beine übereinander und wippt mit dem Fuß. „Wegen eines anderen Kerls, oder?"

„Nein."

„Was dann?"

Macintosh ändert seine Stellung nicht im Geringsten, das gibt der Situation das Spezielle. „Weil ich selbstsüchtig war, grob, arrogant, unehrlich, töricht und überhaupt widerlich."

Ivan betrachtet seine Stiefelspitze. „Ist das alles?"

„Ja."

„Frauen!" sagt Ivan und zuckt mit den Schultern. „Sie sind nie zufrieden."

Gennie las den Strip zweimal durch, dann schaute sie hilflos auf. Wortlos nahm Serena ihr die Zeitung aus der Hand und schaute selbst. Sie lachte einmal, dann legte sie das Blatt beiseite.

„Soll ich dir beim Packen helfen?"

Wo zum Teufel war sie? Grant wusste selbst, wie unsinnig es klang, sich das immerzu zu fragen.

Wo zum Teufel war Gennie?

Vom Ausguck des Leuchtturms konnte er meilenweit über das Land blicken. Aber Gennie war nirgendwo. Der Wind blies ihm ins Gesicht, als er auf die See starrte und sich andauernd überlegte, was um Himmels willen er tun sollte.

Sie vergessen? Grant konnte gelegentlich das Essen oder das Schlafen vergessen – aber niemals Gennie. Unglücklicherweise erinnerte er sich ganz genau an die letzten zehn Minuten, die sie zusammen verbracht hatten. Warum war er ein solcher Narr gewesen? Oh, das war leicht, dachte er angewidert. Darin hatte er ja Übung.

Wenn er dann nicht zwei Tage hätte verstreichen lassen, indem er sie, sich selbst und die ganze Welt verdammte und ruhelos am Strand herumgelaufen war, vielleicht wäre es noch nicht zu spät gewesen. Als er sich endlich eingestand, dass sein Herz gebrochen war, konnte er von Gennie keine Spur mehr finden. Das kleine Häuschen war verschlossen, die Witwe Lawrence wusste noch nichts und sagte noch weniger.

Grant war nach New Orleans geflogen und hatte nach Gennie gesucht wie ein Wahnsinniger. Ihre Wohnung war leer, die Nachbarn hatten nichts von ihr gehört. Um ihre Großmutter ausfindig zu machen, musste er alle Grandeaus aus dem Telefonbuch durchprobieren. Als er die alte Dame endlich erwischte, war die Antwort auch negativ. Gennie befindet sich auf Reisen.

Ja, zweifellos. Wahrscheinlich fuhr sie so schnell und so weit von ihm weg, wie es nur irgend ging.

Grant hatte schließlich auch bei den MacGregors angerufen und glücklicherweise Anna erwischt und nicht Daniel. Sie machte ihm Mut, wusste aber auch nichts.

Alles könnte ein Traum gewesen sein, wäre nicht das Gemälde mit dem Leuchtturm zurückgeblieben, das kurz vor dem Gewitter fertig wurde, als sie sich auf dem Rasen zum ersten Mal geliebt hatten. Es stand einfach da, doch weder ein Brief noch ein Zettel steckten daran. Grant wollte das Bild über die Klippen ins Meer werfen, aber jetzt hing es in seinem Schlafzimmer und machte ihn jedes Mal, wenn er es ansah, noch unglücklicher.

Früher oder später, das versprach er sich, würde er sie finden. Ihr Name und ihr Foto mussten in einer Zeitung auftauchen. Er würde sie aufspüren und zurückbringen.

Zurückbringen, ha! Grant fuhr heftig mit einer Hand durch sein Haar. Bitten würde er, flehen, sich ihr zu Füßen werfen – was auch immer nötig wäre, damit sie ihm eine neue Chance gäbe.

Gennie ist schuld, dachte er, um wieder wütend zu werden. Ihretwegen benehme ich mich wie ein Geisteskranker.

Seit mehr als zwei Wochen hatte Grant keine Nacht mehr richtig geschlafen. Die Einsamkeit, die er angeblich liebte und brauchte, drohte ihn zu ersticken. Lange konnte das nicht so weitergehen, sonst würde er noch den letzten Rest seines Verstandes verlieren.

Wütend ließ er das Geländer los. Arbeiten konnte er nicht, also wollte er zum Strand gehen, um sich auszulaufen. Vielleicht würde er dadurch etwas Ruhe finden.

Alles sieht noch wie damals aus, dachte Gennie, als sie das Ende der engen, holperigen Zufahrt erreichte. Nur der Sommer war endgültig dem Herbst gewichen. Die Wellen rauschten und klatschten gegen die Felsen. Der Leuchtturm wirkte noch immer stark und zuverlässig. Wie albern, zu glauben, dass durch ihr Weggehen sich etwas Wichtiges, vielleicht sogar Wesentliches geändert haben könnte.

Auch Grant würde sich nicht verändert haben. Gennie holte tief Luft und stieg aus dem Wagen. Nie würde sie es wollen, dass er sich in jemand verwandelte, der nicht der einzigartige, einmalige Grant Campbell wäre. Sie hatte sich verliebt in seine raue Schale, seine widerborstige Empfindsamkeit und – ja, sogar in seine Grobheit. Vielleicht war sie eine Närrin. Aber sie wollte ihn nicht anders haben. Alles was sie wollte, war sein Vertrauen.

Wenn sie den letzten Macintosh-Strip missverstand ... Wenn Grant sie abwies ...? Nein, sie würde nicht daran denken. Sie wollte sich darauf konzentrieren, einen Schritt vor den anderen zu setzen, bis sie Grant gegenüberstand. Es war höchste Zeit, dass sie damit aufhörte, sich feige vor dem Wichtigsten in ihrem Leben zu drücken.

Als sie am Turm ankam, blieb sie abrupt stehen. Sie spürte, dass Grant nicht da war, sie brauchte die Tür gar nicht erst zu öffnen. Sein Wagen parkte am gewohnten Platz in der Nähe des kleinen Hauses, das sie bewohnt hatte. Hatte er vielleicht das Boot genommen? fragte sie sich, als sie um den Turm herumging. Das Boot schaukelte friedlich am Steg.

Dann wusste sie es und wunderte sich, dass sie nicht gleich daran gedacht hatte. Ohne zu zögern, ging sie auf die Klippen zu ...

Die Hände tief in den Hosentaschen vergraben und den Kopf gesenkt, marschierte Grant gegen den Wind am Strand entlang. So ist also Einsamkeit, dachte er bitter. Jahrelang hatte er allein gelebt, ohne unzufrieden zu sein. Auch das hatte Gennie vollbracht. Wie war es möglich, dass ein einziges weibliches Wesen ein Leben so grundlegend verändern konnte?

Er versuchte bewusst, sich in Wut zu bringen. Ärger tat nicht weh. Gennie würde ihm Rede und Antwort dafür stehen müssen und für noch mehr, sobald er sie gefunden hatte. Sein Leben verlief genauso, wie er es hatte haben wollen, bis sie auftauchte. Liebe, oh, sie konnte von Liebe reden, dann verschwinden – und das nur, weil er sich wie ein Idiot benommen hatte.

Sollte er nach New Orleans fahren? Vielleicht war Gennie inzwischen dort? Er könnte warten ... Einmal musste sie kommen. Die Stadt bedeutete ihr sehr viel. Verdammt, warum saß er nicht bereits im Flugzeug, das ihn nach Süden brachte?

Grant machte kehrt – und erstarrte. Jetzt sah er schon Halluzinationen.

Gennie betrachtete ihn mit einer Ruhe, die nicht ihr Herzklopfen offenbarte. Grant sah so verlassen aus – nicht so wie früher, als er in seiner selbstgewählten Einsamkeit lebte, sondern einfach so verwaist. Vielleicht bildete sie sich das nur ein, weil sie es erhoffte. Sie nahm all ihren Mut zusammen und ging auf ihn zu.

„Ich möchte wissen, was du damit gemeint hast.“ Aus ihrer Tasche zog sie den Ausschnitt seines Cartoons aus der letzten Sonntagszeitung.

Grant starrte Gennie an. Vielleicht sah er Dinge ... Vielleicht hörte er sie auch, aber ... Langsam hob er die Hand und berührte ihr Gesicht. „Gennie?“

Ihre Knie wurden weich. Energisch nahm sie sich zusammen. Sie würde nicht in seine Arme fallen. Das wäre zu leicht und würde nichts klären.

„Ich möchte wissen, was das bedeutet!“ Sie hielt ihm den Zeitungsausschnitt hin.

Verdutzt schaute Grant auf sein Werk. Es war nicht leicht gewesen, diesen Cartoon terminlich so schnell in die Zeitung zu bringen. Er hatte dafür alle seine Beziehungen spielen lassen und selbst wie ein Verrückter daran arbeiten müssen. Wenn es Gennie zur Rückkehr veranlasst hatte, dann war es der Mühe wert gewesen.

„Es bedeutet das, was es aussagt.“ Seine Stimme klang belegt. „In diesem Cartoon hier liegt nicht besonders viel Spitzfindigkeit.“

Gennie steckte den Ausschnitt zurück in ihre Tasche. Sie würde ihn für alle Zeiten aufbewahren. „Du hast mich in recht großzügiger Weise für deine Arbeit benutzt.“ Sie musste den Kopf zurücklegen, um ihm in die Augen zu sehen.

Grant fand, dass Gennie noch hoheitsvoller aussah als sonst. Wenn sie mit ihrem Daumen nach unten zeigt, könnte sie ihn den Löwen vorwerfen.

„Bist du nie auf den Gedanken gekommen, mich um Erlaubnis zu fragen?“

„Künstlerische Freiheit“, antwortete er knapp. Feiner Schaum einer brechenden Welle sprühte über Grants Rücken und benetzte Gennies Haar. „Wo zum Teufel bist du gewesen?“ fuhr er sie zu seiner eigenen Überraschung plötzlich an. „Wohin bist du gefahren?“

Ihre Augen verengten sich. „Das ist meine Sache, oder?"

„Oh nein, das ist es nicht. Du hast nicht einfach wegzulaufen."

Gennie biss die Zähne zusammen und wartete, bis Grant aufhörte, sie zu schütteln. „Du wirst dich doch daran erinnern, dass du dich zuerst von mir abgewandt hast, ehe ich gegangen bin."

„Gut denn, ich habe mich wie ein Idiot benommen. Willst du eine Entschuldigung?" schrie er sie an. „Ich leiste dir jede Art von Abbitte, die du möchtest." Er brach ab und atmete heftig. „Gütiger Himmel, zuerst aber das."

Er presste seinen Mund auf ihre Lippen und grub seine Finger in ihre Schultern. Das Stöhnen, das sich ihm entrang, war nur ein Zeichen mehr für sein verzweifeltes Verlangen. Gennie war hier. Sie gehörte ihm. Er würde sie nie wieder gehen lassen.

Langsam beruhigte er sich. So sollte es nicht sein. Das wäre nicht der richtige Weg, um sein Verhalten wieder gutzumachen. Es würde Gennie nicht überzeugen, wie sehr er sie brauchte und wie heftig er sich wünschte, sie glücklich zu machen.

Grant riss sich zusammen und ließ Gennie los. „Es tut mir Leid", begann er unbeholfen, „ich wollte dir nicht weh tun – nicht jetzt und nicht zuvor. Wenn du mit ins Haus kommen willst, könnten wir darüber sprechen."

Gennie sah ihn ungläubig an: Was war mit Grant? Sie verstand den Mann, der sie schüttelte, der sie anschrie, der sie in seine Arme riss aus Verlangen und Zorn. Aber den Mann kannte sie nicht, der vor ihr stand und sich unbeholfen bei ihr entschuldigte. Sie zog die Augenbrauen zusammen. Sie war nicht hergekommen, um mit einem Fremden zu sprechen.

„Was zum Teufel ist mit dir los?" forschte sie. „Ich sag es dir, wenn du mir weh tust." Sie tippte mit dem Finger auf seine Brust. „Und auch wenn ich eine Entschuldigung wünsche. Wir werden miteinander sprechen, oh ja", setzte sie hinzu und warf den Kopf zurück, „aber hier."

„Was willst du eigentlich?" Verzweifelt warf Grant die Hände hoch. Wie sollte ein Mann sich in aller Form entschuldigen, wenn er getreten wurde?

„Das werde ich dir sagen", schrie Gennie ihn genauso an, wie er es mit ihr tat. „Ich will es klargestellt haben, ob wir uns einigen wollen oder ob du in dein Loch zurückschlüpfen willst. Du bist sehr geschickt im Verstecken. Wenn du das vorhast, dann sag es jetzt."

„Ich verstecke mich nicht", erwiderte Grant, zwar mit normaler Stimme, aber zähneknirschend. „Ich lebe hier, weil es mir gefällt. Hier kann ich in Ruhe arbeiten, ohne dass alle fünf Minuten jemand an der Tür steht oder das Telefon klingelt."

Gennie blickte ihn lange an. „Davon rede ich nicht, und du weißt es."

Ja, er wusste es. Ärgerlich steckte er die Hände in die Taschen, um Gennie nicht wieder zu schütteln. „Gut, ich habe dir einige Dinge vorenthalten. Ich bin es nicht gewohnt, mit anderen zu teilen. Und dann ... Und dann verschloss ich mich vor dir, weil ich mich in dich verliebt habe. Und je mehr ich es tat, um so größer wurde meine Angst. Oh, verdammt ... Ich wollte von niemandem abhängig sein ..." Er brach ab und fuhr sich mit der Hand durchs Haar.

„Weshalb?"

„Um denjenigen nicht plötzlich zu verlieren und allein zurückzubleiben", antwortete er nach einem langen Atemzug. Wie war er darauf plötzlich gekommen? Seine Worte hatten ihn genauso überrascht wie Gennie. „Ich möchte dir von meinem Vater erzählen."

Gennie legte ihre Hand auf seinen Arm, ein weicher Schimmer trat in ihre Augen. „Justin hat es mir erzählt."

Grant versteifte sich und wandte sich von ihr ab. „Das wollte ich selbst tun." Und dann mit Mühe: „Dir erklären – damit du es verstehst ..."

„Aber das verstehe ich. Wir haben beide jemanden verloren, den wir liebten und von dem wir in unserer eigenen Weise abhängig waren. Ich weiß, wie es ist, den geliebten Menschen vor den eigenen Augen sterben zu sehen."

Grant hörte die Tränen in Gennies Stimme und wandte sich ihr wieder zu. „Nicht. Das musst du beiseite schieben ... Nicht vergessen, aber wegstecken. Ich glaubte, dass es mir gelungen sei. Aber als ich dich kennen lernte, kam alles zurück."

Gennie nickte und schluckte. Jetzt war wirklich nicht der geeignete Moment, um die Vergangenheit heraufzubeschwören. „Du wolltest an jenem Tag, dass ich weggehe."

„Mag sein – ja." Grant schaute über Gennies Kopf auf den Rand der Klippen. „Es erschien mir der einzig mögliche Weg. Vielleicht stimmt das sogar. Ich kann nur damit nicht leben."

Verwirrt drückte sie seinen Arm: „Warum glaubst du, dass eine Trennung das Beste wäre?"

„Weil unser Lebensstil so vollkommen verschieden ist, Gennie. Und jeder für sich war zufrieden. Jetzt ..."

„Jetzt?" Gennie wurde böse. „Bist du tatsächlich noch immer so dickköpfig, dass du einen Kompromiss außer Frage stellst?"

Grant begriff nicht. Er blickte sie verblüfft an. Warum sprach Gennie von Kompromiss? Wo er doch auf dem besten Wege war, hier alles zusammenzupacken und ihr zu folgen. „Kompromiss?"

„Du kennst nicht einmal den Sinn des Wortes. Für jemanden, der so clever und scharfsinnig ist wie du, bist du ein sehr engstirniger Narr." Wütend drehte sie sich um und wollte weggehen.

„Warte!" Grant hatte Gennie so schnell beim Arm ergriffen, dass sie gegen ihn stolperte. „Du hörst nicht zu. Ich bin bereit, das Land zu verkaufen ... zu verschenken, wenn du es willst. Wir können in New Orleans leben. Verdammt, ich lasse in allen Tageszeitungen verkünden, dass ich der Urheber des Macintosh bin, wenn es dich glücklich macht. Von mir aus kann jede Zeitschrift in unserem Land unser Bild auf der Titelseite bringen."

„Denkst du wirklich, dass ich das möchte?" Gennie war so ärgerlich wie mindestens ein dutzend Mal zuvor bei ihm. „Du simpler, egoistischer, verrückter Kerl! Es ist mir gleich, wo und wie du deinen Strip zeichnest! Es ist mir gleich, ob du als Titelfoto posierst oder die

Paparazzi zum Fenster hinauswirfst. Das Land verkaufen?" fuhr sie fort, während Grant versuchte, das zu verstehen, was sie sagte. „Weshalb um Himmels willen willst du das? Für dich ist alles entweder schwarz oder weiß. Kompromiss!" schrie Gennie ihn an. „Das bedeutet nehmen und geben. Mir ist es egal, wo wir wohnen."

„Was weiß denn ich?" Das bisschen Geduld, das Grant hatte, war nun auch zu Ende. „Ich weiß nur, dass du in einem besonderen Rahmen gelebt hast, und du warst glücklich darin. Deine Wurzeln sind in New Orleans, deine Familie ..."

„Daran wird sich auch nichts ändern. Aber deshalb muss ich doch nicht zwölf Monate des Jahres dort verbringen." Wütend warf Gennie das Haar zurück. Wie dumm kann ein intelligenter Mann eigentlich sein? „Ja, du hast Recht, mein Lebensstil war ziemlich eingefahren. Aber das muss von mir aus nicht so bleiben. Was ich nicht ändern könnte, das ist meine Kunst. Ich würde selbst dir zuliebe nicht damit aufhören. Es ist mein Leben. Im November muss ich in New York ausstellen, das brauche ich, und du musst bei mir sein. Doch eine Menge anderer Dinge sind entbehrlich, wenn du mir nur auf halbem Weg entgegenkommst. Es ist fast lächerlich, aber ich habe mich in dich verliebt. Warum sollte ich dich, so wie du bist, aufgeben?"

Grant kannte sich überhaupt nicht mehr aus. Was Gennie sagte, klang selbstverständlich, seine Worte dagegen völlig unvernünftig. „Du möchtest einen Kompromiss haben, oder?"

„Mehr: Du musst mir vertrauen."

„Gennie!" Grant ergriff ihre Hand. „Das tue ich doch und versuche die ganze Zeit, es dir klarzumachen." Langsam zog er sie an sich. „Du bist der Mittelpunkt meines Lebens. Als du weg warst, bin ich nach New Orleans geflogen und ..."

„Du bist nach New Orleans geflogen?" Erstaunt schaute Gennie in Grants Gesicht. „Du hast mich gesucht?"

„Aus verschiedenen Gründen", flüsterte er. „Zuerst wollte ich dich erwürgen, dann vor dir knien, zuletzt dich einfach nur nach Hause bringen und einsperren."

Lächelnd lehnte Gennie ihren Kopf an seine Brust. „Und jetzt?"

„Jetzt – jetzt schließen wir einen Kompromiss. Ich lasse dich am Leben."

„Das ist wenigstens ein Anfang." Aufatmend schloss Gennie ihre Augen. „Ich möchte das Meer im Winter erleben."

„Wir beide zusammen."

„Da wäre noch etwas."

„Vor oder nachdem ich dich geliebt habe?"

Gennie lachte: „Besser davor. Du erwähntest nichts von Heiraten, deshalb muss ich es wohl tun."

„Gennie ..."

„Nein, diesmal geht es nach meinem Willen." Sie zog Serenas Münze heraus. „Es ist auch eine Art Kompromiss. Kopf: Wir heiraten, Zahl: Wir heiraten nicht."

Grant hielt ihre Hand fest, bevor sie werfen konnte. „Mit so etwas macht man keine dummen Spiele, Genevieve, es sei denn, dass auf jeder Seite ein Kopf ist."

Gennie lächelte. „Was dachtest du denn?"

Grant sah sie verblüfft an, dann lachte er laut: „Wirf schon! Ich mag riskante Wetten."

– ENDE –

Band-Nr. 25029
6,95 €
ISBN 3-89941-037-8

Nora Roberts

Cordina's Royal Family
„Eine königliche Affäre"

Seit die hübsche Prinzessin Gabriella de Cordina aus der Gewalt von Entführern fliehen konnte und an den Hof zurückgekehrt ist, hat sie ihr Gedächtnis verloren. Sie schwebt in höchster Gefahr, denn die Kidnapper werden aus Angst vor Entdeckung gewiss versuchen, Gabriella für immer zum Schweigen zu bringen! Doch solange Reeve MacGee, ehemaliger Mitarbeiter des Geheimdienstes, für Gabriellas Sicherheit sorgt, ist die fürstliche Familie beruhigt. Und Gabriella und Reeve kommen überein, zum Schein ihre Verlobung bekannt zu geben. Nur so kann Gabriellas Ruf keinen Schaden nehmen, wenn Reeve Tag und Nacht bei ihr ist, sie vor den Augen aller zärtlich küsst und sie unter Einsatz seines Lebens sicher in den Armen hält ...

MIRA®